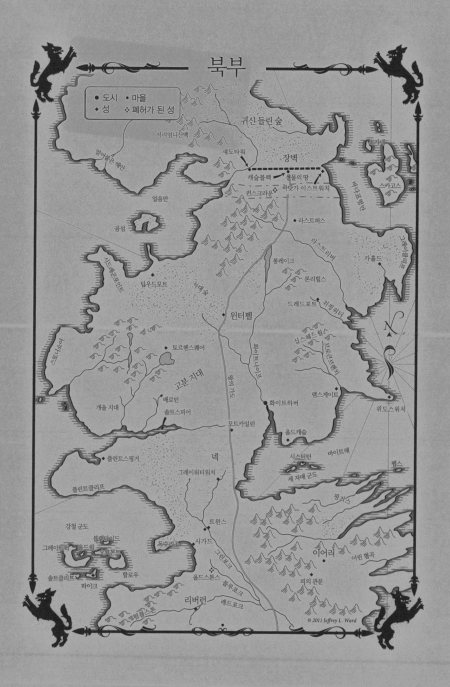

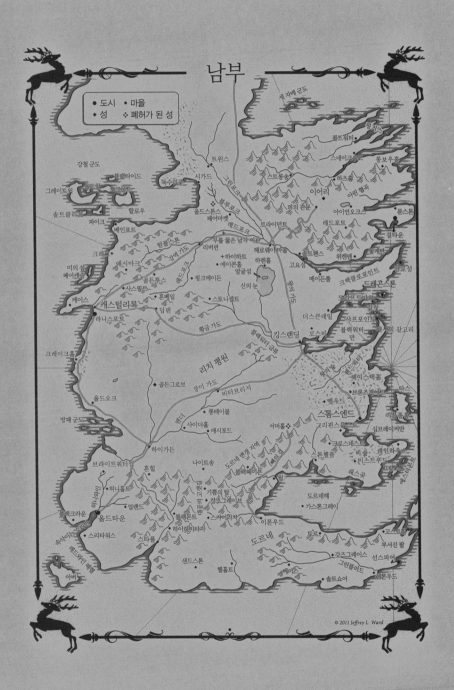

남부

도시 • 마을
성 ◆ 폐허가 된 성

세자매 군도

강철 군도
콜드워터
블랙타이드
트윈스
스네이크우드
롱보우홀
그레이트윅
올드윅
시가드
독수리골
스트롱송
하츠홈
어린 협곡
솔트클리프
할로우
블루포크
아이언리
페어마켓
파이크
올드스톤스
평원 관문
아이언오크스
룬스톤
베인포트
레드포크
레드포트
크래그
텀블스톤
리버런
해로웨이 마을
위켄
골든톤스
하이하트
에이콘홀
고요섬
갈타운
샤스퍼트
웨이마크
핑크메이든
스톤셉트
혼메일
딥덴
메이든풀
크랙클로포인트
라니스포트
드래곤스톤
황금 가도
더스큰데일
샤프포인트
메이스
크레이크홀
킹스랜딩
로스비
블랙워터 급류
블랙워터 만
올드오크
방패 군도
골든그로브
리치 평원
장미 가도
비터브리지
헤이스택홀
브론즈게이트
타스
하이가든
롱테이블
스톰스엔드
브라이트워터
에시포드
서머홀
그리핀스루스트
심브레이커만
혼힐
나이트송
도르네 변경 지역
윌
그린스톤
레인우드
허니홀트
블랙헤이븐
미스트우드
업랜드
기름의 탑
킹스그레이브
스톤헬름
라스곶
플랭크타운
올드타운
스카이리치
이론우드
도르네해
스리타워스
블랙몬트
하이허미타지
가스톤그레이
스타폴
도르네
토르
부서진 팔
샌드스톤
헬홀트
고스트힐
자즈그레이스
선스피어
그린블러드
솔트쇼어
레몬우드
아버

© 2011 Jeffrey L. Ward

드래곤과의 춤

1

* 이 도서의 국립중앙도서관 출판예정도서목록(CIP)은 서지정보유통지원시스템
홈페이지(http:seoji.nl.go.kr)와 국가자료공동목록시스템(http:www.nl.go.kr/korisnet)에서
이용하실 수 있습니다. (CIP제어번호: CIP2020028068)

GEORGE R. R. MARTIN

드래곤과의 춤

조지 R. R. 마틴 장편소설

이수현 옮김

1

얼음과 불의 노래 제5부　A SONG OF ICE AND FIRE

은행나무

목차

일러두기

1 　등장인물의 이름이 다른 이름이나 단어와 혼동할 여지가 있는 경우에는 최대한 혼동을 피하는 방향으로 표기했다. 또한 이름에 일반명사가 포함되어 있는 경우, 외래어 표기법을 따르되 기존 독자의 편의를 고려해 임의로 표기하기도 했다.(예: 존 스노우, 새기독, 드래곤)

2 　본문의 주는 모두 옮긴이의 것으로, 괄호 안에 글씨 크기를 줄여 표기했다.

연대순 서술에 관하여

　지난번 책이 나오고 나서 꽤 시간이 걸렸으니, 다시 상기시켜두는 게 좋겠다.

　여러분이 쥐고 있는 책은 '얼음과 불의 노래' 5부이다. 4부는 《까마귀의 향연》이었다. 그러나 이번 책은 전통적인 방식대로 4부 뒤를 따라가지 않고, 거의 나란히 위치한다.

　《드래곤과의 춤》과 《까마귀의 향연》 둘 다 시리즈 3부 《검의 폭풍》에서 일어난 사건들 직후의 이야기를 이어간다. 4부가 킹스랜딩과 강철 군도, 그리고 남부 도르네 주위에서 일어난 사건들에 초점을 맞춘 반면, 5부는 북부의 캐슬블랙과 장벽(과 그 너머), 그리고 협해 건너 펜토스와 노예상만에서 티리온 라니스터, 존 스노우, 대너리스 타르가르옌, 그 외에 4부에서 만나지 못했던 다른 인물들을 따라간다. 이 두 책은 순차적이지 않고, 평행을 이룬다. 시간이 아니라 지리 배경이 나뉠 뿐이다.

　하지만 그것도 어느 정도까지만이다.

　《드래곤과의 춤》은 《까마귀의 향연》보다 긴 책이고, 더 긴 시간을 담았다. 후반부에서 여러분은 《까마귀의 향연》에 나왔던 인물들의 관점이 다시 튀어나오는 것을 보게 된다. 그 의미는 여러분이 생각하는 그대로다. 거기서부터 이야기는 《까마귀의 향연》 시간대를 지나서 진행되고, 두 개의 흐름이 다시 합쳐진다.

　다음 책은 《겨울의 바람》이다. 그 책에서는 모두가 다시 함께 추위에 떨게 될 것이다……

조지 R. R. 마틴

프롤로그

밤공기에 인간들의 악취가 진동했다.

와르그는 나무 아래에 멈춰서, 회갈색 모피에 얼룩얼룩한 나무 그림자를 뒤집어쓴 채 킁킁거렸다. 소나무 향 섞인 바람이 실어오는 인간의 냄새는 그보다 희미한 여우와 산토끼, 바다표범과 사슴, 심지어는 늑대의 냄새까지 덮었다. 와르그는 연기와 피와 부패의 냄새 속에 묻히다시피 한 시큼한 죽은 가죽 냄새도 인간의 냄새라는 사실을 알고 있었다. 오직 인간만이 다른 짐승의 가죽을 벗겨내어 제 살갗과 털을 가렸다.

늑대들과 마찬가지로, 와르그들도 인간을 두려워하지 않았다. 증오와 굶주림이 배 속을 흔들었고, 와르그는 낮게 으르렁대며 애꾸눈의 형제와 작고 교활한 누이를 불렀다. 그가 나무 사이를 질주하자 둘이 바싹 따라왔다. 그들도 같은 냄새를 맡은 것이다. 그는 달리면서 무리원들의 눈을 통해서도 보고, 앞서가는 제 모습을 일별했다. 긴 회색 주둥이들 앞으로 뿜어져 나온 입김은 희고 따뜻했다. 발 사이 얼음이 돌처럼 단단했지만, 이제는 사냥이 시작되었고 사냥감이 앞에 있었다. '살.' 와르그는 생각했다. '고기.'

인간 혼자는 연약한 존재였다. 크고 힘이 센 데다 눈이 날카롭다 해도,

잘 듣지는 못했고 냄새는 아예 못 맡았다. 사슴과 엘크는 물론 산토끼도 인간보다 빨랐고, 싸움에서는 곰과 멧돼지가 더 사나웠다. 하지만 무리를 지은 인간은 위험했다. 늑대들이 사냥감에게 근접해가는 가운데 와르그는 새끼 우는 소리, 인간의 투박한 발 아래에서 지난밤에 내린 눈이 부서지는 소리, 인간이 가지고 다니는 단단한 가죽들과 긴 회색 발톱들이 덜그럭대는 소리를 들었다.

'검이야.' 내면의 목소리가 속삭였다. '창이야.'

나무마다 얼음 이빨이 자라, 헐벗은 갈색 나뭇가지에서 아래를 향해 으르렁거렸다. 애꾸눈이 덤불을 헤치며 눈을 흩뿌렸다. 무리원들이 뒤따랐다. 언덕을 올랐다가 내려가자 숲이 활짝 열렸고, 인간들이 있었다. 하나는 암컷이었다. 그 암컷이 든 모피 꾸러미가 새끼였다. '저 여자는 제일 나중에.' 목소리가 속삭였다. '위험한 건 남자들이야.' 늑대들이 으르렁대고 인간들도 마주 으르렁댔지만, 와르그는 인간이 공포를 냄새 맡을 수 있었다. 하나가 제 키만 한 나무 이빨을 던졌는데, 손이 떨려서 이빨이 높이 날아가버렸다.

그리고 무리가 덤벼들었다.

애꾸눈 형제가 이빨을 던졌던 수컷 인간을 눈 더미에 처박고, 몸부림치는 그의 목을 찢었다. 누이는 다른 수컷 뒤로 돌아가서 등을 공격했다. 암컷과 그 새끼는 와르그 몫으로 남았다.

이 암컷에게도 이빨이 있었다. 뼈로 만든 작은 이빨이었는데, 와르그가 다리를 물자 떨어뜨렸다. 암컷은 쓰러지면서 시끄러운 새끼를 두 팔로 감싸 안았다. 암컷은 모피 아래 뼈와 가죽밖에 남아 있지 않았지만, 가슴엔 젖이 가득했다. 제일 달콤한 고기는 새끼였다. 늑대는 제일 좋은 부위를 형제 몫으로 남겨두었다. 무리가 배를 채우는 동안 시체들 주위의 얼어붙은 눈이 분홍색으로, 붉은색으로 변했다.

몇십 리나 떨어진, 진흙과 지푸라기 벽에 이엉지붕을 얹고 연기 구멍을 뚫고 흙바닥을 다져 만든 방 하나짜리 오두막에서, 바라미르는 몸을 떨고 기침을 하며 입술을 핥았다. 눈은 붉게 충혈되고 입술은 갈라졌으며, 목은 바싹 말라버린 데다 부어오른 배가 먹을 것을 달라 울부짖어도, 입안에는 피와 지방의 맛이 가득했다. '어린아이 살. 인간의 고기.' 그는 범프를 떠올리며 생각했다. 그는 인간의 고기를 갈구할 만큼 나락으로 떨어진 걸까? 하곤이 으르렁대는 소리를 들을 수 있을 것만 같았다. "인간이 짐승의 살을 먹고 짐승이 인간의 살을 먹을진 몰라도, 인간의 살을 먹는 인간은 끔찍한 거다."

끔찍. 하곤은 언제나 그 말을 좋아했다. '끔찍. 끔찍. 끔찍.' 인간의 고기를 먹는 것은 끔찍한 일이었고, 늑대로서 늑대와 짝짓는 것도 끔찍한 일이었으며, 다른 인간의 몸을 차지하는 것은 그중 최고로 끔찍한 짓이었다. '하곤은 약했고, 자기 힘을 두려워했어. 내가 자기의 두 번째 삶을 뜯어내는 동안 울면서 혼자 죽었지.' 바라미르는 그의 심장을 먹어치웠다. '하곤은 나에게 많은 걸 가르쳐줬는데, 마지막으로 가르쳐준 게 인간의 살 맛이었네.'

그러나 그건 늑대로서 한 일이었다. 인간의 이로 인간의 고기를 씹은 적은 없었다. 그는 무리의 성찬에 유감이 없었다. 그 늑대들은 바라미르만큼이나 배가 고팠고, 춥고 굶주리고 여위었으며, 사냥감은…… '남자 둘에 여자 하나, 품에 안은 아기 하나였지. 패배에서 달아나서 죽음에 뛰어든. 어차피 체온 저하나 굶주림으로 곧 죽었을 거야. 이게 낫지. 더 빠르고. 자비를 베푼 거야.'

"자비였어." 그는 큰 소리로 말했다. 목이 쓰라렸지만, 인간의 목소리를 들으니 좋았다. 그게 자신의 목소리라 해도 그랬다. 공기는 축축하니 곰팡내가 났고, 바닥은 차갑고 딱딱했으며, 불은 온기보다 연기를 더 많이 뿜었다. 바라미르는 기침을 하고 오한에 떨기를 반복하면서 최대한 불 가까이 다가갔다. 상처가 터져서 옆구리가 욱신거렸다. 피가 바지를 무릎까지 적시고 딱딱하게 말라붙었다.

시슬이 그렇게 될지 모른다고 경고했었다. "최대한 꿰매긴 했지만, 쉬면서 아물게 해야지 안 그러면 다시 찢어질 거야."

시슬이 마지막으로 남은 사람이었다. 오래된 나무뿌리처럼 억세고, 우둘투둘한 데다가 바람에 상하고 주름진 얼굴의 창 마누라 시슬. 다른 이들은 오는 길에 그들을 버렸다. 한 명씩, 한 명씩 뒤처지거나 앞서 달려서 예전 마을로 향하거나, 우유강, 아니면 하드홈(Hardhome), 아니면 숲속의 외로운 죽음을 향해 가버렸다. 바라미르는 몰랐고, 신경 쓸 수도 없었다. '기회가 있었을 때 그중 하나를 빼앗았어야 했어. 그 쌍둥이 중에 한쪽, 아니면 얼굴에 흉터가 있는 그 거한, 아니면 붉은 머리 청년으로.' 하지만 그때는 두려웠다. 누군가 무슨 일이 벌어지는지 알아차릴 수도 있었다. 그러면 그에게 달려들어 죽여버렸을 것이다. 하곤의 말도 계속 마음에 남아 있었고…… 그래서 기회는 지나가버렸다.

전투 후 수천 명이 장벽에서 그들을 덮친 대학살로부터 도망치느라 굶주리고 겁에 질린 채 숲속을 힘겹게 가로질렀다. 예전에 버린 고향으로 돌아가겠다는 이들도 있었고, 장벽 문을 다시 공격하자는 이들도 있었지만, 대부분은 어디로 갈지 어떻게 할지 아무 생각도 없이 갈피를 잃었다. 그들은 검은 망토를 걸친 까마귀들과 회색 강철 옷을 입은 기사들에게서 도망치는 데 성공했지만, 이제는 더 끈질긴 적에게 쫓겼다. 매일 더 많은 시체가 남겨졌다. 굶주림으로 죽기도 하고, 추위로 죽기도 하고, 병으로 죽기도 했다. 나머지는 장벽 너머의 왕, 만스 레이더와 함께 남쪽으로 진군할 때만 해도 전우였던 자들에게 죽었다.

생존자들은 절망에 빠진 목소리로 서로에게 말했다. 만스는 쓰러졌어,

만스는 사로잡혔어, 만스는 죽었어. 시슬은 바라미르의 상처를 꿰매면서 이렇게 주장했다. "하르마는 죽었고 만스는 사로잡혔어. 나머지는 우릴 버리고 달아났고. 토르문드, 울보, 여섯 몸, 그 용감하다던 약탈자들은 다 지금 어디 있대?"

'이 여자는 나를 못 알아봐.' 바라미르는 그제야 알았다. '알아볼 이유가 뭐람?'

짐승들이 없으면 바라미르는 대단한 사내처럼 보이지 않았다. '난 만스 레이더와 빵을 같이 먹는 여섯 몸의 바라미르였어.' 바라미르라는 이름은 그가 열 살 때 직접 지었다. '대단한 남자에게, 전해지는 노래에 어울리는 이름. 강렬하고 무서운 이름이지.' 그러나 그는 겁먹은 토끼처럼 까마귀들에게서 달아났다. 무시무시한 바라미르 님은 겁쟁이가 되어버렸지만, 시슬이 그 사실을 아는 것은 참을 수 없었기에 그는 하곤이라는 이름을 댔다. 나중에는 고를 수 있는 이름이 하고많은데 왜 하필 하곤이 떠올랐을까 궁금했다. '그놈의 심장을 먹고 피를 마셨는데, 아직도 날 따라다니는군.'

어느 날, 달아나는 도중에 깡마른 하얀 말을 탄 기수 하나가 숲속을 내달려 오더니 다들 우유강으로 모이라고, 울보가 해골 다리를 건너 섀도타워를 빼앗기 위해 전사들을 모으고 있다고 외쳤다. 많은 수가 그를 따라갔고, 더 많은 수는 따라가지 않았다. 그 후에는 또 모피와 호박을 걸친 음침한 전사 하나가 요리불마다 돌아다니면서 생존자들은 모두 북쪽으로 향해서 텐족의 계곡에 피난하라고 부추겼다. 텐족도 그곳을 버린 마당에 무슨 이유로 안전하다고 생각하는지 바라미르는 영영 듣지 못했지만, 그래도 수백 명이 그 전사를 따라갔다. 또 수백 명은 환영 속에서 자유민들을 남쪽으로 실어 가려는 함대를 보았다는 숲 마녀와 함께 움직였다. "우린 바다를 찾아야 해." 두더지 엄마(Mother Mole)가 외치자 추종자들은 동쪽으로 방향을 틀었다.

조금만 더 힘이 있었다면 바라미르도 그들을 따라갔을지 모른다. 하지만 바다는 회색이고 차가우며 멀리 떨어져 있어, 결코 살아서 보지 못할 것을 알았다. 그는 아홉 번을 죽었고 다시 죽어가고 있었으니, 이번이 진정한 죽음이 될 터였다. '다람쥐 가죽 망토였지.' 그는 기억했다. '다람쥐 가죽 망토 때문에 날 찔렀어.'

그 망토의 주인은 이미 죽은 상태였다. 뒤통수가 으깨져서 뼛조각 섞인 붉은 곤죽이 되어 있었다. 하지만 그녀의 망토는 따뜻해 보였고 두꺼웠다. 눈이 내리고 있었고, 바라미르는 장벽에서 망토를 잃어버린 채였다. 그의 잠자리용 깔개도, 모직 속옷도, 양가죽 장화와 모피를 댄 장갑도, 저장해 둔 꿀술과 식량도, 같이 잤던 여자들에게서 모은 머리카락 타래도, 심지어 만스가 줬던 금팔찌들도 모두 잃어버리거나 두고 왔다. '난 불타서 죽었고, 그 후엔 고통과 공포에 반쯤 미쳐서 달아났지.' 그 기억은 아직도 수치스러웠지만, 그래도 그때는 혼자가 아니었다. 다른 이들 수백, 수천이 같이 달아났다. '그 전투는 졌어. 기사들이, 강철 갑옷을 입은 무적의 기사들이 싸우려고 남은 자는 모두 죽였지. 달아나거나, 죽거나였어.'

그러나 죽음을 따돌리기는 그리 쉽지가 않았다. 바라미르는 숲속에서 죽은 여자와 마주쳤을 때 망토를 벗기려고 무릎을 꿇었고, 그 소년을 미처 보지 못했다. 숨어 있던 곳에서 뛰쳐나와서, 길쭉한 뼈칼을 그의 옆구리에 박아 넣고, 그의 손에 잡힌 망토를 낚아채기 전까지는 보지 못했다. "그 아이 어머니였어." 시슬은 나중에, 소년이 달아난 후에 말했다. "걔 어머니의 망토였던 거야. 그런데 네가 벗겨내는 걸 보고는……."

"그 여잔 죽어 있었어." 바라미르는 뼈바늘이 살을 뚫자 얼굴을 찡그렸다. "누군가가 머리를 으깨놨더군. 까마귀 짓이겠지."

"까마귀가 아냐. 뿔발족이었어. 내가 봤어." 시슬의 바늘이 옆구리에 생긴 상처를 닫았다. "야만족들. 그놈들을 다스릴 사람이 누가 남았어?"

'아무도 없지. 만스가 죽었다면, 자유민은 망한 거야.' 텐족과 거인들, 뿔발족, 이빨을 갈아낸 동굴 거주민들, 뼈로 만든 전차를 모는 서쪽 해안 출신들…… 모두 다 망했다. 까마귀들도 마찬가지였다. 아직은 모를지 모르지만, 그 검은 망토의 잡종 놈들도 나머지와 같이 죽을 터였다. 적이 오고 있었다.

하곤의 거친 목소리가 머릿속에 울렸다. "넌 열두 번 죽을 것이고, 매번 아플 거다……. 하지만 진정한 죽음이 오면, 넌 다시 살 것이다. 두 번째 삶은 더 단순하고 더 달콤하다고 하지."

여섯 몸의 바라미르는 곧 그 말이 사실인지 알게 될 터였다. 매캐한 연기 속에서 진정한 죽음의 맛이 났고, 상처를 만져보기 위해 옷 안에 집어넣은 손가락에 전해지는 열기로도 느낄 수 있었다. 그 와중에도 한기가 뼛속 깊이 스몄다. 이번에 그를 죽이는 건 추위일 것이다.

지난번 죽음은 불에 의한 죽음이었다. '난 불탔지.' 처음에는, 혼란 속에서 장벽에 선 궁수가 불화살을 쏘아 맞혔나 생각했다……. 그러나 불은 그의 몸 안에서 시작되어 그를 먹어치웠다. 그 고통은…….

바라미르는 이제껏 아홉 번을 죽었다. 한 번은 창에 찔려 죽었고, 한 번은 곰 이빨이 목에 박혀 죽었고, 한 번은 사산하다가 피가 쏟아져서 죽었다. 첫 죽음은 고작 여섯 살 때였는데, 아버지의 도끼가 머리뼈를 부수면서였다. 그때조차도 속에서부터 시작되어 날개를 태우고 그를 먹어치운 불만큼 고통스럽지는 않았다. 날아서 도망치려 하자 공포가 불길에 부채질을 해서 더 뜨겁게 탔다. 장벽 위를 날면서 독수리의 눈으로 사람들의 움직임을 보고 있었는데, 다음 순간에는 불길이 심장을 시커먼 잿더미로 만들어버렸고 그의 영혼은 비명을 지르며 원래 몸으로 돌아갔다. 그리고 한동안 그는 미쳐 있었다. 그 기억을 떠올리기만 해도 몸이 떨렸다.

그는 문득 불이 꺼졌음을 알아차렸다.

새까매진 나무와 재 속에 남은 잉걸불 약간만이 회색과 검은색으로 엉켜 있을 뿐이었다. '아직 연기는 나. 나무가 필요할 뿐이야.' 바라미르는 통증에 이를 악물고 기어가서, 시슬이 사냥을 떠나기 전에 모아놓은 부러진 나뭇가지 몇 조각을 잿더미 위에 던졌다. "붙어라. 불 붙어." 그는 쉰 목소리로 말하고, 잉걸불을 후후 불면서 숲과 언덕과 들판의 이름 없는 신들에게 소리 없는 기도를 올렸다.

신들은 답하지 않았다. 잠시 후에는 연기도 더 오르지 않았다. 작은 오두막은 이미 차갑게 식고 있었다. 바라미르에겐 부싯돌도, 부싯깃도, 마른 불쏘시개도 없었다. 혼자서는 절대로 불을 다시 피울 수 없었다. "시슬." 그는 고통에 찬 쉰 목소리로 외쳤다. "시슬!"

시슬은 턱이 뾰족하고 코는 납작했으며, 한쪽 뺨에 난 사마귀에 시커먼 털이 네 가닥 자라 있었다. 못생기고 매서운 얼굴이었지만, 지금 오두막집 문에 그 얼굴이 보인다면 무엇이든 줄 것 같았다. '떠나기 전에 그 몸을 빼앗았어야 했어. 떠난 지 얼마나 됐어? 이틀? 사흘?' 바라미르는 확실히 알지 못했다. 오두막집 안은 어두웠고, 그는 바깥이 낮인지 밤인지도 모른 채 자다가 깨기를 반복했다. "기다려. 먹을 걸 가지고 돌아올게." 시슬은 그렇게 말했다. 그래서 그는 꿈속에서 자신이 긴 삶 동안 저지른 모든 잘못들과 하곤과 범프를 보면서 바보처럼 기다렸지만, 낮이 가고 밤이 가도 시슬은 돌아오지 않았다. '돌아오지 않을 거야.' 바라미르는 혹시 정체를 드러내 버렸나 생각했다. 그를 보고 무슨 생각을 하는지 알 수 있었던 걸까, 아니면 열에 들뜬 꿈속에서 그 생각을 중얼거렸던가?

'끔찍한 짓이야.' 하곤의 목소리가 들렸다. 마치 하곤이 여기, 이 방에 있는 것만 같았다. 바라미르는 그에게 말했다. "그냥 못생긴 창 마누라예요. 난 대단한 남자고. 난 와르그, 변신자 바라미르야. 그 여자가 살고 내가 죽는 건 옳지 않아." 아무도 대답하지 않았다. 아무도 없었다. 시슬은 가버렸다. 나머지와 마찬가지로 시슬도 그를 버렸다.

그의 어머니도 그를 버렸다. '범프의 이름은 외쳤지만, 내 이름은 외치지 않았지.' 아버지가 하곤에게 데려가려고 침대에서 그를 끌어냈던 아침, 어머니는 그를 쳐다보지도 않았다. 숲속으로 끌려가면서 소리치고 발버둥을 쳤지만, 결국 아버지가 그를 때리면서 조용히 하라고 했다. "넌 너희 족속과 같이 있어야지." 아들을 하곤의 발치에 던지면서 한 말도 그게 다였다.

'맞는 말이었지.' 바라미르는 덜덜 떨면서 생각했다. '하곤은 나에게 많은 걸 가르쳐줬어. 사냥하고 낚시하는 방법을 가르치고, 사체를 해체하고 물고기 뼈를 바르는 방법도, 숲속에서 길을 찾는 방법도 가르쳤지. 그리고 와르그의 방식을, 변신자의 비밀을 가르쳤어. 하지만 내 재능이 더 강했어.'

그는 몇 년이 지난 후에 부모님을 찾아서 당신들 자식인 럼프가 위대한 여섯 몸의 바라미르가 되었다고 말하려 했지만, 그때는 이미 둘 다 죽어서 불탄 후였다. '숲과 개울 속으로, 바위와 대지 속으로 들어간 거야. 흙과 재가 되었어.' 숲 마녀는 범프가 죽은 날 어머니에게 그렇게 말했다. 럼프는 흙덩어리가 되고 싶지 않았다. 럼프라는 소년은 언젠가 가수들이 그의 업적을 노래하고 예쁜 여자들이 그에게 입을 맞추는 날을 꿈꿨다. '다 크면 장벽 너머의 왕이 될 거야.' 럼프는 스스로에게 다짐했었다. 그렇게 되진 않았지만, 근접하기는 했다. 여섯 몸의 바라미르는 사람들이 두려워하는 이름이었다. 그는 4미터짜리 눈곰의 등에 타고 전투에 나갔으며, 늑대 세 마리와 그림자삵 한 마리를 부렸고, 만스 레이더 오른쪽에 앉았다. '날 여기로 데려온 건 만스였어. 그놈 말을 듣지 말았어야 했는데. 눈곰 안에 들어가서 그놈을 갈가리 찢었어야 했는데.'

만스를 만나기 전, 여섯 몸의 바라미르는 영주 비슷한 존재였다. 그는 한때 하곤의 것이었던, 이끼와 진흙과 통나무로 지은 큰 집에 혼자 살면서 짐승들의 시중을 받았다. 십여 군데 마을이 빵과 소금과 사과주로 경의를 표하고, 과수원에서 난 과일과 텃밭에서 거둔 채소를 바쳤다. 고기는 직접 구했다. 여자를 원할 때면 그림자삵을 보내어 따라붙게 하면, 눈길을 둔 여자가 누구든 순순히 그의 침대로 따라왔다. 물론 울면서 오는 여자도 있었지만, 어쨌든 왔다. 바라미르는 그 여자들에게 씨를 주고, 기념 삼아 머리카락 한 타래를 거두고 돌려보냈다. 가끔 한 번씩은 '짐승 인간'을 죽이고 누이나 연인이나 딸을 구하겠다고 마을 영웅이 창을 들고 찾아왔다. 그런 놈들은 죽였지만, 여자는 절대 해치지 않았다. 심지어 자식이라는 축복을 내려주기도 했다. '약한 녀석들이었지. 럼프처럼 작고 왜소하고, 럼프 같은 재능은 없는.'

그는 공포에 떠밀려 비틀비틀 일어섰다. 상처에서 스며 나오는 피를 막으려고 옆구리를 붙잡은 바라미르는 휘청거리며 문으로 가서, 문 대신 덮인 낡은 가죽을 밀어내고 하얀 벽을 마주했다. 눈이었다. 집 안이 그렇게 어두워진 것도, 연기가 심해진 것도 당연했다. 내린 눈이 오두막집을 묻어버린 상태였다.

바라미르가 밀어내자 아직 부드럽고 축축한 눈벽이 바스러지며 길을 냈다. 바깥은 죽음처럼 새하얀 밤이었다. 희끄무레한 얇은 구름이 은빛 달을 수행하며 춤을 추고, 천 개의 별이 차갑게 아래를 주시했다. 바라미르는 눈 아래 묻힌 다른 오두막집들의 혹 같은 모양새와, 그 너머로 얼음 갑옷을 두른 영목의 흰 그림자를 알아볼 수 있었다. 남쪽과 서쪽의 언덕들은 흩날리는 눈을 제외하면 아무것도 움직이지 않는 광활한 흰 황무지였다. "시슬." 바라미르는 그 여자가 얼마나 멀리 갈 수 있었을까 생각하며 힘없이 외쳤다. "시슬. 이 여자야. 어디 있어?"

멀리서, 늑대가 울부짖었다.

오한이 바라미르의 몸을 훑었다. 그는 예전에 럼프가 어머니의 목소리를 알았던 것처럼 저 울음소리를 잘 알았다. 애꾸였다. 셋 중에서 제일 나이가 많고, 제일 덩치가 크고, 제일 사나운 늑대였다. 살금이(Stalker)가 더 군살 없고 빠르고 젊었고, 능글이(Sly)가 더 교활했지만, 둘 다 애꾸를 두려워했다. 그 늙은 늑대는 두려움을 모르고, 가차 없고, 흉포했다.

바라미르는 독수리가 죽을 때 겪은 고통 속에서 다른 짐승들에 대한 통제력을 잃었다. 그림자삵은 숲속으로 뛰어들어버렸고, 눈곰은 주변을 공격해 네 명을 찢어놓고 나서 창에 맞아 쓰러졌다. 발톱이 닿는 곳에 있었다면 바라미르도 죽였을 것이다. 눈곰은 그를 미워했고, 그가 자기 몸을 입거나 등에 올라탈 때마다 격분했었다.

그러나 그의 늑대들은……

'내 형제들. 내 무리.' 그는 수많은 추운 밤에 늑대들과 같이 잤다. 몸을 따뜻하게 하려고 덥수룩한 몸뚱이들을 주위에 둘렀다. '내가 죽으면 녀석들이 내 살로 잔치를 벌이고, 봄의 온기를 맞이할 것이라곤 뼈밖에 남기지 않을 테지.' 이상하게 마음이 편해지는 생각이었다. 그의 늑대들은 배회하면서 종종 그에게 식량을 가져다주었다. 마지막에는 그의 몸으로 녀석들을 먹여주는 게 어울리는 일 같았다. 어쩌면 자기 자신의 시체에서 따뜻한 죽은 살을 파헤치면서 두 번째 삶을 시작할 수도 있으리라.

개들은 유대를 맺기 제일 쉬운 짐승이었다. 인간과 워낙 가까이 살다 보니 인간이나 다름없어서였다. 개의 몸속으로 들어가는 것은 오래 써서 가죽이 부드러워진 낡은 장화를 신는 것과 비슷했다. 장화가 사람의 발을 받아들이게 생겼듯, 개는 목줄을 받아들이게 생겨먹었다. 사람의 눈으로 볼 수 없는 목줄이라도 마찬가지였다. 늑대는 그보다 어려웠다. 사람이 늑대와 친구가 될 수도 있고, 어쩌면 늑대를 꺾을 수도 있을 테지만, 그 누구도 진정으로 늑대를 길들일 수는 없었다. "늑대와 여자들은 한번 맺어지면 끝이야." 하곤은 자주 그런 말을 했다. "하나 얻으면 그게 짝이야. 그 늑대는 그날부터 너의 일부이고, 너는 그 늑대의 일부다. 둘 다 변하게 돼."

하곤은 다른 짐승들은 내버려두는 게 최선이라고 했었다. 고양잇과들은 무분별하고 잔인한 데다, 언제나 배신할 준비가 되어 있었다. 엘크와 사슴은 사냥감이라, 그 몸을 너무 오래 입고 있다간 제아무리 용감한 남자라도 겁쟁이가 됐다. 곰, 멧돼지, 오소리, 족제비…… 하곤은 그런 짐승들을 붙잡지 않았다. "어떤 몸은 절대 걸치지 않는 게 좋아. 네 변화가 마음에 안 들 거다." 하곤의 말을 듣자면 새들이 최악이었다. "인간은 땅을 떠나게 생겨먹질 않았어. 구름 속에서 시간을 너무 많이 보내다간 다시는 아래로 돌아오고 싶지 않아진다. 난 매와 올빼미, 큰까마귀를 시도했던 변신자들을 알아. 제 몸뚱이에 돌아와 있을 때도 얼이 빠져서 하늘만 올려다보고 앉아 있지."

그러나 모든 변신자가 똑같이 생각한 건 아니었다. 럼프가 열 살이었을 때 하곤이 모임에 데려간 적이 있었다. 그 모임에도 늑대의 형제인 와르그가 제일 많았지만, 럼프는 낯설고 더 매력적인 다른 이들도 만났다. 보로크는 엄니만 없다 뿐이지 자기 멧돼지와 무척 흡사했다. 오렐과 그의 독수리, 브라이어와 그녀의 그림자삵(럼프는 그 둘을 보자마자 그림자삵을 갖고 싶어졌다), 염소 여인 그리셀라…….

하지만 그 누구도 여섯 몸의 바라미르처럼 강하지는 못했다. 돌처럼 단단한 두 손을 지닌 키 크고 단호한 하곤도 그랬다. 하곤은 바라미르가 회색 가죽(Greyskin)을 빼앗고, 그 짐승을 갖기 위해 그를 쫓아내버린 후에 울다가 죽었다. '당신에겐 두 번째 삶 따위 없어, 노인장.' 그때 그는 세 몸의 바라미르라고 자칭했었다. 회색 가죽이 네 번째였지만, 그 늙은 늑대는 노쇠한 데다 이빨도 거의 다 빠져서 곧 하곤을 따라 죽었다.

바라미르는 원하는 짐승은 뭐든 취할 수 있었다. 제 의지대로 굴복시키고, 그 몸을 차지할 수 있었다. 개든 늑대든, 곰이든 오소리든…….

'시슬.' 그는 생각했다.

하곤이라면 끔찍한 짓이라고, 가장 어두운 죄악이라고 하겠지만, 하곤은 이미 죽어서 먹히고 불탔다. 만스도 그를 저주할 테지만, 만스는 죽었거나 사로잡혔다. '아무도 모를 거야. 난 창 마누라 시슬이 되고, 여섯 몸의 바라미르는 죽는 거야.' 그는 자신의 재능이 몸뚱이와 함께 죽을 거라 생각했다. 늑대들을 잃고, 여생을 뼈만 앙상하고 얼굴이 우둘투둘한 여자로 살게 될 테지만…… 그래도 살 것이다. '그 여자가 돌아온다면, 그때까지도 내가 그 여자 몸을 취할 만큼 힘이 있다면.'

현기증의 파도가 밀려왔다. 정신을 차려보니 바라미르는 무릎을 꿇고 두 손을 눈에 파묻고 있었다. 그는 눈을 한 줌 퍼 입안에 넣고, 수염과 갈라진 입술에 비비며 습기를 빨아 먹었다. 눈 녹은 물이 너무 차가워서 제대로 삼킬 수가 없었고, 다시 한번 몸이 얼마나 뜨거운지 느껴졌다.

눈 녹은 물 때문에 배만 더 고파졌다. 그의 배가 갈망하는 것은 물이 아니라 먹을 것이었다. 눈은 그쳤지만, 바람이 일어서 공기에 수정알을 가득 채우고, 눈 더미를 헤치고 움직이는 바라미르의 얼굴을 때렸다. 옆구리의 상처는 터졌다가 다시 닫혔다. 입김에서 거친 흰 구름이 피어났다. 영목에 다다른 그는 목발로 쓰기 딱 좋은 길이의 부러진 나뭇가지를 발견했다. 그는 그 가지에 무겁게 기댄 채 절뚝거리며 제일 가까운 오두막으로 걸어갔다. 마을 사람들이 달아날 때 뭔가 잊고 갔을지도 모른다……. 사과 한 자루라도, 말린 고기 약간이라도, 뭐든 시슬이 돌아올 때까지 목숨을 부지할 것을.

거의 도착했을 때 목발이 그의 무게를 못 이겨 부러졌고, 두 다리가 힘을 잃었다.

바라미르는 얼마나 오랫동안 눈밭을 피로 물들이면서 기었는지 알 수 없었다. '눈이 날 묻어버릴 거야.' 평화로운 죽음이 될 터였다. '끝이 가까우면 따뜻하다지. 따뜻하고, 졸리고.' 다시 따뜻해진다면 좋을 테지만, 초록색 땅을…… 만스가 노래하던 장벽 너머의 따뜻한 땅을 영영 보지 못한다고 생각하니 슬펐다. "장벽 너머 세상은 우리 같은 것들을 위한 게 아니야." 하곤은 그렇게 말하고는 했다. "자유민들은 변신자를 두려워하지만, 존경하기도 하지. 장벽 남쪽의 무릎 꿇는 놈들은 우릴 사냥해서 돼지처럼 도살한다."

'나한테 경고는 했지만, 나한테 이스트워치를 보여준 것도 당신이었어.' 바라미르는 생각했다. 열 살도 안 됐을 것이다. 하곤이 호박 목걸이 열두 개와 썰매 높이 쌓인 털가죽을 와인 여섯 부대와 소금 한 덩이, 구리 주전자 하나와 맞바꿨다. 이스트워치가 캐슬블랙보다 거래하기 좋은 곳이었다. 배들이 바다 너머 전설의 땅에서 물건을 싣고 오는 곳이었으니까. 까마귀들은 하곤을 사냥꾼이자 나이트워치의 친구로 알았고, 하곤이 가져가는 장벽 너머의 소식을 환영했다. 하곤이 변신자라는 사실을 아는 사람도 있었지만, 아무도 그 말은 하지 않았다. 그곳, 바닷가 이스트워치에서 소년은 처음으로 따뜻한 남쪽 나라를 꿈꾸기 시작했다.

바라미르는 이마에서 녹아내리는 눈송이를 느낄 수 있었다. '불타 죽는 것만큼 나쁘진 않군. 잠들어서 다시는 깨지 말자. 이대로 두 번째 삶을 시작하게.' 이젠 그의 늑대들이 가까이 와 있었다. 느낄 수 있었다. 이대로 이 약한 몸뚱이를 버리고 늑대들 중 하나가 되어, 밤이면 사냥을 하고 달을 향해 울부짖으리라. 와르그가 진짜 늑대가 되는 것이다. '그런데, 어느 늑대?'

능글이는 안 된다. 하곤이라면 끔찍한 짓이라고 했을 테지만, 바라미르는 능글이가 애꾸에게 깔려 있을 때 그 몸속에 종종 들어가곤 했다. 하지만 선택의 여지가 없다면 몰라도, 새로운 삶을 암컷으로 보내고 싶지는 않았다. 젊은 수컷이니 살금이가 더 나을 테지만…… 애꾸가 더 크고 더 사나운 데다, 발정기에 드는 능글이를 취하는 것도 매번 애꾸였다.

"잊어버린다고 하더라." 하곤은 죽기 몇 주 전에 말했었다. "사람 몸뚱이가 죽으면, 영혼은 짐승 안에서 계속 살지만, 매일 기억이 희미해지고, 점점 와르그인 구석이 줄어들고 점점 더 늑대가 되다가, 결국엔 인간은 하나도 남지 않고 짐승만 남는다고 말이다."

바라미르는 그게 사실임을 알고 있었다. 오렐의 것이었던 독수리를 취했을 때, 그는 그의 존재에 격분하는 오렐의 마음을 느꼈다. 오렐은 변절자 까마귀인 존 스노우에게 죽었는데, 자기를 죽인 놈에 대한 증오가 어찌나 강하던지 바라미르까지 그 소년을 증오하게 되었다. 그는 거대한 흰 다이어울프가 소리 없이 곁을 걷는 모습을 보자마자 존 스노우가 무엇인지 알았다. 변신자는 언제나 다른 변신자를 알아볼 수 있었다. '만스가 내가 그 다이어울프를 차지하게 허락했어야 했는데.' 그랬다면 왕에 맞먹는 두 번째 삶이 되었으리라. 그는 그놈을 빼앗을 수 있었음을 의심하지 않았다. 스노우의 재능도 강했지만, 그 녀석은 가르침을 받지도 못했고, 영광스러워해야 할 자신의 본성과 아직까지 싸우고 있었다.

바라미르는 하얀 줄기에서 굽어보는 영목의 붉은 눈을 보았다. '신들이 나를 평가하고 있군.' 오한이 몸을 훑었다. 그는 나쁜 짓들, 무서운 짓들을 했다. 훔치고, 죽이고, 강간했다. 인간의 살을 먹고, 죽어가는 인간의 찢어진 목에서 뜨겁고 붉게 뿜어져 나오는 피를 핥았다. 숲속에서 적을 몰래 따라가다가 잠들었을 때 덮치고, 배에서 내장을 뜯어내어 진흙땅에 흩어 놓았다. '그것들의 고기가 얼마나 맛있었던지.' "그건 내가 아니라, 짐승이었어." 그는 쉰 목소리로 속삭였다. "당신들이 나에게 준 재능이었다고."

신들은 대답하지 않았다. 바라미르가 뱉은 숨이 허공에 회부연 안개처럼 머물렀다. 수염에 얼음이 맺히는 것이 느껴졌다. 여섯 몸의 바라미르는 눈을 감았다. 바닷가의 초라한 집, 낑낑대던 세 마리 개, 한 여자의 눈물이 나오는 오래된 꿈을 꾸었다.

'범프. 어머니는 범프 때문에 울었지만, 날 위해서는 절대 울지 않았지.'

럼프는 한 달 이르게 태어났고, 워낙 자주 아파서 아무도 살아남으리라 기대하지 않았다. 어머니는 럼프가 네 살이 되도록 제대로 된 이름을 주지 않고 기다렸는데, 그때 가서는 너무 늦었다. 마을 전체가 아이를 럼프 (Lump, 덩어리)라고 불렀다. 아이가 아직 어머니 배 속에 있었을 때 누이인 메하가 부르던 이름이었다. 범프도 메하가 붙인 이름이었지만, 럼프의 동생은 제때 태어나서 크고 빨갛고 팔팔했으며, 어머니의 젖도 탐욕스럽게 빨았다. 어머니는 범프에게 아버지의 이름을 주려고 했다. '하지만 범프는 죽었지. 내가 여섯 살, 범프가 두 살이었을 적에 명명일을 사흘 앞두고 죽었어.'

"네 아이는 이제 신들과 함께 있어." 숲 마녀는 어머니가 울자 그렇게 말했다. "다시는 아프지도 않고, 굶주리지도 않고, 울지도 않을 거야. 신들이 아이를 땅속으로, 숲속으로 데려갔어. 신들은 우리 사방에 있어. 바위 속에도, 개울 속에도, 새들 속에도, 짐승들 속에도. 너의 범프는 신들과 함께 하러 간 거야. 세상이 되고, 세상 안에 있는 모든 것이 될 거다."

노파의 말은 칼날처럼 럼프를 찔렀다. '범프가 봐. 범프가 날 지켜보고 있어. 다 알아.' 럼프는 범프에게서 숨을 수 없었다. 어머니의 치맛자락에 숨거나, 개들과 도망쳐서 아버지의 분노를 피할 수도 없었다. '개들. 잘린 꼬리, 킁킁이, 으릉이(Loptail, Sniff, the Growler). 좋은 개들이었지. 내 친구들이었어.'

아버지는 범프의 시신 주위를 킁킁거리는 개들을 발견했을 때 어떻게 해야 할지 몰랐기에, 셋 다 도끼로 찍어버렸다. 손이 너무 심하게 떨려서 킁킁이를 조용히 시키는 데 두 번, 으릉이를 눕히는 데는 네 번을 때려야 했다. 피 냄새가 진동을 했고 죽어가는 개들의 소리가 듣기 무서웠지만, 그래도 잘린 꼬리는 아버지가 부르자 왔다. 제일 나이 많은 개였고, 그동안 받은 훈련이 공포를 이겼던 것이다. 럼프가 그 몸속으로 들어갔을 때는 너무 늦었었다.

'안 돼요, 아버지. 제발요.' 그렇게 말하려 했지만, 개들은 인간의 언어를 말하지 못했기에 튀어나온 것은 애처로운 울음소리뿐이었다. 도끼가 늙은 개의 머리뼈 한중간을 부수고 들어갔고, 집 안에서는 소년이 비명을 내질렀다. 그렇게 해서 가족이 알게 되었다. 이틀 후, 아버지는 그를 숲으로 끌고 들어갔다. 도끼도 들고 있었기에 럼프는 아버지가 개들을 죽인 것처럼 자기도 죽일 거라 생각했다. 그러나 아버지는 그를 하곤에게 넘겼다.

바라미르는 화들짝, 갑자기 온몸을 떨면서 깨어났다. "일어나." 목소리가 외치고 있었다. "일어나. 가야 해. 수백이야." 눈이 딱딱한 흰 담요가 되어 그의 몸을 덮고 있었다. '너무 추워.' 움직이려 하다가 손이 얼어서 땅에 붙어버렸음을 알았다. 그는 살갗을 약간 희생하고서 겨우 손을 떼어냈다. "일어나." 시슬이 다시 소리쳤다. "놈들이 온다고."

시슬이 돌아왔다. 시슬이 그의 어깨를 잡고 흔들면서, 얼굴에 대고 외치고 있었다. 바라미르는 시슬의 입 냄새를 맡고, 추위에 마비된 뺨에 닿는 온기를 느낄 수 있었다. '지금이야.' 그는 생각했다. '지금 하거나, 아니면 죽는 거야.'

그는 남은 힘을 다 짜내어, 몸 밖으로 뛰쳐나가서 강제로 시슬의 몸에 들어갔다.

시슬이 등을 구부리고 비명을 질렀다.

'끔찍한 짓이야.' 그게 그녀였을까, 그였을까, 아니면 하곤이었을까? 그는 결코 알지 못했다. 그녀의 손가락이 느슨해지자 그의 예전 몸이 눈 더미 속에 다시 쓰러졌다. 창 마누라는 찢어지는 소리를 지르며 격렬히 몸을 뒤틀었다. 그림자삵은 거칠게 싸웠고, 눈곰은 잠시 동안 반쯤 미쳐서 나무와 바위와 허공을 물어뜯었지만, 이번이 더 지독했다. "나가, 나가!" 그녀의 입이 외치는 소리가 들렸다. 그의 영혼과 그녀의 영혼이 몸을 두고 싸우는 동안 그녀의 몸은 비틀거리다가, 쓰러졌다가, 다시 일어나고, 두 팔을 휘두르고, 두 다리가 이쪽으로 갔다가 저쪽으로 홱 틀면서 기괴한 춤을 추었다. 시슬이 차가운 공기를 한 움큼 빨아들이고, 바라미르가 잠깐 동안 그 공기의 맛과 이 젊은 육체의 힘을 취하는 영광을 맛보는가 싶더니 시슬이 이를 딱 닫으면서 그의 입안이 피로 가득 찼다. 그녀는 두 손을 얼굴로 올렸다. 그가 다시 밀어내려 했지만 손은 그의 말을 듣지 않았고, 그녀는 그의 눈을 할퀴었다. '끔찍한 짓이야.' 그는 피와 고통과 광기 속에 잠겨 죽어가면서 떠올렸다. 그가 비명을 지르려 하자, 그녀가 잘린 혀를 뱉어냈다.

새하얀 세계가 빙글빙글 멀어져갔다. 잠시 동안은 죽어가는 남자가 힘없이 바닥에서 몸을 비틀고, 미친 여자가 붉은 눈물을 흘리고 옷을 찢으며 달 아래 눈먼 피의 춤을 추는 모습을 영목 안에 들어가서 그 붉은 눈으로 바라보는 느낌이었다. 그러다가 둘 다 사라지고 그는 녹고 솟아오르며 영혼이 차가운 바람에 실려가고 있었다. 그는 눈 속에도 구름 속에도 있었고, 참새였고 다람쥐였으며 참나무였다. 뿔이 달린 올빼미 한 마리가 소리 없이 나무 사이를 날며 산토끼를 쫓았다. 바라미르는 그 올빼미 속에도, 산토끼 속에도, 나무 속에도 있었다. 얼어붙은 땅 깊숙한 곳에서 지렁이들이 어둠 속을 파고들었고, 그는 그 속에도 있었다. '나는 숲이고, 숲 안에 있는 모든 것이야.' 그는 환희하며 생각했다. 그가 지나가는 것을 느낀 백 마리 까마귀가 하늘로 날아오르며 까악거렸다. 거대한 엘크가 큰 소리를 내며 등에 매달린 아이들을 불안하게 만들었다. 자던 다이어울프가 고개를 들고 허공을 향해 으르렁거렸다. 그는 그 짐승들의 심장이 다시 뛰기도 전에 스쳐 지나가며 그의 무리를, 애꾸와 능글이와 살금이를 찾았다. 그의 늑대들은 그를 구해줄 것이다.

그것이 인간으로서 바라미르가 한 마지막 생각이었다.

진정한 죽음은 갑자기 찾아왔다. 그는 얼어붙은 호수의 찬물 속에 던져진 것처럼 차가운 충격을 느꼈다. 다음 순간 그는 무리를 뒤에 달고 달빛 비치는 눈밭을 질주하고 있었다. 세상 절반이 어두웠다. '애꾸다.' 그는 알았다. 그가 짖자 능글이와 살금이가 따라 짖었다.

산마루에 다다른 늑대들은 발을 멈췄다. '시슬.' 그는 기억했고, 그의 일부는 놓쳐버린 것에 슬퍼하고 또 다른 일부는 그가 저지른 짓 때문에 슬퍼했다. 아래 세상은 얼음으로 변해 있었다. 서리의 손가락이 영목을 느릿느릿 타고 오르며 서로를 향해 뻗어갔다. 비어 있던 마을은 이제 비지 않았다. 파란 눈의 그림자들이 눈 더미 사이를 걸었다. 갈색 옷을 입은 자도, 검은 옷을 입은 자도, 벌거벗은 자도 있었고 모두 살갗이 눈처럼 희었다. 언덕 사이로 부는 바람이 그들의 냄새를 짙게 실어왔다. 죽은 살, 말라붙은 피, 곰팡이와 부패와 소변 냄새가 나는 살갗. 능글이가 목털을 곤두세우고 낮게 으르렁대며 이를 드러냈다. '인간이 아니야. 먹잇감이 아니야. 이건 아니야.'

아래에 있는 것들은 움직였지만, 살아 있지는 않았다. 그들은 하나씩 하나씩, 언덕 위의 세 마리 늑대를 향해 고개를 들었다. 마지막으로 고개를 든 것은 한때 시슬이었던 몸이었다. 시슬은 모직물과 모피와 가죽옷 위에 서리 외투를 걸쳤는데, 움직이자 부서지는 소리가 나면서 달빛을 받아 반짝거렸다. 손가락 끝에는 분홍색 고드름이 매달렸다. 얼어붙은 피로 만들어진 열 개의 긴 칼이었다. 그리고 시슬의 눈동자가 있었던 구덩이 속에서는 엷은 파란빛이 깜박거리며, 거친 이목구비에 생전에는 없었던 으스스한 아름다움을 얹었다.

'날 보고 있어.'

티리온

그는 협해를 건너는 내내 술을 마셨다.

배는 작았고 선실은 더 작았지만, 선장은 그를 갑판 위로 내보내주지 않았다. 발밑에서 출렁이는 배 때문에 속이 울렁거렸고, 비참한 식사는 게워내면 더 지독했다. 하지만 와인으로 영양을 보충하면 되는데 소금에 절인 소고기며 딱딱한 치즈, 구더기가 끓는 빵이 왜 필요하겠는가? 붉고 시큼한데다 아주 독한 와인이었다. 가끔은 와인도 게워 올렸지만, 술은 언제나 더 있었다.

"세상은 와인으로 가득하지." 그는 눅눅한 선실 안에서 중얼거렸다. 그의 아버지는 술주정뱅이를 거들떠보지 않았지만, 무슨 상관이란 말인가? 아버지는 죽었다. 그가 죽였다. '배에 화살 한 대 드렸습니다, 나리. 다 드십쇼. 내가 노궁을 좀 더 잘 다뤘다면 날 만들어낸 거시기에 박아 넣었을 텐데, 이 빌어먹을 개새끼야.'

갑판 아래에는 밤도 낮도 없었다. 티리온은 손도 대지 않을 식사를 가져오는 선실 사환의 존재로 시간을 가늠했다. 사환은 언제나 선실을 청소할 솔과 들통도 가지고 왔다. "이건 도르네 와인이냐?" 티리온은 가죽 부대에서 마개를 뽑으면서 한번 물었다. "예전에 알았던 뱀이 생각나는구나. 산에 깔려 죽기 전까지만 해도 재미있는 친구였지."

사환은 대답하지 않았다. 못생긴 소년이었지만, 그래도 코가 반쪽뿐이고 눈에서 턱까지 흉터가 남은 어느 난쟁이보다는 봐줄 만한 얼굴이었다. "내 말에 기분이 상한 거냐?" 티리온은 바닥을 문지르는 소년에게 물었다. "나하고는 말을 하지 말라는 명령을 받았나? 아니면 어느 난쟁이가 네 어미와 붙어먹기라도 했나?" 이 말에도 답이 없었다. "우리 배가 어디로 가고 있지? 말해봐." 제이미는 자유도시들이라고 했지, 정확히 어느 도시인지는 말하지 않았다. "브라보스인가? 티로시? 미르?" 티리온에게 고르라면 도르네로 갔을 것이다. '미르셀라가 토멘보다 손위니까, 도르네 법으로 철왕좌는 미르셀라의 것이야. 난 오베린 공자의 제안대로 미르셀라의 권리 주장을 도울 거야.'

그러나 오베린은 죽었다. 오베린의 머리통은 그레고르 클리게인 경의 쇠장갑 낀 주먹에 짓이겨져 피투성이 잔해로 변했다. 그리고 상황을 부추길 붉은 독사가 없다면, 도란 마르텔이 그런 불확실한 책략을 고려해보기는 할까? '대신 날 사슬에 묶어서 사랑스러운 내 누이에게 돌려보낼지도 모르지.' 장벽이 더 안전할 수도 있었다. 늙은 곰 모르몬트는 밤의 경비대에 티리온 같은 남자들이 필요하다고 했었다. '하지만 모르몬트도 죽었을지 몰라. 지금쯤이면 슬린트가 총사령관이 되었을 수도 있어.' 슬린트, 그 푸주한의 아들은 누가 자신을 장벽으로 보냈는지 잊지 않을 것이다. '정말로 살인자와 도둑과 같이 딱딱한 염장 고기와 포리지를 먹으면서 여생을 보내고 싶어?' 그 여생도 별로 길진 않을 테지만 말이다. 자노스 슬린트가 가만 놔둘 리 없었다.

선실 사환은 솔을 적셔서 굳세게 바닥을 문질렀다. "리스의 쾌락의 집들에 가본 적 있으냐?" 티리온은 물었다. "그게 창녀들이 가는 곳이려나?" 티리온은 창녀에 해당하는 발리리아어를 바로 떠올리지 못했고, 어차피 생각한들 늦었다. 소년은 술을 들통에 던져 넣고 나가버렸다.

'와인에 머리가 흐려졌어.' 티리온은 학사의 무릎에 앉아서 고급 발리리아어 읽기를 배웠지만, 아홉 자유도시에서 쓰는 말은…… 방언이라고 하기도 무엇한 게, 아홉 개 방언이 서로 다른 언어가 되어가는 상태였다. 티리온은 브라보스어를 약간 익혔고 미르어는 겉핥기만 했다. 티로시에서라면 예전에 캐스털리록에서 알았던 용병 덕분에 신들을 저주하고, 사기꾼을 잡아내고, 에일을 주문하는 정도는 할 수 있을 것이다. '최소한 도르네에선 공용어를 쓰지.' 도르네의 음식이나 법과 마찬가지로 도르네의 말에도 로인의 풍취가 가득했지만, 그래도 이해할 수는 있었다. '도르네야, 그래. 나에겐 도르네가 적당해.' 티리온은 인형을 끌어안은 아이처럼 그 생각에 매달려서 침대에 기어들었다.

티리온 라니스터는 쉽게 잔든 적이 없었다. 배에 오르자 더욱 힘들었지만, 가끔 와인을 충분히 마시면 한동안 정신을 잃을 수는 있었다. 적어도 꿈은 꾸지 않았다. 꿈이라면 이미 초라한 한 생애에는 충분할 만큼 꾸었다. '그것도 어리석기 그지없는 꿈이었지. 사랑, 정의, 우정, 영광. 심지어 키가 크는 꿈까지.' 티리온은 이제 그 모든 것이 닿을 수 없음을 알았다. 하지만 창녀들이 가는 곳이 어디인지는 몰랐다.

"어디든 창녀들이 가는 곳." 아버지는 그렇게 말했다. '그게 마지막 말이었지. 대체 무슨 말이야.' 노궁이 텅 하고 울리고, 타이윈 공이 축 늘어지고, 티리온 라니스터는 정신을 차려보니 바리스와 함께 어둠 속을 뒤뚱거리며 걷고 있었다. 어찌어찌 수직 통로의 사다리 230단을 내려가서, 강철 드래곤의 입속에서 잉걸불이 오렌지빛을 내고 있는 자리까지 돌아간 모양이었다. 기억은 전혀 나지 않았다. 오직 노궁에서 나던 소리와, 아버지의 배설물이 풍기던 악취만 기억했다. '죽어가면서도 나에게 똥을 쌀 방법을 찾아내

다니.'

바리스는 티리온을 안내하여 터널을 통과했지만, 블랙워터 강가로 빠져나갈 때까지 두 사람은 한마디도 하지 않았다. 블랙워터. 티리온이 유명한 승리를 거두고 코를 잃은 곳이었다. 그곳에서 티리온은 내시를 돌아보고 말했다. "아버지를 죽여버렸소." 누군가가 "발가락을 찧었어"라고 말할 때와 다름없는 말투였다.

첩보관은 탁발 형제처럼 좀이 슨 거친 갈색 로브를 입고 있었고, 두건이 매끄럽고 통통한 두 뺨과 대머리를 가렸다. "그 사다리를 오르지 말았어야지요." 바리스는 나무라듯 말했다.

"어디든 창녀들이 가는 곳으로 갔겠지." 티리온은 아버지에게 그 단어를 쓰지 말라고 경고했었다. '내가 쏘지 않았다면 내 위협이 공허하다고 봤겠지. 언젠가 내 품에서 티샤를 빼앗아 갔듯이, 내 손에서 노궁을 빼앗았을 거야. 내가 죽였을 때 아버지는 일어서고 있었어.'

"샤에도 죽였어." 그는 바리스에게 고백했다.

"샤에가 어떤 물건인지 아셨을 텐데요."

"알았지. 하지만 아버지가 어떤 인간인지는 몰랐어."

바리스가 키득거렸다. "이젠 아시는군요."

'그 내시 놈도 죽여버렸어야 했는데.' 손에 피를 조금 더 묻힌들, 무슨 차이가 있겠는가? 왜 단검을 뽑지 않았었는지 알 수 없었다. 고마움 때문은 아니었다. 바리스가 그를 처형 집행인의 검에서 구했을지는 모르지만, 그건 제이미가 강제했기 때문이었다. '제이미…… 아니야. 제이미 생각은 안 하는 게 좋겠어.'

대신 그는 새 와인 부대를 찾아내어 젖을 빨듯이 술을 빨았다. 시큼한 레드와인이 턱을 타고 흘러내려 지저분한 튜닉을 적셨다. 감옥에서 입고 있던 튜닉이었다. 발아래에서 갑판이 기우뚱거렸고, 일어서려고 하자 옆으로 솟아오르면서 티리온을 칸막이벽에 세게 팽개쳤다. '폭풍이로군.' 그는 깨달았다. '아니면 내가 생각보다 더 심하게 취했거나.' 그는 와인을 게워내고, 잠시 동안 그 위에 누워서 배가 침몰할까 생각했다. '이건 아버지의 복수인가요? 하늘에 계신 아버지 신의 수관이 됐어요?' 그는 바깥에서 바람이 울부짖자 중얼거렸다. "이런 게 친족 살해자의 응보지." 티리온이 한 일 때문에 선실 사환과 선장과 나머지 모두를 익사시키다니 공정하지 않았지만, 언제 신들이 공정한 적이 있었던가? 그리고 그쯤에서 어둠이 그를 집어삼켰다.

다시 몸을 움직였을 때는 머리가 터질 것 같았고 배가 어지럽게 도는 느낌이었지만, 선장은 항구에 들어섰다고 주장했다. 티리온은 선장에게 조용히 하라고 하고, 덩치 큰 대머리 선원이 그를 옆구리에 끼고 선창으로 나르는 동안 힘없이 발길질을 하며 바르작거렸다. 선창에서는 빈 와인 통이 그를 기다리고 있었다. 땅딸하고 작은 나무통이었고, 난쟁이에게도 너무 비좁았다. 티리온은 버둥거리다가 오줌을 쌌다. 도움이 되지 않는 일이었다. 그는 얼굴부터 통 안에 쑤셔 넣어져서, 무릎이 귀에 닿았다. 잘린 코끝이 미치도록 가려웠지만 꽉 끼어서 팔을 뻗을 수가 없었다. '내 지위에 딱 맞는 탈것이로군.' 그는 선원들이 망치질을 해서 뚜껑을 닫는 동안 생각했다. 몸이 들려 올라가고, 고함치는 목소리들이 들렸다. 통이 퉬 때마다 통 바닥에 머리가 부딪쳤다. 나무통이 굴러 내려가자 세상이 빙글빙글 돌았고, 멈출 때의 충격에는 비명을 지르고 싶었다. 또 다른 통이 그의 통에 부딪쳤고, 티리온은 혀를 씹었다.

평생 제일 길게 느껴지는 여행이었지만, 아마 반시간도 걸리지 않았을 것이다. 그는 들려 올라갔다가 내려가고, 구르다가 어디 박혔다가, 거꾸로 뒤집혔다가 바로 놓이고 다시 굴렀다. 나무 널 사이로 남자들의 고함이 들렸고, 한번은 가까이에서 말이 히힝거렸다. 티리온의 짧은 두 다리에 쥐가 나더니, 곧 쿵쿵 울리는 두통마저 잊을 정도로 아파왔다.

그 여정은 시작했을 때처럼 머리가 어지럽고 더 심하게 흔들리며 끝났다. 바깥에서는 귀에 선 목소리들이 모르는 언어로 말을 하고 있었다. 누군가가 통 위를 두드리더니, 갑자기 뚜껑이 탁 하고 열렸다. 빛과 서늘한 공기가 쏟아져 들어왔다. 티리온은 탐욕스레 숨을 들이켜며 일어서려고 했지만, 통을 옆으로 넘어뜨리며 단단하게 다진 흙바닥에 쏟아졌을 뿐이었다.

노란색 갈래 수염을 기른 기괴하도록 뚱뚱한 남자가 나무망치와 끌을 들고 서 있었다. 그 남자의 잠옷은 마상시합장에서 천막으로 써도 될 정도로 컸는데, 느슨하게 맨 허리띠 매듭이 풀려서 거대한 흰 배와 기름 주머니같이 축 늘어진 데다 거친 노란 털이 뒤덮인 묵직한 가슴이 드러났다. 티리온은 그 남자를 보고 언젠가 캐스털리록 지하 동굴에 밀려 올라왔던 죽은 바다소를 떠올렸다.

뚱뚱한 남자는 티리온을 내려다보고 미소 지었다. "술 취한 난쟁이로군." 그는 웨스테로스 공용어로 말했다.

"썩어가는 바다소로군." 티리온의 입안에는 피가 가득했다. 그는 뚱뚱한 남자의 발치에 피를 뱉었다. 그들은 반구형의 천장에, 돌벽에는 초석이 군데군데 얼룩진 길고 어두운 지하실에 있었다. 사방을 둘러싼 와인과 에일 통은 목마른 난쟁이가 밤새 취하고도 남을 양이었다. '아니면 평생 마셔도 되겠군.'

"오만하군. 난쟁이가 오만하다니 마음에 들어." 뚱뚱한 남자가 소리 내어 웃자, 살이 어찌나 격하게 흔들리는지 티리온은 그 남자가 쓰러져서 자신을 짓이길까 두려워졌다. "배고프신가, 작은 친구? 지치기도 했고?"

"목이 마르군." 티리온은 힘겹게 무릎을 세웠다. "지저분하고."

뚱뚱한 남자가 쿵쿵거렸다. "목욕부터 해야겠군. 그다음에 음식을 먹고, 부드러운 침대에서 자는 걸로 하지. 하인들이 준비할 거야." 그는 나무망치와 끝을 내려놓았다. "나의 집이 그대의 집일세. 바다 건너 내 친구의 친구라면 누구나 일리리오 모파티스의 친구지."

'그리고 거미 바리스의 친구라면 참 믿을 만한 인물이겠지.'

그러나 뚱뚱한 남자는 목욕 약속을 잘 이행했다. 티리온은 뜨거운 물 속에 들어가서 눈을 감자마자 잠들었다. 깨어났을 때는 벌거벗은 채, 구름에 싸인 느낌이 들 정도로 부드러운 거위 깃털 침대에 누워 있었다. 혀가 깔깔했고 목이 쓰라렸지만, 성기는 쇠막대기처럼 단단했다. 그는 침대에서 굴러내려가서 요강을 찾고, 만족스러운 신음을 흘리며 요강을 채웠다.

방 안은 어두웠지만, 덧창 틈으로 노란 햇빛이 스며들었다. 티리온은 마지막 오줌 방울을 털어내고, 새로 돋은 풀처럼 부드러운 미르산 문양 카펫 위를 뒤뚱뒤뚱 걸었다. 그리고 힘겹게 창가 자리로 올라가서 덧창을 열어젖히고 바리스와 신들이 그를 어디로 보냈는지 보았다.

창문 아래에는 여섯 그루의 벚나무가 파수병처럼 대리석 수조를 둘러싸고 서 있었는데, 가느다란 나뭇가지는 헐벗은 갈색이었다. 물 위에는 벌거벗은 소년이 하나 서서 자객용 검을 손에 쥐고 결투 자세를 취하고 있었다. 많아야 열여섯 살로 보이는 늘씬하고 잘생긴 소년으로, 곧은 금발이 어깨까지 내려왔다. 그 모습이 어찌나 생생한지, 티리온은 한참을 보다가 겨우 그것이 색을 입힌 대리석 조각임을 알아차렸다. 손에 쥔 검만큼은 진짜 강철처럼 빛났지만 말이다.

수조 건너편에는 높이가 3.5미터는 되고, 위에 쇠못을 박은 벽돌벽이 있었다. 그 벽 너머는 도시였다. 타일 지붕들의 바다가 만(灣) 주변에 빽빽하게 모여 있었다. 네모난 벽돌탑들과 거대한 붉은 신전, 멀리 언덕 위에 올라선 저택이 보였다. 더 멀리서는 깊은 바다에 햇빛이 아른거렸다. 어선들이 바람에 돛을 흔들며 만을 가로질렀고, 해변을 따라 늘어선 더 큰 배들의 돛대를 볼 수 있었다. '분명히 한 척쯤은 도르네로 가겠지. 아니면 바닷가 이스트워치나.' 하지만 그에게는 뱃삯을 지불할 수단도 없었고, 노를 젓기에 적합한 몸도 아니었다. '선실 사환으로 들어가서 협해 이쪽저쪽에서 선원들과 비역질을 하며 뱃삯을 벌 수도 있겠지.'

여기가 어디일까 궁금했다. '여긴 공기 냄새마저 다르군.' 싸늘한 가을바람에 낯선 향신료 냄새가 섞여 있었고, 벽 너머 길거리에서 떠도는 희미한 외침이 들려왔다. 발리리아어처럼 들렸지만, 다섯 마디에 한 마디도 알아들을 수가 없었다. '브라보스는 아니야. 티로시도 아니고.' 잎이 떨어진 나뭇가지와 싸늘한 공기를 생각하면 리스와 미르와 볼란티스도 제외였다.

등 뒤에서 문이 열리는 소리가 났고, 티리온은 몸을 돌려 뚱뚱한 집주인을 마주했다. "여긴 펜토스로군. 맞나?"

"그렇네. 달리 어디겠나?"

'펜토스라.' 킹스랜딩이 아닌 것이 어디인가. "창녀들이 가는 곳이 어디지?" 그는 저도 모르게 물었다.

"웨스테로스와 마찬가지로 창녀들이라면 매춘굴에 있지. 자네에겐 그런 게 필요 없을 거야, 작은 친구. 내 하녀들 중에서 고르게나. 감히 자넬 거부하는 하녀는 없을 테니."

"노예인가?" 티리온은 날카롭게 물었다.

뚱뚱한 남자는 기름을 바른 노란 턱수염의 한쪽 갈래를 쓰다듬었다. 놀랍도록 음탕한 손짓이었다. "브라보스가 백 년 전에 시행한 조약에 의해, 펜토스에서는 노예가 금지되어 있네. 그렇다 해도 하녀들은 자넬 거절하지 않을 거야." 일리리오는 육중한 몸을 숙여 반절을 했다. "하지만 잠시 작은 친구에게 실례해야겠군. 나는 대도시의 마지스터라는 영예를 지고 있는데, 군주께서 회의를 소집하셔서 말이야." 일리리오가 웃자 입안 가득 비뚤배뚤한 누런 이가 보였다. "저택이든 정원이든 좋을 대로 탐험하시게. 다만 벽 바깥으로 나가면 곤란해. 자네가 여기 있었다는 사실은 아무도 모르는 게 좋아.”

“있었다는? 내가 어디로 또 가나?”

“그 문제는 오늘 저녁에 이야기할 시간이 있을 거야. 작은 친구와 내가 먹고 마시면서 장대한 계획을 세우는 거지. 어떤가?”

“그러지, 뚱뚱한 친구.” 티리온은 대꾸했다. ‘이익을 위해 날 이용할 생각이군.’ 자유도시의 상인 왕자들에게는 모든 게 이익 문제였다. “향신료 병사들과 치즈 영주들.” 아버지는 경멸을 담아 그렇게 불렀었다. 일리리오 모파티스가 살아 있는 난쟁이보다 죽은 난쟁이에게서 이익을 보는 날이 온다면, 티리온은 그날이 저물기 전에 다시 한번 와인 통에 담기게 될 것이다. ‘그날이 오기 전에 사라지는 게 좋겠지.’ 그날이 오리라는 점은 의심하지 않았다. 세르세이가 그를 잊을 리 없었고, 제이미도 아버지의 배에 꽂힌 화살을 보고는 화가 났을지 몰랐다.

아래 수조에 가벼운 바람이 불어와, 빌기벗은 검사 주변에 온통 잔물결을 일으켰다. 거짓 봄과 같던 결혼 생활 동안 티샤가 그의 머리를 헝클어뜨리던 순간들이 떠올랐다. 아버지의 경비병들이 그녀를 강간하도록 그가 내버려두기 전에. 티리온은 항해 내내 그 경비병들을 생각하며, 얼마나 많았는지 기억해내려 애썼다. 당연히 기억할 것 같은데, 아니었다. 열 명? 스무 명? 백 명? 기억이 나지 않았다. 모두가 성인이었고, 키가 크고 힘이 셌다……. 하지만 열세 살 난쟁이에게는 모든 남자가 크고 강했다. ‘티샤는 몇인지 알았어.’ 각각 은화 한 닢씩을 줬으니, 그 수만 헤아리면 될 일이었다. ‘한 놈에 은화 한 닢씩, 그리고 나는 금화 한 닢.’ 아버지가 티리온도 값을 지불해야 한다고 했었다. ‘라니스터는 언제나 빚을 갚거든.’

“어디든 창녀들이 가는 곳으로 갔겠지.” 다시 한번 타이윈 공의 목소리가 들리고, 다시 한번 활시위에서 팅 소리가 났다.

마지스터가 저택을 탐험해보라고 권했겠다, 티리온은 청금석과 자개가 박힌 삼나무 궤짝에서 깨끗한 옷을 찾았다. 힘겹게 꿰어 입다 보니 어린 소년용으로 만든 옷이었다. 조금 퀴퀴하긴 해도 옷감은 호화로웠는데, 다리가 너무 길고 팔은 너무 짧았으며, 옷깃이 목을 조여서 어찌어찌 잠그고 나니 죽기 전 조프리처럼 얼굴이 시커메졌다. 좀이 슬어 있기도 했다. '그래도 토사물 냄새는 안 나잖아.'

티리온은 주방부터 탐색을 시작했고, 뚱뚱한 여자 둘과 심부름꾼 소년이 조심스럽게 지켜보는 가운데 치즈와 빵과 무화과를 먹었다. "안녕히 계시오, 아름다운 부인들." 그는 절을 하며 말했다. "창녀들이 가는 곳이 어딘지 아시오?" 그들이 대꾸하지 않자 그는 고급 발리리아어로 같은 질문을 되풀이했지만, '창녀'를 뜻하는 단어 대신 '코르티잔'이라고 말할 수밖에 없었다. 이번에는 둘 중에 더 젊고 더 뚱뚱한 요리사가 어깨를 으쓱였다.

손을 잡고 침실로 끌고 가면 요리사들이 어떻게 나올지 궁금했다. '감히 자네를 거부하는 하녀는 없다'고 일리리오는 말했지만, 어쩐지 티리온은 그 하녀들에 이 둘이 포함될 것 같지 않았다. 둘 중 젊은 쪽도 티리온의 어머니뻘이었고, 나이 든 쪽은 그 요리사의 어머니 같았다. 둘 다 일리리오만큼 뚱뚱했고, 젖가슴이 티리온의 머리통보다 컸다. '살에 파묻혀 죽을 수도 있겠군.' 그만하면 죽기 썩 나쁜 방법은 아니었다. 아버지가 죽은 방식만 해도 그보다 나쁘지 않은가. '숨을 거두기 전에 금똥을 조금이라도 싸게 만들었어야 했는데.' 타이윈 공이 애정과 칭찬에는 인색했을지 몰라도, 돈에는 늘 관대했었다. '코가 없는 난쟁이보다 더 불쌍한 건, 돈도 없고 코도 없는 난쟁이지.'

티리온은 뚱뚱한 두 요리사를 빵 덩이들과 주전자들 사이에 놓아두고 일리리오가 전날 밤에 그를 꺼내준 지하실을 찾아 나섰다. 어렵지는 않았다. 그곳에는 티리온이 백 년은 취할 수 있을 만큼 와인이 많았다. 리치에서 온 달콤한 레드와인과 시큼한 도르네산 레드와인, 펜토스의 호박색 와인과 미르의 초록색 넥타르가 있었고, 아버 골드가 60통은 있는 데다 심지어는 콰스와 이-티, 그림자 밑 아샤이 같은 전설 속의 동쪽 나라에서 온 와인도 있었다. 결국 티리온은 현재 아버 영주의 조부인 런스포드 레드와인 공의 개인 소장품이라고 표시된 독한 와인 한 통을 골랐다. 혀가 노곤하게 풀리는 맛이었고, 색깔은 어둑어둑한 지하실에서 검은색으로 보일 정도로 짙은 자줏빛이었다. 티리온은 정원으로 올라가서 아까 보았던 벚나무 아래에서 마시려고 잔 하나를 가득 채우고, 병도 하나 채웠다.

엉뚱한 문으로 나갔는지 창문으로 보았던 수조는 도무지 찾을 수가 없었지만, 상관없었다. 저택 뒤편의 정원도 못지않게 쾌적했고, 훨씬 더 넓었다. 그는 한동안 술을 마시면서 정원을 돌아다녔다. 저택 벽은 제대로 된 성이라도 부끄럽게 만들 정도 규모였고, 벽 위를 장식한 쇠못들은 꽂혀 있는 머리통이 없으니 이상하게 뭔가가 빠진 느낌이었다. 티리온은 누이의 머리통이 그 위에 꽂혀 있다면 어떻게 보일지, 금빛 머리는 타르에 젖고 입 안팎으로 파리가 윙윙대면 어떨지 상상해보고, 결론을 내렸다. '그래. 제이미도 꼭 그 옆에 있어야해. 형과 누나 사이엔 아무도 끼어들면 안 되니까.'

밧줄과 갈고리가 있다면 그 벽을 타 넘을 수도 있을 것이다. 티리온은 팔힘이 셌고, 몸무게는 많이 나가지 않았다. 쇠못에 찔리지만 않는다면 넘지 못할 것도 없었다. '내일은 밧줄을 찾아봐야겠군.' 그는 다짐했다.

돌아다니면서 본 문은 세 개였다. 문루가 있는 정문, 견사 옆의 샛문, 그리고 마구 엉킨 담쟁이덩굴 뒤에 숨어 있는 정원 문까지. 마지막 문은 쇠사슬이 걸렸고, 나머지 둘은 경비병이 있었다. 경비병들은 통통했고, 얼굴이 갓난아기 엉덩이처럼 매끈하니 수염이 없었으며, 하나같이 뾰족뾰족한 청동 모자를 썼다. 티리온은 내시들을 알아보았다. 그들의 명성도 알고 있었다. 거세한 병사들은 아무것도 두려워하지 않고 통증도 느끼지 않으며, 죽을 때까지 주인에게 충성한다고 했다. '그런 병사가 몇백 명 있다면 잘 써먹

을 수 있을 텐데. 거지가 되기 전에 생각해내지 못한 게 아쉽군.'

　기둥이 늘어선 회랑을 걷다가 뾰족 아치를 통과하니 타일이 깔린 안뜰이었고, 한 여자가 우물가에서 옷을 빨고 있었다. 티리온과 비슷한 또래로 보였고, 칙칙한 붉은 머리에 넓적한 얼굴은 주근깨가 잔뜩이었다. "와인 좀 마시겠나?" 티리온이 묻자 여자는 애매한 표정으로 쳐다보았다. "잔이 따로 없어서 같이 마셔야 하긴 하는데." 세탁부는 튜닉을 쥐어짜서 너는 작업으로 돌아갔다. 티리온은 와인병을 들고 돌로 만든 장의자에 앉았다. "말해 봐. 내가 마지스터 일리리오를 어느 정도 믿어야 할까?" 그 이름을 듣자 세탁부가 시선을 들었다. "그 정도까지?" 티리온은 킬킬거리며 짧은 다리를 꼬고 와인을 마셨다. "그 치즈 장수가 안배해둔 역할을 수행하긴 싫지만, 내가 어떻게 거부하겠어? 문마다 경비병인데. 자네가 치마 속에 날 숨겨서 내보내줄 수도 있으려나? 그러면 정말 고마울 텐데. 아니, 결혼도 해줄 수 있어. 이미 아내를 둘이나 뒀는데, 셋은 왜 안 되겠어? 하지만 그러면 우리가 어디서 살지?" 그는 코가 반쪽인 남자가 짜낼 수 있는 가장 상냥한 미소를 지었다. "선스피어에 조카가 하나 있다는 얘기 했나? 미르셀라와 같이 도르네에서 장난을 많이 칠 수도 있을 거야. 내 조카들끼리 전쟁을 붙일 수 있다면 재밌지 않겠어?" 세탁부는 돛으로 써도 될 만큼 큰 일리리오의 튜닉 하나를 빨랫줄에 고정했다. "맞아. 그런 사악한 생각을 하다니 부끄러워해야 마땅하지. 차라리 장벽으로 가는 게 낫겠어. 밤의 경비대에 들어가면 모든 범죄가 깨끗하게 지워진다잖아. 그렇지만 거기서 자네를 데리고 있게 해주진 않을 거야. 밤의 경비대엔 여자가 없거든. 밤에 침대를 데워줄 상냥한 주근깨 마누라는 없고, 차가운 바람과 염장한 대구, 변변찮은 맥주뿐이지. 내가 검은 옷을 입으면 좀 더 커 보일 수 있을까?" 티리온은 잔을 다시 채웠다. "어떻게 생각해? 북쪽 아니면 남쪽? 내가 이전에 저지른 짓을 속죄할까, 아니면 새로운 죄를 저지를까?"

세탁부는 마지막으로 한 번 티리온을 쳐다보더니, 바구니를 집어 들고 가버렸다. '난 아내를 오래 잡아두질 못하는 모양이야.' 티리온은 생각했다. 어느새 와인병이 비어 있었다. '비틀비틀 지하실에 다시 내려가야 할까.' 하지만 독한 와인에 머리가 빙빙 돌았고, 지하실 계단은 심하게 가팔랐다. "창녀들이 가는 곳이 어디지?" 그는 빨랫줄에 널려 펄럭이는 옷을 보고 물었다. 어쩌면 세탁부에게 물었어야 했는지도 모른다. '자네가 창녀라는 말을 하려는 건 아닌데, 혹시 자네는 창녀들이 어디로 가는지 알지도 모르겠군.' 아니면 아버지에게 물었어야 했는지도 모른다. "어디든 창녀들이 가는 곳으로 갔겠지." 타이윈 공은 그렇게 말했다. '티샤는 날 사랑했어. 티샤는 소농의 딸이었어. 날 사랑했고 나와 결혼했고, 나를 믿었어.'

빈 술병이 손에서 빠져나가 안뜰을 굴렀다. 티리온은 몸을 일으켜 병을 주우러 갔다. 그러다가 깨진 타일 사이로 돋아난 버섯을 보았다. 하얀색에 얼룩이 졌고, 갓 아래쪽은 피처럼 어두운 붉은색이었다. 티리온은 버섯을 하나 따서 냄새를 맡았다. '맛있고 치명적이겠군.'

같은 버섯이 일곱 개 있었다. 일곱 신이 그에게 뭔가를 말하려 하는지도 몰랐다. 티리온은 버섯을 모조리 뽑은 다음, 빨랫줄에 널린 장갑을 하나 낚아채어 조심스럽게 버섯을 싸서 주머니에 밀어 넣었다. 그러느라 머리가 어지러워졌기에, 버섯을 주머니에 넣은 다음에는 장의자로 돌아가서 몸을 말고 눈을 감았다.

다시 깨어났을 때는 침실에 돌아와서 다시 한번 거위 깃털 침대에 파묻혀 있었고, 금발의 소녀가 어깨를 흔드는 중이었다. "나리. 목욕물을 받아 뒀습니다. 마지스터 일리리오께서 한 시간 후에 저녁 식사를 들자십니다."

티리온은 두 손으로 머리를 부여잡고 베개에 기대어 앉았다. "내가 꿈을 꾸는 건가, 아니면 네가 공용어를 하는 건가?"

"공용어를 합니다, 나리. 전 왕을 즐겁게 하기 위해 팔려 왔어요." 파란 눈에 하얀 피부였고, 젊고 가냘팠다.

"분명 그랬을 테지. 와인을 한잔 마셔야겠다."

소녀는 그에게 와인을 따라주었다. "마지스터 일리리오께서 나리의 등을 문지르고 침대를 데워드리라 하셨습니다. 제 이름은—"

"—내 알 바 아니다. 넌 창녀들이 어디로 가는지 아나?"

소녀는 얼굴을 붉혔다. "창녀들은 돈을 받고 몸을 팔죠."

"아니면 보석. 아니면 가운. 아니면 성채에 팔지. 하지만 그래서 창녀들이 어디로 가지?"

소녀는 질문을 이해하지 못했다. "수수께끼인가요, 나리? 전 수수께끼를 잘 못 합니다. 답을 말씀해주시겠어요?"

'아니. 수수께끼는 나도 싫어해.' 그는 생각했다. "네게 아무 말도 하지 않을 테니, 너도 나에게 같은 호의를 베풀어다오." '내 관심을 끄는 건 네 다리 사이에 있는 물건뿐이야'라고 말해버릴 뻔했다. 그 말이 혀까지 올라왔지만, 어째선지 입술을 통과하지는 못했다. '저 아이는 샤에가 아니야. 내가 수수께끼를 낸다고 생각하는 귀여운 바보일 뿐이지.' 솔직히 말하자면, 그녀의 성기조차도 큰 관심은 가지 않았다. '내가 아프거나, 죽은 게 분명해.' "목욕이라고 했던가? 위대하신 치즈 장수를 기다리게 하면 안 되지."

목욕하는 동안 소녀는 티리온의 발을 닦고, 등을 밀고, 머리카락을 빗질했다. 그 후에는 종아리에 달콤한 냄새가 나는 연고를 문질러 통증을 줄여주고, 다시 한번 소년용 옷을 입혔다. 곰팡내가 나는 암적색 바지와 금란을 덧댄 파란색 벨벳 더블릿이었다. "나리께서 식사 후에 절 원하실까요?" 소녀는 그의 장화 끈을 묶으면서 물었다.

"아니. 여자는 이제 됐다." '창녀는.'

소녀는 이 실망스러운 소식을 티리온의 마음에 들지 않을 만큼 잘 받아들였다. "나리께서 남자애를 더 좋아하신다면 침대에 한 명 대기시켜둘 수 있습니다."

'나리께선 아내를 더 좋아하신단다. 나리께선 티샤라는 여자를 더 좋아해.' "그 녀석이 창녀들이 가는 곳이 어디인지 안다면."

소녀의 입매에 힘이 들어갔다. '날 경멸하는군.' 티리온은 깨달았다. '하지만 내가 나를 경멸하는 만큼은 아니야.' 티리온 라니스터는 이제까지 그의 모습을 보기 싫어하는 여자들과 많이 잤지만, 그래도 그 여자들은 거짓 애정을 꾸며내는 예의가 있었다. '솔직한 혐오도 약간은 상쾌할 수 있지. 달콤한 걸 너무 먹은 후에 마시는 시큼털털한 와인처럼.'

"마음을 바꿨다." 티리온은 말했다. "침대에서 기다리거라. 기왕이면 벗고 있어. 내가 너무 취해서 옷을 벗기기도 힘들 테니 말이야. 입은 꾹 다물고 다리는 벌리고 있으면 우리 둘이서 아주 멋지게 어울릴 거다." 그는 두려움을 맛볼 생각으로 음흉하게 웃어 보였지만, 소녀는 역겨워하는 표정만 지었다. '난쟁이를 두려워하는 사람은 없어.' 타이윈 공조차도, 티리온이 두 손에 노궁을 쥐고 있는데도 두려워하지 않았었다. "넌 성교할 때 신음하는 편이냐?" 그는 침실 시중을 드는 여자에게 물었다.

"나리께서 좋아하신다면요."

"나리께선 널 목 졸라 죽였으면 좋겠다. 마지막 창녀에겐 그렇게 해줬지. 네 주인이 반대할까? 아니겠지. 너 같은 건 백 명도 더 있지만, 나 같은 자는 달리 없으니까." 이번에 히죽 웃었을 때는 원했던 대로 두려움을 볼 수 있었다.

일리리오는 푹신한 긴 의자에 기대앉아 나무 그릇에 담긴 매운 고추와 진주 양파를 먹고 있었다. 이마에는 땀방울이 맺혔고, 살찐 두 뺨 위에서 작은 두 눈이 반짝거렸다. 일리리오가 손을 움직일 때마다 보석들이 춤을 췄다. 마노와 오팔, 호안석과 전기석, 루비, 자수정, 사파이어, 에메랄드, 흑옥과 비취, 검은 다이아몬드, 초록색 진주까지. '저 반지들만 가지고도 몇

년은 살 수 있겠군. 빼내려면 고기 칼이 필요하겠지만 말이야.'

"와서 앉게나, 작은 친구." 일리리오가 가까이 오라고 손짓했다.

티리온은 의자에 기어올랐다. 마지스터의 육중한 궁둥짝과, 그 무게를 버텨낼 굵고 튼튼한 두 다리에 맞게 만든 푹신한 옥좌라 티리온에게는 커도 너무 컸다. 티리온 라니스터는 평생 자신에게 너무 큰 세상에서 살았지만, 일리리오 모파티스의 저택에서는 터무니없을 만큼 불균형한 느낌을 받았다. '난 매머드의 소굴에 들어온 생쥐야.' 그는 생각했다. '그 매머드가 훌륭한 지하실을 두고 있긴 하지만.' 그 생각을 하니 목이 말랐다. 그는 와인을 청했다.

"내가 보낸 여자는 마음에 들었나?" 일리리오가 물었다.

"여자를 원했다면 하나 달라고 부탁했겠지."

"그 여자가 신통찮았다면……."

"자기에게 요구된 일은 다 했소."

"그랬기를 바라네. 사랑을 예술로 만드는 곳, 리스에서 훈련을 받았지. 왕은 그 여자를 아주 즐겼다네."

"난 왕들을 죽이고 다니는데, 못 들었나?" 티리온은 와인 잔을 입에 대고 사악하게 웃었다. "난 왕들이 남기고 간 찌꺼기를 원치 않아."

"그렇다면야. 먹지." 일리리오가 손뼉을 치자 하인들이 달려 들어왔다.

그들은 게와 아귀 수프, 그리고 차가운 계란 라임 수프로 식사를 시작했다. 그다음에는 꿀에 절인 메추라기, 양고기 등심, 와인에 잰 거위 간, 버터 바른 파스닙, 그리고 젖먹이 돼지가 나왔다. 보기만 해도 티리온은 속이 메스꺼웠지만, 예의를 지키기 위해 억지로 수프를 한 순가락 떠먹었고, 한 입 맛을 보자 음식에 빠져들었다. 요리사들이 늙고 뚱뚱할지는 몰라도 자기 일에는 훌륭했다. 궁정에서도 이렇게 잘 먹어본 적이 없었다.

티리온은 메추라기 뼈에서 고기를 빨아 먹으며 일리리오에게 아침에 불려 갔던 일에 대해 물었다. 뚱뚱한 남자는 어깨를 으쓱였다. "동쪽에 말썽이 있네. 아스타포가 무너지고, 미린도 함락됐지. 세상이 아직 어렸을 때에도 오래된 곳이었던 기스카(기스카는 에소스 대륙의 지역 이름이다. 여기에서 유래한 사람들을 기스카인이라고 하며, 기스라는 도시를 중심으로 한 제국을 세웠다. 노예 도시 귀족들과 신기스가 그 후예들이다.) 노예 도시들이야." 젖먹이 돼지는 조각이 나 있었다. 일리리오는 바삭한 껍질 조각에 손을 뻗더니, 자두 소스에 푹 찍어서 들고 먹었다.

"노예상만이라면 펜토스에서 먼 곳이잖소." 티리온은 나이프 끝에 거위 간을 찍으며 생각했다. '세상에 친족 살해자보다 더 저주받은 자는 없다지만, 난 이 지옥을 좋아할 수도 있을 것 같군.'

"그렇지." 일리리오는 동의했다. "하지만 세상은 하나의 거대한 거미집이라, 한 줄이라도 건드리면 나머지 거미줄이 다 흔들리거든. 와인 더 마시겠나?" 일리리오는 입에 고추를 던져 넣었다. "아니지, 더 좋은 걸로 하지." 일리리오가 손뼉을 쳤다.

그 소리에 하인 하나가 뚜껑이 덮인 접시를 들고 들어왔다. 하인이 티리온 앞에 접시를 놓자, 일리리오가 식탁 너머에서 몸을 내밀어 뚜껑을 열었다. "버섯이라네." 마지스터는 냄새가 피어오르는 가운데 설명했다. "마늘 양념을 하고 버터에 담갔지. 맛이 아주 강렬하다고 들었네. 하나 들게나, 친구. 아니 두 개로 하지."

티리온은 통통한 검은 버섯을 반쯤 입에 가져가다가, 일리리오의 목소리에 깃든 뭔가에 딱 멈췄다. "먼저 드시지요." 그는 집주인 앞으로 접시를 밀었다.

"아니, 아니야." 마지스터 일리리오는 버섯을 다시 밀었다. 잠깐이지만 이 치즈 장수의 살덩어리 속에서 장난꾸러기 소년이 고개를 내미는 것 같았다. "먼저 드시게. 꼭이야. 요리사가 특별히 자네를 위해 만들었다네."

"정말이오?" 티리온은 그 요리사를, 그 두 손에 묻어 있던 밀가루를, 검푸른 핏줄이 보이던 묵직한 젖가슴을 떠올렸다. "그것 참 친절하지만……아니오." 티리온은 버섯을 원래 있던 버터 호수 속에 다시 빠뜨렸다.

"의심이 너무 많군." 일리리오는 노란색 갈래 수염 사이로 미소를 지었다. 티리온은 그 수염이 황금처럼 반짝이게 만들려고 매일 아침 기름을 바르는 걸까 생각했다. "자넨 겁쟁이인가? 그렇다는 말은 못 들었는데."

"칠왕국에서는 식사하다가 손님에게 독을 먹이는 게 심각한 환대의 법칙 위반으로 간주되지."

"여기도 그렇다네." 일리리오 모파티스가 와인 잔에 손을 뻗었다. "하지만 손님이 자기 인생을 끝내고 싶어 하는 게 분명하다면야, 집주인이 도와야 하지 않을까?" 일리리오가 와인을 마셨다. "마지스터 오르델로가 버섯에 독살당한 지 반년도 안 됐군. 별로 고통스럽지는 않다고 들었네. 배 속이 좀 조이다가, 갑자기 머리가 아프고 끝이라지. 목에 칼이 꽂히는 것보다는 버섯이 낫지 않나? 입에 버터와 마늘을 머금고 죽을 수 있는데 왜 피 맛을 느끼면서 죽겠나?"

티리온은 앞에 놓인 요리를 살펴보았다. 마늘과 버터 냄새에 군침이 돌았다. 그의 일부는 그게 뭔지 알면서도 먹고 싶어 했다. 자기 배에 차가운 강철 칼날을 찌를 정도로 용감하지는 못해도, 버섯 한 입 먹기는 그렇게 어렵지 않았다. 그 생각을 하니 말도 못하게 두려워졌다. "날 오해하셨군." 그는 저도 모르게 말했다.

"그런가? 모르겠군. 와인에 빠져 죽고 싶다면 말만 하게. 빨리 끝내줄 테니. 한 잔씩 한 잔씩 마셔서 익사한다는 건 시간과 와인 낭비야."

"오해하셨소." 티리온은 좀 더 큰 소리로 다시 말했다. 버터에 빠진 버섯은 등불 아래 어둡고 유혹적인 빛으로 반짝였다. "장담하는데 죽고 싶은 마음은 없어. 나에겐……." 티리온의 목소리가 길게 끌리다가 불확실 속으로 사라졌다. '나에게 뭐가 있지? 살아갈 인생? 해야 할 일? 키워야 할 아이들, 통치할 땅, 사랑할 여인?'

"자네에겐 아무것도 없지." 마지스터 일리리오가 대신 말을 맺었다. "하지만 그건 우리가 바꿀 수 있네." 그는 버터에서 버섯을 건져내어 힘차게 씹었다. "맛있군."

"독이 든 버섯이 아니었군." 티리온은 짜증이 났다.

"암. 내가 왜 자네가 아프길 바라겠나?" 마지스터 일리리오는 버섯을 하나 더 먹었다. "자네와 나, 우리는 약간의 신뢰를 보여줘야 해. 자, 먹게나." 그는 다시 손뼉을 쳤다. "우리에겐 할 일이 있네. 내 작은 친구는 원기를 북돋아야 해."

하인들이 무화과를 채워 넣은 왜가리, 아몬드유(乳)로 데친 송아지 커틀릿, 크림에 조린 청어, 설탕에 절인 양파, 지독한 냄새가 나는 치즈, 달팽이와 췌장 요리, 그리고 깃털이 그대로 붙은 흑조를 가져왔다. 티리온은 누이와의 저녁 식사가 떠올라서 흑조 요리를 거절했다. 그렇지만 왜가리와 청어는 먹었고, 달콤한 양파도 약간 먹었다. 하인들은 잔이 빌 때마다 와인을 새로 채웠다.

"그렇게 작은 사람치고 와인을 많이 마시는군."

"친족 살해는 목이 마르는 일이라서 말이오. 갈증이 난다오."

뚱뚱한 남자의 눈이 손가락에서 빛나는 보석들처럼 반짝였다. "웨스테로스에는 라니스터 공을 죽이는 건 좋은 출발점에 불과하다고 말할 사람들도 있지."

"내 누이가 듣는 데서는 말하지 않는 게 좋겠군. 그랬다간 혀가 없어질 테니." 티리온은 빵 한 덩이를 쪼갰다. "그리고 내 가족에 대해 말할 때는 조심하는 게 좋겠소, 마지스터. 친족 살해자건 아니건, 난 아직 사자라오."

그 말에 치즈 영주는 말도 못하게 즐거워하는 것 같았다. 그는 두툼한 허벅지를 철썩 치더니 말했다. "웨스테로스인들은 다 똑같아. 비단 조각에 짐승을 하나 수놓고는 갑자기 사자 아니면 드래곤 아니면 독수리가 된단 말이지. 난 자네를 진짜 사자에게 데려다줄 수 있네, 작은 친구. 펜토스 왕자(王者)는 자기 동물원을 자랑스러워하거든. 사자들과 한 우리에 들어가고 싶나?"

칠왕국의 영주들이 자기 문장을 심하게 강조한다는 건 티리온도 인정해야 했다. "좋아." 티리온은 받아들였다. "라니스터가 사자는 아니지. 하지만 그래도 난 내 아버지의 아들이고, 제이미와 세르세이는 죽여도 내가 죽일 거요."

"자네의 아름다운 누이에 대해 말하니 묘하군." 일리리오가 달팽이를 먹으면서 말했다. "왕대비는 자네의 머리통을 가져오는 남자는 아무리 출신이 비천해도 영주로 만들어주겠다고 했다네."

티리온의 예상대로였다. "그 대가를 받아낼 생각이라면, 다리도 벌리게 하시구려. 나에게서 가장 좋은 부분을 가져가려면 내 누이에게서도 제일 좋은 부분을 받아내야 공평하지."

"그보다는 내 몸무게만큼의 금을 받는 게 좋겠는데." 치즈 장수가 어찌나 심하게 웃는지, 티리온은 저러다가 탈장이라도 오는 게 아닐까 싶었다. "캐스털리록의 모든 황금이라. 거 좋지."

"황금은 내가 드리지." 티리온은 반쯤 소화된 장어와 설탕 절임 덩어리에 빠져 죽지는 않게 됐다는 사실에 안도하며 말했다. "하지만 캐스털리록은 내 것이야."

"그래." 마지스터는 입을 가리고 크게 트림을 했다. "스타니스 왕이 록을 자네에게 줄 것 같나? 스타니스는 법에 엄격하다고 들었는데. 자네 형은 하얀 망토를 입었으니, 웨스테로스의 모든 법에 따라 자네가 계승자이긴 하지."

"스타니스가 나에게 캐스털리록을 줄지는 모르지만, 국왕 시해와 친족 살해라는 사소한 문제가 있군. 그 죄로 내 머리를 날릴 텐데, 난 머리가 붙은 채로도 이미 충분히 작아. 그렇지만 왜 내가 스타니스 공에게 합류할 거라 생각하지?"

"그렇지 않다면 왜 장벽으로 가겠나?"

"스타니스가 장벽에 있어?" 티리온은 코를 문질렀다. "대체 스타니스가 장벽에서 뭘 하고 있지?"

"벌벌 떨고 있겠지. 도르네가 더 따뜻하다네. 스타니스도 그리로 배를 몰았어야 할지 모르지."

티리온은 주근깨가 난 세탁부가 보기보다 공용어를 잘 알고 있었다는 의심이 들기 시작했다. "내 조카인 미르셀라가 도르네에 있어. 그리고 난 그 아이를 여왕으로 만들까 생각 중이야."

일리리오는 하인들이 두 사람 앞에 달콤한 크림에 넣은 검은 체리를 떠 주는 동안 미소를 지었다. "그 가엾은 아이가 자네에게 무슨 짓을 했기에, 그 아이를 죽이고 싶어 하나?"

"친족 살해자라 해도 자기 친족을 다 죽여야 하는 건 아냐." 티리온은 상처받아서 말했다. "난 그 아이를 여왕으로 만든다고 했어. 죽이는 게 아니라."

치즈 장수는 체리를 한 술 떴다. "볼란티스에서는 한쪽 면에 왕관을, 반대쪽에는 해골을 새긴 주화를 사용하지. 그래도 그건 하나의 주화라네. 그 아이를 여왕으로 만드는 건 그 아이를 죽이는 일이야. 도르네가 미르셀라 편에서 일어설지는 몰라도, 도르네만으로는 부족해. 자네가 우리의 친구가 주장하는 만큼 영리하다면 알 텐데."

티리온은 새로운 흥미를 품고 뚱뚱한 남자를 보았다. '둘 다 맞는 말이야. 그 아이를 여왕으로 삼는 건 그 아이를 죽이는 일이지. 그리고 나도 알고 있었어.' "나에게 남은 건 헛된 몸짓뿐이라서 말이야. 그래도 이렇게 하면 내 누이가 쓰디쓴 눈물을 흘리겠지."

마지스터 일리리오는 살찐 손등으로 입가에 묻은 크림을 닦아냈다. "캐스털리록으로 가는 길은 도르네를 통하지 않는다네, 작은 친구. 장벽 너머로 이어지지도 않아. 하지만 그런 길이 있기는 있네."

"난 모든 권리를 박탈당한 반역자이자 국왕 시해자이자 친족 살해자야." 길에 대한 이야기에는 약이 올랐다. '이게 게임인 줄 아나?'

"한 왕이 한 일을, 다른 왕은 취소할 수 있지. 펜토스에는 왕자(王者)가 있다네, 친구. 왕자는 무도회와 연회를 주최하고 상아와 금으로 만든 가마를 타고 도시를 돌아다니지. 무역을 뜻하는 황금 저울, 전쟁을 뜻하는 철검, 그리고 정의를 뜻하는 은채찍을 든 의전관 세 명이 왕자 앞에 서네. 매년 새해 첫날이면 왕자가 들판의 처녀와 바다의 처녀를 꺾어야 해." 일리리오는 식탁에 팔꿈치를 대고 몸을 내밀었다. "하지만 농사가 흉작이거나 전쟁에 지면, 우린 신들을 달래기 위해 왕자의 목을 자르고 마흔 가문 중에서 새 왕자를 뽑는다네."

"펜토스의 왕자는 절대 되지 말아야겠군."

"칠왕국은 많이 다른가? 웨스테로스에는 평화도, 정의도, 믿음도 없어……. 그리고 곧 식량도 없어지겠지. 사람들은 굶주리고 공포에 신물이 나면 구원자를 찾는다네."

"찾으려고는 하겠지만, 보이는 게 스타니스뿐이라면—"

"스타니스는 아니야. 미르셀라도 아니고." 노란색 웃음이 커졌다. "또 다른 분이 있지. 토멘보다 강하고, 스타니스보다 관대하고, 미르셀라보다 계승권이 있는 사람. 피 흘리는 웨스테로스의 상처를 싸매기 위해 바다를 건너가는 구원자."

"말은 멋지군." 티리온은 감명받지 않았다. "말은 바람과 같아. 그 망할 구원자가 누구지?"

"드래곤." 치즈 장수는 그 말에 티리온이 짓는 표정을 보고 웃음을 터뜨렸다. "머리 셋 달린 드래곤이라네."

대너리스

죽은 자가 계단을 올라오는 소리를 들을 수 있었다. 느리고 신중한 발소리가 앞서 울리며 자줏빛 기둥들 사이를 메아리쳤다. 대너리스 타르가르엔은 왕좌로 삼은 흑단 장의자에 앉아서 그를 기다렸다. 졸음에 눈이 흐렸고, 은금색 머리카락은 흐트러져 있었다.

"전하." 퀸스가드의 단장인 바리스탄 셀미 경이 말했다. "전하께서 보실 필요는 없습니다."

"나 때문에 죽은 사람이오." 대니는 사자 가죽을 가슴께에 움켜쥐었다. 그 아래에는 허벅지 중간까지 오는 얇은 흰 리넨 튜닉만 입고 있었다. 미산데이가 깨우러 왔을 때 대니는 붉은 문이 달린 집이 나오는 꿈을 꾸고 있었다. 옷을 갖춰 입을 시간이 없었다.

"칼리시." 이리가 속삭였다. "죽은 자를 만지시면 안 됩니다. 죽은 자를 만지면 불운이 옵니다."

"직접 죽인 자라면 몰라도요." 지키는 이리보다 뼈대가 컸고, 엉덩이도 크고 가슴도 무거웠다. "잘 알려진 사실입니다."

"알려진 사실입니다." 이리가 맞장구를 쳤다.

도트락인들은 말에 관해서라면 현명하지만, 다른 문제에는 완전히 바보일 수 있었다. '게다가 이들은 여자애들에 불과해.' 시녀들은 대니와 비슷한 나이였다. 검은 머리카락과 구릿빛 피부, 아몬드 모양의 눈까지 외모로는 어른이었지만, 그래봐야 여자애들이었다. 대니가 칼 드로고와 결혼했을 때 주어진 시녀들이었다. 지금 걸친 사자 가죽도 드로고가 주었다. 도트락의 바다에 사는 하얀 사자, 흐라카의 가죽과 머리통. 대니에게는 너무 큰 데다가 퀴퀴한 냄새가 났지만, 그 가죽을 걸치면 그녀의 태양이자 별이 아직도 곁에 있다는 기분이 들었다.

　햇불을 한 손에 든 회색 벌레가 먼저 계단 위에 나타났다. 청동 모자에 뾰족한 대못이 세 개 돋아 있었다. 회색 벌레 뒤로 거세병 네 명이 죽은 남자를 어깨에 지고 따라왔다. 그들의 모자에는 각각 못이 하나씩 있었고, 얼굴은 청동으로 빚어냈다고 해도 믿을 만큼 표정이 없었다. 그들은 시신을 대니의 발치에 내려놓았다. 바리스탄 경이 피에 물든 천을 젖혔다. 회색 벌레가 햇불을 아래로 내려, 대니가 볼 수 있게 했다.

　죽은 남자의 얼굴은 털 하나 없이 매끈했지만, 뺨은 한쪽 귀에서 반대쪽 귀까지 베여 있었다. 키가 컸고, 파란 눈에 예쁘장한 얼굴이었다. '리스 아니면 고(古)볼란티스의 아이겠지. 해적들에게 잡혀 배에 실려 가서 붉은 아스타포에 노예로 팔린 아이.' 눈을 뜨고 있었지만, 정작 울고 있는 것은 그의 상처들이었다. 대니가 셀 수도 없을 만큼 상처가 많았다.

　"전하." 바리스탄 경이 말했다. "이자가 발견된 골목의 벽돌에 하피가 그려져 있었습니다."

　"피에 빠져 죽어 있었겠지." 대너리스도 이제는 그 방식을 알았다. '하피의 아들들'은 밤에 도살 행각을 벌였고, 매번 자기네 표시를 남겼다. "회색 벌레, 이자는 왜 혼자였지? 짝이 없었느냐?" 대니의 명으로, 거세병들이 밤에 미린의 길거리를 걸을 때면 언제나 둘씩 짝을 짓게 되어 있었다.

"여왕님." 거세병들의 지휘관이 대답했다. "여왕님의 종인 '충실한 방패'는 어젯밤 당직이 아니었습니다. 술을 마시고, 그…… 친교를 다지려고 어떤…… 어떤 장소에 갔었습니다."

"어떤 장소라니? 무슨 뜻이지?"

"쾌락의 집입니다, 전하."

'매춘굴이군.' 대니의 해방 노예 중 절반은 융카이 출신이었고, 융카이의 소위 '현명한 주인들'은 침실 노예를 훈련하는 데 명성이 높았다. '일곱 가지 탄식 방법을 안다던가.' 미린 곳곳에 버섯처럼 매춘굴이 생겨났다. '아는 게 그것뿐이니까. 살아남아야 하니까.' 먹을 것은 갈수록 비싸지는 반면, 몸값은 갈수록 싸졌다. 대니는 미린의 노예주 귀족들이 사는 계단식 피라미드들 사이의 가난한 구역에 상상할 수 있는 온갖 성애 취향을 제공하는 매춘굴들이 있음을 알았다. '그렇다 해도…….' "내시가 매춘굴에서 뭘 찾을 수 있다고?"

"남자의 상징은 없더라도 마음은 아직 남자인 이들이 있습니다, 전하." 회색 벌레가 말했다. "이 몸은 전하의 종인 충실한 방패가 가끔 같이 누워서 안아주는 대가로 매춘굴의 여자들에게 돈을 주곤 했다는 말을 들었습니다."

'드래곤의 혈통은 울지 않아.' 대니는 메마른 눈으로 말했다. "충실한 방패라. 그게 이름이었나?"

"외람되오나 그렇습니다."

"좋은 이름이구나." 아스타포의 '훌륭한 주인들'은 노예 병사들에게 이름조차 허락하지 않았다. 대니의 거세병 중에 일부는 해방된 후에 타고난 이름을 회복했지만, 나머지는 스스로 새로운 이름을 선택했다. "충실한 방패를 공격한 놈들이 몇 명인지는 알아냈나?"

"이 몸은 모르옵니다. 많았을 것입니다."

"여섯 이상입니다." 바리스탄 경이 말했다. "상처의 모양새로 보아서는 사방에서 달려들었습니다. 충실한 방패는 빈 칼집과 함께 발견됐습니다. 공격자들 몇 명에게 부상을 입혔을지도 모릅니다."

대니는 지금 어딘가에서 하피의 아들 하나가 배를 움켜쥐고 고통에 꿈틀거리며 죽어가고 있기를 소리 없이 빌었다. "왜 뺨을 저렇게 벤 것이지?"

"자애로우신 여왕님." 회색 벌레가 말했다. "살인자들은 여왕님의 종인 충실한 방패의 목구멍에 염소 생식기를 밀어 넣었습니다. 여기로 데려오기 전에 제가 빼냈습니다."

'본인 생식기를 먹일 순 없었던 거로군. 아스타포인들이 뿌리도 줄기도 남겨두지 않아서.' "하피의 아들들이 점점 대담해지는군." 대니는 말했다. 지금까지 그들은 무장하지 않은 해방 노예들만 공격하고, 길거리에서 죽이거나 어둠을 틈타 집에 숨어들어서 자는 자들을 살해했다. "놈들이 내 병사를 죽인 건 이번이 처음이야."

"처음이지만, 마지막은 아닐 것입니다." 바리스탄 경이 경고했다.

'난 아직도 전쟁 중이야.' 대니는 깨달았다. '다만 지금은 그림자들과 싸우고 있을 뿐.' 대니는 살육에서 한숨 돌리고, 추스르고 치유할 시간을 갖고 싶었다.

대니는 사자 가죽을 떨쳐내고, 지키의 헉 소리를 무시하고 시신 옆에 무릎을 꿇고서 죽은 자의 눈을 감겨주었다. "충실한 방패는 잊히지 않으리라. 몸을 씻기고 전투복을 입혀, 모자와 방패와 창과 함께 묻으라."

"전하의 명대로 이루어질 것입니다." 회색 벌레가 말했다.

"은총의 신전에 사람을 보내어, 자상을 입은 남자가 푸른 은총자에게 찾아오지 않았는지 물어보아라. 그리고 충실한 방패의 검을 가져오는 자에게 두둑한 보상을 하겠다는 말을 퍼트려라. 푸주한들과 목부들을 심문하여, 누가 최근에 염소들을 거세했는지 알아내라." 염소지기 중에 누군가가 고백할지도 몰랐다. "지금부터 내 병사들은 누구도 밤에 혼자 다니지 않는다."

"복종하겠습니다."

대니는 머리를 쓸어 넘겼다. "이 비겁자들을 찾아내라. 하피의 아들들에게 드래곤을 깨운다는 게 어떤 의미인지 가르쳐줄 수 있도록, 찾아내."

회색 벌레가 경례했다. 그의 거세병들은 다시 천을 씌우고, 죽은 자를 어깨에 지고 밖으로 들고 나갔다. 바리스탄 셀미 경은 뒤에 남았다. 셀미의 머리는 하얗게 세었고, 하늘색 눈 주위로 잔주름이 잡혔다. 그러나 등은 아직 굽지 않았고, 세월이 흐르고도 무기 다루는 실력은 녹슬지 않았다. "전하, 거세병들은 전하께서 내린 임무에 맞지 않을까 걱정입니다."

대니는 장의자에 앉아서 다시 사자 가죽을 둘렀다. "거세병들은 내 가장 뛰어난 전사들이오."

"외람되오나, 병사일지는 몰라도 노련한 전사는 아닙니다. 이들은 전장에서 서로 어깨를 맞대고, 방패 뒤에 숨어서 창을 내찌르도록 만들어졌습니다. 거세병들의 훈련은 생각하지도, 주저하지도 않고 두려움도 없이 완벽하게 복종하도록 가르쳤습니다……. 비밀을 밝혀내거나 질문을 던지도록 가르치지는 않았습니다."

"기사들이라면 더 나을까?" 바리스탄은 대니를 위해 기사 훈련을 시키고 있었다. 노예의 아들들은 웨스테로스식으로 기마창과 장검으로 싸우는 방법을 배웠다……. 그러나 그림자 속에서 사람을 죽이는 비겁자들을 상대로 기마창이 무슨 쓸모가 있을까?

"이 건에서는 아닙니다." 노기사도 인정했다. "그리고 전하께는 저 외에 기사가 없습니다. 그 아이들이 준비를 갖추려면 몇 년은 걸릴 겁니다."

"그렇다면, 거세병 말고 누구? 도트락인들은 더 심할 수도 있소." 도트락인들은 말에 올라서 싸웠다. 기마전사들은 도시의 좁은 길과 골목보다는 탁 트인 들판과 언덕에서 더 쓸모가 있었다. 색색의 벽돌로 쌓은 미린의 벽 너머에서 대니의 통치력은 기껏해야 미약한 수준이었다. 노예 수천 명이 아직도 구릉 지대의 광활한 영지에서 힘들게 일하며 밀과 올리브를 키우고, 양과 염소를 치고, 소금과 구리를 캤다. 미린의 창고들에는 곡식과 기름, 올리브, 말린 과일, 염장한 고기가 넉넉하게 쌓여 있었지만 비축량은 줄어들고 있었다. 그래서 대니는 자그마한 칼라사르를 세 혈맹기수의 지휘 하에 내륙 지역을 다스리는 데 배치하고, 갈색 벤 플럼은 용병단 '둘째 아들들'을 데리고 융카이의 급습에 대비하여 남쪽을 지키도록 했다.

가장 중대한 임무는 다리오 나하리스, 금니와 세 갈래 수염을 자랑하며 자줏빛 구레나룻 사이로 짓궂은 미소를 짓는 다리오에게 맡겼다. 동쪽 구릉 지대 너머에는 둥근 사암산맥과 키자이 고개, 그리고 라자르가 있었다. 다리오가 라자르인들을 설득해서 육상 무역로를 다시 열 수 있다면, 필요에 따라 강이나 산으로 곡식을 가져올 수 있을 것이다 ……. 그러나 그 어린양족에게 미린을 사랑할 이유는 없었다. 대니는 바리스탄 경에게 말했다. "폭풍 까마귀단이 라자르에서 돌아온다면 길거리에 내보낼 수도 있겠지. 하지만 그때까지는 거세병들밖에 없소." 대니는 몸을 일으켰다. "실례하겠소, 경. 곧 청원자들이 문 앞에 당도할 시간이오. 펄럭 귀를 달고 다시 그들의 여왕이 되어야지. 레즈낙과 민머리를 불러요. 옷을 입고 나서 둘을 만나겠소."

"전하의 분부대로 하겠습니다." 바리스탄 경이 허리를 굽혔다.

대(大)피라미드는 거대한 사각 기단부터 여왕이 신록과 향기로운 웅덩이들에 둘러싸여 거처하는 꼭대기까지 240미터를 솟아오른 건물이었다. 도시에 서늘한 푸른 새벽이 밝자, 대니는 테라스로 걸어 나갔다. 햇살이 은총의 신전을 나타내는 금빛 돔을 눈부시게 밝히고, 강력한 자들이 사는 계단식 피라미드들 뒤로 깊은 그림자를 새겼다. '저 피라미드 어딘가에서 하

피의 아들들이 지금도 새로운 살인 계획을 짜고 있겠지. 그런데 나는 놈들을 막을 힘이 없구나.'

비세리온이 대니의 불안을 감지했다. 하얀 드래곤은 배나무에 몸을 말고 꼬리에 머리를 얹고 있었다. 대니가 지나가자 비세리온이 녹인 황금 웅덩이 같은 두 눈을 떴다. 뿔도 금색이었고, 머리부터 꼬리까지 이어지는 비늘도 금색이었다. "게으르긴." 대니는 비세리온의 턱 밑을 긁어주며 말했다. 비늘이 햇빛에 너무 오래 둔 갑옷처럼 뜨거웠다. '드래곤은 육신을 입은 불이다.' 조라 경이 결혼 선물로 바친 책에서 그렇게 읽은 적이 있었다. "너도 형제들과 같이 사냥을 나갔어야지. 드로곤과 또 싸웠니?" 대니의 드래곤들은 최근에 거칠어지고 있었다. 라에갈은 이리를 물려고 한 적이 있었고, 비세리온은 지난번에 시종장 레즈낙이 왔을 때 그의 토카를 불태워버렸다. '내가 너무 소홀하긴 했지만, 이 아이들과 같이할 시간이 나질 않아.'

비세리온의 꼬리가 옆으로 날아가더니 나무줄기를 쾅 때려서, 배가 대니의 발 앞에 떨어졌다. 비세리온은 날개를 펴더니 반쯤은 날고, 반쯤은 뛰듯이 난간에 올라섰다. '크고 있어.' 대니는 드래곤이 날아오르는 모습을 보며 생각했다. '셋 다 크고 있어. 곧 내 몸무게를 감당할 만한 크기가 될 거야.' 그러면 정복자 아에곤이 그랬듯 대니도 날아오르리라. 위로, 더 위로, 미린이 엄지손가락으로 가려질 만큼 작아지도록 올라가리라.

대니는 드래곤이 커다랗게 원을 그리며 올라가는 모습을 지켜보았다. 그리고 비세리온이 스카하자단의 흙탕물 너머로 사라진 후에야, 이리와 지키가 헝클어진 머리를 빗기고 미린의 여왕에게 어울리는 기스카식 토카를 입히려고 기다리는 피라미드 안으로 돌아갔다.

토카는 허리에 감고 한쪽 팔 아래로 넣어 어깨로 넘겨야 하는 길고 느슨하며 모양이 잡히지 않은 천에, 주의 깊게 배치한 달랑거리는 술을 과시하는 어색한 물건이었다. 너무 느슨하게 감으면 흘러내리기 십상이었고, 너무 꽉 조이면 묶이고 걸려서 발을 헛디디기 쉬웠다. 심지어 제대로 감은 후에도 토카는 입은 사람이 왼손으로 쥐고 있어야 했다. 토카를 입고 걸으려면 종종걸음으로 걸어야 하고, 절묘하게 균형을 잡지 않으면 무겁게 끌리는 술을 밟게 되어 있었다. 노동을 해야 하는 사람에게 맞는 옷이 아니었다. 토카는 '주인'의 의복, 부와 권력의 상징이었다.

대니는 미린을 점령했을 때 토카를 금지해버리고 싶었지만, 조언자들이 반대했다. "드래곤의 어머니께서는 토카를 입으셔야 합니다. 안 그러면 언제까지나 미움받으실 겁니다." 녹색 은총자 갈라자 갈라레가 그렇게 말했다. "웨스테로스의 모직물이나 미르산 레이스 가운을 입으신다면 빛나는 분께서 언제까지나 외부자로, 기이한 이방인으로, 야만인 정복자로 남으실 겁니다. 미린의 여왕은 옛 기스식의 숙녀여야 합니다." 둘째 아들들의 대장인 갈색 벤 플럼은 그 말을 더 간단명료하게 정리했다. "토끼들의 왕이 되고 싶다면 펄럭 귀를 다는 게 좋겠지요."

오늘 대니가 고른 펄럭 귀는 순백의 리넨으로 만들어, 금술을 단 토카였다. 그녀는 지키의 도움을 받아 세 번째 시도 만에 토카를 제대로 감았다. 이리가 그녀의 가문을 뜻하는 삼두룡 모양으로 주조한 왕관을 가져왔다. 삼두룡의 꼬리는 금, 날개는 은, 세 개의 머리는 상아와 마노와 비취였다. 그 무거운 왕관을 쓰고 있으면 하루가 저물기 전에 목과 어깨가 다 굳고 아플 것이다. '왕관이 머리에 쉽게 얹혀서는 안 된다.' 옛날, 대니의 선조 중 누군가가 그렇게 말했다. '아에곤 중 하나였는데, 누구였지?' 웨스테로스의 칠왕국을 다스린 아에곤이 다섯 명이었다. 여섯 번째 아에곤도 있었는데, 대니의 큰오빠의 아들이었던 그 아에곤은 아직 젖먹이 아기였을 때 찬탈자의 개들에게 살해당했다. '살아 있었다면 내가 그 아이와 결혼했을지도 모르지. 비세리스보다는 아에곤이 나와 비슷한 나이였을 거야.' 대니는 아에곤과 그 누이가 살해당했을 때 겨우 잉태된 참이었다. 그들의 아버지, 대니의 형제였던 라에가르는 그보다 더 일찍, 트라이던트에서 찬탈자에게 죽었다. 다른 형제 비세리스는 바에스 도트락에서 머리에 녹인 황금 왕관을 쓰고 비명 지르며 죽었다. '틈을 보인다면 나도 죽이겠지. 나의 충실한 방패를 벤 칼은 나를 겨냥한 거였어.'

대니는 융카이에서 미린까지 오는 길에 '대단한 주인들'이 못으로 박아 놓았던 노예 아이들을 잊지 않았다. 4리마다 한 명씩, 한쪽 팔을 뻗은 모습으로 못 박아 대니가 갈 길을 가리키게 만든 이정표가 163명이었다. 미린이 함락된 후, 대니는 그 숫자만큼의 대단한 주인들을 못에 박았다. 그 느린 죽음에 파리 떼가 함께했고, 광장에는 오래도록 악취가 남았다. 그러나 어떤 날이면 대니는 그것으로도 충분치 않았던 게 아닐까 두려웠다. 이 미린인들은 교활하고 고집스러워 매 순간 그녀에게 저항했다. 자기 노예들을 해방시키기는 했으나…… 대부분 하인으로 다시 고용해서 제대로 먹지도 못할 만큼 초라한 봉급을 지불했다. 너무 늙거나 어려서 쓸모없는 이들은 허약한 이들, 불구인 이들과 같이 길거리에 팽개쳐졌다. 그리고 아직도 그 대단한 주인들은 높은 피라미드 꼭대기에 모여서 드래곤 여왕이 자기네 고귀한 도시에 씻지도 않은 거지와 도둑과 창녀가 득시글거리게 만들었다고 불평했다.

'미린을 통치하려면, 아무리 싫어도 미린인들의 마음을 얻어야 해.' "준비 됐다." 대니는 이리에게 말했다.

레즈낙과 스카하즈가 대리석 계단 꼭대기에서 기다리고 있었다. "위대하신 여왕님." 레즈낙 모 레즈낙이 말했다. "오늘은 감히 쳐다보기 두려울 정도로 빛나시는군요." 시종장은 밤색 비단으로 만들어 금술을 단 토카 차림이었다. 작고 맥없는 남자로, 향수에 목욕을 한 듯한 냄새가 났고 고급 발리리아어의 사생아쯤 되는 말을 썼는데, 많이 변질된 데다가 기스카 특유의 긁는 소리가 짙었다.

"상냥한 말이로군." 대니는 같은 언어로 대답했다.

"여왕님." 머리를 민 스카하즈 모 칸다크가 으르렁대듯이 말했다. 기스카인의 머리카락은 숱이 많고 뻣뻣했다. 노예 도시들에서는 남자가 그 머리카락으로 뿔과 못, 날개 모양을 만드는 것이 오랫동안 유행이었다. 스카하즈는 머리를 밀어버림으로써 옛 미린을 뒤로 하고 새로운 미린을 받아들였고, 그의 혈족들도 본받아서 머리를 밀었다. 다른 이들도 따라 하기는 했지만 그게 두려움 탓인지, 유행 탓인지, 야심 탓인지 대니는 구분할 수 없었다. 그들은 스스로 '민머리들'이라 칭했다. 스카하즈는 그중에서도 으뜸가는 자였고…… 하피의 아들들과 그 부류에게는 제일 악랄한 배신자였다.

"내시 병사 얘기 들었습니다."

"충실한 방패라는 이름이었소."

"살인자들을 벌하지 않으면 더 죽을 겁니다." 스카하즈는 머리를 밀었어도 보기 흉한 얼굴이었다. 툭 튀어나온 이마, 작은 눈과 그 아래 축 처진 살, 검은 피지가 가득한 큰 코, 기스카인 특유의 호박색 피부보다 더 노란 기름진 피부. 퉁명스럽고, 무자비하고, 성난 얼굴이었다. 대니는 그 얼굴이 정직하기도 하기를 기도할 뿐이었다.

"정체를 모르는데 어떻게 벌할 수 있겠소?" 대니는 스카하즈에게 물었다. "말해보시오, 대담한 스카하즈."

"전하께는 적이 부족하지 않습니다. 테라스에서 그놈들의 피라미드를 보실 수 있지요. 자크, 하즈카르, 가진, 메레크, 로라크, 오래된 노예주 가족 전부 다입니다. 팔. 무엇보다 팔 가문이 있지요. 지금은 여자들만 남은 가문입니다. 피에 주린 모진 늙은 여자들요. 여자들은 잊지 않습니다. 용서하지도 않습니다."

'그래.' 대니는 생각했다. '그리고 내가 웨스테로스에 돌아가면 찬탈자의 개들도 그 사실을 알게 되겠지.' 대니와 팔 가문 사이에 원한이 있는 건 사실이었다. 오즈나크 조 팔은 일대일 결투에서 힘센 벨와스에게 베였다. 미린의 도시 경비대 대장이었던 그 아비는 '조소의 남근'이 성문을 쪼개놓았을 때 그곳을 지키다가 죽었다. 오즈나크의 세 숙부는 광장에 못 박힌 163명 중에 있었다. "하피의 아들들에 대한 정보에 내건 현상금이 얼마요?" 대니는 물었다.

"100오너입니다, 빛나는 분이시여."

"1000오너라면 더 좋겠군. 그렇게 알리시오."

"전하께서 제 조언을 청하진 않으셨지만……" 민머리 스카하즈가 말했다. "저는 피는 반드시 피로 갚아야 한다고 봅니다. 제가 거론한 가문에서 남자를 하나씩 골라내어 죽이십시오. 다음에 전하의 병사가 하나 죽으면, 대가문 하나마다 남자를 둘씩 골라내어 죽이십시오. 그리하면 세 번째 살인은 없을 것입니다."

레즈낙이 괴로워하며 끽끽거렸다. "안 됩니다아아…… 관대하신 여왕님, 그런 야만 행위는 신들의 분노를 부를 것이옵니다. 저희가 살인자들을 찾아내고 말겠습니다. 그리고 찾아낸 놈들은 필시 비천한 쓰레기들일 것입니다."

시종장도 스카하즈와 마찬가지로 머리가 없었으나, 그의 경우에는 신들이 그렇게 만들었다. "발칙한 털 오라기 하나라도 나타난다면, 제 이발사가 면도칼을 들고 대기하고 있습니다." 그는 대니가 발탁했을 때 그렇게 장담했다. 대니는 그 면도칼을 레즈낙의 목에 쓰는 게 낫지 않을까 싶을 때가 있었다. 분명히 유능한 사내였지만, 대니는 그에게 호감이 별로 없었고 믿음은 더 없었다. 콰스의 불멸자들은 대니가 세 번 배신당하리라 예언했다. 미리 마즈 두르가 첫 번째, 조라 경이 두 번째였다. 레즈낙이 세 번째일까? 민머리가? 아니면 다리오가? '아니면 내가 의심한 적도 없는 누군가일까? 바리스탄 경, 아니면 회색 벌레, 아니면 미산데이?'

"스카하즈." 대니는 민머리에게 말했다. "조언은 고맙네. 레즈낙, 1000오너로 뭘 이룰 수 있는지 살피도록." 대너리스는 토카를 붙잡고 두 사람 옆을 지나쳐 넓은 대리석 계단을 내려갔다. 술을 밟고 넘어져서 머리부터 굴러 떨어지지 않게 한 번에 한 계단씩 밟았다.

미산데이가 대니의 도착을 선언했다. 이 어린 서기의 목소리는 듣기 좋으면서도 힘 있었다. "모두 폭풍의 딸, 불타지 않는 분, 미린의 여왕, 안달인과 로인인과 최초인의 여왕이자 거대한 풀 바다의 칼리시, 족쇄를 부수는 분, 그리고 드래곤의 어머니이신 대너리스 님께 무릎을 꿇으라."

홀이 꽉 차 있었다. 거세병들이 방패와 창을 들고, 모자에 돋은 못을 칼날처럼 위로 곧추세운 채 기둥을 뒤로 하고 서 있었다. 미린인들은 동쪽에 늘어선 창문들 아래 모여 있었다. 대너리스의 해방 노예들은 이전의 주인들과 멀찍이 떨어져 있었다. '저들이 같이 서기 전까지 미린은 평화를 모르겠지.' "일어나라." 대니가 장의자에 앉자 다들 일어섰다. '이것만은 일사불란하군.'

레즈낙 모 레즈낙에게 목록이 있었다. 관습에 따라 여왕은 아스타포의 사절을 먼저 만나야 했는데, 예전에는 노예였다가 지금은 가엘 공이라고 자칭하는 자였다. 왜 '공'인지는 아무도 모르는 것 같았지만 말이다.

가엘 공은 입이 갈색이었고 치아는 썩었으며 얼굴은 족제비처럼 뾰족하고 누랬다. 선물도 지니고 있었다. "클레온 대왕께서 드래곤의 어머니, 폭풍의 딸 대너리스에 대한 사랑의 징표로 이 슬리퍼를 보내십니다."

이리가 슬리퍼를 대니의 발에 신겼다. 금을 입힌 가죽에 녹색 담수 진주로 장식한 물건이었다. '그 도살자 왕이 예쁜 슬리퍼 한 켤레면 내 손을 잡을 수 있을 거라 생각한단 말인가?' "클레온 왕이 통이 크군. 아름다운 선물 고맙다고 전해라." '아름답긴 하지만, 어린아이용이지.' 대니는 발이 작았는데도, 이 뾰족한 슬리퍼를 신자 꽉 꼈다.

"슬리퍼를 좋아하시니 클레온 대왕님께서 기뻐하실 것입니다." 가엘 공이 말했다. "저희 폐하께서는 모든 적들로부터 드래곤의 어머니를 지킬 태세를 갖췄노라 전하고 싶어 하십니다."

'한 번만 더 클레온 왕과 결혼하자고 하면 저놈 머리통에 슬리퍼를 던져 버리겠어.' 대니는 그렇게 생각했지만, 이번만은 아스타포의 사절도 왕들 간의 결혼을 입에 담지 않았다. 대신 그는 이렇게 말했다. "아스타포와 미린이 융카이의 현명한 주인들이 휘두르는 잔인한 지배를 끝낼 때가 왔습니다. 저들은 자유롭게 사는 모두에게 불구대천의 적입니다. 클레온 대왕님께서는 곧 새로운 거세병들과 함께 진군하겠다고 전하라십니다."

'그자의 새로운 거세병이라니 터무니없는 농담이야.' "클레온 왕은 자기 정원을 돌보고, 융카이는 융카이의 정원을 돌보게 두는 것이 현명할 텐데." 대니도 융카이에는 아무런 애정이 없었다. 그녀는 전장에서 융카이의 군대를 격파한 후, 그들의 노란 도시를 점령하지 않고 떠난 것을 후회하고 있었다. 현명한 주인들은 대니가 떠나자마자 다시 노예 사업으로 돌아갔고, 지금은 추가 세금을 걷고 용병들을 고용하고 대니에게 맞서서 동맹을 맺느라 바빴다.

그러나 자칭 대왕이라는 클레온도 나을 게 없었다. 이 도살자 왕은 아스타포에 노예제를 복구시켰고, 바뀐 점이라고는 과거의 노예들이 이제는 주인이고 과거의 주인들이 이제 노예라는 것밖에 없었다.

"나는 어린 여자에 불과하고 전쟁에 대해 잘 알지 못하네만……." 대니는 가엘 공에게 말했다. "아스타포는 굶주리고 있다 들었네. 클레온 왕이 백성들을 전장으로 끌고 가기 전에 먹이기부터 하게 두려네." 대니가 그만 됐다는 손짓을 하자 가엘이 물러났다.

"폐하." 레즈낙 모 레즈낙이 신속하게 진행했다. "고귀한 히즈다르 조 로라크의 청원을 들으시겠습니까?"

'또?' 대니가 고개를 끄덕이자 히즈다르가 나섰다. 키가 크고 아주 늘씬하며 호박색 피부에 티 하나 없는 남자였다. 그는 얼마 전에 충실한 방패가 죽어 누워 있던 바로 그 자리에서 허리를 굽혔다. '난 이 남자가 필요해.' 대니는 스스로를 일깨웠다. 히즈다르는 부유한 상인으로 미린에 친구가 많고, 바다 건너에는 더 많았다. 그는 볼란티스, 리스, 콰스에 가보았고 톨로스와 엘리리아에는 친척이 있었으며, 심지어 융카이가 대니와 대니의 통치에 대한 적대감을 일으키려 애쓰는 중인 신(新)기스에도 영향력을 행사할 수 있다고 했다.

그리고 그는 부자였다. 아주, 엄청나게 부자였다…….

'그리고 내가 청원을 받아준다면 더 부유해지겠지.' 대니가 이 도시의 투기장을 닫아버리자, 투기장의 지분값이 곤두박질쳤다. 히즈다르 조 로라크는 탐욕스럽게 그 지분을 긁어모아 이제는 미린의 투기장 대부분을 소유했다.

히즈다르의 관자놀이에 뻣뻣한 검붉은색 머리카락이 날개처럼 돋아 있었다. 그래서 머리통이 바로 날아갈 것만 같았다. 긴 얼굴은 금고리로 묶은 턱수염 때문에 더 길어 보였다. 입고 있는 토카의 술에는 자수정과 진주가 달렸다. "눈부신 분께서는 제가 왜 왔는지 아실 겁니다."

"그야 날 괴롭히는 것 말고 다른 목적이라곤 없기 때문일 테지. 내가 몇 번이나 그대의 청원을 거절했지?"

"다섯 번입니다, 폐하."

"이걸로 여섯 번이군. 난 투기장을 다시 열지 않을 거야."

"폐하께서 제 설명을 들으신다면……."

"이미 들었네. 다섯 번 들었지. 새로운 설명을 들고 왔나?"

"오래된 설명입니다만." 히즈다르는 인정했다. "말은 새롭지요. 아름답고, 정중하며, 여왕님에게 더 어울리는 말들입니다."

"내가 찾고자 하는 것은 그대의 명분이지, 예의가 아니라네. 설명을 하도 자주 들어서 내가 직접 간청할 수 있을 지경이야. 어디, 읊어볼까?" 대니는 몸을 앞으로 내밀었다. "투기장은 이 도시가 세워진 이래 줄곧 미린의 일부였네. 전투란 본래 지극히 종교적이며, 기스의 신들에게 바치는 피의 희생이지. 기스의 '죽음의 예술'은 그냥 도살이 아니라 신들을 가장 기쁘게 하는 용기와 기술과 힘의 전시야. 승리한 투사들은 환호와 극진한 대접을 받고, 죽은 자들은 명예롭게 기억되는 법. 투기장을 다시 연다면 미린 사람들에게 내가 미린의 방식과 관습을 존중한다는 사실을 보여주는 셈이 되겠지. 이 투기장들은 전 세계에 명성이 높아. 투기장은 미린에 교역을 끌어오며, 이 도시의 금고에 세상 끝에서 온 주화를 채워주네. 모든 남자들은 피맛을 갈구하지. 투기장은 그 갈증을 충족시켜주고, 그렇게 미린은 더욱 평온해지는 것이야. 모래밭에서 죽어 넘어갈 범죄자들에게 투기장은 결투 재판으로서 결백을 증명할 마지막 기회를 제공하지." 대니는 머리를 젖히고 다시 등을 기대고 앉았다. "자, 어떤가?"

"눈부신 폐하께서 제가 꿈도 꾸지 못할 만큼 멋지게 진술해주셨습니다. 아름다우실 뿐 아니라 웅변가이기도 하시군요. 완전히 설득됐습니다."

대니는 웃을 수밖에 없었다. "아, 그러나 나는 설득이 안 됐다네."

"폐하." 레즈낙 모 레즈낙이 귓가에 속삭였다. "제반 비용을 빼고 투기장에서 나온 순수입의 10분의 1은 세금으로 거두는 것이 관습입니다. 그 돈이면 좋은 용처가 많을 것입니다."

"그럴지도 모르지만…… 우리가 그 투기장들을 다시 연다면, 비용을 빼기 전 수입에서 10분의 1을 받아야 할 거야. 나는 어린 여자에 불과하고 그런 문제에 대해 많이 알지 못하지만, 그래도 자로 쇼안 닥소스와 살면서 그 정도는 배웠다네. 히즈다르, 그대가 설명을 들고 오는 것처럼 군대를 집결시킬 수 있다면 세상을 정복할 수도 있겠지만…… 내 대답은 여전히 거절이야. 여섯 번째로."

"여왕님 말씀을 받듭니다." 히즈다르는 전처럼 깊이 절을 했다. 진주와 자수정이 대리석 바닥에 닿아 잘그락거렸다. 히즈다르 조 로라크는 무척 유연한 남자였다.

'저 바보 같은 머리 모양만 아니라면 잘생겼을지도 모르지.' 레즈낙과 녹색 은총자는 이 도시가 대니의 통치를 받아들이도록, 미린 귀족을 남편으로 맞이하라고 종용했다. 히즈다르 조 로라크는 주의 깊게 볼 가치가 있을지 몰랐다. '스카하즈보다야 낫지.' 민머리 스카하즈는 대니를 위해 자기 아내를 치우겠다는 제안까지 했는데, 생각만 해도 몸이 떨리는 일이었다. 적어도 히즈다르는 웃을 줄은 알았다.

"폐하." 레즈낙이 목록을 보며 말했다. "고귀한 그라즈단 조 갈라레가 말씀 아뢰고자 합니다. 들으시겠습니까?"

"기꺼이 그러도록 하지." 대니는 발가락이 아픔을 무시하려고 최선을 다하면서 클레온이 선물한 슬리퍼에 박힌 녹색 진주의 광택과 황금의 반짝임을 보았다. 미리 경고받은 바, 그라즈단은 녹색 은총자의 사촌이었다. 녹색 은총자라는 이름의 여사제는 평화와 수용, 적법한 권위에 대한 복종의 목소리였다. 그녀의 지지는 가치를 매길 수 없이 귀중했다. '뭘 원하는지는 몰라도 은총자의 사촌이 하는 청원이라면 정중하게 들어줄 수 있지.'

알고 보니 그라즈단이 원하는 것은 금이었다. 대니는 대단한 주인들에게 노예들의 값을 보상해주기를 거부했지만, 미린인들은 계속 그녀에게 돈을 짜낼 방법들을 고안해냈다. 고귀한 그라즈단은 과거에 아주 뛰어난 방직 노예를 소유했던 모양이었다. 이 노예 여성의 베틀에서 나온 천은 미린만이 아니라 신기스와 아스타포와 콰스에서도 큰 가치가 있었다. 이 여성이 나이 들자 그라즈단은 어린 소녀 여섯을 구입해서 그들에게 방직의 비밀을 가르치라고 명했다. 노파는 이제 죽었다. 젊은 노예들은 해방되어 항구 벽 근처에 가게를 열고 직물을 팔았다. 그라즈단 조 갈라레는 그들이 직물을 팔아서 얻는 수입 일부를 달라고 청했다. "그 기술은 제 덕분에 얻은 것입니다. 제가 경매장에서 골라내어 베틀질을 배우게 했으니까요."

대니는 표정 없는 얼굴로 조용히 듣고 나서 말했다. "그 늙은 직인의 이름은 무엇이었나?"

"그 노예요?" 그라즈단은 찌푸린 얼굴로 무게중심을 옮겼다. "엘자……였을 겁니다. 엘라였거나요. 죽은 게 6년 전입니다. 노예가 워낙 많았어야지요, 전하."

"엘자라고 해두지. 짐의 판결은 이러하다. 그 여자들에게 그대는 아무것도 받지 못한다. 그들에게 기술을 가르친 것은 그대가 아니라 엘자이기 때문이다. 그 여자들은 그대로부터 돈으로 살 수 있는 제일 좋은 베틀을 새로 받을 것이다. 그 노파의 이름을 잊은 대가다."

레즈낙은 이번에도 또 다른 '토카 입은 자'를 부르려 했지만, 대니는 해방 노예를 부르라고 했다. 그 후부터는 주인이었던 자들과 노예였던 자들을 번갈아 만났다. 대니 앞으로 가져온 청원 상당수는 보상 문제였다. 미린은 함락 후에 잔인하게 약탈당했다. 힘 있는 자들의 계단식 피라미드들은 최악의 유린을 면했으나, 그보다 평범한 구역들은 도시 노예들이 봉기하고, 융카이와 아스타포에서 대니를 따라온 굶주린 무리가 부서진 성문으로 쏟아져 들어오면서 광란의 약탈과 살해에 휩쓸렸다. 거세병들이 결국 질서를 다시 잡기는 했으나, 약탈 후에는 수많은 문젯거리가 남았다. 그래서 그들은 여왕을 찾아왔다.

부유한 여성 하나가 왔는데, 남편과 아들들이 성벽을 지키다가 죽었다고 했다. 약탈 중에 그녀는 공포에 질려 형제에게 달아났었다. 돌아와보니 그녀의 집은 매춘굴로 변해 있었다. 창녀들은 그녀의 보석과 옷으로 몸을 꾸몄다. 그녀는 자기 집과 보석들을 돌려받고 싶어 했다. "옷은 가져도 됩니다." 그녀는 옷에 대해서는 양보했다. 대니는 그녀가 보석을 돌려받도록 하되, 집은 버렸을 때 잃은 것이라고 판결했다.

노예였던 사람이 하나 찾아와서 자크 가문의 귀족을 고발했다. 이 남자는 최근에 해방 노예를 아내로 맞이했는데, 도시가 함락되기 전에는 그 귀족의 침실 시중을 들던 여자였다. 그 귀족은 그녀의 처녀성을 빼앗았고, 쾌락을 위해 이용했으며, 아이를 임신시켰다. 그녀의 새 남편은 강간죄로 그 귀족을 거세하기를 원했으며, 그자의 사생아를 제 아이로 키우는 대가로 금화도 두둑이 받고자 했다. 대니는 금화를 받도록 하되, 거세는 허락하지 않았다. "그자와 잤을 때 네 아내는 아직 그자의 뜻대로 할 수 있는 소유물이었다. 법에 따라, 그건 강간이 아니었지." 대니도 청원자가 그 결정에 만족하지 못하는 것은 알 수 있었지만, 침실 노예를 강제로 취한 남자들을 모조리 거세한다면 곧 내시들의 도시를 다스리게 될 터였다.

대니보다 어린 소년도 하나 왔는데, 가냘픈 몸에 흉터가 있었고, 은색 술이 질질 끌리는 너덜너덜한 회색 토카 차림이었다. 소년은 갈라진 목소리로 성문이 부서진 날, 아버지의 집안 노예 두 명이 들고일어난 일을 말했다. 한 명은 소년의 아버지를, 다른 한 명은 소년의 형을 죽였다. 소년의 어머니는 살해되기 전에 두 노예로부터 강간까지 당했다. 소년은 얼굴에 흉터만 얻고 달아났지만, 살인자 하나는 아직도 그의 아버지의 집에 살고 있었고, 다른 한 명은 '어머니의 병사들'에 합류하여 여왕의 병사가 되었다. 소년은 둘 다 교수형에 처해지길 원했다.

'나는 먼지와 죽음 위에 선 도시의 여왕이로구나.' 대니는 청원을 거부할 수밖에 없었다. 이미 약탈 중에 일어난 모든 범죄에 대한 사면을 선포했다. 게다가 주인들을 상대로 일어난 노예를 벌하지도 않았다.

그렇게 말하자 소년은 대니에게 달려들려고 했지만, 토카에 발이 걸려서 자주색 대리석 위에 곤두박질치고 말았다. 힘센 벨와스가 바로 소년을 덮쳤다. 이 거대한 갈색 내시는 소년을 한 손으로 들어 올리더니 쥐를 문 마스티프 개처럼 흔들었다. "그만 됐다, 벨와스." 대니가 외쳤다. "풀어주거라." 그리고 소년에게 말했다. "그 토카에 고마워하거라. 네 목숨을 구했으니. 너는 아직 어리니 여기에서 일어난 일은 잊겠다. 너도 그렇게 하거라." 그러나 소년은 나가면서 어깨 너머로 그녀를 돌아보았고, 그 눈을 본 대니는 생각했다. '하피의 아들이 하나 더 생겼군.'

한낮에 이르자 대너리스는 머리에 얹은 왕관의 무게와 장의자의 딱딱함이 느껴졌다. 아직도 기다리는 청원자가 너무 많아서 식사를 하기 위해 멈출 수도 없었다. 대신 대니는 지키를 주방으로 보내어 플랫브레드와 올리브, 무화과, 치즈를 담아 오게 했다. 대니는 청원에 귀를 기울이며 야금야금 그것들을 먹고, 물을 탄 와인을 한 잔 마셨다. 무화과는 맛있었고, 올리브는 더 맛있었지만, 와인은 입안에 시큼한 금속 맛을 남겼다. 이 지역에서 나는 작은 연노란색 포도로 만드는 와인은 현저히 질이 떨어졌다. '와인 무역은 안 되겠군.' 게다가 미린의 대단한 주인들이 올리브나무들과 함께 최고의 포도 넝쿨들을 다 태운 뒤였다.

오후에는 조각가가 한 명 와서, '정화의 광장'에 놓인 거대한 청동 조각상의 머리를 대니의 모습으로 바꾸겠다고 제안했다. 대니는 최대한의 예의를 끌어내어 거절했다. 스카하사단강에서 유례없이 큰 꼬치고기가 잡혔는데, 잡은 어부가 여왕에게 바치고 싶어 했다. 대니는 그 물고기에 호들갑스럽게 감탄하고, 어부에게는 은화 한 지갑을 보상으로 내리고 꼬치고기는 주방으로 보냈다. 구리 세공인이 전쟁에 입고 나가라며 반짝이는 고리 갑옷 한 벌을 만들어 왔다. 대니는 후한 감사를 표하며 받아들였다. 보기에 아름다웠고, 광택을 낸 구리가 햇빛을 받아 예쁘게 번쩍였지만, 실제 전투가 닥친다면 그 갑옷보다는 강철 갑옷을 입을 터였다. 아무리 전쟁에 대해 모르는 어린 여자라 해도 그 정도는 알았다.

도살자 왕이 보낸 슬리퍼가 점점 심하게 불편해졌다. 대니는 슬리퍼를 걷어차버리고 한 발은 반대쪽 허벅지 아래 끼고 한 발은 흔들거리며 앉았다. 별로 제왕에 걸맞은 자세는 아니었지만, 제왕답게 구는 데에도 지쳤다. 왕관 때문에 두통이 났고, 엉덩이는 마비된 느낌이었다. 대니는 외쳤다. "바리스탄 경, 난 왕에게 제일 필요한 자질이 뭔지 알아."

"용기입니까, 전하?"

"강철 같은 엉덩이라오." 대니는 장난을 쳤다. "하는 일이라곤 앉아 있는 것뿐이거든."

"전하께선 너무 많은 일을 직접 맡으십니다. 조언자들이 전하의 짐을 더 짊어지도록 허락하셔야 합니다."

"조언자는 너무 많고 방석은 너무 적군." 대니는 레즈낙을 돌아보았다. "얼마나 더 남았나?"

"스물셋이옵니다, 폐하. 모두 손해 배상 청구입니다." 시종장은 서류를 살피더니 말했다. "송아지가 한 마리, 염소가 세 마리. 나머지는 분명 양일 겁니다."

"스물셋이라." 대니는 한숨을 쉬었다. "우리가 양치기들에게 죽은 양의 대가를 지불하기 시작한 이후 내 드래곤들의 식욕이 엄청나게 늘었군. 모두 사실로 증명된 청구인가?"

"몇 명은 불탄 뼈를 가져왔습니다."

"인간은 불을 피우고, 양고기를 요리하지. 불탄 뼈는 아무것도 증명하지 못하네. 갈색 벤이 도시 바깥 구릉 지대에 붉은 늑대와 자칼과 들개가 있다고 했어. 우리가 융카이와 스카하자단강 사이에서 사라진 모든 양에 은화를 지불해야 할까?"

"아니옵니다, 폐하." 레즈낙이 허리를 굽혔다. "제가 이 악한들을 쫓아낼까요? 아니면 채찍질을 내리시겠습니까?"

대너리스는 장의자에서 앉은 자세를 바꿨다. "누구도 나에게 찾아오는 것을 두려워해서는 안 돼." 그 청구 중 일부는 거짓일 게 분명했지만, 그보다 많은 수가 진짜였다. 대니의 드래곤들은 쥐와 고양이와 개를 잡아먹는 데 만족하기엔 너무 커졌다. '드래곤은 많이 먹을수록 더 커집니다.' 바리스탄 경이 경고했었다. '그리고 커질수록 더 많이 먹지요.' 드로곤은 특히 멀리 돌아다녔고 하루에 양 한 마리쯤은 쉽게 먹어치울 수 있었다. 대니는 레즈낙에게 말했다. "청구하는 가축의 대가를 지불하도록 하게. 다만 이후부터 청구자는 은총의 신전에 가서 기스의 신들 앞에서 성스러운 맹세를 해야 해."

"그렇게 하겠습니다." 레즈낙이 청원자들을 돌아보고 기스카어로 말했다. "고귀하신 여왕 폐하께서 너희들 모두에게 잃어버린 짐승의 보상을 허락하셨다. 내일 내 관리자들에게 찾아가면 돈이든 비슷한 짐승이든 원하는 쪽으로 지불해줄 것이다."

이 판결에 돌아온 반응은 뚱한 침묵이었다. '이보다는 기뻐할 줄 알았는데.' 대니는 생각했다. '원하던 걸 얻었잖아. 이 사람들을 만족시킬 방법은 없는 건가?'

다들 빠져나가는데 한 남자가 뒤에 남았다. 남루한 옷에 풍상에 닳은 얼굴의 땅딸막한 남자였다. 검붉은 철사 같은 거친 머리카락을 귀쯤에서 깎아서 모자를 쓴 것만 같았고, 한 손에는 칙칙한 천으로 만든 자루를 들고 있었다. 남자는 고개를 숙이고, 지금 어디에 와 있는지 새까맣게 잊은 것처럼 대리석 바닥을 노려보고 있었다. '이자는 뭘 원하는 거지?' 대니는 궁금했다.

"모두 폭풍의 딸, 불타지 않는 분, 미린의 여왕, 안달인과 로인인과 최초인의 여왕이자 거대한 풀 바다의 칼리시, 족쇄를 부수는 분, 그리고 드래곤의 어머니이신 대너리스 님께 무릎을 꿇으라." 미산데이가 높고 아름다운 목소리로 외쳤다.

대니가 일어서자 토카가 흘러내리려 했다. 대니는 토카 자락을 붙잡아 제자리로 당겨 넣고 외쳤다. "자루를 들고 있는 너. 짐에게 청원하려 했느냐? 가까이 와도 좋다."

고개를 든 남자의 두 눈은 터진 상처처럼 벌겠다. 대니는 바리스탄 경이 하얀 그림자처럼 옆으로 다가와 붙는 모습을 슬쩍 보았다. 남자는 자루를 꽉 쥐고 비틀비틀 발을 끌며 다가왔다. '술이 취한 건가, 아픈 건가?' 대니는 의아했다. 남자의 깨어진 노란 손톱 아래가 흙투성이였다.

"뭐지?" 대니가 물었다. "짐에게 내놓을 고충이나 청이 있느냐? 뭘 가져온 거지?"

남자의 혀가 갈라지고 튼 입술을 초조하게 핥았다. "저는…… 제가 가져온 것은……."

"뼈냐?" 대니는 인내심을 잃고 물었다. "불던 뼈인가?"

남자는 자루를 들어 올려 그 내용물을 대리석 바닥에 쏟았다.

과연 뼈였다. 부러지고 새까맣게 탄 뼈. 조금 긴 뼈는 골수를 빼 먹느라 쪼개져 있었다.

남자는 기스카 특유의 으르렁대는 소리로 말했다. "검은 놈이었습니다. 날개 달린 그림자요. 하늘에서 내려와서…… 내려와서……."

'아니야.' 대니는 몸을 떨었다. '아니야, 아니야, 안 돼.'

"귀가 먹었느냐, 멍청이?" 레즈낙 모 레즈낙이 남자에게 물었다. "내 포고를 듣지 못했느냐? 내일 내 관리자들을 찾아가면 양값을 받을 것이다."

"레즈낙." 바리스탄 경이 조용히 말했다. "입 다물고 눈 똑바로 뜨게. 저건 양 뼈가 아니야."

'그래.' 대니는 생각했다. '저건 어린아이의 뼈야.'

하얀 늑대는 하늘만큼 높은 흰 절벽 아래 검은 숲속을 질주했다. 달이 늑대와 함께 달렸고, 머리 위에 엉킨 헐벗은 나뭇가지들 사이를 미끄러지며 별 박힌 하늘을 가로질렀다.

"스노우." 달이 중얼거렸다. 늑대는 대답하지 않았다. 발아래 눈이 뽀드득거렸다. 바람이 나무 사이로 한숨을 내쉬었다.

멀고 먼 곳에서 그의 무리가 서로에게 외치는 소리를 들을 수 있었다. 그들도 사냥을 하고 있었다. 사나운 빗발이 거대한 염소 살을 뜯는 검은 형제에게 쏟아지며, 염소의 긴 뿔에 긁힌 옆구리 상처에서 피를 씻어냈다. 또 다른 곳에서는 어린 누이가 고개를 들고 달을 향해 노래하자, 백 마리의 작은 회색 늑대 사촌들이 사냥을 멈추고 함께 노래했다. 그 산속은 더 따뜻했고, 먹을 것도 풍부했다. 누이의 무리는 많은 밤 동안 양과 소와 말, 인간의 사냥감들을 포식했고 가끔은 인간의 살도 먹었다.

"스노우." 달이 킬킬거리며 다시 그를 불렀다. 하얀 늑대는 얼음 절벽 아래 인간의 길을 따라 달렸다. 혀에서는 피 맛이 났고, 귀에는 백 마리 사촌들의 노랫소리가 울렸다. 예전에 그들은 여섯이었다. 그는 홀로 기어 나가 있었고, 나머지 다섯은 눈밭에서 눈도 뜨지 못하고 낑낑거리며 죽은 어미의 젖꼭지에서 차가운 젖을 빨고 있었다. 이제 넷만 남았고…… 그중 하나는 하얀 늑대도 더 이상 감지할 수가 없었다.

"스노우." 달이 고집스럽게 불렀다.

하얀 늑대는 달에게서 달아나, 허공에 서리 입김을 뿜으며 태양이 숨었던 밤의 동굴을 향해 달렸다. 별이 없는 밤이면 거대한 절벽은 돌처럼 검게 야생의 세계 높이 우뚝 섰지만, 달이 뜨면 얼어붙은 강물처럼 차갑고 하얗게 번득였다. 늑대의 털가죽은 두껍고 덥수룩했으나, 바람이 그 얼음을 타고 불어오면 어떤 털도 한기를 막을 수가 없었다. 그러나 늑대는 반대쪽 바람이 더 차갑다는 사실을 느꼈다. 그곳이 그의 형제가, 여름 냄새가 나는 회색 형제가 있는 곳이었다.

"스노우." 나뭇가지에서 고드름이 하나 떨어졌다. 하얀 늑대는 몸을 돌리고 이를 드러냈다. "스노우!" 주위에서 숲이 녹아내리며 털이 다 곤두섰다. "스노우, 스노우, 스노우!" 날개 치는 소리가 들렸다. 어둠 속을 뚫고 큰까마귀가 날았다.

큰까마귀는 쿵 소리 나게 존 스노우의 가슴에 내려앉아서 발톱으로 긁어대며, 얼굴에다 "스노우!"라고 소리쳤다.

"알았어." 방은 어두웠고, 잠자리는 딱딱했다. 덧창 사이로 새어 드는 흐린 햇빛이 오늘도 음산하고 추운 날이 될 것을 예고했다. "모르몬트도 이렇게 깨웠나? 내 얼굴에서 깃털 치워라." 존은 까마귀를 쫓으려고 담요 속에서 한 팔을 빼냈다. 녀석은 커다란 새였고, 늙고 대담하고 꾀죄죄한 데다 무서운 게 없었다. "스노우." 새는 그의 침대 기둥에 날개를 퍼덕이며 소리쳤다. "스노우, 스노우." 존이 베개를 잡고 던졌지만, 새는 벌써 날아올랐다. 베개가 벽에 부딪쳐 터지면서 사방에 털을 날리는 순간 구슬픈 에드 톨렛이 문안에 머리를 들이밀었다. "실례지만." 에드는 흩날리는 깃털을 무시하고 말했다. "사령관님 아침 식사를 가져올깝쇼?"

"옥수수." 까마귀가 외쳤다. "옥수수, 옥수수."

"구운 까마귀에 에일 반병 어때요." 존이 제안했다. 식사를 가져와서 차려주는 개인 집사를 두다니 아직도 어색했다. 얼마 전까지만 해도 존이 모르몬트 사령관의 아침 식사 담당이었는데.

"옥수수 세 알에 구운 까마귀 한 마리요." 구슬픈 에드가 말했다. "알겠습니다, 사령관님. 다만 홉이 준비한 건 삶은 계란과 검은 소시지, 말린 자두와 같이 끓인 사과로군요. 말린 자두와 같이 끓인 사과는 말린 자두만 빼면 끝내줍니다요. 자두는 저라면 안 먹겠어요. 흠, 한번은 홉이 말린 자두를 밤과 당근과 함께 썰어서 암탉 안에 숨겨놓은 적이 있었지요. 요리사를 절대 믿지 마십쇼. 전혀 예상 못 할 때 자두를 먹이고 말거든요."

"이따 먹을게요." 아침 식사는 기다려주겠지만, 스타니스는 아니었다. "어젯밤 수용지에서는 말썽 없었어요?"

"사령관님께서 감시병들에게 감시병을 붙인 후부터는 없습니다."

"잘됐네요." 야인 천 명이 장벽 너머 울타리 안 수용소에 갇혀 있었다. 스타니스 바라테온이 기사들과 함께 만스 레이더의 짜깁기 군대를 분쇄했을 때 잡은 포로였다. 상당수는 여자들이었는데, 감시병들 일부가 잠자리를 데우겠다고 그 여자들을 빼낸 일이 있었다. 왕의 병사들이든, 왕비의 병사들이든 마찬가지였다. 검은 형제들도 몇 명 같은 시도를 했다. 남자들은 남자들이었고, 사방 만 리에 여자라곤 그 포로들뿐이었다.

"야인 두 명이 더 항복하겠다고 나타났습니다." 에드는 보고를 이었다. "치맛자락에 계집애가 달라붙은 어미였어요. 모피에 둘둘 만 남자 아기도 있었는데, 그 아이는 죽었더군요."

"죽어." 까마귀가 말했다. 그 말은 그 새가 제일 좋아하는 몇 마디 안에 들어갔다. "죽어, 죽어, 죽어."

거의 매일 밤 자유민이 흘러들었다. 장벽 아래 전투에서 달아났다가, 달아날 만한 안전한 장소가 없다는 사실을 깨닫고 기어 돌아온 굶주리고 반쯤 얼어붙은 사람들이었다. "그 애엄마는 심문했어요?" 존이 물었다. 스타니스 바라테온은 만스 레이더의 군대를 분쇄하고 장벽 너머의 왕을 포로로 잡았지만…… 저 밖에는 아직 야인들이 있었다. 울보와 거인의 재앙 토르문드를 비롯해 수천 명은 더 됐다.

"그럼요." 에드가 대답했다. "하지만 전투 중에 달아나서 숲에 숨어 있었다는 것밖에 모르더라고요. 포리지를 듬뿍 먹여 수용소로 보내고 아기는 태웠습니다."

존 스노우는 이제 죽은 아이들을 태우는 데 심란해하지 않았다. 살아 있는 아이들은 다른 문제였다. '드래곤을 깨우려면 왕이 둘 필요해. 둘 다 왕일 때 죽이려면, 아비를 먼저 죽인 다음에 아들을 죽여야 해.' 왕비의 병사 중 누군가가, 아에몬 학사가 상처를 씻어줄 때 중얼거린 말이었다. 존은 열에 들떠서 한 말이라고 치부하려 했다. 아에몬은 생각이 달랐다. "왕의 피에는 힘이 있지." 늙은 학사는 그렇게 경고했다. "그리고 스타니스보다 나은 자들도 이보다 더 지독한 짓을 한 적이 있어." '그래. 왕은 냉혹하고 용서를 모를 수 있지. 하지만 젖먹이 아기를? 살아 있는 아이를 불에 태우는 건 괴물만 할 짓이야.'

존은 늙은 곰의 까마귀가 불평하는 동안 어둠 속에서 요강에 오줌을 눴다. 늑대 꿈이 점점 강해졌고, 요새는 깨어 있을 때도 꿈이 기억이 났다. '고스트는 그레이윈드가 죽었다는 걸 알아.' 롭은 트윈스에서, 친구라고 믿었던 자들에게 배신당해서 죽었고 롭의 늑대도 같이 죽었다. 브랜과 리콘도 살해당했다. 한때 아버지의 대자였던 테온 그레이조이에게 효수당했다……. 하지만 늑대 꿈이 거짓이 아니라면 그 둘의 다이어울프는 탈출한 모양이었다. 퀸스크라운에서 둘 중 하나가 어둠 속에서 튀어나와 존의 생명을 구했었다. '분명히 서머였어. 서머는 회색이고, 새기독은 검은색이야.' 존은 혹시 죽은 동생들의 일부가 그 늑대들 안에 살아 있는 걸까 궁금했다.

그는 침대 옆에 놓인 물병으로 수반을 채워 얼굴과 손을 씻고, 깨끗한 검은 모직 옷을 입고, 검은색 가죽조끼의 끈을 묶고, 길이 잘 든 장화를 신었다. 모르몬트의 까마귀는 기민한 검은 눈으로 그 모습을 지켜보다가 창문으로 날아갔다. "내가 네 노비인 줄 아는 거냐?" 존이 다이아몬드 모양의 노란색 두꺼운 판유리 창문을 접어 열자, 싸늘한 아침 공기가 얼굴을 때렸다. 존이 잠기운을 쫓으려 숨을 들이마시는 사이 까마귀는 날개 치며 날아가버렸다. '저 새는 지나치게 영리해.' 그 새는 오랫동안 늙은 곰의 벗이었지만, 그래도 모르몬트가 죽자 얼굴을 뜯어 먹었다.

침실 바깥으로 나가서 계단을 내려가자 상처투성이 소나무 탁자와 참나무와 가죽으로 만든 의자 십여 개가 놓인 더 큰 방이 나타났다. 왕의 탑에는 스타니스가 머물렀고 사령관의 탑은 싹 타버렸기 때문에, 존은 무기고 뒤에 있는 도날 노이의 수수한 거처에 자리를 잡았다. 물론 시간이 지나면 더 큰 거처가 필요해지겠지만, 지휘에 익숙해지는 동안에는 이곳으로 충분했다.

왕이 서명하라고 내민 양도 증서는 그 탁자 위, 예전에 도날 노이의 것이었던 은잔 밑에 놓여 있었다. 외팔이 대장장이는 개인 소지품을 얼마 남기지 않았다. 그 잔, 그리고 6페니와 별 동화 한 닢, 잠금쇠가 부서진 흑금 브로치, 스톰스엔드의 사슴 문양이 들어간 곰팡내 나는 양단 더블릿이 전부였다. '도날 노이의 보물은 쓰던 연장과 자기가 만든 장검, 단검이었어. 그 삶은 대장간에 있었고.' 존은 잔을 옆으로 치우고 양피지를 다시 한번 읽었다. '여기에 인장을 찍는다면, 난 언제까지나 장벽을 쥐버린 총사령관으로 기억되겠지. 하지만 이걸 거부한다면……'

스타니스 바라테온은 골치 아픈 손님인 데다, 가만히 있지 못하는 손님이기도 했다. 그는 말을 타고 왕의 가도를 따라 퀸스크라운까지 갔다가, 몰스타운의 텅 빈 굴집들 사이를 돌아다니고, 퀸스게이트와 오큰실드에 폐허가 된 채 남아 있는 요새들을 점검했다. 그는 매일 밤마다 여사제 멜리산드레와 함께 장벽 위를 걸었고, 낮이면 수용지에 들러서 붉은 여인이 심문할 포로들을 골라냈다. '스타니스는 장애물을 싫어해.' 존은 기분 좋은 아침이 되진 않을 것 같았다.

무기고에서 방패와 검이 부딪치는 소리가 들렸다. 제일 최근에 들어온 소년들과 신병들이 무장하면서 나는 소리였다. 강철 에멧이 빨리 하라고 외치는 소리를 들을 수 있었다. 코터 파이크는 에멧을 내어주기 싫어했지만, 이 젊은 순찰자에게는 훈련자의 재능이 있었다. '에멧은 싸우기를 좋아하고, 훈련생들에게도 싸우기를 좋아하도록 가르칠 거야.' 존의 희망은 그랬다.

문가에 박힌 못에 존의 망토와 검대가 각각 걸려 있었다. 둘 다 걸친 존은 무기고로 향했다. 고스트가 자던 깔개가 빈 게 보였다. 검은 망토를 걸치고 강철 반투구를 쓰고, 손에는 창을 든 보초 둘이 문안에 서 있었다. "사령관님께 수행원이 필요할까요?" 가스가 물었다.

"왕의 탑은 직접 찾을 수 있을 것 같군." 존은 가는 데마다 병사들이 따라다니는 게 싫었다. 마치 새끼 오리들을 끌고 다니는 어미 오리가 된 기분이었다.

강철 에멧의 훈련생들은 훈련장에 나가서 끝이 뭉툭한 검으로 방패를 때리고 서로를 울려대고 있었다. 존은 잠시 멈춰서 망아지가 홉로빈을 우물가로 밀어붙이는 모습을 지켜보았다. 망아지에게는 좋은 전사의 자질이 있었다. 힘이 센 데다 더 세지고 있었고, 본능적인 감각도 좋았다. 홉로빈은 또 다른 이야기였다. 굽은 발만 해도 문제인데, 얻어맞는 것도 무서워했다.

'흡로빈은 집사로 쓸 수 있겠지.' 싸움은 흡로빈이 땅에 넘어지면서 갑자기 끝났다.

"잘 싸웠어." 존은 망아지에게 말했다. "하지만 공격을 밀어붙일 때 방패를 너무 낮게 내린다. 그 버릇을 고치지 않으면 죽을 수도 있어."

"옙, 사령관님. 다음엔 더 높이 들겠습니다." 망아지는 흡로빈의 손을 당겨 일으켰고, 키가 작은 흡로빈은 어색하게 허리를 굽혀 절했다.

훈련장 저편에서는 스타니스의 기사 몇 명이 대련 중이었다. '한쪽 구석엔 왕의 병사들이고 반대쪽 구석엔 왕비의 병사들이군.' 존은 알아차릴 수밖에 없었다. '하지만 몇 명뿐이야. 대부분에게 너무 추운 날씨거든.' 존이 성큼성큼 걸어서 지나치자 우렁찬 목소리가 뒤에서 외쳤다. "어이, 꼬마! 거기 꼬마야!"

존 스노우가 총사령관으로 선출된 후 들은 말 중에 '꼬마' 정도는 최악에 미치지 못했다. 존은 그 부름을 무시했다.

"스노우!" 그 목소리는 끈질겼다. "사령관님?"

이번에는 존도 걸음을 멈췄다. "경?"

기사는 존보다 15센티는 더 컸다. "발리리아 강철검을 지닌 남자라면 그 칼로 엉덩이만 긁으면 안 되지."

성 주변에서 본 적 있는 기사였다. 본인 말을 듣자면 대단히 유명한 기사라고 했다. 장벽 아래 전투 중에 고드리 파링 경은 달아나는 거인을 베어 죽였다. 말에 올라 거인을 뒤쫓다가 등에 기마창을 찔러 넣고는, 말에서 내려서 그 한심한 작은 머리통을 잘라냈다. 왕비의 병사들은 그를 '거인 살해자 고드리'라고 불렀다.

존은 이그리트가 울며 부르던 노랫말을 기억했다. '나는야 마지막 거인.'
"제 '긴 발톱'은 써야 할 때 씁니다, 경."

"그런데 얼마나 잘 쓰나 몰라?" 고드리 경이 검을 뽑았다. "보여줘봐. 해치지 않겠다고 약속하마."

'친절하시기도 해라.' "다음에 하지요, 경. 지금은 다른 할 일이 있어 어렵 겠네요."

"어려우시겠지." 고드리 경은 제 친구들을 보고 히죽거렸다. "어려우시다 잖아." 그는 둔한 친구들을 위해 다시 말했다.

"실례하겠습니다." 존은 그들로부터 등을 돌렸다.

흐릿한 새벽 햇빛 속 캐슬블랙은 쓸쓸하고 황량해 보였다. '나의 사령부.' 존 스노우는 쓸쓸하게 생각했다. '요새라기보다는 폐허지.' 사령관의 탑은 껍데기뿐이었고, 휴게실은 시커멓게 탄 목재 더미였으며, 하딘의 탑은 다음 에 돌풍이 불어오면 쓰러질 것 같았다…… 하지만 벌써 몇 년째 그런 모 습이기는 했다. 그 탑들 뒤로 장벽이 솟아올랐다. 어마어마하고, 험악하고, 차가운 벽에 새로운 지그재그형 계단을 쌓아 올려 예전 계단의 잔해와 연 결하려는 건설자들이 바글바글했다. 그들은 새벽부터 저녁까지 일했다. 그 계단이 없으면 장벽 꼭대기에 올라갈 방법이 권양기뿐이었다. 야인들이 다 시 공격한다면 권양기로는 어림도 없었다.

왕의 탑 위에서는 바라테온 가문의 거대한 금빛 전투 깃발이 채찍처럼 펄럭거렸다. 얼마 전에 존 스노우가 활을 쥐고 기어 다니며 새틴과 귀머거 리 딕 폴라드와 함께 텐족과 자유민들을 죽이던 그 지붕이었다. 왕비의 병 사 두 명이 두 손은 겨드랑이에 끼우고 창은 문가에 기대어놓은 채 계단에 서서 덜덜 떨고 있었다. 존은 그들에게 말했다. "그 천 장갑으론 안 될 겁니 다. 내일 보웬 마시에게 가면 모피를 덧댄 가죽 장갑을 줄 거예요."

"그러겠습니다, 사령관님. 감사드립니다." 나이 많은 쪽이 말했다.

"이놈의 망할 손이 얼어서 떨어지지 않으면요." 젊은 쪽이 입김을 내뿜으 며 덧붙였다. "예전엔 도르네 변경이 춥다고 생각했는데 말입니다. 제가 뭘 알았나요."

'아무것도 몰랐지.' 존 스노우는 생각했다. '나와 똑같이.'

나선형의 계단을 반쯤 오르던 존은 내려오던 샘웰 탈리와 마주쳤다. "왕을 뵙고 오는 거야?" 존이 물었다.

"아에몬 학사님이 편지를 들려 보내셨어."

"그렇군." 어떤 영주들은 학사들이 편지를 읽고 내용만 전달하게 맡겼지만, 스타니스는 직접 봉인을 뜯기를 고집했다. "스타니스가 어떻게 받아들였어?"

"얼굴을 봐서는 기쁘게 받아들이진 않았어." 샘은 목소리를 죽여 속삭였다. "원래는 이런 말 하면 안 돼."

"그럼 하지 마." 존은 이번엔 아버지의 봉신들 중 누가 스타니스 왕에 대한 충성 맹세를 거부했을까 궁금했다. '카홀드가 자기를 지지한다고 선언했을 때는 빨리도 소식을 퍼뜨렸지.' "장궁과는 잘 어울리고 있어?"

"궁술에 대한 좋은 책을 찾았어." 샘은 얼굴을 찌푸렸다. "하지만 읽기는 쉽지. 활을 쏘다가 물집이 잡혔어."

"계속해. 어느 캄캄한 밤에 다른자들이 나타나면 장벽 위에서 네 활이 필요해질지 몰라."

"아, 그런 일은 없었으면."

왕의 개인방 밖에는 보초병이 디 있었다. "전하가 계신 곳에 무기를 들고 들어갈 순 없습니다." 선임병이 말했다. "그 장검은 받아두겠습니다. 단검도요." 존은 저항해봐야 소용없음을 알고 있었기에, 무기를 건넸다.

개인방 안은 따뜻했다. 멜리산드레가 불가에 앉아서 하얀 목에 걸린 루비를 번득이고 있었다. 이그리트가 불의 입맞춤을 받은 여자였다면 붉은 여사제는 불 자체였으며, 그 머리카락은 피와 화염이었다. 스타니스는 예전에 늙은 곰이 앉아서 식사를 하곤 했던 거칠게 잘라 만든 탁자 뒤에 서 있었다. 탁자에는 해진 가죽 조각에 그려 넣은 커다란 북부 지도를 펼쳐 양초로 한쪽 끝을, 강철 장갑으로 반대쪽을 눌러놓았다.

왕은 양모로 만든 바지와 퀼트 더블릿 차림이었지만, 사슬과 판금 갑옷이라도 입은 것처럼 뻣뻣하고 불편해 보였다. 피부는 허연 가죽이었고, 수염은 어찌나 짧게 잘랐는지 그림을 그려 넣은 것처럼 보였다. 검은 머리카락 중에 남은 것이라곤 관자놀이 주변을 두른 털뿐이었다. 손에는 깨진 암녹색 밀랍 인장이 붙은 양피지가 들려 있었다.

존은 한쪽 무릎을 꿇었다. 왕은 그를 보고 얼굴을 찌푸리더니 성을 내며 양피지를 구겼다. "일어나서 말해봐라. 리안나 모르몬트가 누구냐?"

"매기 여영주님의 딸입니다, 전하. 막내딸이죠. 제 아버지의 동생분 성함을 땄습니다."

"네 아버지의 환심을 사기 위해서겠지. 그 게임이 어떻게 돌아가는지는 안다. 그 끔찍한 여자의 나이는 어떻게 되지?"

존은 잠시 생각해야 했다. "열 살입니다. 그 나이에서 큰 차이가 없는 것은 분명합니다. 어쩌다가 리안나가 전하를 불쾌하게 만들었는지 알 수 있을지요?"

스타니스는 편지를 읽었다. "'곰섬은 북부의 왕 외에 다른 왕은 알지 못하며, 그 왕의 이름은 스타크입니다.' 열 살 계집애라고 했나. 그런데 무엄하게도 적법한 왕을 꾸짖는구나." 스타니스의 바짝 깎은 수염이 움푹 들어간 두 뺨 위에 드리운 그림자 같았다. "이 소식은 스노우 공, 그대만 알고 있게. 카홀드가 나와 함께한다는 것은 모든 이가 알아야 할 소식이다. 이 여자애가 나에게 침을 뱉었다는 이야기는 네 형제들이 주고받아선 안 된다."

"분부대로 하겠습니다, 전하." 존은 매기 모르몬트가 롭과 함께 남쪽으로 달려갔음을 알고 있었다. 매기의 맏딸도 젊은 늑대의 군대에 합류했다. 그러나 둘 다 죽었다 해도 매기 영주에게는 다른 딸들이 있었고, 몇 명은 자식까지 두었을 터였다. 그들도 롭과 함께 간 걸까? 매기 부인이 나이 든 딸을 적어도 하나 정도는 수호성주로 두고 갔을 텐데. 왜 리안나가 스타니스에게 답장을 쓴 건지 이해가 가지 않았고, 혹시 편지를 왕관 쓴 수사슴 대신 다이어울프 인장으로 봉하고 윈터펠의 영주 존 스타크의 이름으로 서명했다면 답이 달랐을 수도 있을까 하는 생각을 피할 수 없었다. '그런 의혹을 품기엔 너무 늦었어. 넌 이미 선택을 했어.'

"까마귀 마흔 마리를 보냈건만." 왕이 불평했다. "침묵과 반항만 돌아오는구나. 충성 맹세는 모든 충실한 신민이 왕에게 지켜야 하는 의무이거늘. 네 아비의 봉신들은 카스타크 외에는 다 내게서 등을 돌렸다. 북부에 명예를 아는 남자가 아놀프 카스타크 하나란 말이냐?"

아놀프 카스타크는 죽은 리카드 공의 숙부였다. 조카와 그 아들들이 롭과 함께 남쪽으로 갈 때 카홀드의 수호성주가 되었으며, 스타니스 왕의 충성 맹세 요구에 제일 먼저 응답하며 까마귀를 보내어 동맹을 선언했다. '카스타크에겐 다른 선택지가 없습니다.' 존은 그렇게 말할 수도 있었다. 리카드 카스타크는 다이어울프를 배신했고 사자의 피를 흘렸다. 수사슴이 카홀드의 유일한 희망이었다. "이처럼 혼란스러운 시절에는 명예를 아는 사람이라 해도 의무가 어디에 있는지 생각해야 합니다. 왕국에서 충성 맹세를 요구하는 왕은 전하만이 아닙니다."

멜리산드레 사제가 몸을 움직거렸다. "말해보시오, 스노우 공……. 야인들이 공의 장벽을 강습했을 때 그 다른 왕들은 어디 있었는지?"

"만 리 밖에 떨어져서 저희의 어려움에 귀를 막고 있었지요." 존이 대답했다. "잊지 않았습니다. 앞으로도 잊지 않을 것이고요. 그러나 제 아버지의 봉신들에게는 지켜야 할 아내와 자식들, 자칫 잘못 선택했다간 죽어나갈 영지민들이 있습니다. 전하께서 너무 많은 것을 요구하고 계십니다. 시간을 주시면 답이 올 겁니다."

"이런 답 말이냐?" 스타니스는 리안나의 편지를 구겼다.

"북부에서도 사람들은 타이윈 라니스터를 두려워합니다. 볼턴도 불편한 적입니다. 그자들이 깃발에 살가죽 벗긴 남자를 그린 건 괜한 우연이 아닙니다. 북부 영주들은 롭과 함께 달려가서 피를 흘리고, 롭을 위해 죽었습니다. 제 몫의 비탄과 죽음을 겪었는데, 이제 전하께서 오셔서 또 다른 헌신을 제안하십니다. 그자들이 망설인다고 비난하시겠습니까? 용서하십시오, 전하. 그러나 어떤 이들은 전하에게서 그저 또 한 명의 불운한 왕위 주장자만 볼 것입니다."

"전하께서 불운하다면, 그대의 왕국도 불운한 결말을 맺게 되겠지요." 멜리산드레가 말했다. "기억하시오, 스노우 공. 웨스테로스의 하나뿐인 진정한 왕은 그대 앞에 서 계시오."

존은 무표정을 유지했다. "말씀대로입니다."

스타니스는 콧방귀를 뀌었다. "말 한마디 한마디를 금화처럼 쓰는군. 모아놓은 금이 얼마나 될지 궁금한데?"

"금요?" '붉은 여인이 깨우겠다는 드래곤이 그건가? 금으로 만든 드래곤?' "저희가 징수하는 세금은 현물입니다, 전하. 경비대에 순무는 넘치지만 돈은 별로 없습니다."

"순무가 살라도르 산을 달래줄 것 같진 않군. 나에겐 금이나 은이 필요하다."

"그거라면 화이트하버가 필요하겠습니다. 올드타운이나 킹스랜딩에 비할 수는 없지만, 그래도 번화한 항구지요. 맨덜리 공이 제 아버지의 봉신들 중에서는 제일 부유합니다."

"말 등에도 못 올라갈 정도로 뚱뚱한 맨덜리 말이지." 와이먼 맨덜리 공은 화이트하버에서 보낸 편지에서 자신이 늙고 병약하다는 이야기만 했다. 스타니스는 존에게 그 편지에 대해서도 떠들지 말라고 명했다.

"그 영주가 야인 아내를 좋아할지도 모릅니다." 멜리산드레 사제가 말했다. "그 뚱뚱한 자가 결혼을 했소, 스노우 공?"

"부인이 오래전에 돌아가셨습니다. 와이먼 공에게는 장성한 아들이 둘 있고, 맏아들 쪽으로 손주들도 있지요. 그리고 말 등에 못 오를 정도로 뚱뚱한 건 맞습니다. 거의 200킬로그램은 될 겁니다. 발은 와이먼 공을 절대 안 받아들일 겁니다."

"한 번만이라도 내 마음에 드는 답을 해보려 할 수 있을 텐데, 스노우 공." 왕이 불평했다.

"전 진실이 전하의 마음에 드시길 바랍니다. 전하의 병사들은 발을 왕족이다 공주다 하지만, 자유민들에게 발은 그저 왕의 죽은 아내의 동생일 뿐입니다. 원치 않는 남자와의 결혼을 강요한다면 발은 결혼식 날 밤에 남자의 목을 그을 겁니다. 설령 발이 남편을 받아들인다 해도, 그게 야인들이 그 남자나 전하를 따른다는 뜻은 아닙니다. 저들을 전하의 대의에 결속시킬 수 있는 자는 만스 레이더뿐입니다."

"나도 안다." 스타니스는 마뜩잖다는 듯 대답했다. "그 남자와 대화하며 몇 시간을 보냈다. 그 남자가 우리의 진정한 적에 대해 많이 알고 있고, 노련하다는 건 인정하마. 하지만 그자가 왕이라는 이름을 포기한다 해도 여전히 서약을 깬 탈영병이다. 탈영병 하나를 봐주면 다른 자들의 탈영을 부추기게 된다. 안 돼. 법은 푸딩이 아니라 강철이어야 한다. 칠왕국의 모든 법이 만스 레이더의 목숨을 빼앗으라고 한다."

"법은 장벽에서 끝이 납니다, 전하. 만스는 유용하게 쓰실 수 있습니다."

"그럴 생각이다. 그놈을 화형시키면 북부는 내가 변절자와 배신자를 어떻게 다루는지 알게 되겠지. 야인들을 이끌 자들은 달리 있다. 그리고 나에게 만스 레이더의 아들이 있다는 점도 잊지 말아라. 일단 아비가 죽으면, 그자의 자식이 장벽 너머의 왕이 되겠지."

"전하께서 잘못 아셨습니다." '넌 아무것도 몰라, 존 스노우.' 이그리트는 입버릇처럼 말했지만, 존도 배운 것이 있었다. "발이 왕족이 아니듯이 그 아기도 왕자가 아닙니다. 아버지가 장벽 너머의 왕이었다고 아들도 왕이 되진 않습니다."

스타니스가 말했다. "잘됐군, 안 그래도 웨스테로스에서 다른 왕을 참아 줄 생각은 없었어. 양도 증서에 서명은 했나?"

"아직입니다, 전하." '이제 나오는군.' 존은 화상을 입은 손을 쥐었다 폈다. "너무 많은 것을 요청하십니다."

"요청? 나는 네게 윈터펠의 영주이자 북부의 관리자가 되어주길 요청했다. 이 성들에 대한 양도는 명하는 것이고."

"나이트포트를 양도해드렸습니다."

"쥐새끼들과 폐허뿐이지. 준 사람에게 아무 손해가 없는 인색한 선물이야. 네 부하인 야윅도 그 성을 살 만하게 만들자면 반년은 걸릴 거라고 한다."

"다른 요새들도 나을 게 없습니다."

"안다. 상관없다. 우리가 가진 건 그게 전부다. 장벽을 따라 요새가 열아홉 개 있는데, 너희는 그중 세 군데에만 주둔하고 있지. 나는 올해가 끝나기 전에 모든 요새에 수비군을 둘 작정이다."

"그 계획에는 아무 불만 없습니다만, 전하께서 그 성들을 기사들과 영주들에게 내려, 전하께 속한 봉신들의 권좌로 남기려 하신다는 말이 있습니다."

"왕들은 추종자에게 인심이 좋아야 하지. 에다드 공이 서자에게 가르친 게 없었더냐? 나의 기사와 영주 다수는 남쪽에 비옥한 영지와 튼튼한 성을 버리고 왔다. 그런 충성에 보답이 없어야겠느냐?"

"전하께서 제 아버지의 봉신들을 모두 잃고자 하신다면, 북부의 성들을 남부 영주들에게 주는 것보다 더 확실한 방법은 없을 것입니다."

"내 사람도 아닌 자들을 어찌 잃을 수 있겠느냐? 나는 윈터펠을 북부인에게 주고자 했음을 기억할 텐데. 에다드 스타크의 아들에게 말이다. 그런데 그자는 내 제안을 면전에 집어 던졌지." 불만을 품은 스타니스 바라테온은 뼈다귀를 문 마스티프와 같아서, 그 뼈를 산산조각이 나도록 씹어댔다.

"상속법에 의해 윈터펠은 제 누이 산사에게 갈 것입니다."

"라니스터 부인 말이냐? 꼬마 악마가 네 아버지의 권좌에 앉는 꼴을 그리도 보고 싶으냐? 약속하는데, 내가 살아 있는 한 그런 일은 일어나지 않는다, 스노우 공."

존도 그 문제를 그만 이야기하는 게 현명하다는 정도는 알았다. "전하, 전하께서 래틀셔츠와 텐족의 마그나에게 영지와 성을 주려 하신다는 주장도 있습니다."

"누가 그런 말을 했느냐?"

캐슬블랙 전체에 소문이 파다했다. "꼭 아셔야 한다면, 저는 길리에게 들었습니다."

"길리가 누구지?"

"유모입니다." 멜리산드레가 대답했다. "전하께서 성내에서 자유롭게 돌아다니게 해주셨지요."

"소문을 전하라고 그런 건 아니었다. 유모는 헛바닥 때문에 필요한 게 아니야. 젖을 더 먹이고 말은 적게 하도록 하겠다."

"캐슬블랙에 군입은 필요 없지요." 존은 맞장구를 쳤다. "길리는 이스트워치에서 출발하는 다음 배로 남쪽에 가게 될 겁니다."

멜리산드레가 목에 건 루비를 건드렸다. "길리는 제 아들만이 아니라 델라의 아들에게도 젖을 먹이고 있어요. 어린 왕자를 젖형제와 떼어놓다니 잔인하군요, 사령관."

'여기서 조심해야 해. 조심.' "그 둘이 함께 나누는 것이라곤 모유뿐입니다. 길리의 아들이 더 크고 활발해요. 왕자를 걷어차고 꼬집으며 젖가슴에서 밀어내곤 합니다. 그 아비인 크래스터는 잔인하고 탐욕스러운 남자였는데, 핏줄이 보이는 셈이지요."

왕은 혼란스러워했다. "그 유모는 크래스터라는 자의 딸인 줄 알았는데?"

"아내이자 딸이었습니다, 전하. 크래스터는 제 딸들 모두와 결혼을 했어요. 길리의 아들은 그 결합의 과실입니다."

"친아비가 자식을 임신시켰다고?" 스타니스는 충격받은 목소리였다. "그렇다면 그 여자를 치우는 게 좋겠군. 그런 혐오스러운 물건은 참아주지 않겠다. 여긴 킹스랜딩이 아니야."

"유모는 달리 찾을 수 있습니다. 야인 중에 적당한 여자가 없다면 고산부족들에게 소식을 보내겠습니다. 그때까지 아이는 염소젖으로도 충분할 겁니다. 전하만 괜찮으시다면요."

"왕자에게는 안될 일이다만…… 창녀의 젖보다야 낫겠지. 그래." 스타니스는 지도를 톡톡 두드렸다. "이 요새들 문제로 돌아가면……."

"전하." 존은 냉랭하게 예의를 갖추어 말했다. "저는 경비대 겨울 창고가 위험한 상황에서 전하의 병사들에게 거처와 식량을 제공하고 있습니다. 얼어 죽지 않게 옷도 입히고 있습니다."

스타니스는 누그러들지 않았다. "그래, 염장 돼지고기와 포리지를 나눠주고 몸을 덥히라고 검은 누더기도 던져줬지. 내가 북부로 오지 않았다면 야인들이 너희들의 시신에서 벗겨냈을 누더기 말이다."

존은 그 말을 무시했다. "말을 먹일 사료도 드렸고, 계단이 완공되면 나이트포트를 복구할 건설자들도 빌려드릴 겁니다. 심지어 본래 밤의 경비대에 영구히 주어진 땅인 '선물의 땅'에 야인들을 정착시키겠다는 전하의 계획에도 동의했습니다."

"나에게 텅 빈 땅과 폐허는 주면서 내 영주와 봉신에게 보상할 성은 거부하는구나."

"그 성들은 밤의 경비대가 지었고……"

"밤의 경비대가 버렸지."

"……그건 장벽을 지키기 위해서였습니다." 존은 고집스럽게 말을 맺었다. "남부 영주들의 거점으로 쓰자고 지은 게 아닙니다. 그 요새들의 석벽은 오래전에 죽은 제 형제들의 피와 뼈로 발랐습니다. 그걸 드릴 수는 없습니다."

"못 하는 거냐, 안 하는 거냐?" 왕의 목에 장검처럼 날카로운 힘줄이 돋았다. "난 네게 제대로 된 이름을 주겠다고 제안했다."

"제겐 이름이 있습니다, 전하."

"스노우. 그보다 더 불길한 이름이 있었을까?" 스타니스는 검 손잡이에 손을 댔다. "대체 네가 누구라고 생각하는 거냐?"

"장벽 위의 감시자. 어둠 속의 검이지요."

"나에게 그런 서약은 지껄이지 말아라." 스타니스는 '빛의 인도자'라고 부르는 검을 뽑았다. "여기 어둠 속의 검이 있다." 칼날을 따라 물결치는 빛이 붉은색, 노란색, 오렌지색으로 변하며 왕의 얼굴을 눈에 거슬리는 빛깔로 물들였다. "아무리 풋내기라도 그 정도는 볼 줄 알아야지. 눈이 먼 것이냐?"

"아닙니다, 전하. 저도 이 성들에 수비군을 두어야 한다는 데에는 동의합니다—"

"소년 사령관이 동의하신다, 거참 행운이로군."

"다만 밤의 경비대가 해야 합니다."

"네겐 병사가 없다."

"그렇다면 제게 병사를 주십시오, 전하. 제가 버려진 요새마다 장교들을 두겠습니다. 장벽과 그 너머 땅을 알며, 다가오는 겨울에 살아남을 방법을 잘 아는 노련한 지휘관들로요. 저희가 드린 모든 것과 맞바꾸어, 수비군을 채울 병사들을 주십시오. 중장병, 노궁수, 미숙한 소년도 가리지 않습니다. 부상자와 약한 병사라도 받겠습니다."

스타니스는 못 믿겠다는 눈으로 존을 보다가 웃음을 터뜨렸다. "네가 대담하다는 것 하나는 인정하마, 스노우. 그러나 내 병사들이 검은 옷을 입을 거라 생각한다면 미친 거다."

"제 장교들의 명을 전하의 명처럼 따르기만 한다면, 무슨 색의 옷을 입든 상관없습니다."

왕은 흔들리지 않았다. "나를 섬기는 기사들과 영주들은 오랜 명예를 지켜온 고귀한 가문의 자손들이다. 그런 이들이 밀렵꾼, 소작농, 살인자 아래 복무하기를 기대할 수는 없다."

'사생아는 어떻습니까, 전하?' "전하의 수관은 밀수꾼입니다."

"과거의 일이다. 그 죄를 물어 손가락 끝을 잘랐지. 스노우 공, 너는 밤의 경비대를 지휘하는 998번째 남자라고 하더구나. 999번째 사령관은 이 성들에 대해 무어라 말할 것 같으냐? 대못에 박힌 네 머리통을 보면 더 협조적으로 굴지도 모르지." 왕은 빛나는 검을 지도 위, 장벽에 걸쳐 내려놓았다. 강철이 물에 비친 햇빛처럼 번득였다. "너는 내 묵인하의 사령관에 불과하다. 그 점을 기억하는 게 좋을 것이다."

"저는 형제들이 절 선택했기 때문에 사령관입니다." 어떤 아침에는 존 스노우 스스로도 그 사실이 믿기지 않았다. 분명 미친 꿈이었으려니 생각하면서 깨어날 때가 있었다. '새 옷을 입는 것과 비슷해.' 샘은 그렇게 말했었다. '처음에는 잘 맞지 않고 어색하지만, 입다 보면 편안해지지.'

"알리서 쏜이 네가 선택된 방식에 대해 불평을 하는데, 그자에게 일리가 없다고는 못 하겠다." 빛나는 검의 색깔에 둘 사이에 놓인 지도가 전장처럼 물들었다. "투표수를 센 건 너의 뚱뚱한 친구를 바로 옆에 둔 장님이었지. 게다가 슬린트는 널 변절자로 지목했어."

'슬린트보다 변절자를 잘 아는 사람이 누가 있으려고요?' "변절자라면 전하에게 듣기 좋은 말만 하고 나서 나중에 배신할 겁니다. 전하께선 제가 공정하게 선택됐다는 걸 아시죠. 제 아버지는 언제나 전하가 공정한 남자라고 하셨습니다." '공정하지만 무자비하다'는 게 에다드 공의 정확한 표현이었지만, 존은 그 부분까지 알리는 게 현명하다고 보지 않았다.

"에다드 공이 나에게 친구는 아니었지만, 양식이 없는 사람도 아니었지. 에다드 공이라면 나에게 이 성들을 내놓았을 것이다."

'어림도 없죠.' "아버지가 어떻게 하셨을지는 제가 알 수 없지요. 저는 서약을 했습니다, 전하. 장벽은 제 것입니다."

"지금은 그렇지. 네가 장벽을 얼마나 잘 지키는지 두고 보자." 스타니스가 존을 가리켰다. "그렇게 대단한 의미가 있다니, 네 폐허들을 간직하거라. 하지만 약속하는데, 1년 후에도 빈 곳이 있다면 네 동의가 있든 없든 내가 갖겠다. 그리고 하나라도 적에게 함락당한다면 곧 네 머리통도 떨어질 것이다. 이제 나가라."

멜리산드레 사제가 벽난로 근처 자리에서 일어났다. "전하께서 허락하신다면 스노우 공을 거처까지 배웅하겠습니다."

"왜지? 저놈은 길을 알아." 스타니스는 둘 다에게 손을 내저었다. "하고 싶은 대로 하라. 데반, 먹을 것을 가져와라. 삶은 계란과 레몬수."

따뜻한 개인방을 나서서 나선계단을 걷자니 뼈가 시리도록 추웠다. "바람이 거세집니다, 사제님." 보초가 존에게 무기를 돌려주며 멜리산드레에게 경고해주었다. "더 따뜻한 외투를 입으시는 게 좋겠습니다."

"내겐 몸을 데워줄 신앙이 있네." 붉은 여인은 존과 나란히 계단을 내려갔다. "전하께서 점점 그대를 좋아하시는군."

"알 만하네요. 제 목을 치겠다고 두 번 위협하셨다 뿐이죠."

멜리산드레는 소리 내어 웃었다. "그대가 두려워해야 하는 건 전하의 말이 아니라 전하의 침묵이오." 훈련장으로 걸어 나가자 바람에 존의 망토가 펄럭이며 멜리산드레를 쳤다. 붉은 여사제는 검은 모직 망토를 치우고 존에게 팔짱을 꼈다. "야인 왕에 대해서는 그대가 틀리지 않았을지도 몰라. 빛의 군주께 이 몸을 인도해달라 기도드리지요. 나는 불길 속을 들여다보면 돌과 흙을 뚫고 인간의 영혼에 숨은 진실을 볼 수가 있어요. 오래전에 죽은 왕들과 아직 태어나지 않은 아이들과 이야기할 수 있고, 세상이 끝나는 날까지 스쳐 지나가는 세월을 지켜볼 수 있지요."

"그 불은 절대 틀리지 않습니까?"

"절대로……. 다만 우리 사제들은 인간에 불과하여 가끔 실수를 저지르기에, '반드시 일어나는' 일을 '일어날지도 모르는' 일로 잘못 보기도 하지요."

존은 모직 옷과 가죽 방호구를 입고도 멜리산드레의 온기를 느낄 수 있었다. 팔짱을 낀 두 사람의 모습이 호기심 어린 시선들을 끌고 있었다. '오늘 밤 막사에서 수군거리겠지.' "정말로 화염 속에서 미래를 볼 수 있다면, 야인들의 다음 공격이 언제 어디로 올지 말해주십시오." 존은 팔짱을 풀었다.

"를로르께서는 보내시고자 하는 장면을 보내실 따름이지만, 불길 속에서 그 토르문드라는 자를 찾아보지요." 멜리산드레의 붉은 입술이 미소를 그렸다. "나의 불 속에서 그대를 보았어요, 존 스노우."

"그건 위협입니까? 저도 불태우시려고요?"

"내 뜻을 오해하네요." 멜리산드레는 탐색하는 눈빛으로 그를 보았다. "내가 불편하게 만드는 건가 걱정이군요, 스노우 공."

존은 부정하지 않았다. "장벽은 여자가 있을 곳이 아닙니다."

"틀렸어요. 나는 그대의 장벽을 꿈에서 보았어요, 존 스노우. 장벽을 일으켜 세운 지식도 대단하고, 그 얼음 밑에 숨겨진 주문도 대단하지. 우리는 세상의 돌쩌귀 아래를 걷고 있어요." 멜리산드레는 장벽을 올려다보고 허공에 뿌연 구름 같은 따스한 입김을 뿜어냈다. "여기는 그대의 장벽일 뿐 아니라 나의 장벽이기도 하고, 곧 그대에겐 내가 심각하게 필요해질 수 있어요. 내 우정을 거절하지 말아요, 존. 나는 사방의 적에게 심한 압박을 받으며 폭풍 속에 갇힌 그대를 보았어요. 그대에겐 적이 참으로 많지. 그 이름도 읊어줄까요?"

"저도 압니다."

"그렇게 확신하지 말아요." 멜리산드레의 목에 걸린 루비가 붉게 반짝였다. "두려워할 상대는 그대의 면전에 대고 저주를 퍼붓는 적들이 아니라, 그대가 보고 있을 때는 웃다가 등을 돌리면 칼을 가는 적들이지요. 늑대를 가까이 두는 게 좋겠어요. 얼음, 그리고 어둠 속의 단검이 보이네요. 단단하게 얼어붙은 붉은 피, 그리고 강철. 아주 추웠어요."

"장벽은 언제나 춥습니다."

"그렇게 생각해요?"

"그렇게 압니다, 사제님."

"그렇다면 넌 아무것도 모르는 거야, 존 스노우." 멜리산드레가 속삭였다.

브랜

'아직 아니야?'

브랜이 크게 내뱉은 적은 없었지만, 지친 일행이 오래된 참나무와 우뚝 솟은 회녹색 파수꾼이 무성한 숲속을 터벅터벅 걷고, 음울한 병정소나무와 헐벗은 갈색 밤나무를 지나치는 동안 몇 번이나 그 말이 입 밖으로 나오려 했는지 몰랐다. '가깝긴 한 거야?' 브랜은 호도가 돌투성이 경사면을 비척비척 오르거나, 지저분한 눈 더미를 뽀드득뽀드득 밟으며 어두운 틈으로 내려가는 동안 생각했다. '얼마나 더 가야 하지?' 거대한 엘크가 반쯤 얼어붙은 개울을 첨벙첨벙 건너는 동안에도 생각했다. '얼마나 더 남은 거야? 너무 추워. 세눈박이 까마귀는 어디 있지?'

브랜은 호도가 등에 진 바구니 속에서 흔들거리며, 덩치 큰 이 마구간지기 청년이 참나무 가지 아래를 지날 때면 고개를 숙이고 몸을 움츠렸다. 호도는 한쪽 눈이 얼어붙어 감긴 채, 무성한 갈색 수염은 서리 뭉치가 되고 덥수룩한 콧수염 끝에는 고드름이 매달린 모습으로 걸었다. 장갑을 낀 한쪽 손은 아직도 윈터펠 지하묘지에서 들고 나온 녹슨 장검을 움켜쥐고 있었고, 가끔 한 번씩 그 검으로 나뭇가지를 후려쳐 눈보라를 뿌렸다. "호드, 드, 드, 도." 호도는 이를 딱딱 부딪치며 그렇게 중얼거렸다.

이상하게 안심이 되는 소리였다. 윈터펠에서 장벽까지 여행하는 동안 브랜과 일행은 말을 나누고 떠들면서 지루함을 달랬으나, 여기에서는 달랐다. 호도조차 느꼈다. 장벽 남쪽보다 '호도'라는 말도 덜 했다. 이 숲에는 브랜이 이전에 알았던 그 무엇과도 다른 정적이 있었다. 눈이 내리기 전에는 북쪽에서 불어오는 바람이 주위를 휘감으며 죽은 낙엽들이 땅에서 구름처럼 피어오를 때 찬장 속에서 바퀴벌레들이 달아나는 소리 같은 게 났지만, 이제는 그 낙엽도 다 하얀 담요 밑에 묻혀 있었다. 가끔 한 번씩 머리 위에서 큰까마귀가 커다란 검은 날개로 차가운 공기를 때리며 날아갔다. 그 외에는 온 세상이 고요했다.

바로 앞에서는 엘크가 거대한 뿔이 얼음에 뒤덮인 채 고개를 숙이고 눈밭 사이를 누볐다. 엘크의 넓은 등에 올라앉은 순찰자는 음울하고 말이 없었다. 뚱뚱한 샘은 그 순찰자에게 '콜드핸즈(Coldhands)'라는 이름을 붙였는데, 얼굴은 하얗지만 두 손은 쇠처럼 검고 단단했으며, 차갑기도 쇠처럼 차가워서였다. 나머지 몸은 겹겹의 모직물과 가죽 갑옷, 고리 갑옷에 휘감겼고 얼굴은 두건 달린 망토와 얼굴 아래쪽을 두른 검은색 모직 스카프에 가려져 있었다.

그 순찰자 뒤에서는 미라 리드가 동생에게 두 팔을 두르고, 자기 체온으로 동생을 바람과 추위로부터 지키고 있었다. 조젠은 코 밑에 콧물이 딱딱하게 얼어붙었고, 가끔 한 번씩 심하게 몸을 떨었다. '너무 작아 보여.' 브랜은 조젠이 흔들리는 모습을 지켜보며 생각했다. '지금 조젠은 나보다도 더 작고 약해 보여. 나는 불구인데도.'

이 작은 무리의 맨 뒤에는 서머가 따라왔다. 퀸스크라운에서 맞은 화살 때문에 아직도 뒷다리를 절면서 걸어오는 다이어울프의 입김이 숲속에 서리를 뿜었다. 브랜은 그 거대한 늑대 속으로 들어갈 때마다 한참 된 상처의 통증을 느꼈다. 최근에 브랜은 자기 몸보다 서머의 몸에 더 자주 있었다. 두꺼운 털가죽 아래에서도 살을 에는 추위가 느껴졌지만, 그래도 포대기에 싸인 아기처럼 따뜻한 옷을 두르고 바구니에 탄 소년보다는 서머가 더 멀리 보고 더 잘 듣고 냄새도 잘 맡았다.

늑대가 되는 데 질리면 브랜은 가끔 호도의 몸에 들어가기도 했다. 온화한 거인은 브랜의 존재를 느끼면 낑낑대며 덥수룩한 머리통을 이리저리 흔들었지만, 그래도 퀸스크라운에서 처음 당했을 때처럼 격하게 반응하지는 않았다. '나라는 걸 아는 거야.' 브랜은 그렇게 생각하고 싶었다. '이젠 나에게 익숙해진 거야.' 그렇다 해도 호도의 몸속은 편안해지지 않았다. 덩치 큰 마구간지기는 결코 무슨 일이 벌어지는지 이해하지 못했고, 브랜은 그 입안에서 공포의 맛을 느낄 수 있었다. 서머 안이 더 좋았다. '나는 서머이고, 서머는 나야. 서머는 내가 느끼는 걸 느껴.'

가끔 브랜은 다이어울프가 엘크의 냄새를 맡으며, 그 거대한 짐승을 쓰러뜨릴 수 있을까 궁금해하는 것을 감지할 수 있었다. 서머는 윈터펠에서 말들에게 익숙해졌지만, 이건 엘크였고 엘크는 사냥감이었다. 서머는 엘크의 털가죽 아래 흐르는 따뜻한 피를 감지할 수 있었다. 그 냄새만으로도 서머의 턱에 침이 흐를 정도였고, 그러면 기름지고 색이 진한 고기가 떠올라 브랜의 입에도 침이 고였다.

가까운 참나무에서 큰까마귀 한 마리가 까악거렸고, 브랜은 그 옆으로 또 다른 거대한 검은 새가 내려앉으면서 퍼덕이는 날개 소리를 들었다. 낮에는 대여섯 마리만 그들 곁에 머물렀고, 나무에서 나무로 돌아다니거나 엘크의 뿔 위에 올라타곤 했다. 나머지 까마귀 떼는 앞서 날아가거나 뒤에 남았다. 하지만 해가 저물어가면 모두 돌아와, 사방 몇 미터의 모든 나뭇가지가 빽빽해질 때까지 새까만 날개를 퍼덕이며 하늘에서 내려왔다. 몇 마리는 순찰자에게 가서 재잘거렸는데, 브랜은 순찰자가 까마귀들의 까악,

까각 소리를 이해하는 것 같았다. '저들이 그의 눈이고 귀야. 정찰을 하고, 앞뒤의 위험을 알려주는 거야.'

지금도 그랬다. 엘크가 갑자기 멈추더니, 순찰자가 가볍게 뛰어내려 무릎까지 오는 눈밭에 섰다. 서머가 털을 곤두세우고 으르렁거렸다. 다이어울프는 콜드핸즈의 냄새를 좋아하지 않았다. '죽은 살, 마른 피, 희미한 썩은 내. 그리고 차가워. 다 차가워.'

"뭐예요?" 미라가 궁금해했다.

"우리 뒤에." 콜드핸즈가 코와 입을 가린 검은색 모직 스카프 때문에 잘 들리지 않는 목소리로 말했다.

"늑대들?" 브랜이 물었다. 늑대들이 따라오고 있다는 사실은 며칠 전부터 알았다. 밤마다 늑대 무리가 구슬프게 울부짖는 소리를 들었고, 매일 밤 늑대들이 조금씩 가까워지는 것 같았다. '사냥꾼들이지. 배가 고프고. 저들은 우리가 얼마나 약한지 냄새로 알아.' 브랜은 몸이 떨리는 추운 새벽에 깨어나, 멀리서 늑대들이 서로를 부르는 소리에 귀 기울이며 해가 뜨기를 기다리는 날이 잦았다. '늑대들이 있다면, 사냥감도 있어야 해.' 전에는 그렇게 생각했는데, 그러다가 그들이 사냥감이라는 사실을 떠올렸다.

순찰자가 고개를 저었다. "인간들. 늑대들은 아직 거리를 두고 있다. 이 인간들은 그렇게 수줍어하지 않는군."

미라 리드가 두건을 젖혔다. 두건에 쌓였던 축축한 눈이 바닥으로 떨어지며 툭 소리가 났다. "몇 명이에요? 누군데요?"

"적이다. 내가 처리하지."

"같이 갈게요."

"너는 남는다. 저 아이를 지켜야 해. 앞쪽에 단단하게 얼어붙은 호수가 하나 있다. 도착하면 북쪽으로 방향을 틀어 호숫가를 따라가라. 어촌이 하나 나올 거다. 내가 따라잡을 때까지 거기 피신해 있어."

브랜은 미라가 반박할 거라 생각했지만, 조젠이 말했다. "그 말대로 해. 저 사람은 이 땅을 알아." 조젠의 눈은 이끼 같은 암녹색이었는데, 브랜이 이전에 본 적 없는 피로가 가득했다. '어린 할아버지.' 장벽 남쪽에서 이 호 상민 소년은 나이보다 현명해 보였건만, 이 북쪽에서는 나머지 일행과 마 찬가지로 갈피를 잃고 겁에 질려 있었다. 그래도 미라는 언제나 조젠의 말 을 들었다.

조젠의 말은 여전히 진실이었다. 콜드핸즈는 나무 사이를 누비며 왔던 길로 돌아갔고, 까마귀 네 마리가 뒤따라 날아갔다. 미라는 그 모습을 지 켜보았다. 추위에 뺨이 붉었고, 콧구멍으로 씩씩대며 숨을 내쉬던 미라가 두건을 다시 쓰고 엘크를 살짝 찌르자, 움직임이 재개되었다. 그러나 미라 는 20미터도 가기 전에 고개를 돌려 뒤를 보고 말했다. "인간이라고 했지. 어떤 인간? 야인을 말한 걸까? 왜 말해주지 않지?"

"자기가 처리하겠다고 했잖아." 브랜이 말했다.

"그렇게 말했지, 그래. 우리를 세눈박이 까마귀에게 데려가겠다고도 말 했어. 오늘 아침에 우리가 건넌 강은 분명히 나흘 전에 건넌 강이었어. 우 린 뱅뱅 돌고 있다고."

"강이야 굽어지기도 하고 구불거리기도 하지." 브랜이 자신 없이 말했다. "그리고 호수와 산이 있으면 돌아서 가야 하고."

"너무 자주 돌아서 가잖아." 미라는 꺾이지 않았다. "그리고 비밀이 너무 많아. 마음에 안 들어. 마음에 안 드는 사람이야. 믿지도 못하겠고. 그 두 손만 해도 충분히 나쁜데, 얼굴은 숨기고 있고, 이름은 말하지 않아. 대체 누구야? 정체가 뭐고? 검은 망토는 누구든 걸칠 수 있어. 누구든, 아니 뭐 가 됐든 걸칠 수 있지. 저 사람은 먹지도, 마시지도 않고, 추위도 느끼지 못 하는 것 같아."

'사실이야.' 말하기가 두려웠을 뿐, 브랜도 알아차리고 있었다. 밤을 보낼 피신처를 구할 때마다, 브랜과 호도와 리드 남매가 온기를 찾아 서로 모이는 반면에 순찰자는 따로 떨어져 있었다. 콜드핸즈는 눈을 감기도 했지만, 브랜은 그가 잔다고 생각하지 않았다. 그리고 또 다른 문제가 있었는데…….

"그 스카프." 브랜은 불안하게 주위를 둘러보았지만, 큰까마귀는 하나도 보이지 않았다. 그 크고 검은 새들은 모두 순찰자와 함께 떠났다. 아무도 듣고 있지 않았다. 그래도 브랜은 목소리를 낮췄다. "입을 가린 스카프 말이야. 호도의 수염처럼 얼음이 붙는 일이 없어. 말을 할 때조차도."

미라가 날카롭게 쏘아보았다. "네 말이 맞아. 우린 그자의 입김을 본 적이 없어. 그렇지?"

"그래." 호도가 '호도'라고 말할 때마다 하얀 입김이 먼저 보였다. 조젠이나 미라가 말을 할 때도 그 소리가 눈에 보였다. 엘크도 숨을 내쉴 때면 허공에 따뜻한 안개를 내뿜었다.

"숨을 쉬지 않는다면……."

브랜은 저도 모르게 어렸을 때 낸 할멈이 말해주던 옛날이야기를 떠올렸다. '장벽 너머에는 괴물들이 살지요. 거인과 식시귀, 돌아다니는 그림자와 걸어 다니는 시체들.' 할멈은 브랜을 까끌까끌한 모직 담요 아래 밀어 넣으며 말하곤 했다. '하지만 장벽이 튼튼하게 서 있고 밤의 경비대원들이 진실한 동안에는 넘어오지 못한답니다. 그러니 자요, 우리 귀여운 브랜던, 우리 아기. 그리고 좋은 꿈 꿔요. 여기에 괴물 같은 건 없으니까.' 이 순찰자는 밤의 경비대가 입는 검은 옷을 입었지만, 애초에 인간이 아니라면? 만약 이자가 괴물이고, 그들을 다른 괴물들에게 데려가서 잡아먹으려는 거라면?

"그 순찰자는 샘과 같이 있던 여자를 시귀들한테서 구해줬어." 브랜은 머뭇거리며 말했다. "그리고 날 세눈박이 까마귀에게 데려가고 있어."

"그 세눈박이 까마귀는 왜 우리한테 오지 않는데? 왜 장벽에서 우릴 만날 순 없어? 까마귀들에겐 날개가 있어. 조젠은 나날이 약해져가. 우리가 얼마나 더 갈 수 있겠어?"

조젠이 기침을 했다. "도착할 때까지."

그들은 오래지 않아서 호수에 도착했고, 순찰자가 지시한 대로 북쪽으로 방향을 틀었다. 그 부분은 쉬웠다.

물은 얼어붙었고, 눈은 브랜이 며칠간 내렸는지도 잊을 정도로 계속 내려서 호수를 거대한 흰 황야로 바꿔놓았다. 얼음이 평평하고 땅이 울퉁불퉁할 때는 이동이 쉬웠지만, 바람이 눈을 밀어내어 높이 쌓아놓은 곳에서는 가끔 어디에서 호수가 끝나고 땅이 시작되는지 구분하기가 어려웠다. 나무들조차도 생각만큼 신뢰할 만한 지표가 되지 못했다. 호수 안에도 나무가 자란 섬들이 있었고, 호숫가에는 나무가 전혀 자라지 않는 지역이 꽤 넓었다.

엘크는 등에 탄 미라와 조젠이 뭘 바라든 아랑곳하지 않고 가고 싶은 대로 갔다. 대개는 나무 밑으로만 이동했지만, 호숫가가 서쪽으로 구부러지자 얼어붙은 호수를 가로지르는 일직선을 선택했고, 발굽 아래 탁탁 소리를 내는 얼음을 밟으며 브랜의 키보다 높이 쌓인 눈을 헤쳐나갔다. 호수로 나가자 바람이 더 거셌다. 울부짖으며 호수를 휩쓰는 차가운 북풍이 일행이 껴입은 모직물과 가죽옷 속을 후비는 바람에 모두가 몸을 벌벌 떨었다. 얼굴에 바람이 불어오면 눈에 눈이 들어가서 앞이 보이질 않았다.

침묵 속에 몇 시간이 지나갔다. 앞쪽에서 나무 사이로 그림자가 드리우기 시작했다. 황혼의 긴 손가락이었다. 이 북쪽에서는 어둠이 일찍 찾아왔다. 브랜은 어둠을 꺼리게 되었다. 매일 낮이 더 짧아지는 것 같았고, 낮이 춥다면 밤은 모질고 잔인했다.

미라가 다시 일행을 멈춰 세웠다. "지금쯤이면 그 마을에 도착했어야 해." 목소리가 가라앉아 이상하게 들렸다.

"지나쳤을 수도 있을까?" 브랜이 물었다.

"아니었으면 좋겠네. 밤이 오기 전에 피신처를 찾아야 해."

맞는 말이었다. 조젠의 입술이 파랬고, 미라의 뺨은 검붉은 색으로 변했다. 브랜의 얼굴은 마비되어버렸다. 호도의 수염은 딱딱한 얼음 덩어리였다. 호도의 무릎까지 눈에 묻혔고, 브랜은 호도가 비틀거리는 것도 몇 번 느꼈다. 그만큼 튼튼한 사람이 없는데도. 호도의 엄청난 힘마저 다할 정도라면…….

"서머가 마을을 찾을 수 있어." 브랜이 불쑥, 허공에 안개를 뿜으며 말했다. 그리고 미라가 하는 말을 기다리지 않고 눈을 감고 망가진 몸에서 흘러나갔다.

서머의 몸속으로 들어가자, 죽은 숲이 갑자기 살아났다. 정적만 있던 곳에서 이제는 나무가 바람에 흔들리는 소리, 호도의 숨소리, 엘크가 발 디딜 곳을 찾아 땅을 긁는 소리가 들렸다. 익숙한 냄새가 코를 채웠다. 젖은 나뭇잎, 죽은 풀, 나뭇가지에서 다람쥐 사체가 썩어가는 냄새, 인간의 땀에서 나는 시큼한 악취, 엘크의 사향내. '먹을 것. 고기.' 엘크는 그의 흥미를 감지했는지 조심스럽게 다이어울프에게 고개를 돌리고 큰 뿔을 아래로 낮췄다.

'사냥감이 아니야.' 브랜은 몸을 같이 쓰고 있는 짐승에게 속삭였다. '내 버려둬. 달려.'

서머는 달렸다. 네 발로 눈보라를 흩뿌리며 호수를 가로질러 질주했다. 전열을 갖춘 남자들처럼 잇닿아 선 나무들은 모두 하얀 망토를 두르고 있었다. 다이어울프는 쌓인 지 오래된 눈밭을 뚫고, 나무뿌리와 돌멩이를 밟으며 달렸다. 늑대의 몸무게에 눈이 부서지는 소리를 냈다. 발이 차갑게 젖어 들어갔다. 다음 언덕에는 소나무가 가득했고, 톡 쏘는 솔향기가 공기를 채웠다. 언덕 꼭대기에 도착한 그는 맴을 돌면서 허공을 쿵쿵거리다가 고개를 들고 울부짖었다.

냄새가 났다. 인간의 냄새였다.

'재 냄새야.' 브랜은 생각했다. '오래되어 희미하지만, 재 냄새야.' 불탄 나무와 검댕, 숯 냄새였다. 죽은 불의 냄새였다.

그는 주둥이에 묻은 눈을 흔들어 털었다. 돌풍이 일어나서 냄새를 따라가기가 힘들었다. 늑대는 쿵쿵대며 이쪽저쪽으로 몸을 돌렸다. 사방이 눈 더미와 하얗게 차려입은 키 큰 나무들이었다. 늑대는 혀를 잇새로 길게 늘어뜨리고 찬 공기를 맛보았다. 입김은 안개가 되고, 눈송이가 혀에 녹아내렸다. 서머가 총총걸음으로 냄새를 향해 가자 즉시 호도도 따라 움직였다. 엘크는 그렇게 빨리 결정하지 못했기에, 브랜은 마지못해 원래 몸으로 돌아가서 말했다. "저쪽이야. 서머를 따라가. 냄새를 맡았어."

그들은 초승달의 첫 빛줄기가 구름 사이로 흘러나올 때쯤 겨우 비틀거리며 호숫가 마을에 들어섰다. 거의 그냥 지나칠 뻔했다. 얼음 위에서 보기에는 호숫가의 다른 수많은 지점과 달라 보이지 않았다. 눈 더미에 묻힌 둥근 돌집들은 바윗돌이나 낮은 언덕, 아니면 쓰러진 나무로 착각하기 딱 좋았다. 전날 조젠이 건물로 착각한 데를 열심히 파고들었다가 부러진 나뭇가지와 썩어가는 나무줄기만 발견하기도 했다.

마을은 텅 비어 있었다. 이제까지 지나친 다른 모든 마을과 마찬가지로 여기도 한때 살던 야인들이 버리고 간 마을이었다. 때로는 주민들이 다시는 돌아오지 않겠다고 다짐한 듯 아예 태워버린 마을도 있었지만, 이 마을은 불타지 않았다. 그들은 눈 속에서 십여 개의 오두막집과, 대충 자른 통나무로 두꺼운 벽을 세우고 지붕에 뗏장을 인 회관 하나를 찾았다.

"그래도 바람은 피하겠네." 브랜이 말했다.

"호도." 호도가 말했다.

미라가 엘크 등에서 내렸다. 미라와 조젠은 함께 브랜을 바구니에서 들어 올렸다. "야인들이 먹을 것을 남겨놨을지도 몰라." 미라가 말했다.

헛된 희망이었다. 그들은 회관 안에서 잿더미와 단단하게 다진 흙바닥, 뼛속 깊이 스미는 추위밖에 발견하지 못했다. 그래도 머리 위에는 지붕이 있었고 나무벽이 바람을 막아주기는 했다. 근처에 얼음에 덮인 개울이 하나 있었다. 엘크는 발굽으로 얼음을 부수고 물을 마셨다. 브랜과 조젠과 호도가 안전하게 자리를 잡자, 미라는 부서진 얼음 덩어리를 가져와서 셋이 빨아 먹게 했다. 녹은 물이 어찌나 차가운지, 브랜은 몸을 부르르 떨었다.

서머는 그들을 따라 들어오지 않았다. 브랜은 제 그림자나 다름없는 큰 늑대의 허기를 느낄 수 있었다. "사냥하러 가. 하지만 엘크는 내버려둬." 브랜은 말했다. 마음 한구석에서는 그도 사냥을 가고 싶었다. 나중에 갈 수도 있겠지.

저녁 식사는 도토리 한 줌을 부수고 짓이겨서 만든 반죽이었는데, 브랜이 삼키려고 노력하다가 헛구역질을 할 정도로 썼다. 조젠 리드는 시도조차 하지 않았다. 누이보다 어리고 연약한 조젠은 갈수록 약해져갔다.

"조젠, 먹어야 해." 미라가 말했다.

"나중에. 지금은 그냥 쉬고 싶어." 조젠이 힘없는 미소를 지었다. "약속할게. 오늘은 내가 죽는 날이 아니야, 누나."

"엘크 등에서 떨어질 뻔했잖아."

"떨어지진 않았지. 춥고 배가 고플 뿐이야."

"그럼 먹어."

"짓이긴 도토리를? 배가 아프긴 하지만, 그걸 먹으면 더 나빠질 뿐이야. 내버려둬, 누나. 난 구운 닭 요리를 꿈꾸고 있다고."

"꿈이 몸을 지탱해주진 않아. 녹색 꿈이라 해도 못 해."

"그래도 우리에게 꿈은 있지."

'우리가 가진 전부지.' 남쪽에서 가져온 식량은 열흘 전에 다 떨어졌다. 그 후부터는 낮이고 밤이고 허기가 함께했다. 이 숲에서는 서머조차 사냥감을 찾지 못했다. 그들은 짓이긴 도토리와 날생선으로 버텼다. 숲에는 얼어붙은 개울과 차갑고 검은 호수가 가득했고, 미라는 세 갈래 개구리 창으로 웬만한 남자들이 낚싯대를 쓰듯 물고기를 잘 잡았다. 어떤 날에는 물을 헤치며 창에 팔딱이는 물고기를 꽂고 돌아오는데 입술이 새파래져 있기도 했다. 그러나 미라가 물고기 하나라도 잡은 지 사흘이 지났다. 브랜의 배는 3년 동안 먹지 못한 것처럼 비어 있었다.

빈약한 저녁 식사를 꾸역꾸역 삼킨 다음, 미라는 벽에 등을 대고 앉아서 숫돌에 단검을 갈았다. 호도는 문 옆에 쪼그리고 앉아서 앞뒤로 몸을 흔들며 중얼거렸다. "호도, 호도, 호도."

브랜은 눈을 감았다. 너무 추워서 말도 나오지 않았고, 그렇다고 불을 피울 수도 없었다. 콜드핸스가 경고했었다. '이 숲은 생각만큼 비어 있지 않아. 불빛이 어둠에서 뭘 불러올지 알 수가 없지.' 그 기억을 떠올리자 옆에 앉은 호도의 온기가 느껴지는데도 부르르 몸이 떨렸.

잠은 오지 않았다. 잘 수가 없었다. 대신 바람과 살을 에는 추위, 눈밭을 비추는 달빛, 그리고 불이 있었다. 그는 다시 멀리 떨어진 서머 안이었고, 밤공기에 피 냄새가 진동했다. 강렬한 냄새였다. '멀지 않은 곳, 죽였어.' 아직 살이 따뜻할 것이다. 허기가 깨어나면서 잇새로 침이 흘렀다. '엘크 아니야, 사슴 아니야, 이건 아니야.'

다이어울프는 그 고기를 향해 움직였다. 여윈 회색 그림자가 나무에서 나무로 미끄러지며 달빛 웅덩이를 통과하고 눈 둔덕들을 넘었다. 바람이 이리저리 휘몰아쳤다. 그는 그 냄새를 놓쳤다가, 찾아냈다가, 다시 놓쳤다. 다시 한번 냄새를 찾는데 멀리서 들리는 소리에 귀가 곤두섰다.

'늑대야.' 그는 바로 알았다. 서머는 이제 경계하며 그 소리를 향해 소리

없이 걸어갔다. 곧 피 냄새가 돌아왔지만, 이제는 다른 냄새들도 같이 있었다. 오줌과 죽은 가죽 냄새, 새똥과 깃털, 그리고 늑대, 늑대, 늑대. '한 무리야.' 고기를 차지하려면 싸워야 할 터였다.

그들도 그의 냄새를 맡았다. 나무 사이의 어둠 속을 빠져나가 피투성이 빈터에 나가자, 그들이 이미 그를 보고 있었다. 암컷은 아직 다리가 반쯤 들어 있는 가죽 장화를 씹다가, 그가 다가가자 떨어뜨렸다. 그 무리의 지도자인, 희끗희끗한 주둥이에 한쪽 눈이 먼 늙은 수컷이 이빨을 드러내고 으르렁대며 맞이하러 나왔다. 그 뒤에 선 젊은 수컷도 이빨을 드러냈다.

다이어울프의 연노란색 눈동자가 주위 풍경을 흡수했다. 창자가 나뭇가지에 얽힌 채 덤불에 똬리를 틀고 있었다. 찢어진 배에서 피어오르는 수증기에는 피와 고기 냄새가 가득했다. 머리통 하나가 초승달을 멍하니 올려다보고 있는데, 뺨이 뜯겨 나가고 피 묻은 뼈가 보이도록 찢어진 데다 눈에는 구멍만 남았고, 목은 너덜너덜하게 잘려 있었다. 얼어붙은 피 웅덩이가 검붉게 반짝였다.

'인간.' 인간들의 악취가 세상을 가득 채웠다. 살아 움직이던 수는 인간의 한쪽 손가락 수만큼이었겠지만, 지금은 아무도 남지 않았다. '죽었어. 끝났어. 고기야.' 한때는 망토를 걸치고 두건을 썼지만, 늑대들이 미친 듯이 살을 탐하면서 옷을 갈가리 찢어놓았다. 아직 얼굴이 남아 있는 인간은 얼음이 달라붙은 덥수룩한 수염과 얼어붙은 콧물을 달고 있었다. 내리는 눈이 잔해를 묻기 시작했고, 새하얀 눈 때문에 너덜너덜한 망토와 바지의 검은색이 더 두드러졌다. '검은색.'

멀리서 소년이 불편하게 몸을 움직였다.

'검은색. 밤의 경비대. 밤의 경비대원이었어.'

다이어울프는 상관하지 않았다. 그들은 고기였다. 그는 배가 고팠다.

세 마리 늑대의 눈동자가 노랗게 빛났다. 다이어울프는 고개를 이쪽저쪽으로 돌리며 콧구멍을 벌름대다가 송곳니를 드러내고 으르렁거렸다. 젊은 수컷이 물러났다. 다이어울프는 젊은 수컷의 공포를 냄새 맡을 수 있었다. '이놈이 꼬리야.' 그는 알았다. 그러나 애꾸눈의 늑대는 마주 으르렁대며 그의 전진을 막으려고 움직였다. '머리로군. 그리고 내 몸집이 두 배인데도 날 무서워하지 않아.'

그들의 눈이 마주쳤다.

'와르그!'

그 순간 늑대와 다이어울프가 서로에게 달려들었고, 더는 생각할 시간이 없었다. 세상이 이빨과 발톱, 두 마리가 구르고 빙빙 돌며 서로를 잡아뜯는 동안 흩날리는 눈으로 줄어들었다. 다른 늑대들은 으르렁대며 주위를 뛰어다녔다. 그의 턱이 서리 덮여 미끄러운 털가죽을, 마른 막대기처럼 여윈 다리 하나를 물었지만, 애꾸눈의 늑대는 그의 배를 할퀴고 몸을 틀어 벗어나더니 한 바퀴 굴러서 다시 덤벼들었다. 노란 송곳니가 그의 목을 물었으나, 그는 늙은 회색 사촌을 쥐새끼 떨구듯 털어내고 돌진해서 넘어뜨렸다. 그들은 구르고, 찢고, 걷어차며 둘 다 지치고 사방 눈밭에 갓 떨어진 피가 얼룩지도록 싸웠다. 하지만 결국에는 늙은 애꾸눈 늑대가 누워서 배를 보였다. 다이어울프는 그 늑대에게 이를 두 번 더 딱딱거리고, 엉덩이 냄새를 맡은 후에 한쪽 다리를 올렸다.

몇 번 이를 부딪치고 경고의 소리를 울리자 암컷과 꼬리 늑대도 항복했다. 이 무리는 그의 것이 되었다.

사냥감도 마찬가지였다. 그는 이 남자, 저 남자를 킁킁거리다가 제일 큰 인간으로 정했다. 한 손에 검은 쇠를 움켜쥔 얼굴 없는 시체였다. 반대쪽 손은 손목에서부터 잘려 나가고 없었는데, 그루터기가 가죽에 싸여 있었다. 목 그은 상처에서 찐득한 피가 흘러나왔다. 늑대는 혀로 그 피를 할짝대고, 눈알 없이 코와 뺨만 남은 잔해를 핥은 후에 목에 주둥이를 박고 달콤한 살점을 뜯어내어 허겁지겁 먹었다. 그렇게 맛있는 고기를 먹어본 적이 없었다.

그는 다 먹고 나자 다음 시체로 이동해서, 그 인간에게서도 제일 질 좋은 부위만 먹어치웠다. 주위에는 눈송이가 떨어지고, 까마귀들이 나뭇가지에 앉아서 까만 눈을 빛내며 고요히 지켜보고 있었다. 다른 늑대들은 그가 남겨둔 고기를 먹었다. 늙은 수컷이 먼저 먹고, 그다음이 암컷, 그다음이 꼬리 늑대였다. 이제 그들은 그의 부하였다. 같은 무리였다.

'아니야.' 소년은 속삭였다. '우리에겐 다른 무리가 있어. 레이디는 죽었고 아마 그레이윈드도 죽었겠지만, 어딘가에 아직 새기독과 니메리아와 고스트가 있어. 고스트 기억해?'

내리는 눈과 포식하는 늑대들이 흐릿해지기 시작했다. 얼굴을 때리는 온기가 어머니의 입맞춤처럼 마음을 위로했다. '불이야.' 브랜은 생각했다. '연기야.' 구운 고기 냄새에 코가 벌름거렸다. 이제 숲이 멀어지고, 브랜은 다시 회관 안의 망가진 몸으로 돌아와서 불을 응시하고 있었다. 미라 리드가 불 위에서 붉은 고깃덩이를 뒤집으며 지글거리게 굽고 있었다. "딱 맞췄네." 미라가 말했다. 브랜은 손바닥 끝으로 눈을 비비고 꿈틀꿈틀 벽에 기대어 앉았다. "거의 저녁 식사 내내 잤잖아. 순찰자가 돼지를 한 마리 찾았어."

미라 뒤에서는 호도가 피와 기름을 수염에 뚝뚝 떨구면서 시커멓게 구워진 뜨거운 고기를 게걸스레 뜯고 있었다. 손가락 사이에서 연기가 피어올랐다. "호도." 호도는 고기를 뜯으며 중얼거렸다. "호도, 호도." 호도의 장검은 옆의 흙바닥에 놓여 있었다. 조젠 리드는 자기 몫을 작게 베어 물고, 매번 열 번 넘게 씹은 후에야 삼켰다.

'순찰자가 돼지를 죽였다고.' 콜드핸즈는 팔에 까마귀를 얹고 문 옆에 서서 불을 바라보고 있었다. 네 개의 검은 눈에 반사된 불빛이 번들거렸다. '순찰자는 먹지 않아.' 브랜은 기억했다. '그리고 불을 두려워해.'

"불은 피우지 말라더니요." 브랜은 순찰자에게 상기시켰다.

"사방 벽이 빛을 가려주는 데다, 곧 동이 튼다. 곧 떠날 거야."

"그 인간들은 어떻게 됐어요? 우리 뒤에 있던 적들요."

"그자들은 너희를 괴롭히지 않을 거다."

"누구였어요? 야인?"

미라가 고기를 뒤집었다. 호도는 작은 소리로 흥겹게 웅얼거리며 고기를 씹어 삼키고 있었다. 조젠만이 무슨 일이 벌어지고 있는지 알아차린 가운데, 콜드핸즈가 고개를 돌려 브랜을 응시했다. "적이었다."

'밤의 경비대원들이었어.' "당신이 죽였죠. 당신과 까마귀들이요. 얼굴이 다 뜯겼고, 눈이 없었어요." 콜드핸즈는 부정하지 않았다. "당신의 형제들이었어요. 내가 봤어요. 늑대들이 옷을 다 찢어발겼지만, 그래도 알 수 있었어요. 망토가 검은색이었어요. 당신의 두 손처럼요." 콜드핸즈는 아무 말도 하지 않았다. "당신 누구죠? 왜 손이 검은 거예요?"

순찰자는 이전에 알아차리지 못했다는 듯이 두 손을 살폈다. "심장이 뛰기를 멈추면, 피가 끝으로 흘러내려서 엉기고 굳어버리지." 목에서 가르랑거리는 목소리가 그의 몸처럼 음산하고 메말랐다. "손과 발이 부어오르고 푸딩처럼 시커멓게 변해. 나머지 몸은 우유처럼 하얘지고."

미라 리드가 개구리 창을 들고 일어섰다. 연기가 피어오르는 고깃덩이를 창에 꿴 채였다. "얼굴을 보여요."

순찰자는 그러려 하지 않았다.

"죽은 사람이야." 브랜은 목구멍에서 쓴맛을 느꼈다. "미라, 죽은 자야. 낸 할멈은 괴물들은 장벽이 서 있고 밤의 경비대원들이 진실한 이상 벽을 넘어오지 못한다고 하곤 했어. 저 사람은 장벽으로 우리를 만나러 왔지만, 벽을 넘진 못했지. 대신 샘과 그 야인 여자를 보냈어."

미라의 장갑 낀 손이 개구리 창을 꽉 움켜쥐었다. "누가 보냈지? 그 세눈박이 까마귀는 누구야?"

"친구다. 꿈꾸는 자, 마법사, 뭐라고 불러도 좋아. 마지막 남은 그린시어지." 회관의 나무 문이 쾅 소리를 내며 열렸다. 바깥에선 매섭고 검은 밤바람이 울부짖었다. 나무들마다 까마귀가 가득 앉아서 우짖고 있었다. 콜드핸즈는 움직이지 않았다.

"괴물이야." 브랜이 말했다.

순찰자는 나머지 사람들은 존재하지 않는다는 듯이 브랜을 보았다. "너의 괴물이다, 브랜던 스타크."

"너의." 어깨에 앉은 까마귀가 되풀이했다. 문밖에선 나무에 앉은 까마귀들이 그 소리를 이어받았다. 밤의 숲속에 "너의, 너의, 너의"라는 까마귀 떼의 노래가 울려 퍼졌다.

"조젠, 이것도 꿈에서 봤어?" 미라가 동생에게 물었다. "저건 누구야? 아니, 뭐야? 이젠 어떻게 해?"

"우린 저 순찰자와 같이 가." 조젠이 말했다. "이제 와서 돌아가기엔 너무 멀리 왔어, 미라. 살아서 장벽까지 돌아가지 못할 거야. 브랜의 괴물과 같이 가지 않으면 우린 죽어."

티리온

그들은 '해돋이 문'을 통해 펜토스를 떠났지만, 티리온 라니스터는 해돋이 비슷한 것도 보지 못했다. "자네는 펜토스에 온 적도 없는 게 될 거야, 작은 친구." 마지스터 일리리오는 가마의 자주색 벨벳 휘장을 닫으며 장담했다. "아무도 자네가 이 도시에 들어오는 걸 보지 못했듯이, 떠나는 것도 보는 사람이 없어야 해."

"날 술통 속에 밀어 넣었던 선원들, 내 뒤치다꺼리 하던 선실 사환, 내 침대를 데우라고 보냈던 여자, 그리고 그 못 믿을 주근깨 세탁부 빼고는 아무도 모르겠지. 아, 당신 경비병들도 있군. 불알과 함께 뇌까지 없애버린 게 아니라면 이 가마 안에 당신 혼자 있는 게 아닌 줄 알 텐데." 가마는 거대한 짐말 여덟 마리에 두꺼운 가죽끈을 매어 지탱하고 있었다. 양쪽에 두 명씩, 네 명의 내시 병사가 말 옆을 걸었고, 또 다른 병사들이 뒤따라 걸으며 짐수레들을 지켰다.

"거세병은 입을 놀리지 않아." 일리리오가 장담했다. "그리고 자네를 배달한 갤리선은 지금도 아샤이를 향해 가고 있지. 돌아오려면 2년은 걸릴 테고, 그것도 바다가 친절할 때 이야기라네. 내 가솔에 대해서라면…… 다들 날 참 사랑하거든. 아무도 날 배신하지 않을 거야."

'그 생각 잘 간직하시지, 뚱뚱한 친구. 언젠가 우리가 당신 무덤에 그 말을 새기게 될 테니.' "우리도 그 배에 올랐어야지." 티리온은 말했다. "볼란티스로 가는 제일 빠른 길은 바닷길이잖소."

"바다는 위험해." 일리리오가 대답했다. "가을은 걸핏하면 폭풍이 치는 계절이고, 해적들이 아직도 징검돌 군도를 소굴로 삼고 정직한 사람들을 약탈하러 나온다네. 내 작은 친구가 그런 자들의 손에 떨어지게 할 순 없지."

"로인에도 해적은 있어."

"강 해적들." 치즈 장수는 손등으로 입을 가리고 하품을 했다. "부스러기나 쫓아다니는 바퀴벌레 선장들이지."

"돌인간들 이야기도 들리던데."

"그건 진짜야. 가엾게도 저주받은 것들이지. 하지만 왜 그런 이야기를 하나? 그런 이야기를 주고받기엔 너무 날이 좋군. 곧 로인이 보일 테고, 그러면 자넨 일리리오와 이 커다란 배때기를 떼어내게 돼. 그때까지는 술을 마시고 꿈을 꿔보세. 달콤한 와인과 즐길 만한 군것질거리가 있지 않나. 뭐하러 질병과 죽음을 생각한단 말인가?"

'정말 왜일까?' 티리온은 다시 한번 텅 하는 노궁 소리를 들으며 생각했다. 가마가 이쪽저쪽으로 흔들리자 어머니 품에서 둥개둥개 흔들리며 잠을 청하는 어린아이가 된 것 같은 기분이 들었다. '그게 어떤 느낌인지 나야 모르지만.' 거위 깃털을 채운 비단 쿠션들이 엉덩이를 떠받쳤다. 자주색 벨벳 벽이 머리 위로 둥글게 이어져 지붕을 이룬 덕분에, 바깥은 싸늘한 가을인데도 가마 안은 기분 좋게 따뜻했다.

뒤에서 줄지어 따라오는 노새들은 궤짝들과 나무통들, 그리고 치즈 영주가 배고파지지 않게 공급할 성찬이 담긴 바구니들을 싣고 있었다. 그들은 아침에 향신료를 넣은 소시지를 먹고, 스모크베리 술을 마셨다. 오후는 젤리로 굳힌 장어와 도르네 레드와인이 채웠다. 저녁이 오자 얇게 썬 햄과 삶은 계란, 마늘과 양파를 채워 구운 종달새에 소화를 돕기 위한 페일에일과 미르산 파이어와인이 나왔다. 그러나 가마는 안락한 만큼이나 느렸고, 티리온은 곧 조바심에 안절부절못하게 되었다.

"얼마나 가야 강에 도착하는 거요?" 그는 그날 저녁 일리리오에게 물었다. "이 속도라면 내가 보게 될 때쯤엔 당신 여왕의 드래곤들이 아에곤의 세 드래곤보다 더 커져 있겠군."

"그랬으면 좋겠군. 큰 드래곤이 작은 드래곤보다 무서우니 말이야." 마지스터는 어깨를 으쓱였다. "나도 대너리스 여왕님을 환영하러 볼란티스에 가고는 싶지만, 그 부분은 자네와 그리프에게 의지할 수밖에 없네. 내가 제일 쓸모 있는 자리는 펜토스야. 여왕님이 귀환할 길을 닦아야지. 하지만 내가 함께 있는 동안에는 ····· 흠, 늙고 뚱뚱한 사내는 안락하게 지내야 하지 않겠나? 자, 와인 한잔 들게."

"말해보시오." 티리온은 와인을 마시며 말했다. "왜 펜토스의 마지스터가 누가 웨스테로스에서 왕관을 쓰는지에 신경을 쓰지? 이 모험에서 당신이 얻는 게 뭐요?"

뚱뚱한 마지스터는 입술에 묻은 기름기를 닦았다. "난 이 세상과 세상의 배신 행위들에 지친 늙은이라네. 내가 죽기 전에 뭔가 좋은 일을 하는 게, 사랑스러운 어린 소녀가 타고난 권리를 되찾게 돕는 게 그리 이상한가?"

'다음엔 나에게 마법 갑옷과 발리리아에 있는 궁전 한 채를 내밀겠군.' "대너리스가 사랑스러운 어린 소녀에 불과하다면 철왕좌가 사랑스러운 어린 조각들로 만들 거요."

"걱정 말게나, 작은 친구. 대너리스의 핏줄엔 드래곤 아에곤의 피가 흐른다네."

'자격 없는 아에곤, 잔혹한 마에고르, 정신 나간 바엘로르의 피도 함께 흐르지.' "대너리스에 대해 더 말해봐요."

일리리오는 생각에 잠겼다. "대너리스는 나에게 왔을 때 아직 어린아이나 다름없었는데도 내 두 번째 아내보다 더 아름다웠지. 어찌나 아름다운지, 내가 직접 취하고 싶은 유혹이 들 정도였어. 그토록 겁 많고 앙큼한 아이라니, 하지만 짝을 지어봐야 어떤 즐거움도 누리지 못할 것을 알았네. 대신 침실 노예를 불러다가 내 광기가 사라질 때까지 거칠게 박았다네. 솔직히 말하자면 난 대너리스가 기마전사들 사이에서 오래 살아남으리라 생각하지 않았어."

"그런데도 칼 드로고에게 팔았군……."

"도트락인들은 사지도 팔지도 않네. 그보다는 비세리스가 칼 드로고의 우정을 얻기 위해 동생을 줬다고 해야겠지. 허영심 강하고 탐욕스러운 청년이었어. 비세리스는 아버지의 왕관을 열망했지만 대너리스도 욕망했기에 내주기 싫어했지. 왕녀가 결혼하기 전날 밤에 침대에 숨어들려고도 했어. 손을 잡을 수 없다면 처녀성이라도 갖겠다면서 말이야. 내가 미리 문 앞에 위병들을 배치해두지 않았다면 비세리스가 몇 년의 계획을 수포로 돌릴 수도 있었네."

"형편없는 바보 같은데."

"비세리스는 딱 미친 아에리스의 아들이었다네. 대너리스는…… 대너리스는 아주 다르지." 일리리오는 구운 종달새를 입에 밀어 넣고 뼈째로 오독오독 씹었다. "내 저택에 피신했던 겁먹은 아이는 도트락의 바다에서 죽고, 피와 불 속에서 다시 태어났어. 대너리스라는 이름을 단 이 드래곤 여왕은 진짜 타르가르옌이야. 내가 집으로 데려오려고 배를 보냈더니 오히려 노예상만으로 향하더군. 그리고 며칠 만에 아스타포를 정복하고, 융카이의 무릎을 꿇리고, 미린을 약탈했어. 그대로 옛 발리리아의 길을 따라 서쪽으로 진군한다면 다음은 만타리스가 될 테지. 바다로 움직인다면…… 함대가 볼란티스에서 식량과 물을 구해야 할 것이고."

"육지로든 바다로든, 미린과 볼란티스 사이는 멀잖소." 티리온이 말했다.

"드래곤으로 날아도 사막과 산맥, 늪지, 그리고 악마가 떠도는 폐허를 뚫고 5500리지. 많은 수가 죽겠지만, 살아남는 이들은 볼란티스에 도착할 때쯤이면 더 강해져 있을 거야……. 그리고 거기서 새로운 병력과 모두를 바다 건너 웨스테로스까지 실어 나를 넉넉한 함대와 함께 기다리고 있을 자네와 그리프를 만나게 되겠지."

티리온은 아홉 자유도시 중에서 제일 오래되고 제일 자부심 높은 도시, 볼란티스에 대해 아는 바를 모두 생각했다. 뭔가 아귀가 안 맞았다. 코가 반쪽이 되었어도 냄새를 맡을 수 있었다. "볼란티스는 자유인 하나당 노예가 다섯씩이라고 하더군. 왜 삼두 군주가 노예 무역을 부숴버린 여왕을 돕겠소?" 그는 일리리오를 가리켰다. "그런 의미에서, 당신은 왜 돕지? 펜토스법은 노예제를 금지할지 모르지만 당신도 노예 무역에 한 손가락쯤은 담그고 있을 테고, 어쩌면 한 손 전부일 수도 있어. 그런데 드래곤 여왕에 맞서는 게 아니라 도울 음모를 꾸민다니. 왜지? 대너리스 여왕에게 뭘 얻어내고 싶은 거요?"

"또 그리로 돌아가는 건가? 그것 참 집요한 작은 친구로군." 일리리오는 소리 내어 웃으며 배를 두드렸다. "그렇다면 말해주지. 거지 왕은 내가 자기 재무관이자 영주다운 영주가 될 거라 맹세했네. 비세리스가 황금 왕관을 쓰면 내 마음대로 성을 고를 터였지……. 내가 원한다면 캐스털리록이라도 주겠다고 했어."

티리온은 한때 코가 있던 자리에 남은 흉 진 그루터기로 와인을 뿜어냈다. "내 아버지가 그 말을 들었으면 좋아했겠군."

"자네 아버지는 걱정할 이유가 없었네. 내가 왜 바윗덩어리를 갖고 싶어

하겠나? 내 저택은 누구라도 살기 충분한 크기이고, 외풍 심한 웨스테로스의 성보다 안락하네. 하지만 재무관은……." 뚱뚱한 남자는 계란을 하나 더 깠다. "난 돈을 좋아해. 금화가 잘그랑거리는 소리보다 더 듣기 좋은 소리가 있을까?"

'누이의 비명이 그렇지.' "대너리스가 오라비의 약속을 지킬 거라 확신하는 거요?"

"지키거나, 지키지 않거나지." 일리리오는 계란의 반을 베어 물었다. "말했을 텐데, 작은 친구. 한 사람이 하는 모든 일이 이득을 위한 건 아니라네. 믿고 싶은 대로 믿게나. 하지만 나처럼 뚱뚱하고 늙은 바보라도 친구는 있고, 갚아야 할 애정의 빚도 있다네."

'거짓말쟁이.' 티리온은 생각했다. '이 모험엔 당신에게 돈이나 성보다 더 가치 있는 뭔가가 걸려 있어.' "요새는 황금보다 우정을 귀하게 여기는 사람을 만날 일이 워낙 적어서 말이오."

"너무나 맞는 말이야." 뚱뚱한 남자는 비꼬는 말을 못 알아들은 척 말했다.

"어쩌다가 거미가 당신에게 그렇게 소중해진 거요?"

"우린 어린 날을 함께했지. 펜토스의 두 풋내기 소년이었어."

"바리스는 미르 출신이었소."

"그랬지. 난 노예상들보다 한발 앞서서, 막 도착한 바리스와 마주쳤네. 그 친구는 낮이면 하수구에서 자고, 밤이면 고양이처럼 지붕 위를 돌아다녔지. 나는 가난뱅이나 다름없었고, 더러워진 비단옷을 입은 자객으로 칼에 의지해 살고 있었어. 내 정원 연못의 조각상을 혹시 봤으려나? 내가 열여섯이었을 때 파이토 말라논이 조각해줬지. 아름다운 조각이지만, 지금 그 조각을 보면 눈물이 나와."

"세월은 우리 모두를 망가뜨리지. 난 아직도 잃어버린 코를 슬퍼한다오.

하지만 바리스는……."

"미르에서 바리스는 도둑들의 왕자였지. 경쟁자가 밀고하기 전까지는 그 랬어. 펜토스에서는 억양 때문에 눈에 띄었고, 일단 거세당했다는 게 알려 지자 경멸을 당하고 두들겨 맞았네. 왜 자기를 보호할 인물로 나를 골랐는 지는 영영 모르겠지만, 우린 합의에 이르렀네. 바리스는 자기보다 못한 도 둑들을 염탐하다가 그들이 취득한 물건을 취했지. 나는 그 도둑들에게 당 한 피해자를 찾아가서 수수료만 내면 귀중한 물건을 되찾아주겠다고 제안 했고. 곧 도둑질의 고통을 겪은 사람은 누구나 날 찾게 되었고, 반면 도시 의 모든 강도와 소매치기는 바리스를 찾아 나섰네……. 절반은 그 녀석의 목을 그으려고, 나머지 절반은 자기가 훔친 물건을 팔려고. 우리 둘 다 부 유해졌고, 바리스가 생쥐들을 훈련시키자 더욱 부유해졌네."

"킹스랜딩에서는 작은 새들을 키웠는데."

"그때 우리는 생쥐라고 불렀다네. 늙은 도둑들은 밤에 훔친 물건을 와인 으로 바꾸는 것 외엔 생각을 하지 않는 바보들이었어. 바리스는 고아 소년 과 어린 소녀를 선호했지. 제일 작은 아이들, 날래고 조용한 아이들을 골라 서 벽을 타고 굴뚝으로 들어가는 방법을 가르쳤네. 읽기도 가르쳤지. 우린 금과 보석은 평범한 도둑들에게 남겨뒀어. 대신 우리의 생쥐들은 편지, 장 부, 약도를 훔쳐냈다네……. 나중에는 읽고 나서 원래 자리에 두고 나왔지. '비밀은 은이나 사파이어보다 가치가 있어.' 바리스는 그렇게 주장했어. 과 연 그렇더군. 나는 펜토스 왕자의 사촌이 처녀 딸을 결혼시킬 정도로 인정 을 받았고, 어떤 내시의 재능에 대한 소문은 협해를 건너 어떤 왕의 귀에 까지 닿았네. 무척 불안이 심한 왕으로, 아들도, 아내도, 어린 날 친구였으 나 오만하고 자부심 넘치는 사람이 되어버린 수관도 믿지 못했지. 나머지 이야기는 자네도 알 거라 믿네. 안 그런가?"

"많이 알지." 티리온은 인정했다. "결국 당신은 그냥 치즈 장수가 아니라는 걸 알겠군."

일리리오는 고개를 끄덕였다. "그렇게 말해주다니 친절하군, 작은 친구. 내 생각을 말하자면, 나도 자네가 바리스 공의 주장대로 머리가 빨리 도는 사람이라는 걸 알겠네." 일리리오는 비뚤배뚤한 누런 이를 드러내고 웃더니, 미르산 파이어와인을 한 단지 더 가져오라고 외쳤다.

마지스터가 와인 단지를 옆에 끼고 꾸벅꾸벅 졸자, 티리온은 쿠션 더미를 기어서 살로 만든 감옥에 갇힌 술 단지를 빼내어 한 잔 따랐다. 그는 술을 마시고, 하품을 하고, 다시 한 잔 채웠다. '파이어와인을 충분히 마시면 드래곤 꿈을 꿀지도 몰라.'

아직 캐스털리록 깊은 곳에 파묻힌 외로운 아이였을 시절, 티리온은 밤새 드래곤을 타면서 실종된 타르가르옌 왕자 아니면 들판과 산맥 위를 높이 나는 발리리아의 드래곤 군주인 척했었다. 한번은 숙부들이 명명일 선물로 뭘 받고 싶으냐고 물었을 때, 드래곤을 달라고 빌었다. "큰 드래곤일 필요도 없어요. 나처럼 작아도 돼요." 제리온 숙부는 평생 들은 말 중에 제일 웃긴 소리라고 생각했지만, 타이겟 숙부는 말했다. "마지막 드래곤은 1세기 전에 죽었다, 얘야." 너무나 끔찍하게 불공평한 일이었기에 소년은 그날 밤 울다 잠들었다.

그러나 이 치즈 영주를 믿어도 된다면, 미친 왕의 딸은 살아 있는 드래곤 세 마리를 부화시켰다. '타르가르옌 하나에게 필요한 것보다 둘이나 더.' 티리온은 아버지를 죽여버린 게 유감스러울 지경이었다. 타르가르옌 여왕이 모사꾼 내시와 캐스털리록의 절반만 한 치즈 장수의 지원을 받으며 세 마리 드래곤과 함께 웨스테로스로 가고 있다는 사실을 타이윈 공이 알았다면 표정이 볼 만했으련만.

배가 너무 불러서 허리띠와 바지 끈을 풀어야 했다. 주인이 내어준 어린 이용 의복 때문에 너무 작은 껍질에 들어간 소시지가 된 기분이었다. '매일

이렇게 먹다간 드래곤 여왕을 만나기도 전에 일리리오 몸집이 되겠어.' 가마 밖에는 밤이 내렸다. 가마 안도 어두웠다. 티리온은 일리리오가 코 고는 소리, 가죽끈이 삐걱대는 소리, 짐말의 편자가 단단한 발리리아 도로를 밟는 다각 다각 소리를 듣고 있었지만, 그의 마음은 가죽 날개 퍼덕이는 소리에 귀를 기울였다.

깨어났을 때는 새벽이었다. 말들이 터벅터벅 걷고, 가마는 삐걱이며 흔들렸다. 티리온은 휘장을 살짝 걷어 밖을 내다보았지만, 황토색 들판과 헐벗은 갈색 느릅나무, 그리고 도로 외에는 볼 게 없었다. 도로는 창처럼 곧게 지평선을 향해 달려가는 넓은 석재 포장도로였다. 발리리아 도로에 대해 읽어보긴 했어도, 직접 보기는 처음이었다. 프리홀드의 지배력은 드래곤스톤까지도 뻗었으나, 웨스테로스 본토에는 미치지 않았다. '이상하지. 드래곤스톤은 바위섬에 불과해. 재화는 훨씬 서쪽에 있었지만, 그들은 드래곤을 가졌잖아. 분명히 서쪽에 재화가 있다는 걸 알았을 텐데 왜.'

지난밤에 너무 마셨다. 머리가 쿵쿵 울렸고, 가마가 아무리 부드럽게 흔들린다 해도 배 속에 든 것이 목구멍까지 올라오기엔 충분했다. 티리온이 아무 불평을 하지 않았는데도 일리리오 모파티스에게는 그 불편감이 명백해 보인 모양이었다. "자, 같이 마시지." 뚱뚱한 남자가 말했다. "괴로울 땐 좀 더 마시라는 말이 있잖나." 그는 어쩌나 단지, 파리가 꿀보다 더 꼬인 블랙베리와인병에서 두 사람 몫을 따랐다. 티리온은 파리를 손등으로 쫓아내고 꿀꺽꿀꺽 마셨다. 처음에는 맛이 역해서 가까스로 삼켰지만, 두 번째 잔은 좀 더 편하게 넘겼다. 그렇다 해도 식욕은 없었고, 일리리오가 크림에 담은 블랙베리 그릇을 내밀자 그는 손을 저어 사양했다. "여왕에 대한 꿈을 꿨소. 여왕 앞에 무릎을 꿇고 충성을 맹세했는데, 날 내 형인 제이미로 오해하고 드래곤들에게 먹여버리더군."

"예지몽이 아니길 빌어보세나. 자네는 바리스 말마따나 영리한 꼬마 악마고, 대너리스 주위엔 영리한 자들이 필요할 거야. 바리스탄 경은 용맹하고 진실한 기사지. 하지만 교활하다고 한 사람은 아무도 없었을걸."

"기사들은 문제 해결 방법을 하나밖에 모르지. 기마창을 겨누고 돌진하는 것. 난쟁이에겐 세상을 보는 다른 방식이 있다오. 그런데, 당신은 어떻지? 당신도 영리한데."

"과찬일세." 일리리오는 손을 흔들었다. "안타깝게도 난 여행에 적합하지 않으니, 나 대신 자네를 대너리스에게 보내겠네. 자네는 아버지를 죽이면서 전하에게 큰일을 해줬고, 난 자네가 더 많은 일을 해주길 기대하고 있어. 대너리스는 그 오라비 같은 바보가 아니야. 자네를 잘 써먹을 거야."

'불쏘시개로?' 티리온은 즐거운 미소를 지으며 생각했다.

그들은 그날 세 번밖에 말을 교체하지 않았지만, 일리리오가 가마에서 내려서 오줌을 쌀 수 있게 한 시간에 두 번씩은 멈추는 것 같았다. '우리 치즈 영주는 몸집이 코끼리지만, 방광은 땅콩만 하군.' 티리온은 생각했다. 그렇게 멈췄을 때 한번은 그 시간을 이용해서 도로를 자세히 보았다. 티리온은 뭘 보게 될지 알았다. 다진 흙도, 벽돌도, 자갈도 아니고, 녹은 돌이 길게 뻗어 있었다. 길은 땅바닥에서 15센티 정도 높아 쏟아진 빗물과 녹은 눈이 양옆으로 흘러내리게 되어 있었다. 칠왕국에서 도로라 여기는 진흙투성이 길과 달리, 발리리아 도로는 마차 세 대가 나란히 지나갈 수 있을 만큼 넓었고, 세월이 지나도 마차가 달려도 망가지지 않았다. 발리리아가 파멸을 맞고 4세기가 지났는데도 아직까지 변함없이 버텨 서 있었다. 파이고 갈라진 데를 찾아보았지만, 말 한 마리가 싸지른 따끈따끈한 똥 무더기밖에 보이지 않았다.

그 똥 무더기 덕분에 아버지 생각이 났다. '어느 지옥에 떨어지셨나요, 아버지? 제가 미친 아에리스의 딸이 철왕좌를 되찾는 걸 도와주는 모습을 올려다볼 수 있는, 춥고 좋은 지옥입니까?'

여행을 재개하면서 일리리오는 구운 밤 한 봉투를 내놓고 다시 드래곤 여왕에 대해 말하기 시작했다. "아무래도 우리가 마지막으로 받은 대너리스 여왕 소식은 좀 낡았지 싶네. 지금쯤은 미린을 떠났을 거라고 가정해야겠지. 마침내 용병과 도트락 기마전사, 그리고 거세병 보병 군단으로 이루어진 짜깁기 군대를 손에 넣었으니, 분명 아버지의 왕좌를 되찾기 위해 군대를 서쪽으로 이끌고 올 거야." 마지스터 일리리오는 마늘 달팽이 단지를 열어서 냄새를 맡아보더니 미소 지었다. "볼란티스에서 자네가 대너리스의 최신 소식을 얻게 되길 바라네." 그는 달팽이 하나를 껍질에서 입으로 빨아 꺼내 먹으며 말했다. "드래곤들이나 어린 여자들이나 변덕이 심하니, 계획을 수정해야 할 수도 있어. 그리프가 어떻게 해야 할지 알 걸세. 달팽이 하나 먹겠나? 내 정원에서 가꾼 마늘을 썼다네."

'달팽이를 타고 가도 이 가마보다는 빠르겠소.' 티리온은 손을 내저어 사양했다. "그리프라는 자를 상당히 신뢰하는군. 역시 어린 시절 친구요?"

"아니. 자네라면 용병이라고 할 테지. 하지만 웨스테로스 출신이라네. 대너리스에겐 그 대의에 걸맞은 남자들이 필요해." 일리리오는 한 손을 들어 올렸다. "알아! 자넨 이렇게 생각하고 있겠지. '용병들은 명예보다 황금이야. 이 그리프라는 자는 날 내 누이에게 팔아버릴 거야.' 그렇지가 않아. 난 그리프를 형제처럼 믿는다네."

'또 다른 치명적 실수로군.' "그렇다면 나도 그렇게 하리다."

"우리가 말하는 동안에도 황금 용병단이 볼란티스를 향해 행군 중일세. 그곳에서 우리 여왕이 동쪽에서 오기를 기다릴 예정이지."

'황금 아래 매서운 강철(Bitter Steel) 말인가.' "황금 용병단은 자유도시 한 곳과 계약 중이라고 들었는데."

"미르였지." 일리리오가 히죽 웃었다. "계약은 깰 수 있다네."

"치즈 속에 생각보다 돈이 더 있나 보군. 어떻게 해낸 거요?" 티리온이 말했다.

마지스터는 통통한 손가락들을 흔들었다. "어떤 계약은 잉크로 쓰고, 어떤 계약은 피로 쓰지. 그 이상은 말하지 않겠네."

티리온은 생각해보았다. 황금 용병단은 용병 집단 중에서 가장 뛰어나기로 명성이 높았는데, 1세기 전에 자격 없는 왕 아에곤의 서자였던 비터스틸(Bittersteel)이 세웠다. 아에곤의 '위대한 서자들' 중 다른 한 명이 적자로 태어난 이복형제에게서 철왕좌를 빼앗으려 했을 때, 비터스틸도 반란에 가담했다. 그러나 다에몬 블랙파이어는 붉은 풀 들판(Redgrass Field)에서 죽었고, 반란도 끝났다. 검은 드래곤의 추종자 중 전투에서 살아남았으나 무릎 꿇기를 거부한 이들은 협해 건너로 달아났고, 그중에 비터스틸, 그리고 영지 잃은 영주들과 기사들 수백 명, 장자를 제외한 다에몬의 아들들도 있었다. 그들은 곧 먹고 살기 위해 검술을 팔아야 했다. 일부는 '누더기 군기'단에 들어갔고, 일부는 '둘째 아들들'이나 '처녀의 사나이들'에 합류했다. 비터스틸은 블랙파이어 가문의 군세가 사방으로 흩어지는 것을 보았기에, 망명자들을 한데 묶기 위해 황금 용병단을 세웠다.

그날부터 지금까지 황금 용병단의 단원들은 무의미한 작은 전쟁들에서 미르나 리스나 티로시를 위해 싸우며 분쟁 지역에서 살고 죽었고, 아버지들이 잃어버린 땅을 꿈꾸었다. 그들은 망명자와 망명자의 아들들, 가진 것을 다 빼앗기고 용서받지 못한 사람들이었…… 그러나 여전히 가공할 전사들이기도 했다.

"당신의 설득력이 감탄스럽군." 티리온은 일리리오에게 말했다. "황금 용병단을 어떻게 설득했기에 우리 사랑스러운 여왕님 편을 들게 만든 거요? 타르가르옌에 맞서 싸우는 데 그렇게 긴 역사를 보낸 이들인데 말이지."

일리리오는 티리온이 제기한 이의를 파리 쫓듯 털어냈다. "까맣든 빨갛든 드래곤은 여전히 드래곤이라네. 괴물 마엘리스가 징검돌 군도에서 죽었을 때, 블랙파이어 가문의 남계(男系)도 끝이 났어." 치즈 장수는 갈래 수염 속으로 미소를 지었다. "그리고 대너리스는 망명자들에게 비터스틸과 블랙파이어들이 결코 주지 못했던 걸 줄 걸세. 집으로 데려가는 거지."

'불과 검과 함께.' 티리온도 바라는 형태의 귀향이었다. "만 명의 병력이라니, 대단한 선물이군. 전하께서 아주 기뻐하실 거요."

마지스터는 겸손하게 고개를 끄덕이며 턱살을 흔들었다. "나라면 무엇이 전하를 기쁘게 만들지 추측은 하지 않겠네."

'신중하기도 하셔라.' 티리온은 남자 왕들이 무엇에 고마워하는지 잘 알고 있었다. 여왕들이라고 뭐가 다르겠는가?

곧 마지스터는 푹 잠들었고, 티리온은 혼자 생각에 골몰했다. 바리스탄 셀미가 황금 용병단과 함께 전투에 나가는 것을 어떻게 생각할까 궁금했다. 아홉 닢 왕들의 전쟁에서 셀미는 그들의 횡렬을 베어 피투성이 길을 내고 왕위를 노리는 마시막 블랙파이어를 죽였다. '반란이란 기묘한 협력자들을 만들지. 그리고 이 뚱보와 나보다 더 기묘한 경우는 없을 거야.'

치즈 장수 일리리오는 말을 바꾸기 위해 멈춰 서자 깨어나서 새 음식 바구니를 가져오게 했다. "얼마나 온 거요?" 티리온은 차가운 수탉 구이와 당근, 건포도, 라임과 오렌지 조각을 넣어 만든 렐리시(과일이나 채소를 다져 익혀 식초에 절인 것)로 배를 채우면서 물었다.

"여긴 안달로스라네, 친구. 자네들 안달인의 고향이지. 안달인들은 이 땅을 그 전에 있었던 털투성이 인간들에게서 빼앗았는데, 그자들은 이벤의 털투성이들과 친척 격이야. 휴고르의 고대 왕국 심장부가 여기 북쪽에 있네만, 우리는 그 남쪽 경계를 통과하고 있다네. 펜토스에서는 여기를 평야 지역이라고 부르지. 동쪽으로 더 가면 벨벳 구릉지가 있는데, 그게 우리가 가는 곳이야."

'안달로스.' 종단에서는 일곱 신이 한때 인간의 모습으로 안달로스의 언덕들을 걸었다고 가르쳤다. "아버지께서 하늘에 손을 뻗어 일곱 별을 끌어 내리고……" 티리온은 기억 속의 가르침을 읊었다. "언덕의 휴고르의 이마에 하나씩 놓아 반짝이는 왕관을 만드셨도다."

마지스터 일리리오는 재미있다는 눈으로 그를 보았다. "내 작은 친구가 이렇게 신실할 줄은 꿈도 못 꿨군."

티리온은 어깨를 으쓱였다. "내 어린 날의 유물이지. 기사는 될 수 없을 줄 알았기에 최고성사가 되기로 결심했었거든. 그 수정관을 쓰면 키가 30센티는 커지니까. 성서들도 공부하고 양쪽 무릎에 딱지가 앉도록 기도를 했는데, 이 탐색은 비극적인 끝을 맺었다오. 어느 정도 나이가 들면서 사랑에 빠지고 만 거지."

"처녀라? 나도 어떤 건지 알지." 일리리오가 오른손을 왼쪽 소매에 넣더니 은제 로켓을 하나 꺼냈다. 안에는 커다란 푸른 눈에 옅은 금빛 머리 사이사이 은빛이 들어간 여자의 초상화가 들어 있었다. "세라라네. 리스의 어느 베갯집에서 찾아서 내 침대 시중을 들라고 데려왔다가, 결국 그녀와 결혼했지. 내가, 첫째 부인은 펜토스 왕자의 사촌이었던 내가 말이야. 그 후부터 내게는 궁전 문이 닫혀버렸네만, 난 상관없었네. 세라에 비하면 사소한 대가였어."

"어떻게 죽었소?" 티리온은 그 여자가 죽었다는 걸 알았다. 어떤 남자도 자기를 버린 여자를 그렇게 애정 어리게 말하지 않았다.

"브라보스의 무역 갤리선 한 척이 비취해에서 돌아가는 길에 펜토스에 들렀지. 문제의 '보물'호는 정향과 사프란, 흑옥과 비취, 진홍색 새마이트, 녹색 비단…… 그리고 회색 죽음을 싣고 있었다네. 우린 뭍에 오른 노잡이들을 죽이고 배는 정박한 채로 불태웠지만, 쥐새끼들이 노를 타고 내려와서 그 차가운 돌 다리로 부두를 밟고 말았어. 역병은 2000명을 죽이고 나서야 끝났지." 마지스터 일리리오는 로켓을 닫았다. "그 사람의 두 손은 침실에 보관해뒀다네. 그토록 보드랍던 그 두 손……."

티리온은 티샤를 생각했다. 그리고 한때 신들이 걸었던 들판을 내다보았다. "대체 어떤 신들이 쥐와 역병과 난쟁이를 만들까?"《칠각별》의 다른 대목이 떠올랐다. "'처녀'께서 그에게 깊고 푸른 웅덩이 같은 눈에 버드나무처럼 낭창낭창한 여자를 데려오니, 휴고르는 그 여자를 신부로 삼겠노라 선언했도다. 그리하여 '어머니'께서 그녀를 비옥한 몸으로 만드시고, '노파'께서 그녀가 왕에게 강력한 아들 마흔넷을 낳아주리라 예언했다. '전사'께서 그들의 팔에 힘을 주시고, '대장장이'가 쇠 갑옷 한 벌씩을 만들어주셨다."

"그 대장장이는 분명히 로인인이었을 거야." 일리리오가 비꼬았다. "안달인은 강가에 살던 로인인에게 철 기술을 배웠거든. 잘 알려진 사실이지."

"우리 성사들은 모를 거요." 티리온은 들판을 가리켰다. "이 평야에는 누가 살지?"

"이 땅에 매인 농부와 품삯꾼이지. 과수원, 농장, 광산이 있다네…… 나에게도 몇 군데 있지만 별로 찾아가진 않아. 가까운 펜토스에 수많은 즐거움이 있는데 뭐하러 여기 나와서 시간을 보내겠나?"

"수많은 즐거움이라." '그리고 크고 두꺼운 벽이 있겠지.' 티리온은 잔에 든 와인을 돌렸다. "펜토스를 떠난 후에 마을을 본 적이 없군."

"폐허들은 있지." 일리리오는 닭 다리를 휘장 쪽으로 흔들었다. "어떤 칼이 바다를 봐야겠다는 생각을 할 때마다 기마전사들이 이 길로 온다네. 도트락인들이 마을을 좋아하지 않는다는 건 웨스테로스에서도 알게 될 거야."

"칼라사르를 하나 습격해서 분쇄하면, 도트락인들도 로인을 쉽게 안 건널지도 모르지."

"음식과 선물로 적을 사는 게 더 싸다네."

'블랙워터 전투에 맛있는 치즈를 가져갈 생각을 했더라면 내 코도 여전히 온전했을지도 모르겠군그래.' 타이윈 공은 언제나 자유도시들을 경멸하며 말하곤 했다. '그놈들은 검이 아니라 돈으로 싸운다. 금에도 나름의 쓸모는 있지만, 전쟁은 철로 이기는 거야.' "아버지는 늘 적에게 금을 주면 더 달라고 다시 올 뿐이라고 했지."

"자네가 죽인 그 아버지 말인가?" 일리리오는 닭 뼈를 가마 밖으로 던졌다. "용병들도 도트락 전사들에게는 맞서지 않아. 코호르에서 증명된 사실이지."

"당신의 용감한 그리프도?" 티리온이 놀렸다.

"그리프는 다르지. 그리프에겐 끔찍하게 아끼는 아들이 있다네. 그 녀석은 젊은 그리프라고 하는데, 그보다 훌륭한 청년이 없어."

와인, 요리, 태양, 흔들리는 가마, 윙윙대는 파리 떼, 모두가 합쳐져서 티리온에게 졸음을 불러왔다. 그래서 티리온은 자다 깨다 마시다 했다. 일리리오는 티리온이 마실 때마다 마셨다. 그리고 하늘이 황혼의 자줏빛으로 물들자 코를 골기 시작했다.

그날 밤 티리온 라니스터는 웨스테로스의 산야를 피처럼 붉게 물들인 전투를 꿈꾸었다. 그는 전장 한가운데에서 제 몸집만 한 도끼를 들고 죽음을 다루고 있었고, 대담한 바리스탄과 비터스틸과 나란히 싸우는 가운데 머리 위에서는 드래곤들이 날아다녔다. 그 꿈속에서 티리온에겐 머리가 두 개였는데, 둘 다 코가 없었다. 적군을 지휘하는 것이 그의 아버지였기에, 티리온은 아버지를 다시 한번 죽였다. 그다음에는 제이미 형을 죽였고, 형의 얼굴이 시뻘건 잔해가 될 때까지 도끼를 내려치면서 큰 소리로 웃어댔다. 그리고 싸움이 끝난 후에야 두 번째 머리가 울고 있다는 사실을 깨달았다.

깨어났을 때는 짧은 두 다리가 쇠처럼 뻣뻣했다. 일리리오는 올리브를 먹고 있었다. "여기가 어디지?" 티리온이 물었다.

"아직 평야를 벗어나지 않았다네, 조급한 친구. 곧 길이 벨벳 구릉지를 지나갈 거야. 그다음엔 작은 로인을 따라 고얀 드로헤를 향해 올라가기 시작하지."

고얀 드로헤는 로인의 도시였는데, 발리리아의 드래곤들이 연기가 피어오르는 폐허로 만들어버렸다. '난 시간도 여행하고 있어.' 티리온은 생각했다. '역사를 거슬러 올라, 드래곤들이 지상을 지배하던 시절로.'

티리온은 자다 깨다 다시 잤고, 낮인지 밤인지는 중요하지 않아 보였다. 벨벳 구릉지는 실망스러웠다. "라니스포트 창녀들 절반은 젖가슴이 저 언덕들보다 커." 티리온은 일리리오에게 말했다. "차라리 벨벳 젖가슴이라고 불러야겠군." 그들은 일리리오가 거인들이 세웠다고 주장하는 선돌들의 원을 보았고, 그 후에는 깊은 호수가 나왔다. "여기엔 이 길을 지나가는 사람은 누구나 노리던 강도 소굴이 있었지." 일리리오가 말했다. "그자들이 아직도 물속에 산다는 이야기가 있어. 저 호수에서 낚시를 하다가는 아래로 끌려 내려가서 잡아먹힌다." 다음 날 아침 그들은 도로 옆에 웅크려 앉은 거대한 발리리아 스핑크스와 마주쳤다. 몸통은 드래곤이었고 얼굴은 여자였다.

"드래곤 여왕이라. 기분 좋은 징조로군." 티리온이 말했다.

"남편 왕은 사라지고 없다네." 일리리오는 한때 두 번째 스핑크스가 앉아 있었으나, 지금은 이끼와 꽃 덩굴만 잔뜩 자란 매끄러운 돌 대좌를 가리켰다. "기마전사들이 왕 밑에다 나무 바퀴를 만들어 넣고 바에스 도트락으로 끌고 가버렸지."

'그것도 징조로군. 다만 희망찬 징조는 아니야.' 티리온은 생각했다.

그날 밤, 티리온은 평소보다 더 취해서 갑자기 노래를 불렀다.

그는 높은 언덕에서 내려와
도시의 길거리를 내달렸네.

골목길과 계단과 자갈밭 위를 달려

한 여인의 한숨을 향해 갔다네.

그 여인은 그의 비밀스러운 보물이요,

그의 수치이자 행복이었기에.

그리고 한 여인의 입맞춤에 비하면

사슬도 성도 아무것도 아니라네.

티리온이 아는 가사는 그게 다였다. 거기에 후렴구 '황금의 손은 언제나 차갑지만, 여인의 손은 따스하니'까지. 황금 손이 목을 파고들자 샤에의 손이 그를 때렸었다. 그러나 그 손이 따뜻했는지는 기억이 나지 않았다. 힘이 빠지자 샤에의 주먹질도 얼굴 근처에서 파닥거리는 나방의 날갯짓이 되었다. 티리온이 사슬을 한 번 더 비틀 때마다 황금 손들이 더 깊이 파고들었다. '한 여인의 입맞춤에 비하면 사슬도 성도 아무것도 아니라네.' 그녀가 죽은 후에 마지막으로 입을 맞췄던가? 기억할 수가 없었다……. 그러나 그린포크 옆에 친 천막 안에서 처음 입을 맞췄던 순간은 아직도 기억이 났다. 그 입술이 얼마나 달콤했던지.

티샤와 처음 입 맞춘 순간도 기억이 났다. '나도 그랬지만, 티샤도 방법을 몰랐지. 우린 계속 코를 부딪쳤지만, 내 혀가 티샤의 혀에 닿자 그녀는 파르르 몸을 떨었어.' 티리온은 눈을 감고 티샤의 얼굴을 떠올리려 했지만, 그 대신 잠옷을 허리까지 걷어 올리고 변소에 앉아 있던 아버지만 보였다. "어디든 창녀들이 가는 곳으로 갔겠지." 타이윈 공이 말하고, 노궁이 텅 소리를 냈다.

티리온은 몸을 굴려 비단 쿠션에 코를 깊이 묻었다. 아래에서 잠이 우물처럼 입을 벌렸고, 그는 의지를 갖고 그 속으로 뛰어들어 어둠에 먹혔다.

상인의 하인

'모험'에선 악취가 풍겼다.

모험호는 노 60개와 돛 하나, 그리고 빠른 속도를 보장하는 길고 늘씬한 선체를 자랑했다. '자지만, 적당할지도 모르겠군.' 쿠엔틴은 그 배를 봤을 때 그렇게 생각했지만, 그건 배에 올라서 제대로 냄새를 맡기 전이었다. '돼지인가.' 처음에는 그렇게 생각했지만, 냄새를 한 번 더 들이마시자 생각이 바뀌었다. 돼지가 더 깨끗한 냄새가 났다. 이 악취는 썩은 고기와 분뇨였고, 시체와 진물 나는 상처와 나빠진 부상에서 나는 냄새였다. 그 냄새가 어찌나 강한지 항구에서 풍기는 소금물과 생선 냄새마저도 압도했다.

"토하고 싶어." 그는 게리스 드링크워터에게 말했다. 그들은 발아래 갑판에서 악취가 피어오르는 가운데 더위에 시달리며 선장이 나타나기를 기다렸다.

"선장이 자기 배와 비슷한 냄새가 나는 작자라면, 네 토사물 냄새를 향수로 착각할지 몰라." 게리스가 대꾸했다.

쿠엔틴이 다른 배를 찾자고 말하려는데 마침내 선장이 옆에 비열하게 생긴 선원 둘을 대동하고 나타났다. 게리스는 미소로 선장을 맞이했다. 그는 쿠엔틴만큼 볼란티스어를 잘하지 못했지만, 전략상 그가 나서야 했다. 플랭키타운에서는 쿠엔틴이 와인상 역할을 했는데, 그 연극이 짜증이 났기 때문에 리스에서 배를 바꾸면서 역할도 바꿨다. '들종다리'호에 탔을 때는 클레투스 이론우드가 상인, 쿠엔틴이 하인을 맡았다. 볼란티스에서는 클레투스가 죽었기에 게리스가 주인 역할을 맡아야 했다.

키가 크고, 하얀 피부에 청록색 눈, 햇빛이 앉은 모랫빛 머리카락, 그리고 보기 좋게 날씬한 몸의 게리스 드링크워터에게는 으스대는 느낌이랄까, 거만함에 가까운 자신감이 있었다. 게리스는 불편해하는 일이 없는 것 같았고, 언어를 잘하지 못할 때조차도 어떻게든 자기 말을 이해시켰다. 반면 쿠엔틴은 초라한 인상이었다. 다리가 짧고 땅딸한 데다 몸통이 굵었고, 머리카락은 갓 파헤친 흙 같은 갈색이었다. 이마는 너무 넓었고, 턱은 너무 각이 졌고, 코는 너무 평퍼짐했다. '정직하고 좋은 얼굴이야.' 예전에 그렇게 말한 소녀가 있기는 했다. '하지만 더 자주 웃어야겠어.'

쿠엔틴 마르텔에게는 웃음이 쉽게 떠오르지 않았다. 그의 아버지보다 더 그랬다.

"선장의 모험은 얼마나 빠른가요?" 게리스가 멈칫거리는 고급 발리리아어 비슷한 언어로 말했다.

모험호의 선장은 억양을 알아듣고 웨스테로스 공용어로 대답했다. "이보다 더 빠른 배는 없습니다, 나리. 모험은 바람도 힘을 잃게 하지요. 어디로 항해하시려는지 말해주시면 제가 잽싸게 데려다드리겠습니다."

"나와 두 하인이 미린까지 갔으면 하는데."

그 말에 선장은 멈칫했다. "미린에야 저도 가봤지요. 그 도시를 다시 찾을 수 있긴 합니다……. 다만, 왜죠? 미린에는 노예도 없고, 이득을 찾을 수가 없어요. 은 여왕이 다 끝내버렸습니다. 심지어 투기장도 닫아버려서 선적하는 동안 불쌍한 선원들이 즐길 것도 없어요. 말해보십쇼, 웨스테로스 친구, 미린에 가고 싶을 이유가 뭐가 있습니까?"

'세상에서 제일 아름다운 여자가 있지.' 쿠엔틴은 생각했다. '신들이 자비로우시다면 내 신부가 될 여자.' 쿠엔틴은 가끔 밤에 잠들지 않고 누워서 그녀의 얼굴와 모습을 상상하다가, 그런 여자가 온 세상의 온갖 신분 높은 자들 중에 하필 자기와 결혼하고 싶어 할 이유가 있을까 생각했다. '나는 도르네야. 여왕은 도르네를 원할 거야.' 그는 스스로에게 말했다.

게리스는 미리 만들어둔 이야기로 대답했다. "와인은 우리 집안 가업이오. 내 아버지는 도르네에 대규모 포도밭을 가지고 계신데, 내가 새로운 시장을 개척하길 바라시지. 미린의 훌륭한 주민들은 내가 파는 물건을 환영하리라 기대하고 있다오."

"와인? 도르네 와인요?" 선장은 넘어가지 않았다. "노예 도시들은 전쟁 중입니다. 설마 그걸 모르십니까?"

"싸움은 융기와 아스타포 사이에 벌어졌다고 들었소. 미린은 무관하다고."

"아직은 그렇지요. 하지만 곧 말려들 겁니다. 바로 지금도 '노란 도시'에서 온 사절이 볼란티스에서 용병들을 고용하고 있어요. '긴 기마창'단은 이미 융카이로 가는 배를 탔고, '바람결'과 '고양이 용병단'은 사병을 다 채우고 나서 뒤따를 거예요. 황금 용병단도 동쪽으로 진군하고 있습니다. 다 알려진 사실이지요."

"그렇겠지만, 난 전쟁이 아니라 와인을 다뤄요. 기스카 와인이 형편없는 물건이라는 데엔 모두가 동의하지요. 미린 사람들은 내 질 좋은 도르네 빈티지에 좋은 값을 치를 거요."

"죽은 자들은 무슨 와인을 마시는지 관심 없습니다." 모험호의 선장이 수염을 만지작거렸다. "찾아보신 선장이 제가 처음도 아니고, 열 번째도 아니겠죠."

"맞소." 게리스는 인정했다.

"얼마나 많이 물어봤습니까? 백 척쯤?"

'그 비슷하지.' 쿠엔틴은 생각했다. 볼란티스인들은 브라보스를 이루는 백 개의 섬이라 해도 그들의 깊은 항구에 빠트려 잠기게 할 수 있다고 큰 소리치기를 좋아했다. 아직 브라보스를 본 적이 없는 쿠엔틴이지만 그 말은 믿을 수 있었다. 풍요롭고 무르익어 썩어갈 지경인 볼란티스는 질척하게 입맞춤하듯 로인강 입구를 뒤덮고 강 양쪽의 언덕과 늪지로 뻗어나갔다. 강을 따라 내려오거나 바다로 나가는 배들이 사방에서 선창과 부두를 가득 채우고 화물을 싣거나 내렸다. 군선과 포경선과 무역 갤리선, 무장 상선과 소형선, 외돛 범선과 거대한 범선, 장선, 백조선, 리스와 티로시와 펜토스에서 온 배들, 궁전만큼 큰 콰스의 향신료선, 톨로스와 융카이와 바실리스크 제도 배들. 어찌나 배가 많은지, 들종다리호 갑판에서 처음 이 항구를 본 쿠엔틴은 친구들에게 여기에 사흘만 있으면 되겠다고 말했었다.

그러나 스무 날이 지났고, 아직도 그들은 배를 찾지 못하고 여기에 남아 있었다. '멜란틴', '삼두의 딸', '인어의 입맞춤' 선장들 모두가 거절했다. '대담한 항해자'호의 항해사는 그들 면전에서 비웃었다. '돌고래'호의 주인은 시간 낭비를 시켰다고 화를 냈고, '일곱째 아들'의 선주는 그들이 해적이라고 비난했다. 모두 첫날에 벌어진 일이었다.

그나마 거절의 이유를 댄 것은 '새끼 사슴'호의 선장뿐이었다. 그는 물을 탄 와인을 마시면서 말했다. "내가 동쪽으로 가는 건 사실입니다. 남쪽으로 발리리아를 돌아 거기에서 해 뜨는 쪽으로 갈 겁니다. 신기스에서 물과 보급품을 실은 후에 모든 노를 저어서 콰스와 비취 해협으로요. 모든 항해에는 위험이 있고, 긴 항해는 더 위험하지요. 왜 군이 노예상만에 들어가서 위험을 더 자초하겠습니까? '새끼 사슴'호는 내 생계 수단이에요. 이 배에 미친 도르네인 셋을 태우고 전쟁터 한복판에 들어가는 위험을 감수할 순 없네요."

쿠엔틴은 플랭키타운에서 배를 사는 게 더 낫지 않았을까 생각하기에 이르렀다. 그러나 그랬다면 원치 않는 주목을 끌었으리라. 거미는 사방에 정보원을 두었고, 선스피어조차 예외는 아니었다. "네 목적이 발각되면 도르네가 피를 흘리게 된다." 아버지는 물의 정원에서, 연못과 분수대에서 뛰어 노는 아이들을 지켜보며 그렇게 경고했었다. "우리가 하는 일은 반역이다. 실수하지 말아라. 네 동행들만 믿고, 최대한 주목을 끄는 일은 피해라."

그래서 게리스 드링크워터는 모험호의 선장에게 최고로 애교 넘치는 미소를 던졌다. "솔직히 말하자면 우릴 거절한 겁쟁이들의 숫자를 다 헤아리지도 못하겠소. 하지만 '상인의 집'에서 듣자니 당신은 좀 더 담대한 사내라더이다. 넉넉한 돈을 위해서라면 어떤 위험이든 질 수 있는 부류랄까."

'밀수꾼이란 얘기지.' 쿠엔틴은 생각했다. '상인의 집'이라는 여관 구석에서 나쁜 무역상들은 모험호의 선장을 그렇게 불렀다. "밀수꾼에 노예상이고, 반은 해적이고 반은 뚜쟁이지만, 그래도 댁들에겐 제일 가망 있는 상대일지 모르겠네요." 여관 주인은 그렇게 말했다.

선장은 엄지와 검지를 마주 비볐다. "그런 항해에 넉넉한 돈이라시면, 얼마나 생각하시는지?"

"노예상만까지 가는 통상 요금의 세 배요."

"각각 말입니까?" 선장은 이를 드러내며 아마도 웃음을 지으려 한 모양이었지만, 뾰족한 얼굴이 음산해 보이기만 했다. "아마 될 수도 있겠군요. 사실입니다. 저는 대부분의 남자들보다 대담하지요. 얼마나 빨리 떠나고 싶으십니까?"

"내일이면 너무 빠르다곤 못하겠지요."

"좋습니다. 내일 해 뜨기 한 시간 전에, 친구들과 와인을 챙겨서 다시 오시지요. 아무도 우리의 목적지에 대해 불편한 질문을 던지지 않게, 볼란티스가 자고 있는 동안 가는 게 좋겠습니다."

"그럽시다. 해 뜨기 한 시간 전."

선장의 미소가 커졌다. "도와드릴 수 있어 기쁩니다. 행복한 항해가 될 겁니다, 그렇지요?"

"그야 물론이오." 게리스가 말했다. 선장은 에일을 가져오게 했고, 두 사람이 모험을 위해 축배를 들었다.

"달콤하게 구는 자로군." 게리스는 만남이 끝난 후, 쿠엔틴과 함께 그들이 빌린 '하타이'가 대기하는 부두 끝으로 걸어가면서 말했다. 공기는 후텁지근했고, 해가 너무 밝아서 둘 다 눈을 제대로 뜨지 못할 정도였다.

"달콤한 도시야." 쿠엔틴이 맞장구를 쳤다. '이가 썩을 만큼 달콤하지.' 이 부근에는 사탕무가 많이 자라서, 거의 모든 식사에 같이 나왔다. 볼란티스인들은 사탕무로 자줏빛 꿀처럼 걸쭉하고 진한 냉수프를 만들었다. 볼란티스는 와인도 달았다. "하지만 우리의 행복한 항해가 짧을까 봐 걱정이야. 그 달콤한 남자는 우릴 미린에 데려갈 생각이 없어. 네 제안을 너무 빨리 받아들였어. 그야 물론 세 배의 뱃삯을 받겠지만, 우릴 태워서 육지가 보이지 않는 곳까지 나가고 나면 우리 목을 긋고 나머지 돈을 빼앗을걸."

"아니면 사슬에 묶어서 노를 젓게 하겠지. 냄새나던 그 비참한 노잡이들 옆에서 말이야. 더 나은 밀수꾼을 찾아야 해."

운전수는 하타이 옆에서 그들을 기다리고 있었다. 웨스테로스에서라면 우차라고 했을지 모르지만, 하타이는 도르네에서 쿠엔틴이 본 그 어느 수레보다 더 화려했고, 소가 끌지도 않았다. 지저분해진 눈[雪] 색깔의 난쟁이 코끼리가 끌었다. 볼란티스의 길거리엔 그런 코끼리가 가득했다.

쿠엔틴은 걷는 쪽이 더 좋았지만, 여관에서 몇 킬로미터는 떨어진 곳이었다. 게다가 '상인의 집' 주인은 도보로 돌아다니면 외국 선장들에게나 볼란티스 토박이들에게나 오명이 전해질 거라 경고했다. 고귀한 사람들은 가마를 타거나, 하타이 뒤에 타고 다녔다……. 그리고 마침 여관 주인에게 그런 하타이를 몇 대 소유한 사촌이 있어서 기쁘게 제공해주었다.

그들의 운전수는 그 사촌의 노예로, 한쪽 뺨에 바퀴 모양을 문신하고, 허리에 두른 천과 샌들 외에는 걸친 옷이 없는 자그마한 남자였다. 피부는 티크나무색이었고, 눈은 두 개의 부싯돌 조각 같았다. 그는 두 사람이 수레의 거대한 나무 바퀴 사이에 놓인 쿠션 댄 장의자에 앉도록 도운 후에 코끼리 등에 올랐다. "상인의 집으로." 쿠엔틴이 말했다. "다만 부둣가를 따라서 가자." 바닷가와 바닷바람에서 벗어난 볼란티스의 길거리와 골목은 땀에 빠져 죽을 정도로 더웠다. 적어도 강 이쪽은 그랬다.

운전수가 이 지역 말로 코끼리에게 고함을 쳤다. 짐승이 긴 코를 이리저리 흔들며 움직이기 시작했다. 수레가 휘청휘청 따라 구르고, 운전수는 선원들과 노예들에게 길을 비키라고 휘이휘이 소리쳤다. 선원과 노예를 구분하기는 쉬웠다. 노예는 다 문신을 했다. 파란 깃털 가면, 턱에서 이마까지 이어지는 번개, 뺨에 그려 넣은 동전, 표범 무늬, 머리뼈, 주전자……. 케드리 학사는 볼란티스의 자유인 한 명당 노예가 다섯 명씩 있다고 했지만 그 추정치를 확인할 만큼 오래 살지는 못했다. 그는 '들종다리'호 갑판에 해적이 들끓던 아침에 죽었다.

쿠엔틴은 같은 날에 다른 친구 두 명을 더 잃었다. 주근깨가 많고 이가 비뚤배뚤했으며 기마창을 쥐면 두려움을 몰랐던 윌람 웰스, 그리고 사팔눈이긴 해도 잘생겼으며 언제나 떠들썩하고, 언제나 웃어대던 클레투스 이론우드였다. 클레투스는 반생에 걸쳐 쿠엔틴과 제일 친한 친구였고, 피만 섞이지 않은 형제였다. "네 신부에게 나 대신 입 맞춰줘." 그는 죽기 직전에 그렇게 속삭였다.

해적들은 들종다리호가 분쟁 지역의 해안에 닻을 내렸을 때, 동이 트기 전 어둠을 노려서 배에 올랐다. 선원들이 격퇴하기는 했으나 열두 명이 목숨을 잃었다. 그 후에 선원들은 죽은 해적들의 장화와 허리띠와 무기를 벗겨내고, 그들의 돈을 모두에게 분배하고, 귀에 달린 보석과 손가락에 낀 반지를 잡아 뺐다. 시체 하나는 너무 뚱뚱해서 반지를 갖기 위해 배의 요리사가 고기 칼로 손가락을 다 잘라내야 했다. 그 시체를 굴려서 바다에 던지느라 들종다리호 선원이 세 명 움직였다. 뒤이어 기도나 장례의 말 한마디 없이 다른 해적들도 바다에 던져 넣었다.

그들 편의 시신은 좀 더 상냥한 대우를 받았다. 선원들은 시신을 돛천에 꿰매어 싸고, 빨리 가라앉도록 바닥짐용 돌들을 채웠다. 들종다리호의 선장이 죽은 동료 선원들의 영혼을 위해 기도했다. 그다음에 그는 도르네 승객들을 돌아보았다. 플랭키타운에서 배에 오른 여섯 명 중에 아직 남은 세 명이었다. 멀미에 시달려 창백한 데다 다리가 휘청대는 '덩치'마저도 마지막 조의를 표하기 위해 깊은 선창에서 기어올라 와 있었다. "당신들도 하나 나서서 바다에 보내기 전에 몇 마디 해야지요." 선장이 말했다. 게리스가 선장의 말에 따랐지만, 그들의 정체가 무엇이고 왜 왔는지 진실을 말할 수는 없었기에 내용이 절반은 거짓이었다.

'그렇게 끝날 사람들이 아니었는데.' "이건 손주들에게 말해줄 이야깃거리가 될 거야." 클레투스는 아버지의 성을 떠나던 날 그렇게 단언했다. 윌람은 그 말에 얼굴을 찌푸렸다. "선술집 여자들에게 해줄 이야깃거리라는 소리겠지. 혹시 이러면 치마를 올려줄까 하면서 말이야." 클레투스는 윌람의 등을 후려쳤다. "손주들을 두려면 자식을 둬야지. 자식을 두려면 치마를 올려야 하고." 나중에, 플랭키타운에서 클레투스는 쿠엔틴의 장래 신부를 위해 축배를 들고, 앞으로 올 결혼식 밤에 대해 야한 농담을 던져대고, 그들이 보게 될 것들과 하게 될 일들, 성취하게 될 영광에 대해 말했다. '그들이 얻은 것이라곤 바닥짐 돌을 채워 넣은 돛천 자루뿐이었어.'

윌람과 클레투스를 생각하면 슬프긴 해도, 쿠엔틴이 가장 뼈아프게 느끼는 것은 학사가 없다는 점이었다. 케드리는 모든 자유도시 언어를 유창하게 구사했고, 노예상만에서 쓰는 잡종 기스카어까지도 잘했다. 아버지는 출발하던 날 밤에 말했다. "케드리 학사가 같이 갈 거다. 학사의 조언을 중시하거라. 인생의 절반을 아홉 자유도시 연구에 바친 사람이니." 쿠엔틴은 여기에 케드리 학사가 있었다면 일이 좀 쉬워졌을까 궁금했다.

"바람 한 조각에 어머니라도 팔겠다." 수레가 부둣가 인파를 뚫고 굴러가자 게리스가 말했다. "처녀의 사타구니처럼 축축한데 아직 정오도 안 됐다니. 난 이 도시가 질색이야."

쿠엔틴도 마찬가지였다. 볼란티스의 습도 높고 찌무룩한 더위에 힘이 빠지고 찝찝했다. 최악은 밤이 와도 나아질 게 없다는 사실이었다. 이론우드 공의 영지 북쪽에 있는 높은 목초지에서는 낮이 아무리 뜨거웠어도 밤이 되면 늘 공기가 서늘하고 청량해졌다. 여기는 그렇지가 않았다. 볼란티스의 밤은 거의 낮과 비슷하게 더웠다.

"'여신'호가 내일 신기스로 출항해." 게리스가 기억을 상기시켰다. "적어도 여기보다는 가까워지겠지."

"신기스는 섬인 데다 여기보다 훨씬 작은 항구야. 그래, 더 가까워지긴 하겠지만 거기서 발이 묶일 수가 있어. 게다가 신기스는 융카이와 동맹을 맺었어." 쿠엔틴은 그 소식에 놀라지 않았다. 신기스와 융카이는 둘 다 기스카 혈통의 도시니까. "볼란티스도 그쪽과 동맹을 맺는다면—"

"우린 웨스테로스에서 온 배를 찾아야 해." 게리스가 제안했다. "라니스포트나 올드타운에서 출발한 무역선으로."

"이렇게 멀리까지 오는 배는 몇 척 없고, 그런 배는 비취해에서 비단과 향신료를 선창 가득 채운 다음 집으로 노를 돌려."

"브라보스 배는 어떨까? 아샤이와 비취해의 섬들까지 간다는 자주색 배들에 대해 들었는데."

"브라보스는 탈출한 노예들의 후손이야. 노예상만에서는 장사를 안 해."

"배를 살 정도의 돈이 있나?"

"사면 그 배는 누가 몰게? 너? 나?" 도르네인은 바다 사나이들이 아니었다. 니메리아가 만 척의 배를 불태운 후에는 그랬다. "발리리아 주위 바다는 위험한 데다 해적이 들끓어."

"해적이라면 충분히 겪었어. 배는 사지 말자."

'저 녀석에겐 아직도 이게 게임에 불과해.' 쿠엔틴은 깨달았다. '우리 여섯을 이끌고 독수리 왕의 옛 소굴을 찾겠다며 산속으로 들어갔을 때와 다를 게 없어.' 게리스 드링크워터는 성격상 죽을지 모른다는 생각은커녕 실패할지 모른다는 생각조차 하지 못했다. 세 친구의 죽음조차도 그에게 훈계가 되지는 않은 모양이었다. '그 부분은 나에게 맡기는 거지. 자기가 대담한 만큼 내가 조심스럽다는 걸 아니까.'

"덩치 말이 맞는지도 몰라." 게리스 경이 말했다. "바다는 관두라지. 우린 육로로 여행을 마칠 수 있어."

"왜 그런 말을 하는지 알잖아." 쿠엔틴은 말했다. "덩치는 또 다른 배에 발을 올리느니 죽고 말걸." 덩치는 항해 내내 멀미에 시달렸다. 리스에서 힘을 회복하는 데에만 나흘이 걸렸다. 여관방을 잡아서 케드리 학사가 그를 깃털 침대에 밀어 넣고 뺨에 혈색이 조금이라도 돌아올 때까지 수프와 물약을 먹여야 했다.

육로로 미린까지 갈 수 있는 것은 사실이었다. 옛 발리리아 도로가 이어져 있었다. '드래곤 길.' 사람들은 프리홀드의 위대한 석조 도로들을 그렇게 불렀지만, 볼란티스에서 동쪽으로 미린까지 이어지는 길에는 좀 더 불길한 이름이 붙어 있었다. '악마의 길.'

"악마의 길은 위험한 데다가 너무 느려." 쿠엔틴이 말했다. "여왕의 소식이 킹스랜딩에 닿으면 타이윈 라니스터가 사람들을 보낼 거야." 그의 아버지는 그 점에 대해 확신하고 있었다. "그놈들은 칼을 들고 가겠지. 그놈들이 먼저 도착하면—"

"여왕의 드래곤들이 그놈들 냄새를 맡고 잡아먹길 빌어보자." 게리스가 말했다. "흠, 배를 찾지도 못하고, 네가 육로를 허락하지도 않는다면 도르네로 돌아가는 길을 예약하는 게 낫겠어."

'실패해서 꼬리를 말고 선스피어로 기어 돌아간다고?' 아버지의 실망감은 쿠엔틴이 견딜 수 없는 수준일 것이고, 모래뱀들의 경멸에 기가 죽으리라. 도란 마르텔이 도르네의 운명을 그의 손에 쥐여줬으니, 목숨이 붙어 있는 한 실망시킬 수는 없었다.

하타이의 쇠테 두른 바퀴가 덜컥거리며 굴러가는 동안, 뜨거운 길거리엔 아지랑이가 피어올라 주위 풍경을 꿈속처럼 아련하게 만들었다. 창고들과 선창들 사이로 온갖 종류의 상점과 가판대가 물가를 채웠다. 여기서는 신선한 굴을, 또 여기서는 쇠사슬과 족쇄를, 여기시는 상아와 비취로 조각한 시바스 놀이말을 살 수 있었다. 선원들이 낯선 신들에게 공양을 바치러 가는 신전들도 있는가 하면, 여자들이 발코니 아래로 지나가는 남자들을 외쳐 부르는 베갯집들이 그런 신전에 바싹 붙어 있었다. "저 여자 좀 봐." 베갯집 하나를 지나가면서 게리스가 부추겼다. "저 여잔 너한테 푹 빠졌나 봐."

'창녀의 사랑에 비용이 얼마나 드는데?' 사실대로 말하면, 쿠엔틴은 여자들을 보면 불안했다. 예쁜 여자들은 더 그랬다.

처음 이론우드에 갔을 때, 쿠엔틴은 이론우드 공의 맏딸 이니스에게 홀딱 반했다. 아무에게도 그 감정을 말하진 않았지만, 몇 년 동안 꿈을 품었다……. 그러다가 이니스가 갓즈그레이스의 후계자인 리온 알리리온과 결혼하러 떠나버렸다. 마지막으로 보았을 때, 그녀는 품에 아들을 하나 안고 또 하나는 치맛자락에 매달고 있었다.

이니스 다음에는 드링크워터 쌍둥이였다. 매사냥과 일반 사냥, 암벽 등반, 그리고 쿠엔틴의 얼굴이 빨개지게 만들기를 좋아하는 황갈색 피부의 젊은 처녀들. 둘 중 한 명이 그의 첫 입맞춤 상대였지만, 둘 중 어느 쪽인지는 영영 알지 못했다. 지주기사의 딸들이기에 결혼 상대로는 지위가 너무 낮았지만, 클레투스는 그게 그들에게 입 맞추지 말아야 할 이유가 된다고 생각하지 않았다. "결혼하고 나면 하나를 연인 삼으면 되잖아. 아니면 둘 다도 되고. 왜 안 돼?" 그러나 쿠엔틴은 안 될 이유를 몇 가지나 떠올렸기에 그 후부터 쌍둥이를 피하려고 노력했고, 두 번째 입맞춤은 없었다.

더 최근에는 이론우드 공의 막내딸이 성 안에서 쿠엔틴을 따라다니는 일이 있었다. 그위네스는 열두 살밖에 안 됐고, 파란 눈의 금발이 가득한 집안에서 검은 눈과 갈색 머리카락이 두드러지는 작고 앙상한 여자아이였다. 그러나 그위네스는 영리한 데다 손도 말도 야무져서, 쿠엔틴에게 자기가 꽃을 피울 때까지만 기다리라고, 그러면 결혼할 수 있다고 말하기를 좋아했다.

그건 도란 대공이 물의 정원으로 쿠엔틴을 부르기 전의 이야기였다. 이제는 세상에서 제일 아름다운 여자가 미린에서 기다리고 있었고, 쿠엔틴은 의무를 다하여 그녀를 신부로 삼을 작정이었다. '날 거절하진 않을 거야. 여왕은 합의를 존중할 거야.' 대너리스 타르가르엔이 칠왕국을 얻으려면 도르네가 필요할 것이고, 도르네가 필요하다는 건 쿠엔틴이 필요하다는 뜻이었다. '그렇지만 그게 날 사랑할 거란 뜻은 아니지. 좋아하지조차 않을지도 몰라.'

길은 강이 바다와 만나는 곳에서 구부러졌고, 그 굽잇길을 따라 동물 판매상들이 한데 모여서 보석 박힌 도마뱀이며 거대한 줄무늬 뱀, 줄무늬 꼬리와 교묘한 분홍빛 두 손을 가진 민첩한 작은 원숭이를 팔았다. "네 은빛 여왕이 원숭이를 좋아할지도 몰라." 게리스가 말했다.

쿠엔틴은 대너리스 타르가르옌이 무엇을 좋아할지 조금도 알지 못했다. 아버지에게는 그녀를 데리고 도르네로 돌아가겠다고 약속했으나, 갈수록 자신이 그 일에 맞는 인물일까 하는 생각이 들었다.

'내가 원한 일이 아니야.' 그는 생각했다.

드넓은 로인의 푸른 강물 너머로, 볼란티스가 발리리아 제국의 변방에 불과했을 때 발리리아인들이 세운 '검은 벽'을 볼 수 있었다. 60미터 높이에 녹아내린 돌로 만든 거대한 타원형의 벽으로, 어찌나 두꺼운지 벽 위에서 여섯 마리 말이 끄는 전차가 달릴 수 있을 정도였고, 실제로 해마다 도시 건설을 축하하면서 전차가 달렸다. 벽 안에 사는 사람들, 발리리아까지 거슬러 올라가는 혈통을 지닌 '오랜 피'의 자손들이 초대하지 않는 한 외국인, 이방인, 해방 노예는 그 안에 들어갈 수도 없었다.

교통량이 많아졌다. 그들은 둘로 나뉜 도시를 이어주는 '긴 다리' 서쪽 끝에 가까워져 있었다. 다리로 드나드는 짐마차와 수레와 하타이로 거리가 북적거렸다. 바퀴벌레처럼 많은 노예들이 주인들의 일로 사방을 뛰어다녔다.

'생선 장수 광장'과 상인의 집까지 멀지 않은 곳. 길 건너에서 고함 소리가 오르더니 갑자기 화려한 갑옷과 호랑이 가죽 망토 차림의 거세 창병 십여 명이 나타나서, 코끼리에 올라앉은 삼두가 지나갈 수 있도록 창을 휘둘러 모두가 비켜서게 했다. 삼두의 코끼리는 움직일 때마다 부드럽게 잘그락대는 정교한 법랑 갑옷을 입은 회색 피부의 괴물이었고, 그 등에 얹은 성은 어찌나 높은지 화려한 장식 돌 아치를 통과하면서 위쪽을 스칠 정도였다. "삼두는 너무나 고결하기 때문에 직무 기간 동안 절대 발이 땅에 닿아서는 안 된다지." 쿠엔틴은 친구에게 알려줬다. "그래서 어디든 코끼리를 타고 다녀."

"길을 막고 우리 같은 것들은 똥 더미와 씨름하게 하고 말이지." 게리스가 말했다. "도르네는 하나로도 만족하는데 볼란티스는 왜 머리가 셋이나 필요한 건지, 난 영영 이해 못 할 거야."

"삼두는 왕도 대공도 아니야. 볼란티스는 옛 발리리아와 같은 자유 토지 보유국(freehold)이야. 자유인으로 태어난 토지 소유자들 전원이 통치권을 나누지. 여자들도 토지에 근거해서 투표할 수 있어. 삼두는 옛 발리리아의 혈통이 끊어지지 않았다는 사실을 증명할 수 있는 고귀한 가문 중에서 뽑히고, 새해 첫날까지 봉직하지. 케드리 학사님이 주신 책을 읽기만 했다면 너도 이걸 다 알 텐데 말이야."

"그 책엔 그림이 하나도 없었어."

"지도는 있었거든."

"지도는 해당 안 돼. 학사님이 호랑이와 코끼리에 대한 책이라고 했다면 시도는 해봤을지 모르지. 너무 역사책처럼 생겼더라고."

하타이가 생선 장수 광장 가장자리에 이르자, 짐마차와 가마와 걸어 다니는 사람들의 아수라장에 뛰어들기 싫었던 코끼리가 코를 치켜들고 커다란 흰 거위같이 소리를 냈다. 운전자는 발꿈치로 코끼리를 찍어 억지로 움직이게 했다.

생선 장수들이 우르르 나와서 아침 어획물을 외치고 있었다. 쿠엔틴은 기껏해야 반밖에 이해하지 못했지만, 이름을 알지 못해도 해산물은 알아봤다. 대구와 돛새치와 정어리, 홍합과 대합 통들이 보였다. 어느 노점 앞에는 장어들이 걸렸고, 또 다른 노점은 거대한 거북을 내놓았는데, 네 다리에 쇠사슬을 달아서 말처럼 무거운 몸뚱이를 매달았다. 게들은 소금물과 해초가 담긴 통 안을 긁어댔다. 노점상 몇 명은 생선에 양파와 비트를 곁들여 튀기거나, 작은 쇠주전자에서 퍼낸 후추 맛 나는 생선 스튜를 팔았다.

광장 중앙, 어느 죽은 삼두의 금 가고 머리통도 없는 조각상 밑에서는 난쟁이들이 하는 쇼를 보느라 인파가 모여들고 있었다. 난쟁이들은 나무로 만든 갑옷을 입고, 축소판 기사가 되어 마상시합을 준비했다. 한 명은 개를 탔고, 다른 한 명은 돼지에 올라탔는데…… 그러다가 바로 미끄러져 떨어져서 왁자한 웃음을 불러일으켰다.

"재미있어 보이는군." 게리스가 말했다. "멈춰서 싸우는 모습을 보고 갈까? 좀 웃는 것도 좋을 거야, 쿠엔트. 넌 꼭 반년은 변도 못 본 늙은이처럼 보여."

'난 열여덟 살이야. 너보다 여섯 살이 어리다고.' 쿠엔틴은 생각했다. '난 늙은이가 아니야.' 그는 그 말 대신 이렇게 대꾸했다. "웃기는 난쟁이들은 필요 없어. 배라도 가지고 있다면 모르지만."

"있다면 작은 배겠지."

4층짜리 '상인의 집'은 주위를 둘러싼 부두와 선창과 창고 사이로 우뚝 솟아 있었다. 여기에서 올드타운과 킹스랜딩 상인들은 브라보스와 펜토스와 미르의 무역상은 물론이고 털투성이 이벤인, 하얀 피부의 쾨스인, 깃털 망토를 두른 새까만 피부의 여름 군도인, 심지어는 그림자 밑 아샤이에서 온 가면 쓴 그림자술사들과도 섞여 들었다.

하타이에서 내리자, 가죽 장화를 신었는데도 달아오른 포장 돌의 온기가 느껴졌다. 상인의 집 바깥 그늘에는 가대 탁자가 하나 놓였는데 꽂혀 있는 파란색과 흰색 줄무늬 깃발이 바람이 불 때마다 흔들거렸다. 그 탁자 주위에 눈매가 날카로운 용병 네 명이 빈들빈들 둘러앉아 지나가는 남자마다 외쳐 불렀다. 남자아이라도 마찬가지였다. 바람결 용병단. 쿠엔틴은 알고 있었다. 하사관들이 노예상만으로 출항하기 전에 사병 자리에 채워 넣을 먹잇감을 찾고 있었다. '그리고 저기 들어가는 사람 하나하나가 융카이를 위해 싸울 병사이자, 내 신부가 될 사람의 피를 마시려 드는 칼날이지.'

바람결 한 명이 그들을 향해 외쳤다. "당신네 말은 몰라요." 쿠엔틴이 대답했다. 고급 발리리아어를 읽고 쓸 수는 있었지만, 말은 별로 해본 적이 없었다. 그리고 볼란티스라는 과일은 발리리아의 나무에서 꽤 멀리 굴러온 후였다.

"웨스테로스인?" 남자가 공용어로 대꾸했다.

"도르네인이오. 우리 주인은 와인상이지."

"주인? 주인 같은 소리 하네. 너 노예냐? 우리와 같이 가서 네가 너의 주인이 되는 거야. 침대에서 죽고 싶어? 우리가 검과 창을 가르쳐주지. '누더기 왕자'와 같이 전투에 나갔다가 영주보다 더 부자가 돼서 집에 오는 거야. 충분한 자격만 있는 남자라면 남자애든, 여자애든, 금이든 뭐든 원하는 대로 가져. 우린 바람결단이고, 학살의 여신 엉덩이라도 쑤신다."

용병 두 명이 노래를 부르기 시작하더니, 웬 행군가의 가사를 우렁차게 외쳐댔다. 쿠엔틴도 핵심은 이해했다. '우린 바람결. 바람이 우리를 동쪽 노예상만까지 날려 보내면, 우리가 도살자 왕을 죽이고 드래곤 여왕을 범할 거야.'

"클레투스와 윌람이 아직 같이 있었다면 덩치와 함께 돌아와서 저놈들을 죽여버릴 수 있을 텐데." 게리스가 말했다.

'클레투스와 윌람은 죽었어.' "신경 쓰지 마." 쿠엔틴이 말했다. 용병들은 상인의 집 문을 밀고 들어가는 두 사람의 등에 대고 야유를 던지며, 핏기도 없는 겁쟁이들에 겁에 질린 계집애들이라고 놀려댔다. 덩치는 2층에 있는 그들의 방에서 기다리고 있었다. 들종다리호의 선장이 추천한 여관이긴 하지만, 쿠엔틴이 지키는 사람도 없이 물건과 돈을 두고 다닐 만한 곳은 아니었다. 어느 항구에나 도둑과 쥐새끼와 창녀는 있었고, 볼란티스는 대부분의 항구보다 더 심했다.

"너희 찾으러 나가려던 참이었다." 아치발드 이론우드 경이 빗장을 빼고 두 사람을 안으로 들이며 말했다. 그를 '덩치'라고 부르기 시작한 건 사촌인 클레투스였지만, 딱 맞는 별명이었다. 아치는 키가 거의 2미터에 어깨가 딱 벌어지고 배가 나왔으며 다리는 나무줄기 같았고 손은 햄 덩어리만 했으며 목은 없다시피 했다. 어린 시절에 겪은 무슨 병 때문에 털이 모두 빠졌는데, 쿠엔틴은 그 대머리를 보면 매끈한 분홍색 바윗돌이 생각났다. "그래서……." 덩치가 물었다. "그 밀수꾼은 뭐래? 나룻배는 얻은 거냐?"

"나룻배는 아니지." 쿠엔틴이 바로잡았다. "그래, 태워주겠다곤 하는데, 제일 가까운 지옥까지만이야."

게리스는 푹 꺼진 침대에 앉아서 장화를 벗었다. "갈수록 도르네가 더 매력적이야."

덩치가 말했다. "난 여전히 악마의 길을 달려가는 편이 낫다는 의견이야. 사람들 말처럼 위험하진 않을지도 몰라. 그리고 위험하다고 해봐야 도전하는 사람에게 더 영광스러운 일이지. 감히 누가 우릴 괴롭히겠어? 장검을 쥔 드링크와 망치를 든 내가 있으면 어떤 악마도 소화 못 할걸."

"그리고 우리가 도착하기 전에 대너리스가 죽으면?" 쿠엔틴이 말했다. "우린 배를 타야 해. '모험'이라 해도."

게리스가 웃음을 터뜨렸다. "그 지독한 악취를 몇 달이나 견딜 작정이라니, 내 생각보다 더 대너리스가 간절하구나. 난 그 악취 속에서 사흘만 있으면 죽여달라고 빌고 말 거야. 안 돼, 공자님. 부탁인데 '모험'호는 안 돼."

"더 나은 방법 있어?" 쿠엔틴이 물었다.

"있지. 지금 막 떠올랐어. 위험한 면은 있고, 너라면 명예롭다고 하진 않겠지만…… 악마의 길보다 빨리 널 너의 여왕에게 데려다줄 거야."

"말해봐." 쿠엔틴 마르텔이 말했다.

존 스노우는 그 편지를 단어가 다 흐릿하게 뭉개질 때까지 읽었다. '이건 서명 못 해. 서명 안 해.'

그 자리에서 양피지를 태워버릴 뻔했다. 대신 존은 에일을 한 모금 마셨다. 전날 밤, 혼자만의 저녁 식사에서 반쯤 남긴 술이었다. '서명해야 해. 형제들이 날 사령관으로 뽑았어. 장벽은 내 책임이고, 밤의 경비대도 마찬가지야. 밤의 경비대는 편을 택하지 않아.'

구슬픈 에드 톨렛이 문을 열고 길리가 밖에 있다고 말했을 때 마음이 놓일 지경이었다. 존은 아에몬 학사의 편지를 옆으로 치웠다. "만나죠." 존이 두려워한 만남이었다. "샘을 좀 찾아줘요. 다음엔 샘과 이야기를 하고 싶어요."

"샘은 지하에서 책에 파묻혀 있을걸요. 옛날 성사님이 책이란 죽은 사람들의 말이라고 하시곤 했지요. 난 죽은 사람은 조용히 있어야 한다고 하겠어요. 죽은 사람들의 수다를 듣고 싶어 하는 사람은 없다고 말입니다." 구슬픈 에드는 구더기와 거미에 대해 중얼거리며 사라졌다.

길리는 들어오자마자 무릎을 꿇었다. 존은 탁자를 돌아서 그녀를 일으켜 세웠다. "나한테 무릎을 꿇을 필요는 없어요. 그건 왕들에게 하는 거죠." 누군가의 부인이자 어머니가 되었어도 존에게는 길리가 아직 반쯤 어린아이처럼 보였다. 샘의 낡은 망토에 파묻혀 있던 가냘픈 어린 여자. 그 망토가 어찌나 컸던지, 다른 여자를 몇 명 더 숨길 수도 있을 것 같았다. "아기들은 잘 지내요?" 존이 물었다.

야인 여자는 두건을 쓴 채로 수줍게 미소 지었다. "네, 나리. 둘 다 먹일 만큼 젖이 나오지 않을까 봐 걱정했는데, 애들이 빨수록 더 나오네요. 튼튼한 애들이에요."

"힘든 말을 해야겠는데요." 존은 '부탁'이라고 말할 뻔했다가 마지막에 자신을 다잡았다.

"만스 일인가요? 발이 왕에게 살려달라고 애걸했어요. 만스가 살 수만 있다면 어느 무릎 꿇는 자하고든 결혼하고 목을 긋지도 않겠다고 했어요. 뼈다귀 영주는 살려준다면서요. 크래스터는 그놈이 얼굴을 보이기만 하면 죽여버리겠다고 맹세하곤 했는데요. 만스는 그놈이 한 짓의 절반도 안 했어요."

'만스가 한 짓은 한때 지키겠다고 맹세한 왕국에 군대를 끌고 온 것뿐이지.' "만스는 우리의 맹세를 했어요, 길리. 그랬다가 변절하고, 댈라와 결혼하고, 장벽 너머의 왕이 됐죠. 만스의 목숨은 이제 왕의 손에 달렸어요. 우리가 이야기할 문제는 그게 아니에요. 만스의 아들이죠. 댈라의 아들요."

"아기요?" 길리의 목소리가 떨렸다. "그 아인 아무 서약도 깨지 않았어요, 나리. 자고 울고 젖을 빠는 게 다예요. 아무에게도 아무 해도 안 끼쳤어요. 걜 불태우게 두지 마세요. 제발 구해주세요."

"당신만이 그럴 수 있어요, 길리." 존은 그녀에게 방법을 설명했다.

다른 여자라면 그에게 소리를 지르고, 욕을 하고, 일곱 지옥에 떨어지라고 저주했을 것이다. 다른 여자라면 격분해서 존에게 달려들어 뺨을 때리고, 발길질을 하고, 손톱으로 눈을 할퀴었을 것이다. 다른 여자라면 날뛰며 반항했을지 모른다.

길리는 고개를 저었다. "안 돼요. 제발, 안 돼요."

까마귀가 그 말을 따라 했다. "안 돼."

"거부하면 그 아이는 불에 탈 겁니다. 내일도 아니고, 모레도 아닐지 모르지만…… 곧요. 언제든 멜리산드레가 드래곤을 깨워야 하거나, 바람을 일으켜야 하거나, 왕의 피가 필요한 다른 주문을 써야 할 때요. 그때쯤 만스는 재와 뼈만 남아 있을 테니 아들을 불태우겠다고 할 것이고, 스타니스는 거부하지 않겠지요. 당신이 그 아이를 데리고 떠나지 않으면 그 여자가 불태워버릴 거예요."

"갈게요." 길리가 말했다. "제가 데려갈게요. 둘 다 데려갈게요. 댈라의 아들과 제 아들 둘 다요." 길리의 뺨에 눈물이 흘러내렸다. 촛불에 뺨이 반짝이지 않았다면 존은 길리가 울고 있는지도 몰랐을 터였다. '크래스터의 아내들은 딸들에게 베개에 대고 조용히 우는 법을 가르쳤지. 크래스터의 주먹을 피하느라 밖에 나가서 울었을지도 몰라.'

존은 오른손을 움켜쥐었다. "두 아이 다 데려가면 왕비의 병사들이 쫓아가서 끌고 올 겁니다. 그 아이는 여전히 불탈 테고…… 당신도 같이 불타겠죠." '내가 위로한다면 눈물로 날 움직일 수 있다고 생각할지 몰라. 내가 흔들리지 않는다는 걸 알아야 해.' "당신은 한 아이를 데려갈 것이고, 그건 댈라의 아들이에요."

"어미가 아들을 버릴 순 없어요. 그랬다간 영원히 저주받아요. 아들은 안 돼요. 우리가, 샘과 제가 구한 아이예요. 제발. 제발, 나리. 우리가 추위에서 구한 아이예요."

"사람들은 얼어 죽는 게 평화롭기까지 하다고 하지요. 하지만 불은…… 저 초 보여요, 길리?"

길리는 촛불을 보았다. "네."

"만져봐요. 촛불 위에 손을 대봐요."

길리의 커다란 갈색 눈이 더 커졌다. 그녀는 움직이지 않았다.

"해봐요." '아이를 죽여.' "당장."

길리는 떨면서 손을 뻗어 날름거리는 촛불 위에 올렸다.

"손을 내려요. 불이 닿게."

길리가 손을 내렸다. 1센티, 1센티씩. 촛불이 살을 핥자 길리는 손을 확 잡아 빼고 흐느끼기 시작했다.

"불에 타 죽는 건 잔인한 죽음이죠. 댈라는 이 아이를 낳다가 죽었지만, 당신이 젖을 먹이고 소중히 아꼈어요. 당신은 아들을 얼음으로부터 구했죠. 이젠 댈라의 아들을 불에서 구해줘요."

"그럼 제 아기를 태울 거예요. 붉은 여인이요. 댈라의 아들을 얻지 못하면 제 아이를 태울 거예요."

"당신 아들에겐 왕의 피가 흐르지 않아요. 멜리산드레도 그 아이를 불에 태워서 얻을 게 없어요. 스타니스는 자유민들이 자길 위해 싸워주길 바라니, 이유도 없이 죄 없는 아이를 태우진 않을 겁니다. 당신 아들은 안전할 거예요. 내가 유모를 찾아줄 것이고, 내 보호 아래 여기 캐슬블랙에서 자랄 거예요. 사냥하고 말달리는 법을 배우고, 장검과 도끼와 활로 싸우는 방법도 배울 거예요. 읽고 쓰기도 가르치도록 할게요." 샘은 그러고 싶어 할 것이다. "그리고 나이가 충분히 들면 자기가 누구인지도 알게 될 거예요. 원한다면 당신을 찾아가게 자유를 줄 겁니다."

"그 아이를 까마귀로 만들 거잖아요." 길리는 작고 하얀 손등으로 눈물을 닦았다. "난 안 해요. 안 해요."

'아이를 죽여.' 존은 생각했다. "할 겁니다. 하지 않으면 놈들이 댈라의 아들을 불태우는 날, 당신 아들도 죽을 거라 단언하죠."

"죽어." 늙은 곰의 까마귀가 소리 질렀다. "죽어, 죽어, 죽어."

길리는 웅크리고 앉아서 두 눈에 고인 눈물을 반짝이며 촛불을 노려보기만 했다. 마침내 존은 말했다. "나가봐도 좋아요. 이 일에 대해서 말하지 말고, 해가 뜨기 한 시간 전에 출발할 준비를 해요. 내 병사들이 갈 겁니다."

길리가 일어섰다. 길리는 존을 돌아보지도 않고 창백한 얼굴로, 말없이 나갔다. 존은 서둘러 무기고를 통과하는 그녀의 발소리를 들었다. 거의 뛰다시피 했다.

문을 닫으러 걸어간 존은 모루 아래에 몸을 길게 뻗고서 소뼈를 갉는 고스트를 보았다. 거대한 흰 다이어울프는 그가 다가가자 올려다보았다. "이제야 돌아왔구나." 존은 아에몬 학사가 쓴 편지를 한 번 더 읽으려고 의자에 돌아가 앉았다.

몇 분 뒤에 샘웰 탈리가 책 무더기를 끌어안고 나타났다. 샘이 들어오자마자 모르몬트의 까마귀가 옥수수를 외치며 날아갔다. 샘은 최선을 다해그 명령에 복종하며, 문가에 놓인 자루에서 옥수수알을 몇 개 꺼냈다. 까마귀는 샘의 손바닥을 쪼았다. 샘이 울부짖자 까마귀는 퍼드덕 날아오르고, 옥수수는 흩어졌다. "저 몹쓸 녀석이 피부를 뚫었어?" 존이 물었다.

샘이 조심스럽게 장갑을 벗었다. "그랬네. 피 나."

"우리 모두가 경비대를 위해 피를 흘리지. 더 두꺼운 장갑을 껴." 존은 한쪽 발로 샘을 향해 의자를 밀었다. "앉아. 이걸 좀 봐." 그는 샘에게 양피지를 내밀었다.

"뭔데 그래?"

"종이 방패."

샘은 천천히 편지를 읽었다. "토멘 왕에게 보내는 편지?"

"윈터펠에서 토멘은 목검을 들고 내 동생 브랜과 싸웠지." 존은 기억을 떠올렸다. "옷을 어찌나 껴입었는지 속을 채워 넣은 거위 같았어. 브랜이 토멘을 쓰러뜨렸고." 존은 창가로 가서 덧창을 열었다. 바깥 공기는 차갑고 상쾌했지만, 하늘은 흐릿한 회색이었다. "그런데 브랜은 죽었고, 분홍빛 얼굴의 통통한 토멘은 금빛 고수머리에 왕관을 얹고 철왕좌에 앉아 있군."

샘은 그 말에 이상한 표정을 지었고, 잠시 동안 뭔가 말하고 싶어 하는 것 같았다. 그러더니 침을 꿀꺽 삼키고 양피지로 눈을 돌렸다. "아직 편지에 서명을 안 했네."

존은 고개를 저었다. "늙은 곰이 철왕좌에 도움을 애걸한 게 백 번은 넘었을 거야. 그런데 놈들은 자노스 슬린트를 보냈지. 어떤 편지를 보내도 라니스터가 우릴 사랑할 일은 없어. 우리가 스타니스를 도왔다는 사실을 듣게 되면 어림도 없지."

"스타니스의 반란을 도운 게 아니라 장벽을 방어하기 위해서잖아. 여기에도 그렇게 써 있네."

"타이윈 공이 그 차이를 알아볼까 모르겠군." 존이 편지를 낚아챘다. "왜 타이윈 공이 지금 우릴 돕겠어? 전에도 도운 적이 없는데."

"음. 스타니스는 왕국을 지키기 위해 달려왔는데 토멘 왕은 장난감이나 가지고 논다는 소릴 듣고 싶진 않을 테니까. 라니스터 가문이 경멸을 받을 테니까."

"내가 라니스터 가문에 내리고 싶은 건 죽음과 파멸이지, 경멸이 아니야." 존은 편지를 읽었다. "밤의 경비대는 칠왕국의 전쟁에 관여하지 않습니다. 저희는 왕국에 충성을 맹세했으며, 그 왕국은 지금 심각한 위험에 처했습니다. 스타니스 바라테온이 장벽 너머의 적에 대항하기 위해 저희를 돕고 있으나, 그렇다고 저희가 스타니스 휘하에 들어간 것은 아니며……"

샘이 의자에서 꼼지락거렸다. "그건 그렇지. 안 그래?"

"난 스타니스에게 음식과 거처, 그리고 나이트포트를 줬고 선물의 땅에 자유민을 정착시키라는 허가도 내줬지. 그게 다야."

"타이윈 공은 지나치다고 할 거야."

"스타니스는 부족하다고 해. 왕이란 뭔가 주면 줄수록 더 원하지. 우린 양쪽에 심연이 놓인 얼음 다리 위를 걷고 있어. 왕 하나 비위 맞추는 것도 힘들어. 두 왕의 비위를 맞춘다는 건 거의 불가능해."

"그래. 하지만…… 라니스터가 승리하고 나서 타이윈 공이 우리가 스타니스를 도움으로써 왕을 배신했다는 결론을 내린다면, 밤의 경비대가 끝장날 수도 있어. 타이윈 공 뒤에는 티렐과 하이가든의 전력이 다 있어. 게다가 블랙워터에서 스타니스 공을 이기기도 했지."

"블랙워터 전투 한 번이었어. 롭은 모든 전투에 이기고도 머리가 날아갔지. 스타니스가 북부를 일으킬 수 있다면……."

샘은 머뭇거리다가 말했다. "라니스터에도 북부인이 붙어 있어. 볼턴 공과 그 서자."

"스타니스에겐 카스타크가 있지. 만약 화이트하버를 얻을 수 있다면……."

"만약이지." 샘은 강조했다. "만약 그렇게 되지 않는다면…… 사령관님, 종이 방패라 해도 없는 것보다는 낫습니다."

"그렇겠지." '샘과 아에몬 둘 다 이러다니.' 어째선지 샘 탈리는 다르게 볼지도 모른다는 희망을 품고 있었다. '잉크와 양피지에 불과해.' 존은 체념하고 깃펜을 집어 서명했다. "봉랍을 가져다줘." '내가 마음을 바꾸기 전에.' 샘이 서둘러 봉랍을 가져왔다. 존은 사령관의 인장을 누르고 편지를 샘에게 건넸다. "나가면서 이걸 아에몬 학사님께 가져다드려. 그리고 킹스랜딩으로 새를 한 마리 보내라고 해."

"그럴게." 샘은 안심한 것 같았다. "사령관님에게 이런 걸 물어도 될지 모르겠는데…… 길리가 나가는 모습을 봤어. 울기 직전이던데."

"발이 만스를 위해 한 번 더 호소해달라고 보낸 거였어." 존은 거짓말을 했고, 그들은 한동안 만스와 스타니스와 아샤이의 멜리산드레에 대해 이야기했다. 까마귀가 마지막 옥수수알을 먹고 우짖었다. "피."

"길리를 멀리 보내야겠어." 존은 말했다. "길리와 아이까지. 그 아이의 젖형제에게는 다른 유모를 찾아줘야겠지."

"찾을 때까지는 염소젖으로 어떻게 될 거야. 아기에겐 소젖보다 염소젖이 나아." 샘은 젖 이야기에 불편해하는 빛이 역력하더니, 갑자기 역사와 수백 년 전에 살고 죽은 어린 사령관들 이야기를 꺼냈다. 존은 샘의 말을 끊었다. "쓸모 있는 얘길 해봐. 우리의 적에 대해 말해줘."

"다른자들 말이지." 샘은 입술을 핥았다. "다른자들에 대한 언급도 기록에 있긴 한데, 내 생각만큼 자주 나오진 않아. 그러니까, 내가 찾아내서 본 기록 중에는 그래. 아직 내가 못 찾은 기록이 많지. 오래된 책 중에 몇 권은 낱장으로 다 떨어졌어. 책장을 넘기려고 하면 부스러지고. 게다가 진짜 오래된 책들은…… 아예 다 부서져버렸거나, 내가 아직 못 본 곳에 묻혀 있거나…… 음, 아예 그런 책이 존재하지 않고 존재한 적도 없을지 몰라. 우리에게 남은 제일 오래된 역사는 안달인이 웨스테로스에 온 이후에 적힌 내용이야. 최초인들은 돌에 적힌 룬 문자밖에 남겨주지 않았으니, 우리가 영웅 시대와 여명 시대와 긴 밤에 대해 안다고 생각하는 내용은 전부 다 수천 년 후 성사들이 정리한 설명에서 나온 거야. 시타델에는 그 내용 전체를 의문시하는 최고학사들이 있어. 그 오래된 역사들엔 수백 년씩 통치한 왕들에다, 기사가 존재하기 천 년은 더 전에 말을 타고 돌아다닌 기사들 이야기가 가득하거든. 너도 건설자 브랜던이며 별 눈의 시미언, 밤의 왕에 대한 이야기들 알지……. 우린 네가 998대 밤의 경비대 총사령관이라고 말하는데, 내가 찾아낸 제일 오래된 목록엔 674명의 총사령관이 나오고, 그건 그 기록이—"

"아주 오래전에 쓰였다는 얘기지." 존이 끼어들었다. "그래서 다른자들은?"

"드래곤 유리에 대한 언급은 찾았어. 영웅 시대에는 숲의 아이들이 해마다 밤의 경비대에 흑요석 단검을 백 개씩 줬대. 다른자들은 추울 때 온다는 것도 대부분 이야기가 일치해. 아니면 다른자들이 올 때면 추워지는지도 모르지. 때로는 눈보라가 칠 때 나타났다가, 하늘이 개면 녹아버리듯 사라져. 태양 빛으로부터는 숨고, 밤에 나타나……. 또는 그들이 나타나면 밤이 내린다고도 해. 어떤 이야기에서는 그들이 죽은 짐승을 타고 다닌다고해. 곰, 다이어울프, 매머드, 말, 뭐든 죽기만 했으면 상관없어. 작은 폴을 죽인 다른자는 죽은 말을 타고 있었으니까, 그 부분은 확실히 사실이야. 어떤 이야기에서는 거대한 얼음 거미를 타고 다닌다고도 나와. 얼음 거미가 뭔지는 모르겠어. 다른자들과 싸우다가 쓰러진 사람은 반드시 불태워야지, 안 그러면 다른자의 노비가 되어 다시 일어나."

"그건 다 아는 내용이야. 문제는 놈들과 어떻게 싸우느냐지."

"전해지는 이야기를 믿는다면 다른자들의 갑옷에는 대부분의 평범한 검이 소용없어. 그리고 그자들의 검은 강철도 산산조각 낼 정도로 차갑지. 하지만 불에는 움츠러들고, 흑요석에는 취약해. 긴 밤에 대한 설명 중에서 다른자들을 벤 마지막 영웅은 드래곤 강철검을 지니고 있었다는 내용도 찾았어. 드래곤 강철에는 맞서지 못한대."

"드래곤 강철?" 존에게는 새로운 용어였다. "발리리아 강철인가?"

"나도 그것부터 생각났어."

"그렇다면 칠왕국 영주들에게 발리리아 강철검을 우리에게 내어주면 모두가 구원받는다고 설득하기만 하면 되나? 별로 어렵지 않겠네.' '돈과 성을 내놓으라는 것보다 어렵지야 않지.' 존은 쓰게 웃었다. "다른자들이 누구이고, 어디에서 왔으며, 뭘 원하는지는 찾았어?"

"아직 못 찾았어. 하지만 내가 엉뚱한 책을 읽었을지도 몰라. 아직 못 본 책이 수백 권은 있어. 시간을 더 주면 찾아낼 수 있는 건 다 찾아낼게."

"시간이 없어. 넌 소지품을 챙겨야 해, 샘. 너도 길리와 같이 가는 거야."

"가다니?" 샘은 무슨 말인지 이해가 안 간다는 듯, 입을 딱 벌리고 존을 쳐다보았다. "내가 간다고? 이스트워치로? 아니면…… 내가 어딜……."

"올드타운."

"올드타운?" 샘은 높고 끽끽거리는 목소리로 그 말을 되풀이했다.

"아에몬도 가."

"아에몬? 아에몬 학사님? 하지만…… 아에몬 학사님은 102세야. 그분은…… 아에몬 님과 날 보낸다고? 그러면 까마귀는 누가 돌보고? 까마귀들이 아프거나 다치면 누가……."

"클라이다스가 해야지. 아에몬 곁에 몇 년은 있었잖아."

"클라이다스는 집사일 뿐이고 눈도 나빠지고 있어. 학사가 있어야 해. 아에몬 학사님은 너무 약해서 항해는……. 그랬다긴…… 학사님은 나이가 많고……."

"목숨이 위험해지겠지. 나도 그 점은 잘 알아, 샘. 하지만 여기는 더 위험해. 스타니스는 아에몬이 누군지 알아. 붉은 여인이 마법에 쓸 왕의 피를 요구하면……."

"아." 샘의 통통한 두 뺨에서 핏기가 사라지는 것 같았다.

"대리언이 이스트워치에서 합류할 거야. 남쪽에서 대리언의 노래가 몇 명이라도 우리에게 끌어들여주면 좋겠지. '검은 새'호가 널 브라보스까지 데려다줄 거야. 거기서 올드타운으로 가는 방법은 직접 알아봐야 해. 아직도 길리의 아기를 네 서자라고 주장할 생각이라면, 길리와 아이는 혼힐로 보내. 아니면 아에몬이 시타델에서 길리가 일할 자리를 찾아줄 거야."

"내 서, 서, 서자. 그래, 내…… 내 어머니와 누이들은 길리가 아이를 기르게 도와줄 거야. 내가 아니라 대리언이라도 길리를 올드타운까지 바래다줄 순 있어. 나…… 난 네 지시대로 매일 오후에 울머와 궁술 연습을 하고 있어……. 음, 지하실에 있을 때는 빼먹지만, 그건 네가 다른 자들에 대해 알아내라고 한 거고. 장궁을 쓰면 어깨가 아프고 손가락에 물집이 잡혀." 샘은 존에게 손을 내보였다. "그래도 난 연습을 해. 이젠 전보다 자주 과녁을 맞힐 수 있어. 그래봤자 활을 잡아본 사람 중에 최악의 궁수긴 해도. 그렇지만 난 울머의 이야기들이 좋아. 누군가 울머의 이야기를 받아 적어서 책으로 만들어야 해."

"네가 해. 시타델엔 장궁만이 아니라 양피지와 잉크도 있어. 네가 연습을 계속했으면 좋겠어. 샘, 밤의 경비대엔 화살을 쏠 수 있는 남자가 수백 명 있지만, 읽고 쓸 수 있는 사람은 한 줌밖에 없어. 네가 나의 새 학사가 되어줘야 해."

"사령관님, 저는…… 제 일은 여기에 있고, 책들은……."

"그 책들은 네가 우리에게 돌아왔을 때도 여기 있을 거야."

샘이 목에 손을 가져갔다. "사령관님, 시타델은…… 거기선 시체를 잘라야 해요. 전 사슬을 걸 수 없어요."

"할 수 있어. 넌 해낼 거야. 아에몬 학사님은 늙고 눈이 멀었어. 힘도 약해지고 있어. 그분이 돌아가시면 누가 그 자리를 대신하지? 섀도타워의 멀린 학사는 학자라기보다는 전사이고, 이스트워치의 하문 학사는 제정신일 때보다 취해 있을 때가 많아."

"시타델에 학사를 더 보내달라고 하면……."

"그럴 거야. 손이란 손은 다 필요할 테니까. 하지만 아에몬 타르가르옌은 그렇게 쉽게 대체할 수 없어." '내 기대처럼 되어가질 않는군.' 길리가 힘들 줄은 알았지만, 샘은 위험한 장벽 대신 따뜻한 올드타운으로 가게 되어 기뻐할 줄 알았다. "분명히 넌 이 소식에 기뻐할 줄 알았는데." 존은 어리둥절해하며 말했다. "시타델엔 아무도 다 읽을 수 없을 만큼 책이 많잖아. 넌 잘

해낼 거야, 샘. 난 알아."

"아니야. 난 책을 읽을 순 있지만…… 하, 학사는 치료사이기도 해야 하는데 난 피, 피, 피를 보면 기절해." 샘의 떨리는 손이 그 말이 사실임을 증명했다. "난 슬레이어 샘이 아니라 겁보 샘이야."

"겁이 나? 뭐가? 노인들의 잔소리가? 샘, 넌 최초인의 주먹에 우글대는 시귀들을 봤어. 검은 손과 새파란 눈을 가진 살아 움직이는 시체들이 밀려오는 것을 봤다고. 또 다른자도 하나 베었지."

"그건 드, 드, 드, 드래곤 유리였어. 내가 아니야."

"조용히 해." 존은 말을 잘랐다. 길리를 겪고 나니 샘의 두려움을 달래줄 인내심이 남지 않았다. "넌 거짓말을 하고 계략을 짜서 날 총사령관으로 만들었어. 그러니 넌 내 명령에 따를 거야. 시타델에 가서 사슬 목걸이를 만들어. 시체를 잘라야 한다면 그렇게 해. 최소한 올드타운의 시체들은 반항하진 않을 거야."

"사령관님, 제 아, 아, 아, 아버지 랜딜 공이, 그, 그, 그, 그분이……. 학사의 삶은 봉사하는 삶입니다. 탈리 가문의 아들은 절대로 사슬을 걸지 않아요. 혼힐의 남자들은 하찮은 영주들에게 고개를 숙이며 살지 않는다고요. 존, 난 아버지를 거역할 수 없어."

'아이를 죽여.' 존은 생각했다. '네 안의 아이도, 샘 안의 아이도 죽여. 둘 다 죽여버려, 이 망할 사생아야.' "네겐 아버지가 없어. 오직 형제들만 있지. 우리만 있는 거야. 네 삶은 밤의 경비대에 속해 있으니, 가서 속옷을 자루에 넣고 올드타운에 가져가고 싶은 물건을 다 챙겨. 해가 뜨기 한 시간 전에 떠날 테니. 그리고 다른 명령도 있어. 오늘부터 넌 스스로를 겁쟁이라고 부르지 않는 거야. 넌 지난 1년간 대부분의 남자들이 평생 대면하는 것보다 많은 일을 대면했어. 넌 시타델을 마주할 수 있어. 다만 밤의 경비대 결의형제로서 마주하는 거야. 너에게 용감해지라고 명령할 순 없지만, 두려움을 숨기라고 명령할 순 있어. 넌 서약을 했어, 샘. 기억나?"

"노…… 노력해볼게."

"노력하는 게 아니야. 명령에 복종해."

"복종." 모르몬트의 까마귀가 커다란 검은 날개를 퍼덕거렸다.

샘의 어깨가 축 처진 듯했다. "사령관님의 명을 받들겠습니다. 저기……
아에몬 학사님도 알아?"

"나 혼자의 생각이 아니라 학사님 생각이기도 했어." 존은 샘에게 문을
열어줬다. "사람들과 작별 인사는 말자. 아는 사람이 적을수록 좋아. 해 뜨
기 한 시간 전, 무덤가에서."

샘은 존에게서 달아났다. 딱 길리가 그랬던 것처럼.

존은 피곤했다. '잠이 부족해.' 지도를 들여다보고, 편지를 쓰고, 아에몬
학사와 계획을 짜느라 지난밤의 절반은 깨어 있었다. 좁은 침대에 굴러 들
어간 후에도 잠은 쉽게 찾아오지 않았다. 존은 오늘 무엇을 대면할지 알고
있었고, 아에몬 학사의 마지막 말을 생각하면서 계속 이리저리 뒤척였다.
노학사는 이렇게 말했다. "총사령관에게 마지막 조언을 해도 될까. 내 동생
과 마지막으로 헤어졌을 때 했던 것과 같은 조언이라네. 대협의회가 철왕
좌에 오를 인물로 선택했을 때 내 동생은 서른세 살이었지. 아들들까지 둔
어른이었지만, 어떤 면에서는 아직도 소년이었어. 에그에겐 천진한 데가 있
었거든. 우리 모두가 그 상냥함을 사랑했지. 나는 장벽으로 떠나는 배를
타던 날 에그에게 이렇게 말했네. '네 안의 아이를 죽여라. 통치하려면 어른
이 필요해. 에그가 아니라 아에곤이 필요해. 아이를 죽이고 어른으로 태어
나거라.'" 노인은 존의 얼굴을 더듬었다. "자네는 당시 에그 나이의 절반밖
에 안 됐는데, 자네가 진 짐이 더 잔인하이. 자넨 지휘에서 즐거움을 거의
누리지 못할 테지만, 그래도 꼭 해야 할 일을 해낼 힘은 자네 안에 있네. 아
이를 죽이게, 존 스노우. 겨울이 거의 코앞에 왔어. 아이를 죽이고, 어른으

로 태어나시게."

존은 망토를 두르고 밖으로 걸어 나갔다. 존은 매일 캐슬블랙을 돌면서 당직을 선 대원들을 찾아가서 직접 보고를 듣고, 울머와 활터를 지켜보고, 왕의 병사들과 왕비의 병사들과도 대화를 나누고, 장벽 위 얼음을 걸으며 숲을 보았다. 고스트가 하얀 그림자처럼 곁을 따라다녔다.

존이 올라갔을 때는 흰눈 케지가 장벽을 지키고 있었다. 그는 마흔이 좀 넘었는데, 30년을 장벽에서 보냈다. 왼쪽 눈은 멀었고, 오른쪽 눈은 심술궂었다. 야생에 나가서는 조랑말과 도끼만으로도 경비대 최고의 순찰자였지만, 다른 사람들과는 잘 어울리질 못했다. "조용한 날입니다." 케지가 존에게 말했다. "엉뚱한 방향으로 간 순찰자들 말고는 보고할 게 없네요."

"엉뚱한 방향으로 간 순찰자요?" 존이 물었다.

케지가 히죽 웃었다. "기사 한 쌍이던데요. 한 시간 전에 왕의 가도를 따라 남쪽으로 달려갔습니다. 디웬은 그놈들이 사라지는 걸 보고 남부 바보들이 엉뚱한 길로 가고 있다고 하더군요."

"그렇군요." 존이 말했다.

나머지는 막사에서 보리 수프를 한 그릇 먹고 있던 늙은 숲지기에게 들을 수 있었다. "예에, 사령관님, 제가 봤습죠. 호프와 매시였습니다. 스타니스가 보냈다고 주장하긴 했는데, 어디로 가는 건지, 왜 가는 건지, 언제 돌아오는지 말을 안 했어요."

리차드 호프 경과 저스틴 매시 경은 둘 다 왕비의 사람이었고, 왕의 소협의회에서 높은 지위를 차지했다. '스타니스가 정찰만 할 의도였다면 평범한 자유기수 두 명으로 충분했겠지.' 존 스노우는 생각했다. '하지만 전령이나 사절이라면 기사들이 더 어울려.' 이스트워치에서 코터 파이크가 보고하길, 양파 기사와 살라도르 산이 맨덜리 공과 교섭하러 화이트하버로 떠났다고 했었다. 스타니스가 다른 사절을 보내는 것도 말은 된다. 왕은 인내심

있는 남자가 아니었으니까.

그 '엉뚱한 방향으로 간 순찰자'들이 돌아올지는 또 다른 문제였다. 기사일지는 몰라도 그들은 북부를 몰랐다. '왕의 가도에서 지켜보는 눈들이 있을 텐데, 모두가 우호적인 건 아니야.' 하지만 존이 알 바는 아니었다. '스타니스도 비밀을 간직하라고 해. 나에게도 비밀이 있으니까.'

그날 밤에는 고스트가 침대 발치에서 잤고, 존도 모처럼 늑대가 된 꿈을 꾸지 않았다. 그래도 졸다 깨다 하면서 몇 시간을 뒤척였고 겨우 잠에 빠져서는 악몽을 꿨다. 길리가 울면서 아기들을 내버려두라고 애원했는데, 존은 그녀의 품에서 아이들을 빼앗아 머리를 잘라버린 후, 그 둘의 머리를 바꿔서 길리에게 다시 꿰매어 붙이라고 했다.

깨어나보니 에드 톨렛이 어두운 침실 안에서 그를 내려다보고 있었다. "사령관님? 시간 됐습니다. 늑대의 시간이에요. 맞춰서 깨우라고 하셨지요."

"뜨거운 걸 좀 갖다줘요." 존은 담요를 젖혔다.

에드는 존이 옷을 다 입을 때쯤 돌아와서 김이 오르는 잔을 쥐여줬다. 존은 뜨거운 멀드와인을 기대했다가 수프라는 사실을 알고 놀랐다. 리크와 당근 냄새가 나지만 리크도 당근도 들어 있지 않은 묽은 수프였다. 존은 생각했다. '늑대 꿈속에선 냄새가 더 강하고, 맛도 더 풍성하게 느껴져. 고스트가 나보다 더 살아 있어.' 그는 빈 잔을 대장간 화로 위에 두고 나갔다.

오늘 아침 문 앞을 지키고 선 대원은 '맥주 통'이었다. 존은 그에게 말했다. "나중에 베드윅과 자노스 슬린트와 이야기를 하고 싶으니까, 둘 다 해가 뜰 때 데려와."

바깥 세상은 캄캄하고 고요했다. '춥지만 위험할 정도로 춥지는 않아. 아직은. 해가 뜨면 따뜻해질 거야. 신들이 자비로우시다면, 장벽이 울지도 모르겠군.' 무덤가에 도착했을 때는 행렬이 이미 준비하고 있었다. 존은 블랙

잭 불워에게 호위대의 지휘와 말 탄 순찰자 십여 명, 그리고 짐수레 두 대를 맡겼다. 수레 한 대에는 나무 상자와 궤짝과 자루, 여행길 식량이 높이 쌓였다. 다른 한 대는 바람을 막기 위해 삶아서 단단하게 굳힌 가죽으로 지붕을 쳤다. 거기에는 아에몬 학사가 앉았는데, 곰 가죽을 둘둘 말아서 어린아이처럼 작아 보였다. 샘과 길리가 그 근처에 서 있었다. 길리의 눈은 벌겋게 충혈된 데다 부어 있었지만, 품에는 둘둘 말린 아이 하나가 안겨 있었다. 그게 길리의 아들인지, 댈라의 아들인지는 확실히 알 수 없었다. 존은 두 아이를 몇 번 같이 보지 못했다. 길리의 아들이 조금 더 일찍 태어났고, 댈라의 아들이 더 활발했지만 둘은 개월 수도 몸집도 비슷해서, 잘 아는 사람이 아니면 쉽게 구별할 수 없었다.

"스노우 공." 아에몬 학사가 외쳤다. "내 공을 위해 내 거처에 책을 한 권 두고 왔소. 《비취 개요서》라고, 볼란티스의 모험가 콜로쿼 보타르가 동쪽으로 여행해서 비취해의 나라들을 나 가본 후에 쓴 책이지. 거기 공이 흥미로워할 만한 대목이 있어. 클라이다스에게 따로 표시해두라고 했소."

"꼭 읽겠습니다."

아에몬 학사가 코를 닦았다. "지식은 무기라네, 존. 전투에 달려 나가기 전에 지식으로 단단히 무장하시게."

"그럴게요." 존의 얼굴에 차갑고 축축한 게 내려앉았다. 고개를 들어보니 눈이 내리고 있었다. 존은 블랙잭 불워를 돌아보았다. "최대한 빨리 가되, 바보같이 위험을 무릅쓰지는 말아요. 노인과 젖먹이 아기가 같이 있으니 둘 다 따뜻하고 잘 먹도록 살펴요."

"나리께서도 그래주세요." 길리는 수레에 서둘러 오르려 하지 않았다. "다른 아기에게 그렇게 해주세요. 말씀하신 대로 다른 유모를 찾아주세요. 그러시겠다고 약속했죠. 그 아이…… 댈라의 아이…… 어린 왕자요……. 좋은 여자를 찾아주세요. 그 아이가 크고 튼튼하게 자라도록요."

"약속합니다."

"이름은 붙이지 마세요. 두 살이 지날 때까지는 안 돼요. 아직 젖을 빼는 아기에게 이름을 붙이면 불운이 닥쳐요. 까마귀들은 모를지 모르지만 사실이에요."

"반드시 그리할게요, 아가씨."

"그렇게 부르지 말아요. 난 아가씨가 아니라 애어머니예요. 크래스터의 아내이자 크래스터의 딸이고, 아이 엄마라고요."

길리는 구슬픈 에드에게 아기를 맡기고 수레에 올라 모피를 덮었다. 에드가 아이를 돌려주자, 길리는 아이에게 젖을 물렸다. 샘은 시뻘건 얼굴로 그 모습을 외면하고 암말에 올랐다. "해치우자고." 블랙잭 불워가 채찍을 휘두르며 명령했다. 수레 두 대가 앞으로 굴러갔다.

샘은 잠시 더 머물렀다. "음. 잘 있어요."

"너도 잘 지내라, 샘." 구슬픈 에드가 말했다. "네가 탄 배가 가라앉진 않을 거야. 아마. 배는 꼭 내가 탔을 때만 가라앉거든."

존은 기억을 돌이키고 있었다. "처음 봤을 때 길리는 크래스터 요새 벽에 등을 딱 붙이고 있었지. 배는 부르고, 깡마른 검은 머리 여자애가 고스트를 보고 움츠러들어서 말이야. 고스트가 길리의 토끼들 사이에 들어갔었는데, 길리는 고스트가 자기 배를 찢고 아기를 잡아먹을까 봐 겁먹었던 것 같아……. 하지만 길리가 무서워해야 했던 건 늑대가 아니었지. 안 그래?"

"길리에겐 본인도 모르는 용기가 있어." 샘이 말했다.

"너도 그래, 샘. 빠르고 안전한 항해를 기원한다. 길리와 아에몬과 아기를 잘 돌보고." 얼굴에 내려앉는 차가운 눈송이 때문에 윈터펠에서, 그게 마지막일 줄도 모르면서 롭에게 작별 인사하던 날이 떠올랐다. "그리고 두건 눌러써. 눈송이가 네 머리에 붙어서 녹고 있어."

작은 행렬이 멀리 작게 보일 때쯤에는 동쪽 하늘이 검은색에서 회색으로 변했고, 눈은 쏟아지고 있었다. "'거인'이 사령관님을 기다리고 있을 겁니다." 구슬픈 에드가 상기시켰다. "자노스 슬린트도요."

"그래요." 존 스노우는 얼음 절벽처럼 우뚝 솟은 장벽을 올려다보았다. '끝에서 끝까지 천 리에, 높이가 200미터지.' 장벽의 힘은 그 높이였고, 장벽의 길이는 약점이었다. 존은 언젠가 아버지가 했던 말을 기억했다. '벽은 오직 그 뒤에 선 사람들만큼만 강할 뿐이다.' 밤의 경비대원들은 용감했으나, 앞에 놓인 임무를 수행하기에는 수가 너무 적었다.

거인은 무기고 안에서 기다리고 있었다. 본명은 베드윅이었다. 150센티미터를 겨우 넘는 키로 밤의 경비대에서 제일 작았다. 존은 바로 본론에 들어갔다. "장벽에 지키는 눈이 더 필요합니다. 순찰대가 추위를 피하고 뜨거운 음식과 새로 갈아탈 말을 찾을 성들이요. 아이스마크에 수비대를 배정하고 지휘권을 주죠."

거인은 새끼손가락을 귀에 쑤셔넣고 귀지를 후볐다. "지휘요? 저한테요? 사령관님 제가 소농의 아들에 불과하고, 밀렵으로 장벽에 오게 된 건 아시죠?"

"그리고 10년 넘게 순찰자로 지냈죠. 최초인의 주먹과 크래스터의 요새에서도 살아남았고, 돌아와서 이야기를 전했어요. 손아래 청년들은 당신을 우러러봐요."

자그마한 남자가 웃음을 터뜨렸다. "절 우러러서 보는 건 난쟁이들뿐인데요. 전 글을 못 읽어요, 사령관님. 기껏해야 제 이름을 적을 수 있는 정도죠."

"학사를 더 보내달라고 올드타운에 요청했어요. 급하게 쓸 까마귀 두 마리를 데려가게 될 겁니다. 급하지 않을 때는 기수를 보내요. 학사와 까마귀를 더 얻을 때까지는 장벽 위에 봉화탑을 연결할 생각이에요."

"제가 지휘하게 될 불쌍한 바보는 몇 명입니까?"

"경비대에서 스무 명, 그리고 스타니스의 병사 열 명." '늙었거나, 풋내기 거나, 부상자겠지만.' "최정예는 아닐 테고, 검은 옷을 입지도 않겠지만 그래도 명령에 복종은 할 겁니다. 최대한 써먹어요. 같이 보내는 형제들 중 네 명은 슬린트 공과 함께 킹스랜딩에서 장벽으로 온 자들일 겁니다. 한쪽 눈으로는 그 사람들을 잘 지켜보고, 반대쪽 눈으로는 장벽을 오르는 자들을 감시해요."

"감시야 할 수 있지만, 장벽 위에 많은 수가 올라오면 서른 명으로는 그놈들을 내던지기에 부족할 겁니다, 사령관님."

'300명이라도 부족할지 몰라.' 존은 그 의심을 혼자 간직했다. 장벽을 오르는 동안 절망적으로 취약해지는 건 사실이었다. 위에서는 돌과 창과 끓는 역청 단지를 비처럼 퍼부을 수 있었고, 아래에서는 얼음에 죽자고 매달리는 수밖에 없었다. 때로는 개가 벼룩을 털어내듯 장벽 자체가 놈들을 떨쳐내는 것 같기도 했다. 존도 발의 연인이었던 자알이 발밑에서 얼음 덩어리가 쪼개져 죽게 됐을 때 직접 목격한 바였다.

그러나 그들이 들키지 않고 장벽 위에 올라선다면, 모든 게 달라졌다. 시간만 주어진다면 그들은 위에 발판을 새길 수 있으며, 자기들 나름의 성곽을 세우고 밧줄과 사다리를 내려서 수천 명이 따라 올라오게 만들 수 있었다. 그게 존의 할아버지의 할아버지 시절, 붉은 수염 레이먼이 장벽 너머의 왕이었을 때 한 짓이었다. 당시 총사령관은 잭 머스굿이었다. 붉은 수염이 북쪽에서 내려오기 전까지는 별명이 '쾌활한 잭'이었다가, 그 후에는 영원토록 '잠꾸러기 잭'이 되어버린 자였다. 레이먼의 군대는 롱레이크 호숫가에서, 윈터펠의 윌람 공과 술 취한 거인 하몬드 엄버 사이에 끼어 피투성이 결말을 맞았다. 붉은 수염은 윌람 공의 동생인 '인정사정없는' 아토스 손에 죽었다. 경비대는 야인들과 싸우기에는 너무 늦었지만, 시체를 묻기에는 적당한 때에 도착했다. 머리를 잃고 쓰러진 형의 시신을 두고 비통해하던 아토스 스타크가 격분해서 내린 임무였다.

존은 '잠꾸러기 존 스노우'로 기억될 생각이 없었다. "서른 명이라도 없는 것보다는 낫겠지요." 그는 거인에게 말했다.

"맞는 말씀입니다." 키 작은 남자가 대답했다. "그럼 아이스마크만입니까, 아니면 다른 요새들도 여시는 겁니까?"

"차차 모든 요새에 수비군을 둘 생각입니다." 존은 말했다. "하지만 당장은 아이스마크와 그레이가드만이에요."

"그레이가드는 누가 지휘할지 결정하셨습니까?"

"자노스 슬린트요." 존은 말했다. '신들이시여 우리를 구하소서.' "능력도 없이 황금 망토들을 지휘하는 위치까지 오르진 않겠죠. 슬린트는 푸주한의 아들로 태어났어요. 맨리 스토크워스가 죽었을 때는 무쇠 문을 맡고 있었고, 존 아린이 승진시켜서 킹스랜딩의 방어를 맡겼지요. 자노스 공이 보기만큼 엄청난 바보일 리는 없어요." '그리고 넌 그지를 알리서 쏜과 멀리 떨어뜨려 놓고 싶어.'

"그럴지도 모르겠네요." 거인이 말했다. "하지만 그래도 저라면 주방으로 보내서 세 손가락 홉을 도와 순무나 썰게 하겠습니다."

'그랬다간 다시는 순무를 먹지 못하게 되겠지.'

같이 불렀던 자노스 공은 오전이 반은 지난 후에야 당도했다. 존은 긴 발톱을 손질하고 있었다. 어떤 이들은 그런 작업을 개인 집사나 종자에게 맡겼지만, 에다드 공은 아들들에게 자기 무기를 직접 관리하라고 가르쳤다. 맥주 통과 구슬픈 에드가 슬린트와 함께 도착했을 때, 존은 두 사람에게 고마움을 표시하고 자노스 공에게 앉으라고 했다.

그는 형편없는 예의를 보이며 팔짱을 끼고 앉아서 험상궂은 표정을 한 채 사령관의 손에 들린 칼날을 무시했다. 존은 기름천으로 잡종검을 닦으며 물결무늬 칼날 위에 노니는 아침 햇살을 바라보고, 이 칼이 얼마나 쉽게 피부와 지방과 힘줄을 가르고 슬린트의 못생긴 머리통을 몸과 분리시킬지 생각했다. 검은 옷을 입으면 모든 범죄가 말소되고 충성 맹세도 모두 사라졌지만, 그래도 존은 자노스 슬린트를 형제로 생각하기가 힘들었다. '우리 사이엔 원한이 맺혀 있지. 이 남자는 내 아버지를 죽이도록 도왔고, 나를 죽이려고도 최선을 다했어.'

"자노스 공." 존은 검을 검집에 넣었다. "공에게 그레이가드의 지휘권을 주겠습니다."

슬린트는 움찔했다. "그레이가드라니……. 그레이가드는 자네가 야인 친구들과 함께 장벽을 오른 곳이었잖나……."

"그랬지요. 그 요새가 안타까운 상태라는 점은 인정합니다. 최선을 다해 복구해야지요. 숲을 쳐내는 작업부터 시작하세요. 무너진 구조물에서 돌을 빼내어 아직 서 있는 건물을 복구하도록 하고." '일이 힘겹고 고될 겁니다'라고 덧붙일 수도 있었다. '불평하거나 음모를 짤 수도 없을 만큼 지쳐서 돌 위에서 자다 보면 곧 따뜻했던 게 어떤 건지도 잊겠지만, 남자가 된다는 게 어떤 건지는 기억하게 될지도 모르죠.' "밑에 서른 명을 둘 겁니다. 열 명은 여기에서, 열 명은 새도타워에서 차출하고 열 명은 스타니스 왕에게 빌려서요."

슬린트의 얼굴이 자둣빛으로 변했다. 턱살이 떨리기 시작했다. "네놈이 뭘 하는지 내가 모를 줄 알고? 자노스 슬린트는 그렇게 쉽게 속는 사람이 아니야. 난 네가 기저귀를 더럽힐 때 킹스랜딩 방어를 맡았다. 폐허는 너나 맡아라, 잡종 놈아."

'난 당신에게 기회를 주는 겁니다. 당신이 내 아버지에게 줬던 것보다 나은 기회지.' "오해하시는군요. 이건 제안이 아니라 명령이었습니다. 그레이가드까지는 400리예요. 무기와 갑옷을 챙기고, 작별 인사를 한 후 내일 해가 뜰 때 출발할 준비를 하세요."

"안 돼." 자노스 공이 벌떡 일어서는 바람에 의자가 요란한 소리를 내며 넘어졌다. "순순히 얼어 죽으러 가진 않겠다. 반역자의 사생아 따위가 자노스 슬린트에게 명령을 할 순 없지! 경고하는데 나도 친구가 없진 않아. 여기에도, 킹스랜딩에도 있단 말이다. 난 하렌홀의 주인이었어! 네놈의 폐허는 널 위해 돌을 나르는 눈먼 바보 중 하나에게나 줘라. 난 안 받아. 내 말 들리냐, 꼬마? 난 받아들이지 않겠다!"

"받아들일 겁니다."

슬린트는 대꾸조차 하지 않고 의자를 걷어차며 나가버렸다.

'아직도 날 아이로 보는군.' 존은 생각했다. '성난 호령에 겁먹는 풋내기 소년으로 말이야.' 존은 하룻밤 자고 나면 자노스 공이 정신 차리기를 바랄 수밖에 없었다.

다음 날 아침, 그 희망은 헛된 것이었음이 드러났다.

존이 찾아냈을 때 슬린트는 휴게실에서 아침을 먹고 있었다. 알리서 쏜 경과 그 패거리 몇 명이 함께였다. 그들이 뭔가를 두고 웃어대고 있을 때 존이 강철 에멧과 구슬픈 에드를 대동하고 계단을 내려갔고, 멀리, 망아지, 붉은 잭 크래브, 러스티 플라워스, 미련퉁이 오언이 뒤따랐다. 세 손가락 홉은 주전자에서 포리지를 푸고 있었다. 왕비의 병사들, 왕의 병사들, 그리고 검은 형제들이 각기 다른 식탁에 앉아서 포리지 그릇 위로 고개를 숙이고 있거나, 구운 빵과 베이컨으로 배를 채우고 있었다. 존은 한쪽 식탁에 앉은 핍과 그렌, 다른 식탁에 앉은 보웬 마시를 보았다. 연기와 기름 냄새가 났고, 둥근 천장에 나이프와 숟가락 부딪치는 소리가 울렸다.

그 모든 소리가 바로 잦아들었다.

"자노스 공." 존이 말했다. "마지막 기회를 드리죠. 그 숟가락 내려놓고 마구간으로 가세요. 말에 안장을 얹고 마구를 씌우도록 해두었습니다. 그레이가드까지는 길고 험난한 길이에요."

"그렇다면 얼른 출발하지그래." 슬린트가 가슴팍에 포리지를 흘리며 껄껄댔다. "그레이가드는 너 같은 놈들에게 딱 좋은 곳 아니냐. 품위 있는 사람들에게서 멀찍이 떨어져서 말이야. 너에겐 짐승의 표가 있어, 잡종."

"내 명령에 불복하는 겁니까?"

"그 명령은 네 잡종 엉덩이에나 꽂으시지." 슬린트가 턱살을 떨며 말했다.

알리서 쏜이 검은 눈으로 존을 노려보며 희미하게 미소 지었다. 다른 식탁에서는 거인 살해자 고드리가 웃기 시작했다.

"그렇다면 할 수 없지요." 존은 강철 에멧에게 고갯짓을 했다. "자노스 공을 장벽으로 끌고 가서……."

얼음 감옥에 가두라고 말할 수도 있었다. 존은 하루, 아니면 열흘쯤 얼음벽 안에 갇혀 있으면 슬린트가 열에 들떠 벌벌 떨면서 풀어달라고 애걸할 것을 의심치 않았다. '그리고 밖으로 나오는 순간 쏜과 함께 다시 음모를 짜기 시작하겠지.'

말에 묶으라고 말할 수도 있었다. 슬린트가 부대장으로 그레이가드에 가기 싫다면, 요리사로 갈 수도 있었다. '그럴 경우 탈영은 시간 문제야. 게다가 얼마나 많은 수를 끌고 가겠어?'

"……목을 매달아." 존은 말을 맺었다.

자노스 슬린트의 얼굴이 새하얘졌다. 숟가락이 손에서 빠져나왔다. 에드와 에멧이 돌바닥에 발소리를 울리며 휴게실을 가로질렀다. 보웬 마시가 입을 떡 벌리더니 아무 말도 하지 못하고 닫았다. 알리서 쏜은 칼자루에 손을 뻗었다. '해봐.' 존은 생각했다. 긴 발톱은 그의 등에 꽂혀 있었다. '칼을 한번 뽑아봐. 내가 똑같이 할 구실을 줘.'

휴게실에 있던 남자들 절반이 일어섰다. 스타니스 왕이나 붉은 여인, 아니면 둘 다에게 충성스러운 남부 기사들과 중장병들, 그리고 밤의 경비대 결의형제들이었다. 일부는 존을 자신들의 총사령관으로 선택했다. 또 일부는 보웬 마시, 데니스 말리스터 경, 코터 파이크에게 투표를 했고…… 자노스 슬린트에게 하기도 했다. '수백 명은 됐지.' 존은 그중에 얼마나 많은 수가 지금 이 지하실 안에 있을까 생각했다. 잠시 동안 세상이 칼날 위에 놓였다.

알리서 쏜이 장검에서 손을 떼고 에드 톨렛에게 길을 비켰다.

구슬픈 에드가 슬린트의 한쪽 팔을 잡고, 강철 에멧이 반대쪽 팔을 잡았다. 그리고 둘이 함께 장의자에 앉아 있던 슬린트를 들어 올렸다. "안 돼." 자노스 공이 포리지 조각을 튀기며 저항했다. "안 돼, 이 손 놔. 저놈은 애새끼에 불과해. 그것도 잡종 새끼라고. 저놈 아버지는 반역자였어. 저놈에겐 짐승의 표가 있어, 저놈 늑대…… 이 손 놔! 자노스 슬린트에게 손을 댄 날을 후회하게 될 거다. 난 킹스랜딩에 친구들이 있어. 경고하는데─" 두 사람이 반쯤은 행군하듯, 반쯤은 잡아끌듯 계단을 오르는 동안에도 슬린트는 계속 반항했다.

존은 그 뒤를 따라 밖으로 나갔다. 그 뒤로 사람들이 줄줄이 나왔다. 권양기 우리 앞에서 슬린트는 잠깐 팔을 푸는 데 성공해서 싸우려 들었지만, 강철 에멧이 그 목을 잡고 포기할 때까지 철창에 등을 밀어붙였다. 그 무렵에는 캐슬블랙 전체가 소동을 보러 나와 있었다. 발마저도 길게 땋은 금발을 한쪽 어깨로 늘어뜨린 채 창가에 나왔다. 스타니스는 기사들에게 둘러싸여 왕의 탑 계단에 서 있었다.

"저 꼬마가 날 겁줄 수 있다고 생각한다면 착각한 거야." 그들은 자노스 공이 하는 말을 들었다. "감히 날 목매달진 못할걸. 자노스 슬린트에겐 친구들이 있어. 대단한 친구들이 있다고. 두고 봐……" 바람이 나머지 말을 앗아 갔다.

'이건 잘못됐어.' 존은 생각했다. "멈춰요."

강철 에멧이 찌푸린 얼굴로 돌아보았다. "사령관님?"

"목을 매달지 않겠어요." 존이 말했다. "이리 데려와요."

"오, 일곱이시여 우리를 구하소서." 보웬 마시가 외치는 소리가 들렸다.

자노스 슬린트 공의 얼굴에 떠오른 미소에는 쉬어버린 버터의 단내가 났다. 존이 "에드, 받침대 가져와요"라고 말하고 긴 발톱을 뽑기 전까지는.

단두대로 쓸 만한 받침대를 찾았을 때쯤, 자노스 공은 권양기 우리 안으로 도망쳐 들어가 있었지만, 강철 에멧이 따라가서 끌고 나왔다. "안 돼!" 슬린트는 에멧에게 반쯤은 떠밀리고, 반쯤은 끌려오면서 외쳤다. "이 손놔…… 이럴 순 없어…… 타이윈 라니스터가 이 소식을 들으면 너희 모두 후회하게─"

에멧이 슬린트의 다리를 걷어차 꿇렸다. 구슬픈 에드가 그 등에 발을 올리고 일어나지 못하게 하는 사이, 에멧이 머리 밑에 받침대를 밀어 넣었다. "가만히 있으면 더 쉽게 끝날 겁니다." 존 스노우가 약속했다. "피하려고 해봤자 죽을 테고, 그 죽음은 더 추할 거예요. 목을 빼세요." 존이 두 손으로 잡종검의 칼자루를 움켜쥐고 높이 들어 올리자 흐릿한 아침 햇살이 칼날 위를 달렸다. "마지막으로 할 말이 있다면 지금 하십시오." 존은 마지막 저주를 예상하며 말했다.

자노스 슬린트는 목을 비틀어 존을 올려다보았다. "제발 부탁입니다, 사령관님. 자비를 베푸세요. 제가…… 제가 가겠습니다. 제가……."

'아니, 그 문은 당신이 이미 닫았어.' 존은 생각했고, 긴 발톱이 내려갔다.

"저 장화 내가 가져도 돼요?" 자노스 슬린트의 머리가 진흙투성이 땅을 구르자 미련퉁이 오언이 물었다. "거의 새건데. 모피도 덧대났고."

존은 스타니스를 흘긋 돌아보았다. 한순간 두 사람의 눈이 마주쳤다. 왕은 고개를 끄덕이고는 탑 안으로 돌아갔다.

티리온

깨어나보니 혼자였고, 가마가 멈춰 서 있었다.

일리리오가 누워 있던 자리에는 찌부러진 쿠션 더미뿐이었다. 티리온은 목이 건조하고 칼칼했다. 꿈을 꿨는데…… 무슨 꿈을 꿨지? 기억이 나지 않았다.

바깥에서 모르는 언어로 말하는 목소리들이 들려왔다. 티리온이 휘장 밖으로 다리를 빼고 폴짝 뛰어내려서 보니, 마지스터 일리리오가 말 위에 올라탄 두 남자 옆에 서 있었다. 둘 다 낡은 가죽 셔츠 위에 짙은 갈색 모직 망토를 걸쳤는데, 장검은 검집에 들어가 있었고 일리리오도 위험에 빠진 듯 보이지는 않았다.

"오줌을 싸야겠어." 티리온은 그렇게 알리고 뒤뚱뒤뚱 걸어가서 바지를 풀고 가시덤불에 오줌을 눴다. 시간이 꽤 걸렸다.

"오줌 하난 잘 싸는군." 목소리 하나가 말했다.

티리온은 마지막 몇 방울을 털고 바지를 추스렸다. "오줌 싸기는 내 재능 중에서는 제일 하찮지. 내가 똥 싸는 걸 봐야 해." 그는 마지스터 일리리오를 돌아보았다. "이 둘은 아는 자요, 마지스터? 무법자처럼 보이는데. 내 도끼를 찾아야 할까요?"

"도끼?" 두 기수 중에 덩치 큰 쪽이 외쳤다. 덥수룩한 수염에 머리는 오렌지색인 건장한 사내였다. "들었어, 할돈? 저 작은 남자가 우리와 싸우고 싶어 하네!"

그의 동료는 나이가 더 많았고, 깨끗하게 면도했으며 주름진 얼굴이 금욕적이었다. 머리카락은 뒤로 빗어 넘겨 동그랗게 묶었다. "작은 남자들은 부적절한 허풍으로 용기를 증명해야 할 경우가 많지." 그가 단언했다. "오리나 죽일 수 있을까 모르겠군."

티리온은 어깨를 으쓱였다. "오리를 가져와보시지."

"그렇게 말한다면야." 기수는 동료를 흘긋 보았다.

건장한 남자가 잡종검을 뽑았다. "내가 '오리(Duck)'다, 입만 산 작은 요강아."

'아, 신들이시여.' "난 좀 더 작은 오리를 생각했는데."

건장한 남자가 요란하게 웃었다. "들었어, 할돈? 더 작은 오리를 원한다네!"

"더 조용한 오리라면 나도 기꺼이 받아들이겠네만." 할돈이라고 불린 남자는 서늘한 회색 눈으로 티리온을 살펴보더니 일리리오에게 고개를 돌렸다. "저희에게 주실 궤짝이 있다고요?"

"그 궤짝들을 지고 갈 노새도 있지."

"노새는 너무 느립니다. 짐말들이 있으니 그리로 옮기겠습니다. 오리, 그 일을 맡게."

"왜 일을 맡는 건 늘 오리야?" 덩치 큰 남자는 검을 다시 검집에 넣었다. "당신은 뭘 하는데, 할돈? 여기서 기사가 당신이야, 나야?" 그렇게 말하면서도 그는 짐을 실은 노새들에게 쿵쾅거리며 걸어갔다.

"우리 젊은이는 어떤가?" 오리가 궤짝들을 챙기는 사이, 일리리오가 물었다. 티리온은 쇠걸쇠를 단 참나무 궤짝을 여섯 개까지 세었다. 오리는 그 궤짝들을 한쪽 어깨에 지고 쉽게 실어 날랐다.

"이젠 그리프만큼 키가 컸지요. 사흘 전에는 오리를 말구유에 처박았습니다."

"난 처박히지 않았어. 그놈을 웃기려고 넘어졌을 뿐이야."

"그 속임수 성공했군. 나도 웃었으니까." 할돈이 말했다.

"그 아이에게 줄 선물이 궤짝 하나에 들어 있네. 설탕에 조린 생강이야. 녀석이 언제나 좋아했지." 일리리오는 이상하게 서글픈 목소리였다. "자네들과 고얀 드로헤까지 계속 갈 수도 있겠지 생각했네. 하류로 떠나기 전에 작별 연회를 함께하고……."

"연회를 할 시간이 없습니다." 할돈이 말했다. "그리프는 저희가 돌아가자마자 하류로 출발할 생각이에요. 상류로 소식이 계속 오는데, 좋은 소식이 없습니다. 노트탁인들이 대기 호수(Dagger Lake) 북쪽에서 목격됐는데, 늙은 모토의 칼라사르 별동대였습니다. 칼 제코도 그 뒤에 따라붙어서 코호르 숲을 통과하고 있어요."

일리리오는 듣기 싫은 소리를 냈다. "제코야 3, 4년에 한 번씩 코호르를 찾지. 코호르인들이 황금 자루를 주면 동쪽으로 다시 방향을 틀고 말이야. 모토 쪽 전사들은 모토만큼이나 늙었고, 해마다 수가 줄어들고 있어. 위험한 건—"

"칼 포노지요." 할돈이 대신 말했다. "들리는 이야기로 모토와 제코는 포노에게서 달아나고 있습니다. 마지막 보고에서는 칼 포노가 3만 칼라사르를 이끌고 셀호루강 상류에 이르렀답니다. 그리프는 포노가 로인을 덮치기로 결정할 경우 강을 건너다가 잡힐 위험을 감수하지 않으려 합니다." 할돈은 티리온에게 시선을 던졌다. "저 난쟁이가 오줌 싸는 솜씨만큼 말도 탑니까?"

"타지." 치즈 영주가 대답하기 전에 티리온이 끼어들었다. "특별 안장과 잘 아는 말이 있을 때 제일 잘 타긴 하지만 말이야. 그리고 그 난쟁이는 말도 한다네."

"그렇군. 나는 할돈이야. 우리 작은 형제단의 치유사라, 반쪽 학사라고 부르는 사람도 있지. 내 동료는 오리 경이라네."

"롤리 경이야." 덩치 큰 남자가 말했다. "롤리 덕필드. 기사는 기사를 만들 수 있고, 그리프가 날 기사로 삼았지. 난쟁이, 그쪽 이름은?"

일리리오가 얼른 나섰다. "욜로라고 하네."

'욜로? 욜로라니 원숭이에게나 붙일 이름 같군.' 게다가 욜로는 펜토스인의 이름이었고, 어떤 바보라도 티리온이 펜토스인이 아니라는 정도는 알아볼 수 있다는 게 더 나빴다. "펜토스에서는 욜로요." 그는 재빨리 수습에 나섰다. "하지만 어머니가 붙여주신 이름은 휴고르 힐(hill, 언덕)이지."

"작은 왕이신가, 아니면 작은 서자신가(언덕의 휴고르는 안달인 최초의 왕이지만, 힐(Hill)이라는 성은 웨스테로스에서 서자들이 쓰는 성이라서 내놓은 질문이다)?" 할돈이 물었다.

티리온은 반쪽 학사 할돈 주위에서는 조심하는 게 좋겠다는 사실을 깨달았다. "모든 난쟁이가 제 아버지의 눈에는 서자라오."

"그야 그렇겠지. 흠, 휴고르 힐, 대답해보게. 거울 방패의 세르윈은 어떻게 드래곤 우락스를 죽였지?"

"방패 뒤에 숨어서 접근했지. 우락스는 세르윈이 눈에 창을 찌를 때까지 자기 거울상만 봤고."

할돈은 감명받지 않았다. "오리도 그 이야기는 알아. '드래곤들의 춤' 전쟁에서 바가르에게 같은 계책을 시도했던 기사 이름을 말할 수 있겠나?"

티리온은 히죽 웃었다. "바이런 스완 경이었지. 그러다가 통구이가 됐고……. 다만 그 드래곤은 바가르가 아니라 시락스였어."

"유감이지만 잘못 알았네. 문쿤 학사의 《드래곤들의 춤, 실록》을 보면―"

"……바가르라고 나오지. 문쿤 대학사가 실수한 거야. 바이런 경의 종자가 주인의 죽음을 보고 딸에게 편지를 썼다네. 그 설명에 따르면 라에니라의 암컷 드래곤 시락스였는데, 그게 문쿤의 설명보다 더 말이 돼. 스완은 변경 지역 영주의 아들이었고, 스톰스엔드는 아에곤의 것이었지. 바가르는 아에곤의 동생인 아에몬드 왕자가 타던 드래곤이야. 스완이 왜 바가르를 베고 싶어 했겠어?"

할돈이 입술을 오므렸다. "말에서 떨어지지 않도록 하게. 떨어지면 펜토스까지 걸어서 돌아가는 게 좋을 거야. 우리 수줍은 처녀는 남자든 난쟁이든 기다려주지 않아."

"수줍은 처녀들이야말로 내가 제일 좋아하는 주제지. 음탕한 처녀들을 제외한다면. 말해봐, 창녀들이 가는 곳이 어디지?"

"내가 창녀들을 자주 찾는 사람처럼 보이니?"

오리가 조롱 섞인 웃음소리를 냈다. "감히 못 가지. 그랬다간 레모어가 참회 기도를 하게 만들 테고, 어린 놈은 따라가고 싶어 할 테고, 그리프는 거시기를 잘라서 목구멍에 처넣을지도 모르거든."

"흠." 티리온이 말했다. "학사에겐 거시기가 필요 없지."

"하지만 할돈은 반쪽만 학사야."

"자네는 저 난쟁이가 재미있나 보군, 오리. 같이 타고 와도 되겠네." 할돈은 그렇게 말하고 말 머리를 돌렸다.

오리가 일리리오의 궤짝들을 세 마리 짐말에 옮겨 싣는 데 몇 분이 더 걸렸다. 그때쯤 할돈은 사라지고 없었다. 오리는 신경 쓰지 않는 눈치였다. 그는 안장에 올라앉더니 티리온의 옷깃을 잡고 들어 올려 앞에 앉혔다. "안장 앞을 꽉 잡고 있으면 괜찮을 거야. 이 녀석은 상냥하게 걷는 데다, 드래곤 길은 처녀 엉덩이처럼 매끈하니까." 롤리 경은 오른손에 고삐를 모아

쥐고 왼손에 짐말 줄을 잡더니 빠른 걸음으로 말을 출발시켰다.

"행운을 비네." 일리리오가 뒤에서 외쳤다. "그 아이에게 결혼식에 못 가서 미안하다고 전해주게. 웨스테로스에서 다시 합류하세나. 내 사랑하는 세라의 손에 걸고 맹세하지."

티리온 라니스터가 마지막으로 보았을 때, 일리리오 모파티스는 양단 로브를 걸친 육중한 두 어깨를 축 늘어뜨린 채 가마 옆에 서 있었다. 먼지 속으로 멀어져가는 치즈 영주의 모습이 작아 보이기까지 했다.

오리는 400미터쯤 가서 반쪽 학사 할돈을 따라잡았다. 그 후부터 두 사람은 나란히 말을 달렸다. 티리온은 물집과 근육 경련과 안장에 쓸린 상처가 생길 것을 예상하면서 짧은 다리를 어색하게 벌리고 안장 앞에 매달렸다.

"대거 호수의 해적들이 우리 난쟁이를 어떻게 할까 모르겠군?" 할돈이 말을 달리면서 말했다.

"난쟁이 스튜를 만들려나?" 오리가 한마디 던졌다.

"'씻지 않는 우르호'가 최악이지." 할돈이 비밀을 털어놓듯이 말했다. "그놈의 악취만으로도 사람 하나 너끈히 죽일 거야."

티리온은 어깨를 으쓱였다. "다행히도 나에겐 코가 없다오."

할돈은 엷은 미소를 지었다. "'노파의 이빨'에 탄 코라 아씨와 마주친다면 곧 다른 부위도 잃게 될지 몰라. 다들 '잔인한 코라'라고 부르지. 코라의 배는 아름다운 젊은 처녀들이 모는데, 붙잡는 남자는 다 거세한다네."

"무시무시하군. 바지에 오줌을 쌀지도 모르겠는걸."

"안 그러는 게 좋을 거야." 오리가 음침하게 경고했다.

"알겠네. 그 코라 아씨라는 분과 마주치면 냉큼 치마를 입고 이 몸은 킹스랜딩의 유명한 수염 난 미녀 세르세이라고 하리다."

이번에는 오리도 웃음을 터뜨렸고, 할돈은 말했다. "참으로 우스꽝스러운 친구로군, 욜로. '수의에 싸인 군주(Shrouded Lord)'께선 자기를 웃길 수 있는 자에게 소원을 하나 들어주신다는 말이 있지. 회색 은총자께서 돌 궁정의 장식품으로 자네를 고를지도 모르겠어."

오리는 불편한 듯 동료를 흘끔거렸다. "그분에 대해 농담하는 건 안 좋아. 로인에 이렇게 가까울 땐 특히 그렇지. 들으신다고."

"오리의 지혜로군." 할돈이 말했다. "미안하게 됐네, 욜로. 그렇게 창백해질 것 없어. 농담한 것뿐이야. 소로스(Sorrows)의 왕자께선 회색 입맞춤을 가벼이 수여하지 않으신다네."

'회색 입맞춤이라.' 생각만 해도 소름이 돋았다. 티리온 라니스터는 죽음이 두렵지 않았으나, 회색비늘병은 다른 문제였다. 그는 속으로 생각했다. '수의에 싸인 군주는 전설에 불과해. 캐스털리록을 배회한다는 영리한 란 유령 이야기와 다를 게 없어.' 그렇다 해도 티리온은 입을 다물고 말았다.

오리가 자기 인생 이야기를 늘어놓기 시작해 티리온의 갑작스러운 침묵이 묻혔다. 그의 아버지는 비터브릿지에서 일하던 무기 장인이라, 오리는 강철이 울리는 소리를 들으며 태어났고 이른 나이에 검술을 배웠다. 그런 몸집 크고 유망한 소년은 늙은 캐스웰 공의 눈길을 끌고 말았고, 캐스웰 공은 수비군에 한자리를 권했으나, 소년은 그보다 더 원했다. 그는 캐스웰의 약골 아들이 시동이 되었다가, 종자가 되었다가, 마침내는 기사가 되는 것을 지켜보았다. "허약하고 초췌한 얼굴의 비열한 놈이었지만, 노(老)영주에겐 딸이 넷에 아들은 그놈 하나였기 때문에 아무도 그놈에 대해 안 좋은 말은 못했지. 다른 종자들은 훈련장에서 그놈에게 감히 손가락 하나 못 올렸어."

"하지만 자네는 그렇게 소심하지 않았겠지." 티리온은 이 이야기가 어디로 갈지 쉽게 알 수 있었다.

"우리 아버지가 내 열여섯 살 명명일을 기념해서 장검을 하나 만들어줬는데, 로렌트가 너무 마음에 든다고 자기가 차지했거든. 우리 망할 아버지는 감히 안 된다는 소리도 못 했지. 내가 불평했더니 로렌트가 면전에 대고 내 손은 장검이 아니라 망치를 쥘 손이라지 뭐야. 그래서 망치를 가져다가 그놈을 두 팔과 갈비뼈 절반이 부러질 때까지 두들겨 팼어. 그런 다음엔 잽싸게 리치를 떠나야 했어. 바다를 건너서 황금 용병단에 들어갔지. 몇 년 동안은 도제로 대장장이 일을 하다가, 해리 스트릭랜드 경이 날 종자로 삼았지. 그리프가 하류에 아들을 훈련시킬 사람이 필요하다는 소식을 보냈을 때 해리가 날 그리로 보냈고."

"그리고 그리프가 기사로 만들어준 건가?"

"1년 후에."

반쪽 학사 할돈이 엷은 미소를 지었다. "우리 작은 친구에게 자네 이름은 어떻게 얻은 건지 말해주지 그러나?"

"기사라면 가문명이 있어야 하잖아." 덩치 큰 남자가 주장했다. "그런데, 그리프가 내 어깨에 칼을 댔을 때 우린 들판(field)에 있었고, 올려다보니 오리(duck)들이 보여서, 그래서…… 웃지 마."

해가 진 직후, 그들은 도로를 벗어나 오래된 돌우물 옆에 있는 풀이 우거진 마당에서 쉬었다. 오리와 할돈이 말에게 물을 먹이는 동안 티리온은 굳은 종아리를 풀기 위해 뛰어내렸다. 자갈 사이며 한때는 거대한 석조 저택이었을지 모르는 이끼 벽 사이로 질긴 갈색 풀과 잡목이 자라났다. 말들을 돌본 후, 기수들은 염장한 돼지고기와 차가운 흰 콩으로 간단하게 저녁을 먹고 에일로 목을 축였다. 일리리오와 온갖 기름진 요리를 먹었던 티리온에게는 이 소박한 식사가 기분 좋은 변화였다. "우리가 가져온 궤짝들 말인데." 그는 씹으면서 말했다. "처음엔 황금 용병단에게 가는 황금인 줄 알았더니, 롤리 경이 한쪽 어깨에 궤짝을 지더군. 돈이 가득 들었다면 그렇게 쉽게 들어 올리진 못했을 거야."

"그냥 갑옷이야." 오리가 어깨를 으쓱이며 말했다.

"옷도 들어 있지." 할돈이 끼어들었다. "우리 일행 모두를 위한 궁정 의복이야. 질 좋은 모직물과 벨벳, 비단 망토. 여왕님 앞에 남루하게 갈 순 없지…… 빈손으로 갈 수도 없고. 마지스터가 친절을 베풀어 적절한 선물들을 제공했다네."

달이 뜨자 그들은 다시 안장에 올라 별들의 덮개 아래에서 동쪽으로 말을 몰았다. 앞에 놓인 옛 발리리아 도로가 숲과 골짜기 사이로 굽이치는 긴 은빛 리본처럼 반짝였다. 시간이 조금 지나자 티리온 라니스터는 거의 평화로운 기분마저 느꼈다. "로마스 롱스트라이더가 한 말이 사실이었군. 이 길은 불가사의야."

"로마스 롱스트라이더?" 오리가 물었다.

"오래전에 죽은 서기야." 할돈이 대답했다. "평생 세상을 여행하고 자기가 갔던 나라들에 대해 두 권으로 썼지. 제목은 《불가사의》과 《인간이 만든 불가사의》."

"내가 어렸을 때 숙부님이 그 책들을 선물로 주셨지. 책장이 다 떨어져 나갈 때까지 읽었어." 티리온이 말했다.

"신들은 일곱 가지 불가사의를 만드셨고, 인간은 아홉 가지 불가사의를 만들었다." 반쪽 학사가 책에 나온 구절을 읊었다. "인간이 신들보다 두 개나 더 만들었다니 좀 불경하긴 하지만, 그렇다네. 발리리아의 석조 도로는 롱스트라이더가 꼽은 아홉 개 중 하나였지. 다섯 번째였을 거야."

"네 번째지." 어렸을 때 그 열여섯 가지 불가사의를 다 외운 티리온이 말했다. 제리온 숙부는 연회 때 티리온을 탁자 위에 올려놓고 그 열여섯 개를 다 읊게 시키기를 좋아했다. '난 그걸 꽤 좋아했지. 안 그래? 빵 접시들 사이에 서서 모두가 쳐다보는 가운데 내가 얼마나 영리한 꼬마 악마인지 증명하는 걸 말이야.' 그 후로 몇 년 동안 티리온은 언젠가 세상을 여행하면서 롱스트라이더의 불가사의들을 직접 보겠다는 꿈을 품었었다.

그 희망은 타이윈 공의 난쟁이 아들이 열여섯 번째 명명일을 맞기 열흘 전에, 숙부들이 그 나이에 그랬듯 아홉 자유도시를 여행하게 해달라고 부탁했을 때 끝이 났다. "내 동생들은 라니스터 가문에 수치를 가져오지 않으리라 믿을 수 있었고, 창녀와 결혼하지도 않았다." 아버지는 그렇게 대답했다. 그리고 티리온이 열흘만 있으면 어른이고, 가고 싶은 데로 자유롭게 여행 갈 수 있다고 하자 타이윈 공은 말했다. "어떤 어른도 자유롭지 않다. 오직 어린아이와 바보만 그런 생각을 하지. 얼마든지 가보거라. 알록달록한 옷을 입고 물구나무서서 향신료 영주들과 치즈 왕들을 즐겁게 해보거라. 네 여행비는 네가 직접 내고, 돌아올 생각은 하지도 말아라." 그 말에 소년의 반항심은 산산이 부서졌다. "쓸모 있는 직업을 달라고 한다면 쓸모 있는 직업을 얻게 될 거다." 이어서 아버지는 말했다. 그래서 티리온은 성년을 기념하여 캐스털리록 안의 모든 배수관과 수조 관리를 맡았다. '내가 그중 어딘가에 떨어지길 빌었는지 모르지.' 타이윈은 실망했을 것이다. 티리온이 책임을 맡았을 때만큼 배수관에서 물이 잘 빠진 적이 없었으니.

'입안에서 타이윈 공의 뒷맛을 씻어내리려면 와인이 한 잔 필요해. 아예 와인 한 부대면 더 좋겠고.'

그들은 밤새 말을 달렸고, 티리온은 안장에 기대어 졸다가 퍼뜩 깨어나기를 반복하며 쪽잠을 잤다. 가끔은 안장에서 몸이 서서히 미끄러지기도 했는데, 롤리 경이 받쳐서 다시 바로 앉히곤 했다. 새벽녘에 이르자 티리온은 다리가 아프고 엉덩이가 쓸리고 까인 상태였다.

강가에 바싹 붙은 고양 드로헤가 보인 것은 다음 날이었다. "전설 속의 로인강이로군." 티리온은 오르막길 맨 위에서 느리게 흐르는 초록색 물길을 보고 말했다.

"작은 로인이지." 오리가 말했다.

"그건 그래." '그런 대로 괜찮은 강이지만, 트라이던트의 제일 작은 갈래도 이것보다 두 배는 넓고, 트라이던트의 세 갈래 모두 이보다 빠르게 흘러.' 도시도 대단치 않았다. 역사를 떠올려보면 고얀 드로헤는 큰 도시였던 적은 없었어도, 운하와 분수의 도시이자 초록색이 우거지고 꽃이 피어나던 아름다운 도시였다. '전쟁 전까지 그랬지. 드래곤들이 오기 전까지.' 천 년이 지난 지금, 운하들은 갈대와 진흙에 막혔고 고인 물에 파리 떼가 우글거렸다. 사원과 궁전의 부서진 돌들은 흙 속에 파묻혔고, 강둑에는 울퉁불퉁한 늙은 버드나무들이 빽빽하게 자랐다.

이 누추한 도시에는 아직 소수의 사람들이 남아서 갈대밭 사이에 작은 텃밭을 가꾸고 있었다. 옛 발리리아 길에 쇠발굽 소리가 울리자 대부분이 기어 나왔던 굴 속으로 도망쳐 들어갔지만, 좀 더 담대한 이들은 햇볕 아래 남아서 호기심이라곤 없는 흐릿한 눈으로 지나가는 기수들을 바라보았다. 무릎까지 진흙을 묻힌 빌거벗은 여자아이 하나는 디리온에게서 눈을 떼지 못하는 눈치였다. '난쟁이를 본 적이 없는 거야.' 티리온은 알아차렸다. '하물며 코가 없는 난쟁이는 더 신기하겠지.' 티리온이 얼굴을 찡그리고 혀를 내밀자 아이는 울기 시작했다.

"무슨 짓을 한 거야?" 오리가 물었다.

"입맞춤을 날려줬지. 내가 입을 맞추면 모든 여자가 울어."

뒤엉킨 버드나무들을 지나자 길이 뚝 끊겼고, 잠시 북쪽으로 방향을 틀어 강가를 달리다 보니 반쯤은 물에 잠긴 데다 높이 자란 갈색 갈대밭에 에워싸인 오래된 석조 부두 옆에 이르렀다. "오리!" 큰 소리가 날아왔다. "할돈!" 티리온이 한쪽으로 목을 길게 뺐더니, 낮은 목조 건물 지붕에 서서 챙 넓은 밀짚모자를 흔드는 소년이 보였다. 헝클어진 검푸른색 머리에 팔다리가 길고 날씬하게 균형 잡힌 몸이었다. 티리온은 소년의 나이를 열다섯에서 열여섯 정도로 짐작했다.

소년이 서 있던 데는 알고 보니 오래되어 무너질 듯한 외돛 장대배 '수줍은 처녀'의 선실 지붕이었다. 폭은 넓고 흘수는 얕아서, 작디작은 개울에 들어가고 모래톱을 타 넘기 이상적인 선체였다. '못생긴 처녀로군.' 티리온은 생각했다. '하지만 제일 못생긴 처녀가 침대에 들어가면 제일 열정적일 때도 있지.' 도르네의 강들을 다니는 장대배는 화려한 색을 칠하고 우아하게 조각한 배가 많았지만, 이 처녀는 아니었다. 색깔은 진흙 같은 회갈색이었고 그것도 얼룩덜룩 색이 벗겨졌다. 커다란 키는 장식 없이 밋밋했다. '지저분해 보이는데, 그게 이 처녀의 핵심이겠지.'

그때쯤 오리는 소년에게 마주 소리를 지르고 있었다. 암말이 갈대를 짓뭉개며 얕은 물을 첨벙첨벙 걸었다. 소년이 선실 지붕에서 장대배 갑판으로 뛰어내렸고, 수줍은 처녀의 나머지 승조원들이 나타났다. 이목구비에 로인인의 특징이 보이는 나이 많은 한 쌍이 키 옆에 섰고, 부드러운 흰 로브를 입은 잘생긴 여자 성사 한 명이 선실 문으로 걸어 나오며 눈 위로 흘러내린 밤색 머리카락을 걷어 올렸다.

하지만 누가 그리프인지는 분명해 보였다. "소리는 그만 쳐." 그의 말이 떨어지자 강 위에 갑작스러운 정적이 내려앉았다.

'이거 골치 아프겠는데.' 티리온은 바로 알았다.

그리프의 망토는 로인의 붉은 늑대 가죽으로 만든 물건이었다. 머리통이 포함된 그 털가죽 속에는 쇠고리를 붙인 갈색 경화 가죽 옷을 입었다. 깨끗하게 면도한 얼굴도 가죽 같았고, 눈가에는 잔주름이 잡혔다. 머리카락은 아들과 마찬가지로 푸른색이었으나, 머리 뿌리는 붉었고 눈썹은 더 붉었다. 허리에는 장검과 단검을 찼다. 오리와 할돈이 돌아온 것이 기쁜지 여부는 잘 숨겼으나, 티리온을 보고 불쾌한 감정은 굳이 숨기지 않았다. "난쟁이? 이건 뭐야?"

"알아요. 치즈 덩어리를 기대하고 계셨겠지." 티리온은 젊은 그리프를 돌아보고 최선을 다해 경계심을 누그러뜨리는 미소를 지었다. "티로시에선 파란 머리카락이 좋을지 모르지만, 웨스테로스에서라면 아이들이 돌을 던지고 여자들은 면전에서 웃어댈 거야."

소년은 깜짝 놀랐다. "어머니가 티로시 분이셨어. 어머니를 기리면서 염색했지."

"이 물건은 뭐야?" 그리프가 물었다.

할돈이 대답했다. "일리리오가 설명하는 편지를 보냈습니다."

"그럼 받지. 난쟁이는 내 선실로 데려가."

'저 눈이 마음에 안 들어.' 티리온은 어둑한 선실 안에 들어가서 용병 그리프가 상처투성이 판자 탁자와 양초 하나를 사이에 두고 앉자 생각했다. 색이 엷고 차가운 얼음 같은 푸른 눈이었다. 티리온은 색이 엷은 눈을 싫어했다. 타이윈 공의 눈은 금빛 반점이 들어간 엷은 녹색이었다.

그는 용병이 편지를 읽는 모습을 주시했다. 글을 읽을 수 있다는 것만으로도 알려주는 게 있었다. 얼마나 많은 용병이 글을 안다고 큰소리칠 수 있을까? '입술도 움직이지 않는군.' 티리온은 생각했다.

마침내 그리프가 양피지 편지에서 고개를 들고 색 엷은 눈을 가늘게 떴다. "타이윈 라니스터가 죽었다고? 네놈 손에?"

"내 손가락에 죽었지. 이 손가락이오." 티리온은 감탄하라며 그리프에게 손가락을 들어 보였다. "타이윈 공이 변소에 앉아 있길래, 정말로 금을 똥으로 싸는지 보려고 배에 노궁 화살을 박았지요. 금을 싸진 않더군. 안타까운 일이야. 금은 쓸모가 있었을 텐데. 그 전에는 내 어머니도 죽였소. 아, 그리고 조카인 조프리도. 결혼식 연회에서 독살하고 숨 막혀 죽는 꼴을 지켜봤지. 치즈 장수가 그 부분은 빼놨나? 죽기 전에 내 형과 누이도 목록에 더할 작정이오. 여왕님만 기뻐하신다면."

"여왕님이 기뻐해? 일리리오가 정신이 나갔나? 왜 전하께서 자기 범행을 시인한 국왕 시해자이자 배신자를 환영하시리라 생각하는 거지?"

'타당한 질문이야.' 티리온은 그렇게 생각했지만, 입은 다르게 말했다. "내가 죽인 왕은 여왕님의 왕좌에 앉아 있었고, 내가 배신한 자들은 모두 사자였으니, 난 이미 여왕님에게 좋은 일을 해드린 것 같은데." 그는 잘린 코끝을 긁었다. "두려워할 것 없소. 당신은 안 죽여. 내 친족이 아니니까. 치즈 장수가 뭐라고 썼는지 나도 봐도 되겠소? 스스로에 대해 읽는 걸 좋아하거든."

그리프는 그 요청을 무시하고 편지를 촛불에 갖다 대더니 양피지가 까맣게 말리다가 불이 붙는 광경을 지켜보았다. "타르가르옌과 라니스터 사이엔 원한이 흐르지. 왜 대너리스 여왕님을 지지하려는 건가?"

"황금과 영광을 위해서지." 티리온은 쾌활하게 말했다. "아, 그리고 증오도. 내 누이를 만나봤다면 이해할 거요."

"증오라면 충분히 잘 알고 있어."

그리프의 말투만으로도 그 말이 사실임을 알 수 있었다. '이자는 증오를 먹고 살았군. 몇 년이나 밤에 증오로 몸을 데웠어.'

"그렇다면 경과 나에게도 공통점이 있군."

"난 기사가 아니야."

'거짓말쟁이일 뿐만 아니라, 형편없는 거짓말이로군. 서툴고 어리석은 시도였습니다.' "오리 경은 당신에게 기사 서임을 받았다는데."

"오리는 말이 너무 많아."

"오리가 말을 할 수 있는지부터 의아해하는 사람도 있을 텐데. 상관없소, 그리프. 당신은 기사가 아니고 나는 작은 괴물 휴고르 힐이오. 괜찮다면 당신의 작은 괴물이 되겠지. 맹세하는데, 내가 원하는 건 당신네 드래곤 여왕님의 충실한 종복이 되는 것뿐이오."

"그래서 여왕님을 어떻게 섬길 건가?"

"세 치 혀로." 그는 손가락을 하나씩 빨았다. "난 전하께 내 누이가 어떤 생각을 하는지 알려드릴 수 있어. 그걸 생각이라고 한다면 말이지만. 또 전하의 지휘관들에게 전투에서 내 형인 제이미를 꺾을 제일 좋은 방법을 알려줄 수 있지. 난 어느 영주들이 용감하고 어느 영주들이 비겁한지, 누가 충성스럽고 누가 부패했는지 알아. 난 여왕님에게 동맹자들을 인도할 수 있어. 그리고 당신의 반쪽 학사도 말하겠지만 난 드래곤들에 대해 아주 많이 안다오. 또 난 재미있는 사람이고, 많이 먹지 않지. 날 당신의 진실한 꼬마 악마로 여겨주시길."

그리프는 잠시 그 말을 가늠했다. "잘 들어라, 난쟁이. 넌 우리의 마지막 일원이자 제일 모자란 일원이다. 입 다물고 시키는 대로 하지 않으면 곧 후회하게 될 거다."

'네, 아버지.' 티리온은 그렇게 말할 뻔했다. "공의 분부대로 하지요."

"난 공이 아니다."

'거짓말쟁이.' "예의상 한 말이었소, 친구."

"난 네 친구도 아니다."

'기사도 아니고, 귀족도 아니고, 친구도 아니다.' "안타깝군."

"비꼬기는 관둬. 널 볼란티스까지 데려가겠다. 네가 말 잘 듣고 쓸모 있다는 점을 보여주면 우리와 같이 남아서 최선을 다해 여왕님을 섬길 수도 있겠지. 네 가치보다 말썽이 더 크다는 점을 증명하면, 네 갈 길은 네가 알아서 갈 수 있다."

'그래, 그리고 내 길은 로인강 바닥에서 물고기가 남은 코를 갉아 먹는 상황으로 이어지겠지.' "발라 도하에리스."

"갑판 위든 선창 안이든 원하는 쪽에서 자도 좋다. 이실라가 침구를 찾아줄 거야."

"친절한 분이시군." 티리온은 뒤뚱거리며 허리를 굽혀 인사했지만, 선실

문 앞에서 그리프를 돌아보았다. "여왕님을 찾았다가 드래곤 이야기가 다 어느 선원의 술 취한 공상에 불과했다는 걸 알게 되면 어쩌지? 이 넓은 세상엔 그런 미친 이야기가 한둘이 아니오. 그럼킨과 스나크, 유령과 식시귀, 인어, 돌 고블린, 날개 달린 말, 달개 달린 돼지…… 날개 달린 사자까지."

그리프는 찌푸린 얼굴로 그를 노려보았다. "경고는 충분히 했다, 라니스터. 혀를 잘 단속하지 않으면 잃게 될 거다. 칠왕국이 달린 일이다. 우리 목숨과 우리의 이름, 우리의 명예도 달려 있고. 이건 너 재미있으라고 하는 게임이 아니야."

'왜 아니야.' 티리온이 생각했다. '왕좌의 게임이지.' "분부대로 합죠, 대장님." 그는 중얼거리고 다시 한번 허리를 굽혔다.

다보스

번개가 북쪽 하늘을 찢으며 청백색 하늘에 검은 탑 나이트램프(Night Lamp, 밤의 등불)의 윤곽을 새겼다. 심장이 여섯 번 뛰고 나서 먼 북소리 같은 천둥이 쳤다.

위병들이 다보스 시워스를 데리고 검은 현무암 다리를 건너 녹슨 흔적이 보이는 쇠창살문 아래를 지났다. 이어서 깊은 소금물 해자와 육중한 쇠사슬 한 쌍이 지탱하는 도개교가 나왔다. 아래에서 밀려온 녹색 바닷물이 성 기단부에 부딪치며 물보라 기둥을 올렸다. 그다음에는 처음보다 더 큰 두 번째 문루가 나왔는데, 돌에 녹색 해초가 수염처럼 늘어져 있었다. 다보스는 양쪽 손목이 묶인 채 진흙 마당을 비틀비틀 걸었다. 차가운 빗물이 눈을 찔렀다. 위병들은 그를 재촉하여 계단을 오르더니, 브레이크워터의 동굴 같은 돌 아성으로 들어갔다.

안으로 들어가자 대장은 올 풀린 미르 카펫에 물을 떨어뜨리지 않으려고 망토를 벗어 못에 걸었다. 다보스도 묶인 손 때문에 잠금쇠를 더듬거리며 똑같이 했다. 그는 드래곤스톤에서 일하는 동안 배운 예의를 잊지 않았다.

영주는 어두운 홀 안에 홀로 앉아서 맥주와 빵과 시스터스튜로 저녁을 먹고 있었다. 두꺼운 돌벽에는 쇠로 만든 받침대가 스무 개 박혀 있었지만, 홰가 꽂힌 곳은 네 군데뿐이었고 그나마도 불이 붙어 있지 않았다. 뚱뚱한 양초 두 대가 빈약하게 깜박이는 불빛을 선사했다. 다보스는 벽을 때리는 빗줄기 소리와, 지붕이 새는 곳에서 똑똑 떨어지는 물방울 소리를 들을 수 있었다.

"영주님." 대장이 말했다. "'고래 배'에서 섬 밖으로 나갈 방법을 구하려 하는 이자를 발견했습니다. 금화 열두 닢과 이것도 가지고 있었습니다." 대장은 영주 옆 탁자에 그 물건을 내려놓았다. 금란으로 테를 두른 넓은 검은색 리본으로, 세 개의 인장이 찍혀 있었다. 금색 밀랍에 찍힌 왕관 쓴 수사슴, 붉은색 밀랍에 찍힌 타오르는 심장, 그리고 하얀 밀랍에 찍힌 손.

다보스는 젖어서 물을 뚝뚝 흘리며 기다렸다. 손목을 묶은 젖은 밧줄이 살갗을 파고들었다. 이 영주가 한마디만 하면 곧 시스터턴의 '교수대 문' 앞에 목매달릴 테지만, 지금 그는 적어도 출렁이는 갑판 대신 단단한 돌바닥을 딛고 비를 피해 서 있었다. 그는 흠뻑 젖고 아픈 데다 초췌해졌고, 슬픔과 배신에 약해지고 폭풍에 질렸다.

영주는 손등으로 입가를 닦더니 리본을 집어 들고 자세히 보았다. 바깥에서 번개가 번쩍이며 잠깐 동안 활 구멍들이 청백색으로 눈부시게 빛났다. '하나, 둘, 셋, 넷.' 다보스는 천둥이 칠 때까지 숫자를 셌다. 천둥 소리가 잦아들자 물 떨어지는 소리와, 파도가 브레이크워터의 거대한 돌 아치를 때리고 지하감옥에 소용돌이치며 나는 저 아래 둔중한 포효에 귀를 기울였다. 그 지하감옥에서 끝날 수도 있었다. 그를 젖은 돌바닥에 매어두고, 바닷물이 밀려오면 익사하도록 내버려둘 수도 있었다. '아니야.' 그는 스스로를 타이르려 했다. '밀수꾼이라면 그렇게 죽을지도 모르지만, 왕의 수관은 아니야. 나를 왕대비에게 파는 게 더 가치가 있어.'

영주가 찌푸린 얼굴로 인장을 보며 리본을 만지작거렸다. 추한 남자였다. 덩치가 크고 살집이 있으며 노잡이같이 어깨가 두껍고 목이 없었다. 드문드문 희게 센 거친 회색 수염 자국이 뺨과 턱을 뒤덮었다. 툭 튀어나온 이마 위로는 머리가 휑했다. 코는 울퉁불퉁한 데다 혈관이 터져서 붉었고, 입술은 두꺼웠으며, 오른손 가운데 손가락 세 개 사이에는 물갈퀴 같은 것이 있었다. 세 자매 군도의 영주들 중에는 손발에 물갈퀴가 있는 자들이 있다는 말을 듣기도 했지만, 다보스는 언제나 그것을 선원들의 허풍 중 하나로 치부했었다.

영주가 등을 기대고 말했다. "풀어주고 장갑을 벗겨라. 손을 보고 싶구나."

대장은 명령대로 했다. 대장이 포로의 망가진 왼손을 들어 올리자, 마침 번개가 다시 치면서 다보스 시워스의 짧은 손가락들이 스위트시스터의 영주인 고드릭 보렐의 사납고 퉁명스러운 얼굴에 그림자를 드리웠다. "리본이야 누구든 훔칠 수 있지만, 그 손가락들은 거짓말을 하지 않는군. 자넨 양파 기사야."

"그렇게 불린 적이 있습니다, 영주님." 다보스 본인도 귀족이었고, 이제는 기사가 된 지도 오래였지만 마음속 깊은 곳에서 그는 여전히 평민으로 태어나서 양파와 염장 생선으로 기사 작위를 산 밀수꾼이었다. "그보다 더 나쁜 이름으로도 불렸지요."

"그렇겠지. 배신자. 반란군. 변절자."

그는 마지막 말에 발끈했다. "전 변절한 적이 없습니다, 영주님. 저는 왕의 사람입니다."

"스타니스가 왕일 때나 그렇지." 영주는 냉혹한 검은 눈으로 다보스를 가늠했다. "내 땅에 오르는 기사들 대부분은 고래 배가 아니라 내 성에서 나를 찾지. 거긴 비열한 밀수꾼의 소굴이야. 옛 직업으로 돌아가는 건가, 양파 기사?"

"아닙니다. 화이트하버로 갈 방법을 찾고 있었습니다. 국왕께서 그곳 영주에게 보내는 전언이 있어서요."

"그렇다면 엉뚱한 곳에서 엉뚱한 영주를 만나고 있군." 고드릭 공은 재미있어하는 얼굴이었다. "여긴 스위트시스터의 시스터턴이라네."

"압니다." 그러나 시스터턴에 '스위트'한 구석이라곤 없었다. 작고 초라한 데다 돼지 똥과 썩은 생선 냄새가 풍기는 더러운 마을이었다. 다보스는 밀수꾼 시절에 본 이곳을 또렷하게 기억했다. 세 자매 군도는 수백 년 동안 밀수꾼들이 제일 좋아하는 서식지였고, 그 전에는 해적의 둥지였다. 시스터턴의 길거리는 진흙과 판자였고, 집들은 지푸라기를 지붕에 인 초벽 오두막이었으며, 교수대 문 옆에는 언제나 목매달린 남자들이 내장을 늘어뜨리고 있었다.

"분명 여기에 친구들이 있을 테지." 영주가 말했다. "밀수꾼이라면 누구나 세 자매 섬들에 친구가 있으니 말이야. 그중 일부는 내 친구들이기도 하네. 그렇지 않은 자들은 내가 목을 매달고. 내장이 무릎을 때리는 가운데 천천히 목이 졸리지." 번개가 창문을 밝히면서 홀 안이 다시 밝아졌다. 심장이 두 번 뛰고 나서 천둥이 울렸다. "가고 싶은 곳이 화이트하버라면, 왜 시스터턴에 와 있나? 어쩌다가 여기로 왔지?"

'왕의 명령과 친구의 배신 때문이지요.' 다보스는 그렇게 말할 수도 있었지만, 대신 "폭풍 때문입니다"라고 말했다.

장벽을 출항한 배는 스물아홉 척이었다. 그중 절반이라도 아직 떠 있다면 다보스도 놀랄 것이다. 해안을 따라오는 내내 검은 하늘과 매서운 바람, 후려치는 빗발이 그들을 따라다녔다. 갤리선 '올레도'와 '늙은 어미의 아들' 호는 유니콘과 식인종이 사는 섬 스카고스의 바위들로 떠밀려갔다. '눈면 사생아'마저도 상륙하기를 두려워했던 곳이었다. 대형 범선 '사토스 산호'는 그레이클리프(Grey Cliffs, 회색 절벽)에서 침몰했다. "스타니스가 값을 치르겠지." 살라도르 산은 씩씩거렸다. "잃어버린 배마다 두둑하게 보상할 거야." 마치 어느 성난 신이 그들이 북쪽으로 쉽게 항해한 데 대한 대가를 요구하는 것 같았다. 그때는 드래곤스톤에서 장벽까지 꾸준히 남풍을 탔었다. 또 한 번 찾아온 강풍은 '풍성한 수확'호의 삭구를 끊어서, 다른 배들이 끌고 가야 했다. 그리고 위도스위치에서 북쪽으로 100리 떨어진 곳에서 다시 풍랑이 일면서 수확호와 수확호를 끌고 가던 갤리선 중 한 대가 충돌해 둘 다 가라앉고 말았다. 나머지 리스 함대는 협해 여기저기에 흩어졌다. 이 항구, 저 항구에 낙오한 배도 있었고 다시는 보이지 않은 배도 있었다.

"자네의 왕이 날 거지 살라도르로 만들었군." 살라도르 산은 자투리 함대로 느릿느릿 바이트해를 건너면서 다보스에게 불평했다. "산산조각 살라도르가 되어버렸어. 내 배들은 어디 있지? 그리고 내 금은? 내가 약속받은 금은 다 어디 있나?" 다보스가 대가를 받게 될 거라 안심시키려 들자 살라도르는 폭발했다. "언제? 언제 말인가? 내일? 아니면 다음 달? 붉은 혜성이 다시 오면? 스타니스는 나에게 황금과 보석을 약속하지만, 언제나 약속뿐이고 금이라곤 본 적도 없어. 나에겐 말뿐이야. 말, 그래, 국왕의 말, 적어주는 말. 살라도르 산이 왕의 말을 먹고 살 수 있나? 양피지와 밀랍 인장으로 갈증을 달랠 수 있나? 약속을 깃털 침대에 밀어 넣고 혼절하도록 품을 수 있나?"

다보스는 살라도르를 설득하려 했다. 살라도르에게 스타니스와 그의 대의를 저버리면 받아야 할 금을 받을 희망도 다 버리는 것이라고 지적했다. 승리한 토멘 왕이 패배한 숙부의 빚을 갚아줄 리는 없으니 말이다. 살라도르의 희망은 스타니스 바라테온이 철왕좌를 얻을 때까지 충성을 유지하는 데 있었다. 그러지 않으면 결코 돈을 받을 수 없을 터였다. 인내심을 가져야 했다.

혀에 꿀을 바른 귀족이었다면 리스의 해적 왕자를 설득할 수 있었을지 모르나, 다보스는 양파 기사였고 그의 말들은 오히려 살라도르를 새로이 격분하게 했다. "드래곤스톤에서 난 인내심을 발휘했어. 붉은 여인이 나무로 만든 신들과 비명 지르는 남자들을 불태웠을 때 인내했지. 장벽으로 가는 긴 여정도 인내했어. 이스트위치에서도 참았지…… 추웠어, 정말 추웠어. 하. 집어치워. 인내도 집어치우고, 자네 왕도 집어치워. 내 부하들은 굶주렸어. 다들 아내와 다시 잠자리를 하고, 아들들의 수를 헤아리고, 징검돌 군도와 리스의 쾌락의 정원을 보고 싶어 해. 얼음과 폭풍과 공허한 약속들, 그런 건 원하지 않아. 여기 북부는 너무 춥고, 갈수록 추워지고 있어."

'그런 날이 올 줄 알았지.' 다보스는 스스로에게 말했다. '난 그 늙은 악당을 좋아했지만, 그놈을 믿을 정도로 엄청난 바보는 아니었어.'

"폭풍이라." 고드릭 공은 폭풍이라는 말을 마치 연인의 이름이라도 되는 것처럼 다정하게 입에 담았다. "안달인이 오기 전, 자매 섬들에서는 폭풍을 성스럽게 여겼지. 우리 옛 신들은 파도의 여군주와 하늘의 남군주였어. 그 둘은 짝지을 때마다 폭풍을 일으켰지." 그는 몸을 앞으로 내밀었다. "왕들은 자매 섬들에 신경 쓰는 법이 없다네. 왜 그러겠나? 우린 작고 가난한데. 그런데도 자네는 여기에 있군. 폭풍이 나에게 전해준 거야."

'친구가 당신에게 배달해줬지.' 다보스는 생각했다.

고드릭 공은 위병대장을 돌아보았다. "이자는 두고 가게. 온 적도 없었던 거야."

"네, 영주님. 온 적도 없습니다." 대장은 카펫에 젖은 장화 발자국을 남기며 나갔다. 바닥 아래에서는 바다가 쉬지 않고 우르릉거리며 성의 발치를 두드렸다. 바깥 문이 멀리서 울리는 천둥소리처럼 닫히고, 그 대답처럼 다시 번개가 쳤다.

"영주님." 다보스가 말했다. "저를 화이트하버로 보내주신다면, 전하께서 이를 우정 어린 행동으로 생각하실 겁니다."

"자네를 화이트하버로 보내줄 수도 있지." 영주는 인정했다. "아니면 차갑고 축축한 지옥으로 보내줄 수도 있어."

'시스터턴만 해도 충분히 지옥이야.' 다보스는 최악이 두려웠다. '세 자매'는 변덕스러운 여자들로, 오직 스스로에게만 충성했다. 협곡의 아린 가문에게 충성하기로 되어 있기는 하지만, 이 섬들에 대한 이어리의 지배력은 보잘것없었다.

"선덜랜드가 알게 된다면 자네를 넘겨달라고 할 거야." 보렐은 스위트시스터섬을 대표하여 충성 맹세를 했고, 맹세의 대상은 롱시스터의 롱소프와 리틀시스터의 토런트와 마찬가지로 세 자매 군도의 영주인 트리스턴 선덜랜드였다. "선덜랜드는 라니스터의 황금 한 단지를 받고 왕대비에게 자넬 팔겠지. 기사가 되겠다는 아들을 일곱이나 둔 가난한 남자는 금화가 한 닢이라도 더 필요하거든." 보렐은 나무 숟가락을 집어 들고 스튜에 다시 덤벼들었다. "예전엔 나에게 딸들만 준 신들을 저주하곤 했는데, 트리스틴이 고마 가격을 두고 우는 소리를 들으니 생각이 바뀌더군. 괜찮은 사슬과 판금 갑옷 한 벌을 사는 데 생선이 얼마나 필요한지 알면 놀랄 거야."

'나에게도 일곱 아들이 있었지만, 넷은 불타 죽었지.' "선덜랜드 공은 이어리에 충성을 맹세했지요. 저를 아린 부인에게 보내야 마땅할 텐데요." 다보스는 라니스터보다는 그쪽이 그나마 가망이 있다고 판단했다. 라이사 아린은 다섯 왕 전쟁에서 아무 역할도 하지 않았지만 리버런의 딸이자 젊은 늑대의 이모였다.

"라이사 아린은 죽었어." 고드릭 보렐 공이 말했다. "어느 가수에게 살해당했지. 지금 협곡은 리틀핑거 공이 지배한다네. 해적들은 어디 있나?" 다보스가 대답하지 않자 그는 숟가락으로 탁자를 두드렸다. "리스 해적들 말이야. 토런트가 리틀시스터에서 놈들의 돛을 보았고, 그 전에는 위도스워치의 플린트가 보았네. 오렌지색 돛에 녹색과 분홍색. 살라도르 산이지. 어디 있나?"

"바다에 있지요." 살라도르는 핑거스를 돌아서 협해를 내려가고 있을 터였다. 그나마 남은 배들을 몰고 징검돌 군도로 돌아가고 있었다. 가는 길에 그럴싸한 상단이라도 마주친다면 배를 몇 척 더할지도 몰랐다. '여행길을 도울 사소한 해적질이랄까.' "라니스터와 그 친구들을 곤란하게 만들기 위해 전하께서 남쪽으로 보내셨습니다." 빗발을 뚫고 시스터턴으로 노를 저으면서 연습했던 거짓말이었다. 늦든 빠르든 세상은 살라도르 산이 스타니스 바라테온을 버렸고, 스타니스에겐 함대가 없어졌다는 사실을 알게 될 테지만, 그 말을 다보스 시워스의 입으로 듣지는 못할 터였다.

고드릭 경이 스튜를 저었다. "그 늙은 해적 산이 자네를 해안까지 헤엄치게 했나?"

"작은 배를 타고 상륙했습니다, 영주님." 살라도르는 발리리안호의 좌현 이물에서 나이트램프의 봉화 불빛이 꺼질 때까지 기다렸다가 다보스를 내려보냈다. 그들의 우정이 그 정도는 됐다. 기꺼이 남쪽으로 데려가겠다고도 공언했지만, 다보스가 거절했다. 스타니스는 와이먼 맨덜리가 필요했고, 다보스가 맨덜리의 마음을 얻어오리라 믿고 있었다. 그는 살라에게 그 믿음을 배신하지 않겠다고 말했다. "하." 해적 왕자는 그렇게 대답했다. "왕은 그 놈의 명예로 자넬 죽이고 말 거야, 친구. 자넬 죽일 거라고."

"내 지붕 아래 왕의 수관을 모시기는 처음인데 말이야." 고드릭 공이 말했다. "스타니스가 자네 몸값을 낼까?"

'과연 어떨까?' 스타니스는 다보스에게 영지와 작위와 직위를 내렸지만, 과연 그의 목숨을 되사기 위해 큰돈을 지불할까? '전하에겐 돈이 없어. 있었다면 살라도 아직 데리고 계셨겠지.' "여쭤보고 싶으시다면, 전하께선 캐슬블랙에 계십니다."

보렐이 그르렁거렸다. "꼬마 악마도 캐슬블랙에 있나?"

"꼬마 악마요?" 다보스는 질문을 이해하지 못했다. "꼬마 악마야 조카를 살해한 죄로 죽음을 선고받고 킹스랜딩에 있지요."

"아버지는 장벽이 마지막에나 소식을 안다고 하시곤 했지. 난쟁이는 탈출했네. 감옥 철창 사이로 빠져나와서 맨손으로 제 아비를 찢어버렸지. 위병 하나가 피에 목욕을 한 듯 머리끝부터 발끝까지 시뻘건 난쟁이가 달아나는 걸 봤다네. 왕대비가 그놈을 죽이는 자는 무조건 영주로 만들어준댔다지."

다보스는 지금 들은 말을 믿기 어려웠다. "타이윈 라니스터가 죽었다는 겁니까?"

"그래, 제 아들 손에 죽었다네." 보렐은 맥주를 마셨다. "세 자매 군도에 왕이 있던 시절엔 난쟁이들을 살려두지 않았지. 모두 신들에게 바치는 공물 삼아 바다에 던져버렸어. 성사들이 그런 짓을 못 하게 막았지. 신실한 바보 떼거리들. 신들이 괴물이라고 표시하려는 게 아니라면 왜 인간에게 그런 모습을 주겠나?"

'타이윈 공이 죽었다. 이건 모든 걸 바꾸는데.' "영주님, 장벽으로 까마귀를 보낼 수 있게 허락해주시겠습니까? 전하께서 타이윈 공의 죽음을 알고 싶어 하실 텐데요."

"알게 될 거야. 하지만 나에게서 듣진 못할걸. 내 비 새는 지붕 아래 있는 한 자네에게서 듣지도 못해. 내가 스타니스에게 도움과 조언을 줬다는 말을 들을 수야 없지. 선덜랜드가(家)는 세 자매를 두 번의 블랙파이어 반란에 끌고 들어갔고, 그 일 때문에 우리 모두 극심한 고통을 겪었어." 고드릭 공은 의자 쪽으로 숟가락을 흔들었다. "앉게, 경. 쓰러지기 전에 앉아. 내 성은 춥고 습기 차고 어둡지만, 그렇다고 예의가 없지는 않네. 마른 옷을 찾아주겠네만, 우선 먹기부터 하지." 그가 소리를 지르자 한 여자가 들어왔다. "대접할 손님이 있다. 맥주와 빵과 시스터스튜를 가져와라."

맥주는 갈색, 빵은 검은색, 스튜는 크림색이었다. 여자는 스튜를 퀴퀴한 빵 덩어리를 파내어 만든 그릇에 담아 왔다. 리크, 당근, 보리, 하얗고 노란 순무가 가득했고 조개와 대구살, 게살이 빽빽한 크림과 버터 속을 헤엄치고 있었다. 뼛속까지 데워주는 스튜, 춥고 비 오는 밤에 딱 맞는 스튜였다. 다보스는 고마운 마음으로 떠먹었다.

"시스터스튜를 먹어본 적 있나?"

"있습니다, 영주님." 세 자매 군도 어디에서나, 모든 여관과 선술집에서 같은 스튜를 냈다.

"이게 자네가 예전에 먹은 것보다 낫지. 젤라가 만든다네. 내 딸의 딸이야. 결혼은 했나, 양파 기사?"

"했습니다, 영주님."

"안타깝군. 젤라는 결혼을 안 했거든. 못생긴 여자들이 마누라로는 제일이지. 그 안엔 세 종류의 게가 들어 있어. 붉은게와 거미게, 그리고 정복자. 난 시스터스튜가 아니면 거미게를 먹지 않아. 동족을 잡아먹는 기분이 들거든." 영주는 차가운 검은 벽난로 위에 걸린 깃발을 가리켰다. 회녹색 바탕에 흰색으로 거미게 한 마리가 수놓여 있었다. "스타니스가 자기 수관을 불태웠다는 소문을 들었는데."

'내 전임 수관이었지.' 멜리산드레는 드래곤스톤에서 알레스터 플로렌트를 자기 신에게 바쳤고, 그 힘으로 그들을 북쪽으로 데려갈 바람을 불러냈다. 왕비의 병사들이 기둥에 묶는 동안 플로렌트 공은 반쯤 벗은 남자가 바랄 수 있는 위엄을 다 짜내어 굳세게 침묵했다. 그러나 불길이 다리를 타고 오르자 비명을 지르기 시작했고, 붉은 여인의 말을 믿는다면 그 비명이 그들을 바닷가 이스트워치까지 밀어줬다. 다보스는 그 바람이 마음에 들지 않았다. 바람에서 살 타는 냄새가 나는 것 같았고, 밧줄을 흔드는 바람

소리가 비통하게 들렸다. '나일 수도 있었어.' 다보스는 고드릭 경에게 확언했다. "전 불타지 않았습니다. 이스트워치에서 얼어 죽을 뻔했지만요."

"장벽에선 그러고도 남지." 여자가 오븐에서 갓 꺼내 따끈따끈한 빵을 새로 가져왔다. 다보스는 그녀의 손을 보고 눈을 돌리지 못했다. 고드릭 공은 바로 눈치챘다. "그래, 그 아이에게도 물갈퀴가 있지. 5000년간 모든 보렐이 그랬듯이 말이야. 내 딸의 딸이라네. 스튜를 만든 아이는 아니고." 그는 빵을 찢어서 절반을 다보스에게 내밀었다. "먹게. 맛있다네."

맛있었지만, 퀴퀴한 빵 껍질이라도 다보스에게는 똑같이 맛있었을 것이다. 그 빵은 다보스가 오늘 밤만이라도 이 성의 손님이라는 의미였다. 세 자매 군도의 영주들은 악랄한 명성을 떨쳤고, 그중에서도 스위트시스터의 영주이자 시스터턴의 방패, 브레이크워터성의 주인, 나이트램프의 수호자인 고드릭 보렐이 가장 나빴다…… 그러나 강도 영주와 난파선 약탈자라 해도 오래된 환대의 법은 지켰다. '적어도 새벽은 보겠군. 영주의 빵과 소금을 먹었으니.' 다보스는 혼자 생각했다.

그런데 이 시스터스튜에는 특이한 향신료가 들어 있었다. "이건 사프란 맛입니까?" 사프란은 금보다 더 비쌌다. 다보스도 로버트 왕이 드래곤스톤에서 벌어진 연회 때 생선 요리 절반을 보내줘 딱 한 번 맛보았을 뿐이었다.

"암. 콰스산이야. 후추도 있네." 고드릭 공은 엄지와 검지로 한 자밤 집어 자기 그릇에 뿌렸다. "볼란티스산 으깬 흑후추야. 이보다 좋은 물건이 없지. 후추를 뿌리고 싶거든 원껏 뿌리게나. 마른 궤짝을 얻었거든. 정향과 육두구에다, 사프란도 500그램 정도 있지. 검은 눈의 처녀에게서 빼앗았다네." 영주가 웃음을 터뜨렸다. 아직 치아가 다 멀쩡했지만, 대부분 누런색이었고 윗니 하나는 시커멓게 죽어 있었다. "브라보스로 가고 있었는데, 돌풍이 바이트해에 밀어 넣었고 내 바위섬에 부딪쳤다네. 보다시피, 폭풍이 나에게 가져온 선물이 자네 하나만은 아니야. 바다는 믿을 수 없고 잔인하지."

'인간만큼 위험하진 않아.' 다보스는 생각했다. 고드릭 공의 선조는 스타크가 불과 검을 들고 공격해오기 전까지 해적 왕으로 살았다. 최근 이곳 사람들은 해적질은 살라도르 산과 그 동류들에게 맡겨두고 자기들은 난파선 약탈로 만족했다. 세 자매 군도의 해안을 따라 타오르는 봉화들은 모래톱과 산호초와 암초를 경고하고 안전하게 길을 인도하는 불빛이었으나, 폭풍이 치는 밤이나 안개 낀 밤이면 몇몇 섬 사람들이 가짜 불빛으로 방심한 선장들을 죽음으로 이끌기도 했다.

"내 문으로 날려 보내다니, 폭풍이 자네에게 친절을 베푼 걸세." 고드릭 공이 말했다. "화이트하버에선 차가운 환영을 받게 됐을 거야. 경이 너무 늦게 왔어. 와이먼 공은 무릎을 굽힐 생각이고, 상대는 스타니스가 아니야." 그는 맥주를 한 모금 삼켰다. "맨덜리는 북부인이 아니야. 속 깊은 곳에선 아니지. 그자들이 황금과 신들을 다 짊어지고 북부로 온 지 900년도 안 됐어. 맨더강에 있을 땐 대단한 영주들이었는데 손을 너무 뻗었다가 초록색 손에 얻어맞았지. 늑대 왕은 그자들의 황금을 받는 대신 땅을 주고 신들도 지키게 해줬어." 그는 빵 조각을 스튜에 찍었다. "스타니스가 그 뚱보가 수사슴을 탈 거라 생각했다면 잘못 본 거야. 12일 전에 '사자 별'호가 물통을 채우러 시스터턴에 들렀지. 그 배를 아나? 진홍색 돛에, 뱃머리엔 금색 사자를 얹은 배야. 그런데 프레이를 가득 태우고 화이트하버로 가더군."

"프레이요?" 다보스가 예상도 하지 못한 전개였다. "프레이가 와이먼 공의 아들을 죽였다고 들었습니다만."

"맞네. 그리고 뚱보는 화가 난 나머지 복수를 이룰 때까지는 빵과 와인만 먹고 살겠다고 맹세했지. 하지만 그날이 끝나기도 전에 다시 조개와 케이크를 입에 쑤셔 넣었어. 세 자매와 화이트하버 사이에는 늘 배가 오가지. 우린 화이트하버에 게와 생선과 염소 치즈를 팔고, 화이트하버는 우리에게

나무와 모직물과 가죽을 팔아. 듣자 하니 거기 영주는 전보다 더 뚱뚱해졌다는군. 맹세는 개뿔. 말은 바람일 뿐이고, 맨덜리의 입에서 나오는 바람에는 방귀만 한 가치도 없어." 고드릭 공은 빵을 또 뜯어서 그릇 안을 닦았다. "프레이는 그 뚱뚱한 바보에게 뼈 자루를 가져가고 있었다네. 죽은 아들의 뼈를 가져다주는 게 예의라는 사람도 있지. 내 아들이었다면 그 예의를 고스란히 돌려줘서 프레이에게 고맙다고 인사하고 목을 매달았을 테지만, 그 뚱보는 그러기엔 너무 고결해." 그는 빵을 입에 밀어 넣고 씹어 삼켰다. "난 프레이 놈들에게 저녁 식사를 대접했네. 하나가 지금 자네가 앉은 그 자리에 앉았지. 라에가르라는 이름이었어. 면전에 대고 웃을 뻔했지 뭔가. 아내를 잃었는데, 화이트하버에서 새 부인을 얻을 작정이라고 하더군. 까마귀들이 오갔어. 와이먼 공과 왈더 공은 협정을 맺었고, 결혼으로 도장을 찍을 생각이야."

다보스는 배를 한 대 얻어맞은 것 같았다. '저 말이 사실이라면, 나의 왕은 졌어.' 스타니스 바라테온은 화이트하버가 절실히 필요했다. 윈터펠이 북부의 심장이라면, 화이트하버는 북부의 입이었다. 이곳 만(灣)은 몇 세기 동안 깊은 겨울에도 얼지 않았다. 겨울이 오면 그 사실이 훨씬 더 큰 의미를 지닐 수 있었다. 화이트하버의 은도 그랬다. 라니스터는 캐스털리록의 금을 다 가졌고, 부유한 하이가든과 결혼했다. 스타니스 왕의 돈궤는 말라버렸다. '그래도 시도는 해야 해. 이 결혼을 막을 방법이 있을지도 몰라.' "전 화이트하버에 가야 합니다. 영주님, 부탁드립니다. 도와주세요."

고드릭 공은 큰 손으로 그릇용 빵을 찢어 먹기 시작했다. 스튜가 퀴퀴한 빵을 부드럽게 만들어놓았다. 그는 선언하듯 말했다. "난 북부인들에게 애정이 없어. 학사들은 '세 자매 강간'이 2000년 전 일이라고 하지만, 시스터턴은 잊지 않았네. 그 전까지 우린 자유였고, 우리 왕들이 우리를 다스렸네. 그 후에 우린 북부인들을 몰아내기 위해 이어리에 무릎을 굽혀야 했지. 늑대와 매는 천 년 동안 우리를 두고 다퉜고, 둘이서 이 가난한 섬들의 지방과 살을 다 빨아먹었어. 자네의 왕 스타니스로 말하자면, 로버트의 해군관이었을 때 내 허락도 없이 항구에 함대를 보내는 바람에 내 좋은 친구를 열 명 넘게 교수형시켜야 했네. 자네 같은 친구들을 말이야. 나이트램프가 꺼져서 배가 좌초하면 내 목을 매달겠다는 위협까지 했었지." 그는 그릇 빵을 먹었다. "이제 그 스타니스가 다리 사이에 꼬리를 말고 초라하게 북부에 왔는데, 내가 왜 도와줘야 하나? 대답해보게."

'그분이 당신의 정당한 왕이니까.' 다보스는 생각했다. '그분은 강하고 공정한 남자이며, 왕국을 복구하여 북쪽에 모여드는 위험을 상대로 지켜낼 유일한 분이니까. 태양 빛으로 빛나는 마법 검을 가졌으니까.' 그 말들은 목구멍에 걸려 나오지 않았다. 그 어떤 말도 스위트시스터의 영주를 흔들지 못할 것이다. 그 어떤 말도 다보스를 화이트하버에 보내주지 못할 것이다. '어떤 대답을 원하는 거지? 우리에게 있지도 않은 금을 약속해야 하나? 손녀들에게 귀족 남편을 주겠다고 해야 하나? 영지, 명예, 직함?' 알레스터 플로렌트 공은 그런 게임을 해보려고 했었고, 그러다가 화형당했다.

"수관이 말을 잃은 것 같구먼. 시스터스튜가 맛이 없거나, 진실이 맛없는 모양이야." 고드릭 공이 입을 닦았다.

"사자는 죽었습니다." 다보스는 천천히 말했다. "그게 진실입니다, 영주님. 타이윈 라니스터는 죽었어요."

"죽었으면 뭐?"

"이제 누가 킹스랜딩을 통치하지요? 토멘은 아니지요, 어린아이에 불과하니. 케반 경입니까?"

고드릭 공의 검은 눈에 촛불 빛이 반짝였다. "그랬다면 자네는 쇠사슬에 묶였겠지. 통치자는 왕대비라네."

다보스는 이해했다. '의심을 품었군. 지는 쪽에 붙고 싶지 않은 거야.' "스타니스는 티렐과 레드와인을 상대로 스톰스엔드를 지켜냈습니다. 마지막 타르가르옌에게서 드래곤스톤도 빼앗았지요. 미의 섬에서 강철 함대도 분쇄했습니다. 어린 왕은 스타니스를 상대해서 이기지 못합니다."

"그 어린 왕은 캐스틸리록의 부와 하이가든의 힘을 장악하고 있어. 볼턴과 프레이도 있고." 고드릭 공은 턱을 문질렀다. "그렇다 해도…… 이 세상에서 확실한 건 겨울뿐이지. 네드 스타크가 바로 여기에서 내 아버지에게 그렇게 말했었네."

"네드 스타크가요?"

"로버트의 반란 초기였지. 미친 왕은 이어리에 스타크의 목을 요구했지만, 존 아린은 반항으로 답했어. 하지만 걸타운은 왕좌에 충성을 유지했네. 스타크가 집에 가서 휘하를 소집하려면 산맥을 가로질러 핑거스 반도로 가서 바이트해를 건네줄 어부를 찾아야 했지. 가는 길에 폭풍이 덮쳤네. 이부는 물에 빠져 죽었지만, 어부의 딸은 배가 가라앉기 전에 스타크를 세 자매 군도에 데려다 놨어. 그 여자에게 은화 한 주머니와 사생아를 남겼나고들 하더군. 여자는 아린의 이름을 따서 아들을 '존 스노우'라고 했다지.

그건 그렇고. 에다드 공이 시스터턴에 왔을 때는 내 아버지가 지금 내가 앉은 자리에 앉아 계셨네. 우리 학사는 스타크의 머리를 아에리스에게 보내어 충성을 증명하라고 부추겼지. 두둑한 보상이 있을 거라고 말이야. 미친 왕은 자길 기쁘게 하는 자들에겐 관대했거든. 하지만 그때쯤 우린 존 아린이 걸타운을 점령했다는 걸 알았지. 로버트가 제일 먼저 방벽에 올라서 직접 마크 그래프턴을 죽였어. 나는 말했지. '바라테온은 두려움을 몰라요. 왕이라면 그렇게 싸워야죠.' 우리 학사는 나를 비웃으며 라에가르 왕자가 확실히 이 반란을 진압할 거라 했네. 그때 스타크가 말했지. '이 세상에서 확실한 건 겨울뿐이오. 우리가 목을 잃을 수도 있다는 건 사실이지…… 하지만 우리가 이긴다면 어떻겠소?' 아버지는 머리를 붙여둔 채 그자를 보내줬네. 그리고 에다드 공에게 말했지. '혹시 진다면, 여기엔 온 적 없는 거요.'"

"저도 그렇습니다." 다보스 시워스가 말했다.

존

그들은 삼줄에 두 손이 묶이고 목에 올가미가 걸린 장벽 너머의 왕을 데리고 나왔다.

밧줄 반대쪽 끝은 고드리 파링 경의 안장 뿔에 걸려 있었다. 거인 살해자와 그의 말은 흑금 상감을 한 은색 강철 갑옷을 입었다. 만스 레이디는 얇은 튜닉만 입은 채 사지를 추위에 내놓고 있었다. '망토는 입게 할 수도 있었을 텐데.' 존 스노우는 생각했다. '야인 여자가 진홍색 비단 조각을 덧대어 기운 그 망토.'

장벽이 우는 것도 놀랄 일이 아니었다.

"만스는 귀신 들린 숲을 어떤 순찰자보다 더 잘 압니다." 존은 장벽 너머의 왕은 죽어서보다 살아서 더 쓸모가 있다고 마지막까지 설득하려 하면서 스타니스 왕에게 이렇게 말했었다. "만스는 거인의 재앙 토르문드를 압니다. 다른자들과도 싸워봤고요. 게다가 조라문의 나팔을 가지고도 불지 않았습니다. 할 수 있는데도 장벽을 무너뜨리지 않았어요."

그의 말은 스타니스의 귀에 들어가지 않았다. 스타니스는 흔들리지 않았다. 법은 명백했다. 탈영병은 목숨을 빼앗아야 했다.

우는 장벽 아래에서 멜리산드레 사제가 새하얀 두 손을 들어 올리고 선언했다. "우리 모두는 선택해야 한다. 남자든 여자든, 젊은이든 늙은이든, 귀족이든 농노든 우리의 선택은 같다." 그 목소리를 듣자 존 스노우는 아니스와 육두구와 정향이 떠올랐다. 그녀는 구덩이 위에 세운 나무 연단 위에 왕과 나란히 서 있었다. "우리는 빛을 선택하거나, 어둠을 선택한다. 우리는 선을 선택하거나, 악을 선택한다. 우리는 진정한 신을 선택하거나, 거짓 신을 선택한다."

만스 레이더가 걷자 그의 숱 많은 회갈색 머리카락이 얼굴에 흩날렸다. 만스는 묶인 손으로 눈 위에 흘러내린 머리카락을 걷어내며 미소 지었다. 하지만 나무 우리를 보자 그 용기도 사라졌다. 왕비의 병사들이 귀신 들린 숲의 나무들로 만든 우리였다. 어린나무들과 낭창거리는 나뭇가지, 수액이 끈적하게 흘러내린 소나무 가지, 그리고 영목의 새하얀 손가락들까지. 그들은 가지들을 이리저리 구부리고 비틀어서 나무 격자를 만든 후, 통나무와 낙엽과 불쏘시개를 채운 깊은 구덩이 위에 높이 걸어놓았다.

야인 왕은 그 광경에 움츠러들어 외쳤다. "아니야. 자비를 베푸십시오. 이건 아니야. 난 왕이 아니야. 그들이 —"

고드리 경이 밧줄을 잡아당겼다. 장벽 너머의 왕은 밧줄에 말이 막혀 뒤따라 걸을 수밖에 없었다. 그가 넘어지자, 고드리 경은 나머지 길을 질질 끌고 갔다. 왕비의 병사들이 반쯤은 밀고, 반쯤은 떠메어 나무 우리 앞에 도착했을 때 만스는 피투성이였다. 중장병 십여 명이 힘을 합쳐 그를 허공에 들어 올렸다.

멜리산드레 사제는 만스가 올라가는 모습을 지켜보았다. "자유민들이여! 여기 너희 거짓의 왕이 있다. 그리고 여기에 저자가 장벽을 무너뜨린다고 장담한 나팔이 있다." 왕비의 병사 두 명이 조라문의 나팔을 가지고 나섰다. 오래된 금테를 두른 검은 나팔로, 끝에서 끝까지 길이가 2.5미터에 달했다. 금테에는 최초인들의 글자인 룬 문자가 새겨져 있었다. 조라문은 수천 년 전에 죽었지만, 만스는 서리엄니산맥 높은 빙하 아래에서 그의 무덤을 찾아냈다. '그리고 조라문은 겨울 나팔을 불어, 땅에서 거인들을 깨웠네.' 이그리트는 존에게 만스가 나팔을 찾지 못했다고 말했었다. '이그리트가 거짓말을 했거나, 만스가 자기 부하들에게도 비밀을 지킨 거야.'

포로들 천 명은 병사들이 들어 올린 나팔을 목책 사이로 주시했다. 모두가 남루하고 반쯤 굶어 죽어가고 있었다. 칠왕국은 그들을 '야인'이라 불렀지만, 그들은 스스로를 '자유민'이라 칭했다. 그들은 야생으로 보이지도, 자유로워 보이지도 않았다. 그저 굶주리고 겁에 질리고 마비되어 보였다.

"조라문의 나팔?" 멜리산드레가 말했다. "아니. 어둠의 나팔이라 불러라. 장벽이 무너지면 밤이, 그것도 결코 끝나지 않는 긴 밤이 내리리니. 그런 일이 일어나서는 안 된다. 그런 일은 일어나지 않을 것이다! 빛의 군주께서 위험에 처한 아이들을 보시고 대전사를 보내셨으니, 아조르 아하이의 재림이로다." 그녀가 스타니스 쪽으로 한 손을 뻗자, 목에 걸린 거나란 루비가 맥동하듯 빛을 발했다.

'스타니스는 돌이고 멜리산드레는 화염이야.' 왕의 눈은 홀쭉한 얼굴 깊이 든 푸른 멍이었다. 그는 회색 판금 갑옷을 입고 넓은 어깨에는 모피를 가장자리에 두른 금란 망토를 펄럭였다. 흉갑에는 불타는 심장을 새겼다. 이마에는 흔들리는 불길 같은 모양을 낸 적금 왕관을 썼다. 키 크고 아름다운 발이 그 옆에 서 있었다. 그녀에게는 어두운 청동으로 만든 단순한 원형 테를 씌워놓았는데, 청동관을 쓰고도 금관을 쓴 스타니스보다 더 위엄 있어 보였다. 발의 회색 눈에는 두려움이 없었으며 깜박이지도 않았다. 흰담비 털 망토 아래에는 흰색과 금색 옷을 입었고, 벌꿀색 머리카락은 굵게 땋아 오른쪽 어깨에 걸쳐 허리까지 늘어뜨렸다. 차가운 공기 탓에 볼이 발그레했다.

멜리산드레 사제는 왕관을 쓰지 않았으나, 그 자리에 있는 모두가 스타니스의 진정한 왕비는 그가 바닷가 이스트워치에서 벌벌 떨게 두고 온 못생긴 여자가 아니라 그녀임을 알았다. 들리는 말에 따르면 왕은 나이트포트가 준비되기 전까지는 셀리스 왕비도, 두 사람의 딸도 불러오지 않으려 한다고 했다. 존은 그 둘에게 안된 마음이 들었다. 장벽은 남부의 귀부인들과 어린 귀족 소녀들이 익숙할 안락함을 거의 제공하지 못했고, 나이트포트는 특히 그랬다. 나이트포트는 제일 좋을 때라 해도 음울한 장소였다.

"자유민들이여! 어둠을 선택한 자들의 운명을 보라!"

조라문의 나팔에서 불길이 치솟았다.

휘몰아치는 초록색과 노란색 불의 혀가 바작바작 온 몸체를 핥자 쉭 소리를 냈다. 존의 조랑말이 불안하게 뒷걸음질 쳤고, 대열 여기저기에서 대원들이 말을 진정시키려고 애썼다. 목책 사이로 희망이 불타는 광경을 본 자유민들의 신음이 흘러나왔다. 몇 명이 소리 지르고 욕하기 시작했지만, 대부분은 침묵에 빠졌다. 아주 잠깐 동안, 금테에 새겨진 룬 문자들이 허공에 아른거리는 것 같았다. 왕비의 병사들이 나팔을 들어 불구덩이에 떨어뜨렸다.

우리 안에서는 만스 레이더가 묶인 두 손으로 목에 걸린 올가미를 긁으며 배신과 주술에 대해 앞뒤가 맞지 않는 말을 외치고, 자기가 왕임을 부인하고, 자기 사람들을 부인하고, 자기 이름을 부인하고, 자신의 모든 것을 부인했다. 그는 새된 소리로 자비를 구하고 붉은 여인을 저주하다가 발작적으로 웃기 시작했다.

존은 눈도 깜박이지 않고 지켜보았다. 감히 형제들 앞에서 약한 모습을 보일 순 없었다. 그는 캐슬블랙 수비군의 절반이 넘는 200명의 출동을 명령해놓았다. 긴 창을 손에 들고 말에 올라 엄숙한 검은 대열을 이룬 대원들은 두건을 써서 얼굴을 가렸고…… 그중 많은 수가 늙은이와 풋내기 소년이라는 사실을 감췄다. 자유민들은 경비대를 두려워했다. 존은 그들이 장벽 남쪽의 새로운 집으로 갈 때 그 두려움을 안고 갔으면 했다.

나팔이 통나무와 낙엽과 불쏘시개 사이에 떨어졌다. 심장이 세 번쯤 뛰자 구덩이 전체가 화염에 휩싸였다. 만스는 묶인 손으로 우리 창살을 붙잡고 흐느끼며 빌었다. 그리고 불이 닿자 춤을 추기도 했다. 만스의 절규가 두려움과 고통에 가득 찬 길고 내용 없는 비명으로 변했다. 그는 우리 안에서 타들어가는 낙엽처럼, 촛불 빛에 붙들린 나방처럼 퍼덕거렸다.

존은 저도 모르게 노래를 떠올리고 있었다.

형제들이여, 아, 형제들이여, 내 인생은 여기에서 끝났구나.
도르네인이 내 목숨을 빼앗았어.
하지만 무슨 상관이랴. 인간은 다 죽기 마련.
그래도 내 도르네인의 아내를 낫보지 않았나!

발은 연단 위에 소금 덩어리를 깎아서 만든 듯 고요히 서 있었다. '발은 울거나 고개를 돌리지 않을 거야.' 존은 이그리트가 이 자리에 있었다면 어떻게 했을까 생각했다. '여자들은 강해.' 저도 모르게 샘과 아에몬 학사, 길리와 아기에게로 생각이 흘러갔다. '길리는 죽을 때도 날 저주할 테지만, 내겐 다른 길이 보이지 않았어.' 이스트워치에서 협해에 사나운 폭풍이 몰아쳤다는 보고가 왔다. '그 사람들을 안전하게 지키려던 건데, 대신 물고기 밥으로 주고 만 걸까?' 지난밤 꿈에는 물에 빠져 죽는 샘, 존의 화살이 꽂힌 채 죽어가는 이그리트(실제로는 존의 화살이 아니었지만, 꿈속에서는 언제나 그랬다), 피눈물을 흘리는 길리가 나왔다.

이만하면 충분히 봤다. "지금." 존 스노우가 말했다.

왕의 숲의 울머가 창을 땅에 꽂더니, 활을 풀고 화살통에서 검은 화살

하나를 뽑아 메겼다. 다정한 도넬 힐도 두건을 젖히고 똑같이 했다. 회색 깃털 가스와 수염쟁이 벤도 화살을 메기고, 활을 구부렸다가, 놓았다.

화살 한 대는 만스 레이더의 가슴에, 한 대는 배에, 한 대는 목에 꽂혔다. 네 번째 화살은 우리의 나무 창살에 박혀서 잠시 흔들리다가 불이 붙었다. 한 여자의 울음소리가 장벽에 메아리치는 가운데 야인 왕이 불길에 휩싸여 우리 바닥에 쓰러졌다. "이제 그의 감시는 끝났다." 존은 조용히 중얼거렸다. 만스 레이더는 한때, 검은 망토를 새빨간 비단 천을 덧댄 망토로 바꾸기 전에 밤의 경비대원이었다.

연단 위에서 스타니스가 험상궂게 얼굴을 찌푸렸다. 존은 그와 눈을 마주치지 않았다. 나무 우리 바닥이 떨어지고, 창살이 부서지고 있었다. 불길이 위로 치솟을 때마다 선홍색, 검은색의 나뭇가지가 떨어져 내렸다. "빛의 군주께서는 우리의 길을 비추는 해와 달과 별을 만드셨고, 밤을 막을 불을 주셨다." 멜리산드레가 야인들에게 말했다. "아무도 그분의 불길을 견디지 못한다."

"아무도 그분의 불길을 견디지 못한다." 왕비의 병사들이 따라 했다.

붉은 여인의 새빨갛게 염색한 로브 자락이 몸을 휘감고, 구릿빛 머리카락이 얼굴 주위에 후광을 드리웠다. 높이 치솟은 노란 불길이 그녀의 손가락 끝에서 짐승의 발톱처럼 춤을 췄다. "자유민들이여! 너희의 거짓 신들은 너희를 도울 수 없다. 너희의 거짓 나팔은 너희를 구하지 못했다. 너희의 거짓 왕은 너희에게 오직 죽음과 절망과 패배만 가져왔다……. 그러나 여기에 진정한 왕이 서 계시니. 그분의 영광을 목격하라!"

스타니스 바라테온이 '빛의 인도자'를 뽑았다.

장검이 붉은색, 노란색, 오렌지색으로 번쩍이며 빛을 내뿜었다. 존이 이전에도 본 광경이었지만…… 이렇지는 않았다. 전에는 결코 이렇지 않았다. 이 자리에서 '빛의 인도자'는 강철로 만든 태양이었다. 스타니스가 그

검을 머리 위로 들어 올리자 다들 고개를 돌리거나 눈을 가려야 했다. 말들이 뒷걸음질 쳤고, 한 마리는 기수를 떨어뜨렸다. 이 빛의 폭풍 앞에서는 불구덩이의 화염도 큰 개 앞에서 움츠리는 작은 개처럼 위축되는 것 같았다. 색채의 파도가 얼음 위를 춤추며 장벽도 붉은색과 분홍색, 오렌지색으로 변했다. '이게 왕의 피가 가진 힘인가?'

"웨스테로스에는 단 하나의 왕만 있다." 스타니스가 말했다. 음악 같은 멜리산드레의 목소리와 달리 거칠게 울리는 목소리였다. "나는 이 검으로 내 신민들을 지키고, 그들을 위협하는 자들을 죽인다. 무릎을 꿇어라. 그러면 너희에게 식량과 땅과 정의를 약속하겠다. 무릎을 꿇고, 살아라. 아니면 떠나가서 죽어라. 선택은 너희 몫이다." 스타니스가 빛의 인도자를 검집에 넣자, 태양이 구름에 가린 듯 세상이 다시 어두워졌다. "문을 열어라."

"문을 열어라." 클레이턴 서그스 경이 전투 나팔처럼 장중한 목소리로 외쳤다. "문을 열어라." 위병들을 지휘하는 콜리스 페니 경이 이어받았다. "문을 열어라." 하사관들이 소리쳤다. 병사들이 앞다투어 명령을 이행했다. 땅에서 뾰족 말뚝이 뽑히고, 깊은 도랑 위에 판자가 놓이고, 목책 문들이 활짝 열렸다. 존 스노우가 손을 올렸다 내리자 검은 대열이 오른쪽, 왼쪽으로 갈라지면서 장벽까지 가는 길을 냈고, 장벽에서는 구슬픈 에드 톨렛이 철문을 밀어 열었다.

"오라." 멜리산드레가 권고했다. "빛으로 오라…… 아니면 다시 어둠으로 도망쳐라." 그녀 아래로 구덩이에서 불이 타오르고 있었다. "살기를 선택한다면, 나에게 오라."

그리고 그들은 왔다. 포로들은 처음에는 천천히, 절뚝거리거나 친구들에게 기대기도 하면서 대충 만든 울타리 밖으로 빠져나왔다. '뭐라도 먹으려면 나에게 와라. 얼어 죽거나 굶어 죽지 않으려면 항복해라.' 존은 생각했다. 처음 몇 명의 포로들이 주저하면서, 함정이 있지 않을까 경계하면서, 조심조심 판자를 건너고 말뚝 울타리를 통과해 멜리산드레와 장벽을 향해 움직였다. 먼저 간 사람들이 아무 해도 입지 않았다는 사실을 확인한 사람들이 뒤따랐다. 그리고 또 뒤따르는 사람들로 꾸준한 물결이 이어졌다. 징박힌 조끼를 입고 반투구를 쓴 왕비의 병사들이 지나가는 남자, 여자, 아이에게 하얀 영목을 한 조각씩 건넸다. 나무토막, 부러진 뼈처럼 새하얀 쪼개진 가지, 새빨간 잎사귀가 붙은 잔가지······. '새로운 신에게 먹일 옛 신의 조각들이군.' 존은 오른손을 쥐었다 폈다.

불구덩이의 열기는 멀리서도 뚜렷하게 느껴졌다. 야인들에게는 맹렬한 열기일 터였다. 존은 남자들이 불길에 가까워지면서 움찔하는 모습을 보고, 아이들이 우는 소리를 들었다. 몇 명은 숲 쪽으로 방향을 돌렸다. 존은 양손에 아이를 하나씩 끌고 비틀비틀 걷는 젊은 여자를 주시했다. 그 여자는 한 걸음 걸을 때마다 누가 쫓아오지 않는지 뒤를 돌아보더니, 숲에 가까워지자 뛰기 시작했다. 노인 하나는 영목 가지를 받아 들자 무기 삼아 주위에 마구 휘두르다가 왕비의 병사들의 창에 찔렸다. 다른 사람들은 그 시체 옆을 돌아서 가야 했다. 콜리스 경이 시체를 불구덩이에 던져 넣었고, 그 후에는 숲을 선택하는 자유민이 늘었다. 열 명에 한 명 꼴이었다.

하지만 대부분은 계속 왔다. 그들 뒤에는 추위와 죽음뿐이었다. 앞에는 희망이 있었다. 그들은 계속 왔고, 나눠 받은 영목 조각을 꽉 쥐고 있다가 불길에 던져 넣었다. 를로르는 질투심 많은 신이었고, 언제나 굶주렸다. 그래서 새로운 신은 옛 신의 시체를 먹어치우고, 스타니스와 멜리산드레의 거대한 그림자를 장벽에 드리웠다. 얼음 위를 불그레하게 물들이는 불빛 위로 시커멓게 그림자가 졌다.

제일 먼저 왕 앞에 무릎 꿇은 것은 시고른이었다. 텐족의 새로운 마그나는 제 아버지의 젊고 짧은 판박이로, 야위고 머리가 벗어지고 있었으며, 청동 정강이받이를 차고 청동 미늘을 꿰매어 단 가죽 셔츠를 입었다. 그다음에는 뼈와 삶은 가죽으로 만든 절그럭대는 갑옷을 입고 거인의 머리뼈를 투구로 쓴 래틀셔츠가 왔다. 그 뼈 투구 속에는 눈의 흰자가 노랗게 물들고 이가 다 썩어 갈라진 망가지고 비참한 생물이 숨어 있었다. '비열하고, 고약하고, 믿을 수 없는 데다, 잔인한 만큼 멍청하기도 한 놈이지.' 존은 래틀셔츠가 신의를 지키리라고는 한순간도 믿지 않았다. 그놈이 용서를 받고 무릎을 꿇는 모습을 지켜보는 발의 심정이 궁금했다.

그보다 못한 지도자들이 뒤따랐다. 시커멓고 딱딱한 발을 지닌 뿔발족의 부족장 두 명. 우유강 사람들이 존경하는 늙고 현명한 여자 한 명. 까마귀 살해자 알핀의 아들인, 검은 눈의 앙상한 열두 살짜리 소년. 개 머리 하르마의 돼지들을 거느린 하르마의 남동생 할렉. 각각이 왕 앞에 무릎을 꿇었다.

'이런 연극을 벌이기엔 너무 추워.' 존은 생각했다. 그는 스타니스에게 경고했었다. "자유민은 무릎 꿇는 자들을 경멸합니다. 그들이 자부심을 지키게 해주시면 전하를 더 사랑할 겁니다." 왕은 듣지 않았다. "나에게 필요한 건 그놈들의 칼이지, 입맞춤이 아니야."

무릎을 꿇은 야인들은 발을 끌며 검은 형제들의 대열을 지나 문으로 향했다. 존은 망아지와 새틴과 대여섯 명의 병사들에게 횃불을 들고 야인들이 장벽을 통과하게 안내하라고 자세히 지시해두었다. 장벽을 지나면 뜨거운 양파 수프 그릇과 흑빵과 소시지가 그들을 기다렸다. 옷도 있었다. 망토, 바지, 장화, 튜닉, 질 좋은 가죽 장갑까지. 그들은 불로 밤의 추위를 몰아내며 깨끗한 짚 더미에서 잘 것이다. 왕은 조직적인 사람이었다. 그러나 늦든 빠르든 거인의 재앙 토르문드가 장벽을 다시 공격할 터였고, 존은 그때가 오면 왕이 새로 들인 신민들이 누구 편을 선택할지 궁금했다. '저들에게 땅과 자비를 베풀 순 있지만, 자유민은 자기 왕을 스스로 선택하고, 저들이 선택한 건 당신이 아니라 만스였어.'

보웬 마시가 존 옆으로 말을 몰고 왔다. "이런 날을 보게 되리라곤 생각도 못 했습니다." 집사장은 해골 다리에서 머리 부상을 입은 후 눈에 띄게 살이 빠졌다. 한쪽 귀는 일부가 사라지고 없었다. '이젠 석류처럼 보이지 않아.' 존은 생각했다. 마시가 말했다. "우린 대곡지에서 야인들을 막기 위해 피를 흘렸어요. 훌륭한 남자들, 친구들과 형제들이 거기서 죽었습니다. 뭘 위해서였죠?"

"왕국은 이 일로 우리 모두를 저주할 거요." 알리서 쏜이 독이 깃든 말투로 단언했다. "웨스테로스의 정직한 남자들은 모두 밤의 경비대라는 말만 들어도 고개를 돌리고 침을 뱉겠지."

'당신이 정직한 남자들에 대해 뭘 알아?' "진중 조용히." 알리서 경은 자노스 공의 목이 날아간 후에 전보다 신중해졌지만, 악감정은 그대로 남아 있었다. 존은 그에게 자노스 슬린트가 거절했던 지휘권을 줄까 생각해보았지만, 그보다는 가까이 두고 싶었다. '언제나 쏜이 둘 중에 더 위험한 쪽이었어.' 대신 존은 섀도타워에서 반백의 집사를 불러다가 그레이가드 지휘를 맡겼다.

존은 새로운 두 군데 수비대가 차이를 만들기를 희망했다. '경비대가 자유민의 피를 흘릴 수는 있겠지만, 결국엔 막을 수가 없어.' 만스 레이더를 불태웠다고 그 사실이 달라지지는 않았다. '우린 여전히 너무 적고 저들은 여전히 너무 많은 데다, 순찰자들이 없으면 우린 장님이나 다름없어. 대원들을 내보내야 해. 하지만 내보낸다면 다시 돌아올까?'

장벽을 통과하는 터널은 좁고 구불구불했고, 야인들은 많은 수가 늙었거나 아프거나 부상자였기에, 진행이 고통스러울 정도로 느렸다. 마지막 한 명이 무릎을 꿇었을 때는 밤이 와 있었다. 불구덩이는 낮게 타올랐고, 장벽에 비친 왕의 그림자는 4분의 1 크기로 줄어들었다. 존 스노우는 허공에서 자신의 입김을 볼 수 있었다. '춥군. 그리고 더 추워지고 있어. 이 연극은

충분히 오래 했어.'

목책 옆에 아직 포로가 마흔 명쯤 남아 있었다. 그중에 거인도 넷 있었다. 경사진 어깨에 나무줄기만큼 굵은 다리, 그리고 커다랗고 편평한 발을 지닌 털투성이의 육중한 존재들. 크다고는 해도 그들 역시 장벽을 통과할 수 있었으나, 그중 한 명이 자기 매머드 곁을 떠나려 하지 않았고 다른 거인들은 그를 두고 가지 않으려 했다. 나머지는 키로 보아 모두 인간이었다. 일부는 죽었고, 일부는 죽어갔으며, 그 외의 다수는 그들의 혈연이나 가까운 친구로 양파 수프의 유혹에도 그들을 버리고 가지 않으려 했다.

벌벌 떠는 사람도 있었고, 떨지도 못할 만큼 마비된 사람도 있었지만 모두가 장벽을 울리는 왕의 목소리에 귀를 기울였다. "너희는 가도 좋다." 스타니스는 그들에게 말했다. "너희 동족들에게 목격한 바를 말해라. 너희가 진정한 왕을 보았으며, 왕의 평화만 지킨다면 그 왕국에 들어오는 것을 환영한다고 전해라. 그러지 않을 거라면 도망치거나 숨어야 할 것이다. 나의 장벽에 대한 공격은 더 이상 허용하지 않을 테니."

"하나의 왕국, 하나의 신, 하나의 왕!" 멜리산드레가 외쳤다.

왕비의 병사들이 외침을 이어받아, 방패를 창으로 두드리며 외쳤다. "하나의 왕국, 하나의 신, 하나의 왕! 스타니스! 스타니스! 하나의 왕국, 하나의 신, 하나의 왕!"

존은 발이 같이 소리치지 않는다는 사실을 알아보았다. 밤의 경비대 형제들도 마찬가지였다. 혼란을 틈타 남아 있던 야인 몇 명이 숲속으로 사라졌다. 거인들이 마지막으로 떠났는데, 두 명은 매머드를 타고 두 명은 걸어서 갔다. 뒤에는 시체만 남았다. 존은 스타니스가 멜리산드레와 함께 연단을 내려오는 모습을 보았다. '왕의 붉은 그림자. 왕 옆을 오래 떠나는 일이 없지.' 왕의 의장대가 주위를 둘러쌌다. 고드리 경, 클레이턴 경 외 십여 명의 기사들로, 전원이 왕비의 사람들이었다. 달빛이 그들의 갑옷에 번득이고 바람이 그들의 망토를 펄럭였다. 존은 마시에게 말했다. "집사장, 목책을 부숴서 장작을 만들고, 시체들은 불길에 던져 넣으세요."

"명령 받들겠습니다." 마시가 명령을 외치자 집사들이 우르르 나무벽을 해체하러 나섰다. 집사장은 찌푸린 얼굴로 그들을 지켜보았다. "이 야인들은…… 저들이 신의를 지킬까요, 사령관님?"

"그런 사람도 있겠지요. 전부는 아니고. 우리에게도 겁쟁이와 악한, 약한 이와 바보가 있지 않습니까."

"우리의 서약은…… 우리는 왕국을 지키겠다고 맹세하는데……."

"자유민들도 선물의 땅에 정착하면 왕국의 일부가 될 겁니다." 존은 그 사실을 지적했다. "지금은 위험한 시절이고, 점점 더 위험해지고 있어요. 우린 진정한 적의 얼굴을 봤습니다. 새파란 눈을 빛내는 죽은 자의 하얀 얼굴을요. 자유민들도 그 얼굴을 봤어요. 이것만은 스타니스가 틀리지 않았습니다. 우린 야인들과 제휴해야 합니다."

"공통의 적을 상대로 제휴하는 거야 동의할 수 있지만……." 보웬 마시가 말했다. "그게 굶어 죽어가는 야만인 수만 명이 장벽을 통과하게 해줘야 한다는 의미는 아니지 않습니까. 자기들 마을로 돌아가서 거기서 다른 자들과 싸우게 하고, 우린 문을 봉쇄하죠. 오렐이 그러는데 어렵지 않을 거랍니다. 돌덩이로 터널을 채운 후에 살인 구멍으로 물을 부으면 됩니다. 나머지는 장벽이 해결해주죠. 추위에 무게까지……. 한 달만 지나면 문이 아예 없었던 것처럼 될 겁니다. 어떤 적이든 들어오려면 얼음을 뚫어야 할 거예요."

"아니면 장벽을 오르거나요."

"안 될 겁니다." 보웬 마시가 말했다. "이건 여자를 훔치고 약탈 좀 하러 나오는 습격자들이 아니에요. 토르문드에겐 늙은 여자들과 아이들, 양과 염소 떼, 매머드들까지 있을 겁니다. 그러니 꼭 문이 있어야 하는데 남은 문은 세 개뿐이죠. 그리고 그놈이 장벽을 오를 자들을 보낸다면 뭐, 등반 자들이야 주전자에 든 물고기 잡는 것처럼 쉽지요."

'물고기는 주전자 밖으로 튀어나와서 배에 창을 찌르는 일이 없어.' 존은 직접 장벽을 올랐었다.

보웬 마시는 말을 이었다. "우리가 모아들인 화살대를 보면, 만스 레이더의 궁수들이 우리에게 써버린 화살이 만 대는 될 겁니다. 그중에 장벽 위에 선 우리 대원들에게까지 날아온 화살은 백 대가 안 되고, 그것도 대부분 돌풍이 날라다 준 거였죠. 장벽 위에서 죽은 사람은 장미 숲의 붉은 알린 하나였고, 그것도 다리에 꽂힌 화살 때문이 아니라 추락하는 바람에 죽었습니다. 도날 노이는 문을 지키다가 죽었죠. 용맹한 행동이었지만…… 문을 봉쇄해두었다면 우리 용감한 무기제조인은 아직도 우리 곁에 있을지 모릅니다. 우리가 장벽 위에 있고 저들이 아래에 있는 한, 적이 백 명이든 십만 명이든 우리를 해치지 못합니다."

'틀린 말은 아니야.' 만스 레이더의 군대는 돌투성이 해변에 치는 파도처럼 장벽을 치고 부서졌지만, 수비자들은 한 줌의 노인과 풋내기 소년과 불구자에 불과했다. 그럼에도 보웬의 제안은 존의 모든 본능에 거슬렸다. "문을 봉쇄하면 순찰자들을 내보낼 수가 없어요." 존은 지적했다. "우린 장님이나 다름없어질 겁니다."

"모르몬트 공이 감행한 마지막 순찰의 대가로 경비대원 4분의 1을 잃었습니다. 우리에게 남은 힘을 보존해야 해요. 한 사람 죽을 때마다 힘이 줄어드는 데다가, 너무 얇게 퍼졌습니다……. 제 숙부님은 언제나 고지를 차지해서 전투에 이기라고 하셨지요. 장벽보다 높은 고지는 없습니다, 총사령관님."

"스타니스는 무릎을 꿇는 야인은 누구나 땅과 먹을 것과 정의를 얻으리라 약속했어요. 우리가 문을 봉하게 허락하지 않을 겁니다."

마시는 머뭇거렸다. "스노우 공, 제가 소문을 전하는 사람은 아니지만, 공이 너무…… 스타니스 공과 너무 가까워지고 있다는 말이 돕니다. 심지어는 공을 두고……"

'반란자에 변절자라는 소리까지 하겠지. 게다가 사생아에, 와르그이기까지 하고.' 자노스 슬린트는 사라졌을지 모르지만 그의 거짓말은 남았다. "저도 뭐라고들 하는지 압니다." 존은 소곤거리는 소리들을 들었고, 훈련장을 지날 때 고개를 돌려 외면하는 남자들도 보았다. "그러면 저더러 어떻게 하랍니까? 스타니스와 야인들, 양쪽과 싸워요? 왕에게는 전사가 우리의 세 배는 있는 데다, 우리의 손님입니다. 환대의 법칙이 보호하죠. 게다가 우린 스타니스에게 빚을 졌어요."

"스타니스 공이 필요할 때 우리를 도와주긴 했지요." 마시는 끈덕지게 말했다. "그래도 여전히 반란군이고, 게다가 망했습니다. 철왕좌가 우리까지 반역자로 보게 된다면 우리도 망했고요. 결코 지는 쪽을 선택해선 안 됩니다."

"어느 쪽도 선택하지 않으려는 게 제 의도입니다만…… 집사장만큼 이 전쟁의 결과를 확신하지는 못하겠군요. 타이윈 공이 죽었으니까요." 왕의 가도를 따라 전해 온 소문을 믿을 수 있다면, 왕의 수관은 변소에 앉아 있다가 난쟁이 아들 손에 살해당했다. 존은 짧게나마 티리온 라니스터를 알고 지냈다. '내 손을 잡고 친구라고 불렀지.' 그 자그마한 남자가 아버지를 살해하다니 믿기 힘든 일이었지만, 타이윈 공이 죽었다는 사실 자체는 확실해 보였다. "킹스랜딩에 있는 사자는 새끼이고, 철왕좌는 성인 남자들도 갈가리 찢은 전력이 있지요."

"어린아이일진 몰라도…… 로버트 왕은 많이 사랑받았고, 사람들 대부분은 여전히 토멘을 로버트의 아들로 받아들이고 있습니다. 스타니스 공은 볼수록 정이 가지 않는 데다, 멜리산드레 여사제의 불과 그 음울한 붉은 신은 좋아하는 사람이 더 적어요. 대원들이 불평합니다."

"대원들은 모르몬트 총사령관에 대해서도 불평했어요. 언젠가 모르몬트 공은 남자들이란 아내와 윗사람에 대해 불평하길 좋아한다고 하셨죠. 아내가 없는 남자들은 윗사람에 대해 두 배는 더 불평하고요." 존 스노우는 목책 쪽을 흘긋 보았다. 벽 두 개가 무너지고, 세 번째도 빠르게 허물어지고 있었다. "여기 마무리를 맡기겠습니다, 보웬. 시체는 모두 태우도록 하세요. 조언에 감사드립니다. 말씀하신 내용은 꼭 생각해보겠습니다."

존은 연기와 흩날리는 재가 남은 공기 속으로 말을 몰아 문으로 돌아갔다. 거기서부터는 내려서 조랑말을 끌고 얼음 속을 통과했다. 구슬픈 에드가 횃불을 들고 앞장섰다. 횃불 빛이 천장을 핥으면서 걸음걸음마다 차가운 눈물이 떨어져 내렸다.

"그 나팔이 타는 걸 보니 마음이 놓이더군요." 에드가 말했다. "바로 어젯밤만 해도 제가 장벽에서 오줌을 싸고 있을 때 누군가가 그 나팔을 불어보기로 작정하는 꿈을 꿨지 뭡니까. 불평하는 건 아니에요. 개 머리 하르마가 돼지들에게 절 먹이던 예전 꿈보다야 낫죠."

"하르마는 죽었어요." 존이 말했다.

"그렇지만 돼지들은 안 죽었어요. 슬레이어가 햄을 볼 때와 같은 눈으로 날 본단 말입니다. 야인들이 우리에게 해를 끼칠 작정이란 건 아닙니다. 그래요, 우리가 그놈들의 신을 쪼개서 조각조각 태우게 만들긴 했지만, 양파 수프를 줬잖아요. 맛있는 양파 수프 한 그릇에 비하면 신이 뭐랍니까? 저라도 신을 버리겠어요."

존의 검은 옷에는 아직도 연기와 살 타는 냄새가 들러붙어 있었다. 먹어야 한다는 건 알았지만, 존이 갈망하는 건 음식이 아니라 벗이었다. '아에몬 학사님과 와인 한잔, 샘과 조용히 나누는 몇 마디, 핍과 그렌과 토드와 웃는 시간.' 그러나 아에몬과 샘은 떠났고, 다른 친구들은…… "오늘 저녁에는 대원들과 같이 저녁을 먹을게요."

"삶은 소고기와 비트랍니다." 구슬픈 에드는 언제나 어떤 음식을 준비할지 아는 것 같았다. "하지만 홉이 고추냉이는 떨어졌다는군요. 삶은 소고기에 고추냉이가 없으면 무슨 소용이래요?"

예전 휴게실은 야인들이 태워버렸기 때문에, 밤의 경비대원들은 무기고 아래 돌로 만든 지하실에서 식사를 했다. 사각의 돌기둥이 두 줄로 늘어서서 공간을 나누고, 천장은 나무통처럼 둥글었으며 벽을 따라 커다란 와인과 에일 통들이 놓여 있는 동굴 같은 방이었다. 존이 들어갔을 때는 건설자 네 명이 계단 바로 앞 탁자에서 타일 놀이를 하고 있었다. 불가에서는 순찰자 한 무리와 왕의 병사 몇 명이 조용히 대화하고 있었다.

좀 더 젊은이들은 다른 탁자에 모여 앉았는데, 거기서 핍이 칼로 순무를 하나 찍더니 엄숙한 목소리로 선언했다. "밤은 어둡고 순무가 가득하니, 모두 양파와 맛있는 그레이비소스가 곁들여진 사슴 고기를 위해 기도하거라, 나의 아이들아." 핍의 친구들이 웃음을 터뜨렸다. 그렌, 토드, 새틴, 그외 모두가.

존 스노우는 같이 웃지 않았다. "다른 사람의 기도를 비웃는 건 어리석은 짓이야, 핍. 게다가 위험하지."

"붉은 신이 마음 상하셨다면 날 치시라지."

모두의 얼굴에서 미소가 사그라들었다. "저희가 비웃고 있었던 건 그 여사제였어요." 한때 올드타운에서 남창으로 일했던 늘씬하고 예쁘장한 청년, 새틴이 말했다. "그냥 농담한 겁니다, 사령관님."

"너희에겐 너희의 신들이 있고, 그녀에겐 그녀의 신이 있어. 내버려둬."

"그쪽은 우리 신들을 내버려두질 않잖아요." 토드가 반론했다. "일곱 신을 가짜 신이라고 부른단 말입니다, 사령관님. 옛 신들도 마찬가지예요. 야인들에게 영목 가지를 불태우게 하는 거 봤죠?"

"멜리산드레 여사제는 내 지휘권 밖이야. 너희는 아니고. 왕의 병사들과 내 병사들 사이에 악감정이 흐르게 두진 않겠어."

핍이 토드의 팔에 한 손을 올렸다. "더 개굴대지 말게나, 용감한 두꺼비 군. 우리 위대하신 스노우 공께서 말씀하시지 않나." 핍은 폴짝 뛰어 일어서더니 존에게 조롱 조로 허리를 굽혔다. "송구합니다. 앞으로는 사령관님의 위엄 찬 허락이 없으면 제 귀도 흔들지 않겠습니다요."

'핍은 이 모든 게 게임이라고 생각해.' 존은 핍을 흔들어 정신 차리게 하고 싶었다. "귀는 얼마든지 흔들어. 말썽을 일으키는 건 네 혀야."

"제가 더 주의하도록 살피겠습니다." 그렌이 약속했다. "그리고 말조심하지 않으면 한 대 쳐주죠." 그가 머뭇거렸다. "저녁 식사 같이 하실 건가요? 오언, 의자 밀어서 앉을 자리 만들어."

존으로서야 그보다 더 바랄 것이 없었다. '아니야. 그 시절은 갔어.' 그는 스스로를 타일러야 했다. 그 깨달음은 배 속을 비트는 칼날 같았다. 그들은 존을 지휘관으로 선택했다. 장벽은 그의 것이었고, 그들의 목숨도 그의 책임이었다. 아버지의 목소리가 들리는 듯했다. '영주는 자기가 이끄는 사람들을 사랑할 수 있을지 몰라도, 친구가 될 수는 없다. 언젠가는 그 사람들을 판결하거나, 죽게 내보내야 할지 몰라.' "다른 날에." 사령관은 거짓말을 했다. "에드, 저녁 먹는 게 좋겠어요. 난 끝마칠 일이 있네요."

바깥 공기는 전보다 더 차가워진 것 같았다. 저편으로 왕의 탑 창문을 밝히는 촛불 빛이 보였다. 발이 그 탑 지붕에 서서 장벽을 올려다보고 있었다. 스타니스는 그녀를 자기 거처 바로 위에 가둬두었으나, 운동 삼아 흉벽을 걷는 것은 허용했다. '외로워 보여.' 존은 생각했다. '외롭고, 아름답지.' 이그리트도 불의 입맞춤을 받은 붉은 머리였고 나름대로 예뻤지만, 그 얼굴을 생생하게 만들어주는 건 웃음이었다. 발은 웃을 필요가 없었다. 드넵은 이 세상 어느 궁정에서라도 남자들이 고개를 돌리게 만들 미모였다.

그렇다 해도 야인 공주는 간수들에게 사랑받지 못했다. 그녀는 간수들을 싸잡아서 "무릎 꿇는 자들"이라며 경멸했고, 세 번이나 탈출을 시도했다. 같이 있던 어느 중장병이 해이해지자 칼집에 꽂힌 단검을 낚아채어 목을 찌르기도 했다. 왼쪽으로 3센티미터만 더 갔어도 죽었을 것이다.

'외롭고 아름답고 치명적이야.' 존 스노우는 생각했다. '그리고 난 저 여자를 얻을 수도 있었어. 저 여자와 윈터펠, 그리고 내 아버지의 이름을.' 그 대신 그는 검은 망토와 얼음벽을 선택했다. 명예를 선택했다. '사생아에게 어울리는 명예지.'

존은 우뚝 솟은 장벽을 오른쪽에 두고 훈련장을 가로질렀다. 높이 솟은 얼음은 창백하게 번득였으나, 아래는 모두 그림자였다. 병사들이 바람을 피해 실내로 들어가 있으니 철창 사이로 흐릿한 오렌지빛이 새어나왔다. 존은 권양기 우리가 흔들흔들 얼음을 긁으면서 쇠사슬이 삐걱대는 소리를 들을 수 있었다. 장벽 위에서는 파수병들이 따뜻한 오두막에 몰려 들어가 화로를 에워싸고 서서, 바람 소리 때문에 소리치며 대화하고 있을 터였다. 아니면 그런 노력도 포기하고 각각이 자기만의 침묵의 웅덩이 속에 잠겨 있으리라. '난 저 얼음을 걸어야 해. 장벽은 나의 것이야.'

존이 껍데기만 남은 사령관의 탑 아래, 이그리트가 그의 품에 안겨 죽은 자리를 지나는데 고스트가 옆에 나타났다. 고스트의 따뜻한 입김이 찬 공기에 수증기를 올렸고, 달빛 속에서 붉은 두 눈이 불구덩이처럼 빛났다. 뜨거운 피 맛이 존의 입안을 채우고, 존은 고스트가 그날 밤 뭔가를 죽였음을 알았다. '아니야. 난 늑대가 아니라 인간이야.' 존은 장갑 낀 손등으로 입을 문지르고 침을 뱉었다.

클라이다스는 아직도 까마귀 방 아래에서 지내고 있었다. 존이 문을 두드리자 손에 양초를 들고 발을 끌고 와서는 문을 빠끔히 열었다. "내가 방해했나요?" 존이 물었다.

"전혀." 클라이다스는 문을 더 열었다. "와인을 데우고 있었지. 사령관도 한잔하시겠소?"

"기꺼이요." 추위에 손이 뻣뻣했다. 존은 장갑을 벗고 손을 쥐었다 폈다.

클라이다스는 와인을 저으러 난롯가로 돌아갔다. '클라이다스도 예순은 됐어. 노인이야. 아에몬과 비교했을 때나 젊어 보였지.' 키가 작고 둥그런 클라이다스는 눈이 야행성 동물처럼 불그레했다. 머리에는 하얀 머리카락 몇 가닥이 붙어 있었다. 클라이다스가 와인을 따라 주자 존은 두 손으로 잔을 쥐고 향신료 냄새를 맡으며 들이켰다. 가슴에 따뜻한 기운이 퍼졌다. 그는 다시 한번 길게 와인을 마시며 입에 남은 피 맛을 씻어냈다.

"왕비의 병사들이 장벽 너머의 왕이 비겁하게 죽었다고 하고 있네요. 자비를 구걸하고 자기는 왕이 아니라고 했다고."

"그랬어요. 빛의 인도자는 제가 전에 봤을 때보다 더 밝더군요. 태양처럼 밝았어요." 존은 잔을 들어 올렸다. "스타니스 바라테온과 마법 검을 위하여." 와인 맛이 썼다.

"전하는 쉬운 사람이 아니지요. 왕관을 쓴 사람은 대개 그렇지만. 아에몬 학사님은, 많은 훌륭한 남자들이 형편없는 왕이 됐고, 형편없는 남자들 몇 명은 훌륭한 왕이 됐다고 하시곤 했어요."

"학사님이라면 아셨겠죠." 아에몬 타르가르옌은 철왕좌에 앉은 왕을 아홉이나 보았다. 스스로도 왕의 아들이자 왕의 형이었으며 왕의 삼촌이었다. "아에몬 학사님이 남겨주신 책을 봤어요. 《비취 개요서》요. 아조르 아하이에 대한 내용. 빛의 인도자가 아조르 아하이의 검이었죠. 보타르의 설명을 믿는다면 아내의 피로 담금질한 검이었어요. 그 후 빛의 인도자는 만져서 차가울 때가 없고, 니사 니사가 따뜻했던 만큼 따뜻했다지요. 전투에서는 칼날이 불처럼 뜨겁게 타올랐어요. 한번은 아조르 아하이가 괴물과 싸웠는데, 그 짐승의 배에 검을 찔러 넣자 피가 끓기 시작했죠. 괴물의 입에서 연기와 수증기와 뿜어져 나오고, 눈은 녹아서 뺨 아래로 흘러내리고, 몸은 화염에 휩싸여 터졌어요."

클라이다스가 눈을 껌벅였다. "열을 내는 장검이라……."

"……장벽에는 딱 좋겠죠." 존은 와인 잔을 내려놓고 검은 몰스킨 장갑을 꼈다. "스타니스가 휘두르는 검은 차가워서 아쉽네요. 그 빛의 인도자가 전투에서는 어떨지 보고 싶어요. 와인 고마워요. 고스트, 가자." 존 스노우는 망토 두건을 눌러쓰고 문을 당겼다. 하얀 늑대가 존을 따라 밤공기 속으로 다시 나왔다.

무기고는 어둡고 조용했다. 존은 위병들에게 고개를 끄덕이고 조용한 창걸이를 지나 방으로 돌아갔다. 검대를 문 옆의 못에 걸고, 망토도 다른 못에 걸었다. 장갑을 벗고 보니 두 손이 차갑고 뻣뻣했다. 촛불을 붙이는 데 시간이 꽤 걸렸다. 고스트는 깔개 위에 몸을 말고 잠들었지만, 존은 아직 쉴 수 없었다. 상처투성이 소나무 탁자에는 장벽과 그 너머 땅의 지도, 순찰자들의 명단, 그리고 섀도타워에서 데니스 말리스터 경이 유려한 필체로 써서 보낸 편지 한 통이 있었다.

존은 섀도타워에서 온 편지를 한 번 더 읽고, 깃펜을 갈고 진득한 검은 잉크병을 열었다. 그리고 편지를 두 통 썼다. 처음 한 통은 데니스 경에게, 두 번째는 코터 파이크에게. 둘 다 대원을 더 달라고 그를 괴롭히고 있었다. 존은 할더와 토드를 서쪽 섀도타워로, 그렌과 핍은 바닷가 이스트워치로 배치했다. 잉크가 제대로 나오지 않았고, 적어 내려가는 말들이 퉁명스럽고 투박한 데다 서툴게 느껴졌지만, 그래도 존은 편지를 계속 적었다.

겨우 펜을 내려놓았을 때 방 안은 어둡고 추웠고, 벽이 좁혀오는 느낌이 들었다. 창문 위에서 늙은 곰의 까마귀가 작고 까만 눈으로 그를 내려다보고 있었다. '나의 마지막 친구.' 존은 암담하게 생각했다. '그리고 너보다 오래 사는 게 좋겠지. 먼저 죽으면 네가 내 얼굴도 뜯어 먹을 테니까.' 고스트는 셈에 넣지 않았다. 고스트는 친구보다 더 가까운 존재였고, 그의 일부였다.

존은 일어서서 한때는 도날 노이의 것이었던 좁은 침대로 올라갔다. '이게 내 운명이야.' 그는 옷을 벗으면서 문득 깨달았다. '지금부터 끝나는 날까지.'

대너리스

"무슨 일이야?" 이리가 어깨를 가만히 흔들자 그녀는 소리쳤다. 바깥은 캄캄한 밤이었다. '뭔가 잘못됐어.' 그녀는 바로 알았다. "다리오야? 무슨 일이 일어났지?" 꿈속에서 다리오와 그녀는 남편과 아내였고, 붉은 문이 달린 높은 돌집에서 평범한 삶을 사는 평범한 사람들이었다. 꿈속에서 그는 대니에게 입맞춤을 퍼부었다. 입에도, 목에도, 가슴에도.

"아닙니다, 칼리시." 이리가 중얼거렸다. "칼리시의 회색 벌레와 대머리 남자들입니다. 만나보시겠습니까?"

"그래." 대니는 머리가 다 헝클어지고 잠옷이 흐트러져 있음을 깨달았다. "옷을 걸치게 도와다오. 와인도 한잔 마셔야겠다. 머리를 깨워야 해." '꿈을 술로 몰아내야 해.' 조용한 흐느낌을 들을 수 있었다. "울고 있는 게 누구냐?"

"칼리시의 노예 미산데이입니다." 지키가 촛불을 들고 있었다.

"내 시녀다. 나에겐 노예가 없어." 대니는 이해할 수 없었다. "왜 우는 거냐?"

"오라비였던 자 때문입니다." 이리가 대답했다.

나머지는 안내를 받아 들어온 스카하즈와 레즈낙과 회색 벌레가 전했다. 대니는 한마디가 떨어지기도 전에 이미 나쁜 소식임을 알았다. 민머리의 못생긴 얼굴을 쓱 보기만 해도 알 수 있었다. "하피의 아들들인가?"

　스카하즈가 고개를 끄덕였다. 입매가 험상궂었다.

　"얼마나 많이 죽었지?"

　레즈낙이 두 손을 비틀었다. "아, 아홉입니다, 폐하. 더러운 짓거리인 데다 고약했습니다. 지독한 밤이에요. 지독합니다."

　'아홉.' 심장에 단도가 꽂히는 것 같았다. 매일 밤 미린의 계단 피라미드들 아래에서 그림자 전쟁이 다시 벌어졌다. 아침마다 해가 뜨면 새로운 시체가 드러났고, 그 시체들 옆 벽돌에는 하피가 피로 그려져 있었다. 너무 성공했거나 기탄없는 해방 노예는 모두 죽음의 표적이었다. '그래도 하룻밤에 아홉이라니……' 겁이 났다. "말해보게."

　회색 벌레가 대답했다. "폐하의 종복들은 폐하의 평화를 지키기 위해 미린의 벽돌길을 걷다가 습격받았습니다. 모두가 창과 방패와 소검으로 잘 무장하고 있었습니다. 두 명씩 짝을 지어 걸었고, 두 명씩 죽었습니다. 폐하의 종복 검은 주먹과 세더리스는 마즈단의 미로에서 노궁 화살에 죽었습니다. 폐하의 종복 모사도르와 듀란은 강 방벽 아래에서 떨어지는 돌에 맞았습니다. 폐하의 종복 금발의 엘라돈과 충성스러운 창은 매일 밤 순찰 중에 들르던 술집에서 독살당했습니다."

　'모사도르.' 대니는 주먹을 쥐었다. 나스에 살던 미산데이와 그 오라비들은 바실리스크 제도에서 온 습격자들에게 잡혀 아스타포의 노예상에게 팔렸다. 미산데이는 어린 나이에도 대단한 언어 재능을 보여 훌륭한 주인들이 서기로 삼을 정도였다. 모사도르와 마르셀렌은 그렇게 운이 좋지 않았다. 그들은 거세당해서 거세병이 되었다. "살인자들은 몇이나 잡혔지?"

　"폐하의 종복들이 술집 주인과 그 딸들을 체포했습니다. 자기들은 아무것도 모른다며 자비를 호소하고 있습니다."

'다들 아무것도 모른다고 자비를 빌지.' "그자들을 민머리에게 넘기거라. 스카하즈, 각각 따로 심문하게."

"그렇게 하겠습니다, 여왕님. 곱게 물어볼까요, 엄하게 물어볼까요?"

"처음에는 곱게 하지. 그자들이 무슨 이야기를 하고 어떤 이름을 말하는지 들어봐. 그자들은 관여하지 않았을 수도 있으니." 대니는 멈칫했다. "고귀한 레즈낙은 아홉이라고 했어. 또 누구지?"

"집에서 살해당한 해방 노예 셋입니다." 민머리가 대답했다. "대금업자 한 명, 신발 수선공 한 명, 그리고 하프 연주자 릴로나 리였습니다. 릴로나는 손가락을 다 잘라내고 나서 죽었더군요."

여왕은 움찔했다. 릴로나 리는 처녀 신처럼 달콤하게 하프를 연주했었다. 융카이의 노예였을 때 그녀는 도시의 모든 귀족 가문을 위해 연주했다. 미린에서는 융카이 해방 노예들의 지도자요, 그들의 대변자로 대니의 협의회에 속해 있었다. "그 술집 주인 말고는 하나도 못 잡았나?"

"고백하기 괴로우나 그렇습니다. 정말 죄송합니다."

'자비.' 대니는 생각했다. '그들은 드래곤의 자비를 받게 될 거야.' "스카하즈, 마음이 바뀌었네. 그자를 엄하게 심문하게."

"그러겠습니다. 아니면 아비가 보는 앞에서 딸들을 엄하게 심문할 수도 있지요. 그러면 그자가 이름 몇 개는 실토할 겁니다."

"그대가 생각하기에 최선을 택하되, 내게 이름들을 가져와." 분노가 배 속에 지핀 불 같았다. "더는 거세병이 살해당하게 두지 않겠네. 회색 벌레, 병사들을 막사로 돌아가게 해라. 앞으로 거세병들은 나의 벽과 문과 나 개인을 지킨다. 오늘부터 미린의 평화를 지키는 건 미린인들이 될 것이야. 스카하즈, 나에게 새로운 경비대를 만들어 오게. 민머리와 해방 노예를 반반씩 섞어서."

"분부 받들겠습니다. 몇 명으로 할까요?"

"필요하다면 얼마든지."

레즈낙 모 레즈낙이 헉 소리를 냈다. "폐하, 그렇게 많은 병사들에게 봉급을 줄 돈이 어디 있습니까?"

"피라미드들에서 걷지. 피의 세금이라고 해. 모든 피라미드에서, 하피의 아들들이 죽인 해방 노예 한 명당 금화 백 닢씩을 걷겠다."

그 말에 민머리의 얼굴에 웃음이 떠올랐다. "그리될 것입니다. 하지만 폐하께서도 대단한 주인 자크와 메레크 가문이 피라미드를 정리하고 도시를 떠날 준비를 하고 있다는 점을 아셔야 합니다."

대너리스는 자크와 메레크에게 넌더리가 났다. 대단하건 하찮건 간에 모든 미린인에게 넌더리가 났다. "보내주되, 몸에 걸친 옷 외에는 아무것도 가져가지 못하게 하게. 돈은 모두 여기에 남기게 해. 저장해둔 식량도 마찬가지야."

"폐하……." 레즈낙 모 레즈낙이 중얼거렸다. "이 대단한 귀족 가문들이 폐하의 적에게 합류하려는지 여부는 알 수 없습니다. 그보다는 그저 산속에 있는 자기네 토지로 가려는 걸 겁니다."

"그렇다면 우리가 황금을 안전하게 보관해도 나쁠 것 없겠지. 산속에는 살 물건이 없으니."

"아이들 때문에 겁먹은 겁니다." 레즈낙이 말했다.

'그래.' 대니는 생각했다. '나도 그래.' "그 아이들도 안전하게 지켜줘야겠지. 각 가문에서 아이들을 둘씩 데려오겠네. 다른 피라미드들에서도 마찬가지야. 남자아이 하나, 여자아이 하나로."

"인질이군요." 스카하즈가 즐겁게 말했다.

"시동과 술잔 담당으로 쓰지. 대단한 주인들이 항의한다면 웨스테로스에서는 자식이 궁정에서 일하도록 선택받는 게 큰 영광이라고 설명하게." 대니는 나머지 내용을 굳이 말하지 않았다. "가서 내 명대로 하게. 나에겐 애도할 사람들이 있어."

피라미드 꼭대기의 거처로 돌아가보니, 미산데이가 흐느끼는 소리를 최대한 죽이려고 요에 얼굴을 대고 울고 있었다. "와서 나와 함께 자자꾸나." 대니는 어린 서기에게 말했다. "아직 해가 뜨려면 몇 시간 더 있어야 한다."

"전하께선 이 몸에게 친절하십니다." 미산데이가 이불 속으로 들어왔다. "좋은 오빠였어요."

대니는 미산데이를 끌어안아줬다. "네 오라비에 대해 말해다오."

"어렸을 때 오빠는 제게 나무 타는 방법을 가르쳐줬어요. 오빠는 맨손으로 물고기를 잡을 수 있었어요. 한번은 정원에서 자는 오빠를 봤는데, 백 마리 나비가 몸 위에 내려앉아 있었어요. 그날 아침에 얼마나 아름다워 보였는지…… 이 몸은…… 저는 오빠를 사랑했어요."

"오빠도 널 사랑했지." 대니는 소녀의 머리를 쓰다듬었다. "말만 하면 내가 너를 이 끔찍한 곳에서 내보내주마. 어떻게든 배를 찾아서 집으로 보내줄게. 나스로."

"여왕님과 함께 있겠습니다. 나스에선 무서울 거예요. 노예상들이 또 오면 어쩌지 하고요. 전 여왕님과 같이 있을 때 안전하다고 느낍니다."

'안전.' 그 말을 듣자 대니의 눈에 눈물이 차올랐다. "널 안전하게 지키고 싶구나." 미산데이는 어린아이에 불과했다. 그 아이와 함께 있으면 대니도 어린아이가 될 수 있을 것만 같았다. "내가 어렸을 땐 아무도 날 안전하게 지켜주지 않았지. 아니, 윌렘 경은 지켜줬지만, 곧 죽었고, 비세리스는…… 널 지키고 싶은데 너무 힘들구나. 강해지기가 힘들어. 어떻게 해야 할지 모르겠다. 하지만 난 알아야만 해. 저들에겐 나뿐이야. 내가 여왕이고…… 내가……."

"어머니시죠." 미산데이가 속삭였다.

"드래곤의 어머니지." 대니는 몸을 떨었다.

"아니에요. 저희 모두의 어머니십니다." 미산데이가 대니를 더 꽉 끌어안았다. "주무셔야 해요. 곧 새벽이 오고, 조정이 열립니다."

"우리 둘 다 잠을 자고, 더 좋은 날들을 꿈꾸도록 하자. 눈 감으렴." 미산데이가 눈을 감자, 대니는 그 눈꺼풀에 입을 맞춰 소녀가 키드득 웃게 해주었다.

그러나 잠은 입맞춤처럼 쉽지 않았다. 대니는 눈을 감고 집을, 드래곤스톤과 킹스랜딩과 그 밖의 비세리스가 이야기해준 온갖 곳들을, 여기보다 더 상냥한 나라를 생각하려 했지만…… 마치 매서운 바람에 붙들린 배처럼 생각이 자꾸 노예상만으로 돌아왔다. 미산데이가 깊이 잠들자 대니는 소녀의 품에서 벗어나서 동트기 전의 바깥 공기 속으로 걸어 나가 서늘한 벽돌 난간에 기대어 도시 저편을 응시했다. 발아래 뻗어나가는 천 개의 지붕이 날빛에 상앗빛과 온빛으로 물들어 있었다

저 지붕 어딘가의 아래에서 하피의 아들들이 모여, 그녀와 그녀를 사랑하는 모두를 죽이고 그녀의 아이들을 다시 사슬에 맬 음모를 짜고 있었다. 저 아래 어딘가에서 굶주린 아이 하나가 젖을 달라고 울어댔다. 또 어딘가에서는 늙은 여인이 쓰러져 죽어갔다. 어딘가에서는 한 남자와 한 여자가 포옹을 하고, 열렬한 손으로 상대의 옷자락을 더듬었다. 그러나 이 위에는 오직 피라미드들과 투기장들을 비추는 달빛뿐, 아래 무엇이 있는지는 조금도 드러나지 않았다. 이 위에는 오직 대니 혼자뿐이었다.

그녀는 드래곤의 핏줄이었다. 그녀는 하피의 아들들을, 아니 그 아들들의 아들들, 아들들의 아들들의 아들들까지 다 죽일 수 있었다. 그러나 드래곤은 굶주린 아이를 먹일 수도 죽어가는 여인의 고통을 덜어줄 수도 없었다. '그러니 누가 감히 드래곤을 사랑할까?'

그녀는 저도 모르게 또 다리오 나하리스를, 금니와 세 갈래 수염에, 짝

을 맞춰 금으로 벌거벗은 여자 모습을 새겨놓은 아라크와 스틸레토 칼자루에 힘센 두 손을 올린 다리오를 생각하고 있었다. 작별 인사를 하던 날, 다리오는 대니에게 출발 허락을 받으면서 엄지손가락으로 칼자루를 가볍게 쓰다듬었다. '난 칼자루를 질투하고 있어.' 대니는 그때 깨달았었다. '금으로 만든 여자들을!' 다리오를 어린양족에게 보낸 건 현명한 결정이었다. 대니는 여왕이었고, 다리오 나하리스는 왕의 재목이 아니었다.

"떠난 지 너무 오래됐어." 바로 어제 바리스탄 경에게 말했었다. "다리오가 나를 배신하고 적에게 넘어갔다면 어쩌지?" '그대는 세 가지 배신을 알리라.' "다른 여자를, 라자르의 왕녀라든가 하는 여자를 만났다면 어쩌지?"

그녀는 노기사가 다리오를 좋아하지도, 믿지도 않는다는 사실을 알았다. 그런데도 바리스탄 경은 정중하게 대답했다. "세상에 전하보다 더 아름다운 여자는 없습니다. 눈먼 남자가 아니고서야 달리 생각할 리가 없는데, 다리오 나하리스는 눈이 멀지 않았지요."

'당연하지.' 대니는 생각했다. '그의 눈은 자줏빛으로 보일 만큼 짙은 푸른색이고, 날 보고 웃을 때면 금니가 반짝여.'

바리스탄 경은 다리오가 돌아오리라 확신했다. 대니는 그 생각이 맞기를 빌 수밖에 없었다.

'목욕을 하면 도움이 될 거야.' 대니는 맨발로 풀을 밟으며 테라스 수조로 걸어갔다. 피부에 물이 닿으니 서늘해서 닭살이 돋았다. 작은 물고기가 팔다리를 야금야금 뜯었다. 대니는 눈을 감고 물에 몸을 띄웠다.

작게 바스락거리는 소리에 눈이 다시 뜨였다. 대니는 첨벙 소리를 내며 일어나 앉았다. "미산데이?" 더 불러보았다. "이리? 지키?"

"모두 잡니다." 대답이 돌아왔다.

한 여자가 감나무 아래에 서 있었다. 풀밭에 스치는 두건 달린 망토를 입었는데, 두건 아래 얼굴은 단단하게 반짝이는 것 같았다. '가면을 쓰고 있어. 나무로 만들어서 검붉은 칠을 한 가면이야.' 대니는 그 가면을 알아보았다. "퀘이트? 내가 꿈을 꾸고 있나?" 대니는 귀를 비틀어보고 아픔에 얼굴을 찡그렸다. "처음 아스타포에 갔을 때, 꿈에서 발레리온호에 탄 그대를 보았지."

"꿈을 꾼 게 아닙니다. 그때도, 지금도."

"여기서 뭘 하는 건가? 어떻게 내 위병들을 지나쳐 들어왔지?"

"다른 길로 왔지요. 위병들은 저를 보지도 못했어요."

"내가 소리만 치면 병사들이 그대를 죽일 것이야."

"병사들은 맹세코 여기엔 아무도 없다고 할 겁니다."

"여기 있는 게 맞나?"

"아뇨. 제 말을 들으세요, 대너리스 타르가르엔. 유리초가 타고 있습니다. 곧 하얀 암말이 오고, 그 후에 다른 것들이 옵니다. 크라켄과 어두운 불길, 사자와 그리핀, 태양의 아들과 배우의 드래곤. 아무도 믿지 마십시오. 불멸자를 기억하세요. 향기 나는 시종장을 조심하세요."

"레즈낙? 왜 레즈낙을 두려워해야 하지?" 대니는 물에서 몸을 일으켰다. 다리를 타고 물이 뚝뚝 떨어졌고, 싸늘한 밤공기에 두 팔 모두 소름이 돋았다. "나에게 경고할 내용이 있다면 명확하게 말하라. 나에게 뭘 원하지, 퀘이트?"

달빛이 여자의 눈동자에 반짝였다. "당신에게 길을 보여주기 위해서입니다."

"난 길을 기억해. 난 남쪽으로 가기 위해 북쪽으로 가고, 서쪽으로 가기 위해 동쪽으로 가고, 앞으로 가기 위해 뒤로 가지. 그리고 빛을 만지기 위해서는 그림자 아래를 지나야 해." 대니는 은발에서 물을 짜냈다. "수수께끼에 질려가는군. 콰스에서 나는 거지였지만, 여기에서는 여왕이야. 명하는데—"

"대너리스. 불멸자를 기억하세요. 당신이 누구인지 기억하세요."

"나는 드래곤의 핏줄이다." '하지만 내 드래곤들은 어둠 속에서 포효하고 있어.' "불멸자는 기억해. 불멸자들은 나를 '셋의 아이'라고 불렀지. 나에게 세 번을 달릴 것이라고, 세 번의 불, 세 번의 배신을 예지했어. 하나는 피 때문에, 하나는 금 때문에, 하나는……."

"전하?" 미산데이가 등불을 손에 들고 여왕의 침실 문에 서 있었다. "누구에게 말씀하고 계신가요?"

대니는 감나무 쪽을 다시 보았다. 여자는 없었다. 두건 달린 망토도, 옻칠 가면도, 퀘이트도 없었다.

'그림자. 기억. 허깨비였어.' 그녀는 드래곤의 핏줄이지만, 바리스탄 경은 그 피에 해악도 있다고 경고했었다. '내가 미칠 수도 있는 건가?' 사람들은 한때 그녀의 아버지를 미치광이라 불렀다. "기도하고 있었다." 대니는 나스 출신 소녀에게 말했다. "곧 날이 밝을 거야. 조정에 나가기 전에 뭔가 먹는 게 좋겠구나."

"아침으로 드실 것을 가져오겠습니다."

다시 홀로 남은 대니는 퀘이트를 찾을지 모른다는 생각에 피라미드를 한 바퀴 돌며, 위병들이 드로곤을 잡으려 했던 자리에 남은 타버린 나무들과 그을린 땅을 지나쳤다. 그러나 들리는 소리라곤 과일나무를 흔드는 바람 소리뿐이었고, 정원에 생명체라고는 희끄무레한 나방 몇 마리가 다였다.

미산데이가 멜론 하나와 완숙 계란 그릇을 들고 돌아왔지만, 대니는 식욕이 없었다. 하늘이 밝아오고 별들이 하나둘씩 사라지는 동안 이리와 지키는 대니에게 금술이 달린 자주색 비단 토카를 입혔다.

레즈낙과 스카하즈가 나타났을 때, 대니는 세 번의 배신을 마음에 새기며 의심 어린 마음으로 그들을 보게 되었다. '향기 나는 시종장을 조심하세요.' 그녀는 레즈낙 모 레즈낙에게 무슨 냄새가 나나 맡아보았다. '민머리에게 레즈낙을 체포해서 심문하라 명할 수도 있어.' 그러면 예언이 빗나가게 될까? 아니면 다른 배신자가 그 자리를 차지할까? 대니는 스스로를 일깨웠다. '예언이란 믿지 못할 것이고, 레즈낙은 보이는 모습 그대로일 수도 있어.'

자주색 알현실에 내려가보니, 대니가 앉는 흑단 장의자에 새틴 쿠션이 높이 쌓여 있었다. 그 광경을 보자 입가에 희미한 미소가 떠올랐다. '바리스탄 경이 한 일이구나.' 알 수 있었다. 노기사는 좋은 남자였지만, 가끔은 굉장히 곧이곧대로였다. '농담일 뿐이었어, 경.' 대니는 그렇게 생각했지만, 그래도 그 쿠션을 깔고 앉았다.

곧 밤에 잠을 이루지 못한 티가 그대로 났다. 오래지 않아 대니는 기능공 길드들에 대해 떠들어대는 레즈낙 앞에서 하품을 참느라 애쓰고 있었다. 석공들은 그녀에게 화가 난 모양이었다. 벽돌공들도 마찬가지였다. 노예였던 자들이 놀을 소각하고 벽돌을 깎아서 길드의 직인과 장인의 일거리를 훔쳐 간다고 했다. 레즈낙이 말했다. "해방 노예들이 너무 싸게 일을 합니다, 폐하. 또 자칭 직인이라거나 장인이라고도 하는데, 이는 오직 길드 기능공들만이 쓸 수 있는 칭호입니다. 석공과 벽돌공들은 부디 자기들의 오랜 권리와 관습을 지켜주실 것을 높으신 분께 정중하게 청원드립니다."

"해방 노예들이 싸게 일하는 것은 굶주리기 때문이오." 대니가 지적했다. "내가 해방 노예들에게 돌 조각과 벽돌 깔기를 금한다면, 곧 잡화상과 직물 직인, 금세공인도 문 앞에 몰려들어서 해방 노예들이 그 일을 못하게 해달라고 청하겠지." 대니는 잠시 생각했다. "앞으로는 길드원들만 직인이나 장인이라고 칭할 수 있게 공고하되…… 여기에 길드들이 필요로 하는 기술을 선보일 수 있는 해방 노예 누구에게나 길드를 개방한다는 조건을 달도록 하시오."

"그렇게 공고하겠습니다." 레즈낙이 말했다. "폐하께서는 고귀한 히즈다르 조 로라크의 청원을 들으시겠습니까?"

'이자는 절대로 패배를 받아들이지 않는 걸까?' "앞으로 나서도록 하시오."

히즈다르는 오늘 토카를 입지 않았다. 대신 회색과 파란색의 단순한 로브를 걸치고 나왔다. 면도도 했다. '수염을 밀어버리고 머리도 잘랐어.' 대니는 알아차렸다. 아예 민머리로 만들어버린 건 아니지만, 적어도 우스꽝스럽던 날개 머리는 사라졌다. "이발사가 일을 잘했구려, 히즈다르. 투기장 문제로 나를 더 괴롭히려는 게 아니라 이발사의 작품을 보여주러 온 거였으면 좋겠는데."

히즈다르는 허리를 깊이 숙였다. "전하, 안타깝지만 말씀드려야 합니다."

대니는 얼굴을 찌푸렸다. 대니의 측근들도 이 문제에 대해서는 포기하질 않았다. 레즈낙 모 레즈낙은 세금을 통해 얻을 수 있는 돈을 강조했다. 녹색 은총자는 투기장을 다시 열면 신들이 기뻐하리라고 했다. 민머리는 투기장이 하피의 아들들에 대항하여 지지를 얻어낼 방법이라 생각했다. "싸우게 해요." 한때 그 투기장의 우승자였던 힘센 벨와스는 그르렁대듯이 말했다. 바리스탄 경은 그 대신 마상시합을 열면 어떠냐고 제안했다. 훈련 중인 고아들이 말을 달려 고리를 꿰고 끝이 뭉툭한 무기로 난전을 벌일 수 있다는데, 대니가 듣기에는 의도가 좋은 만큼이나 가망 없는 제안이었다. 미린인들이 보고 싶어 하는 건 기술이 아니라 피였다. 그렇지 않았다면 투기장 노예들이 갑옷을 입고 싸웠으리라. 오직 어린 서기 미산데이만이 여왕의 염려를 이해하는 것 같았다.

"여섯 번 거절했지 않소." 대니는 히즈다르에게 상기시켰다.

"빛나는 폐하께선 일곱 신을 두셨으니, 제 일곱 번째 호소는 호의적으로 보실지 모르지요. 오늘 저는 혼자 오지 않았습니다. 제 친구들의 말을 들어보시겠습니까? 친구들도 일곱입니다." 그는 한 명씩 친구들을 데리고 나왔다. "여기는 크라즈. 여기는 언제나 용맹한 흑발의 바르세나. 여기는 카운트의 카마론과 거인 고호르입니다. 이쪽은 얼룩 고양이, 이쪽은 겁 없는 이소크. 마지막으로 뼈 부수는 벨라쿼입니다. 모두 제게 목소리를 보태어, 폐하게 우리의 투기장을 다시 열어달라 부탁드리고자 왔습니다."

대니는 그 일곱 명을 알았다. 생김새를 모르는 자도 이름은 알았다. 다들 미린의 투기장 노예 중에 가장 유명한 자들이었고…… 투기장 노예였다가 대니의 하수구 쥐들이 족쇄를 끊어주면서 해방된 자들, 노예들의 봉기를 이끌어 도시를 대니에게 준 사람들이었다. 대니는 그들에게 피의 빚을 졌다. "듣겠다." 그녀는 허락했다.

그들은 한 명씩 한 명씩 투기장을 다시 열어달라고 청했다. "왜지?" 대니는 이소크가 말을 끝내자 물었다. "그대들은 이제 주인의 변덕에 따라 죽어야 하는 노예가 아니야. 내가 그대들을 해방시켰어. 왜 피에 물든 모래밭에서 삶을 끝내고 싶어 하는 건가?"

"나 세 살부터 훈련." 거인 고호르가 말했다. "여섯 살부터 죽인다. 드래곤의 어머니는 나보고 자유라고 한다. 왜 싸우는 자유는 안 되나?"

"원하는 게 싸움이라면, 나를 위해 싸워라. 어머니의 병사들이나 자유 형제단, 아니면 충실한 방패단에 검을 바쳐. 다른 해방 노예들에게 싸우는 방법을 가르쳐라."

고호르는 고개를 저었다. "전에 나, 주인 위해 싸웠다. 여왕님, 여왕 위해 싸우란다. 나, 날 위해 싸운다." 거대한 남자는 햄 덩어리만큼 큰 주먹으로 가슴을 두드렸다. "황금 위해. 영광 위해."

"고호르의 말이 저희 모두의 뜻입니다." 얼룩 고양이는 한쪽 어깨에 표범 가죽을 걸치고 있었다. "마지막으로 팔렸을 때 제 값은 30만 오너였습니다. 노예였을 때 전 모피를 깔고 자고 뼈에 붙은 붉은 고기를 먹었습니다. 자유가 된 지금은 짚을 깔고 자고 염장한 생선을 먹습니다. 그것도 구할 수 있을 때나요.'"

"히즈다르는 승자가 무조건 입장료로 모은 돈의 절반을 갖는다고 맹세합니다." 크라즈가 말했다. "절반이라고 맹세했어요. 그리고 히즈다르는 명예를 아는 남자입니다."

'아니, 교활한 남자겠지.' 대너리스는 함정에 빠진 기분이었다. "그러면 패자는? 패자는 뭘 얻지?"

"다른 용맹하게 쓰러진 자들과 같이, '운명의 문'에 이름이 새겨질 겁니다." 바르세나가 단언했다. 그녀는 8년 동안 상대한 모든 여자들을 죽였다고들 했다. "모든 남자는 죽게 되어 있고, 여자도 마찬가지지만…… 모두가 기억되는 것은 아닙니다."

대니에겐 대답할 말이 없었다. '이게 정녕 내 백성들이 바라는 바라면, 나에게 그걸 부정할 권리가 있을까? 여기는 내가 오기 전에 저들의 도시였고, 저들이 낭비하고 싶어 하는 것도 자기들 목숨이야.' "모두가 한 말을 생각해보겠다. 조언에 감사한다." 대니는 몸을 일으켰다. "내일 계속하지."

"모두 폭풍의 딸, 불타지 않는 분, 미린의 여왕, 안달인과 로인인과 최초인의 여왕이자 거대한 풀 바다의 칼리시, 족쇄를 부수는 분, 그리고 드래곤의 어머니이신 대너리스 님께 무릎을 꿇으라." 미산데이가 외쳤다.

바리스탄 경이 거처로 돌아가는 대니를 호위했다. "이야기 하나 해주게, 경." 대니는 계단을 오르며 말했다. "행복하게 끝을 맺는 무용담을 들려줘." 대니에겐 행복한 결말이 필요했다. "찬탈자에게서 어떻게 탈출했는지 말해주게."

"전하. 목숨을 구하려 도망치는 일에 용감한 구석은 없습니다."

대니는 쿠션에 앉아서 다리를 접고 바리스탄 경을 올려다보았다. "부탁이야. 경을 킹스가드에서 쫓아내버린 건 어린 찬탈자였지……."

"예, 조프리였지요. 제 나이를 이유로 들었지만, 진실은 달랐습니다. 그 아이는 자기가 부리는 개 산도르 클리게인에게 하얀 망토를 주고 싶어 했고 그 아이의 어미는 킹슬레이어를 킹스가드 단장으로 삼고 싶어 했어요. 그 말을 들었을 때 저는…… 저는 명령대로 망토를 벗어던졌고, 조프리 앞에 검을 던지고 현명하지 못한 말을 했습니다."

"뭐라고 했는데?"

"진실을 말했지요……. 하지만 궁정에서 진실은 환영받지 못하는 법입니다. 저는 고개를 치켜들고 알현실을 걸어 나갔지만, 어디로 갈지 몰랐습니다. 제겐 하얀 기사 탑 외에 다른 집이 없었습니다. 제 친척들이 하비스트 홀에 제가 있을 곳을 마련해주기야 했겠지만, 조프리의 분노를 친척들에게까지 끌고 가고 싶진 않았습니다. 소지품을 챙기다 보니 퍼뜩, 로버트의 사면을 받아들였을 때 자초한 일이라는 생각이 들더군요. 로버트는 훌륭한 기사였으나 지독한 왕이었습니다. 자기가 앉은 왕좌에 아무 권리도 없었으니까요. 그제야 세 실수를 만회하려면 진정한 왕을 찾아서, 아직 제게 남은 모든 힘을 다해 충성스럽게 섬겨야 한다는 걸 알았습니다."

"비세리스 오빠 말이군."

"그때는 그럴 생각이었습니다. 마구간에 갔더니 황금 망토들이 절 붙잡으려 들더군요. 조프리는 제게 들어가 죽을 탑을 주겠다고 했는데, 그 선물을 거절했더니 이젠 지하감옥에 처넣으려 했습니다. 제 검집이 비었다는 사실에 용기를 낸 도시 경비대장이 직접 저와 맞섰습니다만, 그자에겐 부하가 셋밖에 없었고 제겐 아직 단검이 있었습니다. 제게 손을 댄 한 놈의 얼굴을 칼로 그어버리고, 다른 둘은 말을 타고 밟아버렸지요. 문을 향해 박차를 가하면서 자노스 슬린트가 쫓아가라고 고래고래 외치는 소리를 들었습니다. 일단 레드킵을 나서니 길거리가 혼잡했습니다. 그렇지 않았다면 깨끗하게 도망쳤을지도 모르는데, 그 탓에 강의 문에서 놈들에게 붙잡혔죠. 레드킵에서부터 절 따라오던 황금 망토들이 문을 지키는 병사들에게 절 막으라고 했고, 그래서 놈들이 창을 교차해서 제 앞을 가로막은 겁니다."

"게다가 장검도 없었고? 어떻게 거길 통과했지?"

"진정한 기사라면 위병 열 명 몫은 하지요. 문을 지키던 병사들은 불시에 공격당했습니다. 제가 말을 몰아 한 명을 깔아뭉개고 창을 빼앗아서 제일 가까이 다가온 추격자의 목을 찔렀지요. 또 한 놈은 제가 문을 통과하자 떨어져 나갔기에, 저는 말에 박차를 가해서 도시가 한참 멀어질 때까지 강가를 미친 듯 달렸습니다. 그날 밤에는 말을 돈 몇 푼과 누더기 몇 개와 바꿨고, 다음 날 아침에는 킹스랜딩으로 향하는 평민들의 물결에 합류했지요. 나올 때는 진흙 문으로 나왔으니, 얼굴에 흙을 묻히고 뺨에 수염이 자란 데다 나무 지팡이 말고는 무기도 없는 모습으로 신들의 문을 통과해서 돌아갔습니다. 거칠게 짠 옷에 진흙투성이 장화를 신으니 전쟁을 피해 도망 온 노인에 불과했지요. 황금 망토들은 제게서 은화를 한 닢 받더니 통과시켜줬습니다. 킹스랜딩에는 싸움을 피해 온 난민이 가득했거든요. 저는 그 사이에 묻혔습니다. 은화는 약간 있었지만, 협회를 건널 돈이 필요했기에 성소와 골목길에서 자면서 급식소에서 식사를 해결했습니다. 수염을 길게 기르고, 제 나이로 정체를 가렸습니다. 스타크 공의 목이 날아가던 날 저도 그 자리에서 보고 있었지요…… 그 후에 저는 대성소에 들어가서 조프리가 제게서 망토를 벗긴 것을 일곱 신께 감사드렸습니다."

"스타크는 반역자다운 결말을 맞은 반역자였어."

"전하." 바리스탄 셀미가 말했다. "에다드 스타크가 전하 아버님의 몰락에 기여하긴 했으나, 전하에게는 어떤 악의도 없었습니다. 내시 바리스가 전하가 임신했다는 소식을 알렸을 때, 로버트는 전하를 죽이고 싶어 했으나 스타크 공은 반대했어요. 아이들을 살해하는 데 동의해야 한다면, 로버트에게 새로운 수관을 찾으라고 말했지요."

"경은 라에니스 왕녀와 아에곤 왕자를 잊은 건가?"

"절대 아닙니다. 그건 라니스터의 짓이었습니다, 전하."

"라니스터든 스타크든, 뭐가 다르지? 비세리스는 그들을 찬탈자의 개들이라 부르곤 했어. 어린아이에게 사냥개 한 떼를 풀었다면, 어느 개가 아이의 목을 찢었는지가 중요할까? 모든 개가 똑같이 유죄야. 죄는……." 그 말에 목이 콱 막혔다. '하지야.' 대니는 생각했고, 다음 순간 저도 모르게 말하고 있었다. 어린아이의 속삭임처럼 작은 목소리로. "그 구덩이를 봐야겠어. 날 데리고 가줘, 경."

노인의 얼굴에 못마땅한 빛이 스쳤지만, 여왕에게 이의를 제기하는 건 그의 방식이 아니었다. "명 받들겠습니다."

제일 빨리 내려가는 길은 하인용 계단이었다. 가파르고 좁은 직선 계단이 벽 안에 감춰져 있었다. 발을 헛디디지 않도록, 바리스탄 경이 등불을 챙겼다. 스무 가지 나른 색깔의 벽돌들이 가까이 조여들다가, 등불 빛이 미치지 못하는 곳에서는 회색과 검은색으로 희미해졌다. 그들은 돌로 깎은 듯 가만히 서 있는 거세병을 세 번 지나쳤다. 들리는 소리라고는 그들의 발이 계단을 스치는 소리뿐이었다.

미린 대피라미드 1층은 먼지와 그림자가 가득한, 숨죽인 장소였다. 바깥 벽은 두께가 9미터에 달했다. 그 안에서 소리는 수많은 색의 벽돌 아치들에 부딪쳐 메아리치고, 마구간과 칸막이벽과 창고에도 울려 퍼졌다. 두 사람은 세 개의 거대한 아치를 통과하고, 피라미드 지하로 통하는 횃불 밝힌 경사로를 내려가서 수조와 지하감옥, 그리고 예전에 노예들을 채찍질하고 가죽을 벗기고 뜨겁게 달군 쇠로 지지던 고문실을 지나쳤다. 그리고 마침내 거세병이 지키고 선, 녹슨 돌쩌귀의 거대한 철문 앞에 도착했다.

대니가 명하자 거세병 하나가 철제 열쇠를 내밀었다. 돌쩌귀가 삐걱대며 문이 열렸다. 대너리스 타르가르엔은 어둠의 뜨거운 심장 속으로 걸어 들어가다가 깊은 구덩이 가장자리에서 멈춰 섰다. 12미터 아래에서 그녀의 드래곤들이 고개를 들었다. 네 개의 눈동자가 어둠을 꿰뚫고 타올랐다. 두 개는 녹인 금빛이었고 두 개는 청동빛이었다.

바리스탄 경이 그녀의 팔을 잡았다. "더 가까이는 안 됩니다."

"저 아이들이 나를 해칠 거라 생각하나?"

"저는 모릅니다만, 그 답을 알기 위해 전하를 위험에 빠뜨리진 않겠습니다."

라에갈이 포효하자 뿜어져 나온 노란 불길이 잠시 동안 어둠을 낮처럼 환히 밝혔다. 불이 벽을 핥았고, 대니는 오븐을 열었을 때처럼 얼굴에 끼치는 열기를 느꼈다. 구덩이 저편에서는 비세리온이 날개를 펴고 퀴퀴한 공기를 휘저었다. 비세리온은 대니에게 날아오려 했지만, 날아오르려다 쇠사슬이 팽팽하게 붙잡아 배부터 처박고 말았다. 어른 주먹만 한 쇠고리들이 비세리온의 발을 바닥에 묶어놓고 있었다. 목을 조이는 쇠목걸이는 등 뒤 벽에 고정되어 있었다. 라에갈도 똑같은 사슬에 매여 있었다. 셀미의 등불 빛을 받은 라에갈의 비늘이 비취처럼 반짝였다. 잇새에서 연기가 피어올랐다. 발치에는 부서지고 새까맣게 타고 쪼개진 뼈들이 널렸다. 공기는 불쾌하도록 뜨거웠고 유황과 고기 탄 냄새가 났다.

"더 커졌군." 대니의 목소리가 새까맣게 그을린 돌벽에 메아리쳤다. 땀 한 방울이 이마를 타고 흘러내려 가슴팍에 떨어졌다. "드래곤들은 성장을 멈추지 않는다는 게 사실인가?"

"충분한 음식과 성장할 공간만 있다면 그렇습니다. 하지만 여기 사슬에 매여서는……."

미린의 대단한 주인들은 이 구덩이를 감옥으로 이용했었다. 남자 500명을 수용할 만큼 컸고…… 두 마리 드래곤에게는 충분하고도 남았다. '하지만, 얼마나 오래 그럴까? 이 아이들이 구덩이에 비해서 너무 커지면 무슨 일이 일어날까? 화염과 발톱으로 서로를 공격할까? 쇠약해져서 옆구리 살이 빠지고 날개가 쪼그라들까? 끝나기 전에 불이 먼저 꺼질까?'

어떤 어미가 아이들을 어둠 속에서 썩힌단 말인가?

'돌아보면 파멸이야.' 대니는 스스로에게 말했다……. 하지만 어떻게 돌아보지 않을 수가 있단 말인가? '진작 예상했어야 했어. 내가 그토록 눈이 멀었던가? 아니면 힘의 대가를 알고 싶지 않아 일부러 눈을 감았던가?'

어렸을 때 비세리스가 온갖 이야기들을 해줬었다. 그는 드래곤 이야기를 좋아했다. 대니는 하렌홀이 어떻게 무너졌는지 알았다. '불의 들판'과 '드래곤들의 춤'에 대해서 알았다. 대니의 조상 중에 아에곤 3세는 어머니가 외삼촌의 드래곤에게 잡아먹히는 광경을 보았다. 그리고 어떤 용감한 드래곤 슬레이어가 구해줄 때까지 드래곤의 공포 속에 살던 헤아릴 수 없이 많은 마을과 왕국에 대한 노래들이 있었다. 아스타포에서는 노예상의 눈이 녹아내렸다. 융카이로 오는 길에 드리오가 대머리 산로르와 프레달 나 게즌의 머리통을 대니의 발치에 던졌을 때, 대니의 아이들은 그 머리통으로 성찬을 벌였다. 드래곤은 인간을 두려워하지 않았다. 그리고 양 한 마리를 집어삼킬 만큼 큰 드래곤이라면 어린아이도 쉽게 잡아먹을 수 있었다.

그 아이의 이름이 하지아였다. 네 살짜리 여자아이. '그 아비가 거짓말을 한 게 아니라면. 거짓말을 했을 수도 있어.' 드래곤을 본 건 그 남자뿐이었다. 불탄 뼈가 증거지만, 불탄 뼈는 아무것도 증명하지 못했다. 그 남자가 어린 딸을 죽이고 태웠을 수도 있었다. 민머리는 원치 않는 여자아이를 없앤 아비가 처음도 아니라고 주장했다. '하피의 아들들이 한 짓일 수도 있어. 도시가 나를 미워하게 만들려고 드래곤이 한 짓처럼 꾸민 거야.' 대니도 그렇게 믿고 싶었다……. 하지만 그랬다면 왜 하지아의 아비는 알현실이 거의 텅 빌 때까지 기다렸다가 앞으로 나섰겠는가? 그의 목적이 미린인들에게 불을 지르는 것이었다면, 알현실에 들을 귀가 가득할 때 이야기했으리라.

민머리는 대니에게 그 남자를 죽이라고 했다. "최소한 혀라도 뽑으십시오. 이자의 거짓말이 우리 모두를 파멸시킬 수 있사옵니다, 폐하." 대니는 그 대신 핏값을 치르는 쪽을 선택했다. 아무도 딸의 가치를 말해줄 수 없었기에, 양 한 마리 값의 백 배를 치렀다. "할 수만 있다면 하지아를 그대에게 돌려주겠으나, 어떤 것들에는 여왕의 힘도 미치지 못하는구나. 하지아의 뼈는 은총의 신전에 뉘고, 밤이고 낮이고 백 개의 초를 켜서 기리겠다. 해마다 그 아이의 명명일에 다시 나를 찾아오면, 다른 자식들은 부족함이 없을 것이다……. 하나 이 이야기는 결코 그대의 입 밖으로 나와선 안된다."

"사람들이 물어볼 겁니다." 비통한 아비는 말했다. "하지아는 어디 있냐고, 어쩌다 죽었냐고 물어볼 거예요."

"뱀에게 물려 죽었다고 하게." 레즈낙 모 레즈낙이 주장을 폈다. "굶주린 늑대가 물어 갔다고 해. 갑자기 아팠다고 하든가. 좋을 대로 말하되, 드래곤에 대해선 입도 뻥긋 말게."

비세리온의 발톱이 돌을 긁었고, 다시 대니에게 날아오려 하자 거대한 쇠사슬이 덜그럭거렸다. 날 수가 없자 비세리온은 포효를 내지르고는, 최대한 머리를 뒤로 틀어서 등 뒤 벽에 금빛 화염을 뱉었다. '저 아이의 불이 돌을 깨고 쇠를 녹일 정도로 뜨거워질 때까지 얼마나 걸릴까?'

별로 오래지도 않은 과거에 비세리온은 대니의 어깨에 올라타서 팔에 꼬리를 감았었다. 과거에 대니는 비세리온에게 까맣게 구운 고기를 직접 먹였다. 비세리온이 제일 먼저 사슬에 묶였다. 대너리스가 직접 이 구덩이까지 데려와서 황소 몇 마리와 함께 가두었다. 소를 잡아먹은 드래곤은 잠이 들었고, 자는 사이에 병사들이 사슬을 채웠다.

라에갈은 더 힘들었다. 벽돌과 돌로 만든 벽이 겹겹이 놓였어도 형제가 구덩이에서 화 내는 소리를 들을 수 있었는지도 모른다. 결국 그들은 테라스에서 볕을 쬐는 라에갈에게 무거운 쇠사슬 그물을 씌워야 했고, 어찌나 맹렬히 날뛰는지 몸을 뒤틀고 물어뜯으려 드는 라에갈을 하인용 계단으로 나르는 데 사흘이 걸렸다. 그 사투에서 여섯 명이 화상을 입었다.

그리고 드로곤은…….

'날개 달린 그림자.' 비통한 아비는 그렇게 불렀다. 밤처럼 검은 비늘에 불구덩이 같은 눈의 드로곤은 대니의 세 드래곤 중에서 가장 크고, 가장 사납고, 가장 거칠었다.

드로곤은 멀리 나가서 사냥을 했으나, 실컷 먹고 나면 예전에 미린의 하피가 서 있던 대피라미드 꼭대기에서 볕을 쬐기를 좋아했다. 그 자리에서 잡으려 시도하기를 세 번, 그리고 실패하기를 세 번이었다. 제일 용감한 병사 마흔 명이 드로곤을 잡으려 위험을 무릅썼다. 거의 모두가 화상을 입었고, 네 명은 죽었다. 세 번째 시도가 있었던 밤, 석양 속에서 드로곤을 본 것이 마지막이었다. 검은 드래곤은 북쪽으로 스카하자단을 건너 도트락의 키 큰 풀 바다 쪽으로 날아갔다. 그리고 돌아오지 않았다.

'드래곤의 어머니라.' 대너리스는 생각했다. '괴물들의 어머니라. 내가 세상에 무엇을 풀어놓은 걸까? 나는 여왕이지만, 내 왕좌는 불탄 뼈로 만들었고 모래 늪 위에 놓여 있어.' 드래곤이 없다면 웨스테로스를 되찾기는 고사하고, 어떻게 미린을 지킬 수 있을까? '난 드래곤의 핏줄이야. 그 아이들이 괴물이라면, 나도 괴물이야.'

구린내

쥐를 깨물자, 그의 손아귀에서 탈출하려 발악하며 끼익끼익 꿈틀거렸다. 배가 제일 부드러웠다. 그는 따뜻한 피로 입술을 적시며 그 달콤한 고기를 찢었다. 어찌나 맛있는지 눈물이 나오려고 했다. 그는 꾸르륵거리는 배로 고기를 삼켰다. 세 번째로 물어뜯었을 때쯤에는 쥐가 발버둥 치기를 그만뒀고, 그는 거의 만족감마저 느꼈다.

그때 지하감옥 문밖에서 목소리가 들려왔다.

그는 모든 움직임을 멈췄다. 씹기조차 두려웠다. 입안에 피와 살과 털이 가득했지만, 감히 뱉지도 삼키지도 못했다. 그는 공포에 질려 돌처럼 굳은 채로 장화 스치는 소리와 철제 열쇠들이 잘그락거리는 소리에 귀를 기울였다. '안 돼. 제발, 신들이시여 제발, 지금은 안 돼요. 지금은 안 돼.' 쥐를 잡는 데 정말 오래 걸렸다. '쥐를 잡은 채로 걸리면 빼앗아 갈 테고, 내가 쥐를 잡았다고 말할 거고, 그러면 램지 공이 날 아프게 할 거야.'

쥐를 숨겨야 한다는 걸 알았지만, 너무 배가 고팠다. 뭔가를 먹은 지 이틀은 지났다. 어쩌면 사흘인지도 몰랐다. 여기 지하 어둠 속에서는 구분하기가 어려웠다. 그의 팔다리는 갈대처럼 말랐지만, 배는 텅 빈 채 부어올랐고 잠을 잘 수가 없을 정도로 아팠다. 눈을 감을 때마다 혼우드 부인이 떠올랐다. 램지 공은 혼우드 부인과 결혼한 후 그녀를 탑에 가둬놓고 굶겨 죽였다. 마지막에 혼우드 부인은 자기 손가락을 뜯어 먹었다.

그는 소중한 쥐를 턱 밑에 꼭 붙든 채 감옥 구석에 웅크리고 앉았다. 감옥 문이 열리기 전에 따뜻한 살을 최대한 많이 먹으려고 애쓰면서 그나마 남은 이로 쥐를 뜯자 입가에서 피가 흘러내렸다. 질긴 고기였지만, 어찌나 기름기가 흐르는지 배앓이를 할지도 모른다 싶었다. 그는 이가 뽑혀 나간 잇몸 구멍 속에서 작은 뼈를 골라내가며 씹고 삼켰다. 씹는 것도 아팠지만, 너무 배가 고파서 멈출 수가 없었다.

소리가 점점 커졌다. '제발 신들이시여, 나한테 오는 게 아니었으면.' 그는 쥐 다리 한쪽을 찢으며 기도했다. 누군가가 찾아온 지 오래되었다. 다른 감방들, 다른 죄수들도 있었다. 가끔은 두꺼운 돌벽을 뚫고 다른 죄수들의 비명 소리가 들리기도 했다. '언제나 여자들이 제일 크게 비명을 질러.' 그는 쥐 고기를 빨고 다리뼈를 뱉으려 했지만, 뼈가 아랫입술에 붙은 채 수염에 엉켜버렸다. '가버려, 가버려, 그냥 지나가줘. 제발, 제발.' 그는 기도했다.

그러나 발소리는 제일 커졌을 때 딱 멈췄고, 바로 문밖에서 열쇠가 쩔그렁거렸다. 그의 손에서 쥐가 떨어졌다. 그는 피 묻은 손가락을 바지에 문질렀다. "안 돼." 중얼거렸다. "안 돼애." 그는 발꿈치로 짚을 헤집으며 구석으로, 차갑고 축축한 돌벽 안으로 파고들려고 애를 썼다.

자물쇠 돌아가는 소리가 제일 끔찍했다. 불빛이 얼굴을 정통으로 때리자 그는 꽥 소리를 질렀다. 두 손으로 눈을 가려야 했다. 머리가 어찌나 심하게 울리는지, 할 수만 있다면 눈을 할퀴어 파내고 싶을 정도였다. "치워줘요. 어둠 속에서 해요. 제발, 오 제발요."

"저건 아니야." 소년의 목소리였다. "저걸 좀 봐. 엉뚱한 감옥에 왔나 봐."

"왼쪽 마지막 감옥이잖아." 다른 소년이 대꾸했다. "여기가 왼쪽 마지막 감옥 맞지?"

"응." 잠시 침묵. "뭐라는 거야?"

"빛을 좋아하지 않나 봐."

"저 꼴인데 너라면 좋아하겠냐?" 소년이 캑캑거리며 침을 뱉었다. "게다가 저 악취라니. 숨 막혀."

"쥐를 먹고 있었어." 두 번째 소년이 말했다. "봐."

첫 번째 소년이 웃음을 터뜨렸다. "그렇네. 재밌네."

'먹어야 했어.' 쥐들은 자고 있을 때 그를 깨물고, 그의 손가락과 발가락은 물론이고 얼굴까지 갉아댔으니, 한 마리 잡았을 때 그는 망설이지 않았다. 먹거나 먹히거나, 선택은 그것뿐이었다. "그랬어요." 그는 중얼거렸다. "그랬어, 그랬어, 먹었어, 그놈들도 나한테 똑같이 하거든요, 제발……."

두 소년이 지푸라기를 밟으며 다가왔다. "말해봐." 한 명이 말했다. 둘 중에 더 키가 작고 말랐지만 더 영리한 소년이었다. "네가 누군지 기억해?"

속에서 공포가 부글부글 끓어올랐고, 그는 신음했다.

"말해봐. 네 이름을 말해."

'내 이름.' 비명이 목구멍에 걸렸다. 그들이 이름을 가르쳐줬는데, 그랬는데, 분명히 그랬는데 너무 오래전이라 잊어버렸다. '잘못 말하면 손가락을 하나 더 자를 거야. 아니면, 더 나쁠 경우엔…… 그러면…….' 그는 생각하지 않으려 했다. 생각할 수 없었다. 턱도, 눈도 바늘이 찔러대는 것 같았다. 머리가 쿵쿵 울렸다. "제발요." 그는 가늘고 약한 목소리로 끽끽거렸다. 백 살 노인 같은 목소리였다. 어쩌면 백 살이 맞는지도 몰랐다. '여기 내가 얼마나 오래 있었지?' "가줘요." 그는 끔찍하게 밝은 불빛에 눈을 꾹 감은 채, 망가진 치아와 망가진 손가락 사이로 웅얼거렸다. "제발, 쥐는 가져도 돼요. 해치지 말아요……."

"구린내." 덩치가 좀 더 큰 소년이 말했다. "네 이름은 구린내야. 기억나?" 횃불을 든 쪽이었다. 작은 쪽은 철제 열쇠 꾸러미를 들고 있었다.

'구린내?' 눈물이 뺨을 타고 흘렀다. "기억나요. 그럼요." 입이 뻐끔거렸다. "제 이름은 구린내예요. 지린내와 운이 맞는 구린내요." 어둠 속에서는 이름이 필요치 않았기에 잊기가 쉬웠다. '구린내, 구린내, 내 이름은 구린내야.' 태어날 때부터 그 이름은 아니었다. 다른 생에 그는 다른 누군가였지만, 지금 여기에서 그의 이름은 구린내였다. 기억이 났다.

그 소년들도 기억이 났다. 둘이 똑같이 짙푸른 색으로 가장자리를 장식한 은회색 양모 더블릿을 입고 있었다. 둘 다 종자였고, 둘 다 여덟 살에, 둘 다 왈더 프레이였다. '큰 왈더와 작은 왈더, 그래.' 다만 큰 쪽이 작은 왈더였고 작은 쪽이 큰 왈더여서, 소년들은 재미있어하고 나머지 세상은 헷갈려했다. "알아요." 그는 갈라진 입술로 속삭였다. "둘의 이름을 알아."

"우리와 같이 가야 해." 작은 왈더가 말했다.

"영주님이 찾으신다." 큰 왈더가 말했다.

두려움이 칼날처럼 그를 관통했다. '아이들에 불과해. 여덟 살짜리 두 소년에 불과하다고.' 분명히 여덟 살짜리 소년 둘쯤은 이길 수 있었다. 아무리 약해졌다 해도 횃불을 빼앗고 열쇠를 빼앗고 작은 왈더의 허리춤에 꽂힌 단검을 빼앗아서 달아날 수 있었다. '아니야. 아니, 너무 쉬워. 함정이야. 도망치면 손가락을 또 하나 자를 거야. 내 이를 또 뽑을 거야.'

전에도 도망쳐봤다. 벌써 오래전 같았지만, 아직 그에게 힘이 남아 있을 때, 아직 반항적이었을 때의 일이었다. 그때 열쇠를 들고 있던 사람은 키라였다. 자기가 열쇠를 훔쳤다고, 위병이 없는 샛문을 안다고 했다. "절 윈터펠로 다시 데려가주세요, 나리." 키라는 창백한 얼굴로 덜덜 떨면서 애원했다. "전 길을 몰라요. 혼자서는 탈출 못 해요. 제발 같이 가주세요." 그래서 그렇게 했었다. 취한 간수는 바지를 발목까지 내리고 와인 웅덩이에 빠져 죽어 있었다. 지하감옥 문은 열려 있었고 샛문은 키라 말대로 지키는 위병이 없었다. 그들은 달이 구름에 가리기를 기다렸다가 성을 빠져나가서, 위핑워터강(Weeping Water, 우는 강)을 첨벙거리며 건넜다. 차가운 물에 반쯤 얼고 돌에 비틀거리며 겨우 건넜을 때, 그는 키라에게 입을 맞췄다. "네가 우릴 구했다." 그는 그렇게 말했다. '바보, 바보.'

다 함정이었고, 놀이였고, 농담이었다. 램지 공은 추적을 좋아했고 두 발 달린 사냥감을 더 좋아했다. 그들은 밤새 어스레한 숲속을 달렸지만, 해가 뜨자 멀리서 희미한 나팔 소리가 들려왔고 사냥개들이 짖는 소리가 들렸다. "찢어져야겠다." 그는 개들이 가까이 오자 키라에게 말했다. "우리 둘 다 추적하진 못할 거야." 하지만 키라는 공포에 질려서 그의 곁을 떠나지 않으려 했다. 혹시 놈들이 키라를 추적할 경우에는 그가 강철인들의 군대를 일으켜 찾으러 돌아오겠다고 맹세했어도 소용없었다.

그들은 한 시간 만에 잡혔다. 개 한 마리가 그를 덮쳐 쓰러뜨렸고, 두 번째 개는 언덕을 오르던 키라의 다리를 물었다. 나머지가 두 사람을 에워싸더니 이를 드러내고 으르렁대면서, 조금이라도 움직이면 이를 딱딱거리며 램지 스노우가 사냥꾼들과 함께 달려올 때까지 붙잡아두었다. 그때는 아직 램지도 볼턴이 아니라 사생아였다. "이제야 찾았군." 램지는 안장에 앉은 채 두 사람을 보고 미소 지었다. "이렇게 떠나다니, 상처받았어. 벌써 내 환대에 질린 거야?" 바로 그때 키라가 돌멩이를 집더니 램지의 머리를 향해 던졌다. 돌은 한참 빗나갔고, 램지는 빙긋 웃었다. "벌을 받아야겠군."

구린내는 그때 키라의 눈동자에 깃들었던 절박하고 겁에 질린 눈빛을 기억했다. 그 순간만큼 키라가 어려 보인 적이 없었다. 아직도 반쯤은 어린 아이였다. 그러나 그가 할 수 있는 일은 없었다. '키라가 자초한 거야. 내가 바란 대로 갈라졌더라면, 한 명은 달아날 수도 있었을 텐데.' 그렇게 생각했다.

그 기억을 떠올리자 숨 쉬기가 힘들어졌다. 구린내가 횃불에서 고개를 돌리자 눈에 고인 눈물이 반짝였다. '이번엔 나에게 뭘 원하는 거지?' 그는 절망하며 생각했다. '왜 그냥 날 내버려두지 않는 거야? 난 아무 잘못도 안 했어. 이번엔 아니야. 왜 날 그냥 어둠 속에 내버려두지 않지?' 쥐도, 통통하고 따뜻하게 꿈틀거리는 쥐도 잡았는데…….

"씻겨야 할까?" 작은 왈더가 물었다.

"영주님은 이놈이 악취 풍기는 걸 좋아해." 큰 왈더가 말했다. "그래서 구린내라고 이름 붙인 거야."

'구린내. 내 이름은 구린내야. 비린내와 운이 맞는 구린내.' 그 점을 기억해야 했다. '섬기고 복종하고 네가 누군지만 기억하면, 더는 해를 끼치지 않을 거야. 그렇게 약속했어. 주인님이 그렇게 약속했어.' 저항하고 싶다 해도 그럴 힘이 없었다. 채찍질 당하고 굶주리고 가죽이 벗겨지며 힘이 죽었다. 작은 왈더가 일으켜 세우고 큰 왈더가 횃불을 휘저으며 감옥에서 몰아내자 그는 개처럼 고분고분 말을 들었다. 꼬리가 있었다면 다리 사이에 끼우고 있었을 것이다.

'내게 꼬리가 있었다면 그 서자 놈이 잘라버렸겠지.' 저절로 떠오른 생각, 지독한 생각이자 위험한 생각이었다. 그의 주인은 이제 서자가 아니었다. '스노우가 아니라 볼턴이야.' 철왕좌에 앉은 소년 왕이 램지 공을 적자로 인정하고, 아버지의 이름을 쓸 권리를 내렸다. 램지는 스노우라고 부르면 제 출생 신분이 떠올라 격분했다. 구린내는 그 점을 기억해야 했다. 그리고 구린내라는 이름, 그 이름을 꼭 기억해야 했다. 잠깐이지만 그 이름이 떠오르지 않았고, 그는 너무 겁에 질린 나머지 가파른 지하감옥 계단에 넘어져서 돌에 바지가 찢기고 피가 흘렀다. 작은 왈더는 그가 일어서서 다시 움직이게 만들기 위해 횃불을 들이대야 했다.

마당으로 나가보니 드레드포트에 밤이 내려, 성 동쪽 벽 위로 보름달이 떠오르고 있었다. 창백한 달빛이 얼어붙은 땅에 성벽 돌출부의 삼각형 그림자를 길게 드리워, 날카로운 검은 이빨이 늘어선 것처럼 보였다. 공기는 습하고 차가웠으며 반쯤 잊힌 냄새가 가득했다. '세상이야.' 구린내는 스스로에게 말했다. '세상은 이런 냄새가 나는 거야.' 지하감옥에 얼마나 있었는지 정확히는 모르겠지만, 최소한 반년은 지났을 것이다. '그보다 더 오래됐을지도 몰라. 5년, 아니면 10년, 20년이라면? 그런들 내가 알았을까? 내가 저 밑에서 미쳐버린 채 반생이 지나갔다면?' 하지만 아니, 그건 어리석은 생각이었다. 그렇게 오래됐을 순 없었다. 왈더들은 아직도 소년이었다. 10년이 흘렀다면 성인이 되었으리라. 그 점을 기억해야 했다. '그놈 때문에 미치지는 않을 거야. 내 손가락과 발가락은 빼앗을 수 있어도, 내 눈을 뽑고 귀를 잘라낼 순 있어도, 내 정신은 내가 항복하지 않는 한 빼앗아 갈 수 없어.'

작은 왈더가 횃불을 들고 앞장을 섰다. 구린내는 큰 왈더를 뒤에 달고 순순히 따라갔다. 그들이 지나가자 견사에 든 개들이 짖어댔다. 마당에 몰아치는 바람이 더럽고 얇은 누더기를 뚫고 들어와 소름이 돋았다. 밤공기는 차갑고 습했지만, 분명히 겨울이 코앞인데도 눈이 내린 흔적은 없었다. 구린내는 살아서 눈을 보게 될까 궁금했다. '그때는 손가락이 몇 개 남아 있을까? 발가락은?' 한 손을 들어본 그는 손이 얼마나 하얀지, 얼마나 살이 없는지 보고 놀랐다. '뼈와 가죽뿐이네. 노인의 손이야.' 소년들에 대해 잘못 생각한 건 아닐까? 이 아이들이 작은 왈더와 큰 왈더가 아니고, 그가 알았던 소년들의 아들들이라면?

대연회장은 어둡고 연기가 가득했다. 왼쪽 오른쪽으로 줄줄이 횃불이 타오르는데, 벽에서 뻗어 나온 인간의 해골 손에 쥐어 있었다. 머리 위 높은 곳에는 연기에 검게 그을린 서까래와 그림자에 잠긴 둥근 천장이 있었다. 와인과 에일과 구운 고기 냄새가 진하게 났다. 그 냄새를 맡자 구린내의 배 속이 시끄럽게 울었고 입에는 침이 고였다.

작은 왈더에게 밀려 그는 수비군 병사들이 식사 중인 긴 탁자들을 비틀비틀 지나쳤다. 자신을 보는 그들의 눈을 느낄 수 있었다. 연단에서 가까운 제일 좋은 자리는 램지가 총애하는 '서자의 자식들'이 차지했다. 램지가 사랑하는 사냥개들을 돌보는 노인 '뼈다귀 벤'. 금발에 소년 같은 '춤춰봐 데이먼'. 루스 공이 듣는 곳에서 부주의한 말을 했다가 혀를 잃은 툴툴이. 시큼한 알린. 스키너(Skinner). 노란 딕. 그보다 낮은 자리, 소금 통 아래쪽에는 구린내가 이름은 몰라도 얼굴은 아는 이들이 앉았다. 램지에게 충성을 맹세한 검사와 하사관, 병사와 간수와 심문관이었다. 하지만 그가 모르는 낯선 이들도 있었다. 몇 명은 그를 보고 웃어대고, 몇 명은 그가 지나가자 코를 찡그렸다. '손님들이야. 주인님의 친구들. 난 재미있게 해주려고 끌려나온 거야.' 두려움에 몸이 떨렸다.

연단 위 높은 탁자에는 '볼턴의 서자'가 아비지의 자리에 앉아서 아버지의 잔으로 술을 마시고 있었다. 두 노인이 함께 앉았는데, 구린내는 보자마자 둘 다 귀족이라는 사실을 알았다. 하나는 여원 몸에 눈이 냉혹했고, 수염은 길고 희었으며, 얼굴은 겨울 서리처럼 무정했다. 그는 오래 입어 때가 낀 남루한 곰 가죽 조끼를 입었는데, 식탁 앞인데도 그 밑에 고리 갑옷을 받쳐 입었다. 두 번째 귀족도 말랐지만, 첫 번째 노인이 꼿꼿하다면 이 노인은 비틀려 있었다. 한쪽 어깨가 반대쪽보다 훨씬 높이 올라갔고, 그릇 위로 몸을 굽힌 모습이 썩은 고기를 뜯는 독수리 같았다. 회색 눈은 탐욕스러웠고, 이는 누렇고, 갈래 수염은 은색과 눈처럼 흰색이 섞여 있었다. 검버섯 핀 머리에는 흰머리 몇 가닥밖에 남지 않았지만, 입고 있는 망토는 부드럽고 질 좋은 회색 모직물에 흑담비 털을 가장자리에 둘렀고 은을 두드려 만든 별 모양 브로치로 어깨에 고정했다.

램지는 검은색과 분홍색으로 차려입었다. 검은색 장화, 검은색 허리띠와 검집, 검은색 가죽조끼 안에 검붉은 새틴이 사선으로 들어간 분홍색 벨벳 더블릿. 오른쪽 귀에는 핏방울 모양으로 세공한 석류석이 반짝였다. 그러나 아무리 화려하게 차려입었어도 램지는 여전히 뼈대가 크고 어깨가 처졌으며 나이 들면 뚱뚱해질 기미가 보이는 살집 있고 못생긴 남자였다. 피부는 얼룩진 분홍색이었고, 코는 펑퍼짐하고 입은 작았으며, 긴 검은 머리는 부스스했고, 입술은 넓고 두꺼웠다. 그러나 사람들이 제일 먼저 보게 되는 것은 그의 눈이었다. 그는 아버지의 눈을 이어받았다. 작고 한데 몰렸으며, 기묘하게 색이 엷은 눈. '유령 같은 회색이야.' 어떤 사람들은 그 색을 그렇게 불렀지만, 사실 그 눈동자는 두 개의 더러운 얼음 조각처럼 색이 없었다.

그는 구린내를 보자 입술을 축이며 웃었다. "왔구나. 내 쉰내 나는 오랜 친구야." 그는 옆에 앉은 노인들에게 말했다. "구린내는 내가 어렸을 때부터 함께했지. 아버지가 사랑의 선물로 주셨거든."

두 영주는 눈빛을 교환했다. "공의 하인은 죽었다고 들었소." 어깨가 굽은 노인이 말했다. "스타크에게 베여 죽었다던데."

램지 공은 키득거렸다. "강철인들은 죽은 자는 결코 죽지 않으며, 더 단단하고 강하게 다시 일어난다고 할 거야. 구린내처럼 말이지. 하지만 무덤 냄새가 나긴 해."

"오물과 퀴퀴한 토사물 냄새가 나는군." 굽은 어깨의 노인이 갉아 먹던 뼈를 옆으로 던지고 식탁보에 손가락을 닦았다. "먹고 있는데 저놈을 들이대야 할 이유라도 있소?"

고리 갑옷을 입고 꼿꼿하게 앉은 두 번째 귀족이 무감정한 눈으로 구린내를 살폈다. "다시 보시오." 그는 다른 귀족에게 권했다. "머리가 하얗게 세고 몸무게가 20킬로는 빠졌지만, 이자는 하인이 아니오. 잊으셨소?"

등이 굽은 귀족이 다시 보더니 컥 하고 콧방귀를 뀌었다. "그놈이라고?

그럴 수가 있나? 스타크의 대자는 언제나, 언제나 웃고 있었지."

"요새는 전보다 덜 웃긴 해." 램지 공이 털어놓고 말했다. "내가 저놈의 예쁜 하얀 이를 몇 개 부러뜨렸을지도 모르지."

"목을 긋는 편이 나았을 텐데." 고리 갑옷을 입은 귀족이 말했다. "제 주인에게 대적한 개는 껍질을 벗겨야 마땅하오."

"아, 껍질이라면 벗겼지. 여기저기." 램지가 말했다.

"예, 주인님. 전 나빴습니다. 건방졌고 또……." 그는 입술을 핥으며 또 무슨 짓을 했는지 생각해내려 했다. '섬기고 복종해. 그러면 살려줄 거고, 아직 남은 몸뚱이도 그대로 둘 거야. 섬기고 복종하고 네 이름을 기억해. 구린내, 구린내, 지린내와 운이 딱 맞는 구린내야.' "나쁜 놈이었고 또……."

"입에 피가 묻었군." 램지가 말했다. "또 손가락을 씹은 거냐, 구린내?"

"아닙니다. 아니에요, 주인님. 절대 아닙니다." 구린내는 예전에 가죽을 벗겨낸 넷째 손가락의 아픔을 멈추기 위해 물어뜯으려 했었다. 램지 공은 절대 사람 손가락을 그냥 자르는 법이 없었다. 그보다는 살가죽을 벗긴 후에 노출된 살이 말라서 갈라지고 곪아가게 두기를 좋아했다. 구린내는 채찍질을 당하고 고문대에 걸리고 칼에 베이기도 했지만, 가죽을 벗긴 후에 뒤따르는 고통에 비하면 그런 건 아무것도 아니었다. 그건 사람을 미치게 만드는 고통이었고, 오래 견딜 수가 없었다. 늦든 빠르든 "제발, 더는, 더는 못 견디겠어요. 그만 아프게 해주세요. 잘라주세요"라고 외치게 되어 있었고, 그러면 램지 공은 그 말을 들어주곤 했다. 그건 게임이었다. 구린내는 지금의 손과 발이 증언하듯 그 게임의 규칙을 배웠지만, 그때 한 번만은 규칙을 잊고 이로 끊어서 직접 고통을 멈추려고 했었다. 램지는 기분이 상했고, 그 불쾌감 때문에 구린내는 발가락을 하나 더 잃어야 했다. "쥐를 먹었습니다." 그는 중얼거렸다.

"쥐?" 램지의 색 옅은 눈동자가 횃불 빛을 받아 반짝였다. "드레드포트에

사는 쥐는 다 내 부친의 것이다. 감히 내 허락도 없이 쥐를 잡아먹다니."

구린내는 무슨 말을 해야 할지 몰랐기에, 아무 말도 하지 않았다. 한마디만 잘못하면 발가락, 아니 손가락을 또 잃을 수 있었다. 지금까지 그는 왼손가락 두 개와 오른손 새끼손가락을 잃었지만, 왼발가락은 세 개가 없어진 데 반하여 오른발은 새끼발가락 하나만 잃었다. 가끔 램지는 균형을 잡아줘야 한다는 농담을 하곤 했다. '주인님은 농담하신 것뿐이야.' 그는 스스로를 설득하려 했다. '날 해치고 싶은 게 아니야. 그렇게 말씀하셨어. 내가 원인을 제공할 때만 그러시는 거야.' 그의 주인은 자비롭고 친절했다. 구린내가 진짜 이름과 제 분수를 익히기 전에 했던 말에도 불구하고 얼굴 가죽을 안 벗겼다.

"지겨워지는군." 고리 갑옷을 입은 귀족이 말했다. "죽이고 끝내시오."

램지 공은 에일을 잔에 채웠다. "그랬다간 축하연을 망치게요. 구린내, 너에게 알려줄 기쁜 소식이 있다. 내가 결혼을 하게 됐어. 아버지께서 나에게 스타크를 데려온다는구나. 에다드 공의 딸, 아리아를 말이야. 어린 아리아를 기억하겠지?"

'발밑의 아리아 말이죠.' 그렇게 말해버릴 뻔했다. '말상 아리아.' 갈색 머리에 얼굴이 길고, 막대기처럼 깡마른 데다 언제나 지저분하던 롭의 여동생. '산사가 예쁜 쪽이었지.' 에다드 스타크 공이 그를 산사와 결혼시키고 아들로 여길 날이 올지 모른다는 생각을 했던 때가 기억이 났지만, 그건 어린아이의 공상에 불과했다. 그러나 아리아는……. "기억납니다. 아리아요."

"그 아리아가 윈터펠의 여주인이 되고, 난 그 남편이 되는 거야."

'아리아는 어린아이에 불과해.' "네, 주인님. 축하드립니다."

"내 결혼식에 참석할 거냐, 구린내?"

그는 머뭇거렸다. "주인님이 원하신다면요."

"아, 원하고말고."

그는 이건 또 무슨 잔인한 함정일까 생각하며 다시 머뭇거렸다. "예, 주인님. 주인님 뜻이라면야 영광입니다."

"그렇다면 널 그 불쾌한 지하감옥에서 꺼내야겠구나. 박박 문질러서 때를 벗기고, 깨끗한 옷을 입히고, 음식도 좀 먹여야지. 맛있고 부드러운 포리지 어때냐? 베이컨을 넣은 완두콩 파이도 괜찮겠지. 너에게 맡길 사소한 일이 있으니까, 날 도우려면 힘을 되찾아야 할 거야. 물론 넌 내 시중을 들고 싶어 한다는 거 안다."

"물론입니다, 주인님. 무엇보다 더 원하는 일입니다." 몸이 덜덜 떨렸다. "전 주인님의 구린내입니다. 제발 주인님을 위해 일하게 해주세요. 제발."

"그렇게 착하게 부탁하는데 어떻게 거절할 수 있겠어?" 램지 볼턴이 미소 지었다. "난 전쟁에 나간다, 구린내야. 그리고 넌 나와 같이 가는 거야. 내 숫처녀 신부를 집으로 데려오게 돕는 거지."

브랜

어째선지 그 까마귀 소리를 듣자 브랜의 등골을 타고 전율이 흘렀다. '난 어른이 다 됐어. 이제 용감해져야 해.' 스스로를 일깨워야 했다.

하지만 공기는 얼얼하고 차가웠으며 두려움이 가득했다. 서머조차 두려워하고 있었다. 목덜미 털이 다 일어섰다. 언덕 비탈에 까맣고 허기진 그림자들이 뻗어 있었다. 모든 나무들이 짊어진 얼음의 무게에 휘청이고 비틀거렸다. 어떤 나무는 나무처럼 보이지도 않았다. 뿌리부터 꼭대기까지 얼어붙은 눈에 파묻힌 나무들은 언덕 위에 모여 선 거인들 같았고, 차디찬 바람에 등을 구부린 보기 흉한 괴물들 같았다.

"놈들이 왔다." 순찰자가 장검을 뽑았다.

"어디요?" 미라는 숨죽인 목소리로 물었다.

"가까워. 모르겠다. 어딘가."

까마귀가 다시 소리를 질렀다. "호도." 호도가 속삭였다. 호도는 두 손을 겨드랑이에 끼우고 있었다. 갈색 가시덤불 같은 수염에 고드름이 매달렸고, 콧수염은 얼어붙은 콧물 덩어리가 되어 석양빛에 붉게 반짝였다.

"그 늑대들도 가까워." 브랜이 경고했다. "우릴 따라오던 녀석들 말이야.

바람이 우리 쪽으로 불 때마다 서머가 그놈들 냄새를 맡을 수 있어."

"늑대는 큰 걱정거리가 아니다." 콜드핸즈가 말했다. "위로 올라가야 해. 곧 어두워진다. 밤이 오기 전에 안으로 들어가는 게 좋겠어. 너희들의 온기가 놈들을 끌어당길 거다." 그는 지는 햇빛이 나무 사이로 흐릿하게, 마치 멀리 지핀 불빛처럼 보이는 서쪽을 쳐다보았다.

"들어가는 길이 여기뿐이에요?" 미라가 물었다.

"뒷문은 30리 북쪽인 데다 함몰지 아래 있다."

그 말만으로 충분했다. 호도라 해도 브랜을 무겁게 등에 진 채로 함몰지를 내려갈 수는 없었고, 조젠에게 30리를 걷는다는 건 만 리를 뛰는 것과 다름없었다.

미라가 언덕을 올려다보았다. "길엔 아무것도 없는데요."

"그래 보이지." 순찰자는 어둡게 중얼거렸다. "한기를 느낄 수 있나? 여기 뭔가가 있다. 그들이 어디 있을까?"

"동굴 안?" 미라가 말했다.

"동굴은 보호받고 있다. 그들은 지나갈 수 없어." 순찰자는 장검을 써서 방향을 가리켰다. "저기 입구가 보일 거다. 반쯤 올라가서, 영목들 사이, 바위에 난 틈이야."

"보여요." 브랜이 대답했다. 까마귀들이 드나들고 있었다.

호도가 무게중심을 옮겼다. "호도."

"난 바위에 잡힌 주름밖에 안 보여." 미라가 말했다.

"거기 통로가 있다. 처음엔 가파르고 구불구불한 터널이 바위를 관통한다. 거기까지만 가면 안전할 거다."

"당신은요?"

"동굴은 보호받고 있다."

미라는 언덕 비탈 틈을 유심히 살폈다. "여기서 저기까지 1000미터도 안 될 거야."

'그래. 그렇지만 내내 오르막이지.' 브랜은 생각했다. 그 언덕은 가팔랐고 나무도 빽빽했다. 눈은 사흘 전에 그쳤지만, 하나도 녹지 않았다. 나무들 밑 땅바닥은 아직도 누가 밟은 적 없이 새하얗게 덮여 있었다. "여긴 아무도 없어." 브랜이 용감하게 말했다. "저 눈밭을 봐요. 발자국이 없잖아."

"백귀들은 눈을 밟아도 가벼워." 순찰자가 말했다. "놈들이 오간 흔적을 뜻하는 발자국은 찾을 수 없다." 큰까마귀 한 마리가 내려와서 순찰자의 어깨에 앉았다. 커다랗고 검은 이 새는 이제 열 마리 정도만 남아 있었다. 나머지는 오는 길에 사라졌다. 아침마다 일어나보면 까마귀 수가 줄어 있었다. "와." 까마귀가 깍깍거렸다. "이리 와, 와."

'세눈박이 까마귀. 그린시어(greenseer, 녹색 천리안).' 브랜이 말했다. "멀지 않아. 조금만 올라가면 안전해질 거야. 불도 피울 수 있을지 몰라." 순찰자만 빼면 모두가 춥고 몸이 젖은 데다 배가 고팠고, 조젠 리드는 도움이 없이는 걷지 못할 정도로 약해져 있었다.

"먼저 가." 미라 리드가 동생 옆에서 허리를 굽혔다. 조젠은 참나무 줄기 안에 자리를 잡고 사시나무처럼 떨고 있었다. 두건과 스카프 틈으로 겨우 보이는 얼굴은 주위 눈밭처럼 창백했지만, 숨을 내쉴 때마다 콧구멍에서 흐릿하게 수증기가 피어났다. 미라는 종일 조젠을 업고 걸었다. '음식과 불이면 다시 괜찮아질 거야.' 브랜은 스스로를 설득하려 했지만, 확신할 수가 없었다. "조젠을 업은 채로 싸우긴 힘들어. 비탈이 너무 가팔라." 미라가 말했다. "호도, 브랜을 데리고 저 동굴로 올라가."

"호도." 호도가 두 손바닥을 마주쳤다.

"조젠은 먹을 게 필요할 뿐이야." 브랜은 비참한 심정으로 말했다. 엘크가 세 번째이자 마지막으로 쓰러진 게 12일 전의 일이었다. 콜드핸즈는 쓰러진 엘크 옆 눈 더미에 무릎을 꿇고 중얼중얼 귀에 선 언어로 평안을 빌더니 목을 그었다. 브랜은 선명한 피가 뿜어져 나오자 어린아이처럼 울었다. 미라 리드와 콜드핸즈가 이렇게 멀리까지 그들을 데려와준 용감한 짐승을 도축하는 장면을 무력하게 바라보던 그때만큼 스스로가 불구자로 느껴진 적이 없었다. 먹지 않을 거라고, 친구를 먹느니 굶주리는 게 낫다고 생각했지만 결국에는 두 번이나 먹었다. 한 번은 자기 몸으로, 또 한 번은 서머의 몸으로. 엘크도 굶주리고 여윈 몸이었지만, 순찰자가 그 몸에서 얻은 고기는 7일 동안 일행을 지탱해주었다. 마지막 남은 고기는 오래된 산성의 폐허 속에서 불을 피우고 모여 앉아서 먹어치웠다.

"먹어야지." 미라는 동생의 이마를 쓸면서 동의했다. "우리 모두 마찬가지지만, 여기엔 먹을 게 없어. 가."

브랜은 눈을 깜박여 눈물을 밀어 넣으면서, 눈물 한 방울이 뺨에 얼어붙는 것을 느꼈다. 콜드핸즈가 호도의 팔을 잡았다. "빛이 스러지고 있다. 놈들이 지금 여기 없다면 곧 들이닥칠 거야. 가자."

호도도 이번만은 말없이 다리에 붙은 눈을 털어내고, 브랜을 등에 진 채 눈 더미를 헤치고 나아갔다. 콜드핸즈는 시커먼 손에 장검을 쥐고 그들 옆을 걸었다. 서머가 따라왔다. 눈이 서머의 키보다 높이 쌓인 곳도 있어서, 그럴 때면 거대한 다이어울프는 얇은 얼음층을 돌파한 후 멈춰서 몸을 털어야 했다. 올라가면서 브랜은 바구니 속에서 서툴게 몸을 돌려 미라가 동생을 일으켜 세우려 하는 모습을 보았다. '조젠은 미라에게 너무 무거워. 미라도 너무 굶어서 전처럼 힘이 없어.' 미라는 한 손에 개구리 창을 쥐고 한 번씩 눈밭을 찍어서 몸을 지탱했다. 미라가 겨우 동생을 반은 업고 반은 끌면서 언덕을 힘겹게 오르기 시작했을 때, 호도가 나무 두 그루 사이를 지나면서 두 사람이 브랜의 시야 밖으로 사라졌다.

언덕이 점점 가팔라졌다. 호도의 장화 아래 눈 더미가 부서졌다. 한번은 발아래에 바위가 있어서 호도가 뒤로 미끄러지다가 언덕을 굴러떨어질 뻔했다. 순찰자가 호도의 팔을 잡아서 구했다. "호도." 호도가 말했다. 돌풍이 불 때마다 허공에 미세한 하얀 가루가 가득 차서 마지막 햇살에 유리처럼 반짝였다. 까마귀들이 주위에서 날개를 퍼덕였다. 한 마리가 앞으로 날아가더니 동굴 속으로 사라졌다. '이제 80미터만 가면 돼. 그렇게 멀지 않아.' 브랜은 생각했다.

서머가 갑자기 멈춰 섰다. 가파르게 이어지는 새하얀 눈밭 밑이었다. 다이어울프는 고개를 돌리고 킁킁거리더니 이를 드러냈다. 털이 곤두서더니, 서머가 뒷걸음질 치기 시작했다.

"호도, 멈춰." 브랜이 말했다. "호도, 기다려." 뭔가 잘못됐다. 서머가 냄새를 맡았고, 브랜도 맡았다. '뭔가 나쁜 거야. 가까워.' "호도, 아니야. 돌아가."

콜드핸즈는 아직 올라가고 있었고, 호도는 따라잡고 싶어 했다. "호도, 호도, 호도." 호도는 큰 소리로 으르렁대며 브랜의 불평을 무시했다. 숨소리가 거칠어졌다. 희부연 안개가 허공을 채웠다. 호도는 한 걸음, 또 한 걸음 내디뎠다. 눈이 거의 허리까지 왔고 비탈은 아주 가팔랐다. 호도는 몸을 앞으로 기울이고 바위와 나무를 잡아가면서 올라갔다. 또 한 걸음. 또 한 걸음. 호도가 헤쳐놓은 눈이 아래로 미끄러지면서 뒤에 작은 눈사태를 일으켰다.

'60미터.' 브랜은 동굴을 잘 보기 위해 고개를 옆으로 길게 뺐다. 그때 다른 뭔가가 보였다. "불이야!" 영목 사이에 난 작은 틈에 깜박거리는 불빛이, 몰려오는 어둠을 뚫고 그들을 부르는 불그레한 빛이 있었다. "봐, 누군가가—"

호도가 비명을 질렀다. 호도가 몸을 틀고 비틀거리다가 쓰러졌다.

거대한 마구간지기의 몸이 휙 돌자 브랜은 세상이 옆으로 미끄러지는 것을 느꼈다. 충돌로 숨이 막혔다. 입안에 피가 가득했고, 호도는 허우적거리고 몸을 흔들면서 불구의 소년을 짓눌렀다.

'뭔가가 호도의 다리를 잡았어.' 브랜은 아주 잠깐 동안 어쩌면 뿌리에 발목이 걸렸는지도 모른다고 생각했다……. 그 뿌리가 움직이기 전까지는. '손이야.' 브랜이 생각하는 사이 눈 속에서 시귀가 튀어나왔다.

호도가 눈 덮인 발로 온 힘을 다해 그 물건의 얼굴을 걷어찼지만, 죽은 자는 느끼지도 못하는 것 같았다. 호도와 시귀가 엉켜서 서로에게 주먹질을 하고 할퀴어대며 언덕을 미끄러졌다. 몸이 뒤집히면서 브랜의 입과 코에 눈이 들어찼지만, 그들은 순식간에 다시 굴러갔다. 뭔가가 브랜의 머리를 쳤다. 바위인지, 얼음 덩어리인지, 아니면 죽은 자의 주먹인지는 알 수 없었지만 브랜은 어느새 바구니에서 떨어져 비탈에 대자로 뻗었고, 장갑 긴 손에는 쥐어뜯은 호도의 머리카락을 한 움큼 잡은 채로 눈을 뱉어대고 있었다.

사방에서, 시귀들이 눈 속에서 튀어나오고 있었다.

'둘, 셋, 넷.' 브랜은 수를 더 세지 못했다 시귀들은 갑자기 눈 구름을 피우며 솟구쳐 올랐다. 검은 망토를 걸친 자도 있었고, 너덜너덜한 가죽을 걸친 자도, 벌거벗은 자도 있었다. 모두 몸은 하얗고 손은 검었다. 눈동자는 새파란 별처럼 빛났다.

셋이 순찰자에게 덤벼들었다. 브랜은 콜드핸즈가 한 놈의 얼굴을 베는 것을 보았다. 그래도 시귀는 계속 달려들어 콜드핸즈를 다른 시귀의 품 안에 밀어붙였다. 또 두 놈은 서툴게 쿵쾅대며 비탈을 내려가고 있는 호도를 쫓았다. 브랜은 미라가 이 난장판으로 올라오고 있다는 사실을 깨닫고 속이 뒤집힐 것 같은 공포감에 사로잡혔다. 브랜은 눈을 내리치며 경고의 소리를 질렀다.

뭔가가 브랜을 붙잡았다.

그 순간 브랜의 고함이 비명으로 변했다. 브랜은 눈을 움켜쥐고 뿌렸지만, 시귀는 눈도 깜박이지 않았다. 검은 손이 브랜의 얼굴을 더듬고, 또 다

른 손이 배를 더듬었다. 손가락이 강철 같았다. '내 내장을 뽑아낼 거야.'

그러나 갑자기 서머가 둘 사이에 끼어들었다. 브랜은 싸구려 천처럼 찢어지는 피부를 보고, 뼈가 부서지는 소리를 들었다. 뜯긴 손과 손목, 꿈틀거리는 하얀 손가락들, 빛바래고 거친 검은색 천 소매를 보았다. '검은색이야. 검은 옷을 입었어. 경비대원이었던 거야.' 서머는 그 팔을 던져버리고 몸을 틀어 죽은 자의 턱 아래, 목에 이빨을 박았다. 거대한 회색 늑대는 몸을 비틀어 떨어지면서 시귀의 목을 거의 뜯어내어 허옇게 썩은 고기를 흩뿌렸다.

잘린 손은 아직도 움직였다. 브랜은 몸을 굴려 피했다. 엎드려서 눈밭을 할퀴며 위쪽 나무들을, 눈 덮인 흰 나무들과 그 사이 오렌지색 불빛을 보았다.

'50미터.' 50미터만 몸을 끌고 갈 수 있다면 놈들이 잡을 수 없을 것이다. 나무뿌리와 바위를 잡으며 그 빛을 향해 기어가자 장갑이 젖어 들었다. '조금만 더. 조금만 더. 그러면 불 옆에서 쉴 수 있어.'

마지막 햇빛이 나무 사이로 사라진 후였다. 밤이 내렸다. 콜드핸즈는 주위를 둘러싼 죽은 자들의 원을 베고 자르고 있었다. 서머는 쓰러뜨린 시귀의 얼굴을 찢고 있었다. 아무도 브랜에게는 관심을 두지 않았다. 브랜은 쓸모없는 다리를 끌면서 조금 더 위로 올라갔다. '저 동굴까지만 갈 수 있다면……'

"호도오오오오." 저 아래 어딘가에서 흐느끼는 소리가 들렸다.

그리고 갑자기 그는 눈밭을 기어가는 불구의 소년 브랜이 아니라, 언덕 중턱에서 시귀에게 눈을 긁히고 있는 호도였다. 호도는 울부짖으며 벌떡 일어나서 시귀를 거칠게 팽개쳤다. 시귀가 한쪽 무릎을 꿇고 다시 일어서려 했다. 브랜은 호도의 장검을 검대에서 풀었다. 마음속 깊은 곳에서는 아직도 불쌍한 호도가 징징대는 소리를 들을 수 있었지만, 몸은 오래된 칼을 손에 들고 격분한 2미터의 거인이었다. 그는 검을 들어 올려 죽은 남자에게 내리찍었고, 칼날이 젖은 모직물과 녹슨 사슬 셔츠와 썩은 가죽을 뚫고 뼈와 살을 깊이 가르자 끙 소리를 냈다. "호도!" 그는 우렁차게 외치며 다시 칼을 그었다. 이번에는 시귀의 머리를 잘랐고, 잠시 동안 의기양양했다……. 그것도 죽은 손 한 쌍이 그의 목을 더듬기 전까지였다.

브랜이 피를 흘리며 뒷걸음질 치는데, 미라 리드가 나타나서 시귀의 등에 개구리 창을 꽂았다. "호도." 브랜은 언덕 위쪽으로 손짓하며 소리를 질렀다. "호도, 호도." 조젠은 누이가 놓아둔 곳에서 힘없이 몸을 비틀고 있었다. 브랜은 그리로 가서 장검을 내려놓고 조젠을 품에 안은 후 다시 일어섰다. "호도!" 그가 큰 소리를 질렀다.

미라가 앞장서서 다시 언덕을 오르며 다가오는 시귀들을 찔렀다. 시귀들은 다치지 않지만, 움직임이 느리고 서툴러졌다. "호도." 호도는 걸음마다 말했다. "호도, 호도." 그는 느닷없이 사랑한다고 말하면 미라가 무슨 생각을 할까 궁금했다.

저 위 눈밭에서는 불타는 인형들이 춤을 추고 있었다.

'시귀들이야.' 브랜은 깨달았다. '누군가가 시귀들에게 불을 붙였어.'

서머는 으르렁대고 딱딱대면서 제일 가까운 시귀 주변을 맴돌았다. 소용돌이치는 불길에 휩싸인 인간의 잔해였다. '저렇게 가까이 가면 안 되는데, 뭘 하는 거지?' 그러다가 눈밭에 엎드린 자신의 모습이 보였다. 서머는 불타는 시귀가 브랜에게 다가가지 못하게 막고 있었다. '저게 날 죽이면 어떻게 될까?' 브랜은 궁금했다. '내가 영원히 호도가 되는 걸까? 아니면 서머의 몸 속으로 돌아갈까? 아니면 그냥 죽는 걸까?'

주위 세상이 현기증 나게 움직였다. 하얀 나무들, 검은 하늘, 붉은 화염, 모든 것이 빙빙 돌고 움직이며 휘몰아쳤다. 몸이 비틀거리는 것이 느껴졌다. 호도의 비명을 들을 수 있었다. "호도 호도 호도 호도. 호도 호도 호도

호도. 호도 호도 호도 호도 호도."동굴에서 구름 떼 같은 까마귀가 쏟아져 나왔고, 손에 횃불을 들고 이쪽저쪽으로 달리는 어린 소녀가 보였다. 잠깐 동안 브랜은 아리아라고 생각했다……. 미친 생각이었다. 작은 누나는 만 리 떨어진 곳에 있거나, 죽었다는 걸 알았다. 그런데도 아리아가 누더기를 걸치고 머리가 다 헝클어진 채, 깡마른 몸으로 미친 듯이 뛰어다녔다. 호도의 눈에 고인 눈물이 그대로 얼어붙었다.

모든 것이 뒤집히고 뒤바뀌더니, 브랜은 어느새 자기 몸에 다시 들어와서 눈밭에 반쯤 파묻혀 있었다. 불타는 시귀가 다가왔다. 눈 덮인 나무들 앞에 높이 솟은 시귀의 윤곽이 뚜렷히 보였다. 브랜이 벌거벗은 시귀구나 하는 순간, 제일 가까운 나무에서 눈이 쏟아지며 시귀를 파묻고 그의 머리로도 떨어져 내렸다.

다음 순간, 브랜은 어두운 돌 지붕 아래 솔잎 침대에 누워 있었다. '동굴이야. 동굴 안에 있어.' 아직도 혀를 깨문 자리에서 피 맛이 났지만, 오른쪽에 불이 지펴져 있어서 열기가 얼굴을 데우는 기분이 그렇게 좋을 수가 없었다. 서머도 브랜 주위를 쿵쿵댔고, 흠뻑 젖은 호도도 있었다. 조젠은 미라의 무릎을 베고 있었다. 그리고 아리아 같은 소녀가 횃불을 들고 서 있었다.

"눈이……." 브랜은 말했다. "나한테 눈이 쏟아졌어. 파묻어버렸어."

"널 감춰준 거야. 내가 꺼냈어." 미라가 소녀를 향해 고개를 끄덕였다. "하지만 우릴 구한 건 쟤야. 횃불이…… 불은 놈들을 죽여."

"불은 놈들을 태우지. 불은 언제나 굶주려 있어."

아리아의 목소리도 아니었고, 아이의 목소리도 아니었다. 높고 듣기 좋은 여자 목소리였고, 한 번도 들어본 적 없는 묘한 음악과 심장이 부서질 것 같은 슬픔이 담겨 있었다. 브랜은 좀 더 잘 보려고 눈을 가늘게 떴다. 소녀는 맞지만 아리아보다 작았고, 잎사귀 망토 아래 피부는 암사슴처럼 어룽졌다. 눈은 기이했다. 고양이 눈처럼 세로로 찢어진 데다, 금빛과 초록빛으로 맑고 커다랬다. '이런 눈을 가진 사람은 없어.' 머리카락은 가을의 색인 갈색과 붉은색과 금색이 엉켰고, 사이사이에 덩굴과 잔가지와 시든 꽃이 엮여 있었다.

"당신 누구야?" 미라 리드가 물었다.

브랜은 답을 알았다. "아이야. 숲의 아이." 브랜은 추위만이 아니라 경이로움에도 몸이 떨렸다. 그들은 낸 할멈의 옛날이야기 속에 있었다.

"최초인은 우리에게 아이들이라는 이름을 붙였지." 작은 여자가 말했다. "거인들은 우리가 작고 잽싸고 나무를 좋아한다는 이유로 '워 다크 낙 그란'이라고, 다람쥐 사람들이라고 불렀어. 하지만 우린 다람쥐도 아니고, 아이들도 아니야. '진정한 언어'로 우리의 이름은 '땅의 노래를 부르는 자들'이란다. 우린 너희의 옛 언어가 나오기도 전에 만 년 동안 우리의 노래를 불렀지."

미라가 말했다. "지금은 공용어를 하네요."

"저 아이를 위해서야. 브랜을 위해서. 난 드래곤의 시대에 태어나, 200년 동안 인간의 세상을 걸으며 지켜보고 귀 기울이고 배웠어. 계속 걸을 수도 있었겠지만, 다리가 아프고 심장이 지쳤기에 집으로 발길을 돌렸지."

"200년?" 미라가 말했다.

숲의 아이는 미소 지었다. "인간이란, 너희야말로 아이들이지."

"이름이 있나요?" 브랜이 물었다.

"필요할 때는." 여자는 횃불을 휘저어 동굴 안쪽 벽의 검은색 틈을 가리켰다. "우리가 갈 길은 아래에 있어. 지금 같이 가야 해."

브랜이 몸을 다시 떨었다. "순찰자가……."

"그 사람은 못 와."

"놈들이 죽일 거예요."

"아니. 놈들은 오래전에 그 사람을 죽였어. 이제 따라와. 깊숙이 내려가면 더 따뜻하고, 거기에선 아무도 널 해치지 못할 거야. 그분이 널 기다려."

"세눈박이 까마귀요?" 미라가 물었다.

"그린시어야." 여자는 그 말을 끝으로 걸어갔고, 그들은 따라갈 수밖에 없었다. 미라가 브랜을 다시 호도의 등에 올려줬지만, 바구니는 반쯤 부서진 데다 녹아내린 눈에 젖어 있었다. 미라는 동생을 한 팔로 감싸고 다시 일으켜 세웠다. 조젠이 눈을 떴다. "뭐야? 미라? 여기가 어디야?" 조젠은 불을 보고 미소 지었다. "정말 이상한 꿈을 꿨어."

길은 비좁고 꼬불꼬불했고, 천장이 너무 낮아서 호도는 곧 몸을 구부려야 했다. 브랜도 최대한 몸을 굽혔지만, 그래도 머리가 천장에 스치고 쿵쿵 부딪쳤다. 머리가 닿을 때마다 부서진 흙이 눈과 머리에 떨어졌고, 한번은 터널 벽에서 자라나서 촉수들을 늘어뜨리고 그 사이사이에 거미줄을 친 굵은 흰 뿌리에 이마를 부딪치기도 했다.

숲의 아이는 횃불을 들고 잎사귀 망토를 바스락거리며 앞장서 걸어갔지만, 통로가 하도 방향을 이리저리 틀다 보니 곧 브랜의 시야에서 사라졌다. 그러자 빛이라고는 통로 벽에 반사된 빛밖에 남지 않았다. 조금 내려가자 동굴이 갈라졌지만, 왼쪽 터널은 어쩌나 깜깜한지 호도조차도 오른쪽에서 움직이는 횃불을 따라가야 한다는 걸 알 수 있을 정도였다.

그림자가 움직이는 모습을 보고 있으니 벽 자체가 움직이는 것만 같았다. 브랜은 땅속으로 미끄러져 들어왔다가 나가는 거대한 흰 뱀들을 보고 두려움에 심장이 쿵쾅거렸다. 실수로 우유뱀이나, 물렁하고 허옇고 질퍽한 대형 무덤벌레 소굴에 들어온 건 아닐까 싶어졌다. '무덤벌레는 이빨도 있어.'

호도도 그 뱀들을 보았다. "호도." 호도는 낑낑대며 계속 걷지 않으려 했다. 그런데 여자가 일행이 따라잡을 수 있게 멈춰 서자 횃불 빛이 움직이지 않았고, 브랜은 그제야 흰 뱀들이 머리를 부딪쳤던 것과 같은 흰 뿌리들임을 알았다. "영목 뿌리야. 신의 숲에 있던 심장 나무 기억해, 호도? 붉은 잎사귀가 달린 하얀 나무? 나무는 널 해치지 못해."

"호도." 호도는 서둘러 움직여서 숲의 아이와 그 손에 들린 햇불을 따라 땅속으로 더 깊이 들어갔다. 그들은 또 갈림길을 지나고 또 지나서, 윈터펠의 대연회장처럼 크고 소리가 울려 퍼지는 동굴에 들어섰다. 천장에 돌 이빨이 줄줄이 달렸고 바닥에도 솟아 있었다. 잎사귀 망토를 걸친 숲의 아이는 그런 돌들 사이를 이리저리 누비고 걸어갔다. 가끔 한 번씩 멈춰 서서 어서 오라는 듯 햇불을 흔들기도 했다. '이쪽이야.' 이렇게 말하는 것 같았다. '이쪽, 이쪽이라고. 빨리.'

그 후로 곁가지 길과 동굴 방이 계속 이어졌고, 브랜은 오른쪽 어딘가에서 물이 똑똑 떨어지는 소리를 들었다. 그쪽을 쳐다보니 마주 쳐다보는 눈들이 보였다. 햇불 빛을 반사하여 환하게 빛나는, 가늘게 찢어진 눈동자들. '아이들이 더 있어. 저 여자 혼자가 아니야.' 하지만 낸 할멈이 해준 '겐델의 아이들' 이야기도 떠올랐다.

사방에서 흙과 돌을 뚫고 이리저리 휘어지는 나무뿌리가 어떤 통로는 막아버리고 어떤 통로에서는 천장을 떠받쳤다. '색채가 다 사라졌어.' 브랜은 퍼뜩 알아차렸다. 세상이 검은 흙과 하얀 나무로 압축됐다. 윈터펠의 심장 나무도 거인의 다리통처럼 굵은 뿌리를 키웠지만, 여기에는 그보다 더 굵은 뿌리들이 있었다. 그리고 브랜은 이렇게 많은 영목을 본 적이 없었다. '우리 머리 위에 영목 숲이 있는 게 틀림없어.'

불빛이 다시 줄어들었다. 아이 아닌 아이는 몸집은 작을지 몰라도 원할 때는 아주 빠르게 움직였다. 쿵쿵거리며 뒤따라가던 호도의 발밑에서 뭔가가 부서졌다. 호도가 너무 갑자기 걸음을 멈추는 바람에 미라와 조젠이 등을 들이받을 뻔했다.

"뼈야." 브랜이 말했다. "뼈가 있어." 통로 바닥에 새와 짐승의 뼈가 흩어져 있었다. 하지만 다른 뼈들, 분명히 거인의 것이겠구나 싶은 큰 뼈들과 어린아이일 수도 있겠다 싶은 작은 뼈들도 있었다. 양쪽으로 돌을 깎아내어 만든 벽감 속에서 머리뼈들이 일행을 내려다보았다. 브랜은 곰 머리뼈와 늑대 머리뼈, 여섯 개쯤 되는 사람 머리뼈와 그와 비슷한 수의 거인 머리뼈를 보았다. 나머지는 다 작고 형태가 이상했다. '숲의 아이들이겠지.' 하나같이 주위에 자란 영목 뿌리가 휘감고 있었다. 몇몇 머리뼈 위에는 까마귀가 올라앉아서 반짝이는 까만 눈으로 일행이 지나가는 모습을 지켜보았다.

이 캄캄한 여행의 마지막 부분이 제일 가팔랐다. 호도는 마지막 내리막길을 주저앉아서 내려갔고, 엉덩방아를 찧고 미끄러지는 호도에게 채인 뼛조각과 흙, 자갈이 잘그랑거렸다. 숲의 아이가 입을 쩍 벌린 심연 위 다리 끝에 서서 기다리고 있었다. 브랜은 아래 어둠 속에서 빠르게 흐르는 물소리를 들었다. '지하 강이야.'

"다리를 건너야 해요?" 브랜은 리드 남매가 뒤따라 내려오는 동안 물었다. 그 생각에 겁이 났다. 그 좁은 다리에서 호도가 미끄러지기라도 하면 아래로 떨어지고 말 것이다.

"아니." 아이가 말했다. "네 뒤야." 숲의 아이가 횃불을 높이 들어 올리자, 불빛이 일렁이며 변화하는 것 같았다. 잠깐 동안은 불이 오렌지색, 노란색으로 타오르며 동굴 안을 불그레한 빛으로 채우더니 다음 순간에는 그 모든 색채가 사라지고 오직 검은색과 흰색만 남았다. 뒤에서 미라가 숨을 들이켰다. 호도가 몸을 돌렸다.

그들 뒤에는 화려한 검은 옷을 입은 새하얀 노인이 꼬이고 엉킨 뿌리 옥좌에 앉아서 꿈을 꾸고 있었다. 이리저리 엮인 영목 옥좌는 어머니가 아이를 안듯이 노인의 앙상한 팔다리를 끌어안았다.

몸이 너무 앙상하고, 옷이 너무 썩어서 처음에는 또 다른 시체인가 싶었다. 죽은 남자가 오래도록 그 자리에 앉아 있다 보니 뿌리가 그 위로, 아래로, 사이로 자라난 것이라고 말이다. 드러난 피부는 새하얬고, 목에서 뺨까지만 핏빛 얼룩 같은 것이 있었다. 새하얀 머리카락은 뿌리털처럼 가늘고 섬세한 데다 흙바닥을 쓸어도 될 만큼 길었다. 뿌리들이 나무로 만든 뱀처럼 노인의 다리를 휘감았다. 뿌리 하나는 바지를 뚫고 생기 없이 마른 허벅지 살을 파고들었다가 어깨에서 다시 나타나기도 했다. 머리에서는 검붉은 나뭇잎이 달린 잔가지 하나가 돋아났고, 이마에는 회색 버섯들이 보였다. 얼굴에는 하얀 가죽처럼 질기고 단단한 피부가 약간 남아 있었으나, 그것도 너덜너덜해져서 여기저기 갈색과 노란색 뼈가 튀어나왔다.

"당신이 세눈박이 까마귀인가요?" 브랜은 저도 모르게 말했다. '세눈박이 까마귀라면 눈이 세 개여야지. 이 사람은 눈이 하나뿐인 데다, 그 눈도 붉어.' 브랜은 횃불 빛을 받아 피 웅덩이처럼 반짝이는 눈이 자신을 응시하는 것을 느낄 수 있었다. 반대쪽 눈이 있었을 빈 눈구멍에서는 얇은 흰 뿌리가 자라나 뺨을 따라 목으로 내려갈 뿐이었다.

"까마······귀?" 하얀 노인의 목소리는 건조했다. 그는 단어를 말하는 방법을 잊은 것처럼 천천히 입술을 움직였다. "그랬지, 한때는. 검은 옷과 검은 피." 입은 옷은 삭고 바랬으며 군데군데 좀이 슬고 벌레에게 먹혔지만, 한때는 검은색이 분명했다. "난 많은 것이었다, 브랜. 지금 나는 보이는 대로의 모습이니, 이제 왜 내가 너에게 갈 수 없었는지 이해하겠지······. 꿈속에서가 아니면 갈 수 없었어. 오랫동안 너를 지켜보았다. 천 개 하고도 하나의 눈으로 너를 지켜보았다. 네 탄생을 보았고, 그 전에는 네 아버지의 탄생을 보았지. 네 첫 걸음마를 보고, 네 첫 말을 듣고, 네 첫 꿈에 들어갔다. 네가 추락할 때도 지켜보고 있었다. 그리고 마침내 브랜던 스타크, 네가 나에게 왔구나, 늦었지만."

"여기 왔어요." 브랜이 말했다. "다만 전 망가졌어요. 저를······ 저를 고쳐

줄 수 있나요? 제 다리를?"

"아니." 하얀 노인이 말했다. "그건 내 힘을 벗어난 일이다."

브랜의 눈에 눈물이 고였다. '이렇게 먼 길을 왔는데.' 동굴 안에 검은 강물 소리가 메아리쳤다.

"너는 두 번 다시 걷지 못한다, 브랜." 하얀 입술이 단언했다. "그러나 날게 될 것이다."

티리온

그는 한참 동안 꼼짝도 하지 않고, 침대로 쓰는 낡은 자루 더미 위에 가만히 누워서 바람이 밧줄을 흔드는 소리와 선체에 철썩이는 강물 소리에 귀를 기울였다.

돛대 위에 보름달이 떠 있었다. '거대한 눈처럼 나를 지켜보며 하류로 따라오는군.' 몸을 덮은 곰팡내 나는 털가죽의 온기에도 불구하고 몸이 떨렸다. '와인 한 잔이 필요해. 아니, 열 잔이.' 그러나 망할 놈의 그리프가 갈증을 풀게 해주길 바라느니 달이 눈을 깜박이는 게 빠르리라. 티리온은 대신 물을 마셨고, 잠 못 이루는 밤들과 땀 흘리며 흔들리는 낮들을 저주했다.

티리온은 두 손으로 머리를 감싸고 일어나 앉았다. '내가 꿈을 꿨나?' 꿈의 기억은 모두 달아나버렸다. 밤은 티리온 라니스터에게 친절했던 적이 없었다. 그는 보드라운 깃털 침대에서도 잠을 잘 자지 못했다. '수줍은 처녀'호에서 그는 선실 지붕에 잠자리를 마련하고 밧줄 더미를 베개로 삼았다. 비좁은 선창 안보다는 이 위가 좋았다. 공기도 더 상쾌했고, 강물 소리가 오리 코 고는 소리보다 듣기 좋았다. 그러나 그런 즐거움에는 대가가 따랐다. 갑판은 딱딱했고, 그는 다리가 아프고 몸이 굳고 쑤시는 채로 깨어났다.

다리는 이제 욱신거렸고, 종아리가 나무처럼 딱딱했다. 그는 손가락으로 종아리를 누르고 문질러서 아픔을 덜려 했지만, 일어서자 여전히 얼굴이 찌푸려질 정도로는 아팠다. '목욕이 필요해.' 입고 있는 사내아이용 의복에서 악취가 났고, 티리온에게서도 악취가 났다. 다른 사람들은 강에서 목욕을 했지만 지금까지 그는 합류하지 않았다. 얕은 물에서 본 거북들은 그를 물어 반토막 내고도 남을 만큼 컸다. 오리는 그 거북들을 '악어거북 (Bonesnapper)'이라 불렀다. 게다가 레모어에게 벗은 몸을 보여주고 싶지도 않았다.

선실 지붕에서 내려가는 나무 사다리가 있었다. 티리온이 장화를 신고 후갑판으로 내려가보니, 그리프가 늑대 가죽 망토를 몸에 두르고 쇠화로 옆에 앉아 있었다. 그리프는 불침번을 혼자 도맡아서, 나머지 일행이 침대를 찾아 들어갈 때 일어났다가 해가 뜨면 들어갔다.

티리온은 맞은편에 쪼그리고 앉아서 석탄 위에 손을 데웠다. 강 저편에서 나이팅게일이 노래하고 있었다. "곧 날이 밝겠네요." 그는 그리프에게 말했다.

"충분히 빠르진 않아. 길을 재촉해야 해." 그리프에게만 달린 일이었다면 '수줍은 처녀'는 낮만이 아니라 밤에도 하류로 계속 갔을 테지만, 얀드리와 이실라는 위험하게 어둠 속에서 배를 몰지 않으려 했다. 로인강 상류에는 쓰러진 나무와 유목이 가득했고, 하나라도 걸리면 '수줍은 처녀'호를 찢어 놓을 수 있었다. 그리프는 오직 볼란티스에 가려 할 뿐, 그런 설명을 듣기 싫어했다.

그리프의 눈은 언제나 움직이며, 밤공기 속에서…… 뭔가를 찾았다. 무엇을? '해적? 돌인간들? 노예 사냥꾼?' 티리온은 강에 위험이 있다는 걸 알았지만, 그 누구보다도 그리프가 더 위험하게 여겨졌다. 그리프를 보면 브론이 생각났는데, 브론에겐 용병다운 냉소적인 유머라도 있었건만 이자에겐 유머 감각이 아예 없었다.

"와인 한 잔에 사람도 죽이겠어요." 티리온이 중얼거렸다.

그리프는 대꾸하지 않았다. '마시기 전에 네가 죽을걸.' 색이 엷은 눈이 그렇게 말하는 것 같았다. 티리온은 수줍은 처녀호에 오른 첫날 밤에 인사불성으로 술을 마셨다. 다음 날 깨어났을 때는 머릿속에서 드래곤들이 싸우고 있었다. 그리프는 장대배 난간을 붙잡고 토하는 티리온을 한번 보더니 말했다. "술은 끝이다."

"와인을 마셔야 잠이 잘 와요." 티리온은 그렇게 항의했었다. 정확히 '와인으로 내 꿈을 몰아낸다'고 말할 수도 있었으리라.

"그럼 깨어 있어." 그리프는 인정사정없이 대꾸했었다.

동쪽으로 하루의 첫 햇살이 강 위 하늘에 번졌다. 로인 강물이 서서히 검은색에서 푸른색으로 변하며 용병 그리프의 머리카락과 수염 색에 비슷해졌다. 그리프가 일어섰다. "곧 다른 사람들이 깰 거다. 갑판을 맡기지." 나이팅게일들이 침묵에 빠져들면서 종달새들이 노래를 이어받았다. 왜가리들이 갈대밭에서 물을 튀기고 모래톱에 지나간 자국을 남겼다. 하늘의 구름이 환하게 빛났다. 분홍색과 자주색, 적갈색과 금색, 진주색과 사프란색……. 드래곤처럼 생긴 구름도 있었다. '날고 있는 드래곤을 본다면, 집에 머물러 텃밭을 가꾸며 만족하리라.' 예전에 누군가가 그렇게 썼다. '이 드넓은 세상에 그보다 더 큰 경이는 없으니.' 티리온은 흉터를 긁으며 그 글의 작가 이름을 생각해내려 애썼다. 최근에는 드래곤 생각을 많이 했다.

"안녕하세요, 휴고르." 레모어 성사가 하얀 로브에 일곱 색깔로 꼰 허리띠를 매고 나타났다. 머리카락은 어깨 위로 늘어뜨렸다. "잘 잤나요?"

"자다 깨다 했습니다, 성사님. 또 성사님 꿈을 꿨네요." '깨어서 꾸는 꿈이었지.' 티리온은 잠을 잘 수가 없었기에, 다리 사이에 한 손을 두고 성사가 올라타서 젖가슴을 출렁이는 모습을 상상했다.

"분명 몹쓸 꿈이었겠지요. 몹쓸 사람이에요. 같이 기도하면서 용서를 빌 겠어요?"

'여름 군도 방식으로 기도한다면 그러죠.' "아닙니다. 하지만 처녀 신께 저 대신 길고 달콤한 입맞춤을 선사해주세요."

성사는 큰 소리로 웃으며 뱃머리로 걸어갔다. 매일 아침 강물에 목욕하는 게 성사의 습관이었다. "솔직히, 이 배는 성사님께 걸맞은 이름이 아니네요." 티리온은 레모어 성사가 로브를 벗자 외쳤다.

"어머니와 아버지께선 당신들의 모습을 본떠 우리를 만드셨어요, 휴고르. 신들의 작품이니 우리 몸을 자랑스럽게 여겨야지요."

'날 만들 때는 그 신들이 취해 있었나 보지.' 티리온은 레모어가 물속에 들어가는 모습을 보았다. 그 모습을 보면 언제나 성기가 단단해졌다. 성사의 순수한 흰 로브를 벗기고 다리를 벌린다는 상상에는 놀랍도록 엉큼한 구석이 있었다. '순결의 훼손이랄까.' 티리온은 그렇게 생각했지만······ 레모어는 보기만큼 순결하지 않았다. 그녀의 배에는 출산으로만 생길 수 있는 튼 살 자국이 있었다.

해가 뜨자 얀드리와 이실라가 일어나 작업에 착수했다. 얀드리는 삭구를 확인하면서 한 번씩 레모어 성사를 훔쳐보았다. 얀드리의 자그마하고 가무잡잡한 아내, 이실라는 신경 쓰지 않았다. 이실라는 후갑판에 놓인 화로에 나무 부스러기를 쏟아붓고 시커메진 칼로 석탄을 뒤적인 후, 아침 비스킷용 반죽을 치대기 시작했다.

레모어가 다시 갑판 위로 올라오자, 티리온은 그녀의 매끄러운 피부가 아침 햇살에 금빛으로 반짝이고 가슴에서 물이 뚝뚝 떨어지는 광경을 음미했다. 레모어는 마흔이 넘었고, 예쁘다기보다는 잘생긴 여자였지만 그래도 보기 좋았다. '음탕한 기분이 되는 건 취하는 것 다음으로 좋지.' 그러면 아직 살아 있다는 기분이 들었다. "그 거북이 봤어요, 휴고르?" 성사가 머리카락에서 물을 짜내며 물었다. "그 큰 산거북(ridgeback) 말이에요."

이른 아침은 거북을 보기에 제일 좋은 시간이었다. 낮이면 깊이 헤엄을 치거나 강둑에 난 구멍 속에 숨었지만, 태양이 막 떠오르면 수면으로 올라왔다. 배 옆에서 헤엄치기를 좋아하는 거북도 있었다. 티리온은 서로 다른 십여 가지 거북을 보았다. 큰 거북, 작은 거북, 등이 평평한 거북, 귀가 붉은 거북, 껍질이 부드러운 거북과 악어거북, 갈색 거북, 녹색 거북, 검은 거북, 발톱 달린 거북과 뿔 달린 거북, 등이 산처럼 솟고 등딱지에 금색과 비취색과 크림색 소용돌이무늬가 덮인 거북까지. 어떤 건 등에 사람을 태울 수 있을 정도로 컸다. 얀드리는 옛날 로인의 군주들이 거북을 타고 강을 건넜다고 장담했다. 얀드리와 그의 아내는 그린블러드 출신으로, 어머니 로인강으로 돌아온 도르네 고아 한 쌍이었다.

"그건 놓쳤네요." '벌거벗은 여자를 ㅂ ㄴ라 말입니다.'

"안됐네요." 레모어가 로브를 머리에서부터 내려 입었다. "오직 거북이를 보려고 이렇게 일찍 일어난다는 거 아는데 말이에요."

"해돋이를 보는 것도 좋아해요." 해돋이는 마치 처녀가 목욕을 마치고 벗은 몸으로 일어서는 모습과 비슷했다. 더 예쁘고 덜 예쁠 때는 있겠지만, 하나같이 가능성이 충만했다. "거북이들에게 나름의 매력이 있다는 건 인정하지요. 멋지게 모양이 잡힌…… 껍질을 보는 것보다 더 즐거운 건 없어요."

레모어 성사는 웃음을 터뜨렸다. '수줍은 처녀'호의 다른 모두와 마찬가지로, 그녀에게도 비밀이 있었다. 그들은 반갑게 받아들였다. '난 레모어에 대해 알고 싶지 않아. 그저 한판 하고 싶을 뿐이야.' 레모어도 알고 있었다. 그녀는 성사의 수정을 목에 걸고 가슴골 사이에 내려놓으면서 미소로 티리온을 놀렸다.

얀드리가 닻을 당겨 올리고, 선실 지붕에 올려두었던 긴 장대를 하나 내려 배를 밀었다. 왜가리 두 마리가 고개를 들어 올리고 수줍은 처녀가 강둑에서 멀어져 물살을 타는 모습을 지켜보았다. 배는 서서히 하류로 움직이기 시작했다. 얀드리가 키를 잡았고, 이실라는 비스킷을 뒤집더니 화로 위에 쇠로 만든 팬을 놓고 베이컨을 올렸다. 어떤 날에는 비스킷과 베이컨이었고, 어떤 날에는 베이컨과 비스킷이었다. 2주에 한 번은 생선을 먹을 수도 있었지만, 오늘은 아니었다.

티리온은 이실라가 등을 돌렸을 때 화로에서 비스킷을 하나 집어서는, 아슬아슬하게 이실라의 무시무시한 나무 숟가락을 피해 달아났다. 비스킷은 꿀과 버터를 뚝뚝 흘리며 뜨거울 때 먹는 게 제일이었다. 베이컨 냄새가 곧 선창에서 자던 오리를 불러 올렸다. 오리는 화로 위를 킁킁거리다가 이실라의 숟가락에 한 대 얻어맞고 아침 소변을 누러 배꼬리로 향했다.

티리온은 뒤뚱뒤뚱 그쪽으로 향했다. "이거 볼 만한 광경이군." 그는 나란히 방광을 비우면서 빈정거렸다. "난쟁이와 오리가 위대한 로인강을 더욱 위대하게 만드는 장면이라니."

얀드리가 코웃음을 쳤다. "어머니 로인에겐 네가 더하는 물 같은 거 필요 없어, 욜로. 로인은 세상에서 제일 큰 강이야."

티리온은 마지막 몇 방울을 털었다. "분명히 난쟁이 하나 익사시키기엔 충분한 크기지. 하지만 너비는 맨더강도 비슷해. 트라이던트도 강어귀는 비슷하게 넓고. 블랙워터는 더 깊게 흐르지."

"넌 이 강을 몰라. 어디 기다려봐."

베이컨이 바삭해졌고, 비스킷은 금갈색으로 구워졌다. 젊은 그리프가 하품을 하며 비척비척 갑판으로 나왔다. "다들 안녕." 소년은 오리보다 키가 작았지만, 마르고 호리호리한 몸을 보면 아직 다 자라지 않은 게 분명했다. '이 수염도 안 난 녀석은 파란 머리든 아니든 칠왕국의 어느 처녀라도 안을 수 있겠어. 저 눈이면 다들 녹아내릴 거야.' 젊은 그리프는 아버지와 마찬가지로 푸른 눈이었지만, 아버지의 눈 색이 엷다면 아들은 짙었다. 등불 빛 아래에서는 검어 보였고, 해 질 녘 빛에서는 자줏빛으로 보였다. 속눈썹은 어지간한 여자보다 길었다.

"베이컨 냄새가 나네." 청년은 장화를 신으면서 말했다.

"맛있는 베이컨이지." 이실라가 말했다. "앉아."

이실라는 젊은 그리프에게는 꿀 바른 비스킷을 밀어주고 오리가 베이컨을 더 집으려 할 때마다 숟가락으로 손등을 때려가며 후갑판에서 사람들을 먹였다. 티리온은 비스킷 두 개를 쪼개어 베이컨을 끼운 후에 키를 잡은 얀드리에게 하나 가져다줬다. 그 후에는 오리를 도와서 수줍은 처녀의 큰 삼각돛을 올렸다. 얀드리는 물살이 가장 센 강 한가운데로 배를 몰고 나갔다. 수줍은 처녀는 좋은 배였다. 흘수가 얕아서 가장 작은 지류도 탈 수 있었고, 더 큰 배라면 좌초시켰을 모래톱도 살살 달래어 넘으면서도, 돛을 올리고 물살을 타면 아주 빠르게 달렸다. 얀드리는 이런 점이 로인 상류 지역에서는 삶과 죽음을 가를 수 있다고 했다. "소로스(로인강에서 대거 호수부터 크로얀에 이르는 영역을 일컫는다) 위에는 천 년간 법이라곤 없다네."

"이제까지 내가 보기로는 사람도 없는데." 티리온은 강둑에서 폐허 몇 군데, 넝쿨과 이끼와 꽃이 무성하게 자란 돌 더미들을 보았지만, 그 외에는 인간의 거주지로 보이는 흔적이 없었다.

"넌 이 강을 몰라, 욜로. 해적선이 어느 지류에 숨어 있을지 모르고, 폐허에는 도망친 노예들이 숨어 있을 때가 많다고. 노예 사냥꾼들이 이렇게 북쪽까지 오는 일은 드물거든."

"거북이만 보다가 노예 사냥꾼들을 보면 반갑겠어." 도망친 노예가 아닌 티리온은 잡힐까 두려워할 필요가 없었다. 그리고 어떤 해적도 하류로 가는 장대배를 괴롭힐 것 같지는 않았다. 귀한 물건들은 볼란티스에서 상류로 향하기 마련이었다.

베이컨이 다 사라지자 오리가 젊은 그리프의 어깨를 때렸다. "멍 좀 더 들어야지. 오늘은 검술이 좋겠다."

"검?" 젊은 그리프가 씩 웃었다. "검 좋지."

티리온이 시합용 옷을 입게 거들었다. 무거운 바지와 속을 채운 더블릿, 여기저기 우그러진 낡은 강철 판금 갑옷이었다. 오리 롤리 경은 사슬과 가죽 갑옷을 입었다. 둘 다 머리에 투구를 쓰고, 무기 궤짝에서 끝이 뭉툭한 장검 두 개를 골랐다. 그들은 나머지 오전조가 지켜보는 가운데 후갑판에서 활기차게 서로에게 달려들었다.

철퇴나 날이 무딘 긴자루 도끼를 들고 싸울 때는 롤리 경의 큰 몸집과 힘이 금세 상대를 압도했다. 장검을 들면 시합이 좀 더 대등해졌다. 오늘 아침에는 어느 쪽도 방패를 들지 않았기에, 시합은 갑판을 앞뒤로 오가며 베고 쳐내는 데 집중됐다. 강물 위에 시합 소리가 울려 퍼졌다. 젊은 그리프가 몇 대 더 때렸지만, 오리의 공격이 더 매서웠다. 시간이 지나자 더 큰 쪽이 지치기 시작했다. 공격이 조금 느려지고, 조금 더 낮아졌다. 젊은 그리프는 그 공격을 다 피하고 맹렬한 공격으로 롤리 경을 밀어냈다. 배꼬리에 이르자 청년은 장검을 얽은 채 어깨로 오리를 들이받았고, 오리는 그대로 강에 빠졌다.

오리는 침을 튀기고 욕을 하며 거북이 소중한 부위를 먹어치우기 전에 끌어내달라고 외쳤다. 티리온이 밧줄을 던졌다. "오리라면 그보다 헤엄을 잘 쳐야 하지 않나." 그는 얀드리와 힘을 합쳐 기사를 수줍은 처녀의 갑판으로 끌어 올리며 말했다.

롤리 경이 티리온의 멱살을 잡았다. "어디 난쟁이는 어떻게 헤엄치나 보자." 그는 그렇게 말하며 티리온을 로인에 거꾸로 처박았다.

티리온은 다들 웃음을 터뜨린 후에야 웃었다. 그는 꽤 헤엄을 잘 칠 수 있었고, 잘 쳤지만…… 다리에 쥐가 나기 전까지였다. 젊은 그리프가 장대를 내밀었다. "날 익사시키려던 사람이 처음은 아니야." 그는 장화에 든 강물을 쏟으며 오리에게 말했다. "아버지만 해도 내가 태어나던 날 우물에 던져버렸는데, 내가 어찌나 못생겼는지 우물 밑에 살던 물의 마녀가 도로 뱉어버렸다지." 그는 반대쪽 장화를 벗고는, 갑판에서 재주넘기를 하며 모두에게 물을 뿌렸다.

젊은 그리프가 웃어댔다. "그런 건 어디서 배웠어?"

"극단에서 가르쳐줬지." 그는 거짓말을 했다. "우리 어머니는 날 제일 사랑하셨는데, 자식들 중에 내가 제일 작아서였어. 내가 일곱 살이 될 때까지 젖을 먹여 키우셨지. 덕분에 형들이 질투해서 날 자루에 넣고는 어느 극단에 팔아버린 거야. 내가 달아나려고 했더니 극단장이 내 코를 잘라버려서, 그때부터는 같이 다니면서 재미있게 구는 방법을 배울 수밖에 없었지."

진실은 좀 달랐다. 여섯 살인가, 일곱 살 때쯤 숙부가 재주넘기를 가르쳐주었다. 티리온은 열심히 배웠고, 반년 동안 캐스털리록 안에서 명랑하게 재주를 넘고 다니며 성사와 종자와 하인의 얼굴에 웃음을 불러일으켰다. 심지어 세르세이도 한두 번은 티리온을 보고 웃었다.

그것도 아버지가 킹스랜딩 체류를 마치고 돌아오던 날 끝났다. 그날 밤 저녁 식사 자리에서 티리온은 물구나무선 채로 높은 탁자 위를 걸어서 아버지를 놀랬다. 타이윈 공은 즐거워하지 않았다. "신들이 널 난쟁이로 만드셨는데, 광대까지 되어야겠느냐? 넌 원숭이가 아니라 사자로 태어났다."

'그리고 아버지는 시체가 되셨으니, 저 좋을 대로 뛰어다닐게요.'

"사람들을 웃기는 재능이 있으시네요." 티리온이 발가락을 말리고 있는데 레모어 성사가 말했다. "하늘에 계신 아버지께 감사드려야 해요. 아버지는 자식들 모두에게 재능을 주신답니다."

"그렇지요." 티리온은 기분 좋게 맞장구를 쳤다. '그리고 내가 죽으면 제발 노궁과 함께 묻어줘. 재능을 나눠주신 하늘 위 아버지께도 하늘 아래 아버지께 감사드렸던 것과 똑같은 방법으로 감사드릴 수 있게.'

본의 아니게 헤엄을 친 덕분에 옷이 아직 축축해서, 다리와 팔에 기분 나쁘게 달라붙었다. 젊은 그리프가 신앙의 수수께끼를 배우러 레모어 성사와 함께 사라진 사이, 티리온은 젖은 옷을 벗고 마른 옷을 입었다. 티리온이 갑판에 다시 나타나자 오리가 큰 웃음을 터뜨렸다. 탓할 수도 없는 노릇이었다. 꼴이 워낙 우스웠다. 더블릿은 반으로 나뉘어, 왼쪽은 자주색 벨벳에 청동 단추가 달렸고, 오른쪽은 노란색 모직에 녹색 꽃무늬가 수놓였다. 바지도 비슷해서, 오른쪽 다리는 진녹색이었고 왼쪽 다리는 붉은색과 흰색 줄무늬였다. 일리리오가 준 궤짝 중 하나에는 어린아이 옷이 가득 들었는데, 케케묵기는 했어도 잘 만든 옷들이었다. 레모어 성사가 그 옷들을 반씩 자르더니 이쪽 절반과 저쪽 절반을 합쳐서 노골적인 광대 옷을 만들어냈다. 심지어 그리프는 티리온에게 그 옷들을 자르고 깁는 일을 도우라고 지시했었다. 보나 마나 자만심을 꺾자는 생각이었겠지만, 티리온은 바느질을 즐겼다. 레모어는 티리온이 신들에 대해 무례한 말을 할 때마다 꾸짖기는 해도 언제나 같이 있기 좋은 사람이었다. '그리프가 나에게 광대 역을 맡기고 싶어 한다면, 그렇게 해주지.' 어디선가 타이윈 라니스터 공이 끔찍해할 거라는 점이 쓰라림을 덜어주었다.

티리온이 맡은 다른 임무는 전혀 바보스럽지 않았다. '오리에겐 장검이, 나에겐 양피지와 펜이 있어.' 그리프는 그에게 드래곤의 전설에 대해 아는 바를 모두 정리하라고 명령했다. 어마어마한 작업이었지만, 티리온은 매일 열심히 임무를 수행하며 선실 지붕에 다리를 접고 앉아서 최선을 다해 글을 썼다.

티리온은 평생 드래곤에 대해 정말 많이 읽었다. 그중 대부분은 쓸데없는 풍설이었고 믿을 만한 게 못 되었으며, 일리리오가 제공한 책들은 티리온이 주문했을 만한 목록은 아니었다. 티리온이 정말 원하는 책은 갈렌드로가 쓴 발리리아 역사서 《프리홀드의 불》 전집이었다. 그러나 웨스테로스에 온전한 전집이 없었다. 시타델에도 두루마리가 27개 빠져 있었다. '분명히 볼란티스에는 도서관이 있을 거야. 거기라면 더 나은 사본이 있을지 몰라. '검은 벽'을 통과해서 도시 심장부에 들어갈 방법만 찾을 수 있다면⋯⋯.'

바스 성사의 《드래곤, 웜, 와이번의 괴이한 역사》는 그보다 더 희망이 없었다. 바스는 대장장이의 아들로 태어나서 조정자 재해리스 치하에 왕의 수관까지 출세했다. 그의 적들은 언제나 바스가 성사기보다는 마법사라고 주장했다. 성왕 바엘로르는 철왕좌에 오르자 바스의 저작을 모조리 없애라고 지시했다. 10년 전에 티리온은 성왕 바엘로르의 손길을 피한 《괴이한 역사》 한 부분을 읽었는데, 바스의 저작이 하나라도 협해를 건넜을지는 의심스러웠다. 그리고 물론 그보다 더 만날 가능성이 적은 책으로 때로는 《피와 불》이라 불리고 때로는 《드래곤들의 죽음》이라 불리는 작자 미상의 단편적이며 피에 젖은 책이 있는데, 유일하게 남은 한 권이 시타델 지하의 금고실에 숨겨져 있다고들 했다.

반쪽 학사가 하품을 하며 갑판에 나왔을 때, 티리온은 드래곤들의 짝짓기 습성에 대해 생각나는 대로 적고 있었는데, 이는 바스와 문쿤, 그리고 토막스가 현저히 다른 견해를 보여준 주제였다. 할돈은 배꼬리로 걸어가더니 수면 위에 반짝이다가 바람이 불 때마다 흩어지는 태양을 향해 오줌을 눴다. "저녁 때면 노인(Noyne)강 합류점에 도착할 거요, 욜로." 반쪽 학사가 외쳤다.

티리온은 양피지에서 눈을 들었다. "내 이름은 휴고르요. 욜로는 내 바지 속에 숨어 있지. 튀어나오라고 하리까?"

"안 그러는 게 좋겠군. 거북이들에게 겁을 줄지도 모르잖소." 할돈의 미소는 단검의 날처럼 날카로웠다. "라니스포트 어느 거리에서 태어났다고 했더라, 욜로?"

"그저 골목길이었고, 이름 같은 건 없었소." 티리온은 라니스포트에서 태어난 사생아 휴고르 힐, 또는 욜로의 화려한 인생을 세세하게 만들어내는 데에서 신랄한 즐거움을 누렸다. '최고의 거짓말엔 약간의 진실을 양념으로 쳐야 해.' 티리온은 자기 말투가 서부인이고, 그것도 서부 귀족스럽다는 걸 알고 있었기에, 휴고르는 어느 귀족의 사생아여야 했다. 라니스포트에서 태어났다고 한 건 티리온이 그 도시를 올드타운이나 킹스랜딩보다 잘 알기 때문이었고, 대부분의 난쟁이는 도시에 가게 되기 때문이기도 했다. 아무리 중류층 여자인 범프킨이 순무밭에서 낳은 난쟁이라 해도 그랬다. 시골에는 기괴한 것들이나 연극 같은 게 없었다……. 그 대신 우물은 많았고, 원치 않은 새끼 고양이나 머리가 셋 달린 송아지, 그리고 티리온 같은 아기들을 잘도 삼키곤 했다.

"좋은 양피지를 또 망쳐놓고 있었군, 욜로." 할돈이 바지 끈을 묶었다.

"누구나 다 학사를 반이라도 따라잡는 건 아니니까." 티리온은 손이 저려 깃펜을 내려놓고 짤막한 손가락들을 풀었다. "시바스 한 게임 더 하겠소?" 반쪽 학사가 언제나 이겼지만, 시간을 보내기엔 괜찮은 방법이었다.

"오늘 저녁에 하지. 젊은 그리프의 수업에 동참하겠나?"

"안 될 것 없지. 누군가는 당신의 실수를 고쳐줘야 할 테니."

수줍은 처녀호에는 선실이 네 개 있었다. 얀드리와 이실라가 한 방을 쓰고, 그리프와 젊은 그리프가 또 방 하나를 썼다. 레모어 성사와 할돈은 각각 선실 하나씩을 차지했다. 반쪽 학사의 선실이 제일 넓었다. 한쪽 벽에는 책장과 오래된 두루마리며 양피지가 쌓인 통들이 늘어섰고, 또 한쪽 벽에는 연고와 약초와 약물이 놓인 선반이 있었다. 둥근 창에 끼운 노란 물결무늬 유리로는 금빛 햇살이 비스듬히 비쳐 들었다. 가구로는 침대 하나, 책상 하나, 의자 하나, 등받이 없는 걸상 하나에 더해서 나무로 깎은 말이 널브러진 할돈의 시바스 탁자가 있었다.

수업은 언어로 시작했다. 젊은 그리프는 타고난 것처럼 공용어를 잘했고 고급 발리리아어, 펜토스와 티로시와 미르와 리스의 하위 방언, 선원들의 교역어에 유창했다. 볼란티스 방언은 청년에게도 티리온에게도 새로웠기에, 그들은 매일 몇 마디씩 배우면서 할돈에게 실수를 교정받았다. 미린어는 더 힘들었다. 미린어도 뿌리는 발리리아어였으나, 옛 기스의 귀에 거슬리는 말과 접목이 되어버렸다. "기스카 언어를 제대로 하려면 코에 벌을 한 마리 쑤셔 넣어야겠어." 티리온은 투덜거렸다. 젊은 그리프는 웃음을 터뜨렸지만, 반쪽 학사는 "다시"라고만 했다. 청년은 그 말에 따랐지만, 이번에는 '즈즈즈' 소리를 낼 때 짜증 난다는 듯 눈을 굴렸다. 티리온은 인정할 수밖에 없었다. '저 녀석이 나보다 듣기는 낫군. 혀는 여전히 내가 더 빠르지만 말이야.'

언어 다음은 기하학 수업이었다. 청년이 언어보다 못하는 분야였지만, 할돈은 끈기 있는 선생이었고 티리온도 쓸모를 발휘할 수 있었다. 캐스털리록에서 아버지의 학사들에게 사각형과 원과 삼각형의 수수께끼를 배운 바 있었는데, 그 내용이 생각보다 빨리 되살아났다.

역사 수업으로 넘어갔을 때쯤 젊은 그리프는 차분함을 잃었다. 할돈이 말했다. "볼란티스의 역사에 대해 논하고 있었지. 욜로에게 호랑이와 코끼리의 차이를 말해줄 수 있겠니?"

"볼란티스는 발리리아의 첫째 딸로, 아홉 자유도시 중 제일 오래됐어요." 청년은 지루해하는 투로 대답했다. "파멸 이후 볼란티스인들은 자기들이 프리홀드의 후계자이자 세상의 정당한 통치자라고 생각하기를 좋아했지만, 지배권을 어떻게 획득해야 할지를 두고 의견이 갈렸죠. '오랜 피'는 무력을 선호한 반면, 상인과 대부업자는 상업으로 지배하자고 주장했어요. 이들이 도시 통치를 두고 다투는 동안, 각 분파는 호랑이와 코끼리로 알려지게 됐죠.

발리리아의 파멸 이후 1세기 가까이 호랑이들이 지배했어요. 한동안은 성공적이었죠. 볼란티스 함대가 리스를 점령했고 볼란티스 육군은 미르를 점령해, 두 세대 동안은 세 도시 모두가 검은 벽 안의 통치를 받았어요. 이 시기는 호랑이들이 티로시를 집어삼키려 했을 때 끝났죠. 펜토스가 전쟁에서 티로시 편에 섰고, 웨스테로스의 폭풍 왕도 함께였거든요. 브라보스는 리스 망명자들에게 백 척의 군함을 제공했고, 아에곤 타르가르옌이 검은 공포를 타고 드래곤스톤에서 날아왔으며, 미르와 리스도 봉기했어요. 이 전쟁으로 '분쟁 지역'은 황무지가 되고, 리스와 미르는 멍에에서 풀려났죠. 호랑이들은 다른 패배도 겪었어요. 발리리아를 되찾으려고 보낸 함대는 연기 바다에서 사라져버렸죠. 불의 갤리선들이 대거 호수에서 싸웠을 때 코호르와 노보스가 로인강에 대한 볼란티스의 영향력을 깨뜨렸어요. 동쪽에서는 도트락인들이 오면서 평민들을 오두막집에서 몰아내고 귀족들을 영지에서 몰아내어, 코호르 숲에서부터 셀호루 상류까지 남은 것이라곤 풀과 폐허뿐이었죠. 1세기 동안 전쟁을 벌인 볼란티스는 망가지고, 파산하고, 인구가 줄어든 처지가 됐어요. 그제야 코끼리들이 일어섰죠. 그 후부터는 코끼리들이 지배하고 있어요. 호랑이들이 삼두 중 하나로 선출되는 해도 있고 아예 안 되는 해도 있지만 어쨌든 더 차지하는 경우는 없고, 그래서 코끼리들이 300년 동안 볼란티스를 지배하고 있습니다."

"그래." 할돈이 말했다. "그러면 현재 삼두는?"

"말라쿼는 호랑이, 니에소스와 도니포스는 코끼리."

"그리고 우리는 볼란티스 역사에서 어떤 교훈을 끌어낼 수 있을까?"

"세상을 정복하고 싶다면, 드래곤이 있는 게 좋다."

티리온은 웃을 수밖에 없었다.

수업이 끝나고, 젊은 그리프가 돛과 장대를 맡고 있는 얀드리를 도우러 갑판 위로 올라가자 할돈은 게임을 위해 시바스 탁자를 차렸다. 티리온은 짝짝이 눈으로 지켜보다가 말했다. "저 녀석 총명하군. 잘 가르쳤소. 이렇게 말하긴 슬프지만, 웨스테로스 영주들 중에 저렇게 잘 배운 사람은 절반도 안 된다오. 언어에 역사, 노래, 계산까지…… 용병의 아들에겐 자극적인 수준인데."

"알맞은 손에 들어간 책은 검 못지않게 위험할 수 있지." 할돈이 말했다. "이번에는 더 잘 싸워보게, 욜로. 시바스 솜씨가 재주넘기만큼이나 형편없어."

"당신이 자만하게 만들려는 중이오." 나무로 조각한 가리개 양쪽에 각각 타일을 배치하는 동안 티리온이 말했다. "당신은 나에게 시바스 두는 방법을 가르쳤다고 생각하지만, 언제나 보이는 대로는 아니라오. 어쩌면 내가 치즈 장수에게 게임을 배웠을지도 모른다는 생각은 안 해봤소?"

"일리리오는 시바스를 하지 않아."

'그래. 그놈은 왕좌의 게임을 하고, 당신과 그리프와 오리는 그놈의 의지대로 움직이다가 필요하면 희생하는 게임 말에 불과하지. 비세리스를 희생했듯이 말이야.' "그렇다면 당신 탓이구먼. 내가 형편없이 게임을 한다면, 그건 당신이 가르친 거야."

반쪽 학사는 쿡쿡 웃었다. "욜로, 해적들이 그 목을 따버리면 자네가 그리울 거야."

"그 유명한 해적들은 어디 있는 거요? 당신과 일리리오가 만들어낸 이야기라는 생각이 들려 하는데."

"해적들은 아르 노이와 소로스 사이에 제일 많지. 아르 노이의 폐허 위쪽으로는 코호르인들이 강을 지배하고, 소로스 아래에서는 볼란티스 갤리선들이 지배권을 쥐고 있지만, 그 사이 강물은 어느 도시도 차지하지 못했기에 해적들이 제 집으로 삼았다네. 대거 호수엔 섬이 가득하고, 해적들은 숨겨진 동굴과 비밀 요새에 도사리고 있어. 붙을 준비 됐나?"

"당신과? 그야 물론이지. 해적들과? 별로."

할돈이 가리개를 치웠다. 둘 다 서로가 공개한 배치를 찬찬히 보았다. "늘고 있군." 반쪽 학사가 말했다.

티리온은 드래곤을 집으려다가 다시 생각했다. 지난번 게임에서는 드래곤을 너무 빨리 내보냈다가 투석기에 잃었다. "그 전설적인 해적들과 만난다면, 그자들에게 합류할 수도 있겠지. 그자들에게 내 이름이 반쪽 학사 휴고르라고 말하겠소." 그는 경기병을 할돈의 산맥 쪽으로 움직였다.

할돈은 코끼리로 응수했다. "반편이 휴고르가 더 잘 어울리는데."

"당신을 상대하는 데야 머리를 반만 쓰면 충분하지." 티리온은 경기병을 지원하기 위해 중기병을 움직였다. "혹시 결과에 내기를 걸 마음 있소?"

반쪽 학사가 한쪽 눈썹을 올렸다. "얼마나?"

"난 돈이 없소. 비밀을 걸고 하지."

"그리프가 내 혀를 잘라버릴 걸세."

"겁나시나? 하긴, 나라면 겁이 날 거야."

"자네가 시바스로 날 이기는 날은 내 엉덩이에서 거북이들이 기어 나오는 날이야." 반쪽 학사가 창병을 움직였다. "내기하겠네, 난쟁이."

티리온은 드래곤에 손을 뺐다.

티리온이 마침내 갑판으로 올라가서 방광을 비운 것은 세 시간 후의 일이었다. 오리는 얀드리를 도와서 돛을 내리고 있었고, 이실라가 키를 잡았다. 태양은 서쪽 강둑을 따라 자란 갈대밭 위로 낮게 걸렸고, 바람이 세차게 불기 시작했다. '와인 한 부대는 마셔야겠어.' 티리온은 생각했다. 걸상에 쪼그리고 앉아 있었더니 다리가 저렸고, 강물에 떨어지지 않는 게 행운일 정도로 머리가 어지러웠다.

"욜로. 할돈은 어디 있나?" 오리가 외쳤다.

"불편하게 침대에 들었지. 엉덩이에서 거북이들이 기어 나와서 말이야." 그는 오리 기사가 무슨 말인지 생각하게 두고 선실 지붕으로 이어지는 사다리를 올랐다. 동쪽 멀리, 어느 바위섬 뒤편으로 어둠이 모이고 있었다.

레모어 성사가 위에 있는 티리온을 보았다. "폭풍의 기운을 느낄 수 있나요, 휴고르 힐? 해적들이 배회하는 대거 호수가 앞에 있어요. 그리고 그 너머에 슬픔(sorrow)의 강물, 소로스가 있죠."

'나의 슬픔은 아니야. 난 내 슬픔은 어딜 가든 데리고 다니거든.' 그는 티샤를 생각하고, 창녀들이 가는 곳이 어디일까 생각했다. '볼란티스일 수도 있겠지. 거기서 찾게 될지도 몰라. 사람은 희망에 매달려야 해.' 그는 티샤를 만나면 무슨 말을 할까 생각했다. '그놈들이 당신을 범하게 놔둬서 미안해, 내 사랑. 당신이 창녀인 줄 알았어. 날 용서해줄 수 있겠어? 우리의 작은 집으로, 우리가 남편과 아내였던 때로 돌아가고 싶어.'

섬이 뒤쪽으로 멀어졌다. 티리온은 동쪽 강둑에 솟아난 폐허들을 보았다. 기울어진 벽과 무너진 탑, 부서진 돔과 줄줄이 늘어선 썩은 나무 기둥, 진흙에 막히고 자주색 이끼가 자라난 길거리. '또 다른 죽은 도시로군. 고얀 드로헤의 열 배는 큰 도시야.' 이제 그곳에는 거북들이, 커다란 악어거북들이 살았다. 티리온은 거북들이 햇볕을 쬐는 모습을 볼 수 있었다. 중앙이 삐죽빼죽하게 솟아오른 갈색과 검은색 둔덕을 이룬 등딱지. 몇 마리가 수줍은 처녀호를 보더니 물속으로 미끄러져 들어가며 파문을 남겼다. 헤엄치기 좋은 장소는 아니었다.

그때, 반쯤 물에 잠긴 비틀린 나무들과 물에 젖은 널찍한 길 저편으로 물 위에 비치는 은빛 햇살이 언뜻 보였다. '다른 강이군.' 그는 바로 알아차렸다. '로인강을 향해 달려오는 강.' 육지가 좁아지면서 폐허가 점점 높아지더니, 도시가 끝나는 땅끝에 분홍색과 초록색 대리석으로 지은 거대한 궁전의 잔해가 서 있었다. 즐비하게 늘어선 지붕 아치들 위로 무너진 돔들과 부서진 첨탑들이 커다랗게 솟아올랐다. 티리온은 한때 배가 50척이라도 정박할 수 있었을 조선대에서 자는 거북들을 보았다. 그리고 그제야 여기가 어디인지 알았다. '저건 니메리아의 궁전이었고, 여긴 니메리아의 도시 '니 사르'의 폐허야.'

"욜로." 수줍은 처녀가 그 지점을 지나치는데 얀드리가 소리쳤다. "어머니 로인만큼 크다는 웨스테로스 강들에 대해 다시 말해줘봐."

"난 몰랐어." 티리온은 마주 외쳤다. "칠왕국의 어떤 강도 이렇게 넓진 않아." 새로 합류한 강은 이제까지 따라 내려오던 강의 쌍둥이 같았고, 그 강 하나만으로도 맨더나 트라이던트에 맞먹었다.

"여기가 어머니가 거친 딸 노인을 끌어안는 곳, 니 사르야." 얀드리가 말했다. "하지만 제일 넓은 곳이 나오려면 다른 딸들과 만날 때까지 가야 해. 대거 호수 앞에서 액스(Axe, 도끼) 반도로부터 금과 호박을, 코호르 숲으로부터 솔방울을 듬뿍 실어 오는 어두운 딸 '코인'이 쏟아져 들어오지. 거기서 남쪽으로 더 가면 어머니가 금빛 들판에서 오는 미소의 딸 '로롤루'와 만나. 그 둘이 만나는 자리에 예전에는 물로 길을 만들고, 황금으로 집을 만들었던 축제 도시 크로얀이 서 있었지. 다시 남동쪽으로 한참을 가면, 마침내 갈대밭과 뒤틀린 물길들 사이로 경로를 숨긴 수줍은 딸 '셀호루'가 다가와. 그쯤에서 어머니 로인은 어찌나 넓은지, 배를 타고 강 한가운데에 있으면 양쪽 강기슭이 보이지 않을 정도지. 보게 될 거야, 작은 친구."

'보겠지.' 티리온은 생각하다가 배에서 5미터 남짓 앞쪽에 일어나는 잔물결을 보았다. 티리온이 레모어에게 그 물결을 가리키려는 찰나, 놈이 수면으로 올라오면서 밀어낸 물에 수줍은 처녀가 옆으로 흔들거렸다.

거북이었는데, 어마어마한 크기에 뿔이 하나 난 거북으로 짙은 녹색 등

딱지에 갈색 얼룩이 졌고 물이끼가 자란 데다 딱딱하고 까만 강조개들이 다닥다닥 붙어 있었다. 거북이 고개를 들고 우렁찬 소리를 냈다. 티리온이 들어본 어떤 전투 나팔 소리보다 더 크고 깊게 고막을 두드리는 포효였다. "우린 축복받았어." 이실라가 눈물을 줄줄 흘리면서 큰 소리로 외쳤다. "우린 축복받았어. 우린 축복받았어."

오리가 폭소를 터뜨렸고, 젊은 그리프도 마찬가지였다. 할돈이 무슨 소동인가 하고 갑판에 나왔지만…… 너무 늦었다. 거대한 거북은 다시 수면 아래로 사라진 후였다. "온갖 소리가 다 나던데 무슨 일인가?" 반쪽 학사가 물었다.

"거북이." 티리온이 대답했다. "이 배보다 더 큰 거북이였소."

"그분이었네." 얀드리가 외쳤다. "강의 노인."

'왜 아니겠어?' 티리온은 히죽 웃었다. '언제나 왕들이 탄생할 땐 신들과 불가사이한 일들이 나타나지.'

다보스

'명랑한 산파'호는 바람이 거세게 불 때마다 조각돛을 펄럭이며 저녁 물살을 타고 화이트하버로 들어갔다.

오래된 상선이었고, 젊었을 때도 예쁘다는 소리는 듣지 못했을 배였다. 선수상은 아기의 한쪽 발을 잡고 웃고 있는 여자였는데, 여자의 뺨과 아기의 발바닥에는 좀 구멍이 잔뜩 나 있었다. 선체에는 칙칙한 갈색을 몇 번이나 칠했는지 몰랐다. 돛은 회색으로 누덕누덕했다. 저 배가 어떻게 물에 떠 있나 싶을 때 말고는 눈길을 끌 배가 아니었다. '명랑한 산파'호는 화이트하버에서 익히 알려진 배이기도 했다. 몇 년 동안 화이트하버와 시스터턴 사이에서 보잘것없는 무역을 해왔다.

다보스 시워스가 살라도르 산과 그의 함대와 함께 출항했을 때 기대했던 도착은 아니었다. 그때는 이 모든 것이 더 단순해 보였다. 까마귀들이 스타니스 왕에게 화이트하버의 동맹 소식을 가져오지 않기에, 왕은 맨덜리 공과 직접 교섭할 사절을 보냈다. 힘을 과시하기 위해 다보스는 살라도르의 갈레아스선 '발리리안'호를 타고, 나머지 리스 함대를 뒤에 거느리고 도착할 예정이었다. 그 배들은 모두 줄무늬였다. 검은색과 노란색, 분홍색과 파란색, 초록색과 하얀색, 자주색과 황금색…… 리스인들은 밝은색을 좋아했고, 살라도르 산은 특히 화려했다. '멋들어진 살라도르. 하지만 폭풍이 다 끝장을 냈지.' 다보스는 생각했다.

예정과 달리 그는 20년 전처럼 몰래 도시에 들어갔다. 여기 상황이 어떻게 돌아가는지 알기 전까지는 귀족이 아니라 평범한 뱃사람을 가장하는 게 신중했다.

화이트나이프강이 뛰어드는 긴 만의 동쪽 해변, 그들 앞에 화이트하버의 희게 칠한 돌벽이 솟아올랐다. 다보스가 지난번에 왔던 5, 6년 전보다 도시 방어를 강화한 모습이었다. 안쪽 항만과 바깥쪽 항만을 나누는 둑은 높이가 거의 10미터에 길이가 족히 1.5킬로미터에 달하는 긴 돌벽으로 강화했고, 100미터마다 탑이 하나씩 서 있었다. 한때는 폐허만 있었던 바다표범섬(Seal Rock)에서도 연기가 올랐다. '이건 와이먼 공이 어느 편을 택했느냐에 따라 좋을 수도, 나쁠 수도 있지.'

다보스는 자갈고양이호의 선실 담당으로 처음 왔을 때부터 줄곧 이 도시를 좋아했다. 올드타운과 킹스랜딩에 비하면 작지만, 깨끗하고 잘 정돈된 데다 자갈을 깐 길거리가 넓고 반듯해서 길을 찾기가 쉬웠다. 희게 칠한 돌집들은 진회색 석판으로 뾰족하게 지붕을 올렸다. 자갈고양이호의 괴팍한 늙은 선장 로로 우호리스는 냄새만으로도 항구를 구별할 수 있다고 주장하곤 했다. 도시란 여자와 같아서, 각기 독특한 향기가 있다고 말이다. 올드타운은 향수를 뿌린 귀족 노부인 같은 꽃향기가 나고, 라니스포트는 산뜻하고 흙내 나는 데다 머리카락에는 나무 연기가 밴 우유 짜는 여자 같고, 킹스랜딩에서는 씻지 않은 창녀처럼 악취가 났다. 화이트하버에서는 소금기가 섞여 톡 쏘는 향기에, 살짝 생선 냄새가 났다. 로로는 이렇게 말했다. "딱 인어가 저런 냄새가 나겠구나 싶지. 바다 냄새가 나."

'지금도 그래.' 그렇게 생각했지만, 다보스는 바다표범섬에서 피어오르는 토탄 연기 냄새도 맡을 수 있었다. 이 바위섬은 물 위로 15미터 솟은 육중한 회녹색 돌덩어리로, 바깥쪽 항만으로 가는 진입로들을 지배했다. 꼭대기에는 비바람에 풍화된 돌들이 왕관처럼 둥글게 얹혔는데, 수백 년간 황량하게 버려져 있던 최초인의 원형 요새였다. 이제는 버려진 모습이 아니었다. 다보스는 원형 요새의 돌담 뒤에 놓인 전갈석궁과 화염 투하기, 그리고 돌 사이로 내려다보는 노궁수들을 볼 수 있었다. '저 위는 추운 데다 축축할 텐데.' 이전에 왔을 때는 섬 아래쪽 부서진 돌들 위에서 햇볕을 쬐는 바다표범들을 볼 수 있었다. 자갈고양이가 화이트하버에서 출항할 때면 언제나 '눈먼 사생아' 로로는 다보스에게 바다표범 수를 헤아리게 시켰다. 로로는 바다표범이 많으면 많을수록 그들의 항해에도 행운이 따르리라고 말했다. 지금 그곳엔 바다표범이 하나도 없었다. 연기와 병사들에게 놀라 달아났으리라. '좀 더 현명한 사람이라면 저 모습에서 경고를 읽겠지. 애초에 나에게 분별력이 있었다면 살라와 같이 떠났을 거야.' 다보스는 마리아와 아들들이 있는 남쪽으로 돌아갈 수도 있었다. '왕을 섬기다 네 아들을 잃었고, 다섯째 아들은 종자가 되어 왕을 섬기고 있어. 아직 남은 두 아들을 귀여워할 권리는 누려야지. 그 아이들을 본 지 너무 오래됐어.'

이스트워치의 검은 형제들은 화이트하버의 맨덜리와 드레드포트의 볼턴 사이에는 좋은 감정이라곤 없다고 했다. 철왕좌가 루스 볼턴을 북부의 관리자로 올렸으니, 와이먼 맨덜리가 스타니스 지지 선언을 할 이유는 충분했다. '화이트하버는 홀로 설 수 없어. 이 도시엔 동맹이, 보호자가 필요해. 스타니스에게 와이먼 공이 필요한 만큼 와이먼 공에게도 스타니스가 필요해.' 이스트워치에서는 그래 보였다.

시스터턴이 그런 희망을 망가뜨렸다. 보렐 공이 한 말이 사실이라면, 맨덜리가 정말로 볼턴과 프레이와 힘을 합칠 작정이라면…… 아니, 그런 생각은 관두겠다. 어차피 진실은 곧 알게 되리라. 다보스는 너무 늦게 온 게 아니길 빌었다.

'방파제 벽이 안쪽 항만을 감춰주는군.' 그는 명랑한 산파호가 돛을 내리는 사이에 깨달았다. 바깥쪽 항만이 더 컸지만, 정박하기에는 안쪽 항만이 더 나았다. 한쪽은 도시 방벽, 또 한쪽은 높이 솟아오른 울프스덴(Wolf's Den, 늑대 굴)의 보호를 받는 데다 이제는 방파제 벽까지 감싸고 있으니 말이다. 바닷가 이스트워치에서 코터 파이크는 다보스에게 와이먼 공이 갤리선들을 건조하고 있다고 했다. 저 벽들 뒤에는 출항 명령만 기다리는 배 수십 척이 숨어 있을 수도 있었다.

도시의 두꺼운 하얀 방벽 뒤로, 희끄무레한 '뉴캐슬'이 언덕 위에 당당하게 서 있었다. 다보스는 거대한 일곱의 조각상들이 위에 얹힌 '눈의 성소' 돔 지붕까지 볼 수 있었다. 맨덜리 가문은 리치 지역에서 내쫓겼을 때 자기들의 신앙을 북부로 가져왔다. 화이트하버에도 신의 숲이 있기는 했다. 지금은 감옥으로만 쓰이는 고대 요새 울프스덴의 무너져가는 검은 벽 안에 갇힌 음울한 뿌리와 가지와 돌……. 그러나 대개 이곳을 지배하는 건 성사들이었다.

맨덜리 가문의 인어 문장이 사방에 보였다. 뉴캐슬의 탑 위, 바다표범 문 위, 도시 방벽을 따라 곳곳에 휘날렸다. 이스트워치에서 북부인들은 화이트하버가 절대 윈터펠과의 동맹을 버리지 않을 거라 우겼지만, 다보스의 눈에 스타크의 다이어울프는 보이지 않았다. '그렇다고 사자도 없어. 와이먼 공이 아직 토멘 지지 선언을 했을 리 없어. 그랬다면 토멘의 군기를 올렸겠지.'

부둣가 선창마다 배가 우글우글했다. 어시장을 따라 작은 배들이 잔뜩 정박해서 오늘 잡은 고기를 내리고 있었다. 강배도 세 척 보였는데, 화이트나이프의 빠른 물살과 바위투성이 여울에 맞서기 위해 튼튼하게 지은 길고 늘씬한 배들이었다. 그러나 다보스의 흥미를 가장 끄는 것은 항해용 선

박들이었다. 명랑한 산파만큼이나 칙칙하고 낡은 무장 상선 두 척, 무역 갤리선 '스톰댄서', 상선 '용감한 마지스터'와 '풍요의 뿔', 자주색 선체와 돛으로 브라보스 배라는 사실을 알리는 갈레아스선 한 척……

……그리고 그 너머에, 전함이 있었다.

그 전함은 다보스의 희망을 찌르는 칼날이었다. 선체는 검은색과 금색이었고, 선수상은 앞발을 치켜든 사자였다. 배꼬리에는 철왕좌에 앉은 소년 왕의 문장을 품은 깃발이 휘날리는 아래, '사자 별'이라는 이름이 적혀 있었다. 1년 전이라면 읽지 못했겠지만, 드래곤스톤에서 필로스 학사가 글자를 가르쳐준 덕에 알았다. 이번만은 읽기가 즐거움을 주지 못했다. 다보스는 그동안 그 갤리선이 살라도르의 함대를 유린한 것과 같은 태풍에 휘말려 사라졌기를 기도했는데, 신들은 그렇게 친절하지 않았다. 프레이가 여기에 와 있었고, 다보스는 그들을 대면해야 했다.

명랑한 산파는 사자 별과 한참 거리를 두고, 바깥쪽 항만의 풍상에 닳은 나무 잔교 끝에 줄을 묶었다. 선원들이 말뚝에 줄을 매고 건널 판자를 내리는 동안, 선장은 다보스에게 느긋하게 걸어왔다. 카소 모가트는 협해의 잡종으로, 이벤의 고래잡이가 시스터턴의 창녀에게 둔 아들이었다. 키는 150센티에 불과했고 털이 많았으며, 머리카락과 구레나룻을 이끼 같은 녹색으로 물들였다. 덕분에 그는 노란 장화를 신은 나무 그루터기처럼 보였다. 그래 봬도 훌륭한 뱃사람 같았고, 승조원들에게는 엄한 선장이었다. "얼마나 가 있을 겁니까?"

"최소한 하루. 더 길어질 수도 있습니다." 다보스는 영주들이 상대를 기다리게 하기를 좋아한다는 사실을 배웠다. 아마도 상대를 초조하게 만들고, 자기들의 힘을 과시하기 위해서가 아닐까.

"산파는 여기 사흘 머물 겁니다. 더는 안 돼요. 시스터턴에서 날 찾을 거예요."

"일이 잘 풀리면 내일까지 돌아올 수 있습니다."

"일이 나쁘게 풀리면?"

'아예 못 돌아올 수도 있지요.' "기다리지 않으셔도 됩니다."

다보스가 건널 판자를 내려가는 동안 세관원 두 명이 배에 올랐지만, 둘 다 다보스에게는 눈길도 주지 않았다. 그들은 선장을 만나고 선창을 검사하러 왔을 뿐, 평범한 뱃사람은 신경 쓸 거리가 아니었고, 세상에 다보스처럼 평범해 보이는 사람도 별로 없었다. 중간 키에, 바람과 태양에 닳은 약삭빠른 무지렁이 같은 얼굴, 희끗희끗해진 짧은 수염과 갈색 머리. 옷도 수수했다. 낡은 장화, 갈색 바지에 파란색 튜닉, 염색도 하지 않은 모직으로 만든 짧은 망토, 망토를 죈 나무 잠금쇠. 스타니스가 오래전에 끄트머리를 잘라버린 손가락을 감추기 위해서는 소금 얼룩이 진 가죽 장갑을 꼈다. 다보스는 왕의 수관은 고사하고 귀족으로도 보이지 않았다. 여기 상황이 어떻게 돌아가는지 알아낼 때까지는 그게 이점으로 작용하리라.

그는 부두를 따라 쭉 가다가 어시장을 통과했다. '용감한 마지스터'호가 꿀술을 싣고 있었다. 잔교를 따라 술통이 4층으로 높이 쌓였다. 그는 술통 무더기 뒤에서 주사위를 던지고 있는 선원 셋을 흘긋 보았다. 더 걸어가자 생선 장수들이 오늘의 어획물을 외치고 있었고, 한 소년이 북을 치는 가운데 추레한 곰이 지켜보는 강배들을 위해 원을 그리며 춤을 추었다. 바다표범 문 앞에는 맨덜리 가문의 휘장을 가슴팍에 단 창병 둘이 서 있었지만, 그들은 부둣가 창녀와 시시덕거리는 데 정신이 팔려서 다보스에게는 신경도 쓰지 않았다. 문은 열려 있었고, 쇠창살도 올라가 있었다. 다보스는 문을 통과하는 사람들 사이에 합류했다.

문안은 중앙에 분수대가 있는 자갈 깔린 광장이었다. 분수대 위로 돌로 깎은 남자 인어가 서 있었는데, 꼬리부터 왕관까지 길이가 6미터는 됐다. 곱슬거리는 수염에는 초록색과 흰색 이끼가 꼈고, 삼지창 한쪽 끝은 다보스가 태어나기도 전에 부러졌지만, 그래도 그 인어는 강렬한 인상을 남겼다. 이 지역 사람들은 그를 '늙은 생선발'이라고 불렀다. 이 광장은 어느 죽은 영주의 이름을 땄지만, 모두가 생선발 마당이라고만 불렀다.

이날 오후에는 광장이 사람들로 바글거렸다. 한 여자가 생선발 분수에서 속옷을 빨아 삼지창에 널고 있었다. 행상인의 열주 아치 아래에는 서기들과 환전상들이 일터를 차렸고, 방랑 마법사와 약초 파는 여인, 솜씨가 형편없는 곡예사도 하나씩 있었다. 수레에 담긴 사과를 파는 남자가 있는가 하면, 썬 양파를 곁들인 청어를 내미는 여자도 있었다. 발밑에는 닭과 아이들이 득시글했다. 이전에 다보스가 생선발 마당을 찾았을 때는 '올드민트(Old Mint, 웨스테로스 화폐 주조소 중 하나)'의 거대한 참나무와 철제 문이 늘 닫혀 있었는데, 오늘은 열려 있었다. 그 안으로 모피 더미를 걸치고 바닥에 앉은 여자와 아이와 노인 수백 명이 보였다. 작게 요리불을 피워놓은 사람들도 있었다.

다보스는 열주 아래에 멈춰 서서 반 페니에 사과를 하나 샀다. "올드민트에 사람들이 사는 거요?" 그는 사과 장수에게 물었다.

"달리 살 데가 없어서요. 거의 화이트나이프 위쪽에서 온 평민들이에요. 혼우드 사람들도 있고. 그놈의 볼턴의 서자가 날뛰니 다들 벽 안에 있고 싶어 하네요. 영주님이 저 사람들을 다 어쩌려나 모르겠어요. 대부분 등에 걸친 누더기 말곤 갖고 오지도 못했는데."

다보스는 찌르는 듯한 죄책감을 느꼈다. '전쟁이 건드리지 않은 도시에 피난 온 사람들인데, 이제 내가 저들을 다시 전쟁으로 끌어넣으러 왔구나.' 그는 사과를 한 입 베어 물고 이렇게 먹는 데에도 죄책감을 느꼈다. "어떻게 먹고살고?"

사과 장수는 어깨를 으쓱였다. "구걸하는 놈도 있고. 훔치기도 하고. 젊은 여자애들은 그 일을 하죠. 여자들이야 달리 팔 게 없을 때 늘 그러잖습니까. 150센티가 넘는 남자애는 창만 들 수 있다면 영주님의 막사에서 자리를 찾을 수 있고요."

'그렇다면 군대를 모으고 있군.' 그건 좋은 소식일 수도…… 나쁜 소식일 수도 있었다. 사과는 마르고 푸석했지만, 다보스는 또 한 입을 베어 물었다. "와이먼 공은 서자에게 합세하실 거래요?"

"글쎄요." 사과 장수가 말했다. "영주님이 다음에 여기까지 내려와서 사과를 사시면 확실히 한번 물어보죠."

"따님이 프레이와 결혼한다는 소릴 들었는데."

"손녀예요. 저도 그 소문을 듣긴 했는데, 절 결혼식에 초대하는 건 까먹었나 봐요. 자, 다 먹은 거면 나머지 돌려받겠습니다. 씨는 쓸모가 있거든요."

다보스는 사과 장수에게 심을 도로 넘겨줬다. '맛없는 사과였지만, 맨덜리가 군대를 모으고 있다는 소식에는 반 페니 가치가 있었군.' 그는 늙은 생선발 주위를 돌아서, 갓 짠 염소젖을 잔에 담아 파는 어린 소녀를 지나쳤다. 여기 오니 이 도시에 대한 기억이 더 떠올랐다. 늙은 생선발의 삼지창이 가리키는 곳을 지나면 겉은 바삭한 금갈색에 하얀 속살은 부슬부슬하게 튀긴 대구를 파는 골목길이 나왔다. 그 골목길을 지나면 평균보다 깨끗한 매춘굴이 하나 있는데, 선원이 강도를 당하거나 살해당할 두려움 없이 여자와 즐길 수 있는 곳이었다. 반대쪽으로는 낡은 선체에 달라붙은 따개비처럼 울프스덴의 벽에 달라붙은 집들 사이에 맥줏집이 하나 있었는데, 거기서 파는 흑맥주는 어찌나 진하고 맛있는지 그 맥주 한 통이면 브라보스와 이벤 항구에서 아버 골드 한 통 값은 할 만했다. 이 지역 사람들이 내다 팔 맥주를 남겨준다면 말이지만.

그러나 다보스가 원하는 건 와인이었다. 색이 어둡고, 시큼하고, 형편없는 와인. 그는 어슬렁어슬렁 광장을 가로질러 계단으로 한 층 내려가서 양

가죽이 가득한 창고 지하에 자리 잡은 '게으른 장어'라는 술집으로 갔다. 밀수꾼 시절, 게으른 장어는 화이트하버에서 제일 늙은 창녀와 제일 끔찍한 와인을 제공하는 곳으로 유명했다. 돼지기름과 연골이 가득해서 먹을 수가 없는 정도면 최상이고, 최악일 때는 독이나 다름없는 고기 파이도 팔았다. 그런 명성 때문에 대부분의 지역 사람은 그곳을 피했고, 잘 모르는 선원들만 남았다. 게으른 장어에선 도시 경비대원이나 세관원을 볼 일이 없었다.

어떤 것들은 결코 변하지 않는다. 게으른 장어 안의 시간은 멈춰 있었다. 둥근 천장은 까맣게 그을렸고, 바닥은 단단하게 다진 흙이었으며, 공기에선 연기와 썩은 고기와 퀴퀴한 토사물 냄새가 났다. 탁자마다 놓인 뚱뚱한 양초는 빛보다 연기를 더 많이 냈고, 다보스가 주문한 와인은 어둑어둑한 술집 안에서 붉다기보다는 갈색으로 보였다. 창녀 넷이 문가에 앉아서 술을 마시고 있었다 다보스가 들어가자 한 명이 그에게 희망 어린 미소를 보냈는데, 그가 고개를 젓자 무슨 말인가를 해서 동료들을 웃겼다. 그 후에는 아무도 그에게 아무 관심도 두지 않았다.

그 창녀들과 가게 주인만 빼면 다보스 혼자였다. 넓은 지하실이었고, 사람이 혼자 있을 수 있는 구석 자리와 그늘진 벽감이 가득했다. 그는 와인을 들고 그런 자리로 가서 벽에 등을 기대고 앉아 기다렸다.

그는 오래지 않아서 벽난로를 응시하고 있었다. 붉은 여인은 불 속에서 미래를 볼 수 있지만, 다보스 시워스에게는 과거의 그림자들만 보였다. 불 타는 배들, 불붙은 사슬, 구름 밑면에 비쳐 번득이는 녹색 그림자들, 그 모두를 굽어보는 레드킵. 다보스는 우연과 전쟁과 스타니스가 출세시켜줬을 뿐, 평범한 남자였다. 왜 신들이 그의 아들들처럼 젊고 튼튼한 청년 넷을 데려가고 지친 아비는 살려뒀는지 이해가 가지 않았다. 어떤 밤이면 자신이 에드릭 스톰을 구하기 위해 남은 거라 생각했지만…… 이제 로버트 왕의 서자는 징검돌 군도에 안전하게 가 있건만, 다보스는 아직도 여기에 있었다. '신들에게 내게 맡길 일이 또 있나? 그렇다면 화이트하버가 그 일의 일부일 수도 있겠지.' 그는 와인을 마셔보다가 남은 반잔을 발치 바닥에 쏟아버렸다.

바깥에는 어스름이 깔리고, 게으른 장어의 장의자들엔 선원들이 들어차기 시작했다. 다보스는 주인을 불러 한 잔 더 달라고 했다. 주인은 와인과 함께 양초도 가져왔다. "뭐 먹겠소? 고기 파이가 있는데." 주인이 물었다.

"거긴 무슨 고기가 들었나?"

"늘 쓰는 고기지. 좋아요."

창녀들이 깔깔대고 웃었다. "회색 고기라는 소리지."

"거 입 처닫아라. 너도 먹잖아."

"나야 온갖 똥을 다 먹지. 그렇다고 좋아한단 건 아니야."

다보스는 주인장이 가자마자 촛불을 불어 끄고 다시 어둠 속에서 등을 기댔다. 와인이 돌 때 뱃사람들은 세상 최악의 수다쟁이들이었고, 이렇게 싸구려 와인이라 해도 예외는 아니었다. 다보스는 듣기만 하면 됐다.

대개 들리는 소리는 시스터턴에서 고드릭 공에게, 아니면 고래 배 사람들에게 이미 들은 소식이었다. 타이윈 라니스터가 죽었는데, 그것도 난쟁이 아들에게 죽었다더라. 시체의 악취가 너무 심해서 그 후로 며칠 동안은 아무도 바엘로르 대성소에 못 들어갔다더라. 이어리의 여주인이 가수에게 살해당했다더라. 이젠 리틀핑거가 협곡을 지배하지만, 청동 욘 로이스가 거꾸러뜨리겠다고 맹세했다더라. 발론 그레이조이도 죽었고, 그 동생들이 해석좌를 두고 싸운다더라. 산도르 클리게인이 무법자가 되어 트라이던트강 유역에서 약탈하고 살해한다더라. 미르와 리스와 티로시가 또 다른 전쟁에 휘말렸다더라. 동쪽에서 노예 반란이 일어나고 있다더라……

다른 소식들은 더 흥미로웠다. 로벳 글로버가 도시 안에 있었고 군사를 일으키려 했지만, 신통치가 않았다. 맨덜리 공은 그의 청원에 귀를 막았다. 화이트하버는 전쟁에 지쳤다고 대답했다는 것이었다. 나쁜 소식이었다. 리스웰과 더스틴이 피버강에서 강철인들을 기습하고 장선들을 불태웠다. 그건 더 나쁜 소식이었다. 그리고 이제 볼턴의 서자가 모트카일린 공격에 합류하러 호서 엄버와 같이 남쪽으로 말을 달리고 있었다. "창녀잡이가 직접 말이야." 화이트나이프를 타고 가죽과 목재를 실어 온 강 사나이가 주장했다. "창병 300명에 궁수 100명도 데리고. 혼우드 병사들도 합세했고, 세르윈도 합세했대." 최악의 소식이었다.

"와이먼 공도 뭐가 유리한지 안다면 싸울 사람을 좀 보내는 게 좋겠어." 탁자 끝에 앉은 노인이 말했다. "이젠 루스 공이 관리자야. 화이트하버의 명예는 그 소환에 응하는 데 달려 있다고."

"볼턴이 명예에 대해 알 만한 짓을 한 적이 있나?" 게으른 장어의 주인장이 그들의 잔에 갈색 와인을 더 따라주며 말했다.

"와이먼 공은 아무 데도 안 가. 너무 뚱뚱하다고."

"와이먼 공이 병들었다는 얘길 들었어. 종일 자고 울기만 한다지. 너무 아파서 대체로 침대 밖으로 나오지도 못한대."

"너무 뚱뚱해서겠지."

"뚱뚱하든 말랐든 그건 상관없어." 게으른 장어의 주인장이 말했다. "사자들이 아들을 데리고 있으니 그렇지."

스타니스 왕에 대해 말하는 사람은 없었다. 스타니스가 장벽을 지키기 위해 북쪽으로 갔다는 사실조차 모르는 것 같았다. 이스트워치에서는 야인과 시귀와 거인 이야기만 했는데, 여기에선 아무도 그런 것은 생각조차 하지 않는 듯했다.

다보스는 불빛 속으로 몸을 기울였다. "공의 아들은 프레이가 죽인 줄 알았는데. 시스터턴에선 그렇게 들었소만."

"웬델 경은 프레이가 죽였지." 주인장이 말했다. "혹시 보고 싶다면 눈의 성소에 웬델 경의 뼈가 촛불에 둘러싸여 안치되어 있소. 하지만 윌리스 경, 윌리스 경은 아직 포로요."

'갈수록 태산이군.' 와이먼 공에게 아들이 둘인 줄은 알았지만, 둘 다 죽었다고 생각하고 있었다. '철왕좌가 인질을 잡고 있다면……' 다보스도 일곱 아들의 아버지로 넷을 블랙워터에서 잃었다. 남은 세 아들을 지키기 위해서라면 신이나 인간이 뭘 요구하든 할 터였다. 스테폰과 스타니스는 전쟁터에서 몇만 리 떨어져 안전하게 있었지만, 데반은 왕의 종자로 캐슬블랙에 있었다. '그 왕의 명분은 화이트하버와 함께 일어나거나 몰락할 수 있고 말이야.'

술꾼들은 이제 드래곤에 대해 떠들고 있었다. "제대로 미쳤구먼." 스톰댄서호의 노잡이가 말했다. "거지 왕이 죽은 지가 몇 년인데. 어느 도트락 기미 군주가 머리를 잘랐다고."

"그렇게 듣긴 했어." 노인이 말했다. "하지만 그게 거짓말일 수도 있지. 죽었다 쳐도 세상 저편에서 죽었잖아. 누가 알아? 왕이 나보고 죽으라고 하면, 나 같으면 그 명에 복종해서 죽은 척할 수도 있거든. 시체는 아무도 못 봤다고."

"그렇게 치면 난 조프리의 시체도 못 봤고, 로버트의 시체도 못 봤소." 주인장이 투덜거렸다. "다들 살아 있을지도 모르지. 성왕 바엘로르도 내내 낮잠 좀 자고 있었는지도 모르고."

노인이 얼굴을 찌푸렸다. "드래곤은 비세리스 왕자만이 아니었잖나? 놈들이 라에가르 왕자의 아들도 죽인 게 확실해? 아기였잖아."

"왕녀도 있지 않았던가?" 창녀 하나가 물었다. 고기가 회색이라고 했던 그 여자였다.

"둘 있었지." 노인이 말했다. "하나는 라에가르의 딸이었고, 하나는 누이

동생이었어."

"대나." 강 사나이가 말했다. "누이 이름이 그거였지. 드래곤스톤의 대나. 아니, 대라였나?"

"대나는 바엘로르 왕의 아내였어." 노잡이가 말했다. "예전에 그 이름을 딴 배에서 노를 저어서 알아. '대나 왕녀'호였지."

"왕의 아내였다면 왕비여야지."

"바엘로르에겐 왕비가 없었어. 신실했잖아."

"그렇다고 누이와 결혼을 안 했단 소린 아니지." 창녀가 말했다. "그냥 잠자리를 안 했을 뿐이지. 사람들이 왕으로 올리자 자기 누이를 탑에다 가뒀어. 다른 누이들도 다. 누이가 셋이었지 아마."

"대넬라야." 주인장이 큰 소리로 말했다. "그런 이름이었어. 미친 왕의 딸 말이야. 바엘로르의 마누라 말고."

"대너리스요." 다보스가 말했다. "다에론 2세 시절에 도르네 대공과 결혼한 대너리스의 이름을 땄지. 어떻게 됐나 모르겠군."

"난 알아." 이 모든 드래곤 이야기를 시작한 남자, 칙칙한 모직 재킷을 입은 브라보스 노잡이가 말했다. "펜토스에 갔을 때 '검은 눈의 처녀'라는 무역선 옆에 정박했는데, 그 배 선장의 시종과 술을 마셨거든. 콰스에서 자기네 배에 올라서 세 마리 드래곤과 함께 웨스테로스에 돌아갈 배를 구하려 애쓰던 여자애에 대한 재밌는 얘길 하더라고. 은발에 자주색 눈이었대. '내가 직접 선장님에게 데려갔지.' 그 시종이란 놈이 맹세했어. '하지만 선장님은 들은 척도 안 했어. 정향과 사프란이 더 이득이 남고, 향신료는 돛에 불을 붙이지도 않는다면서 말이야.' 이러더라고."

웃음소리가 지하실을 휩쓸었다. 다보스는 같이 웃지 않았다. 그는 검은 눈의 처녀호가 어떻게 됐는지 알았다. 신들은 잔인하여, 남자가 세상 절반을 항해하고 나서 거의 집에 이르렀을 때 가짜 불빛을 쫓게 만들기도 한다.

'그 선장은 나보다 대담한 자였어.' 그는 문으로 향하면서 생각했다. 동쪽으로 한 번만 항해하면 죽을 때까지 영주처럼 부유하게 살 수도 있었다. 젊었을 때 다보스도 그런 항해를 꿈꿨지만, 세월은 불가를 맴도는 나방처럼 춤을 추며 흘러갔고 딱 맞는 때는 결코 오지 않았다. '언젠가.' 그는 스스로에게 말했다. '언젠가 전쟁이 끝나고 스타니스 왕이 철왕좌에 앉아 양파 기사가 필요 없어지면. 데반을 데려가야지. 스테폰과 스타니스도 나이가 찼다면 데려가고. 같이 그 드래곤들과 세상의 온갖 경이를 보는 거야.'

바깥에는 돌풍이 불어, 광장을 밝힌 기름등잔 안 불꽃을 흔들고 있었다. 해가 떨어지고 나니 더 추워졌지만, 다보스는 이스트워치를 기억했다. 밤이면 바람이 장벽에 대고 비명을 지르고, 아무리 따뜻한 망토라도 칼날처럼 파고들어 피를 얼렸던 것을 기억했다. 화이트하버는 그에 비하면 따뜻한 목욕이나 다름없었다.

소문을 수집할 만한 장소가 더 있었다. 칠성장어 파이로 유명한 여관, 양모 중매인과 세관원이 술을 마시는 맥줏집, 동전 몇 푼이면 야한 오락거리를 즐길 수 있는 극장. 하지만 다보스는 충분히 들었다고 생각했다. '내가 너무 늦게 왔어.' 오랜 습관 탓에 그는 예전에 손가락뼈를 작은 주머니에 넣어 가죽끈에 달아 매고 있었던 가슴께에 손을 뻗었다. 그 자리엔 아무것도 없었다. 그는 블랙워터의 불에 배와 아들들을 잃었을 때, 행운도 잃었다.

'이제 어떻게 해야 하나?' 그는 짧은 망토를 여몄다. '언덕을 올라 뉴캐슬 정문을 두드리고 헛된 청원을 해야 하나? 시스터턴으로 돌아가야 하나? 마리아와 아들들에게 돌아갈까? 말을 한 마리 사서 왕의 가도를 달려, 스타니스에게 화이트하버엔 친구도 없고 희망도 없다고 말해야 할까?'

셀리스 왕비는 함대가 출항하기 전날 밤에 살라도르와 그의 선장들에게 연회를 베풀었다. 코터 파이크도 함께했고, 밤의 경비대 소속인 다른 고위

급도 네 명이 참석했다. 시린 왕녀도 참석을 허락받았다. 연어가 나왔을 때, 액셀 플로렌트 경은 원숭이를 애완동물로 삼았던 어느 타르가르옌 왕자 이야기로 좌중을 즐겁게 하고 있었다. 액셀 경은 이 왕자가 원숭이에게 죽은 아들의 옷을 입히고 어린아이로 여기기를 좋아했으며, 가끔 청혼서도 넣었다고 했다. 청혼을 받은 영주들은 언제나 정중하게 거절했으나, 거절은 거절이었다. "비단과 벨벳 옷을 입혀도 원숭이는 원숭이지요." 액셀 경은 말했다. "좀 더 현명한 왕자였다면 원숭이를 보내어 사람의 일을 시킬 수 없다는 정도는 알았을 겁니다." 왕비의 사람들이 웃음을 터뜨렸고, 몇 명은 다보스를 보고 히죽거렸다. '나는 원숭이가 아니야. 나도 너희와 똑같은 귀족일 뿐 아니라, 사람으로서는 더 낫지.' 그렇게 생각해도, 그 기억은 여전히 아팠다.

바다표범 문은 밤이 되어 닫혀 있었다. 다보스는 동이 틀 때까지 명랑한 산파호로 돌아갈 수 없었다. 이 밤에는 여기 있어야 했다. 그는 부러진 삼지창을 든 늙은 생선발을 올려다보았다. '난 비와 난파와 폭풍을 뚫고 여기 왔어. 아무리 희망이 없어 보인대도 내가 하러 온 일을 하지도 않고 돌아가진 않겠어.' 손가락과 운은 잃었을지 몰라도, 그는 벨벳 옷을 입은 원숭이가 아니었다. 그는 왕의 수관이었다.

'성 계단길'은 계단이 쭉 이어지는 길로, 울프스덴에서부터 언덕 위 뉴캐슬까지 물가를 따라 이어지는 넓고 하얀 돌길이었다. 다보스가 올라가는 길을 대리석 인어들이 밝혔다. 인어들의 품에 안긴 그릇에서 고래기름이 불타고 있었다. 끝까지 올라간 다보스는 몸을 돌려 뒤를 보았다. 여기에서는 항만까지 다 내려다볼 수 있었다. 안쪽과 바깥쪽 항만 둘 다였다. 방파제 벽 뒤, 안쪽 항만에는 갤리선이 가득했다. 다보스는 스물세 척을 헤아렸다. 와이먼 공은 뚱뚱한 남자였으나, 게으르지는 않은 모양이었다.

뉴캐슬의 정문은 닫혀 있었지만, 다보스가 고함을 치자 샛문이 열리며 위병이 하나 나와서 무슨 일인지 물었다. 다보스는 왕의 인장이 찍힌 검은 색과 금색의 리본을 내밀었다. "즉시 맨덜리 공을 만나야겠네. 내 볼일은 오직 맨덜리 공하고만 이야기하겠어."

대너리스

털을 싹 밀어낸 몸에 윤기 나는 기름을 바른 무용수들은 반짝반짝 빛이 났다. 쿵쿵대는 북소리와 지저귀는 피리 소리에 맞춰 손에서 손으로 횃불이 날았다. 횃불 두 개가 허공을 가를 때마다 벌거벗은 여자 하나가 빙그르르 회전하며 그 사이로 뛰어올랐다. 기름 바른 팔다리와 가슴과 엉덩이에 횃불 빛이 반짝였다.

남자 셋은 발기했다. 그들이 발기한 모습을 보는 건 자극적이었지만, 대너리스 타르가르옌은 그 광경이 웃기기도 하다고 생각했다. 그 남자들은 모두 큰 키에, 다리가 길고 배에 군살이라곤 없었으며 모든 근육이 돌로 깎아낸 것처럼 각 잡혀 있었다. 어쩐지 얼굴마저 똑같아 보였다…… 그건 이상한 일이었는데, 남자 하나는 흑단처럼 피부가 검고 두 번째 남자는 우유처럼 희었으며 세 번째는 광을 낸 구리처럼 빛이 났기 때문이다.

'나를 흥분시키려는 건가?' 대니는 비단 쿠션들 사이에서 몸을 약간 움직였다. 줄지어 선 기둥들에는 그녀의 거세병들이 뾰족 모자를 쓰고, 매끄러운 얼굴에 표정이라곤 없이 조각상처럼 서 있었다. 멀쩡한 남자들은 그렇지 않았다. 레즈낙 모 레즈낙은 입을 딱 벌리고 입술을 적시며 보고 있었다. 히즈다르 조 로라크는 옆에 앉은 남자에게 뭐라고 말을 하면서도 내내 눈길은 춤추는 여자들에게 가 있었다. 민머리의 못생기고 기름진 얼굴은 엄하기 짝이 없었으나, 눈은 아무것도 놓치지 않았다.

대니의 귀빈이 무슨 꿈을 꾸고 있는지 알아내기는 좀 더 힘들었다. 그녀와 상석에 함께 앉은 매 같은 얼굴의 희고 날씬한 남자는 밤색 비단과 금란으로 만든 로브를 눈부시게 빛내며, 횃불 빛에 대머리를 반짝이면서 무화과를 조금씩, 정확하게, 우아하게 베어 먹고 있었다. 자로 쇼안 닥소스가 무용수들을 따라 고개를 돌리자 코에 박힌 오팔이 반짝 빛났다.

대너리스는 그에게 경의를 표하는 뜻에서 콰스식 가운을 입었다. 왼쪽 젖가슴이 드러나게 재단한 정교하고 얇은 보라색 새마이트 가운이었다. 은금 같은 머리카락은 빗어서 어깨 위로 늘어뜨렸는데, 거의 젖꼭지까지 닿았다. 연회장에 든 남자들 절반은 그녀를 슬쩍슬쩍 훔쳐봤지만, 자로는 아니었다. '콰스에서도 똑같았지.' 그런 식으로는 이 상인 왕자를 흔들 수 없었다. '하지만 반드시 자로의 마음을 흔들어야 해.' 그는 콰스에서부터 갈레아스선 '비단 구름'호를 타고, 열세 척의 갤리선을 거느리고 왔다. 그의 함대는 기도에 대한 응답이었다. 미린의 무역은 그녀가 노예 장사를 끝장낸 후 점점 줄어들었지만, 자로에겐 그걸 복구할 힘이 있었다.

북소리가 빨라지자, 여자 무용수 셋이 불길 위로 뛰어올라 허공에서 빙글빙글 돌았다. 남자들이 그들의 허리를 잡아 자기 몸 위로 미끄러뜨렸다. 대니는 피리가 울고 남자들이 그 음악 소리에 맞춰 성기를 찔러 넣는 한편 여자들은 등을 휘고 상대에게 다리를 휘감는 모습을 보았다. 전에도 애정 행위는 보았었다. 도트락인들은 말들끼리 교접하듯이 공개적으로 짝을 지었다. 그러나 욕정을 음악에 맡기는 장면은 처음 보았다.

얼굴이 뜨거웠다. '와인 탓이야.' 속으로 그렇게 말은 했지만, 어쩐지 다리오 나하리스 생각이 났다. 아침에 그의 전령이 왔었다. 폭풍 까마귀단이 라자르에서 돌아오고 있었다. 그녀의 대장이 어린양족의 우정을 얻어 그녀에게 달려오고 있었다. '음식과 교역. 다리오는 날 실망시키지 않았고, 앞으로도 그럴 거야. 다리오는 내가 나의 도시를 구하게 도와줄 거야.' 대니는 스스로를 일깨웠다. 그의 얼굴을 보고, 그의 세 갈래 수염을 쓸고, 골칫거리들을 이야기하고 싶었다……. 그러나 폭풍 까마귀단은 키자이 고개 너머에 있어 여전히 며칠은 더 걸릴 터였고, 그녀에겐 다스릴 왕국이 있었다.

자주색 기둥들 사이에 연기가 걸렸다. 무용수들이 무릎을 꿇고 고개를 숙였다. "훌륭했다." 대니는 그들에게 말했다. "드물게 보는 우아함과 아름다움이로구나." 그녀가 레즈낙 모 레즈낙에게 손짓하자, 시종장이 종종걸음으로 달려왔다. 주름지고 벗어진 머리에 땀이 송글송글 맺혀 있었다. "우리 손님들을 목욕탕으로 안내하고, 쉬고 난 후에 먹고 마실 것을 가져다주게."

"큰 영광으로 받들겠습니다, 폐하."

대너리스는 이리가 잔을 다시 채우도록 내밀었다. 이 와인은 달고 독한데다 동방의 향신료 향이 진하게 나는 것이, 최근 대니가 마시던 묽은 기스카 와인보다 훨씬 좋았다. 자로는 지키가 내민 과일 접시를 살피더니 감을 하나 골랐다. 감의 오렌지색 껍질이 자로의 코에서 빛나는 산호색과 잘 어울렸다. 그는 한 입 먹더니 입술을 오므렸다. "시큼하군요."

"좀 더 단 과일이 좋으시겠소?"

"단맛은 질립니다. 시큼한 과일과 톡 쏘는 여자들이 인생에 풍미를 돋우지요." 자로는 한 입 더 베어 물고 씹다가 삼켰다. "대너리스, 사랑스러운 여왕님, 다시 당신의 존재를 누리자니 얼마나 기쁜지 말로 할 수가 없군요. 사랑스러운 만큼이나 갈피를 잃은 어린아이가 콰스를 떠났을 때 저는 당신이 파멸을 향해 배를 모는 것일까 두려웠습니다만, 이제는 오래된 도시의 주인으로 옥좌에 앉아, 꿈에서 튀어나온 강력한 군대에 둘러싸여 있군요."

'아니. 꿈이 아니라 피와 불에서 나왔지.' 대니는 생각했다. "와줘서 기쁘군요. 얼굴을 다시 보니 반가워요, 친구여." '당신을 믿지는 않겠지만, 나에겐 당신이 필요해. 당신의 13인회가 필요해. 당신의 함대가 필요해. 당신의 교역이 필요해.'

미린과 그 자매 도시인 융카이와 아스타포는 몇 세기 동안 노예 무역의 핵심으로, 도트락의 칼들과 바실리스크 제도의 해적들이 포로를 팔고 나머지 세상이 사러 가는 곳이었다. 노예가 없는 미린은 상인들에게 제공할 것이 별로 없었다. 기스카 산맥에는 구리가 풍부했으나, 청동이 세상을 지배하던 때만큼 가치가 높지 않았다. 한때 해안을 따라 자라던 키 큰 삼나무들도 옛 제국의 도끼에 쓰러졌거나, 기스가 발리리아와 전쟁을 벌였을 때 드래곤의 불에 먹혀 없어졌다. 일단 나무가 다 사라지자 흙은 뜨거운 태양에 구워져 바람이 불면 붉은 구름을 자욱하게 일으켰다. "이 재앙들이 사람들을 노예상으로 만들었습니다." 갈라자 갈라레는 은총의 신전에서 그렇게 말했었다. '그리고 나는 이 노예상들을 다시 보통 사람으로 바꿔놓을 재앙이야.' 대니는 스스로에게 맹세했었다.

"올 수밖에 없었지요." 자로는 나른한 말투로 말했다. "머나먼 콰스에서도 무서운 이야기들이 제 귀에 닿았지 뭡니까. 그 이야기를 듣고 울고 말았어요. 여왕님의 적들이 당신을 죽이는 남자에게는 부와 영광과 백 명의 숫처녀 노예를 주겠다고 약조했다는 겁니다."

"하피의 아들들이로군." '자로가 어떻게 알지?' "그자들은 밤에 벽 위를 기어 다니며 자고 있는 정직한 해방 노예들의 목을 베지. 해가 뜨면 바퀴벌레처럼 숨고. 그자들은 나의 놋쇠 짐승단을 두려워해요." 스카하즈 모 칸다크는 대니가 요구한 새로운 경비대를 만들었다. 절반은 해방 노예, 절반은 민머리 미린인으로 이루어졌는데 검은 두건과 놋쇠 가면을 쓰고 밤낮으로 거리를 돌아다녔다. 하피의 아들들은 감히 드래곤 여왕을 섬기는 배신자는 물론 그 친지, 친척까지 끔찍하게 죽이겠노라 약속했기에, 민머리의 부하들은 본래 얼굴을 숨기고 자칼과 올빼미와 다른 짐승들의 모습으로 돌아다녔다. "하피의 아들들이 홀로 길거리를 헤매는 내 모습을 보게 된다면 나도 그자들을 두려워할지 모르겠으나, 그것도 밤이고 내가 무기도 없이 벌거벗고 있을 경우지. 비겁한 자들이오."

"비겁자의 칼도 영웅의 칼과 마찬가지로 쉽게 여왕을 죽일 수 있습니다. 제 심장의 기쁨이 사나운 기마전사들을 가까이 두신다면 제가 더 편하게 잠을 이루겠군요. 콰스에서 여왕님은 한시도 곁을 떠나지 않는 혈맹기수 셋을 데리고 다니셨지요. 그 전사들은 어디 있습니까?"

"아고, 조고, 라카로는 여전히 날 섬겨요." '나와 게임을 하고 있군.' 대니도 어울려줄 수 있었다. "나야 어린 여자에 불과하니 그런 문제를 잘 알지 못하지만, 더 나이 많고 현명한 남자들이 말하기를 미린을 장악하려면 내륙 지역을 통제해야 한다고 하더군요. 라자르 서쪽 땅에서부터 남쪽으로 융카이 산맥까지 다."

"여왕님의 내륙 지역은 제게 소중하지가 않고, 여왕님 본인은 소중합니다. 여왕님에게 어떤 안 좋은 일이라도 닥친다면 이 세상은 풍미를 잃을 거예요."

"그렇게 마음을 써주다니 고맙지만, 나는 보호를 잘 받고 있어요." 대니는 칼자루에 한 손을 올리고 선 바리스탄 셀미 쪽을 가리켰다. "대담한 바리스탄이라 하지요. 두 번이나 나를 암살 시도에서 구했어요."

자로는 셀미를 쓱 보더니 말했다. "고단한 바리스탄이라 하셨나요? 곰 기사가 더 젊고, 당신에게 헌신했는데요."

"조라 모르몬트 이야기는 하고 싶지 않군요."

"물론 그렇겠지요. 거칠고 털투성이였으니." 상인 왕자는 탁자 너머에서 가까이 몸을 기울였다. "그 대신 사랑과 꿈과 욕망, 이 세상에서 가장 아름다운 여인 대너리스에 대해 이야기하십시다. 당신의 모습에 취하는군요."

콰스의 야단스러운 예의는 처음 겪는 것도 아니었다. "취했다면 와인을 탓해야지요."

"당신의 아름다움 반만큼이라도 독한 와인은 없답니다. 내 저택은 대너리스가 떠난 후부터 무덤처럼 텅 비어 보이고, 도시 중의 여왕이 제공하는 온갖 즐거움도 내 입에는 재가 되어버렸어요. 왜 나를 버린 겁니까?"

'난 목숨을 구하기 위해 당신 도시에서 달아났어.' "때가 되었기 때문이지요. 콰스가 내가 떠나기를 바랐으니까."

"누가 말입니까? 순혈자들이요? 그자들은 혈관에 물이 흘러요. 향신료 상들? 그놈들 머리에는 뇌가 아니라 응유가 들었어요. 그리고 불멸자들은 다 죽었습니다. 저를 남편으로 맞아주셨어야지요. 분명히 제가 손을 잡게 해달라 청했을 텐데요. 아니, 빌기까지 했지요."

"반백 번이나 빌었을까요." 대니는 장난을 쳤다. "당신이 너무 쉽게 포기했어요. 내가 결혼을 해야 한다는 데에는 모두가 동의하니 말이오."

"칼리시에게는 칼이 있어야 해요." 이리가 여왕의 잔을 다시 채우면서 말했다. "잘 알려진 사실입니다."

"제가 다시 청할까요?" 자로가 물었다. "아니, 그 미소는 뭔지 압니다. 남자들의 심장으로 주사위 놀이를 하는 잔인한 여왕의 미소지요. 저같이 보잘것없는 상인들은 당신의 보석 샌들에 밟히는 돌보다 못해요." 자로의 새하얀 뺨에 눈물이 한 줄기 흘러내렸다.

그 모습에 동요하기에는 대니도 자로를 너무 잘 알았다. 콰스의 남자들은 제 뜻대로 울 수 있었다. "아, 그만둬요." 대니는 탁자 위에 놓인 그릇에서 체리를 하나 집어 자로의 코에 던졌다. "내가 어린 계집애일지는 모르지만, 내 젖가슴보다 과일 접시를 더 유혹적으로 여기는 남자와 결혼할 정도로 어리석지는 않아. 당신이 어느 무용수들을 보는지 봤어요."

자로가 눈물을 닦았다. "분명 전하께서도 보던 춤꾼들이겠지요. 보세요, 우린 비슷합니다. 저를 남편으로 맞이하지 않으신다면, 당신의 노예로 만족하겠습니다."

"난 노예를 원치 않아요. 그대를 해방시켜주지요." 자로의 보석 박은 코는 재밌는 과녁이었다. 이번에 대니는 그 코에 살구를 던졌다.

자로는 살구를 허공에서 낚아채어 깨물었다. "이 광기는 언제 찾아온 겁니까? 당신이 콰스에서 제 손님으로 있을 때 제 노예들을 해방시키지 않아 행운이라고 생각해야 할까요?"

'난 거지 여왕이었고 당신은 13인회의 자로였어. 그리고 당신이 원한 건 내 드래곤들뿐이었지.' 대니는 생각했다. "당신의 노예들은 대우도 잘 받고 만족스러워 보였어요. 아스타포에 가고 나서야 내 눈이 뜨였지요. 거세병을 어떻게 만들고 훈련시키는지 아나요?"

"잔인한 방식이리라는 데에는 의심이 없습니다. 대장장이가 검을 만들 때는 칼날을 불에 찔러 넣고, 망치로 두드린 후에 차가운 물에 넣어 단련하지요. 과일의 단맛을 음미하려면 나무에 물을 줘야 하는 법입니다."

"이 나무는 물이 아니라 피를 먹고 자랐어요."

"달리 어떻게 병사를 키우겠습니까? 빛나는 여왕님께선 제 무용수들의 공연을 즐기셨지요. 다들 융카이에서 만들고 훈련한 노예들이라는 걸 알면 놀라실까요? 저들은 걸을 수 있는 나이가 되면서부터 춤을 췄습니다. 달리 어떻게 저런 완벽함을 이루겠습니까?" 자로는 와인을 한 모금 삼켰다. "저들은 온갖 성애의 기술에도 전문가랍니다. 전하께 선물로 드리려고 했지요."

대니는 놀라지 않았다. "얼마든지 받아서 해방시키지요."

그 말에 자로는 얼굴을 찡그렸다. "저들이 자유로 뭘 하겠습니까? 물고기에게 사슬 갑옷을 주는 격입니다. 저들은 춤을 추게 만들어졌어요."

"누가 그렇게 만들었지요? 주인이? 어쩌면 당신의 무용수들도 집을 짓거나 빵을 굽거나 농장을 돌보고 싶을지 몰라요. 물어는 봤나요?"

"여왕님의 코끼리들은 나이팅게일이고 싶을지도 모르지요. 미린의 밤은 달콤한 노랫소리 대신 천둥 같은 울음소리로 가득 차고, 여왕님의 나무들은 거대한 회색 새들의 무게에 부서질 겁니다." 자로가 한숨을 쉬었다. "대너리스, 나의 기쁨이여, 그 사랑스러운 젊은 가슴 속엔 부드러운 심장이 뛰고 있군요……. 하지만 더 늙고 현명한 머리의 조언을 받아들이세요. 모든 게 보이는 그대로는 아닙니다. 사악해 보이는 많은 것들이 좋은 것일 수도 있어요. 비를 생각해보세요."

"비?" '나를 바보로 아나, 아니면 어린아이로 볼 뿐인가?'

"우린 머리 위에 쏟아질 때는 비를 저주하지만, 비가 없으면 모두 굶어 죽겠지요. 세상에는 비가 필요합니다……. 그리고 노예도 필요해요. 얼굴을 찌푸리시지만, 사실입니다. 콰스를 생각해보세요. 예술, 음악, 마술, 교역, 우리를 짐승보다 나은 존재로 만들어주는 모든 것에서 콰스는 나머지 인류 위에 앉아 있습니다. 마치 여왕님이 이 피라미드 정상에 앉아 있듯이……. 그러나 그 아래를 보면, 도시 중의 여왕인 그 장대한 콰스는 벽돌 대신 노예들의 등 위에 올라가 있어요. 자문해보십시오. 모든 인간이 먹을 것을 위해 흙을 파야 한다면, 어떤 사람이 눈을 들어 별들을 생각하겠습니까? 모두가 등이 부러져라 집을 지어야 한다면, 누가 신들을 찬미할 신전을 짓겠습니까? 어떤 이들이 위대해지려면, 나머지는 노예가 되어야 합니다."

자로는 언변이 너무 유창했다. 대니에게는 날것 그대로의 느낌뿐, 자로에게 대답할 말이 없었다. "노예제는 비와 같지가 않아요. 나는 비를 맞아봤고 팔려보기도 했어요. 같지가 않아. 어떤 인간도 소유물이 되길 원하지는 않아요."

자로는 나른하게 어깨를 으쓱였다. "우연히도 여왕님의 아름다운 도시에 상륙할 때, 강둑에서 예전에 제 저택에 손님으로 왔던 남자를 보았습니다. 희귀한 향신료와 선별한 와인을 다루는 상인이었지요. 그 사람은 웃통을 벗고 벌겋게 피부가 벗겨진 채로 구멍을 파는 것 같더군요."

"구멍이 아니오. 강에서 밭까지 물을 끌어가는 도랑이지. 우린 콩을 경작할 생각이오. 콩밭에는 물이 필요하고."

"제 옛 친구가 도랑 파기를 거들다니 얼마나 친절한지요. 그리고 얼마나 그 사람답지 않은지요. 그 문제에 있어서 친구에게 아무 선택권이 없었을 수도 있을까요? 아니, 설마 그럴 리가요. 미린에는 노예가 없으니 그럴 리 없지요."

대니는 얼굴을 붉혔다. "당신의 친구는 음식과 거처로 대가를 받고 있어요. 예전의 재산을 돌려줄 순 없어요. 미린에는 희귀한 향신료보다 콩이 더 필요하고, 콩에는 물이 필요해."

"그러면 제 무용수들도 도랑을 파게 하시렵니까? 사랑스러운 여왕님, 제 옛 친구는 저를 보자 무릎을 꿇고 자기를 노예로 사서 콰스로 데리고 가 달라고 빌었습니다."

따귀라도 한 대 맞은 기분이었다. "그렇다면 사 가요."

"여왕님만 좋으시다면 그러지요. 그 친구가 좋아할 줄은 아니까요." 자로는 대니의 팔에 손을 얹었다. "친구만이 말해줄 수 있는 진실도 있습니다. 전 당신이 거지로 콰스에 왔을 때 도왔고, 다시 한번 당신을 돕기 위해 폭풍 치는 바다를 건너 멀리 왔습니다. 솔직하게 대화할 수 있는 곳이 있을까요?"

대니는 자로의 따뜻한 손가락을 느낄 수 있었다. '자로는 콰스에서도 따뜻했지. 내가 쓸모없어지기 전까지는…….' 대니는 과거를 돌아보며 일어섰다. "따라와요." 자로는 대니를 따라 기둥들 사이를 통과하여 넓은 대리석 계단으로 걸어갔다. 피라미드 정상에 위치한 대니의 처소로 이어지는 계단이었다.

"아, 세상에서 가장 아름다운 여인이여." 자로는 계단을 오르며 말했다. "뒤에 발소리가 들리는군요. 따라오는 자가 있어요."

"나의 노기사가 겁나는 건 아니겠지요? 바리스탄 경은 나의 비밀을 지키겠다고 맹세했어요."

대니는 자로를 데리고 도시가 내려다보이는 테라스로 나갔다. 보름달이 미린의 검은 하늘에서 헤엄치고 있었다. "좀 걸을까요?" 대니는 자로에게 팔짱을 꼈다. 공기 중에 밤에 피는 꽃들의 향기가 그득했다. "도움을 말했지요. 그렇다면 나와 교역을 해요. 미린에는 팔 소금과 와인……."

"기스카 와인 말입니까?" 자로가 오만상을 찌푸렸다. "콰스에 필요한 소금은 바다가 다 제공해주지만, 혹시 파시겠다면 올리브는 기꺼이 최대한으로 사겠습니다. 올리브 기름도요."

"내놓을 게 없군. 노예상들이 올리브 숲을 불태웠소." 노예상만의 해안에는 몇 세기 동안 올리브가 자랐다. 그러나 미린인들은 대니의 군대가 진군해오자 조상들이 키운 숲에 불을 놓아, 대니가 까맣게 탄 황무지를 지나게 했다. "지금 다시 심고는 있지만, 올리브나무에 열매가 열리려면 7년이 걸리고, 정말로 생산성이 있으려면 30년은 걸려요. 구리는 어떨지?"

"예쁜 금속이지만, 여자처럼 변덕스러워서 말입니다. 금은…… 금은 진실되지요. 콰스는 기꺼이 여왕님에게 금을 드릴 겁니다…… 노예를 주신다면요."

"미린은 자유인들의 자유도시요."

"예전에는 부유했고 지금은 가난한 도시지요. 예전에는 살쪘는데 지금은 굶주린 도시예요. 예전엔 평화로웠는데 이제는 피비린내 나는 도시입니다."

그 비난은 아팠다. 그 말에는 진실이 너무 많이 담겨 있었다. "미린은 다시 부유해지고 살찌고 평화로워질 거요. 노예가 필요하다면 도트락인들에게 가보시오."

"도트락인은 노예를 만들고, 기스카인들이 노예를 훈련시킵니다. 그리고 기마전사들이 콰스에 이르려면 포로들을 이끌고 붉은 황야를 건너야 하지요. 수백 명, 어쩌면 수천 명이 죽을 겁니다…… 말도 많이 죽겠지요. 그래서 어떤 칼도 그런 위험은 감수하지 않아요. 또 이유가 하나 더 있지요. 콰스는 칼라사르가 우리 방벽 주위에 우글거리기를 원치 않아요. 그 엄청난 말들의 악취란…… 무례를 범하려는 건 아닙니다, 칼리시."

"말이 풍기는 냄새는 정직하기나 하지. 어떤 왕이나 상인 왕자에 대해서는 그렇게 말할 수 없을 것 같은데."

자로는 그 농담을 무시했다. "대너리스, 친구답게 정직하게 말하지요. 당신은 미린을 부유하고 살찌고 평화롭게 만들지 않을 겁니다. 아스타포에 그랬듯이, 미린을 폐허로 만들 뿐이에요. 하자트의 뿔(Horns of Hazzat)에서 벌어진 전투는 알고 계십니까? 도살자 왕은 새로 만든 거세병들을 달고 자기 궁전으로 달아났답니다."

"알고 있소." 갈색 벤 플럼이 전장에서 소식을 보내왔다. "융카이는 새로운 용병들을 샀고, 신기스에서 온 두 개 군단도 함께 싸운다지요."

"둘이 곧 넷이 되고, 열이 될 겁니다. 그리고 융카이의 사절단이 병사를 더 고용하기 위해 미르와 볼란티스로 향했어요. 고양이 용병단, 긴 기마창, 바람결까지. 현명한 주인들이 황금 용병단까지 샀다는 말도 들립니다."

비세리스는 예전에 황금 용병단의 지휘관들을 불러다 연회를 연 적이 있었다. 그들이 비세리스의 명분을 지지할지 모른다는 희망에서였다. '그들은 오빠의 음식을 먹고 말을 듣더니 비웃었지.' 대니는 그때 어린 소녀였지만, 그 일을 기억했다. "나에게도 용병들은 있어요."

"용병단 두 개가 있지요. 융카이는 꼭 그래야 한다면 스무 개라도 보낼 겁니다. 그리고 진군해올 때는 융카이만 진군하지 않을 거예요. 톨로스와 만타리스가 동맹에 찬성했습니다."

사실이라면 나쁜 소식이었다. 대너리스는 남쪽 융카이의 증오에 균형을 맞출 새로운 친구들을 서쪽에서 찾을까 싶어 톨로스와 만타리스에 사절단을 보냈었다. 그 사절단들은 돌아오지 않았다. "미린은 라자르와 동맹을 맺었소."

그 말에 자로는 웃기만 했다. "도트락 기마전사들은 라자르인을 어린양 족이라 부르지요. 털을 깎아도 매애거릴 뿐이니까요. 전쟁에 맞는 사람들이 아닙니다."

'양 같은 친구라도 친구가 없는 것보다는 낫지.' "현명한 주인들도 그 예를 따르는 게 좋을 거요. 난 예전에 융카이를 봐줬지만, 다시는 그런 실수를 하지 않아. 감히 날 공격한다면, 이번에는 융카이의 노란 도시를 허물어 버릴 거요."

"그리고 사랑스러운 분, 당신이 융카이를 허무는 동안 등 뒤에서는 미린이 봉기할 테지요. 위험에 눈을 감지 말아요, 대너리스. 당신의 내시들은 뛰어난 병사들이지만, 아스타포가 무너진 후에 융카이가 여기로 보낼 군대에 맞서기엔 수가 너무 적어요."

"나의 해방 노예들이 —" 대니가 입을 열었다.

"침실 노예와 이발사, 벽돌장이는 전투에 못 이깁니다."

대니의 바람대로라면, 그 생각은 틀렸다. 해방 노예들은 한때 오합지졸이었지만, 대니는 싸울 만한 연령대의 남자들을 병단으로 편성하여 회색 벌레의 지휘하에 병사로 훈련시켰다. '좋을 대로 생각하게 두자.' "잊으셨소? 나에겐 드래곤들이 있어요."

"그런가요? 콰스에서는 어깨에 드래곤을 올리지 않고 다닌 적이 없었지요……. 그런데 이제 그 아름다운 어깨는 그 사랑스러운 가슴과 마찬가지로 희고 행하군요."

"나의 드래곤들은 성장했고, 내 어깨는 그대로요. 이제 그 아이들은 먼 들판을 누비며 사냥을 하지요." '하지아, 나를 용서해라.' 자로가 얼마나 알고 있을지, 어떤 소문을 들었을지 궁금했다. "의심스럽다면 아스타포의 훌륭한 주인들에게 물어봐요." '난 노예상의 눈알이 녹아서 뺨에 흐르는 모습을 보았어.' "사실대로 말해봐요, 옛 친구여. 교역을 하기 위해서가 아니라면 왜 날 찾아왔지요?"

"제 심장의 여왕님께 선물을 가져왔지요."

"계속 말해봐요." '이젠 또 무슨 함정이지?'

"콰스에게 제게 애걸하셨던 선물이지요. 배랍니다. 지금 앞바다에 갤리선 열세 척이 있지요. 원하신다면 여왕님의 것입니다. 제가 당신을 웨스테로스로 모시고 갈 함대를 가져왔습니다."

'함대라니.' 꿈도 못 꾼 선물이었기에, 당연히 대니는 경계심을 품었다. 콰스에서 자로는 드래곤 한 마리에 배 서른 척을 제시했었다. "이 배들의 대가는 뭔가요?"

"없습니다. 전 이제 드래곤을 탐내지 않습니다. 여기로 오는 길에, 제 비단 구름이 물을 보충하러 아스타포에 들렀을 때 드래곤의 작품은 직접 봤어요. 저 배들은 사랑스러운 여왕님의 것입니다. 갤리선 열세 척과 노를 저을 남자들까지요."

'열세 척이라. 그렇겠지.' 자로는 13인회의 일원이었다. 분명 한 척씩 포기하라고 동료들을 설득했으리라. 자기 배 열세 척을 희생했다고 생각하기에는 대니가 자로를 너무 잘 알았다. "생각해봐야겠군요. 그 배들을 점검해봐도 될까요?"

"의심이 느껴졌군요, 대너리스."

'늘 그렇지.' "현명해진 거예요, 자로."

"얼마든지 점검해보십시오. 점검에 만족하시고 나서 지체 없이 웨스테로스로 돌아가겠다고 맹세만 하시면 다 여왕님의 것입니다. 당신의 드래곤들과 당신의 일곱 얼굴 신과 당신 조상들의 재에 걸고 맹세한 후에, 떠나세요."

"내가 1년, 아니면 3년을 기다려야겠다고 한다면?"

자로의 얼굴에 구슬픈 표정이 스쳤다. "제가 아주 슬퍼지겠지요, 제 달콤한 기쁨이시여……. 지금은 당신이 젊고 강해 보일지라도, 그리 오래 살지는 못할 테니 말입니다. 여기에서는 그래요."

'한 손으로는 꿀벌집을 내밀면서 반대쪽 손으로는 채찍을 보여주는구나.' "융카이는 그렇게 무섭지 않은데."

"당신의 적이 노란 도시에만 있는 건 아닙니다. 차가운 심장과 푸른 입술을 가진 남자들을 조심해요. 당신이 콰스를 떠나고 2주가 지나지 않아서 피아트 프리가 펜토스에서 당신을 찾으라고 동료 흑마법사 세 명을 풀었어요."

대니는 두렵기보다 재미있어졌다. "그렇다면 내가 엇나가길 잘했군. 펜토스는 미린과 까마득히 떨어져 있어요."

"그렇지요." 자로는 동의했다. "하지만 늦든 빠르든 노예상만에 있는 드래곤 여왕의 소식이 그자들의 귀에도 닿을 겁니다."

"나에게 겁을 주려는 거요? 난 14년을 두려움 속에 살았어요. 매일 아침 두려워하며 깨어나고 매일 밤 두려워하며 잠들었지……. 하지만 내 두려움은 불 속에서 걸어 나오던 날 타서 없어졌소. 이제 나에게 두려운 건 오직 하나뿐."

"당신이 두려워하는 그 하나가 뭡니까, 아름다운 여왕님?"

"난 어리석은 어린 여자에 불과하지만……." 대니는 까치발을 들고 자로의 뺨에 입을 맞췄다. "당신에게 그걸 말해줄 정도로 어리석진 않아요. 내 사람들이 배를 살펴볼 거요. 그런 다음 답을 주지요."

"그러시지요." 자로는 대니의 드러난 가슴을 살짝 만지더니 속삭였다. "내가 남아서 설득하게 해줘요."

대니는 잠시 유혹을 느꼈다. 어쩌면 그 무용수들이 마음을 흔들긴 했는지도 모른다. '눈을 감고 다리오라고 상상할 수도 있어.' 꿈속의 다리오가 실제의 다리오보다 더 안전할 것이다. 그러나 대니는 그 생각을 밀어냈다. "아니. 고맙지만, 안 돼요." 대니는 자로의 품을 빠져나왔다. "언젠가 다른 밤에."

"언젠가 다른 밤에." 자로의 입매는 슬픔에 처졌지만, 두 눈은 실망하기보다 안심하는 것 같았다.

'내가 드래곤이라면 웨스테로스로 날아갈 수 있을 텐데.' 대니는 자로가 가고 나서 생각했다. '자로나 자로의 함대가 필요 없을 텐데.' 갤리선 열세 척에 얼마나 많은 사람을 태울 수 있을지 궁금했다. 콰스에서 아스타포까지 대니의 칼라사르를 태우고 오는 데 배가 세 척 필요했는데, 그건 8000명의 거세병과 1000명의 용병들, 그리고 해방 노예의 대군을 얻기 전 이야기였다. '그리고 드래곤들이 있어. 그 아이들은 어떻게 하지?' 대니는 조그맣게 속삭였다. "드로곤, 어디에 있니?" 잠깐이지만 드로곤이 검은 날개로 별들을 집어삼키며 하늘을 휩쓰는 모습을 볼 수 있을 것만 같았다.

대니는 밤으로부터 등을 돌리고, 그늘 속에 고요히 선 바리스탄 셀미를 보았다. "오빠가 예전에 웨스테로스의 수수께끼를 말해줬지. 모든 것에 귀 기울이지만 아무것도 듣지 않는 건 누굴까?"

"킹스가드의 기사지요." 셀미의 목소리는 근엄했다.

"자로의 제안은 들었소?"

"들었습니다, 전하." 노기사는 말하면서 대니의 드러난 가슴을 보지 않으려 애를 썼다.

'조라 경이라면 눈을 돌리지 않았을 거야. 바리스탄 경은 오직 여왕으로서만 날 사랑하지만, 조라는 날 여자로 사랑했지.' 모르몬트는 웨스테로스에 있는 그녀의 적들에게 정보를 주는 첩자였지만, 그래도 대니에게 좋은 조언을 해줬었다. "어떻게 생각하시오? 자로에 대해?"

"자로에 대해서는 할 말이 없습니다. 하지만 그 배들은……. 전하, 그 배들이 있으면 올해가 끝나기 전에 고향에 갈 수 있을지 모릅니다."

대니는 고향을 알지 못했다. 브라보스에 붉은 문이 달린 집이 하나 있었지만, 그게 전부였다. "선물을 가져온 콰스인은 조심해야 해. 특히나 13인회의 상인들이라면. 여기엔 뭔가 함정이 있어요. 그 배들이 썩었거나, 아니면……."

"항해에 적합하지 않은 배라면 콰스에서부터 바다를 건너오지도 못했겠지요." 바리스탄 경이 지적했다. "하지만 점검을 해야겠다고 주장하신 건 현명했습니다. 세가 해가 뜨지미자 그롤리오 제독과 그 휘하 지휘관들, 선원 마흔 명을 데리고 가겠습니다. 저희가 그 배들을 샅샅이 살펴볼 수 있습니다."

좋은 조언이었다. "그래, 그렇게 하시오." '웨스테로스. 고향.' 하지만 대니가 떠난다면 그녀의 도시는 어떻게 될까? '미린은 너의 도시였던 적이 없어.' 오빠의 목소리가 속삭이는 것 같았다. '너의 도시들은 바다 건너편에 있어. 너의 칠왕국, 네 적들이 기다리는 곳. 넌 그들에게 불과 피를 대접하기 위해 태어났어.'

노기사가 헛기침을 하더니 말했다. "저 상인이 말한 흑마법사는……."

"피아트 프리 말이지." 그의 얼굴을 떠올리려 했지만, 입술밖에 보이지 않았다. 흑마법사들이 마시는 와인 때문에 파랗게 변한 입술. 그 와인은 '저녁 어스름'이라는 이름이었다. "흑마법사의 주문이 날 죽일 수 있었다면 진작 죽었을 거야. 난 그자들의 궁전을 잿더미로 만들고 떠났지." '그자들이

내 생명을 빨아먹으려 했을 때 드로곤이 날 구했어. 드로곤이 다 태워버렸어.'

"전하의 말씀이 맞습니다. 그래도 제가 신경 쓰겠습니다."

대니는 바리스탄의 뺨에 입을 맞췄다. "그럴 거라는 거 알아. 자, 같이 연회장으로 돌아갑시다."

다음 날 아침 대니는 노예상만에 처음 왔을 때처럼 희망에 부풀어서 깨어났다. 다리오가 곧 다시 그녀 곁에 돌아올 테고, 그들은 함께 웨스테로스로 출항할 것이다. '고향으로.' 어린 인질 하나가 아침 식사를 가져왔는데, 메레크 피라미드를 다스리는 아버지를 둔 '메자라'라는 통통하고 수줍음 많은 소녀였다. 대니는 그 아이를 행복하게 끌어안고 입맞춤으로 고마움을 전했다.

"자로 쇼안 닥소스가 갤리선 열세 척을 준다는구나." 대니는 궁정에 나갈 옷을 입히는 이리와 지키에게 말했다.

"열셋은 나쁜 숫자예요, 칼리시." 지키가 도트락어로 중얼거렸다. "잘 알려진 사실이에요."

"잘 알려진 사실이에요." 이리가 맞장구를 쳤다.

"서른이면 더 좋았겠지." 대너리스는 수긍했다. "삼백이면 더 좋았겠고. 그래도 열세 척이면 우리를 웨스테로스까지 실어갈 수 있을지도 몰라."

두 도트락 소녀는 눈빛을 교환했다. "독물은 저주받았어요, 칼리시." 이리가 말했다. "말들이 마시지 못하는 물이에요."

"나도 마실 생각은 없어." 대니가 장담했다.

그날 오전에는 기다리는 청원자가 넷뿐이었다. 언제나처럼 가엘 공이 제일 처음 나왔는데, 평소보다도 더 비참한 몰골이었다. "눈부신 폐하." 그는 대니의 발 아래 대리석에 엎드리며 신음했다. "융카이의 군대가 아스타포에 다가옵니다. 제발 모든 병력을 대동하여 남쪽으로 가주십시오!"

"내 그대의 왕에게 이 전쟁은 어리석은 짓이라 경고했거늘, 듣지를 않았지." 대니가 상기시켰다.

"위대하신 클레온은 오직 융카이의 사악한 노예상들을 쓰러뜨리려 했을 뿐입니다."

"위대한 클레온 본인도 노예상이야."

"드래곤의 어머니께서 위험한 때에 저희를 버리지 않으실 줄 압니다. 저희의 방벽을 지킬 수 있게 폐하의 거세병들을 빌려주십시오."

'그러면 내 방벽은 누가 지키고?' "나의 해방 노예들 다수는 아스타포의 노예였다. 어쩌면 그대의 왕을 지키고자 하는 이들이 있을지 모르지. 자유로운 인간으로서 그들이 선택할 일이야. 난 아스타포에 자유를 줬으니, 지키는 건 그대들에게 달렸다."

"그렇다면 저희는 다 죽은 목숨입니다. 폐하께선 저희에게 자유가 아니라 죽음을 주셨습니다." 가엘이 펄쩍 뛰어 일어서더니 대니의 얼굴에 침을 뱉었다.

힘센 벨와스가 가엘의 어깨를 잡고 대리석에 처박았다. 어찌나 세게 처박았는지, 대니의 귀에 가엘의 이가 부러지는 소리가 들릴 정도였다. 민머리는 더 심하게 했을 테지만, 대니가 막았다.

"그만 됐다." 대니는 토카 끝으로 뺨을 닦으며 말했다. "침에 맞았다고 죽은 사람은 없어. 끌고 나가라."

병사들이 가엘의 발을 잡아, 부러진 이 몇 개와 핏자국을 뒤에 남기며 질질 끌고 나갔다. 대니는 나머지 청원자들을 다 물리고 싶었지만…… 그녀는 아직 그들의 여왕이었기에, 청원을 듣고 최선을 다해 정의를 집행하려 했다.

그날 오후 늦게 그롤리오 제독과 바리스탄 경이 갤리선 점검을 끝내고 돌아왔다. 대니는 보고를 듣기 위해 소협의회를 소집했다. 거세병을 대표하여 회색 벌레가 참석했고, 놋쇠 짐승단의 대표로 스카하즈 모 칸다크가 왔다. 혈맹기수들이 자리를 비웠기에 도트락인들의 대표로는 주름이 자글자글하고 사팔눈에 다리가 굽은 로모라는 '자카 란'이 왔다. 해방 노예들의 대표는 대니가 편성한 3개 병단의 대장들이었다. 충실한 방패단의 몰로노 요스 도브, 자유 형제단의 줄무늬 등 사이먼, 어머니의 병사들의 마르셀렌. 레즈낙 모 레즈낙은 여왕 옆을 서성거렸고, 힘센 벨와스는 우람한 팔뚝으로 팔짱을 낀 채 여왕 뒤에 서 있었다. 대니에게 조언자는 부족하지 않았다.

그롤리오는 병사들이 그의 배를 부수어 미린을 점령한 공성 병기를 만든 이래 세상에서 제일 불행한 남자였다. 대니가 해군 제독이라는 이름으로 위로해보려 했지만, 그건 공허한 명예였다. 미린의 함대는 대니의 군대가 도시에 접근했을 때 융카이로 떠나버렸기에, 이 늙은 펜토스인은 배라곤 없는 제독이었다. 그러나 이제 그롤리오는 희끗희끗하고 덥수룩한 수염 속에 대니가 언제 저렇게 웃어보았나 싶은 환한 미소를 띠고 있었다.

"그러면 배들은 멀쩡한 건가?" 대니가 희망을 품고 물었다.

"아주 멀쩡합니다, 전하. 오래된 배들이긴 하지만, 대부분 유지보수를 잘했습니다. '순혈 왕녀'호는 선체가 벌레 먹었습니다. 육지가 보이지 않는 곳으로 몰고 가고 싶진 않군요. '나라카'호는 새 방향타와 삭구를 다는 게 좋겠고, '줄무늬 도마뱀'호는 노가 몇 개 부러졌지만 쓸 만은 할 겁니다. 노를 젓는 건 노예들이지만, 제대로 된 노잡이 봉급을 제시한다면 대부분 남을 테고요. 노 젓기밖에 모르거든요. 떠나는 사람들은 제 선원들로 대체할 수 있겠습니다. 웨스테로스까지는 길고 험난한 항해지만, 전 이 배들이 우리를 싣고 갈 만큼 튼튼하다고 판단합니다."

레즈낙 모 레즈낙이 애처로운 신음을 냈다. "그렇다면 사실이군요. 폐하께서 저희를 버리실 작정이군요." 그는 두 손을 비틀었다. "폐하께서 떠나시면 융카이가 즉시 대단한 주인들을 복권시킬 테고, 폐하를 충실히 섬긴 저희들은 목이 날아가고, 저희들의 사랑스러운 아내와 처녀 딸들은 강간당하여 노예가 될 겁니다."

"내 딸들은 아니야." 민머리 스카하즈가 으르렁거렸다. "내 손으로 먼저 죽이고 말겠어." 그는 그렇게 말하며 칼자루를 때렸다.

칼자루가 아니라 대니가 민머리에게 얻어맞은 기분이었다. "내가 떠난 후에 그런 일이 일어날지 모른다고 생각한다면, 같이 웨스테로스로 가면 돼."

"드래곤의 어머니께서 가시는 곳이 어디든, 어머니의 병사들도 갑니다." 미산데이의 살아남은 오빠, 마르셀렌이 선언했다.

"어떻게?" 줄무늬 등 사이먼이 물었다. '줄무늬 등'이란 등과 어깨에 어지러이 남은 흉터 자국 때문에 붙은 이름으로, 아스타포에서 노예 생활을 하며 당한 채찍질의 흔적이었다. "열세 척…… 그걸로는 부족해. 백 척이라해도 부족할지 몰라."

"나무 말은 좋지 않아요." 늙은 자카 란, 로모가 항의했다. "도트락인들은 진짜 말을 달릴 겁니다."

"이 몸은 해안을 따라 육로로 행군할 수 있습니다." 회색 벌레가 제안했다. "배들은 보조를 맞추면서 재보급을 할 수 있을 겁니다."

"보라시의 폐허에 도달할 때까지는 그럴 수 있을지도 모르지." 민머리가 말했다. "그 너머에서는 배들이 남쪽으로 방향을 돌려 톨로스와 삼나무섬(Isle of Cedars)을 지나고 발리리아 주위를 돌아야 할 텐데, 그동안 보병들은 옛 드래곤 길로 만타리스까지 계속 가야 해요."

"사람들은 그 길을 악마의 길이라 부르지요." 몰로노 요스 도브가 말했다. 이 통통한 충실한 방패단 대장은 잉크 묻은 손과 무거운 뱃살 때문에 군인이라기보다는 서기처럼 보였지만, 그만큼 영리하기도 했다. "많은 수가 죽겠군요."

"미린에 남은 이들은 그래도 쉽게 죽었다고 부러워할 겁니다." 레즈낙이 투덜거렸다. "놈들은 우리를 노예로 만들거나, 투기장에 던져 넣을 거예요. 모든 게 예전 그대로 돌아가거나 더 나빠질 겁니다."

"용기는 어디 간 거요?" 바리스탄 경이 일갈했다. "전하께서 여러분을 사슬에서 풀어주셨소이다. 전하께서 떠나시면 검을 갈고 스스로의 자유를 지켜야지요."

"해 지는 곳으로 항해할 작정인 분이 하는 용감한 말씀이시네요." 줄무늬 등 사이먼이 마주 으르렁거렸다. "우리가 죽는 모습을 돌아는 볼 겁니까?"

"전하—"

"폐하—"

"위대하신—"

"그만." 대니는 탁자를 쳤다. "아무도 뒤에 남아 죽진 않아. 모두가 내 백성이오." 고향과 사랑에 대한 꿈에 눈이 멀었었다. "미린을 아스타포의 운명에 맡기고 떠나진 않겠소. 이렇게 말하려니 비통하지만, 웨스테로스는 기다려야 해."

그롤리오는 경악했다. "그 배들을 받아들여야 합니다. 이런 선물을 거절한다면……."

바리스탄 경이 한쪽 무릎을 꿇었다. "여왕님, 전하의 왕국이 전하를 필요로 합니다. 여기에서는 환영받지 못하시나, 웨스테로스에서는 위대한 영주들과 고결한 기사들이 수천 명씩 전하의 깃발에 몰려들 것입니다. '그분이 오셨다.' 다들 기쁜 목소리로 서로에게 외치겠지요. '라에가르 왕자님의 동생이 드디어 집에 오셨다'고요."

"그토록 날 사랑한다면, 날 기다리겠지." 대니는 일어섰다. "레즈낙, 자로 쇼안 닥소스를 부르게."

대니는 반질반질한 흑단 장의자에, 바리스탄 경이 가져다 둔 쿠션 더미에 앉아서 홀로 상인 왕자를 맞이했다. 콰스인 선원 네 명이 어깨에 돌돌만 태피스트리 하나를 지고 따라왔다. "제 심장의 여왕님께 선물을 하나더 가져왔습니다." 자로가 말했다. "파멸이 발리리아를 덮치기 전부터 저희집안 금고에 들어 있던 물건이지요."

선원들이 바닥에 태피스트리를 펼쳤다. 낡고 때가 타서 색이 바랬으며…… 거대했다. 대니는 자로 옆으로 가서야 그림을 알아볼 수 있었다. "지도인가? 아름답군요." 태피스트리는 바닥 절반을 덮었다. 바다는 파란색, 육지는 초록색, 산맥은 검은색과 갈색이었다. 도시들은 금실이나 은실로 별처럼 반짝였다. 대니는 문득 깨달았다. '연기 바다가 없어. 발리리아는아직 섬이 아니야.'

"저기 아스타포, 융카이, 미린이 보이실 겁니다." 자로는 파란색의 노예상만 옆에 반짝이는 세 개의 은색 별을 가리켰다. "웨스테로스는…… 저 아래 어딘가에 있지요." 자로는 알현실 저편 어딘가를 모호하게 손짓했다. "여왕님은 남서쪽으로 여름해를 건너 계속 가셔야 할 때 북쪽으로 방향을 돌렸습니다만, 제 선물을 받으시면 곧 원래 속한 곳으로 돌아가실 겁니다. 기쁜 마음으로 제 갤리선들을 받으시고, 노를 서쪽으로 돌리세요."

'그럴 수만 있다면.' "그 배들은 기쁜 마음으로 받겠으나, 당신이 원하는약속은 해줄 수가 없군요." 대니는 자로의 손을 잡았다. "내게 그 배들을 주면, 콰스는 별들이 다 사라질 때까지 미린의 우정을 차지하리라 맹세하겠소. 저 배들로 교역을 하게 해주면 당신이 이익의 큰 부분을 받을 거예요."

자로의 입술에서 기쁜 미소가 사그라들었다. "무슨 말씀을 하시는 겁니까? 떠나지 않겠다고 하시는 건가요?"

"떠날 수가 없어요."

자로의 눈에 눈물이 차오르더니, 코에 박힌 에메랄드와 자수정과 검은 다이아몬드를 지나 흘러내렸다. "제가 13인회에 여왕님은 제 지혜에 귀를 기울이리라 말했건만. 제가 틀렸다는 사실을 알게 되니 비통하군요. 그 배들을 받아 떠나지 않으시면, 분명 비명을 지르며 죽게 될 겁니다. 당신은 얼마나 많은 적을 만들었는지 몰라요."

'지금 내 앞에서 연극적인 눈물을 흘리는 적 하나는 알지.' 그 깨달음에 슬퍼졌다.

"순혈자들에게 당신의 목숨을 구걸하러 '천 개 옥좌의 전당'에 갔을 때, 저는 당신이 어린아이에 불과하다고 말했습니다." 자로는 말을 이었다. "그러나 멋쟁이 에곤 에메로스가 일어나서 말했지요. '그 아이는 어리석은 아이로, 미쳤고 경솔한 데다 살려두기엔 너무 위험하다.' 당신의 드래곤들이 작았을 때는 불가사의한 경이였지요. 성장한 드래곤들은 죽음과 파괴요, 세상 위에서 불타는 검입니다." 자로는 눈물을 닦았다. "콰스에서 당신을 죽였어야 했는데."

"나는 당신 지붕 안에 든 손님이었고 당신의 고기와 술을 먹었지. 당신이 해준 모든 일을 기억하여, 그 말들은 용서하겠소…… 한 번은……. 하지만 다시는 날 위협할 생각 마시오."

"자로 쇼안 닥소스는 위협하지 않습니다. 약속을 하지요."

대니의 슬픔이 격노로 변했다. "그렇다면 해가 뜨기 전에 떠나지 않을 시에는 거짓말쟁이의 눈물이 드래곤의 불을 얼마나 잘 끌 수 있는지 알게 되리라 약속하지. 가시오, 자로. 빨리."

자로는 나갔지만, 가지고 온 지도는 남겨두었다. 대니는 다시 장의자에 앉아서 파란 비단 바다 너머 머나먼 웨스테로스 쪽을 응시했다. '언젠가는 갈 거야.' 스스로에게 하는 약속이었다.

다음 날 아침 자로의 갈레아스선은 사라졌지만, 그가 가져온 "선물"은 노예상만에 남았다. 열세 척의 콰스 갤리선 돛대에서 길고 붉은 띠가 바람에 휘날렸다. 그리고 대너리스가 정사를 보러 내려갔을 때, 그 배들에서 보낸 전령 한 명이 기다리고 있었다. 그는 아무 말 없이 대니의 발치에 검은색 새틴 쿠션을 내려놓았다. 그 위에는 피에 물든 장갑 한 짝만 놓여 있었다.

"이게 뭐지?" 스카하즈가 물었다. "피 묻은 장갑이라면……."

"……전쟁을 의미하지." 여왕이 말했다.

"쥐 조심하십쇼, 사령관님." 구슬픈 에드가 한 손에 등불을 들고 앞장서서 계단을 내려갔다. "밟았다간 끔찍한 소리를 낸답니다. 어렸을 때 제 어머니가 그 비슷한 소리를 내곤 했죠. 이제 생각해보니 분명히 어머니 몸 안에도 쥐가 살고 있었나 봐요. 갈색 머리털에 구슬 같은 작은 눈이었고 치즈도 좋아했거든요. 꼬리도 있었을지 모르죠. 본 적은 없지만."

캐슬블랙은 형제들이 '지렁이 길'이라고 부르는 미로 같은 지하 터널들로 모두 연결되어 있었다. 땅 밑은 어둡고 음울했기에 여름에는 지렁이 길을 이용하는 사람이 없었지만, 겨울 바람이 불고 눈이 내리기 시작하면 그 터널들이 캐슬블랙을 돌아다니는 제일 빠른 길이 되었다. 집사들은 이미 그 길을 쓰고 있었다. 존은 발소리를 울리며 터널을 걷는 동안 벽감 몇 군데에서 타고 있는 촛불을 보았다.

지렁이 길 네 개가 교차하는 곳에서 보웬 마시가 기다렸다. 장창처럼 마르고 키가 큰 막댓가지 윅이 함께 있었다. "이게 석 달 전 수량입니다." 마시는 존에게 두꺼운 종이 뭉치를 내밀며 말했다. "현재 저장량과 비교해보려고요. 곡물 저장고부터 시작할까요?"

그들은 땅 밑의 회색 어둠 속을 나아갔다. 창고마다 튼튼한 참나무 문에 저녁 식사용 접시만큼 큰 철제 자물쇠가 달렸다. "좀도둑질이 문제인가요?" 존이 물었다.

"아직은 아닙니다." 보웬 마시가 말했다. "하지만 일단 겨울이 오면 이 밑에 보초병을 세우시는 게 현명할지도 모르지요."

막댓가지 윅은 목에 열쇠 꾸러미를 걸고 있었다. 존에게는 다 비슷해 보였는데, 윅은 문마다 정확한 열쇠를 찾아냈다. 일단 문안에 들어가면 윅은 가방에서 주먹만 한 분필 덩어리를 꺼내어 나무통과 자루마다 표시를 해 가며 수를 헤아렸고, 보웬 마시는 새로운 숫자와 예전 숫자를 비교했다.

곡물 저장고에는 귀리와 밀과 보리, 그리고 거칠게 간 밀가루 자루들이 있었다. 뿌리채소용 지하실 서까래에는 양파와 마늘 꾸러미들이 줄줄이 매달렸고, 당근, 파스닙, 무, 그리고 하얗고 노란 순무가 선반을 채웠다. 창고 하나는 두 사람은 있어야 옮길 수 있을 정도로 커다란 치즈 덩어리들을 보관했다. 다음 창고에는 소고기, 돼지고기, 양고기, 대구가 염장된 통들이 3미터 높이로 쌓였다. 훈제실 아래 지하실 대들보에는 햄 300개와 길고 검은 소시지 3000개가 매달렸다. 향신료 보관함에는 통후추, 정향, 시나몬, 겨자씨, 고수, 세이지와 클라리세이지와 파슬리, 소금 덩어리가 있었다. 다른 곳에는 사과와 배가 든 통, 말린 배, 말린 무화과, 호두 포대, 밤 포대, 아몬드 포대, 말린 훈제 연어, 기름에 절인 올리브를 채워 밀랍으로 봉한 진흙 단지가 있었다. 토끼 고기 통조림, 꿀에 절인 사슴 뒷다리, 식초에 절인 양배추와 비트와 양파와 계란과 청어가 있는 창고도 있었다.

이 지하실, 저 지하실로 이동할수록 지렁이 길이 추워지는 것 같았다. 존은 오래지 않아서 등불 빛 아래 하얗게 뿜어져 나오는 입김을 볼 수 있었다. "장벽 밑에 다 왔군요."

"그리고 곧 장벽 안입니다." 마시가 말했다. "장벽의 한기 속에서는 고기가 썩지 않지요. 오래 저장하려면 염장보다 나아요."

다음 문은 녹슨 쇠문이었다. 안에는 나무 계단이 있었다. 구슬픈 에드가 등불을 들고 앞장서서 올라갔다. 계단을 다 오르자 윈터펠의 대연회장만큼이나 긴데 너비는 지렁이 길과 비슷한 터널이 하나 나왔다. 벽은 얼음이었고, 쇠고리가 빽빽했다. 고리마다 사체가 하나씩 걸려 있었다. 가죽을 벗긴 사슴과 엘크, 반으로 가른 소, 천장에 매달려 흔들거리는 거대한 돼지, 머리가 없는 양과 염소, 심지어 말과 곰도 있었다. 그 모든 사체를 서리가 뒤덮었다.

집사들이 수를 헤아리는 동안, 존은 왼쪽 장갑을 벗고 제일 가까이 있는 사슴 뒷다리를 만져보았다. 손가락이 달라붙는 것을 느낄 수 있었고, 떼어내려 하자 피부 조각이 떨어졌다. 손가락 끝이 얼얼했다. '뭘 기대했어? 네 머리 위엔 얼음 산이 있어. 보웬 마시도 헤아리지 못할 정도로 엄청난 양의 얼음이야.' 그렇다 해도, 이 방이 왜 이렇게까지 춥나 싶었다.

"제가 걱정한 것보다 더 나쁩니다, 사령관님." 마시가 수를 다 세더니 말했다. 구슬픈 에드보다 더 암울한 말투였다.

존은 세상의 모든 고기가 여기 다 있다고 생각하던 참이었다. '넌 아무것도 몰라, 존 스노우.' "어째서요? 상당한 양의 식량이 있는 것 같은데요."

"긴 여름이었습니다. 수확도 풍성했고, 영주들은 관대했지요. 우린 겨울 3년을 버틸 만한 식량을 비축했습니다. 절약한다면 4년까지 가능할 정도로요. 하지만 이젠 왕의 병사들과 왕비의 병사들에 야인들까지 다 먹여 살려야 합니다…… 몰스타운 하나만 해도 쓸모없는 입이 천 개인데, 아직도 더 오고 있어요. 어제도 문 앞에 세 명이 더 나타났고, 그저께는 열 명이 넘게 왔습니다. 계속 이럴 순 없어요. 선물의 땅에 야인들을 정착시키는 건 좋습니다만, 작물을 재배하기엔 너무 늦었습니다. 올해가 끝나기 전에 순무와 콩 포리지만 먹게 될 판입니다. 그 후에는 우리 말들의 피를 마셔야겠죠."

"냠냠." 구슬픈 에드가 말했다. "추운 밤에 뜨끈한 말 피 한 잔만 한 게 없죠. 시나몬을 좀 뿌려 먹었으면 좋겠네요."

집사장은 에드에게 신경도 쓰지 않고 말을 이었다. "병도 돌 겁니다. 잇몸에서 피가 나고 이가 빠지지요. 아에몬 학사님은 라임 주스와 신선한 고기면 해결된다고 하시곤 했지만, 라임은 1년 전에 떨어졌고 신선한 고기를 위해 가축 떼를 유지할 사료는 부족합니다. 번식용만 몇 마리 남기고 다 도축해야 해요. 때가 늦었습니다. 겨울에 왕의 가도를 통해 남쪽에서 식량을 가져올 수도 있었습니다만, 전쟁이 있으니⋯⋯. 아직 가을인 건 알지만, 사령관님만 괜찮으시다면 겨울 배급에 들어가는 게 좋겠습니다."

'대원들이 참 좋아하겠군.' "그래야 한다면 그러지요. 1인당 배급량을 4분의 1씩 줄이겠습니다." '지금도 형제들은 나에 대해 불평하고 있는데, 눈과 도토리죽을 먹게 되면 뭐라고 할까?'

"그러면 도움이 되겠습니다." 집사장의 말투로 보건대 그 정도로 충분하다고 생각하지 않는 것이 명백했다.

구슬픈 에드가 말했다. "이제 왜 스타니스 왕이 야인들이 장벽을 통과하게 하셨는지 이해가 가는구먼요. 우리더러 그놈들을 먹으라는 거죠."

존은 웃을 수밖에 없었다. "그렇게 되진 않을 거예요."

"거 잘됐네요. 엄청 질겨 보이는데, 제 이는 젊었을 때만큼 날카롭지가 않아서요."

"돈만 충분하다면 남부에서 식량을 사서 배로 실어 올 수 있을 겁니다." 집사장이 말했다.

'그럴 수도 있겠지. 돈이 있고, 누군가가 우리에게 식량을 팔려고만 한다면.' 둘 다 없었다. '우리의 제일 큰 희망은 이어리일지도 몰라.' 아린 협곡은 풍요롭기로 유명했고, 전투에 휩쓸리지도 않았다. 존은 캐틀린 부인의 동생이 네드 스타크의 서자를 먹이는 문제를 어떻게 생각할까 궁금했다. 어렸을 때는 캐틀린 부인이 존의 한 입, 한 입을 아까워한다고 느낄 때가 많았다.

"필요하다면 사냥은 언제든 할 수 있죠." 막댓가지 윅이 끼어들었다. "아직 숲엔 사냥감이 있어요."

"그리고 야인들에다, 더 사악한 것들도 있지." 마시가 말했다. "저라면 사냥꾼들을 내보내진 않겠습니다, 사령관님. 저라면요."

'그래. 당신이라면 우리 문을 영원히 닫아버리고 돌과 얼음으로 봉하겠지.' 그는 캐슬블랙의 절반은 집사장과 생각이 같다는 것을 알았다. 나머지 절반은 그 사람들을 경멸했다. "문을 봉쇄하고 그 뚱뚱하고 시커먼 궁둥이를 장벽에 걸치고 있으면, 자유민이란 놈들이 해골 다리를 우글우글 넘어오거나 500년 전에 봉쇄했다고 생각한 문을 뚫고 올걸." 이틀 전 밤만 해도 늙은 숲지기 디웬이 저녁 식사 자리에서 큰 소리로 그렇게 말했었다. "우린 장벽 천 리를 감시할 사람이 없어. 거인 엉덩이 토르문드와 그 괴씸한 울보도 그걸 알아. 얼음에 발이 잡힌 채 연못 속에 얼어붙은 오리 본 적 있어? 까마귀도 그 꼴 나는 거야." 대부분의 순찰자들은 디웬에게 공감한 반면, 집사들과 건설자들은 보웬 마시 쪽에 쏠렸다.

하지만 그건 또 다른 날의 고민이었고, 지금 당장의 문제는 식량이었다. "스타니스 왕과 그 병사들을 굶길 순 없어요. 설령 그러고 싶다 해도 불가능합니다." 존이 말했다. "스타니스는 필요하다면 칼을 겨누고 이걸 다 빼앗아 갈 수도 있어요. 우리에겐 막을 만한 병력이 없죠. 야인들도 먹여야만 해요."

"어떻게 말입니까?" 보웬 마시가 물었다.

'나도 그걸 알면 좋겠어.' "우린 방법을 찾을 겁니다."

지상으로 돌아왔을 때는 오후 그림자가 길어지고 있었다. 구름이 넝마가 된 깃발처럼 회색과 흰색으로 찢어져서 하늘에 줄무늬를 그렸다. 무기고 바깥 마당은 비어 있었지만, 안으로 들어가보니 왕의 종자가 기다리고 있었다. 데반은 12세의 깡마른 소년으로, 머리와 눈이 갈색이었다. 소년은 고스트가 위아래로 쿵쿵대는 동안 감히 꼼짝도 하지 못하고 풀무 옆에 얼어붙어 있었다. "널 해치진 않아." 존이 말했지만, 소년은 그 목소리에 움찔했고, 그렇게 갑자기 움직이자 다이어울프가 이를 드러냈다. "안 돼!" 존이 말했다. "고스트, 내버려둬. 물러나." 다이어울프는 조용히 황소뼈가 있는 곳으로 돌아갔다.

데반은 고스트처럼 하얘진 데다 얼굴이 땀에 젖어 있었다. "사, 사령관님. 저, 전하께서 오, 오시라 명하십니다." 소년은 바라테온의 금색과 검은색으로 차려입었고, 심장 위치에는 왕비의 사람들이 수놓는 타오르는 심장 문양이 보였다.

"요청이겠지." 구슬픈 에드가 말했다. "전하께서 사령관님을 보자고 요청하십니다, 나라면 그렇게 말하겠다."

"내버려둬요, 에드." 존은 그런 문제로 옥신각신할 기분이 아니었다.

"리차드 경과 저스틴 경이 돌아오셨어요." 데반이 말했다. "가실 건가요, 사령관님?"

'엉뚱한 방향으로 간 순찰자들 말이군.' 저스틴 매시와 리차드 호프는 북쪽이 아니라 남쪽으로 말을 달렸다. 그들이 무슨 소식을 알아왔든 밤의 경비대가 알 바는 아니었지만, 그래도 존은 궁금했다. "전하만 괜찮으시다면 가지." 존은 어린 종자를 따라 훈련장을 가로질렀다. 고스트가 따라오다가 존이 "아니야. 가만 있어!"라고 하자 다른 곳으로 달려가버렸다.

왕의 탑에서 존은 무기를 다 맡기고서야 왕이 있는 곳에 들어갈 수 있었다. 개인방은 덥고 붐볐다. 스타니스와 그의 부대장들이 북부의 지도를 놓고 모여 있었다. 엉뚱한 방향으로 갔던 순찰자들도 보였다. 텐족의 젊은 마그나, 시고른도 청동 미늘을 꿰맨 가죽 갑옷을 입고 함께했다. 래틀셔츠는 갈라진 노란 손톱으로 손목에 찬 쇠고랑을 긁으며 앉아 있었다. 홀쭉해진 두 뺨과 움푹 들어간 턱을 짧은 갈색 수염이 뒤덮었고, 눈 위로 지저분한 머리카락이 흘러내렸다. "여기 오셨네." 그는 존을 보자 말했다. "우리 속에 묶여 있던 만스 레이더를 죽인 용감한 놈 오셨어." 래틀셔츠의 쇠고랑을 장식한 크고 네모난 보석이 붉게 반짝였다. "내 루비 마음에 드냐, 스노우? 붉은 귀부인께서 내리신 사랑의 징표란다."

존은 래틀셔츠를 무시하고 한쪽 무릎을 꿇었다. 종자 데반이 말했다. "전하, 스노우 사령관을 데려왔습니다."

"보면 안다. 사령관. 내 기사들과 부대장들은 알 테지."

"압니다." 왕을 둘러싼 남자들에 대해서는 최대한 알아두려고 했다. '다 왕비 쪽 사람들이야.' 왕 주변에 왕의 충복이 없다는 게 이상했지만, 그렇게 돌아가는 듯했다. 존이 들은 소문이 사실이라면 왕의 충복들은 드래곤스톤에서 스타니스의 분노를 샀다.

"와인이 있다. 아니면 레몬을 넣고 끓인 물이나."

"권해주셔서 고맙습니다만, 괜찮습니다."

"원하는 대로 하라. 스노우 공, 그대에게 선물이 있다." 왕이 래틀셔츠 쪽으로 손을 휘저었다. "저자를 주마."

멜리산드레가 미소 지었다. "병사를 원한다고 하셨지요, 스노우 공. 우리 뼈다귀 영주가 아직은 기준에 부합하리라 믿습니다."

존은 경악했다. "전하, 이자는 믿을 수 없습니다. 이자를 여기에 둔다면 누군가가 이자의 목을 그을 겁니다. 그렇다고 순찰을 보내면 그냥 야인들에게 돌아가버릴 겁니다."

"난 아냐. 그 머저리들과는 끝났어." 래틀셔츠는 손목에 찬 루비를 두드렸다. "붉은 마녀에게 물어봐, 잡종."

멜리산드레가 낯선 언어로 조용히 읊조렸다. 그녀의 목에 걸린 루비가 천천히 맥동했고, 존은 래틀셔츠의 손목에 있는 그보다 작은 루비가 그에 맞춰 밝아졌다 어두워지는 광경을 보았다. "저 보석을 차고 있는 한은 피와 영혼이 나에게 묶여 있어요." 붉은 여사제가 말했다. "이 남자는 충실히 사령관을 섬길 겁니다. 불은 거짓말을 하지 않아요, 스노우 공."

'불은 안 할지 몰라도, 당신은 하지.' 존은 생각했다.

"내가 순찰을 해주마, 잡종." 래틀셔츠가 큰소리를 쳤다. "내가 현명한 조언을 해주거나, 원한다면 예쁜 노래를 불러주지. 심지어 널 위해 싸우기도 할 거야. 그 망할 망토를 입으라고만 하지 마."

'넌 그럴 자격이 안 돼.' 존은 생각했지만, 말하지 않고 참았다. 왕 앞에서 옥신각신해봐야 좋을 게 없었다.

스타니스 왕이 말했다. "스노우 공, 모스 엄버에 대해 말해보라."

'밤의 경비대는 관여하지 않아.' 그렇게 생각했지만, 마음속에서 또 다른 목소리가 말했다. '말은 칼이 아니야.' "그레이트존의 큰 숙부죠. 사람들이 까마귀 밥이라고 부릅니다. 옛날에 까마귀 한 마리가 죽은 줄 알고 눈을 쪼았기 때문이죠. 모스는 그 새를 움켜잡아 머리를 물어뜯었답니다. 젊었을 때 무시무시한 전사였죠. 아들들은 트라이던트에서 죽고, 아내는 출산 중에 죽었습니다. 하나뿐인 딸은 30년 전에 야인들에게 잡혀갔습니다."

"그래서 머리를 원하는 거군요." 하우드 펠이 말했다.

"그 모스라는 자는 믿을 수 있나?" 스타니스가 물었다.

'모스 엄버가 무릎을 굽혔나?' "심장 나무 앞에서 서약을 하도록 하셔야 합니다."

거인 살해자 고드리가 시끄럽게 웃었다. "북부인들이 나무를 숭배한다는 걸 깜박했네."

"대체 무슨 신이 개들이 자기 몸에 오줌을 싸게 둔대?" 고드리 파링의 친구인 클레이턴 서그스가 말했다.

존은 그들을 무시하기로 했다. "전하, 혹시 엄버 가문이 전하를 지지하겠다고 선언했는지 알 수 있겠습니까?"

"절반만이고, 그것도 그 까마귀 밥이 제시한 대가를 치를 때 얘기다." 스타니스는 짜증을 내며 대답했다. "만스 레이더의 머리뼈를 술잔으로 받고 싶어 하고, 볼턴과 합류하기 위해 남쪽으로 달려간 동생을 사면해주길 원한다. 창녀잡이라고 불리던가."

고드리 경은 그 별명에도 재미있어했다. "이 북부인들은 무슨 이름이 이 모양인지! 이자는 창녀의 머리통이라도 물어뜯었나?"

존은 냉랭하게 고드리를 쳐다보았다. "그렇게 말할 수도 있겠지요. 50년 전쯤에 올드타운에서 어느 창녀가 호서 엄버를 강탈하려 했습니다." 이상하게도, 죽은 호어프로스트 엄버는 막내아들이 학사가 될 재목이라 믿었다. 모스는 자기 눈을 쪼아 먹은 까마귀에 대해 떠벌리기를 좋아했지만, 호서의 이야기는 소문으로만 전해졌…… . 호서가 내장을 꺼낸 자가 사실은 남자였기 때문일 가능성이 높았다. "다른 영주들도 볼턴을 지지한 겁니까?"

붉은 여사제가 왕에게 더 가까이 다가갔다. "나무로 만든 벽과 나무로 만든 길거리가 있는 마을을 보았습니다. 남자들이 가득했지요. 벽 위에 깃발이 여럿 휘날리는데, 큰뿔사슴, 전투 도끼, 세 그루 소나무, 왕관 아래 엇갈린 긴자루 도끼, 불타는 눈의 말 머리가 있었어요."

"혼우드, 세르윈, 톨하트, 리스웰, 더스틴이죠." 클레이턴 서그스가 말했다. "다 반역자들입니다. 라니스터의 애완견들."

"리스웰과 더스틴은 결혼으로 볼턴 가문에 매여 있습니다." 존이 알렸다. "다른 가문들은 전쟁에서 영주를 잃었습니다. 지금은 누가 이끄는지 모르겠군요. 하지만 까마귀 밥은 애완견이 아니죠. 전하께선 그의 조건을 받아들이시는 게 좋겠습니다."

스타니스가 이를 갈았다. "그자는 어떤 경우에도 엄버는 엄버와 싸우지 않는다고 알렸다."

존은 놀라지 않았다. "싸우게 된다면 호서의 깃발이 어디에 있는지 보시고 모스를 그와 제일 먼 데 세우십시오."

거인 살해자 고드리는 반대했다. "그래서는 전하가 약해 보이지 않나. 전 우리의 힘을 보여주자고 말하겠습니다. 라스트허스를 불태워버리고, 충성 맹세를 절반만 내놓을 생각을 하는 영주에게 교훈이 되도록 까마귀 밥의 머리통을 창에 꽂아 들고 전쟁에 나가는 겁니다."

"북부의 모든 가문이 들고일어나길 원한다면 아주 좋은 계획이군요. 반쪽이라도 없는 것보다는 낫습니다. 엄버는 볼턴에 아무 애정이 없어요. 창녀잡이가 볼턴의 서자에게 합세했다면, 그건 오직 라니스터가 그레이트존을 포로로 잡고 있어서일 겁니다."

"그건 핑계지, 이유가 아니야." 고드리 경이 단언했다. "조카가 사슬에 묶여 죽는다면 그 숙부란 자들이 영지를 차지하고 영주가 될 수 있잖나."

"그레이트존에게는 아들도 딸도 있습니다. 북부에서는 아직 숙부들보다 자식이 먼저입니다, 경."

"그거야 죽지 않았을 때 얘기지. 죽은 애들은 어디서나 마지막이야."

"모스 엄버가 듣는 자리에서 그런 소릴 했다간 죽음에 대해 달갑지 않을 만큼 배우게 될 겁니다, 고드리 경."

"난 거인도 죽인 사람이다, 꼬마야. 내가 왜 방패에 거인을 그려 넣었을 뿐인 벼룩 들끓는 북부 놈을 두려워해야 하지?"

"그 거인은 도망치고 있었고, 모스는 아닐 테니까요."

덩치 큰 기사는 얼굴을 붉혔다. "왕이 계신 곳에서 혀를 대담하게 놀리는구나, 꼬마. 훈련장에선 다른 노래를 부르더니."

"아, 내버려둬, 고드리." 저스틴 매시 경이 말했다. 살집이 있고 팔다리가 유연한 기사로, 아마색 머리에 선뜻 짓는 웃음이 특징이었다. 엉뚱한 방향으로 갔던 순찰자이기도 했다. "우리 모두 네가 얼마나 대단하고 엄청난 검 실력을 뽐내는지 알아. 굳이 우리 면전에 흔들어댈 필요는 없어."

"여기서 흔들거리는 건 네 혀뿐인데, 매시."

"조용히." 스타니스가 날카롭게 말했다. "스노우 공, 잘 듣게. 혹시 야인들이 장벽을 또 공격해올 만큼 어리석을까 싶어 여기 오래 머물렀어. 그래줄 것 같지 않으니 이제 내 다른 적들을 상대해야겠다."

"그렇군요." 존의 말투는 조심스러웠다. '나에게 뭘 원하는 거지?' "저도 볼턴 공이나 그 아들에게 애정은 없습니다만, 밤의 경비대는 그자들을 상대로 무기를 들 수 없습니다. 저희의 서약은 그런 일을 금지―"

"그 서약은 잘 안다. 청렴하게 구는 것도 그 정도면 됐어, 스노우 공. 공이 없어도 내게 병력은 충분하다. 난 드레드포트로 진군할 작정이다." 그는 존의 얼굴에 떠오른 충격을 보고 미소 지었다. "그게 놀라운가? 잘됐군. 스노우 하나를 놀랠 일이라면 다른 스노우도 놀라겠지. 볼턴의 서자는 호서 엄버를 데리고 남쪽으로 갔다. 모스 엄버와 아놀프 카스타크에게 확인한 바야. 그건 제 아비가 북부로 돌아올 길을 열기 위해 모트카일린을 친다는 뜻일 수밖에 없지. 그놈은 내가 그놈을 곤란하게 하기엔 야인들과의 싸움에 바쁘다고 생각하는 게 분명해. 잘된 일이지. 그놈이 나에게 목을 보였으니, 찢어줘야겠다. 루스 볼턴이 북부로 돌아올 순 있겠지만, 그때는 이미 자기 성과 가축과 수확물이 다 내 것이 되어 있는 걸 보게 될 거다. 내가 몰래 드레드포트를 점령한다면―"

"그렇게는 안 될 겁니다." 존이 불쑥 말해버렸다.

마치 막대기로 말벌집을 때린 것 같았다. 왕비의 사람 하나가 웃음을 터뜨렸고, 하나는 침을 뱉었고, 하나는 욕설을 중얼댔으며, 나머지는 한꺼번에 말을 하려 했다. "저놈은 핏줄에 우유가 흐른다니까." 거인 살해자 고드리 경이 말했다. 그리고 스위트 공은 씩씩거렸다. "비겁자는 풀잎에서도 무법자를 보는 법이지."

스타니스가 한 손을 들어 조용히 시켰다. "무슨 뜻인지 설명하라."

'어디서부터 시작하지?' 존은 지도로 다가갔다. 가죽이 말리지 않도록 네 귀퉁이에 초가 놓여 있었다. 바다표범만에 녹은 밀랍이 빙하처럼 느릿느릿 고였다. "드레드포트에 도착하려면 왕의 가도를 따라 내려가다가 라스트리버를 지나, 남동쪽으로 방향을 틀어서 론리힐스(Lonely Hills, 외로운 구릉지)를 넘어가셔야 합니다." 존은 지도를 가리켰다. "저게 엄버의 땅입니다. 엄버 가문이 나무 하나, 돌 하나도 다 아는 곳이죠. 왕의 가도는 엄버의 서쪽 경계선을 따라 천 리를 달립니다. 모스 엄버의 조건을 받아들여 끌어들이시지 않는다면, 모스가 전하의 군대를 산산조각 낼 겁니다."

"좋아. 내가 모스를 끌어들인다고 해보지."

"그러면 드레드포트까지 가실 순 있지만, 전하의 군대가 까마귀나 봉화보다 빨리 움직일 수 없는 한은 드레드포트에서 전하의 접근을 알게 됩니다. 램지 볼턴은 쉽사리 전하의 후퇴로를 끊고, 장벽에서 멀리 떨어진 채 식량이나 피난처도 없이 적에게 둘러싸이게 만들 수 있습니다."

"그놈이 모트카일린 공성을 포기할 경우에만 그렇지."

"모트카일린은 전하께서 드레드포트에 도착하기 전에 함락될 겁니다. 일단 루스 공이 램지와 병력을 합친다면, 병사의 수가 전하의 다섯 배에 이릅니다."

"내 형은 그보다 더 나쁜 상황에서도 전투에 이겼다."

"모트카일린이 빨리 무너질 거라 가정하는군, 스노우." 저스틴 매시가 항의했다. "하지만 강철인들은 용맹한 싸움꾼들이고, 모트카일린은 한 번도 함락된 적이 없다고 들었어."

"남쪽 공격이라면 그렇지요. 모트카일린에 소규모 수비군만 있으면 둑길을 따라오는 어떤 군대라도 무너뜨릴 수 있지만, 그 폐허는 동쪽과 북쪽이 취약합니다." 존은 스타니스를 돌아보았다. "전하, 이는 대담한 공격입니다만, 위험이 —" '밤의 경비대는 관여하지 않아. 바라테온이든 볼턴이든 나에겐 똑같아야 해.' "만약 루스 볼턴이 주 병력을 거느린 채 자기 성 안에서 전하를 맞이한다면, 전부 끝입니다."

"위험은 전쟁의 일부야." 리차드 호프 경이 단언했다. 피폐한 얼굴의 야윈 기사로, 누빔 더블릿에는 재와 뼈의 들판 위에 뜬 해골 나방 세 마리가 보였다. "모든 전투는 도박일세, 스노우. 아무것도 하지 않는 경우에도 위험은 감수하는 셈이지."

"위험도 위험 나름입니다, 리차드 경. 이건…… 이건 너무 과하고, 너무 이르고, 너무 멉니다. 전 드레드포트를 압니다. 두꺼운 벽에 육중한 탑, 전체를 돌로 만들어 튼튼한 성이죠. 겨울이 다가오고 있으니 비축도 잘되어 있을 겁니다. 몇 세기 전, 볼턴 가문은 북부의 왕을 상대로 반란을 일으켰고, 할론 스타크가 드레드포트 포위전을 벌였습니다. 볼턴을 굶겨 함락시키는 데 2년이 걸렸죠. 전하께서 그 성을 빼앗으려면 공성 병기와 탑, 공성추 —"

"필요하다면 공성탑은 세울 수 있다." 스타니스가 말했다. "공성추가 필요하다면 나무를 베어 만들 수 있지. 아놀프 카스타크는 드레드포트에 50명도 남지 않았고, 그중 절반은 하인들이라 썼다. 강력한 성이라도 약하게 지키면 약하다."

"성 안의 50명은 성 밖의 500명에 해당합니다."

"그거야 사람 나름이지." 리차드 호프가 말했다. "노인과 풋내기, 볼턴의 서자가 전투에 적합하지 않다고 여긴 남자들일 걸세. 우리 병사들은 블랙워터에서 피를 흘리고 시험을 겪은 데다, 기사들이 이끌어."

"우리가 야인들을 어떻게 박살 내는지 봤잖나." 저스틴 경이 아마색 머리를 쓸어 넘겼다. "카스타크는 드레드포트에서 우리와 합류하겠다고 맹세했고, 우리에겐 야인들도 있을 거야. 싸울 만한 나이대의 남자가 300명이지. 장벽 문을 통과할 때 하우드 공이 헤아렸다네. 야인은 여자들도 싸워."

스타니스는 저스틴 경에게 언짢은 표정을 지었다. "내 밑에서는 아니다, 경. 울부짖는 과부들을 끌고 가고 싶진 않군. 여자들은 노인과 부상자와 아이와 같이 여기 남을 것이다. 남편과 아비의 충성에 대한 인질 역할을 해 주겠지. 야인 남자들이 내 선봉대를 이룰 것이다. 마그나가 지휘할 것이고, 각 부족장들이 하사관이 된다. 하지만 우선은 무장을 시켜야 해."

'우리 무기고를 털겠다는 뜻이군.' 존은 알아차렸다. '식량과 옷, 땅과 성에 이젠 무기까지. 하루하루 날 더 깊이 끌어들이고 있어.' 말은 검이 아닐지 몰라도, 검은 검이었다. 존은 마지못해서 말했다. "창은 300개 찾아낼 수 있을 겁니다. 낡고 우그러지고 녹이 슬었어도 괜찮다면 투구도 가능하겠군요."

"갑옷은?" 마그나가 물었다. "판금? 사슬?"

"도날 노이가 죽었을 때 저흰 무기제조인을 잃었습니다." 존은 나머지 생각을 말하지 않았다. '야인들에게 사슬 갑옷까지 준다면, 왕국에 두 배는 큰 위험이 될 거야.'

"경화 가죽이라도 충분하겠죠." 고드리 경이 말했다. "일단 전투의 맛을 보고 나면, 살아남은 자들이 시체에서 노획할 수 있습니다."

'그렇게 오래 살아남는 몇 사람은 그렇겠지.' 스타니스가 자유민들을 선봉에 세운다면, 대부분은 금세 죽을 것이다. "만스 레이더의 머리뼈로 술을 마시는 게 모스 엄버에게 즐거움을 줄진 모르지만, 야인들이 자기 땅을 지나가는 걸 보면 좋아하지 않을 겁니다. 자유민들은 여명 시대부터 엄버 영지를 습격하고, 바다표범만을 건너서 황금과 양과 여자를 빼앗았습니다.

그렇게 잡아간 여자들 중에 하나가 까마귀 밥의 딸이었죠. 전하, 야인들은 여기 남겨두십시오. 야인들을 데려갔다간 제 아버지의 휘하 봉신들이 전하에게 등을 돌릴 겁니다."

"네 아버지의 휘하 봉신들은 어차피 내 대의명분을 좋아하는 것 같지 않다. 그들은 나를…… 스노우 공, 그대가 뭐라고 했었지? '또 한 명의 불운한 왕위 주장자'랬나? 그렇게 본다고 생각해야겠지." 스타니스는 지도를 노려보았다. 오랫동안 들리는 소리라고는 왕이 이를 가는 소리뿐이었다. "나가보라. 모두. 스노우 공은 남아라."

저스틴 매시는 이 무뚝뚝한 축객령을 수긍하지 못했지만, 미소 지으며 물러나는 수밖에 없었다. 호프는 존을 가늠해보는 눈빛을 던진 후에 따라 나갔다. 클레이턴 서그스는 잔을 비우고 하우드 펠에게 무슨 말인가를 중얼거려 이 젊은 영주를 웃겼다. '꼬마'라는 말이 섞여 있었다. 서그스는 출세한 방랑기사로, 강한 만큼 상스럽기도 했다. 마지막으로 나간 사람은 래틀셔츠였다. 그는 문가에서 조롱하듯 존에게 허리를 굽히고, 썩은 이와 부러진 이를 다 드러내며 히죽거렸다.

'모두'에 멜리산드레는 포함되지 않는 모양이었다. '왕의 붉은 그림자.' 스타니스는 데반에게 레몬수를 더 가져오라 일렀다. 잔이 채워지자 왕은 물을 마시고 말했다. "호프와 매시는 네 아버지의 권좌를 염원한다. 매시는 야인 공주도 갖고 싶어 하지. 예전에 로버트 형의 종자로 일하면서 여자에 맛을 들였거든. 호프는 내가 명한다면 발을 아내로 맞이할 테지만, 정말로 원하는 건 전투다. 종자일 때 호프는 하얀 망토를 꿈꿨지만, 세르세이 라니스터가 반대 발언을 하는 바람에 로버트가 제외시켰지. 옳은 결정이었을지도 몰라. 리차드 경은 살육을 너무 좋아한다. 너라면 누굴 윈터펠의 영주로 삼겠느냐, 스노우? 웃는 놈, 아니면 죽이는 놈?"

존은 말했다. "윈터펠은 제 누이 산사의 것입니다."

"라니스터 부인과 그 계승권에 대해서는 들을 만큼 들었다." 왕은 잔을 내려놓았다. "너는 북부를 내게 가져올 수 있다. 네 아버지의 봉신들도 에다드 스타크의 아들에게는 결집할 테지. 말에 앉지도 못할 만큼 뚱뚱한 영주까지도. 화이트하버는 나에게 이용하기 좋은 보급처이자 필요할 때 후퇴할 수 있는 안전한 기지를 제공할 것이다. 바보짓을 돌이키기에 그렇게 늦지 않았다, 스노우. 무릎을 꿇고 그 잡종검을 나에게 바치겠다고 맹세한 후, 윈터펠의 영주이자 북부의 관리자 존 스타크가 되어 일어서라."

'내가 이 말을 몇 번 하게 만들 생각이지?' "제 검은 밤의 경비대에 바쳤습니다."

스타니스는 넌더리를 냈다. "네 아버지도 고집스러운 남자였지. 그걸 명예라고 했어. 흠, 에다드 공이 슬프게 배운 대로 명예에는 대가가 따른다. 혹시 네게 위안이 된다면, 호프와 매시는 실망할 예정이다. 나는 윈터펠을 아놀프 카스타크에게 주는 쪽으로 마음이 기울었다. 훌륭한 북부인이지."

"북부인이죠." '볼턴이나 그레이조이보다는 카스타크가 나아.' 존은 스스로에게 말했지만, 그렇게 생각해도 위안은 되지 않았다. "카스타크는 제 형제를 적들 사이에 버리고 갔습니다."

"네 형제가 리카드 공의 목을 친 후에 그랬지. 아놀프는 만 리 밖에 있었다. 아놀프에겐 스타크의 피가 흐른다. 윈터펠의 피가."

"북부의 다른 가문들도 비슷합니다."

"그 다른 가문들은 나를 지지하지 않았다."

"아놀프 카스타크는 등이 굽은 노인이고, 젊었을 때도 리카드 공 같은 전사는 못 됐습니다. 혹독한 원정으로 죽을지도 모릅니다."

"그때는 후계자가 있다." 스타니스가 날카롭게 받아쳤다. "아들이 둘에 손자가 여섯, 딸들도 있지. 로버트가 적자를 두었다면 지금 죽은 사람들 상당수가 아직 살아 있을지도 몰라."

"전하께선 까마귀 밥 모스를 얻는 편이 좋습니다."

"드레드포트가 그 증거가 될 것이다."

"그러면 이 공격을 감행하실 겁니까?"

"대단하신 스노우 공의 조언에도 불구하고 말인가? 그래. 호프와 매시가 야심이 강할지는 몰라도, 틀린 건 아니다. 루스 볼턴의 별이 차오르고 내 별이 이우는 동안 가만히 앉아 있을 순 없다. 반드시 공격해서 북부에 내가 아직 두려워할 만한 상대임을 보여줘야 해."

"맨덜리의 인어들은 멜리산드레 사제님이 불 속에서 본 깃발 사이에 없었습니다." 존이 말했다. "만약 화이트하버와 와이먼 공의 기사들을 얻으신다면……."

"만약은 바보들이나 쓰는 말이다. 다보스에게서 소식이 오지 않았다. 다보스가 화이트하버에 영영 도착하지 못할 수도 있어. 아놀프 카스타크의 편지를 보니 협해에 폭풍이 사납게 날뛰었다. 아무튼 난 떠난다. 슬퍼할 시간도, 뚱보 영주의 변덕을 기다릴 시간도 없어. 화이트하버는 잃었다고 생각해야 한다. 윈터펠의 아들이 내 옆에 서지 않는다면, 전투로 북부를 얻는 것밖에 희망이 없다. 그러자면 형의 책략을 본받아야겠지. 형 본인은 책략이랄 게 없는 사람이었지만……. 적들이 내가 공격한다는 사실을 알기 전에 치명타를 입혀야만 해."

존은 이제까지 한 말이 소용없음을 알았다. 스타니스는 드레드포트를 점령하거나, 시도 중에 죽을 것이다. '밤의 경비대는 관여하지 않아.' 목소리 하나가 말하고, 다른 목소리가 대꾸했다. '스타니스는 왕국을 위해 싸우는 반면, 강철인들은 노비와 약탈을 위해 싸우지.' "전하, 병사를 더 얻을 수 있는 곳을 압니다. 제게 야인들을 주시면, 기꺼이 그게 어디이고 어떻게 얻으실지 말씀드리겠습니다."

"래틀셔츠를 줬으니 만족해라."

"전 야인 전부를 원합니다."

"네 결의형제들 중에 몇 명은 너도 반은 야인이라고 날 설득하려 들겠더군. 사실이냐?"

"전하에게 그 야인들은 화살받이에 불과합니다. 전 장벽에서 더 잘 써먹을 수 있습니다. 제 뜻대로 하게 넘겨주시면, 승리하실 방법과…… 병사들을 어디에서 찾으실지 알려드리겠습니다."

스타니스가 목덜미를 긁었다. "대구 파는 노파처럼 흥정을 하는구나, 스노우 공. 네드 스타크가 생선 장수와의 사이에서 너를 낳았던가? 병사 몇이냐?"

"이천입니다. 어쩌면 삼천."

"삼천? 대체 어떤 자들이지?"

"긍지 높고, 가난합니다. 명예에 관한 문제에서는 쉽게 발끈하지만 사나운 전사들이지요."

"사생아들이 쓰는 속임수가 아니어야 할 거다. 삼백의 전사를 삼천과 맞바꾸겠냐고? 그래, 그러겠다. 내가 바보가 아니고서야 그러지. 그 여자도 두고 간다면, 공주를 잘 지키겠다고 맹세하겠느냐?"

'발은 공주가 아닙니다.' "바라시는 대로 하겠습니다, 전하."

"나무 앞에서 서약이라도 하게 해야 할까?"

"아뇨." '농담이었나?' 스타니스의 경우에는 확실히 알기 힘들었다.

"그렇다면 됐다. 자, 그 병사들은 어디 있지?"

"여기에서 찾으실 수 있을 겁니다." 존은 화상 입은 손을 지도 위에 펼쳤다. 선물의 땅 남쪽, 왕의 가도 서쪽이었다.

"저 산맥?" 스타니스는 의심스러워했다. "저기엔 성채 표시가 보이지 않는다. 도로도, 도시도, 마을도 없어."

"제 아버지는 지도는 땅이 아니라고 자주 말씀하셨죠. 저 높은 계곡과 산맥 초지에 수천 년간 자기네 부족장의 통치만 받으면서 살아온 사람들이 있습니다. 전하라면 소영주라고 부르실지 모르지만, 자기들끼리는 그런 칭호를 쓰지 않아요. 부족의 대전사들은 거대한 양손 대검으로 싸우고, 평민들은 돌을 던지거나 산물푸레나무로 만든 장대로 공격합니다. 싸우기 좋아하는 사람들이라고 말해야겠군요. 서로 싸우지 않을 때는 염소 떼를 돌보고, 얼음만에서 고기를 잡고, 세상에서 제일 타기 힘든 말을 키웁니다."

"그래서 그자들이 날 위해 싸울 거라는 거냐?"

"부탁하신다면요."

"왜 원래 나의 것을 얻기 위해 빌어야 하지?"

"전 부탁하시라고 했지, 비시라고는 안 했습니다." 존은 손을 물렸다. "전 언을 보내는 건 소용이 없습니다. 전하께서 직접 가셔야 합니다. 그 사람들의 빵과 소금을 먹고, 그 사람들의 에일을 마시고, 그 사람들의 피리 소리에 귀를 기울이고, 그 딸들의 아름다움과 그 아들들의 용기를 칭찬하면 그들의 검을 얻으실 겁니다. 그 부족들은 토르헨 스타크가 무릎을 굽힌 이후 왕이라곤 한 명도 보지 못했습니다. 전하께서 가시면 영예가 됩니다. 그냥 전하를 위해 싸우라고 명하신다면, 그자들은 서로를 쳐다보며 이렇게 말할 겁니다. '이 남자 누구야? 내 왕은 아닌데'라고요."

"네가 말하는 부족들이 몇이냐?"

"크고 작은 부족이 마흔 개쯤 됩니다. 플린트, 월, 노리, 리들…… '늙은 플린트'와 '큰 들통'을 얻으시면 나머지는 따라올 겁니다."

"큰 들통?"

"월 가문의 수장입니다. 저 산맥에서 제일 뱃집이 크고, 사람도 많이 거느립니다. 월 가문은 얼음만에서 고기를 잡고 어린아이들에게는 말을 잘 듣지 않으면 강철인들이 잡아간다고 겁을 주지요. 그러나 월에게 가려면 노리의 땅을 통과하셔야 합니다. 노리는 선물의 땅에 제일 가까이 살고 언제나 경비대의 좋은 친구였습니다. 제가 안내인을 붙여드릴 수 있습니다."

"그럴 수 있다는 거냐? 아니면 그러겠다는 거냐?" 스타니스는 사소한 것도 놓치지 않았다.

"붙여드리겠습니다. 안내인이 필요하실 겁니다. 그리고 산을 잘 걷는 조랑말도 있어야겠죠. 저 산맥을 올라가는 길은 염소 길보다 조금 나은 정도입니다."

"염소 길?" 왕은 눈을 가늘게 떴다. "내가 빨리 움직여야겠다고 했건만 염소 길로 내 시간을 허비하겠다?"

"젊은 드래곤이 도르네를 정복했을 때도 뼈의 길에 선 도르네 감시탑을 피하기 위해 염소 길을 이용했습니다."

"그 이야기는 나도 알지만, 다에론은 제 영광을 자랑하는 책에서 그 일을 과장했다. 그 전쟁은 염소 길이 아니라 함대로 이겼어. 도르네의 주 병력이 대공의 고갯길에 묶여 있는 사이 '참나무 주먹'이 플랭키타운을 박살 내고 빠른 속도로 그린블러드를 타고 올랐지." 스타니스는 지도를 연신 두드렸다. "이 산맥 영주들이 내 통행을 방해하지 않겠느냐?"

"잔치로 방해하긴 하겠지요. 각각 다른 부족장보다 더 환대하려고 노력할 겁니다. 제 아버지는 고산 부족들을 찾아갔을 때만큼 잘 먹은 적이 없었다고 하셨습니다."

"삼천 병력을 위해서라면 피리 소리와 포리지쯤은 참아줄 수 있지." 왕은 그렇게 말했지만, 말투는 여전히 못마땅한 듯했다.

존은 멜리산드레를 돌아보았다. "사제님께 경고해드리죠. 그 산맥에선 옛 신들의 힘이 강합니다. 부족민들은 심장 나무에 대한 모욕을 참아주지 않을 겁니다."

멜리산드레는 재미있어했다. "걱정 말아요, 존 스노우. 난 당신의 산속 야만인들과 그들의 어두운 신들을 곤란하게 하지 않을 거예요. 내가 있을 곳은 여기, 당신과 당신의 용감한 형제들 곁입니다."

존 스노우가 가장 원하지 않는 일이었지만, 반대하기도 전에 왕이 말했다. "드레드포트가 아니라면 이 충직한 남자들을 이끌고 어디로 가라는 거냐?"

존은 지도를 내려다보았다. "딥우드모트입니다." 그는 한 손가락으로 두드렸다. "볼턴이 강철인들과 싸울 작정이라면, 전하도 싸우셔야 합니다. 딥우드는 울창한 숲 한가운데 자리 잡은 옛날식 성(motte-and-bailey, 작은 언덕을 쌓고 목조 울타리를 두른 형태의 초기 성채)이라 눈치채지 않게 접근하기 쉽습니다. 토담과 통나무 울타리로 방어하는 나무 성채죠. 분명히 산맥을 뚫고 가시는 게 더 느리긴 합니다만, 산맥 위에서 전하의 군대는 눈에 띄지 않게 움직이다가 거의 딥우드 문 앞에 나타날 수 있습니다."

스타니스가 턱을 문질렀다. "발론 그레이조이가 처음 반란을 일으켰을 때 난 강철인들이 제일 강해지는 바다에서 놈들을 이겼지. 눈치채지 않게 육지에서 잡는다면…… 그래. 난 야인들과 그들의 장벽 너머 왕에게 승리를 거뒀다. 강철인들까지 분쇄할 수 있다면, 북부도 다시 왕을 얻었음을 알겠군."

'그리고 난 야인 1000명을 얻겠지.' 존은 생각했다. '500명도 먹일 수단이 없으면서 말이야.'

티리온

수줍은 처녀는 장님이 익숙지 않은 복도를 더듬더듬 걸어가듯이 안개를 뚫고 나아갔다.

레모어 성사는 기도하고 있었다. 안개가 목소리를 죽여, 작게 속삭이는 소리로 만들었다. 그리프는 늑대 가죽 망토 아래 사슬 갑옷을 잘그랑대며 갑판을 왔다 갔다 걸었다. 가끔은 아직 허리에 매달려 있는지 확인이라도 하듯이 장검을 만졌다. 롤리 덕필드는 오른쪽 뱃전에서 장대를 밀고, 얀드리는 왼쪽 뱃전을 맡았다. 키는 이실라가 잡았다.

"여긴 마음에 안 들어." 반쪽 학사 할돈이 중얼거렸다.

"안개 약간이 겁나시나?" 티리온이 놀렸지만, 사실 엄청난 안개이기는 했다. 수줍은 처녀 뱃머리에서는 젊은 그리프가 세 번째 장대를 들고 서서 안개를 뚫고 나타나는 위험물들로부터 배를 밀어냈다. 배 앞뒤에 등불이 밝혀져 있었으나, 안개가 어찌나 짙은지 배 한가운데 선 티리온에게는 앞에서 흔들리는 불빛과 뒤에 따라오는 불빛만 보일 뿐이었다. 티리온의 임무는 화로를 돌보며 불이 꺼지지 않게 지키는 것이었다.

"이건 평범한 안개가 아니야, 휴고르 힐." 이실라가 말했다. "마법의 악취가 풍겨. 너도 코만 있다면 알걸. 여기에선 장대배고 해적선이고 대형 강 갤리선이고 할 것 없이 많이들 사라졌어. 안개 속을 헛되이 떠돌며 찾을 수 없는 태양을 찾아 헤매다가, 광기나 굶주림에 목숨을 빼앗기는 거지. 여기 허공엔 잠들지 못하는 혼령들이 있고 물 아래엔 고통받는 영혼들이 있어."

"저기 하나 있군." 티리온이 말했다. 오른쪽 뱃전 너머에서 배를 으스러뜨릴 만큼 큰 손 하나가 탁한 물속에서 뻗어 나왔다. 손가락 두 개 끄트머리만 강 표면을 뚫고 나왔지만, 수줍은 처녀가 지나가자 물 아래에 잔물결을 일으키는 나머지 손과 위를 올려다보는 창백한 얼굴을 볼 수 있었다. 말은 가볍게 했지만 티리온도 불안했다. 여기는 절망과 죽음과 어깨를 나란히 하는 나쁜 장소였다. '이실라 말이 맞아. 이 안개는 부자연스러워.' 여기 물속에서 뭔가 더러운 것이 자라나, 공기 속에서 더욱 부패했다. '돌인간들이 미치는 것도 당연하지.'

"농담하면 안 돼." 이실라가 경고했다. "속삭이는 죽음은 따뜻한 사람을 미워하고, 재빠른 데다, 언제까지나 자기들과 함께할 저주받은 영혼을 찾는다고."

"내 몸에 맞는 수의는 없지 않을까." 티리온은 부지깽이로 석탄을 뒤적였다.

"돌인간들을 움직이는 건 미움보다도 굶주림이 훨씬 크지." 반쪽 학사 할돈은 입과 코에 노란 스카프를 감아서 목소리가 잘 들리지 않았다. "이 안개 속에 제정신인 사람이 먹고 싶어 할 만한 건 자라지 않네. 볼란티스 삼두가 보내는 갤리선이 1년에 세 번 보급품을 싣고 상류로 올라오지만, 이런 고마운 배들은 늦을 때가 많고, 때로는 식량보다 군입을 더 싣고 와."

젊은 그리프가 말했다. "강에 물고기는 있을 텐데요."

"나라면 이 물에서 잡은 고기는 안 먹겠어." 이실라가 말했다. "안 먹어."

"안개도 들이마시지 않는 편이 좋아." 할돈이 말했다. "가린의 저주가 사방을 둘러싸고 있으니."

'안개를 들이마시지 않을 방법은 숨을 안 쉬는 것뿐인데.' "가린의 저주
는 회색비늘병일 뿐이오." 티리온이 말했다. 그 저주는 아이들에게 나타날
때가 많았고, 특히 습기 차고 추운 기후에 잘 나타났다. 저주에 시달리는
살은 딱딱하게 굳고 석회화되어 갈라지지만, 티리온은 회색비늘병의 진행
을 (학사들 말로는) 라임과 겨자 연고와 데이도록 뜨거운 목욕으로, 또는
(성사들이 주장하기로는) 기도와 희생과 단식으로 지연시킬 수 있다고 읽
었다. 그렇게 해서 병이 지나가고 나면 어린 희생자들은 흉한 몰골로나마
살아남았다. 학사들이나 성사들이나 회색비늘 자국이 남은 아이들은 이
병의 더 드물고 치명적인 유형에 사로잡히거나, 빠르고 무시무시한 친척인
회색전염병에 걸리지 않는다는 데 의견을 같이했다. 티리온은 말했다. "습
기가 범인이라고도 하지. 공기 속의 지저분한 액체랄까. 저주가 아니야."

"정복지 들도 저주를 믿지 않았어, 휴고르 힐." 이실라가 말했다. "볼란티
스와 발리리아에서 온 자들은 가린을 황금 새장에 넣어 매달아놓고 저들
을 파멸시켜달라 어머니에게 호소하는 가린을 비웃었지. 하지만 그날 밤
강물이 범람해서 그자들을 익사시켰고, 그날부터 지금까지 그자들은 쉬
지 못했어. 옛날 불의 주인들은 아직도 저 아래 물속에 있어. 그자들의 차
가운 입김이 어둠 속에서 솟고올라 이 안개를 만들고, 그자들의 몸은 그
자들의 심장처럼 딱딱해졌지."

티리온의 잘린 코끝이 맹렬히 가려워졌다. 그는 코를 긁었다. '저 늙은
여자 말이 맞을지도 몰라. 여긴 좋지 않아. 마치 그 변소로 돌아가서 아버
지가 죽는 모습을 지켜보는 것 같은 기분이야.' 뼈와 살이 돌로 변해가는
동안 이 회색 수프 속에서 여생을 보내야 한다면 티리온이라도 미쳐버릴
터였다.

젊은 그리프는 그런 불안감에 사로잡히지 않는 모양이었다. "귀찮게 해보

라고 해요. 우리가 뭘로 만들어졌는지 보여주죠."

"우린 아버지와 어머니의 모습을 본떠, 피와 뼈로 만들어졌지요." 레모어 성사가 말했다. "부디 허영심에 호언장담은 하지 말아요. 교만은 심각한 죄예요. 돌인간들도 자부심이 높았고, 수의에 싸인 군주는 누구보다 더 자부심이 높았죠."

불타는 석탄이 내뿜는 열기에 티리온의 얼굴이 불그레해졌다. "수의에 싸인 군주가 정말 있나? 아니면 그냥 이야기에 불과한가?"

"수의에 싸인 군주는 가린의 시절부터 이 안개 속을 지배했어." 얀드리가 말했다. "물속 무덤에서 일어난 가린이라고 하는 사람도 있지."

"죽은 자는 일어나지 않아." 반쪽 학사 할돈이 강하게 말했다. "그리고 아무도 천 년을 살진 않네. 그래, 수의에 싸인 군주는 있네. 20명은 있었지. 한 명이 죽으면 다른 이가 자리를 이어받아. 지금 군주는 로인강이 여름해보다 더 풍성한 노획물을 제공하리라 믿었던 바실리스크 제도 출신의 해적이지."

"그래, 나도 그렇게 들었어." 오리가 말했다. "하지만 그것보다 마음에 드는 다른 이야기도 있지. 수의에 싸인 군주는 다른 돌인간들과 달라서, 원래 조각상이었는데 회색 여인이 안개 속에서 나타나 얼음처럼 차가운 입술로 입을 맞춰줬다는 거야."

"그만." 그리프가 말했다. "전원 조용히."

레모어 성사가 헉하고 숨을 들이켰다. "뭐였죠?"

"어디요?" 티리온에게는 안개밖에 보이지 않았다.

"뭔가 움직였어요. 잔물결을 봤어요."

"거북이예요." 젊은 그리프가 쾌활하게 말했다. "커다란 악어거북이었을 뿐이에요." 청년은 앞쪽으로 장대를 찔러 우뚝 솟은 초록색 선돌에 부딪치지 않게 배를 밀어냈다.

안개는 축축하고 서늘하게 달라붙었다. 얀드리와 오리가 장대에 몸을 기대고 밀면서 천천히 뱃머리에서 배꼬리까지 걷자 회색 안개 속에서 물에 가라앉은 신전이 나타났다. 그들은 진흙 속에서 나선형으로 올라오다가 허공에서 들쭉날쭉하게 끝난 대리석 계단을 지나쳤다. 그 너머로 다른 것들이 반쯤 보였다. 부서진 첨탑들, 머리 잃은 조각상들, 뿌리가 그들의 배보다 더 큰 나무들.

"여기가 강에서 가장 아름답고, 가장 부유했던 도시야." 얀드리가 말했다. "축제 도시 크로얀."

'너무 부유하고, 너무 아름다웠지. 드래곤들을 유혹하는 건 결코 현명하지 않아.' 티리온은 생각했다. 사방이 물에 가라앉은 도시였다. 머리 위로 반쯤 보이는 형체가 희끄무레한 가죽 날개로 안개를 때리며 날아갔다. 티리온이 더 잘 보려고 고개를 길게 뺐지만, 그 형체는 갑자기 나타났듯이 갑자기 사라졌다.

오래지 않아 다른 불빛이 나타났다. "배군." 물 저편에서 희미한 목소리가 외쳤다. "누구냐?"

"수줍은 처녀야." 얀드리가 마주 외쳤다.

"물총새다. 위로, 아래로?"

"아래로. 가죽과 꿀, 에일과 양초."

"위로. 칼과 바늘, 레이스와 리넨, 향신료 와인."

"볼란티스에서 소식은 있나?" 얀드리가 외쳤다.

"전쟁이야." 말이 돌아왔다.

"어디에서?" 그리프가 소리쳤다. "언제?"

"해가 바뀌면." 답이 날아왔다. "니에소스와 말라쿼가 손을 잡고, 코끼리들이 줄무늬를 보인다지." 다른 배가 멀어지면서 목소리도 사라졌다. 그들은 그 배의 불빛이 줄어들다가 사라지는 모습을 지켜보았다.

"보이지도 않는 배에 대고 안개 너머로 소리를 지르는 게 현명한가?" 티리온이 물었다. "해적이었으면 어쩌게?" 눈에 띄지 않고, 공격도 받지 않고 밤을 틈타 대거 호수를 지났으니 해적 문제에서는 이제까지 운이 좋았다. 한번은 오리가 어느 배를 흘긋 보고는 분명히 씻지 않는 우르호의 배였다고 주장하기도 했다. 그러나 수줍은 처녀는 바람을 안고 달렸고, 그게 우르호였다 해도 그 배는 그들에게 관심을 보이지 않았다.

"해적들은 소로스에 들어오지 않을 거야." 얀드리가 말했다.

"코끼리에 줄무늬라고?" 그리프가 중얼거렸다. "이게 무슨 소리지? 니에소스와 말라쿼?? 삼두 니에소스라면 일리리오가 그자를 여덟 번은 사고도 남을 만큼 뇌물을 먹였는데."

"황금, 아니면 치즈요?" 티리온이 빈정거렸다.

그리프는 벌컥 화를 냈다. "다음에 부릴 재치로 이 안개를 가를 수 있는 게 아니라면, 혼자만 생각하고 말아."

'네, 아버지.' 티리온은 그렇게 대답할 뻔했다. '조용히 할게요. 고맙습니다.' 그 볼란티스인들에 대해서는 몰랐지만, 코끼리와 호랑이라 해도 드래곤을 마주할 때는 손을 잡을 만하다 싶었다. '치즈 장수가 상황을 오판했는지도 모르겠군. 황금으로 사람을 살 순 있지만, 충실하게 붙들어두는 건 오직 피와 강철뿐이지.'

티리온은 석탄을 다시 뒤적이고 후후 불어서 더 밝게 타오르도록 했다. '지긋지긋해. 이 안개도 싫고, 여기도 싫고, 그리프는 좋아할 수가 없군.' 티리온은 아직도 일리리오의 저택 부지에서 뽑은 독버섯을 가지고 있었는데, 그걸 그리프의 저녁 식사에 넣어버릴까 싶은 날이 여러 번 있었다. 문제는, 그리프가 거의 먹지 않는 사람 같다는 점이었다.

오리와 얀드리가 장대를 밀었다. 이실라는 키를 돌렸다. 젊은 그리프는 보지 못하는 검은 눈 같은 창문들이 내려다보는 부서진 탑으로부터 수줍은 처녀를 밀어냈다. 머리 위 돛은 무겁게 늘어져 있었다. 선체 아래 강물은 장대가 바닥에 닿지 않을 정도로 깊어졌지만, 물살이 여전히 그들을 하류로 밀고 갔다. 그러다가……

티리온에게 보이는 거라곤 강물에서 솟아오른 육중한 그 무언가뿐이었다. 혹이 솟은 것 같았고 불길했다. 숲이 우거진 섬에 솟아난 언덕이거나, 이끼와 양치류가 심하게 자란 데다 안개에 감춰져 있던 거대한 바위인가 싶었다. 그러나 수줍은 처녀가 더 가까이 가자 형태가 분명하게 드러났다. 강물 옆으로 썩어서 풀이 심하게 자란 나무 성채를 볼 수 있었다. 가느다란 첨탑들이 올라갔는데, 몇 개는 부러진 창처럼 끊어졌다. 무턱대고 하늘을 찌르는 지붕 없는 탑들이 나타났다가 사라졌다. 건물들과 회랑들이 스쳐 지나갔다. 우아한 버팀벽과 섬세한 아치, 세로로 홈이 새겨진 기둥들, 테라스와 정자.

모두 파멸하고, 모두 황폐했으며, 모두 무너졌다.

여기에는 회색 이끼가 두껍게 자라서, 무너진 돌들을 커다란 둔덕으로 만들고 탑마다 수염을 늘어뜨렸다. 검은 넝쿨들이 창문 안팎을 드나들고 문을 통과하고 아치를 넘어, 높은 돌벽을 타고 올라갔다. 안개가 그 궁전의 4분의 3을 가렸지만, 살짝 보이는 것만으로도 티리온은 이 섬 요새가 예전에 레드킵의 열 배는 크고, 백 배는 더 아름다웠다는 사실을 알 수 있었다. 그는 여기가 어디인지 알았다. "사랑의 궁전." 그는 조용히 속삭였다.

"로인인들은 그렇게 불렀지." 반쪽 학사 할돈이 말했다. "하지만 천 년 동안 여기는 슬픔의 궁전(The Palace of Sorrow)이었다네."

폐허 자체만으로도 서글픈데, 과거에 어땠는지를 아니 더욱 서글퍼졌다. 티리온은 생각했다. '여기 한때는 웃음이 있었지. 꽃이 눈부시게 핀 정원들과 햇빛을 받아 금색으로 반짝이는 분수대들이 있었어. 이 계단들에 과거에는 연인들의 발소리가 울렸고, 저 부서진 돔 아래에서는 헤아릴 수 없이 많은 결혼이 입맞춤으로 완성됐어.' 티리온의 생각은 너무나 짧은 기간 그의 아내였던 티샤에게 돌아갔다. 그는 절망하며 생각했다. '그건 제이미였어. 내 혈육이었고, 크고 힘센 형이었어. 내가 어렸을 때 형은 나에게 둥근 테며 장난감 블록이며 나무로 깎은 사자 같은 것들을 가져왔지. 나에게 첫 조랑말을 선물하고 어떻게 타는지도 가르쳐줬어. 그런 형이 날 위해 당신을 샀다고 했을 때, 난 의심조차 하지 않았어. 의심을 왜 했겠어? 제이미는 제이미였고, 당신은 역할을 맡은 여자에 불과했는데. 난 처음부터, 당신이 처음 나에게 웃어주고 손을 잡게 해준 그 순간부터 두려워했지. 내 아버지도 나를 사랑하지 못했는데, 돈 때문이 아니라면 당신이 왜 날 사랑하겠냐고.'

길게 뻗친 안개의 회색 손가락들 사이로 다시 한번 팽팽하게 당긴 활시위가 내는 깊고 몸서리쳐지는 텅 소리가 들리고, 화살이 배 아래에 박히면서 타이윈 공이 내던 앓는 소리, 죽을 때 주저앉으면서 엉덩이가 철썩 돌을 때리던 소리가 들렸다. "어디든 창녀들이 가는 곳으로 갔겠지." 아버지는 그렇게 말했다. '그게 어딘데요?' 티리온은 묻고 싶었다. '티샤가 어디로 간 겁니까, 아버지?' "이 안개를 얼마나 더 참아야 하는 거요?"

"한 시간 더 가면 소로스를 벗어날 거야." 반쪽 학사 할돈이 말했다. "거기서부터는 쾌적한 유람이라네. 로인강 하류에서는 굽이마다 마을이 있지. 과수원과 포도밭과 곡식밭이 태양에 익어가고, 고기 잡는 배들이 떠다니고, 뜨거운 목욕과 달콤한 와인도 있지. 셀호리스, 발리사르, 볼론 테리스는 방벽을 친 마을인데, 그 정도 크기면 칠왕국에서는 도시라고 할 거야. 내 생각엔—"

"앞에 불빛이요." 젊은 그리프가 경고했다.

티리온도 보았다. 물총새호 아니면 다른 장대배이겠지, 스스로를 타이르긴 했지만 어쩐지 그게 아니라는 걸 알았다. 코가 근질거렸다. 티리온은 코

끝을 맹렬히 긁었다. 그 빛은 수줍은 처녀가 다가갈수록 밝아졌다. 멀리서 봤을 때는 안개 속에서 희미하게 반짝이며 그들을 유혹하는 아련한 별 하나였지만, 곧 빛이 두 개가 되고 세 개로 늘어났다. 물속에서 들쭉날쭉한 불빛 대열이 솟아올랐다.

"꿈의 다리야." 그리프가 말했다. "돌인간들이 있을 거다. 우리가 다가가면 울부짖는 것들도 있을지 모르지만, 우릴 괴롭히진 않을 거야. 대부분의 돌인간은 약하고, 지혜가 없이 느리고 서툴게 움직이지. 끝에 다다르면 다들 미쳐버리는데, 그때가 제일 위험해. 필요하다면 횃불로 물리쳐라. 어떤 경우에도 그것들에게 닿지 말고."

"우리를 못 볼 수도 있습니다." 반쪽 학사 할돈이 말했다. "다리 바로 앞까지는 안개가 우리를 감춰줄 테고, 그 후에는 그것들이 우리가 여기 있는 줄 알기 전에 지나갈 거예요."

'돌 눈은 보이지 않는 눈.' 티리온은 생각했다. 그는 회색비늘병의 치명적인 형태가 사지 끝에서 시작된다는 걸 알고 있었다. 손가락 끝의 따끔거림, 검은색으로 변하는 발톱, 감각 상실. 그 마비감이 손까지 올라오거나, 발을 지나 다리까지 번지면 살이 굳어 차가워지고 환자의 피부는 회색빛을 띠며 돌과 닮아간다. 티리온은 회색비늘병에 좋은 치료법이 세 가지 있다고 들었다. 도끼와 장검과 고기 칼. 환부를 잘라내면 병의 확산을 막을 때도 있었지만, 늘 그런 건 아니었다. 많은 사람들이 팔이나 발 하나를 희생했다가, 다른 곳이 회색으로 변하는 상황을 겪었다. 일단 그렇게 되면 희망은 사라졌다. 얼굴까지 돌이 되면 눈이 머는 경우가 흔했다. 저주는 마지막 단계에서 몸 안으로 방향을 바꿔 근육, 뼈, 장기로 퍼졌다.

앞에 보이는 다리가 점점 커졌다. 그리프는 '꿈의 다리'라고 불렀지만, 이건 부서지고 망가진 꿈이었다. 슬픔의 궁전에서부터 강 서쪽 둑까지 하얀 아치들이 안개 속으로 행진해갔다. 아치 중 절반은 뒤덮인 회색 이끼와 물

속에서부터 휘감아 올라온 굵고 검은 넝쿨들의 무게를 못 이겨 무너졌다. 다리의 넓은 나무 길은 썩어버렸는데, 그 길을 비추는 등잔 일부는 아직도 빛을 발하고 있었다. 수줍은 처녀가 더 다가가자 티리온은 그 빛 속을 돌아다니는 돌인간들의 모습을 볼 수 있었다. 느릿느릿 움직이는 회색 나방들처럼 등불 주위로 허청허청 발을 끌고 다녔다. 벌거벗은 자들도 있었고, 수의를 입은 자들도 있었다.

그리프가 장검을 뽑았다. "욜로, 홰에 불을 붙여라. 애야, 넌 레모어를 선실로 데려가서 거기 같이 있어."

젊은 그리프는 아버지에게 고집스러운 표정을 지었다. "레모어는 자기 선실이 어디 있는지 알아요. 난 남고 싶어요."

"우린 널 보호하겠다고 맹세했어." 레모어가 조용히 말했다.

"난 보호받을 필요 없어요. 장검은 오리만큼 잘 쓸 수 있고, 반은 기사라고요."

"그리고 반은 어린애지." 그리프가 말했다. "시키는 대로 해라. 당장."

청년은 작은 소리로 욕을 하더니 장대를 갑판에 내던졌다. 그 소리가 안개 속에 기묘하게 울려 퍼지면서, 잠깐 동안 사방에 장대들이 쏟아져 내리는 듯한 착각이 들었다. "내가 왜 도망쳐서 숨어야 하죠? 할돈도 남고, 이실라도 남는데요. 심지어 휴고르도 남잖아요."

"그래." 티리온이 말했다. "하지만 난 오리 뒤에도 숨을 만큼 작거든." 그는 여섯 개의 홰를 화로에서 타는 석탄 사이에 찔러 넣고 기름 먹인 천에 불이 붙는 모습을 지켜보았다. '불을 똑바로 보지 마.' 그는 다짐했다. 불빛을 똑바로 보면 밤눈이 어두워진다.

"당신은 난쟁이잖아." 젊은 그리프가 경멸을 담아서 말했다.

"나의 비밀이 드러났군." 티리온은 맞장구를 쳤다. "그래, 난 할돈의 반쪽도 못 되는 데다, 내가 살든 죽든 아무도 상관 안 해." '특히 내가 그렇지.'

"하지만 너는…… 너는 전부지."

"난쟁이!" 그리프가 말했다. "경고하는데—"

높고 희미한 울음소리가 안개를 흔들었다.

레모어가 떨면서 몸을 홱 돌렸다. "일곱이시여 우리 모두를 구하소서."

부서진 다리까지 5미터도 남지 않았다. 다리 기둥 주변에서 강물이 미친 광이의 입가처럼 하얀 포말을 일으켰다. 10여 미터 위에서는 돌인간들이 껌벅이는 불빛 아래에서 신음하며 중얼대고 있었다. 대부분은 떠다니는 통나무만큼이나 수줍은 처녀호에도 관심이 없었다. 티리온은 횃불을 꽉 쥐고, 저도 모르게 숨을 참았다. 다음 순간 그들은 다리 아래로 들어갔고, 회색 곰팡이를 무겁게 늘어뜨린 하얀 벽이 양쪽에 나타났으며, 주위에서는 물이 성난 듯이 거품을 일으켰다. 잠시 오른쪽 기둥에 들이받겠다 싶은 순간이 있었으나, 오리가 장대를 들어 올려 물길 중앙으로 다시 배를 밀어냈고, 잠시 후에는 위험에서 벗어났다.

티리온이 숨을 내쉬자마자 젊은 그리프가 그의 팔을 움켜잡았다. "무슨 뜻이야? 내가 전부라니? 무슨 뜻으로 한 말이야? 내가 왜 전부인데?"

"왜냐니." 티리온이 말했다. "돌인간이 얀드리나 그리프나 우리 사랑스러운 레모어를 잡아간다면 우린 슬퍼하고 계속 가겠지. 너를 잃는다면, 이 일 전체가 무위로 돌아가고, 치즈 장수와 내시가 몇 년 동안 꾸민 열에 들뜬 음모가 허사가 될 거야……. 그렇지 않나?"

청년은 그리프를 보았다. "저자는 내가 누군지 알아."

'전에 몰랐대도, 지금은 알지.' 그때쯤 수줍은 처녀는 꿈의 다리에서 한참 하류에 와 있었다. 남은 것은 배 뒤로 작아져가는 불빛뿐이었고, 곧 그것도 사라졌다. 티리온은 말했다. "넌 용병 그리프의 아들인 젊은 그리프이거나, 아니면 인간으로 가장한 전사 신이겠지. 어디 더 자세히 볼까." 티리온은 횃불을 들어 올려 젊은 그리프의 얼굴을 비췄다.

"그만둬라." 그리프가 명령했다. "안 그러면 후회하게 될 거다."

티리온은 그 말을 무시했다. "파란 머리 덕분에 눈동자가 파래 보이는 건 좋아. 그리고 돌아가신 티로시인 어머니를 기리기 위해 파랗게 물들였다는 이야기는 나도 울 정도로 감동적이더라. 그래도 호기심이 많은 사람이라면 왜 용병의 자식에게 때 묻은 성사가 종교 수업을 하거나, 사슬 목걸이 없는 학사가 역사와 언어를 가르쳐야 하나 궁금해할지 몰라. 그리고 영리한 사람이라면 왜 아버지란 사람이 아들을 어디 용병단에 견습으로 보내버리지 않고 방랑기사를 데려다가 무기 다루는 법을 가르치는지 물어볼지도 모르지. 마치 누군가가 준비가 될 때까지 감춰두고 싶어 하는 것 같은데……. 무슨 준비일까? 자, 그건 수수께끼지만, 분명히 때가 되면 생각이 나겠지. 그나저나 이건 인정해야겠는데, 죽은 남자애치고는 훌륭한 생김새야."

청년은 얼굴을 붉혔다. "난 죽지 않았어."

"어떻게? 내 아버지가 네 시신을 진홍색 망토에 싸서, 새로운 왕에게 바치는 선물이랍시고 네 누이와 같이 철왕좌 발치에 놓았는데 말이야. 그 망토를 들춰볼 배짱이 있었던 자들은 다 네 머리가 반은 날아갔다고 했지."

청년은 혼란에 빠져서 한 걸음 물러섰다. "아버지?"

"그래, 내 아버지. 라니스터 가문의 타이윈. 들어봤을지도 모르겠군."

젊은 그리프는 머뭇거렸다. "라니스터? 당신 아버지가—"

"죽었지. 내 손에. 전하께서 날 욜로나 휴고르라고 부르셔도 괜찮다면 그러시되, 내가 라니스터 가문의 티리온이고, 타이윈과 조안나의 적자이며 두 사람을 다 죽인 놈이라는 건 알아둬. 사람들은 너에게 내가 국왕 시해자인데다 친족 살해자이고, 거짓말쟁이라고 할 테고 그건 다 사실이야……. 하지만 어차피 우린 거짓말쟁이 떼거리 아닌가? 네 가짜 아버지도 그렇지. 그리프라고?" 티리온은 코웃음을 쳤다. "거미 바리스가 이 계획에 가담한 걸 신들에게 고마워해야 할걸. 그리프라는 이름은 그 거시기 없는 요물을 한순간도 속이지 못했을 테고, 나 역시 마찬가지야. 영주도 아니고 기사도 아니시라고? 그럼 나도 난쟁이가 아니지. 말을 한다고 그게 사실이 되진 않아. 라에가르 왕자의 어린 아들을 키우는 데 라에가르 왕자의 친애하는 벗 존 코닝턴, 과거 그리핀스루스트의 영주이자 왕의 수관이었던 인물보다 나은 사람이 누가 있겠어?"

"입 닫아라." 그리프는 불쾌해하는 목소리였다.

왼쪽 뱃전, 강물 바로 밑에 거대한 돌 손이 보였다. 손가락 두 개가 수면을 뚫고 나왔다. '저건 얼마나 많은 거야?' 티리온은 생각했다. 식은땀이 등골을 타고 흐르면서 몸서리가 났다. 소로스가 옆으로 흘러갔다. 안개 속으로 부러진 첨탑, 머리통이 없는 영웅, 뿌리가 뽑혀 거꾸로 선 늙은 나무가 보였다. 거대한 뿌리가 부서진 돔의 지붕과 창문을 뚫고 휘감겨 있었다. '왜 이 모든 장면이 이렇게 낯이 익지?'

정면에서 기울어진 하얀 대리석 계단 하나가 어두운 물속에서 솟아올라 우아하게 나선을 그리더니, 그들의 머리 위 3미터쯤에서 뚝 끊어졌다. '아니야. 이건 불가능해.' 티리온이 생각했다.

"앞에." 레모어의 목소리가 떨렸다. "불빛."

모두가 그쪽으로 고개를 돌렸고, 모두가 보았다.

"물총새호야. 아니면 그 비슷한 배겠지." 그리프는 그렇게 말하면서도 다시 장검을 뽑았다.

아무도 아무 말도 하지 않았다. 수줍은 처녀는 물살을 타고 움직였다. 소로스에 들어선 후 한 번도 돛을 올리지 않았다. 강물이 아니고선 움직일 방법이 없었다. 오리가 두 손으로 장대를 움켜잡은 채 눈을 가늘게 떴다. 잠시 후에는 얀드리마저 장대 밀기를 멈췄다. 모두가 멀리 보이는 불빛에 시선을 고정했다. 불빛은 가까워지면서 두 개로, 세 개로 늘어났다.

"꿈의 다리로군." 티리온이 말했다.

"있을 수 없는 일이야." 반쪽 학사 할돈이 말했다. "우린 다리를 뒤로 하고 떠났어. 강물은 한쪽 방향으로만 흐르네."

"어머니 로인은 그분의 의지대로 흘러." 얀드리가 중얼거렸다.

"일곱이시여 우리를 구하소서." 레모어가 말했다.

앞쪽에서 다리에 있던 돌인간들이 울부짖기 시작했다. 몇 명이 그들을 가리키고 있었다. "할돈, 왕자를 아래로 데려가." 그리프가 명령했다.

너무 늦었다. 물살의 이빨에 물렸다. 그들은 가차 없이 다리 쪽으로 흘러 갔다. 얀드리가 장대를 찔러 기둥에 부딪치는 사태를 막았다. 그 바람에 배가 비스듬히 밀리면서 연회색 이끼 커튼을 뚫고 지나갔다. 티리온은 창녀의 손가락처럼 부드러운 촉수들이 얼굴을 스치는 느낌을 받았다. 다음 순간, 뒤쪽에서 쿵 소리가 나며 갑판이 갑자기 기울었고, 티리온은 중심을 잃고 뱃전 너머로 팽개쳐질 뻔했다.

돌인간 하나가 배에 떨어졌다.

그는 수줍은 처녀가 흔들릴 정도의 무게로 선실 지붕에 내려앉더니, 티리온이 알지 못하는 언어로 포효했다. 두 번째 돌인간이 뒤따라 키 옆에 내려앉았다. 낡은 판자가 그 충격으로 쪼개졌고, 이실라가 새된 비명을 질렀다.

오리가 이실라에게 가장 가까웠다. 덩치 큰 사내는 장검에 손을 뻗느라 시간을 허비하지 않았다. 대신 장대를 휘둘러 돌인간의 가슴팍을 때리면서 배 바깥으로 밀쳐냈고 돌인간은 외마디 소리도 없이 가라앉았다.

그리프는 나머지 돌인간이 선실 지붕에서 내려서자마자 공격했다. 오른손에는 장검, 왼손에는 횃불을 쥐고 상대를 뒤로 몰아붙였다. 물살이 수줍은 처녀를 다리 아래로 휩쓸고 가자 이끼 낀 벽에 그들의 그림자가 일렁이며 춤을 췄다. 돌인간이 배꼬리 쪽으로 움직이자 오리가 장대를 들고 막아섰다. 돌인간이 앞쪽으로 가자 반쪽 학사 할돈이 횃불을 휘둘러 뒤로 물러서게 했다. 그에게는 곧장 그리프에게 가는 길밖에 없었다. 그리프는 칼날을 번득이며 검을 옆으로 베었다. 강철이 돌인간의 석회화된 회색 살을 파고들자 불똥이 튀었지만, 그래도 팔이 갑판에 나뒹굴었다. 그리프는 그 팔을 걷어찼다. 얀드리와 오리가 장대를 들고 다가갔다. 둘은 힘을 합쳐 돌인간을 뱃전 너머, 로인강의 검은 물속으로 밀어 넣었다.

그때쯤 수줍은 처녀는 부서진 다리 아래를 벗어나 있었다. "다 해치운 건가?" 오리가 물었다. "몇 놈이나 뛰어내렸지?"

"둘." 티리온이 떨면서 대답했다.

"셋이야." 할돈이 말했다. "자네 뒤에."

뒤를 돌아보니, 거기에 돌인간이 있었다.

뛰어내리면서 다리 한쪽이 박살 나서 썩은 바지와 회색 살을 뚫고 하얀 뼈가 튀어나와 있었다. 부러진 뼈에는 갈색 피가 얼룩져 있었지만, 돌인간은 휘청기리면서도 젊은 그리프에게 달려들었다. 손은 회색으로 뻣뻣했으나, 젊은 그리프를 움켜쥐려고 하는 손가락 관절 사이로 피가 보였다. 청년은 자기도 돌이 되어버린 것처럼 멍하니 보고만 있었다. 손은 칼자루에 올렸으나, 이유를 잊어버린 것 같았다.

티리온은 청년의 다리를 걷어차고 쓰러지는 몸을 뛰어넘어 돌인간의 얼굴에 횃불을 들이댔다. 돌인간은 불 앞에서 뻣뻣한 회색 손을 내저으며 부러진 다리로 뒷걸음질 쳤다. 티리온은 횃불을 휘두르며 뒤뚱뒤뚱 뒤쫓아가서 돌인간의 눈을 향해 찔렀다. '조금만 더. 한 걸음만 더 물러나라. 한 걸음만 더.' 갑판 끄트머리까지 갔을 때 돌인간이 달려들어 횃불을 쥐더니 티리온에게서 빼앗았다. '망했군.' 티리온은 생각했다.

돌인간은 횃불을 멀리 던져버렸다. 검은 물이 불길을 끄는 순간 쉭 소리가 났다. 돌인간이 울부짖었다. 원래는 여름 군도 사람이었던지, 턱과 뺨 절반이 돌이 되긴 했어도 회색으로 변하지 않은 피부는 밤처럼 검었다. 횃불을 움켜쥐었던 자리는 피부가 갈라져 떨어졌다. 관절에서 피가 배어 나왔지만, 느끼지 못하는 것 같았다. 티리온은 그나마의 자비라고 생각했다. 치명적이기는 해도, 회색비늘병에 통증은 없다고 알려져 있었다.

"물러서!" 멀리서 누군가가 외쳤고, 또 다른 목소리가 말했다. "왕자를! 보호해!" 돌인간이 두 손을 뻗어 허공을 붙잡으며 앞으로 비척비척 걸어갔다.

티리온은 한쪽 어깨로 그 돌인간을 들이받았다.

성벽을 들이받는 느낌이었지만, 이 성은 한쪽 다리가 망가져 있었다. 돌인간은 뒤로 넘어가면서 티리온을 붙잡았다. 그들은 엄청난 물보라와 함께 강물에 떨어졌고, 어머니 로인이 둘을 삼켜버렸다.

갑작스러운 한기가 망치처럼 티리온을 후려쳤다. 가라앉으면서 그는 얼굴을 더듬어대는 돌 손을 느꼈다. 다른 손이 그의 팔을 잡고 어둠 속으로 끌고 내려갔다. 앞은 보이지 않고, 코에는 강물이 가득했고, 숨이 막힌 채 가라앉으면서 티리온은 발길질을 하고 몸을 비틀고 팔을 잡은 손가락을 뿌리치려 발버둥 쳤지만, 돌 손가락은 꿈쩍도 하지 않았다. 티리온의 입에서 기포가 빠져나갔다. 세상이 까맸고 더 새까매졌다. 숨을 쉴 수가 없었다.

'죽는 방법치고 익사가 최악은 아니야.' 그리고 사실 그는 이미 오래전, 킹스랜딩에서 죽었다. 남은 것은 티리온의 망령, 샤에를 목 졸라 죽이고 위대하신 타이윈 공의 배에 노궁 화살을 박아버린 복수심 어린 작은 유령뿐이었다. 지금의 티리온 때문에 슬퍼할 이는 아무도 없으리라. '난 칠왕국을 떠돌 거야.' 그는 더 깊이 가라앉으면서 생각했다. '살아 있는 나를 사랑하지 않았으니, 죽은 나를 무서워하게 해줘야지.'

모두를 저주하려 입을 열자 검은 물이 폐를 채웠고, 사방에서 어둠이 다가왔다.

다보스

"영주님께서 이제 네 말을 들어보시겠단다, 밀수꾼."

그 기사는 은색 갑옷을 입었고, 정강이받이와 쇠장갑에는 흑금 상감으로 붉을렬지는 해초 잎을 세겼다. 옆구리에 낀 투구는 인어 왕의 머리 모양으로, 자개 왕관을 쓰고 흑옥과 비취로 만든 수염이 달렸다. 기사 본인의 수염은 겨울 바다 같은 회색이었다.

다보스는 일어섰다. "경의 이름을 알 수 있겠소?"

"말론 맨덜리 경이다." 그는 다보스보다 머리 하나는 더 컸고 몸무게가 20킬로그램은 더 나갔으며, 눈은 석판 같은 회색이었고 오만불손하게 말했다. "영광스럽게도 와이먼 공의 사촌이자 수비대장을 맡고 있지. 따라와라."

다보스는 사절로 화이트하버에 왔건만, 그들은 그를 포로로 잡았다. 그의 거처는 크고 바람이 잘 통하며 가구도 잘 갖춰져 있었지만, 문밖에는 위병들이 서 있었다. 창가에서 성벽 너머 화이트하버의 길거리를 볼 수 있었지만, 밖에 나가서 걷는 것은 허락되지 않았다. 항만도 볼 수 있었고, 만을 항해해나가는 '명랑한 산파'호도 보았다. 카소 모가트는 사흘이 아니라

나흘을 기다리다가 떠났다. 그 후로 다시 2주가 흘렀다.

맨덜리 공의 집안 위병들은 청록색 모직 망토를 입고 평범한 창이 아니라 은색 삼지창을 들었다. 다보스 앞에 한 명, 뒤에 한 명, 양옆에 한 명씩이 붙었다. 그들은 옛적 백 번의 승리가 남긴 빛바랜 깃발들, 부서진 방패들, 녹슨 장검들을 지나치고 원래 뱃머리를 장식했을 게 분명한 갈라지고 벌레 먹은 나무 조각상 20여 개를 지났다.

'생선발'의 작은 사촌 같은 대리석 인어 둘이 영주의 알현실 양쪽을 지켰다. 위병들이 문을 열자, 의전관이 지팡이로 낡은 판자 마루를 쿵쿵 찍더니 잘 울리는 목소리로 외쳤다. "시워스 가문의 다보스 경입니다."

화이트하버에 많이 와봤지만, 다보스가 '인어의 궁정(Merman's Court)'은 고사하고 뉴캐슬에도 발 들이기는 처음이었다. 인어의 궁정 벽과 바닥과 천장은 나무판자를 교묘하게 짜서 만들고 바다의 온갖 생물들로 장식했다. 연단으로 다가가면서 다보스는 구불거리는 검은 해초잎들과 익사한 선원들의 뼈 사이에 반쯤 가려지게 그려 넣은 게와 조개와 불가사리를 밟았다. 양쪽 벽에서는 하얀 상어들이 청록색으로 칠한 깊은 바다를 돌아다녔고, 장어와 문어가 바위와 침몰한 배 사이를 미끄러졌다. 높이 난 아치형 창문들 사이를 청어 떼와 거대한 대구들이 헤엄쳤다. 더 위로 올라가서, 오래된 그물들이 매달린 서까래 근처에는 바다 표면이 그려져 있었다. 다보스 오른쪽에서는 전투 갤리선 한 척이 떠오르는 태양을 향해 조용히 노를 저었다. 왼쪽에서는 낡고 오래된 상선 한 척이 누더기가 된 돛으로 폭풍 앞을 질주했다. 연단 뒤편에서는 크라켄과 회색 고래가 파도 그림 밑에서 전투를 벌였다.

와이먼 맨덜리와 따로 이야기하고 싶었건만, 다보스가 선 궁정에는 사람이 많았다. 벽 근처에 늘어선 사람은 여자가 남자의 다섯 배쯤 많았다. 몇 안 되는 남자들은 회색 수염을 길게 길렀거나 면도를 할 필요가 없을 만큼 어려 보였다. 남자 성사들도 있었고, 하얀 로브와 회색 로브를 입은 자매님들도 있었다. 궁정 끝에는 프레이 가문의 파란색과 은회색 옷을 입은 남자들이 십여 명 서 있었다. 장님이라도 알아볼 수 있을 정도로 비슷비슷하게 닮은 얼굴들이었다. 몇 명은 트윈스의 문장, 다리 하나로 연결된 쌍둥이 탑 문장을 달고 있었다.

다보스는 필로스 학사에게 종이에 적힌 단어를 읽는 방법을 배우기 훨씬 전에 사람 얼굴 읽는 방법을 배웠다. '이 프레이들은 날 죽이고 싶어 하는군.' 그는 보자마자 알아차렸다.

그렇다고 와이먼 맨덜리의 하늘색 눈동자에서 환영의 뜻을 찾을 수도 없었다. 영주가 앉은 쿠션 댄 옥좌는 평범한 남자 셋은 앉고도 남을 만큼 넓었건만, 맨덜리는 그 의자에서도 넘쳐흐르려고 했다. 영주는 어깨를 축 늘어뜨리고 다리는 쩍 벌린 채, 두 손은 그 무게도 감당하기 힘들다는 듯이 팔걸이에 얹고서 외자에 늘어져 있었다. '신들이시여 자비를 베푸소서.' 다보스는 와이먼 공의 얼굴을 보고 생각했다. '이 사람은 반시체처럼 보이는군.' 피부가 창백하다 못해 회색빛이 감돌았다.

왕과 시체는 언제나 수행원을 끌고 다닌다는 옛말이 있었다. 맨덜리도 그랬다. 영주의 자리 왼쪽에는 영주만큼이나 뚱뚱한 학사가 서 있었는데, 뺨은 장밋빛이었고 입술은 두꺼웠으며 머리는 금빛 곱슬이었다. 말론 경이 영주의 오른쪽 상석을 차지했다. 영주의 발치에 놓인 쿠션 댄 걸상에는 통통한 분홍빛의 귀부인이 앉았다. 와이먼 공 뒤에는 좀 더 젊은 여자 둘이 섰는데, 외모로 보아 자매 사이였다. 나이가 많은 쪽은 갈색 머리를 길게 땋아 묶었다. 어린 쪽은 열다섯 살도 안 됐을 텐데, 땋은 머리가 언니보다 더 길었고 현란한 초록색으로 물을 들였다.

아무도 굳이 다보스에게 이름을 밝혀 예우하지 않았다. 처음으로 입을 연 사람은 학사였다. "당신은 화이트하버의 영주이자 화이트나이프의 관리자, 종단의 방패, 추방당한 자들의 방어자, 맨더강의 사령관, 초록손 기사단의 기사이신 와이먼 맨덜리 공 앞에 서 있습니다. '인어의 궁정'에서 봉신과 청원자는 무릎을 꿇는 것이 관습입니다."

양파 기사라면 무릎을 꿇었겠으나, 왕의 수관은 그럴 수 없었다. 여기에서 무릎을 꿇는다면 다보스가 섬기는 왕이 이 뚱뚱한 영주보다 못하다는 뜻이 된다. "나는 청원자로 여기에 온 게 아닙니다." 다보스는 대답했다. "제게도 칭호라면 줄줄이 있지요. 비 숲의 영주, 협해의 제독, 왕의 수관."

걸상에 앉은 통통한 여자가 눈을 굴렸다. "배 한 척 없는 제독, 왕좌도 없는 왕을 섬기는 손가락 없는 손이라니. 우리 앞에 선 자가 기사인가요, 어린아이 수수께끼의 답인가요?"

"이자는 전령이다, 아가야." 와이먼 공이 말했다. "불길한 양파지. 스타니스는 까마귀들이 전한 대답이 마음에 들지 않자 이…… 이 밀수꾼을 보낸 거야." 그는 살에 반쯤 파묻힌 눈을 가늘게 뜨고 다보스를 노려보았다. "분명히 이전에도 우리 도시에 찾아와서 우리 주머니에 들어올 돈과 우리 식탁에 올라올 음식을 훔쳤겠지. 내게서 훔친 게 얼마나 될까 궁금하군."

'당신의 한 끼 식사에도 못 미칠걸.' "저는 스톰스엔드에서 밀수 생활의 대가를 치렀습니다, 영주님." 다보스는 장갑을 벗고, 손가락 네 개가 조금씩 짧아진 왼손을 들어 올렸다.

"평생 도둑질에 손가락 네 개, 그것도 *끄트머리만*?" 걸상에 앉은 여자가 말했다. 머리는 노란색이었고, 얼굴은 둥글고 살집 있는 분홍색이었다. "싸게 빠져나갔군, 양파 기사."

다보스는 부정하지 않았다. "영주님만 괜찮으시다면 따로 접견을 요청하고 싶습니다."

영주는 마음에 들어하지 않았다. "난 친족들에게 비밀이 없고, 내 충실한 영주들과 기사들, 좋은 친구들에게도 비밀이 없네."

"영주님, 제 말을 전하의 적들에게 들려주고 싶진 않습니다……. 영주님의 적들에게도 그렇습니다."

"스타니스는 여기에 적이 있을지 모르나, 나는 없네."

"아드님을 죽인 자들도 말입니까?" 다보스가 지적했다. "여기 프레이들은 피의 결혼식 때 아드님을 손님으로 받았었지요."

프레이 한 명이 앞으로 나섰는데, 팔다리가 길쭉길쭉했으며 미르의 스틸레토 검처럼 가늘게 자란 회색 콧수염을 빼면 깔끔하게 면도한 얼굴이었다. "피의 결혼식은 젊은 늑대의 작품이었소. 우리 눈앞에서 야수로 변하더니 무해한 바보인 내 사촌 징글벨의 목을 찢었지. 웬델 경이 가로막지 않았다면 내 아버님도 죽였을 거요."

와이먼 공이 눈을 깜박여 눈물을 밀어 넣었다. "웬델은 언제나 용감한 녀석이었지. 그 녀석이 영웅으로 죽었다는 게 놀랍진 않아."

다보스의 입에서 획 소리가 나올 정도로 어마어마한 거짓말이었다. "롭 스타크가 웬델 맨덜리를 죽였다는 게 당신네 주장이오?" 그는 프레이에게 물었다.

"그리고 또 많이 죽였지. 내 아들 타이토스도, 내 사위도 포함해서. 스타크가 늑대로 변신하자 북부인들도 똑같이 변했지. 모두에게 짐승의 표가 있었어. 와르그가 깨물면 다른 와르그가 태어난다는 건 잘 알려진 사실이오. 놈들이 우리를 다 죽이기 전에 막을 수 있었던 건 내 형제들과 나뿐이었소."

그 남자는 그 이야기를 하면서 능글맞게 웃었다. 다보스는 칼로 그놈의 입술을 도려내고 싶었다. "경의 이름을 알 수 있겠소?"

"프레이 가문의 제러드 경이오."

"프레이 가문의 제러드, 난 경을 거짓말쟁이라고 부르겠소."

제러드 경은 재미있어하는 얼굴이었다. "어떤 자들은 양파를 썰면서 울기도 하지만, 나에겐 그런 약한 구석이 없지." 제러드가 검을 뽑자 강철이 가죽을 스치는 소리가 났다. "경이 진정 기사라면 지금 한 모욕을 몸으로 변호해보시오."

와이먼 공이 눈을 크게 떴다. "인어의 궁정에서 피를 보진 않겠소. 검을 거두시오, 제러드 경. 그러지 않으면 여기에서 나가라고 요청할 수밖에 없소."

제러드 경이 검을 다시 넣었다. "영주님의 지붕 밑에서는 영주님 말씀이 법이지요……. 하지만 여기 양파 기사가 도시를 떠나기 전에 빚을 받아내고 싶군요."

"피!" 걸상에 앉은 여자가 울부짖었다. "이 사악한 양파가 우리에게 원하는 건 피예요, 영주님. 저자가 어떻게 말썽을 일으키는지 보셨죠? 멀리 보내세요. 저자는 영주님 사람들의 피, 영주님의 용감한 아들들의 피를 원해요. 보내버리세요. 왕대비께서 영주님이 이 반역자를 접견하셨다는 사실을 알면 우리의 충성심을 의심할 거예요. 왕대비는…… 왕대비가 어쩌면……."

"그렇게 되진 않을 거야, 아가." 와이먼 공이 말했다. "철왕좌가 우리를 의심할 만한 일은 생기지 않을 거다."

다보스는 그 말이 마음에 걸렸으나, 입 다물고 있자고 이 먼 길을 온 게 아니었다. "철왕좌에 앉은 소년은 찬탈자이고, 전 반역자가 아니라 웨스테로스의 진정한 왕이신 스타니스 바라테온 1세의 수관입니다."

뚱뚱한 학사가 목청을 가다듬었다. "스타니스 바라테온은 고인이 되신 로버트 왕의 동생입니다. 아버지께서 선왕을 공정하게 심판하시길. 토멘은 로버트 왕의 아들입니다. 계승법은 이런 경우를 명확하게 규정하고 있어요. 아들이 동생보다 먼저입니다."

"테오모어 학사 말이 맞네." 와이먼 공이 말했다. "이런 문제를 잘 아는 데다, 언제나 나에게 좋은 조언을 해주지."

"적자는 형제보다 앞서지요." 다보스는 동의했다. "그러나 바라테온을 자칭하는 토멘은 사생아이며, 앞선 조프리도 마찬가지였습니다. 둘 다 킹슬레이어의 자식이요, 신과 인간의 모든 법을 어긴 결과입니다."

다른 프레이 한 명이 나섰다. "자기 입으로 반역을 말하는군요. 스타니스는 도둑질을 한 저자의 손가락을 거뒀으니, 영주님께선 거짓을 말하는 저자의 혀를 자르셔야 합니다."

"그보다는 머리를 자르시죠." 제러드 경이 제안했다. "아니면 명예 재판에서 저와 만나게 해주시거나요."

"프레이가 명예에 대해 뭘 안다고?" 다보스가 받아쳤다.

프레이 네 명이 한꺼번에 나서려는데 와이먼 공이 손을 들어 막았다. "물러서시오, 친구들. 내…… 내 저자를 처리하기 전에 무슨 말을 하는지 듣겠소."

"그 근친상간의 증거를 제시할 수 있습니까, 경?" 테오모어 학사가 부드러운 두 손을 배 앞에 포개고 물었다.

'에드릭 스톰이 있지.' 다보스가 생각했다. '하지만 난 에드릭을 멜리산드레의 불에서 지키기 위해 협해 너머로 멀리 보내버렸어.' "제가 한 말 전부가 사실이라는 스타니스 바라테온의 맹세가 있습니다."

"말은 바람이나 다름없어요." 와이먼 공의 의자 뒤에 서 있던 젊은 여자가 말했다. 갈색 머리를 길게 늘어뜨린 잘생긴 여자였다. "그리고 남자들은 자기 뜻을 이루기 위해서라면 거짓말을 하죠. 어떤 처녀라도 말해줄 수 있을 겁니다."

"증거라 함은 어떤 영주의 입증되지 않은 주장 이상을 요구합니다." 테오모어 학사가 단언했다. "왕좌를 얻기 위해 거짓말을 한 사람은 스타니스 바라테온이 처음도 아니지요."

분홍색 여자가 통통한 손가락으로 다보스를 가리켰다. "우린 어떤 반역에도 가담하고 싶지 않아. 우린 화이트하버의 훌륭한 사람들, 법을 지키고 충성을 다하는 사람들이야. 우리 귀에 독을 더 붓지 마. 안 그러면 아버님이 당신을 울프스덴으로 보내버릴 거야."

'내가 어쩌다 저 여자의 분노를 샀지?' "귀부인의 성함을 알 수 있을까요?"

분홍색 여자가 화난 듯 쿵쿵대더니 학사가 대답하게 했다. "레오나 부인은 와이먼 공의 아들 윌리스 경의 아내입니다. 윌리스 경은 현재 라니스터의 포로로 잡혀 계시지요."

'두려움에서 하는 말이었군.' 화이트하버가 스타니스 지지를 선언한다면, 그녀의 남편이 목숨으로 답하게 될 터였다. '내가 어떻게 와이먼 공에게 아들을 죽이라고 할 수 있겠나? 데반이 인질로 잡혔다면 내가 어떻게 했겠어?' 다보스는 말했다. "영주님, 저는 아드님에게도, 화이트하버의 어느 누구에게도 해를 끼치고 싶지 않습니다."

"또 거짓말." 레오나 부인이 앉은 채로 말했다.

다보스는 레오나를 무시하는 게 좋겠다고 생각했다. "롭 스타크가 바라테온을 자칭하는 사생아 조프리에게 대항하여 무기를 들었을 때, 화이트하버는 스타크와 함께 진군했지요. 스타크 공은 쓰러졌지만, 그 전쟁은 이어지고 있습니다."

"롭 스타크는 내 주군이었네." 와이먼 공이 말했다. "그런데 스타니스는 누구지? 왜 우리를 성가시게 하지? 아무리 머리를 쥐어짜봐도 내 기억에 스타니스는 북부에 여행 올 생각조차 한 적이 없어. 그런데 이제 나타났군. 패배한 개가 투구를 손에 쥐고 구호품을 달라고 하고 있어."

"전하께선 왕국을 구하러 오신 겁니다, 영주님." 다보스는 고집스럽게 말했다. "강철인과 야인들로부터 영주님의 땅을 지키기 위해서요."

영주의 의자 옆에 선 말론 맨덜리 경이 경멸의 코웃음을 쳤다. "화이트하버가 야인을 하나라도 본 지 몇 세기가 흘렀고, 강철인들은 여기 해안을 휘저은 적이 없어. 스타니스 공이 스나크와 드래곤으로부터도 우릴 지켜주겠다고 하시나?"

웃음소리가 인어의 궁정을 휩쓸었지만, 와이먼 공의 발치에 앉은 레오나 부인은 울기 시작했다. "강철 군도에선 강철인들, 장벽 너머에선 야인들…… 거기다 이젠 무법자와 반란군과 주술사를 거느린 반역 영주라니." 레오나는 다보스를 손가락질했다. "우린 너희의 붉은 마녀에 대해서도 들었어. 그 여자는 우리가 일곱에 등을 돌리고 불의 악마에게 고개 숙이게 할 거야!"

다보스는 붉은 사제들에게 아무 애정도 없었지만, 레오나 부인에게 답하지 않을 수는 없었다. "멜리산드레 님은 붉은 신의 사제이시지요. 셀리스 왕비과 다른 많은 이들이 그분의 신앙을 받아들였지만, 스타니스 전하의 추종자 중 많은 수는 아직 일곱을 섬깁니다. 저도 그렇고요." 그는 아무도 드래곤스톤의 성소나 스톰스엔드의 신의 숲에 대해 설명해보라고 하지 않기를 기도했다. '물어본다면 대답해야 해. 스타니스는 내 거짓말을 용납하지 않을 거야.'

"일곱께서 화이트하버를 지켜주신다." 레오나 부인이 단언했다. "우린 당신네 붉은 여왕이나 그 여자의 신을 두려워하지 않아. 무슨 마법이든 써보라고 해. 신실한 이들의 기도가 악으로부터 우리를 지켜주시리니."

"그러하다." 와이먼 공이 레오나 부인의 어깨를 토닥였다. "이렇게 불러도 되나 모르겠지만 다보스 공, 난 공의 자칭 국왕이 나에게 뭘 원하는지 아네. 무기와 돈과 충성 맹세지." 그는 몸을 기울여 한쪽 팔꿈치에 기댔다. "타이윈 공은 죽기 전에 화이트하버에 우리가 젊은 늑대를 지지한 일에 대해 완전히 사면해주겠다고 제안했어. 일단 내가 몸값으로 금화 3000닢을 내고 내 충성심에 의심의 여지가 없다고 증명하면 내 아들을 돌려주겠다고 약속도 했고. 북부의 관리자로 임명된 루스 볼턴은 나더러 혼우드 공의 영지와 성에 대한 권리를 포기하라고 요구하지만, 다른 성채들은 건드리지 않겠다고 맹세한다네. 내 장인이 될 왈더 프레이는 자기 딸 하나를 내 아내로 주고, 여기 내 뒤에 선 손녀딸들에게 남편을 보내겠다고 하네. 내게는 관대한 조건이자, 앞으로 지속될 평화의 좋은 초석으로 보이네. 공은 나에게 그 조건들을 퇴짜 놓으라고 해. 그러니 묻겠네, 양파 기사. 내가 동맹을 맺는다면 스타니스 공이 제공할 게 무엇인가?"

'전쟁과 고난, 불타는 사람들의 비명이지요.' 다보스는 그렇게 말할 수도 있었다. "의무에 충실할 기회입니다." 그는 대신 이렇게 대답했다. 스타니스가 직접 왔다면 와이먼 맨덜리에게 했을 대답이었다. '수관은 왕의 목소리를 대변해야 해.'

와이먼 공이 다시 의자에 늘어졌다. "의무라. 그렇군."

"화이트하버는 홀로 설 만큼 강하지 않지요. 전하께서 공을 필요로 하시는 만큼, 공에게도 전하가 필요합니다. 힘을 합친다면 공통의 적을 쓰러뜨릴 수 있습니다."

"영주님." 화려한 은갑옷을 입은 말론 경이 말했다. "제가 다보스 공에게 몇 가지 질문을 해도 되겠습니까?"

"원하는 대로 하게." 와이먼 공은 눈을 감았다.

말론 공이 다보스를 돌아보았다. "북부 영주 중에 스타니스 지지 선언을 한 영주가 몇이지? 말해보시오."

"아놀프 카스타크가 전하에게 합세하겠다고 맹세했소."

"아놀프는 수호성주일 뿐, 진정한 영주가 아니야. 스타니스 공이 현재 갖고 있는 성은 어디인가?"

"전하께선 나이트포트를 권좌로 정하셨소. 남쪽에는 스톰스엔드와 드래곤스톤이 있지요."

테오모어 학사가 헛기침을 했다. "당분간만입니다. 스톰스엔드와 드래곤스톤은 수비가 약하니 곧 함락될 겁니다. 그리고 나이트포트는 귀신 들린 폐허로, 황폐하고 음울한 곳이지요."

말론 경이 질문을 계속했다. "스타니스가 전장에 내보낼 수 있는 군사가 몇인지 말해줄 수 있나? 기사는 몇이나 함께하지? 궁수는 몇이고, 자유기수는 몇이고, 중장병은 얼마나 있나?"

'너무 적지.' 다보스는 알고 있었다. 스타니스가 북부로 올 때 데려온 군사는 1500명이 되지 않았다……. 그러나 그 사실을 이야기한다면 다보스의 임무는 여기에서 끝이었다. 할 말을 골라보았지만 찾을 수가 없었다.

"그 침묵으로 나에게 필요한 대답은 다 받았소. 당신의 왕은 우리에게 적만 가져다주는군." 말론 경이 영주에게 고개를 돌렸다. "영주님은 양파 기사에게 스타니스가 우리에게 세공힐 게 무엇이냐 물으셨지요. 제가 대답하겠습니다. 스타니스가 우리에게 줄 것은 패배와 죽음입니다. 공기로 만든 말에 타고 바람으로 만든 장검으로 싸우게 만들 겁니다."

뚱뚱한 영주는 그 정도 노력도 버겁다는 듯 천천히 눈을 떴다. "내 사촌은 언제나처럼 간단히 요약하는군. 양파 기사, 나에게 더 할 말이 있나? 아니면 이 광대극은 끝을 내도 될까? 경의 얼굴에 슬슬 싫증이 나네."

다보스는 찌르는 듯한 절망감을 느꼈다. '전하께선 다른 사람을 보내셔야 했어. 영주, 아니면 기사, 아니면 학사, 누구든 말문이 막히지 않고 대변할 수 있는 사람으로.' "죽음이라." 그는 저도 모르게 말하고 있었다. "예, 죽음이 있을 겁니다. 영주님께선 피의 결혼식에서 아들을 하나 잃으셨지요. 저는 블랙워터에서 넷을 잃었습니다. 왜냐고요? 라니스터가 왕좌를 훔쳤기 때문입니다. 제 말이 의심스러우면 킹스랜딩에 가서 직접 토멘을 보십시오. 눈먼 남자라도 알 수 있을 겁니다. 스타니스가 뭘 주냐고요? 복수입니다. 제 아들들과 영주님의 아들, 당신들의 남편과 아버지와 형제에 대한 복수요. 살해당한 주군, 살해당한 왕, 도살당한 왕자들에 대한 복수요. 복수!"

"그래요." 높고 가느다란 소녀의 목소리가 울렸다.

금빛 눈썹에 긴 녹색 머리를 땋아 늘인, 반쯤 어른이 된 아이의 목소리였다. "그자들은 에다드 공과 캐틀린 부인과 롭 왕을 죽였어요. 그분은 우리의 왕이었는데! 용감하고 훌륭한 분이었는데, 프레이가 살해했어요. 스타니스 공이 복수해준다면 우린 스타니스 공에게 합세해야 해요."

맨덜리가 소녀를 끌어당겼다. "윌라, 네가 입을 열 때마다 침묵의 자매들에게 보내버리고 싶어지는구나."

"전 그저—"

"네 말은 들었어." 윌라의 언니로 보이는 소녀가 말했다. "어린아이의 어리석은 말이지. 우리 프레이 친구들에 대해 나쁘게 말하지 마. 그중 하나가 곧 네 남편이자 주인이 될 거야."

"아니." 윌라는 고개를 저으며 단언했다. "난 결혼 안 해. 절대 안 해. 저들이 왕을 죽였어."

와이먼 공이 얼굴을 붉혔다. "넌 할 거다. 약속한 날이 오면 결혼 서약을 할 거야. 그러지 않으면 침묵의 자매들에게 가서 다시는 말을 하지 않게 될 거다."

가엾은 소녀는 충격받은 얼굴이었다. "할아버지, 제발—"

"입 다물어라." 레오나 부인이 말했다. "할아버님 말씀 들었지. 조용히 해! 넌 아무것도 몰라."

"전 약속에 대해 알아요." 윌라가 고집했다. "테오모어 학사님, 말해주세요! 정복이 있기 천 년 전에 약속이 이루어졌고, 울프스덴에서 옛 신과 새로운 신들 앞에 서약했죠. 우리가 괴로움에 시달리며 친구도 없이 집에서 쫓겨나 목숨을 잃을 위험에 처했을 때, 늑대들이 우리를 거두고 양식을 주고 적에게서 우리를 보호해줬어요. 늑대들이 우리에게 준 땅에 이 도시가 섰죠. 그 대신 우린 언제나 늑대들의 편이 되리라 맹세했어요. 스타크의 편이라고!"

학사는 목에 건 사슬 목걸이를 만지작거렸다. "예, 윈터펠의 스타크에게 엄숙한 서약을 했지요. 하지만 윈터펠은 쓰러졌고 스타크 가문은 멸했습니다."

"그거야 저자들이 다 죽였기 때문이죠!"

또 다른 프레이가 입을 열었다. "와이먼 공, 제가 한마디해도 될까요?"

와이먼 맨덜리가 고개를 끄덕였다. "라에가르. 우린 언제나 자네의 훌륭한 조언을 환영하네."

라에가르 프레이는 고개를 숙여 칭찬을 받아들였다. 서른 정도의 나이에, 어깨가 둥글고 배가 나왔지만 은란을 가장자리에 댄 부드러운 회색 양모 더블릿을 화려하게 차려입었다. 망토도 은란이었고, 다람쥐 모피를 대어 쌍둥이 탑 모양의 브로치로 옷깃을 여몄다. "윌라 아가씨." 그는 초록색 머리의 소녀에게 말했다. "충성심은 미덕이지요. 결혼으로 결합하고 나면 작은 왈더에게도 그렇게 충성했으면 좋겠군요. 스타크로 말하자면, 그 가문은 남성만 다 사라졌을 뿐이에요. 에다드 공의 아들들은 죽었으나, 딸들은 살아 있고, 그중 작은 딸은 용감한 램지 볼턴과 결혼하기 위해 북부로 오고 있어요."

"램지 스노우죠." 윌라 맨덜리가 받아쳤다.

"마음대로 부르세요. 어떤 이름이든, 램지는 곧 아리아 스타크와 혼인합니다. 아가씨가 약속에 충실하고자 한다면 램지에게 충성 맹세를 해야지요. 윈터펠의 주인이 될 테니 말입니다."

"절대 나의 주군이 되진 않을 거예요! 그자는 혼우드 부인과 강제로 결혼한 후에 지하감옥에 가둬서 자기 손가락을 먹게 했어요."

동의하는 중얼거림이 인어의 궁정을 휩쓸었다. "저 아가씨 말이 맞아요." 하얀색과 자주색으로 차려입고, 망토는 엇갈린 청동 열쇠 한 쌍으로 고정한 다부진 사내가 말했다. "루스 볼턴은 차갑고 교활하지만, 그래도 루스와는 상대를 할 수 있지요. 우리 모두 더 나쁜 경우도 압니다. 하지만 그 서자는…… 사람들은 그자가 미쳤고 잔인한 괴물이라고 합니다."

"사람들이 말한다고?" 라에가르 프레이는 매끄러운 수염을 쓰다듬으며 가소롭다는 듯 미소 지었다. "그래, 적들이 그렇게 말하지요……. 하지만 괴물이었던 건 젊은 늑대 쪽입니다. 롭은 사내라기보다는 자부심과 유혈 충동이 가득 찬 야수였어요. 게다가 제 조부님이 슬프게 아셨듯이 신의도 없었지요." 그는 양손을 펼쳤다. "롭 스타크를 지지했다고 화이트하버를 탓하는 건 아닙니다. 제 조부께서도 똑같이 통탄할 실수를 저지르셨으니까요. 젊은 늑대가 벌인 모든 전투에서 화이트하버와 트윈스는 스타크 깃발 아래 나란히 싸웠습니다. 롭 스타크는 우리 모두를 배신했어요. 트라이던트 유역의 더 좋은 왕국을 차지하려고 북부는 강철인들의 잔인한 자비에 맡겨버렸습니다. 그 후에는 또 본인을 위해 많은 위험을 무릅쓴 강역 영주들을 버리고, 제 조부와 맺은 결혼 협정을 깨버리고 자기 눈을 처음 사로잡은 서부 계집과 혼인해버렸지요. 젊은 늑대? 그놈은 야비한 개새끼였고 그렇게 죽었습니다."

인어의 궁정이 고요해졌다. 다보스는 허공에 감도는 한기를 느낄 수 있었다. 와이먼 공은 구둣발로 밟아버려야 할 바퀴벌레 보듯 라에가르를 내려다보았다……. 그럼에도, 그는 갑자기 턱살을 흔들며 무겁게 고개를 끄덕였다. "그래, 개새끼였지. 우리에게 슬픔과 죽음만 가져왔어. 정말이지 개새끼였다. 계속하시오."

라에가르가 말을 이었다. "그렇습니다, 슬픔과 죽음뿐이었지요……. 그리고 여기 양파 영주는 복수라는 말로 슬픔과 죽음을 더 가져올 겁니다. 여러분도 제 조부님처럼 눈을 뜨세요. 다섯 왕 전쟁은 다 끝났습니다. 토멘이 우리의 왕입니다. 유일한 왕이죠. 우린 왕을 도와서 이 슬픈 전쟁의 상처를 꿰매야 합니다. 로버트의 적자이자 수사슴과 사자의 후계자로서, 철왕좌는 토멘의 것입니다."

"현명한 말인데다, 사실이오." 와이먼 맨덜리 공이 말했다.

"그렇지 않아요." 윌라 맨덜리가 발을 굴렀다.

"조용히 하거라, 이 한심한 아이야." 레오나 부인이 꾸짖었다. "어린 여자 애들은 눈에 보기 좋은 장식품이어야지, 귀를 아프게 하는 존재여선 안 돼." 레오나는 윌라의 땋은 머리를 잡고 비명을 지르는 소녀를 끌고 나갔다. '저기 이 궁정에서 유일한 내 친구가 가는군.' 다보스는 생각했다.

"윌라는 언제나 고집이 센 아이였죠." 윌라의 언니가 사과의 뜻으로 말했다. "고집 센 아내가 될 것 같아 걱정이네요."

라에가르는 어깨를 으쓱였다. "결혼을 하면 부드러워질 겁니다. 확고하게 훈육하고 조용히 가르쳐야죠."

"그게 안 된다면 침묵의 자매들이 있지." 와이먼 공이 몸을 뒤척였다. "양 파 기사, 반역의 말은 하루 치 넘치게 들었네. 자네는 거짓 왕과 거짓 신을 위해 내 도시를 위험에 빠뜨리라고 하는군. 스타니스 바라테온이 권리도 없는 옥좌에 그 주름 잡힌 궁둥이를 걸치려고 내게 살아남은 유일한 아들을 희생하라고 해. 그러진 않겠네. 자네를 위해서도, 자네 주인을 위해서도, 그 누구를 위해서도." 화이트하버의 영주가 몸을 일으켰다. 그러느라 목살이 다 벌게졌다. "자네는 여전히 내 금과 피를 훔치러 온 밀수꾼이야. 내 아들의 머리통을 빼앗을 테지. 대신 자네의 머리통을 잘라야겠군. 위병들! 이 자를 붙잡아라!"

다보스는 움직일 생각도 하기 전에 은색 삼지창들에 둘러싸였다. "영주님, 저는 정식 특사입니다."

"그런가? 자네는 밀수꾼처럼 내 도시에 몰래 들어왔어. 난 자네가 영주도 아니고, 기사도 아니고, 특사도 아닌 도둑이자 첩자요, 거짓과 반역을 파는 행상꾼이라고 하겠네. 자네의 혀를 뜨거운 집게로 뽑아버리고 드레드포트에 보내어 가죽을 벗기라고 해야 하는데, 어머니는 자비로우시고 나도 그렇지." 그는 말론 경에게 손짓했다. "사촌, 이자를 울프스덴으로 데려가서 머리와 손을 자르게. 저녁 식사 전에 가져왔으면 좋겠군. 이 밀수꾼의 거짓말만 하는 입에 양파를 물려 머리를 대못에 꽂아놓은 꼴을 보기 전에는 한 입도 먹지 못하겠어."

구린내

그들은 그에게 말과 깃발, 부드러운 모직 더블릿과 따뜻한 모피 망토를 주고 풀어줬다. 이번만은 그에게서 악취가 나지 않았다. "그 성을 얻어 돌아와라." 숨줘와 네이민이 구린내기 안장에 앉게 도와주며 말했다. "아니면 계속 가서, 우리가 널 잡기 전에 얼마나 멀리 갈 수 있나 봐봐. 그분이 좋아하실 거야." 데이먼은 히죽 웃으면서 채찍으로 말 엉덩이를 갈겼고, 늙은 말은 히힝대며 경중경중 뛰기 시작했다.

구린내는 데이먼과 노란 딕과 툴툴이와 나머지가 따라오는 게 아닐까, 이 모든 게 램지 공의 또 다른 장난이 아닐까, 말에 태워 풀어주면 어떻게 할지 보려는 잔인한 시험이 아닐까, 겁이 나서 감히 뒤를 돌아보지도 못했다. '내가 도망칠 거라고 생각하나?' 그들이 태워 보낸 말은 안짱다리에 반쯤 굶어 죽어가는 형편없는 짐승이었다. 램지 공과 그의 사냥꾼들이 탈 훌륭한 말들보다 앞서 달릴 가망이 없었다. 그리고 램지는 제 계집들을 새로운 사냥감 뒤에 풀어놓기를 세상에서 제일 좋아했다.

게다가 달아난들 어디로 간단 말인가? 등 뒤에는 드레드포트 병사들과 리스웰이 개울 지대에서 데려온 병사들이 득시글하고 둘 사이에 배로턴 군대까지 끼어 있는 야영지가 있었다. 모트카일린 남쪽에서는 또 다른 군대가 둑길을 따라 올라오고 있었다. 드레드포트의 깃발 아래 진군하는 볼턴과 프레이의 군대였다. 길 동쪽에는 황량하고 메마른 해안과 차가운 소금 바다가, 서쪽에는 뱀과 도마뱀사자, 독화살을 쏘는 늪의 악마들이 들끓는 넥의 늪과 습지가 펼쳐졌다.

그는 도망치지 않을 것이다. 도망칠 수가 없었다.

'난 성을 얻어낼 거야. 그럴 거야. 그래야 해.'

흐린 날이었고, 습기 차고 안개가 꼈다. 남쪽에서 불어오는 바람은 입맞춤처럼 축축했다. 멀리, 아침 안개 자락 사이로 모트카일린 폐허를 볼 수 있었다. 그의 말은 그쪽으로 걸어가면서 회녹색 진흙에 빠진 발굽을 빼낼 때마다 희미하게 철퍽대는 소리를 냈다.

'전에 이 길에 와본 적이 있어.' 그건 위험한 생각이었고, 그는 생각하자마자 후회했다. "아니야. 아니, 그건 다른 남자였어. 네가 네 이름을 알기 전에 있던 남자." 그의 이름은 구린내였다. 그 점을 기억해야 했다. '구린내, 구린내, 묵은내와 운이 딱 맞지.'

그 다른 남자가 이 길을 왔을 때는 군대가 바싹 뒤따라왔었다. 스타크 가문의 회색과 흰색 깃발 아래 북부의 대군이 전쟁을 향해 달려갔다. 구린내는 소나무 장대에 맨 화평 깃발을 움켜쥐고 혼자 말을 달렸다. 그 다른 남자가 이 길을 왔을 때는 빠르고 혈기 넘치는 군마를 탔다. 구린내는 뼈와 가죽만 남아 갈빗대가 보이는 망가진 늙은 말을 탔고, 그나마도 떨어질까 봐 천천히 몰았다. 그 다른 남자는 기마술이 훌륭했지만, 구린내는 말 등이 불안했다. 너무 오래된 일이었다. 그는 기수가 아니었다. 남자도 아니었다. 그는 램지 공의 짐승, 개보다 더 천한 놈, 인간 거죽을 쓴 벌레였다. "넌 왕자인 척할 거야." 지난밤 램지 공은 델 정도로 뜨거운 욕조에 몸을 담근 구린내에게 그렇게 말했다. "하지만 우린 진실을 알지. 넌 구린내야.

아무리 향기로운 냄새가 나도 넌 언제나 구린내일 거야. 네 코는 너에게 거짓말을 할 수 있어. 네 이름을 기억해라. 네가 누구인지 기억해."

"구린내요. 주인님의 구린내예요." 그는 말했다.

"이 사소한 일 하나만 해주면, 넌 내 개가 되어 매일 고기를 먹을 수 있어." 램지 공이 약속했다. "날 배신하라는 유혹을 받게 될 거야. 달아나거나, 싸우거나, 적에게 합세하고 싶어지겠지. 아니, 조용히 해. 네가 그렇지 않다고 말하는 건 소용없어. 거짓말을 하면 네 혀를 자를 거야. 네 상황에 놓인 남자라면 날 배신하겠지만, 우린 네가 누군지 알지. 안 그래? 배신하고 싶으면 배신해. 상관없어……. 하지만 우선 네 손가락 수부터 세고, 대가를 알고 해라."

구린내는 대가를 알고 있었다. '일곱이야. 손가락 일곱 개. 사람은 손가락 일곱 개로 살아갈 수 있어. 일곱은 성스러운 숫자야.' 램지 공이 스키너에게 약지 가죽을 벗기라고 했을 때 얼마나 아팠는지도 기억났다.

공기는 습기를 머금어 무거웠고, 땅바닥 여기저기에 얕은 물웅덩이가 보였다. 구린내는 그 웅덩이들 사이로 조심스럽게 길을 고르며, 롭 스타크의 선봉대가 본대의 빠른 통행을 돕기 위해 물렁한 땅에 깔았던 통나무와 판자 길의 흔적을 따라갔다. 육중한 외벽이 서 있던 곳에는 흩어진 돌덩이들만 남았는데, 과거에 벽에 끼워 넣기 위해 남자 백 명이 들어야 했을 만큼 큰 현무암 덩어리들이었다. 늪 속에 깊이 잠겨 한쪽 모퉁이만 보이는 돌도 있었고, 나머지는 갈라지고 바스러져가는 상태로, 얼룩덜룩 이끼에 덮인 채 신이 내버린 장난감처럼 흩어져 있었다. 지난밤의 비로 거대한 돌덩이들이 젖어 반짝거렸고, 아침의 햇살까지 받으니 까만 기름을 바른 것처럼 보였다.

그 너머에 탑들이 서 있었다.

'술고래 탑'은 금방이라도 무너질 것처럼 기울었는데, 지난 500년간 쭉 그랬다. '아이들의 탑'은 장창처럼 곧게 하늘을 찌르고 있었으나, 꼭대기가 부서져서 비바람이 들이쳤다. 땅딸막하고 넓은 '문루 탑'이 셋 중에 제일 컸는데, 이끼가 끈적하게 붙었고, 북쪽 면에 남은 돌들에서는 울퉁불퉁한 나무 한 그루가 비스듬히 자라났으며, 동쪽과 서쪽에는 아직 무너진 벽의 잔해가 서 있었다. '카스타크는 술고래 탑, 엄버는 아이들의 탑에 머물렀지. 문루 탑은 롭이 차지했었고.' 그는 기억해냈다.

눈을 감으면, 마음의 눈으로 상쾌한 북풍에 늠름하게 휘날리던 깃발들을 볼 수 있었다. '이젠 다 사라졌어. 다 떨어졌어.' 뺨에 닿는 바람은 남쪽에서 불어왔고, 모트카일린의 잔해 위에 휘날리는 깃발은 오직 검은색 바탕에 금색 크라켄뿐이었다.

누군가가 그를 보고 있었다. 시선들을 느낄 수 있었다. 올려다보자 문루 탑의 흉벽 뒤에서, 그리고 전설에 따르면 숲의 아이들이 물의 망치를 불러와서 웨스테로스 땅을 둘로 쪼개놓았다던 아이들의 탑 위쪽 부서진 석조 사이에서 이쪽을 보는 하얀 얼굴들이 언뜻 보였다.

넥을 관통하는 마른 길이라고는 둑길뿐이었고, 모트카일린의 세 탑은 그 둑길 북쪽 끝을 병마개처럼 틀어막았다. 둑길은 좁았고, 폐허는 남쪽에서 오는 적은 무조건 탑 사이와 탑 아래를 지나가게 자리 잡았다. 세 개의 탑 중 어디라도 공격하려면, 공격자들은 끈적하고 하얀 '유령허물'들이 줄줄이 매달린 젖은 돌벽을 기어오르면서 다른 두 개의 탑에서 날아오는 화살에 등을 노출시켜야 했다. 둑길 너머의 늪지대는 도저히 지나갈 수 없었다. 그 늪에는 발을 빨아들이는 구멍과 유사, 부주의한 눈에는 단단해 보이지만 밟는 순간 물로 변해버리는 반짝이는 녹색 풀밭이 끝없이 이어졌고 독사와 독초와 단검 같은 이빨을 지닌 거대한 도마뱀사자가 우글거렸다. 주민들도 똑같이 위험했다. 잘 보이진 않지만 언제나 그곳에 숨어 있는 늪지대 거주자들, 개구리 먹는 놈들, 진흙 인간들……. 그들은 스스로에게

펜과 리드, 피트와 보그스, 크레이와 쿼그, 그린굿과 블랙마이어라는 이름을 붙였다. 강철인들은 그들을 싸잡아서 '늪의 악마들'이라 불렀다.

구린내는 목에 화살이 꽂힌 채 썩어가는 말의 사체를 지나쳤다. 그가 다가가자 기다란 하얀 뱀이 사체의 빈 눈구멍으로 기어들었다. 말 뒤에는 말을 탔던 기수, 혹은 그 잔해가 슬쩍 보였다. 까마귀들이 얼굴에서 살을 다 발라냈고, 들개 한 마리가 사슬 갑옷 밑을 파고들어 내장을 뜯어낸 몰골이었다. 더 가자 또 하나의 시체가 진흙에 푹 파묻혀서 얼굴과 손가락만 드러내고 있었다.

탑에 더 가까이 이르니 사방에 시체가 널려 있었다. 입을 벌린 상처들마다 혈화(血花)가 돋아났다. 꽃잎이 여인의 입술처럼 통통하고 촉촉한 하얀 꽃이었다.

'수비군은 절대 날 못 알아볼 거야.' 그가 자기 이름을 배우기 전에 누구였는지 기억하는 사람이 있을지도 모르지만, 구린내는 그들에게 낯선 사람일 것이다. 마지막으로 거울을 본 지 오래됐지만, 자신이 얼마나 늙어 보일지는 알고 있었다. 머리는 하얗게 세어버렸고, 많이 빠졌으며, 남은 것도 지푸라기처럼 뻣뻣하고 건조했다. 지하감옥 생활로 노파처럼 약해졌고, 강한 바람만 불어도 날아갈 것처럼 말랐다.

그리고 두 손은…… 램지가 장갑을 줬지만, 부드럽고 연한 데다 없어진 손가락들의 빈 자리에 솜을 채워 넣은 검은 가죽 장갑을 줬지만, 그래도 자세히 들여다본다면 손가락 세 개를 구부리지 못한다는 사실을 알 터였다.

"더는 오지 마!" 목소리가 울렸다. "원하는 게 뭐냐?"

"대화." 그는 상대가 못 볼 수 없게 화평 깃발을 흔들면서 계속 말을 몰았다. "난 비무장이야."

응답은 없었다. 벽 안에서는 강철인들이 그를 받아들일지, 가슴에 화살을 잔뜩 꽂아버릴지 의논하고 있을 것이다. '상관없어.' 여기에서 빨리 죽는 게 실패한 채 램지 공에게 돌아가는 것보다 백 배는 나았다.

그때 문루 문이 열렸다. "빨리." 구린내가 소리가 들리는 쪽으로 몸을 돌리는데 화살이 날아왔다. 오른쪽, 무너진 외벽 돌덩이들이 늪 아래 반쯤 잠겨 있는 곳 어딘가에서. 화살이 깃발을 찢고, 그의 얼굴에서 30센티미터도 떨어지지 않은 곳에 화살촉을 겨누고 걸렸다. 어찌나 놀랐는지, 그는 화평 깃발을 떨어뜨리고 안장에서 떨어졌다.

"안으로." 목소리가 외쳤다. "서둘러, 멍청아. 서둘러!"

구린내는 또 한 대의 화살이 머리 위를 날아가는 사이 네 발로 기어서 계단을 올랐다. 누군가가 그를 붙잡아 안으로 끌어 들였고, 뒤에서 문이 쾅 닫히는 소리가 들렸다. 누군가가 그를 일으켜 세워 벽에 밀어붙였다. 뒤이어 칼이 목에 닿고, 수염 난 얼굴이 코털까지 셀 수 있을 만큼 바짝 다가왔다. "넌 누구야? 여기 온 목적이 뭔데? 빨리 내뱉지 않으면 너도 저 꼴로 만든다." 병사가 고갯짓한 방향에는 문 옆 바닥에서 썩어가는 시체가 있었는데, 살이 푸르딩딩하니 구더기가 들끓었다.

"난 강철인이야." 구린내는 거짓말로 대답했다. 예전 그 청년은 강철인으로 태어난 게 사실이었지만, 구린내는 드레드포트의 지하감옥에서 이 세상에 태어났다. "내 얼굴을 봐. 난 발론 공의 아들이야. 너희들의 왕자라고." 이름을 말할 수도 있었지만, 어째선지 그 이름은 목구멍에서 막혀 나오지 않았다. '구린내, 난 구린내야. 비린내와 운이 딱 맞는 구린내.' 하지만 한동안은 그 사실을 잊어야 했다. 어떤 남자도, 아무리 절박한 상황이라 해도 구린내 같은 물건에게 항복하지는 않는다. 그는 다시 왕자인 척해야 했다.

그를 잡은 남자는 의심에 입매를 비틀며 실눈을 뜨고 그의 얼굴을 들여다보았다. 치아는 갈색이었고, 숨결에서 에일과 양파 냄새가 났다. "발론 공의 아들들은 죽었어."

"내 형들은 죽었지. 난 아니야. 램지 공이 윈터펠 이후에 날 포로로 잡았다. 너희와 교섭하라고 여기로 보냈고. 여기 부대장인가?"

"내가?" 남자는 칼을 내리고 한 걸음 물러서다가 시신에 걸려 넘어질 뻔했다. "난 아냐, 나리." 그자의 사슬 갑옷은 녹슬고, 가죽 옷은 썩어갔다. 한쪽 손등에 난 상처에서 피가 흘렀다. "지휘는 랄프 케닝이 하지. 대장이 그랬어. 나야 문 지키는 게 다고."

"이건 누구지?" 구린내는 시체를 걷어찼다.

위병은 처음 보는 것처럼 죽은 남자를 응시했다. "저놈은…… 물을 마셨어. 비명을 질러대는 걸 멈추려고 목을 그어줘야 했어. 배가 아팠던 건데. 저 물은 못 마셔. 그래서 에일을 마시지." 위병이 얼굴을 문질렀다. 눈은 불그레하니 실핏줄이 터진 상태였다. "전에는 시체를 지하실에 끌어다 넣었는데, 지하는 다 물이 넘쳤어. 이젠 아무도 그런 수고를 하려 하지 않아서, 그냥 쓰러진 데 내버려둬."

"지하실이 더 나은 곳이네. 물에 넣어줘. 익사한 신에게."

남자는 소리 내어 웃었다. "저 아래엔 아무 신도 안 살아, 나리. 쥐와 물뱀뿐이야. 다리통처럼 굵고 허연 뱀이지. 가끔 계단을 기어올라와서 자고 있을 때 물어."

구린내는 드레드포트의 지하감옥을, 입안에서 꿈틀대던 쥐를, 입술에 묻은 따뜻한 피 맛을 기억했다. '내가 실패하면, 램지가 날 거기로 다시 보낼 거야. 하지만 우선 손가락 가죽을 하나 더 벗기겠지.' "수비군은 얼마나 남았나?"

"좀 남았지. 몰라. 전보다는 적어. 술고래 탑에도 어느 정도 있을 거야. 아이들의 탑엔 없어. 다곤 코드가 며칠 전에 그리로 건너갔어. 살아남은 놈은 둘뿐이고, 시체를 먹고 있었다고 했어. 그래서 둘 다 죽였대. 다곤의 말을 믿을 수 있다면."

'모트카일런은 무너졌어.' 구린내는 그제야 깨달았다. '단지 아무도 그 말을 못 해줬을 뿐이야.' 그는 부러진 이를 감추려고 입을 문지르며 말했다. "부대장과 이야기를 해야겠다."

"케닝?" 위병은 혼란스러워하는 것 같았다. "케닝은 요새 말을 별로 안해. 죽어가거든. 죽었을지도 몰라. 못 본 지가…… 언제였더라. 기억이……."

"케닝은 어디 있지? 안내해."

"그러면 문은 누가 지켜?"

"이놈이." 구린내는 시체를 걷어찼다.

남자는 그 말에 웃었다. "그래. 안 될 거 있나? 그럼 따라와." 그는 벽에 꽂혀 있던 횃불을 내려서 뜨겁고 밝게 타오를 때까지 흔들었다. "이쪽이야." 위병은 앞장서서 문을 하나 통과하더니 나선계단을 올랐다. 계단을 오르자 횃불 빛이 검은 돌에 번득였다.

계단 꼭대기 방은 어둡고, 연기가 자욱했으며 심하게 더웠다. 좁은 창문에는 누덕누덕한 가죽을 걸어놓아 습기가 빠져나가지 못했고, 화로에서는 토탄 판이 연기를 피우고 있었다. 방 안의 냄새는 지독하니, 곰팡이와 소변과 대변 냄새에 연기와 질병의 냄새가 뒤섞였다. 지저분한 골풀이 바닥을 덮었고, 구석에 놓인 짚 더미가 침대인 듯했다.

랄프 케닝은 모피 더미 아래에 누워서 덜덜 떨고 있었다. 옆에 쌓인 무구는, 장검과 도끼, 쇠사슬 갑옷, 쇠투구였다. 방패에는 폭풍 신의 구름 손이 그려져 있었는데, 손가락 끝에서 격노한 바다를 향해 번개가 내리꽂히는 그림이었다. 그러나 색이 변하고 벗겨진 데다 나무는 썩기 시작했다.

랄프도 썩어가고 있었다. 모피 더미 아래 벌거벗은 몸으로 열에 들떴는데, 희고 부은 살에 진물 흐르는 상처와 딱지가 가득했다. 얼굴도 이상해서 한쪽 뺨이 무섭게 부어올랐고, 목은 심하게 충혈된 나머지 얼굴을 삼켜버릴 것 같았다. 부어오른 뺨 쪽 팔은 통나무처럼 컸고 하얀 벌레들이 기어 다녔다. 보아하니 아무도 씻기거나 면도를 해주지 않은 지 오래였다. 한 쪽 눈에서는 고름이 흐르고, 수염은 말라붙은 토사물로 딱딱했다. "무슨 일이 생긴 거지?" 구린내가 물었다.

"난간에 있었는데 늪의 악마가 화살을 날렸어. 스치기만 했지만…… 그 악마들은 화살에 독을 바르거든. 화살촉을 똥과 그보다 더 나쁜 것들에 문지르는 거야. 우리가 상처에 끓인 와인을 부었는데, 소용이 없었어."

'이 물건과는 협상할 수가 없어.' 구린내는 위병에게 말했다. "죽여. 이미 제정신도 아니고, 피와 벌레만 가득하잖아."

위병은 입을 벌리고 그를 쳐다보았다. "대장이 케닝에게 지휘를 맡겼어."

"죽어가는 말은 끝을 내주는 거야."

"무슨 말? 난 말 같은 거 없는데."

'난 있었어.' 갑자기 기억이 확 살아났다. 스마일러의 비명은 거의 사람 비명 같았다. 살기에 불이 붙어서 뒷다리로 일어선 채, 고통에 눈이 멀어 발굽으로 허공을 때려댔다. '아니, 아니야. 내 말이 아니야. 내 말이 아니었 어. 구린내에겐 말 같은 거 없었어.' "내가 대신 죽여주지." 구린내는 방패에 기대어 놓여 있던 랄프 케닝의 장검을 낚아챘다. 아직 칼자루를 쥘 만큼 은 손가락이 있었다. 짚 더미 위에 누운 물건의 부어오른 목에 칼날을 대 자 피부가 갈라지면서 검은 피와 노란 고름이 쏟아졌다. 케닝이 격렬히 몸 을 움직이다가, 조용해졌다. 끔찍한 악취가 방 안을 채웠다. 구린내는 계단 으로 달려갔다. 계단도 습하고 차가웠지만, 상대적으로 공기가 훨씬 깨끗 했다. 강철인 위병이 하얗게 질린 얼굴로 토하지 않으려 애쓰며 뒤따라 굴 러 나왔다. 구린내는 그 팔을 잡았다. "부지휘관은 누구였나? 나머지 병사 들은 어디 있고?"

"성가퀴에 올라가 있거나, 연회장에 있거나. 자거나, 술을 마시거나. 원한 다면 데려다주지."

"당장 안내해." 램지는 그에게 하루밤에 주지 않았다.

연회장은 검은 돌벽에 천장이 높고 외풍이 심했으며, 연기가 가득 떠다니는 데다 벽에는 커다란 하얀 이끼 얼룩이 여기저기 보였다. 과거의 더 뜨거운 불길에 까맣게 그을린 벽난로에서는 토탄 불이 낮게 탔다. 돌을 깎아서 만든 거대한 탁자가 수백 년 동안 그랬듯 방 안을 채웠다. '지난번에 왔을 때 내가 앉았던 자리야.' 그는 기억했다. '롭이 제일 상석에 앉고, 그레이트존이 오른쪽에, 루스 볼턴이 왼쪽에 앉았지. 글로버는 헬만 톨하트 옆에 앉았고, 카스타크와 그 아들들은 맞은편에 앉았어.'

그 탁자에서 강철인 20여 명이 술을 마시고 있었다. 그가 들어가자 몇 명이 흐릿하니 초점 잃은 눈으로 쳐다보았다. 나머지는 무시했다. 다들 낯설었다. 몇 명은 은색 대구(codfish) 모양의 브로치로 망토를 고정하고 있었다. 코드(Codd)는 강철 군도에서 좋은 평가를 받는 가문이 아니었다. 코드 남자들은 도둑과 겁쟁이고, 여자들은 제 아비와 오라비와 잠자리를 하는 탕녀라고들 했다. 강철 함대가 집으로 향했을 때, 숙부가 이들을 두고 간 것도 놀랍지는 않았다. '덕분에 내 임무가 훨씬 쉬워지겠군.' "랄프 케닝은 죽었다. 그럼 누가 지휘하지?"

술 마시던 남자들이 멍한 얼굴로 그를 보았다. 한 명은 웃었다. 또 한 명은 침을 뱉었다. 마침내 코드 하나가 말했다. "묻는 사람은 누군데?"

"발론 공의 아들." '구린내, 내 이름은 구린내야. 쉰내와 운이 맞는 구린내.' "혼우드의 영주이자 드레드포트의 후계자이며, 윈터펠에서 나를 사로잡은 램지 볼턴의 명령을 받고 왔다. 램지 볼턴의 군대가 북쪽에, 그 아버지의 군대가 남쪽에 있지만, 램지 공은 너희가 해가 지기 전에 항복하고 모트카일린을 바친다면 자비를 베풀 준비가 되어 있어." 그는 받아 온 편지를 꺼내어 술 마시던 남자들 앞 탁자에 던졌다.

한 명이 편지를 집어 들고 이리저리 뒤집으며 봉해놓은 분홍색 밀랍을 긁었다. 그는 잠시 후에 말했다. "양피지로군. 양피지가 무슨 소용이야? 우리에게 필요한 건 치즈와 고기야."

"필요한 건 강철이겠지." 그 옆에 앉은 남자가 말했다. 왼쪽 팔 일부가 잘려 나간 중년의 남자였다. "장검. 도끼. 그래, 그리고 활도 있어야지. 활 백 대하고 활시위를 당길 병사들."

"강철인은 항복하지 않아." 세 번째 남자가 말했다.

"그 말은 내 아버지에게 해봐. 발론 공은 로버트가 벽을 부쉈을 때 무릎을 굽혔어. 그러지 않았다면 죽었겠지. 항복하지 않는다면 너희도 죽어." 그는 양피지 쪽을 가리켰다. "봉인을 깨고 안에 든 글을 읽어라. 램지 공이 직접 쓴 안전 통행증이다. 검을 버리고 나와 같이 가면, 영주님이 너희에게 먹을 것을 주고 스토니쇼어까지 무사히 행군해서 집으로 갈 배를 찾게 허락해주실 거다. 그렇게 하지 않으면 너희는 죽어."

"그거 협박인가?" 코드 한 명이 일어섰다. 큰 덩치에 눈이 튀어나오고 입이 컸으며, 살갖이 죽은 듯이 하얬다. 마치 아버지가 물고기에게서 얻은 자식처럼 생겼지만, 그래도 장검을 차고 있었다. "다곤 코드는 아무에게도 항복하지 않아."

'아니야, 제발. 내 말을 들어야 해.' 수비군의 항복을 받아내지 못하고 야영지로 기어 돌아가면 램지가 무슨 짓을 할까 생각만 해도 바지에 오줌을 쌀 것 같았다. '구린내, 구린내, 지린내와 운이 맞는 구린내.' "그게 대답인가?" 던진 말이 그의 귀에도 약하게 울렸다. "이 대구 놈이 너희 모두의 뜻을 말하는 건가?"

문 앞에서 만났던 위병은 확신이 없어 보였다. "빅타리온이 우리더러 여길 지키라고 명령했어. 내 두 귀로 똑똑히 들었다고. '내가 돌아올 때까지 여길 지켜라.' 케닝에게 그렇게 말했어."

"그랬지." 외팔이 남자가 말했다. "그렇게 말했어. 킹스무트가 소집되어 가긴 했지만, 머리에 유목 왕관을 쓰고 천 명을 이끌고 돌아오겠다고 맹세했어."

"숙부는 절대 안 돌아와." 구린내는 그들에게 말했다. "킹스무트로 왕관을 쓴 건 동생인 유론이고, 까마귀 눈 유론에겐 다른 전쟁이 있어. 빅타리온 숙부가 너희를 귀하게 여긴다고 생각해? 아니야. 너희는 죽으라고 뒤에 두고 간 놈들이야. 뭍에 올랐을 때 장화에서 진흙을 긁어내듯이 너희를 떨궈낸 거야."

그 말들은 제대로 박혔다. 그들의 눈에서, 서로를 쳐다보거나 술잔 위로 찌푸리는 얼굴에서 알 수 있었다. '다들 버려진 게 아닌가 두려워하긴 했지만, 그 두려움이 확신으로 바뀌려면 내가 필요했던 거야.' 이자들은 유명한 선장의 친족이나 강철 군도 대가문의 핏줄이 아니었다. 노비와 소금 아내의 아들들이었다.

"항복하면, 걸어서 떠나면 된다고?" 외팔이 남자가 말했다. "여기 그렇게 쓰여 있는 거냐?" 그는 아직도 봉인을 깨지 않은 채 말려 있는 양피지를 쿡 찔렀다.

"직접 읽어봐." 그렇게 대답했지만, 여기에는 글을 읽을 줄 아는 자가 없는 게 거의 확실했다. "램지 공은 신의만 지키면 포로들을 명예롭게 대우하신다." '내 혀를 자르거나, 발바닥부터 허벅지까지 다리 가죽을 다 벗길 수도 있었는데 발가락과 손가락과 다른 부분만 잘랐어.' "검을 내려놓고 항복하면, 너희는 살 거야."

"거짓말쟁이." 다곤 코드가 장검을 뽑았다. "넌 다들 변절자라고 부르는 놈이야. 왜 우리가 너의 약속을 믿어야 하지?"

'취했군. 에일 기운이 하는 말이야.' 구린내는 알아차렸다. "원하는 대로 믿어라. 난 램지 공의 전언을 가져왔어. 이제 그에게 돌아가야 해. 우린 멧돼지와 순무 요리를 먹고, 독한 레드와인을 마실 거다. 나와 같이 가는 자들은 그 연회에서 환영을 받겠지. 나머지는 하루 안에 죽을 거다. 드레드 포트의 영주가 기사들을 데리고 둑길을 올라오고 있고, 그 아들은 북쪽에서 군사를 데리고 올 테니까 말이야. 자비는 조금도 베풀지 않을 거다. 싸우다가 죽는 놈들은 행운이겠지. 살아남는 놈들은 늪의 악마들에게 주어질 거야."

"그만 됐어." 다곤 코드가 으르렁댔다. "말로 강철인들에게 겁을 줄 수 있다고 생각하냐? 꺼져. 내가 네 놈 배를 열고 내장을 꺼내서 직접 처먹게 하기 전에 네 주인에게 돌아가라."

코드는 더 말할 수도 있었겠지만 갑자기 눈을 크게 떴다. 도끼가 날아와 그의 이마 정중앙에 푹 소리를 내며 꽂혔다. 코드의 손에서 장검이 떨어졌다. 그는 낚싯바늘에 걸린 물고기처럼 펄떡거리다가 얼굴부터 탁자에 엎어졌다.

도끼를 던진 건 외팔이 남자였다. 일어서는 손에 도끼가 또 한 자루 들려 있었다. "또 죽고 싶은 놈?" 그는 다른 술꾼들에게 물었다. "지금 말하면 죽여주마." 다곤 코드의 머리통이 안착한 자리에 생긴 피 웅덩이에서 돌 위로 가느다란 붉은 줄기들이 퍼져나갔다. "나, 나는 살 생각이다. 그건 여기 남아서 썩지 않겠단 뜻이지."

한 남자가 에일을 한 모금 삼켰다. 또 한 남자는 잔을 뒤집어서 자기가 앉은 자리까지 뻗기 전에 핏줄기를 씻어냈다. 아무도 말을 하지 않았다. 외팔이 남자가 투척 도끼를 다시 허리띠에 꽂자, 구린내는 해냈음을 알았다. 다시 남자가 된 기분마저 느꼈다. '램지 공이 만족하실 거야.'

그는 직접 크라켄 깃발을 끌어 내렸다. 없어진 손가락들 때문에 조금 더 듬거리긴 했지만, 다행히도 램지 공이 허락해준 나머지 손가락들이 버텨줬다. 강철인들이 출발할 준비가 되기까지 오후가 절반은 지나갔다. 생각보다 많았다. 문루 탑에 마흔일곱 명, 술고래 탑에 열여덟 명. 그중 둘은 가망이 없을 만큼 죽음이 가까웠고, 또 다섯은 너무 약해져서 걸을 수가 없었다. 그래도 아직 싸울 만한 사내가 쉰여덟 명이 남았다. 약해지긴 했어도 램지 공이 폐허를 강습했다면 세 배의 군사가 죽었을 것이다. '날 보내길 잘했지.' 구린내는 남루한 대열을 이끌고 북부인들이 진을 친 늪지대로 돌아가기 위해 말이 있는 곳으로 돌아가며 혼자 생각했다. "무기는 여기 두고 간다." 그는 포로들에게 말했다. "장검, 활, 단검 할 것 없이 다. 무장한 남자는 보자마자 죽일 거야."

돌아가는 시간이 구린내 혼자 왔을 때의 세 배가 걸렸다. 걷지 못하는 네 명을 위해 조잡한 가마를 만들었고, 나머지 한 명은 아들이 등에 업고 걸었다. 느리게 갈 수밖에 없는 데다, 강철인들은 모두 자기들이 얼마나 노출되어 있는지 의식하고, 늪의 악마들과 독화살의 사정거리 안에 있다는 사실도 의식했다. '죽으면 죽는 거지.' 구린내는 빠르고 깔끔한 죽음을 맞이할 수 있게 궁수의 실력이 좋기만을 기도했다. '랄프 케닝을 괴롭힌 그런 죽음 말고, 남자다운 죽음으로.'

외팔이 남자가 심하게 절뚝거리며 행렬 앞을 걸었다. 이름은 아드락 험블이라고 했고, 그레이트윅에 바위 아내 하나에 소금 아내 셋을 뒀다. "출항할 땐 넷 중 셋이 배가 불렀지." 그는 큰소리를 쳤다. "그리고 험블가엔 쌍둥이의 피가 흐른단 말씀. 돌아가면 우선 새로 태어난 아들들 수부터 세어야 해. 하나는 나리의 이름을 딸지도 모르겠군."

'그래, 이름을 구린내라고 짓고, 나쁜 짓을 하면 발가락을 자르고 쥐를 먹여.' 그는 고개를 돌리고 침을 뱉으며, 랄프 케닝이 운이 좋았던 건 아닐까 생각했다.

일행 앞에 램지 공의 야영지가 나타났을 때쯤에는 석판 같은 회색 하늘에서 가벼운 빗줄기가 떨어지고 있었다. 파수병 하나가 그들이 다가가는 모습을 조용히 지켜보았다. 허공에는 빗발에 꺼져가는 요리불들의 연기가 가득 떠돌았다. 뒤에서 기수 한 대열이 나타났는데, 방패에 말 머리를 그려 넣은 귀족이 이끌었다. '리스웰 공의 아들인가. 로저, 아니면 리카드겠지.' 구린내는 그 둘을 구분하지 못했다. "이게 다인가?" 기수가 밤색 종마에 탄 채로 물었다.

"죽지 않은 놈은 다입니다."

"더 될 줄 알았더니. 세 번 공격했는데, 세 번 다 우릴 물리쳤단 말이지."

'우린 강철인이야.' 그는 갑작스레 찾아온 자부심과 함께 생각했고, 아주 잠깐이지만 다시 발론 공의 아들이자 파이크의 핏줄, 왕자가 되었다. 하지 만 그런 생각만 해도 위험했다. 그는 이름을 기억해야 했다. '구린내, 내 이 름은 구린내야. 지린내와 운이 맞는 구린내.'

야영지 바로 바깥에 도달했을 때, 사냥개들 짖는 소리가 램지 공이 오 고 있음을 알렸다. 창녀잡이가 함께였고, 램지가 총애하는 대여섯 명, 그러 니까 스키너와 시큼한 알린과 춤춰봐 데이먼, 그리고 크고 작은 왈더들이 있었다. 개들이 주위를 둘러싸고 낯선 자들에게 이를 드러내며 으르렁거렸 다. '서자의 계집들.' 구린내는 생각했다가, 뒤늦게 램지가 있는 곳에서는 절 대, 절대, 절대로 그 말을 써선 안 된다는 사실을 기억했다.

구린내는 안장에서 홀쩍 내려서서 한쪽 무릎을 꿇었다. "주인님, 모트카 일린은 주인님의 것입니다. 여기 마지막 수비군을 데려왔습니다."

"정말 몇 안 되는군. 더 될 줄 알았는데 말이야. 참으로 고집스러운 적이 었어." 램지 공의 색 엷은 눈동자가 반짝였다. "굶었겠군. 데이먼, 알린, 저들 을 돌봐줘라. 와인과 에일, 그리고 먹을 수 있는 음식은 다 갖다줘. 스키너, 부상자를 우리 학사들에게 보여줘라."

"예, 영주님."

강철인들은 몇 명이 고맙다는 말을 중얼거리기가 무섭게 야영지 중앙에 있는 요리불을 향해 어기적어기적 걸어갔다. 코드 한 명은 램지 공의 반지에 입을 맞추려고까지 했지만, 가까이 가기 전에 사냥개들이 막아섰고 알리슨이 귀를 한 입 물어뜯었다. 그는 피가 목까지 흘러내리는데도 꾸벅대며 절을 하고 영주의 자비를 찬양했다.

마지막 한 명까지 사라지자 램지 볼턴은 구린내에게 미소를 지었다. 그는 구린내의 뒤통수를 잡고 끌어당겨 뺨에 입을 맞추더니 속삭였다. "내 오랜 친구 구린내야. 저들이 정말로 널 왕자로 받아들이더냐? 강철인들이란 참으로 바보들이구나. 신들이 웃고 계시겠어."

"저들이 원하는 건 집에 가는 것뿐입니다, 주인님."

"그리고 네가 원하는 건 뭐지, 우리 귀여운 구린내?" 램지는 연인처럼 부드럽게 소곤거렸다. 램지의 숨결에선 향기로운 멀드와인과 정향 냄새가 났다. "이렇게 용맹한 봉사라면 보상을 받아 마땅하지. 손가락이나 발가락을 돌려줄 수야 없지만, 분명 네가 나에게 받고 싶은 게 있을 거야. 풀어줄까? 내 밑에서 풀어줘? 저들과 같이 가고 싶나? 다시 왕자가 되어서, 차가운 회색 바다에 뜬 네 황량한 군도에 돌아가고 싶어? 아니면 내 충실한 하인으로 남을래?"

차가운 칼이 등골을 훑는 것 같았다. '조심해. 아주, 아주 조심해.' 그는 스스로에게 말했다. 주인의 웃는 얼굴, 눈이 반짝이는 모습, 입가에서 반짝이는 침 자국이 마음에 들지 않았다. 전에도 이런 신호를 본 적이 있었다. '넌 왕자가 아니야. 넌 구린내야. 그냥 구린내. 묵은내와 운이 맞는 구린내. 원하는 답을 해줘.'

"주인님, 제가 있을 곳은 여기, 주인님 곁입니다. 전 주인님의 구린내예요. 주인님을 섬기고 싶을 뿐입니다. 제가 청할 건…… 와인 한 부대면 충분한 보상이 될 겁니다……. 레드와인요. 제일 독한 걸로, 한 남자가 마실 수 있는 최대한으로……."

램지 공이 소리 내어 웃었다. "넌 남자가 아니야, 구린내. 넌 그냥 내 애완동물이지. 하지만 와인은 주마. 왈더, 네가 살펴줘라. 그리고 널 지하감옥에 돌려보내진 않을 테니 겁낼 것 없어. 이건 볼턴으로서 하는 약속이다. 대신 널 개로 삼아주마. 매일 고기를 주고, 고기를 먹을 만큼 치아도 남겨주지. 내 계집들 옆에서 잘 수 있어. 벤, 구린내에게 맞을 목걸이 있나?"

"하나 만들겠습니다, 주인님." 늙은 뼈다귀 벤이 말했다.

노인은 그 이상의 일을 해줬다. 그날 밤, 개 목걸이 옆에는 낡은 담요도 있었고, 닭도 반 마리 있었다. 구린내는 그 고기를 먹기 위해 개들과 다퉈야 했지만, 그건 윈터펠을 떠난 이후 먹은 최고의 식사였다.

그리고 와인은…… 그 와인은 탁하고 시큼했지만, 독했다. 구린내는 사냥개들 사이에 쪼그리고 앉아서 머리가 어지러워질 때까지 와인을 마시고, 토하고, 입을 닦고 더 마셨다. 그 후에는 누워서 눈을 감았다. 깨어났을 때는 개 한 마리가 그의 수염에 묻은 토사물을 핥고 있었고, 검은 구름이 초승달 표면을 가리며 흘리갔다. 어딘가에서 남자들이 비명을 지르고 있었다. 그는 개를 밀어내고 몸을 돌려 다시 잠들었다.

다음 날 아침 램지 공은 기수 셋을 둑길로 보내어 아버지에게 앞길이 깨끗해졌음을 전했다. 문루 탑 위, 구린내가 파이크의 금빛 크라켄을 끌어 내린 자리에는 볼턴 가문의 살가죽을 벗겨낸 남자가 휘날렸다. 늪지대의 썩어가는 판자 길을 따라 나무 말뚝이 깊이 박혔다. 그리고 말뚝마다 붉은 피를 흘리는 시체들이 곪아갔다. '예순셋이야.' 그는 알고 있었다. '총 예순세 명이야.' 하나는 팔이 반밖에 없었다. 또 하나는 잇새에 아직도 봉인을 깨지 않은 양피지를 물고 있었다.

사흘 후, 루스 볼턴의 선봉대가 폐허를 통과하고 이 소름 끼치는 파수병들의 대열을 지났다. 파란색과 회색으로 차려입은 프레이 기마병 400명으로, 구름 사이로 해가 비칠 때마다 창끝이 반짝였다. 늙은 왈더 공의 아들 둘이 선봉대를 이끌었다. 한 명은 건장한 몸에, 튀어나온 턱이 각이 졌고 두 팔에는 근육이 울퉁불퉁했다. 또 한 명은 뾰족코에 굶주린 두 눈이 바싹 붙었고, 좁은 턱을 가려주지 못하는 빈약한 갈색 수염에, 대머리였다. '호스틴과 아에니스야.' 그는 구린내라는 이름을 알기 전에 그들을 알았던 기억이 있었다. 호스틴은 황소 같아서, 성급히 화내지 않지만 일단 화가 나면 인정사정없었고, 왈더 공의 아들 중에 제일 사나운 전사로 유명했다. 아에니스는 그보다 나이가 많고, 더 잔인하고, 더 영리했다. 싸움꾼이 아니라 지휘관감이었다. 둘 다 노련한 군인이기도 했다.

북부인들이 넝마가 된 깃발들을 바람에 휘날리며 선봉대 뒤를 힘겹게 따라왔다. 대부분은 말을 타지 않았고, 숫자가 너무 적었다. 그는 젊은 늑대와 함께 윈터펠의 다이어울프를 휘날리며 남쪽으로 진군했던 대군을 기억했다. 검사와 창병 2만 명, 혹은 그와 별로 차이 없는 수의 병사가 롭과 함께 전쟁에 나섰는데, 이제 열 명 중 두 명만 돌아오고 있었고 그나마도 대부분이 드레드포트 병사들이었다.

사람이 가장 몰린 대열 중앙부에서 핏빛 가죽으로 만든 누비 튜닉 위에 진회색 판금 갑옷을 입은 남자가 말을 몰았다. 갑옷 틈을 가린 원판은 다 인간의 머리 모양으로 만들었는데, 입을 쩍 벌리고 고통스러운 비명을 지르고 있었다. 어깨에는 핏방울 모양을 수놓은 분홍색 모직 망토를 걸쳤다. 얼굴 가리개를 닫은 투구 머리에서 기다란 붉은 비단 끈이 흘러내렸다. '어떤 호상민도 독화살로 루스 볼턴을 죽이진 못하겠군.' 구린내는 그 모습을 보자마자 생각했다. 루스 볼턴 뒤에서는 사방이 막힌 마차 하나가 삐걱대며 굴러왔는데, 육중한 짐말 여섯 마리가 끌고 앞뒤를 노궁수들이 지켰다. 짙푸른 벨벳 커튼이 마차 안에 든 사람을 지켜보는 눈들로부터 보이지 않게 감췄다.

더 뒤에는 짐을 실은 행렬이 따라왔다. 식량과 전리품을 무겁게 실은 수레들, 부상자와 불구자가 가득한 마차들이었다. 그리고 끝에는 프레이가 더

왔다. 최소한 천 명 이상이었다. 궁병, 창병, 낫과 날카로운 막대기로 무장한 농민들, 자유기수와 기마궁수들, 그리고 전력을 보강할 기사가 백여 명.

개 목걸이와 쇠사슬을 차고 다시 누더기를 입은 구린내는 주인이 아버지를 맞이하러 나갔을 때 다른 사냥개들과 같이 따라갔다. 그러나 회색 갑옷을 입은 기수가 투구를 벗자 나온 얼굴은 구린내가 아는 얼굴이 아니었다. 램지의 미소가 굳더니, 분노한 표정이 스쳤다. "이건 뭐지, 무슨 장난질이지?"

"조심했을 뿐이다." 루스 볼턴이 밀폐 마차 커튼을 걷고 나타나며 속삭였다.

드레드포트의 영주는 자기 서자와 많이 닮지 않았다. 깔끔하게 면도해서 매끈한 얼굴은 평범하니, 잘생기지도 않았지만 못생기지도 않았다. 루스는 전투를 계속 치렀는데도 흉터 하나 없었다. 40세를 훌쩍 넘겼는데 주름도 없었고, 세월을 알려주는 선 하나 없었다. 입술은 어찌나 얇은지 꾹 다물면 아예 입술이 없어지는 것 같았다. 그에게는 나이를 벗어난 고요하고 영원한 느낌이 있었다. 루스 볼턴의 얼굴에서는 분노와 기쁨이 똑같아 보였다. 그와 램지에게 공통된 점은 눈동자뿐이었다. '눈이 얼음이야.' 구린내는 루스 볼턴이 운 적이 있긴 할까 궁금했다. '운다면, 저 뺨에 흐르는 눈물은 차가울까?'

예전, 테온 그레이조이라고 불렸던 청년은 롭 스타크와 함께 군사 회의에 둘러앉았을 때 볼턴을 자극하며, 그 조용한 목소리를 비웃고 거머리에 대해 농담하기를 좋아했었다. '분명히 화가 났었겠지. 농담을 할 상대가 아니야.' 볼턴의 새끼발가락만 해도 프레이 전원을 다 합친 것보다 더 잔인하리라는 것을 한눈에 알 수 있었다.

"아버지." 램지 공이 아버지 앞에 무릎을 꿇었다.

루스 공은 아들을 잠시 뜯어보았다. "일어나라." 그는 몸을 돌려 마차 안에서 내리는 젊은 여자 둘을 도왔다.

첫 번째는 키가 작고 상당히 뚱뚱해서, 얼굴이 동그랗고 붉었으며 흑담비 두건 속에서 세 겹의 턱살이 흔들렸다. "내 새 아내다." 루스 볼턴이 말했다. "왈다 부인, 이쪽이 내 서자요. 네 새어머니 손에 입을 맞추거라, 램지." 램지는 시키는 대로 했다. "그리고 분명 아리아 아가씨는 기억할 테지. 네 약혼녀다."

그 소녀는 날씬했고, 그의 기억보다 키가 컸지만, 그건 당연한 일이었다. '저 나이 여자애들은 빨리 크지.' 드레스는 회색 모직물로 만들어서 가장자리에 하얀 새틴을 둘렀다. 그 위에는 흰담비 망토를 걸치고 은으로 만든 늑대 머리로 고정했다. 어두운 갈색 머리가 등까지 내려왔다. 그리고 눈동자는…….

'저건 에다드 공의 딸이 아니야.'

아리아는 제 아버지의 눈을 닮았다. 스타크의 회색 눈이었다. 그 나이 또래라면 머리를 길게 기를 수도 있고, 키가 클 수도 있고, 가슴이 봉긋해질 수도 있지만, 눈 색깔이 바뀔 수는 없었다. '저건 산사의 친구였던 집사 딸이야. 제인, 그런 이름이었지. 제인 풀.'

"램지 공." 소녀는 램지 앞에서 무릎을 살짝 굽혀 인사했다. 그것도 잘못됐다. '진짜 아리아 스타크라면 얼굴에 침을 뱉었을 거야.' "당신에게 좋은 아내가 되어 대를 이을 튼튼한 아들들을 낳아드리고 싶습니다."

"그렇게 될 거요." 램지가 약속했다. "곧 그렇게 될 거야."

존

촛불은 밀랍 웅덩이에 잠겨 꺼졌지만, 창문 덧창 사이로 아침 햇살이 들어왔다. 존은 이번에도 일을 하다 말고 잠들었다. 무더기로 쌓인 책들이 탁자를 뒤덮었다. 밤 시간 절반을 등잔 불빛에 의지해서 먼지투성이 지하실을 뒤진 후에 직접 가져온 책들이었다. 샘의 말이 맞았다. 책을 시급히 분류하고 목록화하고 정리해야 했는데, 그건 읽지도 쓰지도 못하는 집사들에게 맡길 일이 아니었다. 샘이 돌아오기를 기다려야 했다.

'돌아온다면 말이지.' 존은 샘과 아에몬 학사가 걱정스러웠다. 코터 파이크는 이스트워치에서 쓴 편지에서 폭풍 까마귀호가 스카고스 해안에서 난파선을 보았다고 보고했다. 검은 새호인지, 스타니스 바라테온의 용병선인지, 아니면 지나가던 무역선인지는 폭풍 까마귀호의 선원들이 알아낼 수가 없었다. '난 길리와 아기를 안전한 곳으로 보내려 했는데, 그 대신 무덤으로 보내버린 걸까?'

거의 건드리지도 않은 어젯밤 저녁 식사가 팔꿈치 근처에 굳어 있었다. 구슬픈 에드는 그릇으로 삼은 오래된 빵을 부드럽게 만들기 위해 세 손가락 홉의 악명 높은 세 고기 스튜를 넘칠 듯이 담아놓았다. 형제들은 그 '세

고기'가 양고기, 양고기, 양고기라는 농담을 하곤 했지만 진실은 당근, 양파, 순무에 가까웠다. 남은 스튜 윗부분에서 차갑게 군은 기름층이 번들거렸다.

보웬 마시는 스타니스가 왕의 탑을 비우고 나가자 존에게 늙은 곰의 예전 거처로 들어가라 종용했지만, 존은 거절했다. 왕의 거처로 들어간다면 왕이 돌아오기를 기대하지 않는다는 뜻으로 해석하기가 너무 쉬웠다.

스타니스가 남쪽으로 진군한 이래 캐슬블랙에는 기묘한 무기력이 내려앉았는데, 마치 자유민들이나 검은 형제들이나 할 것 없이 숨을 죽인 채 무슨 일이 일어날지 기다리는 것 같았다. 식당과 마당들은 비어 있을 때가 많았고, 사령관의 탑은 껍데기만 있었고, 예전 휴게실은 시커멓게 탄 목재 더미였고, 하딘의 탑은 다음에 돌풍이 불면 쓰러질 것 같았다. 생명의 소리라고는 무기고 밖 훈련장에서 희미하게 장검이 부딪치는 소리밖에 들리지 않았다. 강철 에멧이 홉로빈에게 방패를 유지하라고 소리쳤다. '우리 모두 방패를 유지해야지.'

존은 씻고 옷을 입고 무기고를 나가다가, 훈련장에 잠시 멈춰서 홉로빈과 에멧의 다른 훈련생들에게 격려의 말을 몇 마디 건넸다. 따라오겠다는 타이의 말은 언제나처럼 거절했다. 주위에 사람이라면 충분히 있었다. 피를 보게 된다면, 한두 명이 더해진다고 달라질 것도 없었다. 하지만 '긴 발톱'은 챙겼고, 고스트가 뒤따라왔다.

마구간에 도착했을 때는 구슬픈 에드가 사령관의 승용마에 안장을 얹고 굴레를 씌워 준비를 마친 상태였고, 보웬 마시의 감시 속에서 짐마차들이 정렬하고 있었다. 집사장은 추위에 벌게진 뺨으로 대열 앞뒤를 오가며 지적을 하고 투덜거리다가 존을 보자 그 뺨이 더 붉어졌다. "사령관님, 정말 하실 겁니까, 이런……"

"바보짓을요?" 존이 마시의 마음을 대신 말했다. "바보짓이라고 하려던 건 아니었길 바랍니다. 그래요, 할 겁니다. 얘기 끝났잖아요. 이스트워치엔 사람이 더 필요해요. 섀도타워도 사람이 더 필요해요. 그레이가드와 아이스마크도 그럴 테고, 우리에겐 아직 비어 있는 성이 열네 개나 더 있어요. 아직도 기나긴 장벽이 감시도 방어도 없이 남아 있어요."

마시가 입술을 오므렸다. "모르몬트 사령관님은—"

"돌아가셨죠. 그것도 야인이 아니라 결의형제들의 손에, 믿었던 남자들 손에 죽었어요. 집사장님도 저도 지금 모르몬트 사령관님이 계셨다면 무슨 일을 했을지 안 했을지 알 수가 없습니다." 존은 말을 휙 돌렸다. "대화는 그만하죠. 갑니다."

구슬픈 에드는 이들의 대화를 다 들었다. 보웬 마시가 총총히 멀어지자 그는 그 등 쪽으로 고갯짓하며 말했다. "석류란. 씨만 가득하다니까요. 먹다가 질식해 죽을 수도 있어요. 저라면 순무를 먹겠습니다. 순무를 먹어서 탈이 났다는 소린 못 들어봤어요."

아에몬 학사가 제일 그리울 때가 이런 때였다. 클라이다스는 까마귀들을 잘 돌봤지만, 아에몬 타르가르옌의 지식이나 경험에는 10분의 1도 미치지 못했고, 지혜 차이는 더 심했다. 보웬은 나름대로 좋은 사람이었지만, 해골 다리에서 입은 부상에 원래의 태도가 더 확고해졌고 이제는 늘 문을 봉쇄해야 한다는 노래만 불러댔다. 오델 야윅은 과묵한 만큼 둔감하고 상상력이 없었고, 제1순찰자들은 임명받는 족족 죽는 것 같았다. '밤의 경비대는 최고의 대원들을 너무 많이 잃었어.' 존은 짐마차들이 움직이기 시작하자 생각했다. '늙은 곰, 반쪽 손 쿼린, 도날 노이, 자먼 벅웰, 숙부님……'

행렬이 왕의 가도를 따라 남쪽으로 향하는 동안 가벼운 눈이 내리기 시작했다. 길게 이어지는 짐마차들이 들판과 개울과 나무가 자란 언덕 비탈들을 지나며 나아가고, 창병 십여 명과 궁수 십여 명이 호위로 말을 달렸다. 지난 몇 번의 방문에서는 몰스타운에서 추한 꼴이 벌어졌었다. 서로 조금씩 밀고 밀치고, 작은 소리로 욕설이 좀 오가고, 뚱한 눈빛은 많이 오갔다. 보웬 마시는 위험을 감수하지 않는 게 좋겠다고 생각했고, 이번만은 존도 같은 의견이었다.

집사장이 맨 앞에 섰다. 존은 몇 미터 뒤에서 말을 몰았고, 구슬픈 에드 톨렛이 그 옆에 붙었다. 캐슬블랙에서 남쪽으로 800미터쯤 갔을 때, 에드가 조랑말을 존 옆으로 붙이더니 말했다. "사령관님? 저 위 좀 보십쇼. 언덕 위의 큰 주정뱅이요."

그 주정뱅이란 몇백 년간 바람을 받으며 비스듬히 구부러진 물푸레나무였다. 그리고 이제 그 나무엔 얼굴이 있었다. 근엄한 입매, 코 대신 놓인 부러진 나뭇가지, 줄기에 깊이 새겨진 두 개의 눈이 왕의 가도 북쪽, 캐슬블랙과 장벽을 바라보았다.

'결국 야인들은 자기들의 신을 데려왔군.' 존은 놀라지 않았다. 사람들은 종교를 그리 쉽게 포기하지 않는다. 장벽 너머에서 멜리산드레 사제가 획책했던 화려한 의식이 갑자기 광대극처럼 공허해졌다. "에드를 좀 닮았네요." 그는 가볍게 넘겨보려고 말했다.

"암요, 사령관님. 제 코에 잎사귀가 돋아나진 않지만, 그거 말곤 비슷하네요……. 멜리산드레 님이 좋아하지 않겠는데요."

"좋아하지 않겠죠. 아무도 전하지 않게 해요."

"그렇지만 그 불 속에서 보잖아요."

"연기와 재를 보겠죠."

"불타는 사람들도 보겠죠. 저일 가능성이 높네요. 코에 잎사귀도 난 모습으로요. 전 언제나 불타는 게 두려웠는데, 불타기 전에 먼저 죽었으면 좋겠어요."

존은 나무 얼굴을 다시 보며 누가 새겼을까 생각했다. 몰스타운 주위에는 위병들을 세워두었다. 까마귀들이 야인 여자들에게 가지 못하게 하고,

또 자유민들이 남쪽으로 빠져나가 약탈하지 못하게 하기 위해서였다. 물푸레나무에 얼굴을 새긴 게 누군지는 몰라도 파수병들을 따돌린 건 분명했다. 그리고 한 명이 빠져나갈 수 있다면, 다른 사람들도 그럴 수 있었다. '또 위병을 두 배로 늘릴 수도 있겠지.' 존은 냉소적으로 생각했다. '두 배로 대원들을 낭비하는 셈이야. 여기가 아니었다면 장벽을 걷고 있을 대원들을.'

짐마차들은 얼어붙은 진흙탕과 눈보라를 뚫고 천천히 남쪽으로 나아갔다. 1.5킬로미터쯤 더 가자 두 번째 얼굴과 마주쳤는데, 차가운 개울물 옆에 자란 밤나무에 새겨놓았고 두 눈은 개울에 댄 낡은 판자 다리를 감시할 수 있는 방향을 바라보았다. "말썽이 두 배일세." 구슬픈 에드가 말했다.

그 밤나무는 잎이 다 떨어지고 앙상한 몰골이었으나, 헐벗은 갈색 가지들은 비어 있지 않았다. 개울 위로 뻗은 낮은 가지에 까마귀 한 마리가 앉아서, 추위에 깃털을 세우고 몸을 움츠렸다. 까마귀는 존을 보자 날개를 펴고 까악 소리를 질렀다. 존이 주먹을 들어 휘파람을 불자 커다란 검은 새가 퍼덕퍼덕 날아오며 외쳤다. "옥수수, 옥수수, 옥수수."

"옥수수는 자유민들을 위한 거야. 네가 아니라." 존이 말했다. 다가오는 겨울이 진행되기도 전에 까마귀를 잡아먹는 지경에 이르는 건 아닐까 궁금했다.

존은 짐마차에 탄 형제들도 그 얼굴을 보았음을 의심하지 않았다. 아무도 말은 하지 않았지만, 그것은 눈 있는 사람이라면 누구라도 읽을 수 있는 명백한 메시지였다. 존은 언젠가 만스 레이더가 무릎 꿇는 자들은 대부분 양 떼라고 말하는 것을 들었다. "자, 개는 양 떼를 몰 수 있지." 장벽 너머의 왕은 그렇게 말했었다. "하지만 자유민은, 글쎄, 어떤 사람은 그림자삵이고 어떤 사람은 돌이거든. 그림자삵은 저 좋을 대로 다니다가 네 개들을 갈가리 찢을 거야. 그리고 돌들은 걷어차지 않는 한 움직이지 않지." 그림자삵도 돌도 잘 알지도 못하는 신 앞에 절을 하기 위해 평생 숭배한 신들을 포기할 것 같지는 않았다.

그들은 몰스타운 바로 북쪽에서 세 번째 감시자와 마주쳤는데, 마을 영역을 표시하는 거대한 참나무에 깊이 새긴 두 눈이 왕의 가도를 보고 있었다. '우호적인 얼굴은 아니야.' 존 스노우는 생각했다. 최초인들과 숲의 아이들이 오래전에 영목에 새긴 얼굴들은 원래 엄격하거나 무정할 때가 많았지만, 이 거대한 참나무는 금방이라도 땅에서 뿌리를 뽑아 포효하며 달려들 것처럼 화나 보였다. '이 상처는 이걸 새긴 자들의 상처만큼이나 생생해.'

몰스타운은 언제나 보기보다 컸다. 마을 대부분은 추위와 눈을 피할 수 있는 지하에 자리했다. 지금은 전보다 더 그랬다. 텐족의 마그나는 캐슬블랙을 공격하기 위해 통과할 때 빈 마을에 불을 질렀고, 그 덕분에 땅 위에는 시커멓게 탄 들보와 까맣게 그을린 돌만 쌓였지만…… 얼어붙은 땅 밑에는 지하실과 터널과 깊은 저장실이 버티고 있었다. 자유민들이 피난처로 삼아, 이 마을의 이름대로 두더지(mole)들처럼 어둠 속에 모여든 곳도 거기였다.

짐마차들이 예전에는 마을 대장간이었던 자리 앞에 초승달 형태로 섰다. 근처에서는 얼굴이 발갛게 된 아이들이 눈싸움을 짓고 있었는데, 검은 망토를 걸친 형제들을 보자 흩어져서 이 굴, 저 굴로 사라졌다. 몇 분 후에는 땅속에서 어른들이 나왔다. 악취도 함께 흘러나왔다. 씻지 않은 몸뚱이와 더러워진 옷들, 분뇨 냄새였다. 존은 대원 한 명이 코를 찡그리며 옆에 선 대원에게 뭐라고 말하는 모습을 보았다. '자유의 냄새에 대한 농담이겠지.' 너무 많은 형제들이 몰스타운 야만인들의 악취에 대해 농담을 해댔다.

'무지한 거야.' 존은 생각했다. 자유민은 밤의 경비대 대원들과 다르지 않았다. 깨끗한 사람도 있고 지저분한 사람도 있지만, 대부분은 깨끗했다가 지저분했다가 했다. 이 악취는 그저 천 명이 원래는 백 명도 안 되는 사람들을 위해 판 지하실과 터널에 몰려들면서 나는 냄새일 뿐이었다.

야인들은 처음도 아닌지라, 말없이 짐마차들 뒤에 줄을 섰다. 남자 한 명 당 여자가 세 명은 있었고, 많은 여자들이 아이들과 함께였다. 허옇고 앙상 한 아이들이 어미 치맛자락을 붙들고 있었지만, 품에 안긴 아기는 거의 보 이지 않았다. '갓난아기들은 진군 중에 죽은 거야.' 존은 깨달았다. '그리고 전투에서 살아남은 아기들도 왕의 방책 안에서 죽었겠지.'

전사들이 더 잘 살아남았다. 저스틴 매시는 군사 회의에서 싸울 만한 나 이의 남자가 300명이라고 주장했었다. 하우드 펠 공이 헤아렸다고. '창 마 누라들도 있어. 50, 60, 어쩌면 100명까지.' 존은 펠이 부상을 입은 남자들 을 셈에 포함시켰음을 알았다. 부상자가 20명쯤 보였다. 조잡한 목발을 짚 은 남자들, 빈 소매를 펄럭이거나 손이 하나 없는 남자들, 눈 하나 아니면 얼굴 절반이 없는 남자들에 다리가 없어서 두 친구가 들어 옮기는 남자도 하나 있었다. 그리고 모두 얼굴이 청백하고 여위었다. '망가졌군. 살아 있는 시체는 시귀들만이 아니야.'

싸울 만한 남자들이 모두 망가진 건 아니었다. 청동 미늘 갑옷을 입은 텐족 대여섯 명은 다른 사람들과 합류하려 하지 않고 지하실 계단을 둘러 싸고 서서 뚱한 눈으로 쳐다보고 있었다. 마을 대장간의 폐허에서 슬쩍 보 인 덩치 큰 대머리는 개 머리 하르마의 동생인 할렉이었다. 하지만 하르마 의 돼지들은 사라졌다. '보나 마나 먹었겠지.' 모피를 두른 두 명은 뿔발족 남자로, 앙상한 만큼이나 사나웠고, 눈밭에서도 맨발이었다. '여기 양 떼 사이엔 아직 늑대들이 있어.'

지난번에 찾아갔을 때 발도 그 점을 상기시켰다. "자유민과 무릎 꿇는 자들은 다른 점보다 비슷한 점이 많아요, 존 스노우. 장벽 어느 쪽에서 태 어났든 남자들은 남자들이고 여자들은 여자들이지. 좋은 사람과 나쁜 사 람, 영웅과 악당, 명예를 아는 사람과 거짓말쟁이, 겁쟁이, 짐승 같은 놈들……. 당신들만큼 우리에게도 많아요."

'틀린 말은 아니었어.' 그 둘을 구분하고, 양들을 염소들과 갈라놓는 것이 문제였다.

검은 형제들이 식량을 나눠주기 시작했다. 그들은 딱딱한 염장 소고기, 말린 대구, 말린 콩, 순무, 당근, 보릿가루와 밀가루 포대, 식초에 절인 계란, 양파와 사과 통들을 가져왔다. "양파 아니면 사과를 받을 수 있어." 털북숭이 할이 어떤 여자에게 하는 말이 들렸다. "하지만 둘 다는 안 돼. 골라야 해."

여자는 이해하지 못하는 것 같았다. "둘 다 두 개씩 필요해. 나한테 하나씩, 내 아들한테 하나씩. 아들이 아픈데, 사과를 먹으면 좋아질 거야."

할은 고개를 저었다. "자기 사과는 자기가 받으러 와야 해. 양파도 마찬가지고. 둘 다는 안 돼. 당신도 마찬가지야. 자, 사과야 양파야? 빨리 정해. 뒤에 사람들 더 있잖아."

"사과." 여자가 말하자 할은 사과를 건넸다. 작고 쪼글쪼글하니, 오래되어 마른 사과였다.

"비켜, 여자." 세 자리 뒤에 선 남자가 외쳤다. "밖은 춥다고."

여자는 그에게 신경도 쓰지 않고 털북숭이 할에게 말했다. "사과 하나만 더 줘. 내 아들 주게. 제발. 이건 너무 작아."

할이 존을 쳐다보았다. 존은 고개를 저었다. 사과는 금세 떨어질 터였다. 두 개를 원하는 사람마다 두 개씩 주다 보면, 나중에 온 사람들은 받을 수가 없었다.

"비켜." 여자 뒤에 선 소녀가 말하더니, 등을 밀었다. 여자는 비틀거리다가 사과를 떨구고 쓰러졌다. 품고 있던 다른 식량도 다 날아갔다. 콩이 흩어지고, 순무 하나가 진흙탕에 굴러 들어가고, 밀가루 포대가 찢어져서 속에 든 귀한 가루를 눈밭에 뿌렸다.

성난 목소리들이 옛 언어와 공용어로 소리를 쳤다. 몇 명이 뛰쳐나와 다른 짐마차 앞에 나섰다. "부족해." 한 노인이 고함을 쳤다. "너희 망할 까마귀들은 우릴 굶겨 죽이고 있어." 쓰러진 여자는 네 발로 기면서 식량을 긁어모았다. 존은 몇 미터 떨어진 곳에서 번득이는 강철빛을 보았다. 궁수들이 활에 화살을 메기고 있었다.

그는 안장에서 몸을 돌렸다. "로리. 조용히 시켜."

로리가 큰 나팔을 들어 올려 불었다.

부우우우우우우우우우우우우우우우우우우우우우우우우우우.

밀치고 밀리던 소란이 잦아들었다. 고개들이 돌아다보고, 어린아이 하나가 울음을 터뜨렸다. 모르몬트의 까마귀가 고개를 끄덕거리면서 존의 왼쪽 어깨에서 오른쪽 어깨로 걸어가며 중얼거렸다. "스노우, 스노우, 스노우."

존은 메아리가 다 사그라들 때까지 기다렸다가 승용마에 박차를 가해서 모두가 볼 수 있는 곳으로 나섰다. "우린 최선을 다해 여러분을 먹이고 있습니다. 여러분으로 쓸 수 있는 식량은 다 쓰고 있어요. 사과, 양파, 순무, 당근……. 우리 모두에게 긴 겨울이 다가오고 있고, 우리의 저장고는 무궁무진하지 않습니다."

"까마귀들은 잘만 먹는구먼." 할렉이 나섰다.

'지금은 그렇지.' "우린 장벽을 지키고 있어요. 장벽은 왕국을 지키고…… 이제는 여러분도 지킵니다. 여러분은 우리가 마주한 적을 알지요. 무엇이 우리에게 오고 있는지 알아요. 전에 마주해본 사람들도 있을 겁니다. 시귀와 백귀, 새파란 눈에 새까만 손의 시체들 말입니다. 저도 그것들을 직접 봤고, 싸워도 보았으며, 하나는 지옥으로 보냈습니다. 그것들은 죽이는 데그치지 않고, 죽은 사람들을 다시 보냅니다. 거인들은 그것들에게 맞설 수 없었고, 텐족도 맞설 수 없었고, 얼음강의 부족들도, 뿔발족도, 자유민도못 했습니다……. 낮이 짧아지고 밤이 추워질수록 그것들은 더 강해지고 있어요. 여러분은 집을 버리고 수백, 수천 명씩 남쪽으로 왔죠……. 그것들에게서 도망치려고 그런 게 아닙니까? 안전해지고 싶어서요. 자, 이제 여러분을 안전하게 지키는 건 장벽입니다. 여러분을 안전하게 지키는 건, 여러분이 싫어하는 우리, 검은 까마귀들입니다."

"안전하게 굶어 죽어가지." 풍상에 삭은 얼굴의 땅딸막한 여자가 말했다. 보아하니 창 마누라였다.

"더 먹고 싶습니까?" 존이 물었다. "식량은 전사들 우선입니다. 장벽을 지키게 우리를 돕는다면, 까마귀들과 똑같이 잘 먹게 될 겁니다." '식량이 떨어져가면 똑같이 못 먹을 거고.'

정적이 내려앉았다. 야인들은 경계하는 눈빛을 교환했다. "먹어." 까마귀가 중얼거렸다. "옥수수, 옥수수."

"너희를 위해 싸워?" 억양이 심하게 두드러지는 목소리였다. 텐족의 젊은 마그나, 시고른은 공용어를 토막토막으로밖에 말하지 못했다. "너희를 위해 안 싸워. 죽이는 게 나아. 너희 다 죽여."

까마귀가 날개를 퍼덕였다. "죽여, 죽여."

시고른의 아버지인 예전 마그나는 캐슬블랙 공격 중에 무너지는 계단에 깔려 죽었다. '나도 라니스터와 힘을 합치라고 한다면 저렇게 생각할 거야.' 존은 스스로를 타이르고 시고른에게 상기시켰다. "네 아버지는 우리를 죽이려고 했다. 마그나는 용감한 남자였지만 실패했어. 그리고 마그나가 성공했다면…… 장벽은 누가 지켰을까?" 그는 텐족에게서 몸을 돌렸다. "윈터펠의 성벽도 튼튼했지만, 지금 윈터펠은 불타고 무너진 폐허가 됐습니다. 벽은 오직 벽을 지키는 사람들만큼만 강해요."

순무를 품에 안은 노인이 말했다. "우리를 죽이고, 우리를 굶기더니, 이젠 우릴 노예로 삼고 싶어 하는군."

붉은 얼굴의 땅딸한 남자 하나가 맞장구를 쳤다. "그 시커먼 누더기를 걸치느니 벌거벗고 말겠다."

창 마누라 하나가 웃음을 터뜨렸다. "네 마누라도 네가 벗은 모습은 보고 싶어 하지 않아, 버츠."

열 몇 명이 한꺼번에 말하기 시작했다. 텐족은 옛 언어로 고함을 쳐댔다. 어린 소년 하나가 울기 시작했다. 존 스노우는 그 모든 것이 잦아들기를 기다렸다가 틸북숭이 할을 돌아보고 말했다. "할, 이 여자에게 뭐라고 말했지?"

할은 당황한 얼굴이었다. "식량 말입니까? 사과 아니면 양파라고 했던 거요? 그 말밖에 안 했습니다. 골라야 한다고 했죠."

"골라야 한다." 존 스노우는 그 말을 반복했다. "여러분 모두 골라야 합니다. 아무도 우리의 서약을 받아들여야 한다고 요구하지 않고, 난 여러분이 무슨 신을 섬기든 상관 안 합니다. 나의 신은 옛 신들, 북부의 신들이지만 여러분은 붉은 신이든, 일곱이든, 여러분의 기도를 듣는 다른 어느 신이든 유지해도 됩니다. 우리에게 필요한 건 창이에요. 활이고. 장벽 위의 눈입니다.

열두 살 이상으로 창을 쥐거나 활을 쏠 수 있는 소년이라면 누구나 받겠습니다. 노인도, 부상자도, 불구자라도, 더는 싸울 수 없는 남자라도 받지요. 싸우지 못해도 수행할 수 있는 일이 있을 겁니다. 화살을 나르거나, 염소젖을 짜거나, 장작을 모으거나, 마구간을 청소하거나…… 일은 끝없이 있습니다. 그리고 여자들도 받겠습니다. 보호해야 하는 수줍은 처녀들은 필요 없습니다. 하지만 창 마누라라면 얼마든 받겠습니다."

"여자애라도?" 한 소녀가 물었다. 존이 마지막으로 보았을 때의 아리아 또래쯤으로 보였다.

"열여섯 이상이라면."

"남자애는 열두 살 이상이면 받는다면서."

칠왕국에서 열두 살 소년은 시동이나 종자로 들어가는 일이 많았다. 많은 경우 이미 몇 년 동안 무기 훈련을 받은 아이들이었다. 열두 살 소녀들은 어린애였다. '하지만 이들은 야인이야.' "원하는 대로 하지. 소년, 소녀 모두 열두 살 이상. 하지만 명령에 복종하는 법을 아는 경우만이야. 이건 여러분 모두에게 마찬가지입니다. 나에게 무릎을 꿇으라고는 안 하겠지만, 여러분에게 부대장을 둘 것이고, 하사관들이 언제 일어나고 언제 잘지, 언제 먹을지, 언제 마실지, 뭘 입을지, 언제 장검을 뽑고 화살을 쏠지 알려줄 겁니다. 밤의 경비대 대원들은 평생 복무하지요. 여러분에게 그런 요구는 하지 않겠지만, 장벽 위에 있는 한 여러분은 내 지휘하에 들어옵니다. 명령에 불복하면 목을 자를 겁니다. 내가 안 그럴지 내 형제들에게 한번 물어봐요. 내가 실행하는 걸 다들 봤으니."

"잘라." 늙은 곰의 까마귀가 우짖었다. "잘라, 잘라, 잘라."

"선택은 여러분이 합니다." 존 스노우는 야인들에게 말했다. "우리를 도와서 장벽을 지키고 싶은 사람은 나와 함께 캐슬블랙으로 돌아가면, 내가 무장하고 식사하게 해주겠습니다. 나머지는 순무와 양파를 받아서 굴속으로 들어가세요."

질문을 했던 소녀가 제일 먼저 나섰다. "난 싸울 수 있어. 어머니가 창 마누라였어."

존은 고개를 끄덕였다. '열두 살도 안 됐을지도 몰라.' 늙은 남자 둘 사이에서 꼼지락대는 모습을 보니 그런 생각이 들었지만, 유일한 자원자를 물리칠 마음은 없었다.

열네 살쯤 된 애송이 소년 둘이 뒤따랐다. 그다음은 한쪽 눈을 잃은 흉터투성이 남자였다. "나도 그놈들 봤다. 죽은 놈들. 까마귀라도 그것보단 낫지." 키 큰 창 마누라 하나, 목발 짚은 노인 하나, 둥그런 얼굴에 한쪽 팔이 못다 자란 소년 하나, 붉은 머리가 이그리트를 연상시키는 청년 하나……

그다음에 할렉이 나왔다. "난 너희가 싫다, 까마귀." 할렉은 으르렁대듯 말했다. "하지만 만스도 좋아한 적 없었지. 누나도 만스를 좋아하지 않았지만, 그래도 우린 만스를 위해 싸웠어. 널 위해 못 싸울 것도 없겠지?"

그러자 댐이 무너졌다. 할렉은 유명인이었다. '만스 말이 틀리지 않았어.' 장벽 너머의 왕은 존에게 말했었다. "자유민은 이름이라든가, 튜닉에 수놓은 쪼끄만 천 동물들을 따르지 않아. 돈을 준다고 춤을 추지도 않고, 네가 뭐라고 자칭하든 직위가 뭐든 할아버지가 누구였든 상관 안 해. 자유민은 힘을 따른다. 남자를 따르지."

할렉의 사촌들이 할렉을 뒤따랐고, 그다음에는 하르마의 깃발을 들던 남자 하나가, 그다음에는 하르마와 함께 싸우던 남자들이, 그다음에는 그들의 기량에 대해 들어본 사람들이 따라왔다. 흰 수염의 노인들과 풋내기 소년들, 한창때의 전사들, 부상자들과 불구자들, 스무 명이 넘는 창 마누라들에 뿔발족도 셋이나 나왔다.

'그래도 텐족은 없어.' 젊은 마그나는 몸을 돌려 터널 속으로 사라졌고, 청동 갑옷을 입은 마그나의 부하들도 그 뒤를 따라 사라졌다.

시든 사과 마지막 한 알이 배급됐을 때쯤 짐마차에는 야인들이 가득했고, 그들은 아침에 캐슬블랙을 출발할 때보다 예순세 명 더 늘어나 있었다. "저들을 어떻게 하실 겁니까?" 왕의 가도를 따라 돌아가는 길에 보웬 마시가 존에게 물었다.

"훈련시키고, 무장시키고, 갈라놔야죠. 필요한 곳에 보낼 겁니다. 이스트워치, 섀도타워, 아이스마크, 그레이가드에요. 성도 세 군데 더 열 생각입니다."

집사장이 다시 야인들을 보았다. "여자들도요? 우리 형제들은 여자들이 함께 있는 데 익숙하지 않습니다, 사령관님. 형제들의 서약이⋯⋯. 싸움이 일어날 겁니다. 강간에⋯⋯."

"저 여자들은 칼을 갖고 있고, 쓸 줄도 알아요."

"그래서 저 창 마누라 중에 누군가가 우리 형제의 목을 긋고 나면, 그다음에는요?"

"한 명을 잃겠죠." 존이 말했다. "우린 예순세 명을 얻었습니다. 집사장님은 숫자에 밝으시죠. 틀렸다면 바로잡아주세요. 내가 보기에는 그래도 예순둘이 남습니다."

보웬 마시는 수긍하지 않았다. "사령관님은 먹일 입을 예순셋 더하신 겁니다……. 그중에 얼마나 많은 수가 싸울 것이고, 어느 편에서 싸울까요? 다른 자들이 문 앞에 들이닥친다면 대부분 우리와 함께 싸우겠지요……. 하지만 거인의 재앙 토르문드나 울보가 울부짖는 살인자 만 명과 함께 온다면, 그때는요?"

"그때 알게 되겠지요. 그러니 그런 일은 일어나지 않길 빕시다."

티리온

그는 아버지와 수의에 싸인 군주가 나오는 꿈을 꾸었다. 그 둘이 같은 인물이라는 꿈이었고, 아버지가 돌이 된 두 팔로 그를 끌어안고 고개를 숙여 회색 입맞춤을 신사했을 때 깨어나보니, 입은 바싹 마른 데다 피 맛이 감돌았고 심장은 쿵쾅거렸다.

"우리 죽은 난쟁이가 우리에게 돌아왔군." 할돈이 말했다.

티리온은 꿈의 거미줄을 털어내려 고개를 흔들었다. '소로스. 난 소로스에서 물에 빠졌어.' "나 안 죽었소."

"그건 봐야 알지." 반쪽 학사가 티리온을 내려다보고 섰다. "오리, 착한 새가 되어 여기 우리 작은 친구가 먹을 수프를 좀 끓이게. 미친 듯이 배가 고플 거야."

티리온은 수줍은 처녀호에서 식초 냄새가 나는 까끌까끌한 담요를 덮고 있었다. '소로스는 지나갔어. 내가 물에 빠져 죽는 꿈을 꿨을 뿐이야.' "왜 내 몸에서 식초 냄새가 나지?"

"레모어가 내내 식초로 자네를 씻겼다네. 식초 목욕이 회색비늘을 막는 데 도움이 된다는 말이 있거든. 과연 그럴까 싶네만, 시도해봐서 나쁠 건 없었어. 그리프가 자네를 끌어 올린 후에 강제로 물을 토해내게 만든 것도 레모어였네. 자넨 얼음처럼 차가웠고, 입술은 새파랬지. 얀드리는 자네를 다시 던져버려야 한다고 했는데, 우리 젊은이가 막았다네."

'왕자가.' 기억이 쏟아지듯 돌아왔다. 금이 간 회색 손을 뻗던 돌인간, 그 손가락 관절에서 배어 나오던 피. '바윗돌처럼 무거워서 나를 끌고 내려갔지.' "그리프가 날 끌어 올렸다고?" '날 미워하는 게 분명해. 그렇지 않았다면 죽게 내버려뒀을 거야.' "내가 얼마나 잔 거요? 여긴 어디고?"

"셀호리스야." 할돈은 소매에서 작은 칼을 하나 꺼냈다. "자." 그는 티리온에게 그 칼을 던졌다.

티리온은 움찔했다. 칼은 그의 두 발 사이 갑판에 꽂혀서 부르르 떨렸다. 그는 칼을 뽑았다. "이건 뭐요?"

"장화를 벗고, 발가락과 손가락을 하나씩 다 찌르게."

"그거…… 아프겠는데."

"그랬으면 좋겠군. 어서 해."

티리온은 한쪽 장화를 당겨서 벗고, 반대쪽도 벗겨낸 다음 타이츠를 내리고 발가락을 노려보았다. 평소보다 나아 보이지도, 나빠 보이지도 않았다. 그는 엄지발가락 하나를 조심조심 찔렀다.

"더 세게." 반쪽 학사 할돈이 재촉했다.

"피가 났으면 하는 거요?"

"필요하다면 그래야지."

"발가락마다 딱지가 앉겠군."

"발가락 수를 세겠다고 이러는 게 아니야. 자네가 얼굴을 찌푸리는 걸 보고 싶네. 아프면 아플수록 자네가 안전한 거야. 자넨 칼날이 느껴지지 않을 때나 두려워하라고."

'회색비늘병.' 티리온은 얼굴을 찌푸렸다. 그는 다른 발가락을 찌르고, 칼

끝에 핏방울이 솟자 욕을 했다. "아파. 행복하쇼?"

"기뻐서 춤이라도 추겠네."

"발 냄새가 나보다 심하네, 욜로." 오리가 수프 한 잔을 가져왔다. "그리프가 돌인간에게는 손대지 말라고 경고했잖아."

"그랬지. 하지만 돌인간들에게 나한테 손대지 말라고 경고하는 건 깜빡하셨고."

"찌르면서 죽어 회색 피부가 된 부분은 없는지, 꺼멓게 변해가는 손톱이나 발톱이 없는지 찾아보게." 할돈이 말했다. "그런 징후가 보인다면 망설이지 마. 발을 잃느니 발가락 하나 잃는 게 낫지. 평생 꿈의 다리에서 울부짖느니 팔 하나 잃는 게 낫고. 자, 이제 반대쪽 발을 찌르게. 그다음엔 손가락을."

티리온은 짧은 다리를 꼬고 반대쪽 발가락을 하나씩 찌르기 시작했다. "거시기도 찔러볼까?"

"그것도 나쁠 것 없지."

"댁한테는 나쁠 게 없단 말이겠지. 내가 그놈을 어떻게 써먹나 생각하면 잘라내는 게 좋을지도 모르지만 말이야."

"편한 대로 하게나. 무두질을 하고 속을 채워 행운의 부적으로 팔지. 난쟁이의 음경엔 마법의 힘이 있거든."

"몇 년째 온갖 여자들에게 그 말을 하고 다녔지." 티리온은 단검 끝을 엄지손가락에 댔고 피가 솟아오르자 빨았다. "언제까지 자기 고문을 계속해야 하지? 언제면 내가 깨끗하다고 확신하게 되는 거요?"

"완전하게?" 반쪽 학사가 말했다. "그런 날은 영영 안 와. 자넨 그 강물의 반은 삼켰어. 지금도 회색이 되어가고 있을지 모르네. 안에서부터 돌로 변할지도 모르지. 심장과 폐부터. 그렇다면 발가락을 찌르고 식초 목욕을 한다고 자넬 구하진 못해. 다 찌르고 나면 수프를 먹게."

수프는 맛있었지만, 티리온은 먹는 동안 반쪽 학사가 테이블을 사이에 두고 멀찍이 앉았음을 알아차렸다. 수줍은 처녀는 로인강 동쪽 강둑의 어느 낡은 잔교에 정박해 있었다. 잔교 두 개 저편에서는 볼란티스의 강 갤리선 한 척이 병사들을 내렸다. 사암벽 아래에 상점과 노점과 창고가 모여 있었고, 그 너머로 도시의 탑들과 돔들이 저물어가는 햇빛에 불그레하게 보였다.

'아니, 도시가 아니지.' 셀호리스는 아직도 한갓 마을로 간주되었고, 볼란티스의 통치를 받았다. 여기는 웨스테로스가 아니었다.

레모어가 왕자를 데리고 갑판 위에 나타났다. 그녀는 티리온을 보자 갑판을 내달려서 그를 끌어안았다. "어머니께선 자비로우십니다. 우리 모두 당신을 위해 기도했어요, 휴고르."

'적어도 당신은 그랬군.' "당신 탓은 안 하겠습니다."

젊은 그리프의 인사는 덜 야단스러웠다. 어린 왕자는 뚱했고, 얀드리와 이실라와 같이 뭍에 오르지 못하고 수줍은 처녀호에 남아야 했다는 사실에 화가 나 있었다. "안전하게 지키고 싶어서 그래요." 레모어가 말했다. "불안한 시절이니까."

반쪽 학사 할돈이 설명했다. "소로스에서 셀호리스로 내려오는 길에 강 동쪽 기슭을 따라 남쪽으로 달려가는 기수들을 세 번이나 봤다네. 도트락인들이었어. 한 번은 땋은 머리에 달린 종 소리가 들릴 정도로 가까웠고, 가끔 밤이면 동쪽 언덕 너머에 도트락인들이 피운 불을 볼 수 있었지. 군선들도 지나쳤다네. 노예 병사들을 가득 태운 볼란티스의 강 갤리선들이었어. 삼두가 셀호리스 공격을 걱정하는 모양일세."

티리온은 바로 이해했다. 강가의 주요 마을 중에서 유일하게 셀호리스만 로인강 동쪽 기슭에 있어, 다른 자매 마을들보다 기마전사들의 습격에 훨씬 취약했다. '그렇다 해도 작은 상품인데. 내가 칼이라면 셀호리스를 치는

척해서 볼란티스가 방어하려 달려들게 한 다음 남쪽으로 방향을 돌려 볼란티스를 세게 치겠어.'

"난 검을 쓸 줄 알아요." 젊은 그리프가 주장했다.

"제일 용감한 선조들도 위험한 시절에는 킹스가드를 늘 데리고 다녔어요." 레모어는 성사의 로브를 벗고 부유한 상인의 아내나 딸에게 걸맞은 옷을 입었다. 티리온은 레모어를 찬찬히 살폈다. 그는 그리프와 젊은 그리프의 염색한 파란 머리 아래 진실을 쉽게 감지했고, 얀드리와 이실라는 보이는 모습 그대로인 듯했으며, 오리는 보기보다 더 낮은 지위였다. 그러나 레모어는……. '레모어는 실제로 누구지? 왜 여기에 있지? 돈 때문은 아니야. 이 왕자가 레모어에게 뭘까? 진짜 성사이긴 했을까?'

할돈도 레모어가 옷차림을 바꿨음을 알아보았다. "이 갑작스러운 신앙심 상실은 뭐라고 해야 합니까? 난 성사의 옷을 입은 모습이 더 좋았는데요, 레모어."

"난 벌거벗은 모습이 더 좋았어요." 티리온이 말했다.

레모어는 책망하는 눈으로 티리온을 보았다. "그야 당신이 짓궂은 영혼이기 때문이죠. 성사의 로브는 웨스테로스 티가 너무 나서, 원치 않는 시선을 끌 수도 있어요." 레모어는 아에곤 왕자를 돌아보았다. "숨어야 하는 사람은 혼자가 아니에요."

청년은 노여움이 풀리지 않은 듯했다. '완벽한 왕자이면서 아직 반쯤은 어린애로군. 세상과 세상의 온갖 문제에 대한 경험이 너무 적어.' 티리온이 말했다. "아에곤 왕자, 둘 다 이 배에 갇혔으니 시바스나 한 게임하는 영광을 베푸셔서 시간을 보내지 않겠습니까?"

왕자는 경계하는 눈빛으로 티리온을 보았다. "시바스는 지겨워."

"난쟁이에게 지는 게 지겹단 말씀이신지?"

이 말은 티리온의 의도대로 청년의 자존심을 긁었다. "가서 게임판과 말을 가져와. 이번엔 박살을 내주지."

그들은 선실 뒤편에 다리를 접고 앉아서 시바스를 뒀다. 젊은 그리프는 드래곤, 코끼리, 중장병을 앞 열에 세워서 공격용으로 군대를 배치했다. '젊은이다운 대형이군. 대담한 만큼 어리석어. 빠른 승리를 위해 모든 위험을 감수하다니.' 그는 왕자가 먼저 두게 했다. 할돈이 뒤에 서서 구경하고 있었다.

왕자가 드래곤에 손을 뻗자 티리온은 헛기침을 했다. "나라면 안 그러겠어. 드래곤을 너무 빨리 내보내는 건 실수야." 그는 천진하게 미소 지었다. "네 아버지는 지나친 대담함의 위험을 알고 있었지."

"내 친아버지를 알았어?"

"글쎄, 두세 번 봤지. 로버트가 왕자를 죽였을 때 난 열 살밖에 안 됐고, 내 아버지는 날 바위 아래 숨겨놨었지만. 그러니 라에가르 왕자를 알았다고 주장하진 못하겠다. 네 양아버지만큼은 도저히 아니지. 코닝턴 공은 왕자의 가장 친한 친구이지 않았나?"

젊은 그리프는 눈으로 흘러내린 파란 머리카락을 쓸어 넘겼다. "킹스랜딩에서 함께 종자 생활을 하셨지."

"우리의 코닝턴 공은 진정한 벗이야. 자기 영지와 지위를 다 빼앗고 추방시킨 왕의 손자에게 이토록 충성하다니, 진정한 벗일 수밖에 없지. 안타까운 일이야. 그러지만 않았어도 내 아버지가 킹스랜딩을 약탈했을 때, 라에가르 왕자의 친구가 가까이 있어서 왕자의 소중한 어린 아들이 벽에 뇌수를 튀기는 일은 없도록 구할 수 있었을 텐데."

청년은 얼굴을 붉혔다. "그건 내가 아니었어. 말했잖아. 그건 오줌 굽잇길에서 태어난 어느 무두장이의 아들이었어. 어미는 아이를 낳다 죽었고 아비는 아버 골드 한 단지를 받고 바리스 공에게 아이를 팔았지. 아들은 또 있었지만 아버 골드는 마셔본 적이 없었거든. 바리스는 그 오줌 굽이 아기를 우리 어머니에게 안겨주고 날 빼돌렸어."

"그래." 티리온이 코끼리를 움직였다. "그리고 그 오줌 굽이 왕자가 안전하게 죽자 내시가 널 협해 너머로 빼돌려서 친구인 뚱보 치즈 장수에게 보냈고, 치즈 장수는 널 장대배에 숨기고 기꺼이 널 자기 아들이라고 할 망명 영주를 찾아냈지. 멋진 이야기야. 네가 철왕좌에 앉으면 가수들이 너의 탈출에 대해 신나게 떠들어댈 거다……. 우리 아름다운 대너리스가 널 배우자로 삼는다는 가정하에 말이지."

"그럴 거야. 그래야 해."

"그래야 한다고?" 티리온은 쯧쯧 혀를 찼다. "그건 여왕들이 듣기 좋아하는 말이 아닌데. 네가 대너리스에게 완벽한 왕자라는 데에는 동의해. 총명하고 대담하고 어떤 처녀라도 원할 만큼 잘생겼지. 하지만 대너리스 타르가르옌은 처녀가 아니야. 도트락 칼의 과부인 데다 드래곤의 어머니이고 도시들의 약탈자, 한마니토 젖기슴 달린 정복자 아에곤이지. 네 바람만큼 반기지 않을 수도 있어."

"반길 거야." 아에곤 왕자는 충격받은 목소리였다. 미래의 신부가 자신을 거절할 수도 있다는 생각은 해본 적이 없는 게 분명했다. "넌 대너리스를 몰라." 그는 중장병을 집어서 쿵 소리 나게 내려놓았다.

티리온은 어깨를 으쓱였다. "난 대너리스가 망명해서 가난에 시달리며, 꿈과 계략을 먹고 살고, 이 도시 저 도시로 도망쳐 다니면서, 언제나 두려움에 떨고, 안전할 때라곤 없고, 친구라곤 어느 모로 보나 반쯤 미친 오빠 말고는 없는 어린 시절을 보냈다는 걸 알지……. 심지어 그 오빠는 군대를 빌려주겠다는 약속에 도트락인에게 동생을 팔았고 말이야. 난 저 초원 어딘가에서 대너리스의 드래곤들이 알을 깨고 나왔고, 대너리스도 알을 깨고 나왔다는 걸 알아. 자긍심이 높다는 것도 알지. 어떻게 안 그러겠어? 긍지 말고 남은 게 뭐가 있어서? 난 대너리스가 강하다는 걸 알아. 어떻게 안 그러겠어? 도트락인들은 약한 것을 혐오하는데. 대너리스가 약했다면 비세리스와 함께 죽었겠지. 난 대너리스가 사납다는 것도 알아. 아스타포, 융카이, 미린이 그 증거지. 대너리스는 초원과 붉은 황야를 건너고, 암살자와 음모자와 타락한 마법사에게서 살아남고, 오빠와 남편과 아들을 먼저 보내고, 그 앙증맞은 샌들 신은 발로 노예상들의 도시를 짓밟아 부쉈어. 자, 네가 동냥 그릇을 손에 들고 나타나면 이런 여왕의 반응이 어떨 것 같아? '안녕, 고모. 난 죽음에서 살아 돌아온 조카 아에곤이야. 평생 장대배에 숨어 살았지만, 이젠 파란 염색을 씻어냈고 드래곤을 한 마리 갖고 싶어. 제발……. 아참, 그런데 내 철왕좌 계승 순위가 고모보다 높다는 얘기는 했나?'라고 하면 말이야."

아에곤은 화가 나서 입매를 비틀었다. "난 거지로 가는 게 아니야. 군대를 거느린 친족으로 찾아가는 거지."

"작은 군대지." '자, 이 말엔 제대로 화가 났군.' 티리온은 조프리를 생각할 수밖에 없었다. '난 왕자들의 화를 돋우는 재능이 있거든.' "대너리스 여왕에겐 더 큰 군대가 있고, 네 도움이 필요 없어." 티리온은 노궁수 말을 움직였다.

"말하고 싶은 대로 말해. 대너리스는 내 신부가 될 거야. 코닝턴 공이 그렇게 만들 거야. 난 코닝턴 공을 내 혈육처럼 믿어."

"나 대신 네가 광대가 되어야 할지도 모르겠군. 아무도 믿지 마십쇼, 왕자님. 사슬 목걸이 없는 학사도, 양아버지도, 용맹한 오리도, 사랑스러운 레모어도, 너를 키운 다른 훌륭한 친구들도 다 믿지 마. 무엇보다도 치즈 장수나 거미를 믿지 말고, 결혼할 생각인 귀여운 드래곤 여왕도 믿지 마. 그 모든 불신이 네 배 속을 뒤틀고 밤에 잠을 못 이루게 하겠지만, 오래 자다가 깨어나지 못하는 것보다는 나아." 티리온은 검은 드래곤을 산맥 건너편으로 밀었다. "하지만 내가 뭘 알겠어? 네 양아버지는 위대한 영주고, 난 뒤틀린 작은 원숭이일 뿐인데. 그래도 나라면 좀 다르게 할 거야."

이 말은 소년의 관심을 끌었다. "어떻게 다르게?"

"내가 너라면? 동쪽이 아니라 서쪽으로 가겠어. 도르네에 상륙해서 깃발을 올려야지. 지금보다 더 칠왕국을 정복하기 좋은 때는 없을 거야. 철왕좌에는 어린 소년 왕이 앉아 있지. 북부는 혼돈에 빠졌고, 강역은 황폐해졌고, 스톰스엔드와 드래곤스톤은 반란군이 쥐고 있어. 겨울이 오면 칠왕국은 굶어 죽을 거야. 그런데 이 모든 상황을 처리할 사람이 누가 남았지? 누가 칠왕국을 통치하는 어린 왕을 통치하지? 맙소사, 내 사랑스러운 누나야. 다른 사람은 없어. 내 형인 제이미는 권력이 아니라 전투를 갈구하지. 통치해야 할 때가 오면 매번 달아나. 내 숙부인 케반은 누군가가 의무를 부과한다면 꽤 괜찮은 섭정이 될 테지만, 절대 자기가 그 자리에 손을 뻗진 않아. 신들은 케반을 지도자가 아니라 추종자로 만들었거든." '흠, 정확히는 신들과 내 아버지가 그랬지.' "메이스 티렐이라면 기쁘게 왕홀을 움켜쥐겠지만, 내 친족들이 물러서서 그 자리를 내줄 가능성은 없지. 그리고 스타니스는 모두가 싫어해. 그럼 누가 남지? 세르세이뿐이야.

웨스테로스는 찢어져서 피를 흘리고, 분명 지금도 내 사랑스러운 누이는 그 상처를 싸매고 있을 거야…… 소금으로! 세르세이는 마에고르 왕만큼이나 온화하고, 자격 없는 아에곤만큼이나 이타적이고, 미친 아에리스만큼이나 현명하지. 실제든 상상이든 모욕이라면 단 하나도 잊지 않아. 조심하면 겁쟁이로 여기고 반대 의견은 반항으로 받아들여. 게다가 탐욕스럽지. 권력에, 명예에, 사랑에 탐욕스러워. 토멘의 통치는 내 아버지가 아주 주의 깊게 쌓아 올린 동맹 체제가 지지하고 있는데, 세르세이는 곧 그 모든 동맹을 하나씩 깨버릴 거야. 상륙해서 깃발을 올리면 다들 네 명분에 몰려들 거야. 대영주, 소영주, 평민들까지. 하지만 너무 오래 기다리진 마, 왕자님. 그 순간은 오래가지 않을 거야. 지금 널 띄워주는 밀물은 곧 물러나거든. 내 누나가 몰락하고 누군가가 그 자리를 차지하기 전에 웨스테로스에 도착해야 해."

"하지만……." 아에곤 왕자가 말했다. "대너리스와 드래곤들이 없다면 어떻게 우리가 이길 수가 있어?"

"이길 필요 없어." 티리온이 말했다. "깃발을 올리고, 지지자들을 모아서, 대너리스가 도착해서 힘을 합칠 때까지 버티기만 하면 돼."

"대너리스는 날 받아들이지 않을 거라며."

"내가 과장했는지도 모르겠네. 네가 손을 잡아달라고 애걸한다면 대너리스가 동정할지도 모르지." 티리온은 어깨를 으쓱였다. "한 여자의 변덕에 왕좌를 걸고 싶어? 하지만 웨스테로스로 간다면…… 아, 그러면 넌 거지가 아니라 반란자가 되지. 대담하고, 무모하고, 정복자 아에곤의 발자취를 걷는 진정한 타르가르옌 가문의 자손. 드래곤다운.

말했지, 난 우리의 어린 여왕님을 알아. 여왕이 라에가르 오빠의 살해당한 아들이 아직 살아 있다는 소식을 듣고, 이 용감한 소년이 다시 한번 웨스테로스에서 선조들의 드래곤 깃발을 들어 올렸으며, 아버지의 복수를 실행하고 타르가르옌 가문의 철왕좌를 되찾기 위해 사방의 압력을 견디며 필사적으로 싸우고 있다는 소식을 듣게 하는 거야……. 그러면 바람과 물이 데려다줄 수 있는 최대한의 속도로 네 곁으로 날아올걸. 넌 여왕의 가문에 남은 마지막 사람이고, 이 드래곤의 어머니, 사슬을 부수는 분께서는 구원자 중의 구원자란 말씀이야. 낯선 자들을 사슬에 묶어두지 않고 노예 도시들을 피에 담가버린 여자가 자기 오빠의 아들이 위험한데 버려두진 못할 거야. 그리고 대너리스가 웨스테로스에 도착해서 처음으로 널 만나면, 그때는 여왕과 탄원자가 아니라 남자와 여자로, 동등한 입장으로 만나는 거야. 그런데 어떻게 널 사랑하지 않을 수 있겠어?" 티리온은 미소 지으며 드래곤을 잡아 게임판 맞은편으로 날렸다. "전하께서 날 용서하시길. 왕은 함정에 빠졌습니다. 네 수 안에 죽겠네."

왕자는 게임판을 멍하니 응시했다. "내 드래곤이—"

"드래곤은 널 구하기엔 너무 멀리 있어. 진작 전투 중앙으로 이동시켰어야지."

"하지만 당신이—"

"거짓말이었어. 아무도 믿지 말라니까. 그리고 드래곤은 가까이 둬."

젊은 그리프가 벌떡 일어나서 게임판을 걷어찼다. 시바스 말이 사방으로 날아가서 수줍은 처녀호의 갑판에 튀고 굴렀다. "저거 주워." 소년이 명령했다.

'과연 타르가르옌이군.' "전하의 명이시라면야." 티리온은 무릎을 꿇고 네발로 갑판을 기어 다니며 말을 주워 모았다.

얀드리와 이실라가 수줍은 처녀로 돌아왔을 때는 해 질 녘이 가까웠다. 짐꾼 하나가 보급품이 높이 쌓인 외바퀴 손수레를 밀면서 따라왔다. 소금과 밀가루, 갓 만든 버터, 리넨 천에 싸인 베이컨 덩어리들, 오렌지와 사과와 배가 담긴 자루들. 얀드리는 한쪽 어깨에 와인 통을 지고, 이실라는 꼬치고기 한 마리를 짊어졌다. 티리온만큼 커다란 물고기였다.

건널 판자 끝에서 티리온이 갑판에 선 모습을 본 이실라가 그 자리에 멈춰 서는 바람에 얀드리가 그녀에게 부딪쳤고, 이실라가 등에 진 꼬치고기가 미끄러져서 강에 떨어질 뻔했다. 오리가 얼른 도우러 갔다. 이실라는 티리온을 빤히 보다가 손가락 세 개로 찌르는 듯한 기묘한 동작을 취했다. '악을 쫓는 몸짓이로군.' "나도 돕지." 티리온은 오리에게 말했다.

"안 돼." 이실라가 날카롭게 말했다. "물러서. 네가 먹는 음식 말고는 어떤 음식에도 손대지 마."

티리온은 두 손을 들어 올렸다. "시키는 대로 하지."

얀드리가 갑판에 와인 통을 내려놓더니 할돈에게 물었다. "그리프는 어덮어?"

"주무시네."

"그러면 깨워. 들으시는 게 좋을 소식이 있어. 셀호리스의 모든 입에 여왕의 이름이 오르내려. 여왕은 화가 난 채로 미린에 아직 앉아 있대. 시장에 도는 말들을 믿는다면, 볼란티스가 곧 대너리스를 상대로 한 전쟁에 합류할 거야."

할돈이 입술을 오므렸다. "생선 장수들의 소문을 믿을 수는 없지. 그래도 듣고 싶어 하실 것 같군. 그분이 어떤지 알잖나." 반쪽 학사가 갑판 아래로 내려갔다.

'대너리스는 서쪽으로 출발도 하지 않았어.' 분명히 그럴 만한 이유가 있었을 것이다. 미린과 볼란티스 사이에는 5000리의 사막과 산맥과 늪과 폐허에다 불길한 명성을 떨치고 있는 만타리스도 있었다. '만타리스는 괴물들의 도시지만, 육로로 진군한다면 달리 물과 식량을 보충하러 갈 곳이 있겠어? 바다가 더 빠르겠지만, 배가 없다면……'

그리프가 갑판 위에 나왔을 때는 꼬치고기가 꼬챙이에 꿰여 화로 위에서 지글거리는 가운데 이실라가 화로 주위를 서성이며 레몬즙을 치고 있었다. 용병 그리프는 사슬 갑옷 위에 늑대 가죽 망토를 걸치고, 부드러운 가죽 장갑을 끼고, 검은색 모직 바지를 입었다. 티리온이 깨어 있는 모습을 보고 놀랐을지도 모르지만, 평소 그대로의 험상궂은 얼굴만 보였다. 그는 얀드리를 데리고 키가 있는 곳으로 가더니, 티리온이 들을 수 없을 만큼 조용한 목소리로 대화를 나눴다.

마침내 그리프가 할돈을 손짓해 불렀다. "이 소문들이 진실인지 여부를 알아야겠어. 뭍에 올라가서 최대한 알아내보게. 카보를 찾아낼 수 있다면, 그 녀석이 알 거야. '강 사나이'와 '색칠 거북'에 가봐. 다른 갈 만한 곳들도."

"예. 난쟁이도 데려가겠습니다. 귀가 둘인 것보다는 넷이 낫죠. 그리고 카보가 시바스에 어떤지 아시죠."

"마음대로 하게. 해가 뜨기 전에 돌아와. 무슨 이유에서든 늦어진다면 황금 용병단으로 바로 오게."

'영주처럼 말하는군.' 티리온은 그 생각을 혼자 간직했다.

할돈은 두건 달린 망토를 걸쳤고, 티리온은 갈색과 회색 옷을 자르고 기워 만든 광대 옷을 입었다. 그리프는 일리리오의 궤짝에서 은화가 든 지갑 하나씩 가져가게 했다. "사람들 입을 여는 데 쓰게."

그들이 강가를 따라 걸어갈 때쯤엔 황혼이 어둠으로 변해 있었다. 지나쳐 온 배 몇 척은 건널 판자를 끌어 올린 채 비어 있는 것 같았다. 무장한 병사들이 우글거리며 의심스러운 눈으로 두 사람을 보는 배들도 있었다. 마을 방벽 아래 노점마다 위에 종이 등을 켜서 자갈길 위에 색색의 빛 웅덩이를 던졌다. 티리온은 할돈의 얼굴이 녹색으로 변했다가, 붉게 변했다가, 자줏빛이 되는 것을 지켜보았다. 외국어들의 불협화음 사이로 어딘가 위쪽에서 연주하는 묘한 음악 소리가 들렸다. 북소리와 함께하는 높고 가느다란 피리 소리였다. 그 뒤에서 개도 한 마리 짖었다.

그리고 창녀들이 나와 있었다. 강이든 바다든 항구는 항구였고, 선원을 찾을 수 있는 곳이라면 창녀도 찾을 수 있었다. '아버지가 말한 게 그런 의미였나? 창녀들이 가는 곳이라는 게 바다를 말하는 거였나?'

라니스포트와 킹스랜딩의 창녀들은 자유인이었다. 셀호리스의 창녀들은 노예로, 오른쪽 눈 밑에 눈물 모양 문신으로 그 사실을 알렸다. '대부분이 죄악만큼 해묵고 두 배는 추하군.' 거의 창녀질에 열의가 사라질 정도였다. 티리온은 뒤뚱거리며 걸어가는 자신에게 꽂히는 눈길을 느꼈고, 서로 소곤거리거나 손으로 입을 가리고 웃는 소리를 들었다. '난쟁이 처음 보는 줄 알겠네.'

볼란티스 창병 한 분대가 강 문을 지키고 있었다. 쇠장갑에 튀어나온 강철 발톱들이 횃불 빛을 반사해 빛났다. 투구는 호랑이 가면이었고, 그 속의 얼굴들은 양쪽 뺨에 초록색 줄무늬 문신을 해놓았다. 티리온은 볼란티스의 노예 병사들이 그 호랑이 줄무늬에 맹렬한 자부심을 갖고 있음을 알았다. '저들이 자유를 갈망할까? 어린 여왕이 자유를 부여하면 저들은 어떻게 할까? 호랑이가 아니라면 저들은 뭐가 되지? 나는, 사자가 아니라면 나는 뭐지?'

호랑이 하나가 난쟁이를 보더니 무슨 말인가를 해서 다른 병사들을 웃겼다. 두 사람이 문 앞에 이르자 그 병사가 발톱 달린 쇠장갑과 땀에 젖은 장갑을 벗더니, 티리온의 목에 한 팔을 감고 거칠게 머리를 쓰다듬었다. 티리온은 너무 놀라서 저항도 하지 못했다. 순식간에 벌어진 일이었다. "이유라도 있는 거였나?" 그는 반쪽 학사에게 물었다.

"난쟁이의 머리를 문지르면 행운이 온다는군." 할돈은 그 병사의 언어로 말을 주고받더니 말했다.

티리온은 애써 웃음을 지었다. "난쟁이의 거시기를 빨면 더 행운이 온다고 말해줘."

"안 그러는 게 좋겠군. 호랑이들은 이빨이 날카롭다고 알려져 있다네."

다른 위병 하나가 재촉하듯 횃불을 휘두르며 문을 통과하라고 손짓했다. 반쪽 학사 할돈이 앞장서서 진짜 셀호리스로 들어가고, 티리온이 조심스럽게 그 뒤를 따라갔다.

앞에 큰 광장이 펼쳐졌다. 이 늦은 시간에도 사람이 가득하고 시끄러웠으며 불빛이 환했다. 여관과 윤락가 위에는 쇠사슬에 맨 등잔이 달렸는데, 마을 관문 안에 달린 등잔들은 종이가 아니라 채색 유리였다. 오른쪽에는 붉은 돌로 만든 신전 바깥에 모닥불이 타고 있었다. 새빨간 로브를 입은 사제가 그 신전 발코니에 서서, 불길 주위에 모여든 소규모 군중에게 열변을 토했다. 다른 곳에서는 여행객들이 여관 앞에 앉아서 시바스를 두고, 술 취한 병사들이 딱 봐도 매춘굴인 곳을 들락거리고, 한 여자가 마구간 바깥에서 노새를 때렸다. 하얀 난쟁이 코끼리가 끄는 바퀴 둘 달린 수레가 덜거덕거리며 지나갔다. '여긴 다른 세상이지만, 내가 아는 세상과 많이 다르진 않군.' 티리온은 생각했다.

광장은 말도 안 되게 화려한 갑옷을 입고, 비슷하게 차려입은 군마를 탄 머리 없는 남자의 하얀 대리석 조각상이 지배하고 있었다. "저건 대체 누구요?" 티리온이 물었다.

"삼두 호로노라네. 피의 세기에 있었던 볼란티스 영웅이지. 40년 동안 해마다 삼두로 뽑히다가, 선거에 싫증이 나서 종신 삼두가 되겠다고 선언했지. 볼란티스인들은 좋아하지 않았어. 그래서 얼마 안 가 죽었지. 코끼리 두 마리 사이에 묶여 반으로 찢겼다네."

"저 조각상엔 머리통이 없어 보이는데."

"호로노는 호랑이였기든. 코끼리들이 권력을 쥐자, 코끼리 추종자들이 난동을 벌여 모든 전쟁과 죽음에 책임이 있다 싶은 인물의 조각상은 머리를 다 날려버렸다네." 할돈은 어깨를 으쓱였다. "다른 시대에 일어난 일이지. 자, 저 사제가 무슨 말을 하나 들어보는 게 좋겠네. 분명히 대너리스라는 이름을 들었어."

그들은 광장을 가로질러 붉은 신전 바깥에 늘어가는 군중에 합세했다. 마을 주민들은 하나같이 난쟁이보다 컸기에, 엉덩이보다 위는 보기가 힘들었다. 티리온은 사제가 하는 말을 거의 다 들을 수 있었지만, 그렇다고 다 이해한다는 뜻은 아니었다. "저 사람이 무슨 말을 하는지 이해가 가오?" 그는 공용어로 할돈에게 물었다.

"어느 난쟁이가 내 귀에 피리를 불어대지 않으면 이해하겠네."

"난 피리를 불지 않소만." 티리온은 팔짱을 끼고 뒤를 돌아보며 사제의 말에 귀 기울이는 남녀의 얼굴들을 관찰했다. 어디를 보나 문신이 보였다.

'노예들이야. 다섯 명에 네 명은 노예야.'

"저 사제는 볼란티스인들에게 전쟁에 나서라고 종용하고 있네." 반쪽 학사가 말했다. "다만 올바른 쪽에서, 해와 별을 만들었으며 언제까지나 어둠과 싸우는 빛의 군주 를로르의 병사로 나서라고 하는군. 니에소스와 말라쿼는 빛에서 등을 돌렸다고, 그들의 심장은 동쪽에서 온 노란 하피들에 의해 검게 물들었다고 하고. 또⋯⋯."

"드래곤. 그 말은 알아듣겠어. 드래곤이라고 했군."

"그래. 드래곤들은 그녀에게 영광을 전하기 위해 왔다고 해."

"그녀라면, 대너리스?"

할돈은 고개를 끄덕였다. "베네로가 볼란티스에서 전했다. 그녀의 도래는 오랜 예언의 실현이다. 그녀는 세상을 새롭게 만들기 위해 연기와 소금에서 태어났다. 그녀는 아조르 아하이의 재림이며⋯⋯ 그녀가 어둠에게 승리하면 언제까지나 끝나지 않는 여름이 오고⋯⋯ 죽음 자체가 무릎을 굽힐 것이며, 그녀의 편에서 싸우다 죽은 자는 모두 다시 태어나리라⋯⋯."

"혹시 같은 몸뚱이로 다시 태어나야 하나?" 티리온이 물었다. 군중이 늘고 있었다. 주위에서 밀어대는 사람들의 압력을 느낄 수 있었다. "베네로는 누구요?"

할돈이 한쪽 눈썹을 올렸다. "볼란티스에 있는 붉은 신전의 최고사제라네. 진실의 불길, 지혜의 빛, 빛의 군주의 첫 번째 종복, 를로르의 노예지."

티리온이 아는 붉은 사제라고는 미르의 토로스뿐이었는데, 로버트의 궁정을 어정거리며 왕의 제일 좋은 빈티지 와인을 마시고 난전에서 장검에 불을 붙여 싸우던 뚱뚱하고, 상냥하고, 와인에 절어 흥청대는 남자였다. 그는 할돈에게 말했다. "기왕이면 뚱뚱하고 부패하고 냉소적인 사제들이 좋아. 부드러운 새틴 쿠션에 앉아서 군것질거리를 야금대며 어린 남자애들을 만지작거리는 부류가 좋지. 말썽을 일으키는 건 신들을 믿는 부류거든."

"그 말썽을 우리에게 유리하게 이용할 수도 있겠지. 어디에서 답을 찾을 수 있을지 아네." 할돈이 앞장서서 머리통 없는 영웅 앞을 지나더니 광장에 면한 커다란 석조 여관으로 향했다. 문 위에는 가운데가 솟은 거대한 거북 등딱지가 현란한 색을 입고 걸려 있었다. 안으로 들어가니 흐릿한 붉은 촛불이 먼 별들처럼 무수히 빛났다. 구운 고기와 향신료 냄새가 물씬 풍겼고, 한쪽 뺨에 거북 문신을 한 노예 소녀가 연두색 와인을 따르고 있었다.

할돈이 문간에서 멈춰 섰다. "저기. 저 둘."

벽감 안에서 두 남자가 돌을 깎아서 만든 시바스 탁자를 사이에 두고 앉아, 붉은 촛불 빛 속에서 놀이말들을 째려보고 있었다. 한 명은 여위고 안색이 나빴으며, 검은 머리는 숱이 줄어갔고 콧대가 날카로웠다. 또 한 명은 어깨가 넓고 배가 나왔으며, 나선 모양으로 돌돌 말린 곱슬머리가 목까지 흘러내렸다. 둘 다 할돈이 의자를 하나 끌어다 앉아서 말하기 전까지는 고개도 들지 않았다. "여기 난쟁이가 두 사람을 합친 것보다 더 시바스를 잘 둔다네."

덩치 큰 쪽이 눈을 들어 불쾌한 얼굴로 훼방꾼들을 노려보더니, 볼란티스어로 뭐라고 말을 했다. 티리온이 이해하기엔 너무 빠른 속도였다. 마른 쪽은 의자에 등을 기댔다. "파는 건가?" 그는 웨스테로스 공용어로 물었다. "삼두의 괴기 수집품에 딱 시바스 두는 난쟁이가 필요한데."

"욜로는 노예가 아니야."

"저런." 마른 남자가 마노 코끼리를 옮겼다.

시바스 탁자 반대편에서는 하얀색 군대 앞에 앉은 남자가 못마땅하다는 듯 입술을 오므렸다. 그는 중장기병을 움직였다.

"실수야." 티리온이 말했다. 그는 자기 역할을 잘 수행하고 있었다.

"그러게." 마른 남자가 말하고는 중장기병으로 화답했다. 재빠른 움직임이 오가다가, 결국 마른 남자가 미소 지으며 말했다. "죽었어, 친구."

덩치 큰 남자는 게임판을 노려보다가 일어나서 자기 언어로 으르렁거렸다. 상대편은 소리 내어 웃었다. "진정해. 저 난쟁이가 그렇게 심한 냄새가 나진 않는다고." 그는 티리온에게 빈 의자에 앉으라고 손짓했다. "앉게나, 작은 친구. 은화를 탁자에 내놓고, 얼마나 게임을 잘하는지 한번 보지."

'어느 게임?' 티리온은 물어볼 수도 있었다. 그러나 묻지 않고 의자에 기어올랐다. "난 배가 차고 와인을 한 잔 쥐면 더 잘 두는데." 마른 남자는 기꺼이 몸을 돌려 노예 여자를 부르더니 먹을 것과 마실 것을 가져오라고 했다.

할돈이 말했다. "여기 고귀한 카보 노가리스는 셀호리스의 세관원이라네. 난 시바스로 이 사람을 이긴 적이 없어."

티리온은 알아들었다. "나라면 좀 더 운이 따를지도 모르겠군." 그는 지갑을 열어 게임판 옆에 은화를 쌓았다. 카보가 미소 지을 때까지 한 닢, 한 닢 쌓아 올렸다.

두 사람이 가리개를 놓고 시바스 말을 배치하는 동안, 할돈이 말했다. "하류에서 온 소식 있나? 전쟁이 터질까?"

카보는 어깨를 으쓱였다. "융카이가 그렇게 만들겠지. 그자들은 자칭 '현명한 주인들'이라고 하는데, 지혜는 몰라도 교활함은 부족하지 않아. 융카이의 사절은 금화와 보석을 채운 궤짝들에다 노예 200명을 갖춰 왔어. 일곱 가지 탄성의 방법을 훈련받은 매력적인 여자들과 매끈한 피부의 남자들로 말이야. 기억할 만한 연회에, 뇌물을 아낌없이 베푼다고 하더군."

"융카이인들이 삼두를 뇌물로 산 건가?"

"니에소스만이야." 카보는 가리개를 치우고 티리온의 군대 배치를 유심히 보았다. "말라쿼는 늙고 이 빠졌을지 몰라도 아직 호랑이고, 도니포스는 삼두로 돌아가지 못할 거야. 도시는 전쟁을 갈구해."

"왜지?" 티리온이 물었다. "미린은 바다 멀리 있어. 귀여운 어린 여왕이 어쩌다가 볼란티스의 심기를 거스른 거지?"

"귀여운?" 카보가 웃음을 터뜨렸다. "노예상만에서 전해지는 이야기의 절반만 사실이라 해도 그 아이는 괴물이야. 사람들 말이 그 여자는 피에 주려서, 자기한테 반대라도 하면 대못에 꿰어 천천히 죽게 한다고 해. 드래곤들에게 갓 태어난 아기의 살을 먹이는 주술사에다, 신들을 비웃고 협정을 깨고 사절을 위협하고 자기를 충성스럽게 섬긴 자들에게 등을 돌리는 서약 파괴자라고도 하고. 욕정이 마를 날이 없어서 남자며 여자, 내시와도 뒹굴고 개와 아이와도 관계하는 데다 여왕을 만족시키지 못하는 연인에겐 비통한 일이 닥친다지. 남자들에게 몸을 줘서 그 영혼을 예속시키고 말이야."

'거 좋은데.' 티리온은 생각했다. '나에게 몸을 준다면야, 내 작고 덜 자란 영혼에는 환영이지.'

"서기서 '사람들'이라는 건 노예상들, 여왕이 아스타포와 미린에서 추방한 자들이겠지. 중상모략에 불과해." 할돈이 말했다.

"최고의 중상모략에는 진실이 가미된다고." 카보가 말했다. "그 여왕이 저지른 진짜 죄는 부정할 수가 없어. 이 오만한 어린아이는 노예 무역을 부수고 말았는데, 노예 무역이라는 게 노예상만에만 국한된 게 아니거든. 그건 세상을 아우르는 무역의 바다 일부였고, 드래곤 여왕은 그 물을 흐렸어. 검은 벽 안에서는 오래된 혈통의 귀족들이 부엌 노예들이 식칼 가는 소리를 들으며 불안하게 자고 있어. 노예들은 우리의 식량을 키우고, 길거리를 청소하고, 자식들을 가르치지. 우리의 방벽을 지키고, 갤리선의 노를 젓고, 우리의 전투에서 싸워. 그런데 이제 노예들이 동쪽을 바라보면 멀리서 번쩍이는 어린 여왕이, '사슬을 부수는 분'이 보이는 거야. 오래된 혈통들은 그걸 견딜 수가 없어. 가난한 사람들도 여왕을 미워해. 제일 더러운 거지라도 노예보다는 높은 지위인데, 드래곤 여왕이 거지에게서 그런 위안을 빼앗아

갈 테니까."

티리온이 창병을 전진시켰다. 카보는 경기병으로 반응했다. 티리온은 노궁수 말을 한 칸 올리고 말했다. "바깥에 있는 붉은 사제는 볼란티스가 빛나는 여왕에게 대적할 게 아니라, 여왕 편에서 싸워야 한다고 생각하는 모양이던데."

"붉은 사제들은 입을 다무는 게 현명하겠지." 카보 노가리스가 말했다. "이미 붉은 사제의 추종자들과 다른 신의 추종자들 사이에 싸움이 여러 번 벌어졌어. 베네로의 절규는 무자비한 분노만 불러일으킬 거야."

"무슨 절규?" 티리온은 폭도 말을 만지작거리면서 물었다.

볼란티스인은 한 손을 내저었다. "볼란티스에선 매일 밤 수천 명의 노예와 해방 노예가 신전 광장에 몰려들어서 베네로가 피 흘리는 별과 세상을 정화할 불의 검에 대해 절규하는 소리를 듣거든. 삼두가 은의 여왕을 상대로 무기를 든다면 볼란티스가 불타게 되리라 설교하고 있지."

"그건 나라도 할 수 있는 예언인걸. 아, 저녁 식사가 왔군."

저녁 식사는 얇게 썬 양파 위에 올린 구운 염소 고기였다. 고기는 향신료를 더해 향긋했고, 바깥은 까맣게 태우고 안에는 붉은 육즙이 흘렀다. 티리온은 고기를 한 조각 집었다. 손가락이 델 정도로 뜨거웠지만, 너무 맛있어서 또 한 조각 집을 수밖에 없었다. 그는 연두색 볼란티스 술로 입을 헹궜다. 정말 오랜만에 마시는 와인 비슷한 물건이었다. "좋았어." 그는 드래곤을 집어 들며 말했다. "이 게임에서 가장 강력한 말이지." 그는 카보의 코끼리 하나를 제거하면서 말했다. "대너리스 타르가르옌에겐 세 마리가 있다지 아마."

"세 마리." 카보가 동의했다. "그 세 마리가 삼천의 세 배에 달하는 적을 상대해야 해. 노란 도시가 내보낸 사절은 그라즈단 모 에라즈 혼자가 아니었어. 현명한 주인들이 미린을 상대로 움직이면, 신기스의 군단들이 옆에서 같이 싸울 거야. 톨로스, 엘리리아, 심지어 도트락까지."

"도트락인들은 자네 마을 문밖에 와 있잖나." 할돈이 말했다.

"칼 포노야." 카보가 하얀 손을 내저어 일축했다. "기마전사들이 오면, 우리가 선물을 주고, 그러면 기마전사들은 가지." 그는 투석기 말을 다시 움직여 티리온의 하얀 드래곤을 움켜쥐고 게임판에서 제거했다.

그러고는 학살이 이어졌지만, 티리온은 십여 수를 더 버텼다. "쓰디쓴 눈물을 흘릴 때가 왔군." 카보가 마침내 쌓아놓은 은화를 챙기며 말했다. "한 판 더?"

"그럴 필요는 없네." 할돈이 말했다. "우리 난쟁이는 겸손하게 교훈을 받아들였다네. 이제 그만 우리 배로 돌아가는 게 좋겠군."

바깥 광장에는 여전히 밤불이 타고 있었지만, 사제는 사라졌고 군중도 흩어진 지 오래였다. 매춘굴 창문마다 촛불 빛이 깜박였다. 안에서는 여자들의 웃음소리가 흘러나왔다. "밤이 아직 한창이야. 카보가 우리에게 모든 걸 말하지 않았을 수도 있어. 그리고 창녀들은 상대하는 남자들에게서 많은 이야기를 듣지." 티리온이 말했다.

"그렇게 간절히 여자가 필요한가, 욜로?"

"손가락밖에 연인이 없는 상태엔 염증이 나기 마련이지." '셀호리스가 창녀들이 가는 곳일지도 몰라. 티샤가 지금도 뺨에 눈물을 새기고 저기 어딘가에 있을지 몰라.' "난 거의 물에 빠져 죽을 뻔했잖소. 남자는 그러고 나면 여자가 필요한 법이지. 게다가 내 성기가 돌로 변하진 않았는지도 확인해야 하고."

반쪽 학사가 웃음을 터뜨렸다. "문 옆 선술집에서 기다리겠네. 너무 오래 일 보진 말게."

"아, 그 점은 걱정 마시오. 대부분의 여자들은 나와 최대한 일을 빨리 끝내고 싶어 하거든."

라니스포트와 킹스랜딩에서 자주 가던 곳들에 비하면 소박한 매춘굴이 었다. 소유주는 볼란티스어밖에 할 줄 몰랐지만, 은화 잘랑이는 소리는 잘 알아들었는지 티리온을 데리고 아치문을 통과하여 향냄새가 나는 기다란 방으로 들어갔다. 따분해하는 노예 여자 네 명이 다양하게 헐벗은 상태로 늘어져 있었다. 두 명은 최소한 마흔 살은 넘은 것 같았다. 제일 어린 여자 는 열다섯이나 열여섯쯤 됐다. 아무도 부두에서 일하던 창녀들만큼 흉측 하지 않았으나, 아름답지도 않았다. 한 명은 임신한 게 확실했다. 또 한 명 은 그냥 뚱뚱했고, 양쪽 젖꼭지에 쇠고리를 달았다. 넷 다 한쪽 눈 아래 눈 물 문신을 했다.

"웨스테로스 말을 하는 여자가 있나?" 티리온이 물었다. 주인이 이해하지 못하고 눈을 가늘게 떴기에, 티리온은 고급 발리리아어로 질문을 되풀이했 다. 이번에는 세 마디 중 한 마디쯤 알아들었는지, 볼란티스어로 대답했다. "해넘이 여자." 티리온이 알아들은 말은 그것뿐이었다. 그는 그게 해넘이 왕 국에서 온 여자라는 뜻이겠거니 했다.

그 집에 그런 여자는 하나뿐이었고, 그 여자는 티샤가 아니었다. 뺨에 주근깨가 있고 붉은 곱슬머리였는데, 아마 젖가슴에도 주근깨가 있고 다 리 사이 털도 붉지 싶었다. "저 여자로 하지." 티리온이 말했다. "그리고 와 인도 한 병 마시겠네. 붉은 고기에 붉은 와인으로." 창녀는 코가 없는 티리 온의 얼굴을 역겹다는 듯이 바라보았다. "나 때문에 마음 상했나, 귀염둥 이? 난 불쾌한 물건이지. 내 아버지도 죽어서 썩고 있지 않다면 기꺼이 그 렇게 말해줬을 거야."

생기기는 웨스테로스인처럼 보였으나, 그 여자는 공용어를 하나도 할 줄 몰랐다. '어렸을 때 노예상에게 납치당했을지도 모르지.' 여자의 침실은 작 았지만, 바닥에는 미르산 카펫이 깔렸고 매트리스에는 지푸라기가 아니라 깃털이 채워져 있었다. '이만하면 나쁘지 않군.' "이름을 알려주겠나?" 그는 여자에게 와인 잔을 받아 들며 물었다. "싫어?" 와인은 독하고 시큼했으며 다른 말이 필요 없었다. "당신의 가랑이로 만족해야겠군." 그는 손등으로 입가를 닦았다. "괴물과 잠자리해본 적 있나? 지금이 딱 경험해보기 좋아. 괜찮다면 옷을 벗고 누워. 안 그래도 되고."

여자는 이해하지 못하는 얼굴로 쳐다보다가, 티리온이 손에서 술병을 가져가고 치마를 머리 위로 올리자 뭘 요구하는지 알았다. 그렇다고 그다지 적극적인 협력자가 되지는 않았다. 티리온은 여자 없이 지낸 지가 워낙 오래라, 세 번 찌르고 바로 사정했다.

그는 즐겼다기보다는 부끄러운 기분으로 몸을 굴려 여자에게서 벗어났다. '이건 실수였어. 난 정말이지 비참한 물건이 되어버렸군.' "혹시 티샤라는 여자 알아?" 그는 여자의 몸에서 정액이 침대로 떨어지는 꼴을 보며 물었다. 창녀는 반응하지 않았다. "창녀들이 가는 곳이 어디인지 알아?" 여자는 그 질문에도 대답하지 않았다. 여자의 등에는 흉터 자국이 이리저리 교차했다. '이 여자는 죽은 사람이나 다름없어. 난 시체를 범한 거야.' 심지어 눈도 죽은 사람 같았다. '이 여자에겐 날 혐오할 힘조차 없어.'

와인이 필요했다. 많이 필요했다. 그는 두 손으로 술병을 쥐고 입가에 들어 올렸다. 와인이 붉게 흘렀다. 목구멍으로도, 턱으로도 흘렀다. 수염에서 뚝뚝 떨어져 깃털 침대를 적셨다. 촛불 빛 속에서 그 색깔이 조프리를 독살한 와인처럼 검붉어 보였다. 다 마시고 나서는 빈 병을 던져버린 후, 반쯤은 구르고 반쯤은 비틀거리며 바닥에 내려서서 요강을 찾았다. 요강이 없었다. 배 속이 울렁거렸고, 정신을 차려보니 엎드려서 카펫에 토하고 있었다. 거짓말처럼 편안한 그 멋지고 두툼한 미르산 카펫에.

창녀가 괴로운 비명을 질렀다. '저 여자 탓을 하겠군.' 수치스러운 마음으로 알아차린 티리온은 여자를 부추겼다. "내 머리를 잘라서 킹스랜딩으로 가져가. 내 누이가 당신을 귀부인으로 만들어줄 거고, 아무도 다시는 채찍질하지 않을 거야." 여자는 그 말도 알아듣지 못했기에, 그는 여자의 다리를 벌리고 그 사이로 기어가서 한 번 더 성교를 했다. 그래도 그건 이해할 수 있는 모양이었다.

이제 와인도 끝났고 티리온도 끝났다. 그는 여자의 옷을 뭉쳐서 문 쪽으로 내던졌다. 여자는 알아듣고 그를 어둠 속에 둔 채 달아났다. 티리온은 깃털 침대에 더 깊이 잠겼다. '주정뱅이의 악취가 풍기는군.' 그는 잠이 두려워 눈을 감지 못했다. 꿈의 휘장을 지나면 소로스가 기다렸다. 가파르고 미끄럽고 불안한 돌계단이 끝없이 이어졌고, 그 계단 위에는 수의에 싸인 군주가 있었다. '난 수의에 싸인 군주를 만나고 싶지 않아.' 티리온은 옷을 주섬주섬 챙겨 계단으로 향했다. '그리프가 내 가죽을 벗기겠군. 흠, 뭐 어때? 가죽이 벗겨져야 마땅한 난쟁이가 있다면 바로 나야.'

그는 계단을 반쯤 내려가다가 발을 헛디뎠다. 그가 어찌어찌 두 손으로 추락을 막자 서툴게 쿵쿵대며 재주넘는 꼴이 되었다. 티리온이 계단 아래에 닿자 아래 방에 있던 창녀들이 놀란 눈으로 보았다. 티리온은 제 발로 내려서서는 허리를 굽혀 인사했다. "난 취했을 때 더 기민하거든." 그는 매춘굴 주인을 돌아보았다. "내가 카펫을 망친 것 같군. 저 여자 탓이 아니야. 내가 내지." 그는 주화를 한 주먹 꺼내어 남자에게 던졌다.

"꼬마 악마." 등 뒤에서 낮은 목소리가 들렸다.

방 한쪽 구석, 그림자 속에 한 남자가 무릎 위에 꿈틀거리는 창녀를 앉히고 앉아 있었다. '저 여자는 못 봤는데. 봤다면 주근깨 대신 저 여자를 위층으로 데려갔겠지.' 다른 여자들보다 젊었고, 날씬하고 예뻤으며 은발을 길게 길렀다. 리스 여자 같았다……. 하지만 그 여자를 무릎에 앉힌 건 칠왕국 출신의 남자였다. 어깨가 넓고 건장했으며, 마흔 살, 어쩌면 그 이상이었다. 머리는 반쯤 벗겨졌지만 굵은 수염 그루터기가 뺨과 턱을 뒤덮었고, 팔에 털이 무성했으며 손마디에도 털이 있었다.

티리온은 그 남자의 생김새가 마음에 들지 않았다. 전포에 수놓인 커다란 검은 곰은 더욱 마음에 들지 않았다. '모직물이야. 이 더위에 모직 옷을 입고 있어. 기사가 아니고서야 저렇게 미친 놈이 또 있겠어?' "집에서 이렇게 멀리 떨어진 곳에서 공용어를 들으니 얼마나 기쁜지 모르겠군." 그는 애써 말했다. "하지만 잘못 보셨나 봐. 내 이름은 휴고르 힐이라네. 와인 한잔 살까, 친구?"

"술은 충분히 마셨다." 기사는 창녀를 밀어내고 일어섰다. 검대가 벽에 걸려 있었는데, 그는 못에서 검대를 내리더니 칼을 뽑았다. 강철이 가죽을 스치는 소리가 났다. 창녀들은 눈동자에 담은 촛불 빛을 빛내며 열렬히 지켜보고 있었다. 매춘굴 주인은 사라지고 없었다. "넌 내 거다, 휴고르."

티리온은 싸워 이길 수도, 따돌리고 달아날 수도 없었다. 심하게 취해서 약은 꾀를 낼 가망도 없었다. 그는 두 손을 벌렸다. "그래서 날 어떻게 하려고?"

"가져다 바쳐야지." 기사가 말했다. "여왕님께."

대너리스

갈라자 갈라레는 하얀 은총자 십여 명의 수행을 받으며 대피라미드에 도착했다. 이들은 신전 내 쾌락의 정원에서 봉사하기에는 아직 너무 어린 고귀한 출생의 소녀들이었다. 온통 초록색으로 차려입은 긍지 높은 노파가 새하얀 로브와 베일이라는 순수의 갑옷을 입은 어린 소녀들에게 둘러싸인 모습이 예쁜 그림을 자아냈다.

여왕은 그들을 따뜻하게 환영한 후, 미산데이를 불러 여왕이 녹색 은총자와 따로 저녁을 먹는 동안 소녀들에게 식사와 오락을 제공하게 했다.

요리사들은 꿀을 바르고 짓이긴 박하로 향을 낸 양고기로 근사한 요리를 준비해서 대너리스가 정말 좋아하는 작은 녹색 무화과들과 함께 내왔다. 대니가 총애하는 인질 둘이 음식을 가져오고 잔을 채웠다. 크고 아름다운 갈색 눈의 퀘자라는 어린 소녀와 그라자르라는 깡마른 소년이었다. 그 둘은 남매였고 녹색 은총자의 친척이기도 해서, 은총자는 들어오면서 두 아이에게 입맞춤으로 인사하고 잘 지냈는지 물었다.

"둘 다 아주 사랑스럽소." 대니는 은총자에게 보증했다. "퀘자는 가끔 나에게 노래를 불러주지. 아름다운 목소리라오. 그리고 바리스탄 경이 그라자르와 다른 남자애들에게 서쪽의 기사도를 가르치고 있어요."

"제 혈육입니다." 녹색 은총자는 퀘자가 검붉은 와인을 잔에 따라주는 모습을 보며 말했다. "빛나는 폐하께서 만족스러워 하신다는 사실을 알게 되니 좋군요. 저도 폐하를 만족시킬 수 있다면 좋겠습니다." 늙은 여인의 머리는 새하얬고 피부는 양피지처럼 얇았으나, 세월도 두 눈을 흐리지는 않았다. 그 눈은 로브와 같은 초록색으로, 슬프지만 지혜가 가득한 눈동자였다. "이렇게 말해도 괜찮을지 모르겠지만, 빛나는 폐하께서는…… 지쳐 보이십니다. 잠은 자고 계신지요?"

대니는 헛웃음을 참아야 했다. "별로 잘 자지는 못해요. 어젯밤엔 어둠을 틈타 콰스의 갤리선 세 척이 스카하자단을 거슬러 올라왔소. 어머니의 병사들이 돛에 불화살을 날리고 갑판에 타는 역청 단지를 던졌지만, 세 척 다 재빨리 빠져나가 큰 해를 입지 않았지. 콰스인들은 만을 틀어막았듯이 강도 막으려 들고 있어요. 게다가 이젠 콰스만이 아니오. 신기스에서 온 갤리선 세 척이 합세했고, 톨로스에서 온 대형 무장 상선도 한 척 있소." 동맹을 맺자는 요청에 톨로스인들은 그녀를 창녀라 부르며 미린을 대단한 주인들에게 돌려주라고 답했다. 그것도 만타리스의 대답보다는 나았는데, 그들은 답변을 삼나무 궤짝에 담아 카라반에 들려 보냈다. 궤짝 안에는 사절로 보낸 세 명의 머리통이 절여져 있었다. "당신의 신들은 우리를 도울 수 있을지 모르지. 신들에게 돌풍을 보내어 갤리선들을 만에서 쓸어내라고 부탁해봐요."

"기도하고 희생물도 바치겠습니다. 기스의 신들이 제 기도를 들으실지도 모르지요." 갈라자 갈라레는 와인을 마시면서도 대니에게서 시선을 떼지 않았다. "벽 바깥만이 아니라 벽 안에서도 폭풍이 들끓고 있습니다. 어젯밤에 해방 노예가 또 죽었다고 들었습니다만."

"셋이오." 말하면서도 입안이 썼다. "비겁자들이 해방 노예 방직공들의 집에 침입했소. 아무에게도 해 끼친 적 없고 아름다운 물건을 만들기만 한 여자들인데. 내 침실에도 그 사람들이 준 태피스트리가 걸려 있건만. 하피의 아들들은 베틀을 부수고 강간하고 나서 그들의 목을 그었소."

"그렇게 들었습니다. 그런데도 빛나는 폐하께서는 살생에 자비로 대답할 용기를 찾아내셨지요. 인질로 잡은 귀족 아이들을 아무도 해치지 않으셨어요."

"아직은 그렇지." 대니는 어린 인질들을 좋아하게 되었다. 수줍음 많은 아이도 있고 대담한 아이도 있었으며, 귀엽게 구는 아이도 있고 부루퉁한 아이도 있었지만, 모두 죄 없이 순진했다. "술잔 담당을 죽여버린다면 누가 내 와인을 따르고 저녁을 차리겠소?" 대니는 가볍게 말하려 애썼다.

여사제는 웃지 않았다. "민머리라면 아이들을 드래곤에게 먹였을 거라고들 합니다. 목숨에는 목숨이라는 거죠. 그자는 놋쇠 짐승이 하나 쓰러질 때마다 어린아이 하나를 죽일 겁니다."

대니는 접시에 담긴 요리를 이리저리 밀었다. 눈물이 나올 것 같아 그라자르와 퀘자가 서 있는 곳을 볼 엄두가 나지 않았다. '민머리는 나보다 심장이 단단해.' 그들은 인질 문제를 두고 벌써 여섯 번은 싸웠다. "하피의 아들들이 피라미드에서 웃고 있습니다." 스카하즈는 오늘 아침만 해도 그렇게 말했다. "머리를 자르지 않는다면 인질이 무슨 쓸모가 있습니까?" 스카하즈의 눈에 대니는 연약한 여자에 불과했다. '하지아만으로 충분해. 어린아이들의 피로 사야 한다면 평화가 다 무슨 소용이야?' 대니는 힘없이 녹색 은총자에게 말했다. "살인은 이 아이들이 한 짓이 아니고, 나는 도살자가 아니오."

"미린은 그 점에 감사드립니다." 갈라자 갈라레가 말했다. "아스타포의 도살자 왕은 죽었다고 들었습니다."

"나가서 융카이를 공격하라고 명령했다가 자기 병사들에게 죽었다지요."

말하는 입맛이 썼다. "시체가 식기도 전에 다른 자가 그 자리를 차지하고는 클레온 2세를 자칭했소. 여드레를 살다가 목이 잘렸지. 그다음엔 또 그자를 죽인 자가 왕관을 썼고, 클레온 1세의 첩도 왕관을 썼다더이다. 아스타포인들은 각각 목 벤 왕과 창녀 여왕이라 부른다오. 융카이와 융카이의 용병들이 벽 밖에서 기다리는 동안 양쪽의 추종자들이 길거리에서 싸움을 벌이고 있어요."

"암울한 시절입니다. 폐하, 제가 조언을 하나 드려도 될지요?"

"내가 사제의 지혜를 얼마나 귀히 여기는데요."

"그렇다면 제 말에 귀 기울여 결혼하십시오."

"아." 대니도 예상한 바였다.

"폐하께서 나는 어린 여자에 불과하다고 하시는 말씀을 자주 들었습니다. 겉보기에 폐하는 아직 반쯤은 어린아이로 보입니다. 혼자 이런 시험에 직면하기에는 너무 어리고 약해 보이세요. 옆에 부군을 두어 이 짐을 지는 데 도움을 받으셔야 합니다."

대니는 양고기 한 조각을 찍어 물고 천천히 씹었다. "그럼, 그 남자가 입바람을 불어 자로의 갤리선들을 코스로 다시 날려 보낼 수 있답니까? 손뼉을 쳐서 아스타포 포위를 깨나요? 내 아이들의 배에 먹을 것을 채우고 나의 거리에 평화를 다시 가져올 수 있고?"

"폐하는 하실 수 있습니까?" 녹색 은총자가 물었다. "왕이라고 신은 아니지만, 힘센 남자가 할 수도 있는 일은 여전히 많습니다. 사람들이 폐하를 보면 바다 건너에서 온 정복자, 우리를 죽이고 우리 아이들을 노예로 삼은 정복자를 봅니다. 남편을 두시면 그걸 바꿀 수도 있습니다. 순수한 기스카 혈통의 귀족을 옆에 세우시면 도시가 폐하의 통치를 받아들일 수 있습니다. 그리되지 않는다면, 폐하의 통치는 시작할 때처럼 피와 불 속에서 끝날까 두렵습니다."

대니는 접시에 담긴 요리를 또 이리저리 밀었다. "기스의 신들이 나의 배우자 겸 왕으로 점찍을 사람이 누굴까?"

"히즈다르 조 로라크입니다." 갈라자 갈라레가 단호하게 말했다.

대니는 굳이 놀란 척도 하지 않았다. "왜 히즈다르요? 스카하즈도 귀족인데."

"스카하즈는 칸다크, 히즈다르는 로라크입니다. 폐하께 용서를 구합니다만, 기스카 혈통이라면 누구나 그 차이를 이해합니다. 폐하는 정복자 아에곤, 현자 재해리스, 드래곤 다에론의 혈통이라는 말을 자주 들었습니다. 히즈다르는 위대한 마즈단, 미남 하즈락, 해방자 자라크의 혈통입니다."

"내 선조들이나 그 사람 선조들이나 다 죽었소. 히즈다르가 선조의 유령들이라도 일으켜서 적에게서 미린을 지킬까? 나에겐 배와 병력이 있는 남자가 필요하건만, 당신은 선조들을 들이미는군."

"우린 오래된 사람들입니다. 조상들은 중요해요. 히즈다르 조 로라크와 결혼해서 아들을 두세요. 아버지는 하피, 어머니는 드래곤인 아들을요. 그 아이로 예언이 충족되면, 폐하의 적들은 눈 녹듯이 사라질 겁니다."

'그는 세상에 올라탄 종마이리라.' 대니는 예언이 어떻게 돌아가는지 알았다. 예언은 말일 뿐이고, 말은 바람과 같다. 로라크의 아들은 없을 것이며, 드래곤과 하피를 결합시킬 후계자도 없으리라. '태양이 서쪽에서 떠서 동쪽에서 질 때, 바다가 마르고 산맥이 낙엽처럼 바람에 날려갈 때가 아니고서는.' 오직 그때만이 대니의 자궁이 다시 깨어나리니……

……그러나 대너리스 타르가르옌에게는 다른 자식들이 있었다. 사슬을 끊어주자 그녀를 어머니로 모신 수천, 수만 명의 자식들이 있었다. 그녀는 충실한 방패를, 미산데이의 오라비를, 하프를 아름답게 타던 릴로나 리를 생각했다. 어떤 결혼도 그들을 되살리지는 못하겠지만, 남편을 하나 두어 살육을 끝낼 수 있다면 죽은 이들을 위해 결혼쯤은 해야 했다.

'내가 히즈다르와 결혼한다면, 스카하즈가 내게 등 돌리진 않을까?' 그녀는 히즈다르보다 스카하즈를 더 믿었지만, 민머리 스카하즈가 왕이 된다면 재앙일 터였다. 그는 너무 빨리 화를 내고, 너무 늦게 용서했다. 게다가 대니 자신만큼 미움받는 남자와 결혼해서 얻을 게 없었다. 지금까지 본 바로 히즈다르는 존경받는 인물이었다. "내 장래 남편은 이 문제를 어떻게 생각하지요?" 대니는 녹색 은총자에게 물었다. '나를 어떻게 생각하지?'

"폐하께서는 묻기만 하시면 됩니다. 히즈다르가 아래에서 기다립니다. 괜찮으시다면 불러 올리시지요."

'너무 주제넘게 구는군, 사제.' 여왕은 그렇게 생각했으나, 분노를 삼키고 미소를 지었다. "안 될 것 없겠지." 그녀는 바리스탄 경을 불러 히즈다르를 데려오라 일렀다. "올라오는 길이 기니, 거세병이 돕도록 하시오."

녹색 은총자는 미린의 귀족이 계단을 다 올라왔을 때쯤 식사를 끝냈다. "폐하께서만 허락하신다면 이만 나가보겠습니다. 폐하와 고귀한 히즈다르에게 의논할 일이 많을 테니까요." 늙은 여인은 입술에 묻은 꿀을 닦고 퀘자와 그라자르의 이마에 작별의 입맞춤을 선사한 후, 얼굴에 비단 베일을 둘렀다. "저는 은총의 신전으로 돌아가서 여왕님께 지혜의 길을 보여달라고 신들에게 기도드리겠습니다."

사제가 나가자 대니는 퀘자에게 잔을 다시 채우게 하고, 두 아이를 물린 후 히즈다르 조 로라크를 들이라고 명했다. '그리고 히즈다르가 그 소중한 투기장에 대해 한마디라도 했다간 테라스에서 던져버릴지도 몰라.'

히즈다르는 꾸밈 없는 녹색 로브에 퀼트 조끼를 입고 있었다. 그는 들어와서 진지한 얼굴로 깊숙이 허리를 굽혔다. "내게는 웃지도 않는 건가?" 대니가 물었다. "내가 그렇게나 무섭소?"

"전 이런 아름다움을 마주하면 언제나 진지해집니다."

괜찮은 시작이었다. "같이 마시지." 대니는 히즈다르의 잔을 직접 채웠다.

"왜 여기 와 있는지 알 거야. 녹색 은총자는 내가 그대를 남편으로 맞이하면, 나의 적들이 다 사라질 거라 생각하는 모양이네."

"저라면 그렇게 대담한 주장은 하지 않겠습니다. 인간은 타고나길 분투하고 고통을 받지요. 우리의 적들은 오직 우리가 죽을 때만 사라집니다. 하지만 제가 폐하를 도울 수는 있습니다. 제겐 돈과 친구들과 영향력이 있고, 제 핏줄에는 옛 기스의 피가 흐릅니다. 결혼한 적은 없으나 아들과 딸이 하나씩 있으니, 폐하에게 후계자도 드릴 수 있습니다. 제가 이 도시가 폐하의 통치를 받아들이게 하고 길거리에서 밤마다 벌어지는 살육을 끝낼 수 있습니다."

"그럴 수 있다고?" 대니는 히즈다르의 눈을 들여다보았다. "왜 하피의 아들들이 그대를 위해 칼을 내려놓겠나? 그대도 한패인가?"

"아닙니다."

"그대가 한패라면 나에게 그렇다고 말할까?"

그는 웃었다. "아뇨."

"민머리에겐 진실을 알아낼 방법들이 있어."

"스카하즈가 제게 자백을 시킬 거라는 점은 의심하지 않습니다. 하루만 같이 보내면 제가 하피의 아들이 되어 있겠지요. 이틀이면 하피가 되어 있을 테고요. 사흘이면 제가 어렸을 때 칠왕국에서 폐하의 아버님까지 죽였을 겁니다. 그다음엔 민머리가 저를 말뚝에 꿸 테고 폐하는 제가 죽어가는 모습을 보실 수 있겠지요……. 하지만 그 후에는 살인이 계속될 겁니다." 히즈다르가 몸을 가까이 기울였다. "아니면 저와 결혼해서, 제가 막아보게 하실 수도 있습니다."

"왜 나를 돕고 싶어 하지? 왕관 때문인가?"

"왕관이 제게 잘 어울리긴 할 겁니다. 하지만 그래서만은 아닙니다. 폐하께서 해방 노예들을 지키고 싶어 하듯, 저도 제 사람들을 지키고 싶어 하는 게 그렇게 이상한가요? 미린은 또 한 번의 전쟁을 버텨내지 못합니다, 폐하."

좋은 대답이었고, 정직한 대답이었다. "난 전쟁을 원한 적이 없어. 예전에 융카이를 굴복시키고서 약탈할 수 있었는데도 그대로 놓아두었지. 클레온 왕이 융카이로 진군할 때 합세하지도 않았고. 아스타포가 포위된 지금도 난 손 놓고 있어. 그리고 콰스는…… 나는 콰스인들에게 아무 해도 끼치지 않았는데……."

"의도적으로 해를 끼치지는 않았지요. 하지만 콰스는 상인들의 도시이고, 상인들은 은화 짤랑이는 소리와 황금의 광채를 사랑합니다. 폐하께서 노예 무역을 부쉈을 때 그 타격은 웨스테로스부터 아샤이까지 느껴졌어요. 콰스는 노예들에게 의지하고 있습니다. 톨로스, 신기스, 리스, 티로시, 볼란티스도 마찬가지고…… 목록이 깁니다, 여왕님."

"오라고 해. 글레온보다 어려운 적을 만나게 될 거야. 내 아이들을 다시 예속시키느니 싸우다가 죽겠네."

"다른 선택지가 있을지도 모릅니다. 폐하께서 앞으로는 아무 지장 없이 노예를 매매하고 훈련할 수 있다고 동의하신다면, 융카이도 지금 해방된 노예들은 자유의 몸으로 남는 데 동의할 수 있을 겁니다. 피가 더 흐를 필요는 없어요."

"융카이가 앞으로 매매하고 훈련할 노예들의 피만 빼고 말이지." 대니는 그렇게 말하면서도 히즈다르의 말에 일리가 있다는 것은 알았다. '그게 우리가 희망할 수 있는 최선일지도 몰라.' "그대는 나를 사랑한다고 하지 않았어."

"그 말이 폐하를 기쁘게 한다면 할 겁니다."

"그건 사랑에 빠진 남자의 대답이 아니군."

"사랑이 뭡니까? 욕망? 몸뚱이가 온전한 사내라면 당신을 보고 욕망하지 않을 수는 없습니다, 대너리스. 하지만 제가 당신과 결혼하려는 건 그래서가 아니에요. 당신이 오기 전에 미린은 죽어가고 있었습니다. 우리의 통치자들은 성기가 시든 늙은 남자들과 역시 성기가 먼지처럼 말라버린 늙은 여자들이었습니다. 그들은 몇 세기가 흐르고 도시의 벽돌이 부서져가는 동안 피라미드 꼭대기에 앉아서 살구 와인을 마시며 옛 제국의 영광에 대해서만 이야기했죠. 당신이 피와 불로 우리를 깨우기 전까지는 관습과 경계심이 철통같이 우리를 죄고 있었습니다. 새로운 시대가 왔고, 새로운 일들이 가능해졌습니다. 나와 결혼해요."

'보기에 나쁜 얼굴은 아니야.' 대니는 스스로에게 말했다. '그리고 왕의 혓바닥을 가졌군.' "나에게 입 맞추시오." 그녀는 명령했다.

히즈다르는 그녀의 손을 잡고, 손가락에 입을 맞췄다.

"그렇게 말고. 아내에게 하듯이 입 맞춰요."

히즈다르는 어린 새를 잡듯이 부드럽게 그녀의 어깨를 잡았다. 몸을 앞으로 기울이고, 그녀의 입술에 입술을 겹쳤다. 그의 입맞춤은 가볍고 건조하고 빨랐다. 대니는 아무런 흔들림도 느끼지 못했다.

"제가…… 다시 입을 맞출까요?" 그는 끝나고 나서 물었다.

"아니." 테라스에 있는 목욕탕에 들어갈 때면 작은 물고기가 다리를 쪼곤 했다. 그 물고기들도 히즈다르 조 로라크보다는 열의가 있었다. "난 그대를 사랑하지 않아."

히즈다르는 어깨를 으쓱였다. "애정이 생길지도 모르지요. 그런 경우도 알려져 있습니다."

'우리는 아니야. 다리오가 가까이 있는 동안에는 아니야. 내가 원하는 건 당신이 아니라 다리오야.' 대니는 생각했다. "언젠가 나는 내 아버지의 나라였던 칠왕국을 차지하러 웨스테로스에 돌아가고 싶어질지도 몰라."

"언젠가는 모든 사람이 죽지만, 죽음을 생각하며 살아봐야 소용없지요.

저는 하루하루를 살아가는 쪽이 좋습니다."

대니는 두 손을 깍지 껴 잡았다. "말은 바람에 불과하지. 사랑이라든가, 평화라는 말도 마찬가지야. 난 행동을 더 신뢰해. 칠왕국에서 기사들은 사랑하는 처녀를 얻을 자격이 있음을 증명하기 위해 모험에 나서. 마법 검을 찾거나, 황금이 든 궤짝을 찾거나, 드래곤의 굴에서 누군가 훔쳐 간 왕관을 찾아 나서지."

히즈다르가 한쪽 눈썹을 치켜올렸다. "제가 아는 드래곤은 폐하의 드래곤뿐이고, 마법 검은 그보다 더 드뭅니다. 원하신다면 반지와 왕관과 황금 궤짝은 기꺼이 가져오겠습니다."

"내가 원하는 건 평화야. 그대는 나를 도와 길거리의 밤 살육을 끝낼 수 있다고 했지. 실행하시게. 이 그림자 전쟁을 끝내. 그게 그대의 모험이야. 90일 밤낮을 살인 없이 지낸다면, 나도 그대가 왕좌에 앉을 자격이 있음을 알겠어. 할 수 있겠소?"

히즈다르는 생각에 잠긴 얼굴이었다. "90일 낮, 90일 밤을 시체 없이 보내면, 91일째에 결혼하는 겁니까?"

"어쩌면." 대니는 짐짓 수줍은 체하며 말했다. "하지만 젊은 여자들은 변덕스럽기로 유명하지. 그러고 나서도 마법 검을 원할지도 몰라."

히즈다르는 웃음을 터뜨렸다. "그렇다면 그것 또한 가지시게 될 겁니다, 폐하. 당신의 바람이 제게는 곧 명령입니다. 시종장에게 우리 결혼식 준비를 시작하라고 하시는 게 좋겠군요."

"고귀한 레즈낙이 더없이 기뻐할 거요." 미린이 결혼식에 직면했음을 알게 된다면, 그것만으로도 며칠 밤의 휴식은 벌 수 있을지 몰랐다. 설령 히즈다르의 노력이 허사가 된다 해도 말이다. '민머리는 좋아하지 않겠지만, 레즈낙 모 레즈낙은 기뻐서 춤을 추겠지.' 대니는 어느 쪽이 더 걱정스러운지 알 수 없었다. 그녀에게는 스카하즈와 놋쇠 짐승단이 필요했고, 레즈낙의 조언은 모두 믿지 못하게 된 터였다. '향기 나는 시종장을 조심하라고 했지. 레즈낙이 히즈다르와 녹색 은총자와 손을 잡고 나를 잡을 함정을 판 걸까?'

히즈다르 조 로라크가 나가자마자 긴 흰색 망토를 입은 바리스탄 경이 뒤에 섰다. 킹스가드로 보낸 세월은 이 하얀 기사에게 대니가 손님을 맞이하는 동안 눈에 띄지 않는 방법을 가르쳤지만, 그렇다고 기사가 멀리 있는 법은 없었다. 그녀는 그를 보자마자 알았다. '아는군. 그리고 찬성하지 않아.' 입매의 주름이 깊어져 있었다. "그래서, 내가 다시 결혼을 할 것 같군. 경은 기쁜가?"

"전하의 명이시라면 기뻐하겠습니다."

"히즈다르는 경이 내게 골라줄 법한 남편이 아니지."

"전하의 남편을 고르는 건 제가 할 일이 아닙니다."

"그렇지." 대니도 같은 생각이었다. "하지만 경이 이해하는 건 중요해. 내 백성들이 피를 흘리고 있어. 죽어가고 있지. 여왕은 자기 자신의 것이 아니라 왕국의 것일세. 결혼이냐, 대학살이냐가 나에게 주어진 선택이고. 결혼식 아니면 전쟁이야."

"전하, 솔직히 말씀드려도 되겠습니까?"

"언제든지."

"세 번째 선택이 있습니다."

"웨스테로스?"

그는 고개를 끄덕였다. "저는 전하를 섬기고, 어디를 가시든 해를 입지 않게 지키겠다고 맹세한 몸입니다. 여기든, 킹스랜딩이든 제가 있을 곳은 전하 곁입니다……. 하지만 전하가 계실 곳은 웨스테로스이고, 아버님의 자리였던 철왕좌입니다. 칠왕국은 히즈다르 조 로라크를 결코 왕으로 받아들이지 않을 겁니다."

"미린이 대너리스 타르가르옌을 왕으로 받아들이지 않듯이 말이지. 녹색 은총자가 그 점에서는 옳아. 난 오래된 기스카 혈통의 왕을 곁에 둬야 해. 그러지 않는다면 이들은 언제까지나 나를 성문을 부수고 들어와서 친족을 말뚝에 매달아 죽이고 자기들의 재산을 훔친 거친 야만인으로만 볼 거요."

"웨스테로스에 가시면 사라졌다가 돌아와 아버지의 마음을 기쁘게 하는 아이가 되실 겁니다. 전하께서 말을 달리시면 백성들이 환호할 것이고, 멀쩡한 자들이라면 누구나 전하를 사랑할 겁니다."

"웨스테로스는 멀리 있어."

"여기 머무셔서는 절대 가까워지지 않습니다. 여기를 빨리 떠날수록—"

"나도 알아. 안다고." 어떻게 이해시켜야 할지 알 수 없었다. 대니도 바리스탄 경 못지않게 웨스테로스를 원했지만, 우선은 미린을 치유해야 했다. "90일은 긴 시간이야. 히즈다르가 실패할지도 모르지. 그리고 실패한다면, 그 시도가 나에게 시간을 벌어줄 거요. 동맹을 맺고, 방어를 강화하고—"

"실패하지 않는다면요? 그러면 전하께선 어찌하실 겁니까?"

"의무를 다해야지." 혀끝에 올라온 의무라는 말이 차갑게 느껴졌다. "경은 라에가르 오라버니의 결혼을 봤지. 말해봐요, 라에가르는 사랑 때문에 결혼했는지, 의무 때문에 결혼했는지?"

노기사는 머뭇거렸다. "엘리아 공녀는 좋은 분이었습니다, 전하. 친절하고 영리했으며, 성정은 온화했고 재치도 다정했지요. 전 왕자님이 그분을 무척 좋아하셨다는 걸 압니다."

'좋아했다고.' 대니는 생각했다. 그 말 하나가 많은 것을 의미했다. '나도 히즈다르 조 로라크를 좋아하게 될 수 있겠지. 시간이 지나면. 아마도.'

바리스탄 경은 말을 이었다. "저는 전하의 아버님과 어머님도 봤습니다. 용서하십시오, 여왕님. 하지만 그 두 분 사이에는 호감이 없었고, 왕국이 그 대가를 비싸게 치렀습니다."

"서로를 사랑하지 않았다면 왜 결혼한 거지?"

"전하의 조부님께서 명하신 결혼이었습니다. 어느 숲 마녀가, 그 두 분의 자손에서 약속된 왕자가 태어나리라 예언했지요."

"숲 마녀라고?" 대니는 놀라고 말했다.

"올드스톤스의 제니와 함께 궁정에 왔지요. 발육이 덜 된 몸이라 보기 흉측했습니다. 대부분은 난쟁이라고 말했지만, 제니 부인만은 언제나 그 여자가 숲의 아이라고 주장했습니다."

"그 마녀는 어찌 되었지?"

"서머홀에 있었습니다." 그 말에는 비운이 가득 담겨 있었다.

대니는 한숨을 내쉬었다. "이제 나가보시오. 무척 피곤하군."

"명 받들겠습니다." 바리스탄 경은 절을 하고 돌아섰다. 그러나 그는 문간에 멈춰 섰다. "용서하십시오. 전하께 방문자가 있습니다. 내일 다시 오라고 말할까요?"

"누군데?"

"다리오 나하리스입니다. 폭풍 까마귀가 도시에 돌아왔습니다."

'다리오.' 대니의 심장이 떨렸다. "얼마나 오래…… 언제……?" 대니는 말을 제대로 뱉을 수가 없었다.

바리스탄 경은 알아들은 것 같았다. "전하께서 사제와 함께 계실 때 도착했습니다. 방해받고 싶어 하지 않으실 줄 알았지요. 대장이 가져온 소식은 내일까지 기다릴 수 있습니다."

"아니야." '이토록 가까이 있는 걸 알면서 어떻게 잠을 이룰 수가 있겠어?' "바로 올려 보내요. 그리고…… 오늘 저녁에는 경이 더 필요하지 않아. 다리오와 함께 있으면 안전할 테니까. 아, 그리고 이리와 지키를 보내주면 좋겠군. 미산데이도." '옷을 갈아입고 아름답게 치장해야 해.'

시녀들이 오자 그들에게도 그렇게 말했다. "무슨 옷을 입고 싶으신가요?" 미산데이가 물었다.

'별빛과 바다 거품.' 대니는 생각했다. '얇은 비단을 걸치고 다리오가 즐거워하게 내 왼쪽 가슴을 드러내야지. 아, 그리고 머리에는 꽃을 꽂는 거야.' 처음 만났을 때, 다리오는 융카이에서 미린까지 오는 길 내내 매일 대니에게 꽃을 가져왔다. "보디스에 진주를 박은 회색 리넨 가운을 가져오렴. 아, 그리고 내 하얀 사자 가죽 망토도." 드로고의 사자 가죽을 걸치고 있으면 언제나 더 안전한 기분이 들었다.

대너리스는 테라스에서, 배나무 아래 돌을 조각해 만든 장의자에 앉아서 그를 맞이했다. 도시 하늘에는 반달이 떠서 수많은 별의 수행을 받고 있었다. 다리오 나하리스는 건들거리며 들어왔다. '다리오는 가만히 서 있을 때도 건들거려.' 그는 줄무늬 판탈롱을 긴 자주색 가죽 장화 안에 집어넣고, 하얀 비단 셔츠 위에 금고리 조끼를 입었다. 세 갈래 수염은 자주색이었고, 화려한 콧수염은 금색, 긴 곱슬머리는 반반으로 물들였다. 한쪽 허리에는 스틸레토를, 반대쪽에는 도트락의 아라크를 찼다. "눈부신 여왕님, 제가 없는 사이에 더욱 아름다워지셨군요. 어떻게 이런 일이 가능하단 말입니까?"

여왕은 그런 찬양에 익숙했으나, 어째서인지 다리오가 하는 칭찬은 레즈낙이나 자로, 히즈다르의 찬양보다 더 와닿았다. "대장. 라자르에서 잘해 줬다고 들었네." '정말 보고 싶었어.'

"전하의 대장은 잔인하신 여왕님을 섬기기 위해 살지요."

"잔인하다니?"

그의 눈동자에서 달빛이 빛났다. "여왕님의 얼굴을 한시라도 빨리 보고자 부하들을 다 따돌리고 달려왔는데, 웬 말라붙은 늙은 여자와 함께 양고기와 무화과를 드시는 동안 버려져 있어야 했으니 말입니다."

'당신이 왔다고 말해주질 않았어. 알았다면 바보가 되어 즉시 불러들였을지도 몰라.' 대니는 생각했다. "녹색 은총자와 저녁을 먹고 있었지." 히즈다르 이야기는 하지 않는 게 좋을 것 같았다. "은총자의 현명한 조언이 급히 필요했거든."

"제게 급한 문제는 단 하나뿐입니다. 대너리스죠."

"음식을 가져오라 이를까? 분명 배가 고플 텐데."

"이틀 동안 먹지 못했습니다만, 이제 여기에 서니 여왕님의 아름다움만으로도 만찬이나 다름없습니다."

"내 아름다움이 대장의 배를 채워주진 않아." 대니는 배를 하나 따서 던졌다. "먹게."

"여왕님의 명이시라면야." 다리오는 금니를 반짝이며 배를 한 입 베어 물었다. 자주색 수염에 과즙이 흘러내렸다.

대니 안의 소녀는 아프도록 그에게 입을 맞추고 싶어 했다. '그의 입맞춤은 거칠고 가차 없겠지. 그리고 내가 울든, 그만하라고 명령하든 상관하지 않을 거야.' 하지만 대니 안의 여왕은 그게 어리석은 짓임을 알았다. "다녀온 일에 대해 말해보게."

그는 가볍게 어깨를 으쓱였다. "융카이가 키자이 고개를 봉쇄하려고 용병들을 보냈습니다. '긴 기마창'이라는 집단이죠. 저희가 밤을 틈타 덮쳐서 몇 놈을 지옥으로 보냈습니다. 라자르에서는 여왕님께서 저를 믿고 어린양 족에게 줄 선물로 맡기신 보석과 황금 접시를 훔치려 든 제 하사관 두 명을 베어 죽였습니다. 그 외에는 모든 게 제가 장담한 대로 됐습니다."

"그 전투에서 몇 명이나 잃었지?"

"아홉입니다." 다리오가 말했다. "하지만 긴 기마창 열두 명이 시체가 되느니 폭풍 까마귀가 되는 게 낫겠다고 결정했기 때문에, 세 명이 늘어서 왔습니다. 전하의 드래곤들과 싸우기보다는 같은 쪽에서 싸우는 편이 오래 살 거라고 했는데, 제 말이 지혜롭다는 걸 안 거죠."

그 말에 대니는 경계했다. "융카이를 위해 염탐할지도 몰라."

"첩자가 되기엔 너무 멍청한 놈들입니다. 전하는 그놈들을 몰라요."

"대장도 모르지. 그자들을 믿나?"

"전 제 부하들을 다 믿습니다. 제가 뱉은 침이 미치는 한에서는요." 그는 배씨를 하나 뱉어내고 대니의 의심에 미소를 지었다. "그놈들 머리통을 대령할까요? 명하신다면 그렇게 하겠습니다. 하나는 대머리에 둘은 머리를 땋았고 하나는 수염을 네 가지 색깔로 물들였어요. 대체 어떤 첩자가 그런 수염을 달고 산답니까? 40걸음 밖에서 돌을 던져 모기 눈을 맞힐 수 있는 투석병이 있고, 못생긴 놈 하나는 말들을 잘 다루지만, 여왕님께서 다 죽여야 한다고 하신다면……."

"그런 말은 안 했어. 다만…… 잘 지켜보라는 것뿐이야." 말하면서도 바보가 된 기분이었다. 다리오와 있으면 언제나 조금 바보가 된 기분이었다. '열없고 여자애 같아지고 머리가 나빠지지. 날 뭐라고 생각하겠어?' 대니는 화제를 바꿨다. "어린양족이 우리에게 식량을 보내줄까?"

"곡식은 나룻배로 스카하자단강을 따라올 것이고, 다른 것들은 카라반이 키자이 고개를 넘어 가져올 겁니다."

"스카하자단은 안 돼. 강은 봉쇄됐어. 바다도 마찬가지야. 만에 떠 있는 배들을 보게 될 거야. 콰스인들이 우리 어선 3분의 1은 내쫓고, 3분의 1은 붙잡았지. 나머지는 겁에 질려서 항구를 떠나지 못해. 그나마 남아 있던 교역도 다 끊겼어."

다리오가 배 심을 던졌다. "콰스인들은 핏줄에 우유가 흐릅니다. 드래곤을 보여주시면 달아날 거예요."

드래곤들에 대해서는 이야기하고 싶지 않았다. 농부들은 여전히 타버린 뼈를 들고 궁정에 와서 없어진 양들에 대해 불평했고, 드로곤은 도시로 돌아오지 않았다. 강 북쪽, 도트락의 바다 위에서 봤다는 보고가 몇 건 있었다. 구덩이 아래에서는 비세리온이 쇠사슬 한쪽을 물어 끊었다. 비세리온과 라에갈은 갈수록 흉포해졌다. 한번은 쇠문이 빨갛게 달아올라서, 아무도 하루 동안 그 문을 만지지 못했다고 거세병이 보고했다. "아스타포도 포위당했어."

"압니다. 긴 기마창단 한 놈이 죽기 전에 붉은 도시에서는 사람들이 서로를 잡아먹고 있다고 말해주더군요. 미린 차례가 곧 올 거라길래 혀를 뽑아서 누런 개에게 먹였지요. 거짓말쟁이의 혓바닥을 먹는 개는 없거든요. 누런 개가 그놈의 혓바닥을 먹길래, 그 말이 진실이라는 걸 알았습니다."

"이 도시 안에도 전쟁이 벌어지고 있어." 대니는 그에게 하피의 아들들과 놋쇠 짐승단, 벽돌 위에 흐르는 피에 대해 말했다. "난 도시 안팎 사방으로 적에게 둘러싸였어."

"공격하세요." 그는 즉시 말했다. "적에게 둘러싸이면 방어할 수가 없습니다. 방어하려다간 앞에 오는 장검을 받아넘기는 사이 등에 도끼가 찍힐 겁니다. 안 돼요. 많은 적을 상대할 때는 제일 약한 적을 골라서 죽이고, 그놈을 짓밟고 달려서 도망치는 겁니다."

"어디로 도망치란 말인가?"

"제 침대로요. 제 품으로. 제 심장으로." 다리오의 아라크와 스틸레토 칼자루에는 벌거벗고 외설스러운 자세를 취한 황금 여인의 모습이 조각되어 있었다. 다리오는 그 여자들을 엄지손가락으로 놀랍도록 음란하게 쓸더니 짓궂게 웃었다.

대니는 얼굴에 피가 몰리는 것을 느꼈다. 마치 다리오가 그녀를 애무하는 것 같았다. '내가 침대에 끌어들이면 나도 음탕한 여자라 생각할까?' 다리오를 보면 그의 음탕한 여자가 되고 싶었다. '절대 혼자 만나면 안 돼. 가까이 두기엔 너무 위험해.' "녹색 은총자는 내가 기스카인 왕을 두어야 한다고 해." 그녀는 당황해서 말해버렸다. "고귀한 히즈다르 조 로라크와 결혼하라고 부추기고 있지."

"그 작자요?" 다리오가 키득거렸다. "침대에 내시를 들이고 싶다면 회색 벌레가 낫지 않습니까? 왕을 원하시는 거 아닌가요?"

'난 당신을 원해.' "난 평화를 원해. 히즈다르에게는 살인을 끝낼 시간을 90일 줬어. 그 일을 해낸다면 남편으로 맞이할 거야."

"절 남편으로 두세요. 아흐레 만에 해내지요."

'그럴 수 없다는 거 알잖아.' 그렇게 말해버릴 뻔했다.

"그림자를 드리우는 자들과 싸워야 하는데 그림자와 싸우고 계시군요." 다리오는 말을 이었다. "다 죽여버리고 재산을 빼앗으세요. 명령만 하시면 전하의 다리오가 놈들의 머리통을 이 피라미드보다 더 높게 쌓아드리죠."

"누구인지 안다면야—"

"자크와 팔과 메레크죠. 그리고 나머지 전부요. 대단한 주인들. 달리 누구겠습니까?"

'다리오는 잔혹한 만큼 대담해.' "우리에겐 이게 그자들의 짓이라는 증거가 없어. 나보고 내 신민들을 도살하라는 건가?"

"폐하의 신민들은 기꺼이 폐하를 도살할걸요."

너무 오래 떨어져 있어서, 다리오가 어떤 자인지 거의 잊고 말았다. 대니는 용병들이란 원래 위험한 족속이라는 사실을 스스로에게 일깨웠다. '변덕스럽고, 신뢰할 수 없고, 인정사정없어. 결코 더 나아지진 않을 거야. 결코 왕의 재목이 되진 못해.' 대니는 그에게 설명했다. "피라미드들은 튼튼해. 점령하려면 큰 대가를 치를 수밖에 없지. 하나를 공격하는 순간 나머지가 다 들고일어날 거야."

"그렇다면 평계를 만들어서 피라미드 밖으로 끌어내지요. 결혼식이면 되겠네요. 어떻습니까? 히즈다르와 결혼하겠다고 하시면 대단한 주인들이 모두 결혼식을 보러 올 겁니다. 그래서 모두가 은총의 신전에 모였을 때, 저희를 풀어놓으세요."

대니는 경악했다. '이자는 괴물이야. 멋진 괴물이긴 해도, 괴물이야.' "나를 도살자로 여기는 건가?"

"고기가 되느니 푸주한이 되는 게 낫죠. 남자 왕은 다 도살자예요. 여자 왕은 그렇게 다른가요?"

"이 여왕은 그래."

다리오는 어깨를 으쓱였다. "여왕이라고 해봐야 대부분 남편의 침대를 데우고 아들들을 낳아줄 뿐이죠. 그런 여왕이 되실 거라면 히즈다르와 결혼하시는 게 좋겠네요."

분노가 일었다. "내가 누군지 잊은 건가?"

"아뇨. 폐하는 잊었습니까?"

'비세리스라면 이런 모욕의 대가로 머리를 잘랐겠지.' "난 드래곤의 핏줄이야. 주제넘게 가르치려 들지 마." 대니가 일어서자 어깨에 걸친 사자 가죽이 미끄러져 바닥에 떨어졌다. "나가."

다리오는 요란하게 절을 했다. "저야 복종하려고 사는 몸이죠."

다리오가 나가자, 대너리스는 바리스탄 경을 다시 불렀다. "폭풍 까마귀단을 다시 내보내고 싶어."

"예? 이제 막 돌아왔는데……."

"내보내고 싶네. 융카이 내륙 지역을 정찰하고 키자이 고개를 넘어오는 카라반들을 보호하라고 해. 앞으로 다리오는 경에게 보고할 거요. 줘야 할 영예는 모두 챙겨주고 그 부하들에게 보수를 두둑이 주되, 어떤 경우에도 날 보는 일은 없게 하시오."

"분부대로 하겠습니다, 전하."

그날 밤 대니는 잠들지 못하고 침대에서 계속 뒤척였다. 애무를 받으면 쉬는 데 도움이 될지 모른다는 생각에 이리를 불러들이기까지 했으나, 잠시 후에는 밀어내고 말았다. 이리는 다정하고 부드럽고 열렬했으나, 다리오가 아니었다.

'내가 무슨 짓을 한 거지?' 대니는 빈 침대에 웅크린 채 생각했다. '다리오가 돌아오기를 그렇게 오래 기다려놓고 다시 보내버리다니.' "날 괴물로 만들었을 거야." 그녀는 속삭였다. "도살자로 만들었을 거야." 하지만 뒤이어 멀리 있는 드로곤과 구덩이 속 드래곤 두 마리가 생각났다. '내 손에도, 내 심장에도 피가 묻어 있어. 다리오와 난 그렇게 다르지 않아. 우리 둘 다 괴물이야.'

망명 영주

'이렇게 오래 걸릴 일이 아니야.' 그리프는 수줍은 처녀의 갑판을 걸어 다니며 속으로 생각했다. 티리온 라니스터를 놓쳤듯이 할돈도 잃어버린 건가? 볼란티스인들이 잡아갔을 수도 있을까? '덕필드를 같이 보냈어야 해.' 할돈 혼자는 믿을 수 없었다. 셀호리스에서 티리온이 도망치게 놓아두었을 때 증명한 바였다.

수줍은 처녀는 길게 이어지는 혼잡한 강가에서 비교적 보잘것없는 구역에, 몇 년 동안 부두를 떠난 적이 없는 기울어진 장대배 한 척과 화사하게 칠한 극단용 유람선 사이에 묶여 있었다. 극단의 배우들은 시끄럽고 활기찬 무리로, 언제나 서로에게 대사를 인용해댔고 주로 술에 취해 있었다.

뜨겁고 끈적한 날이었고, 소로스를 떠난 이후 매일매일이 그랬다. 흉포한 남부의 태양이 볼론 테리스의 북적이는 강가를 때려댔지만, 더위는 그리프의 걱정거리도 못 됐다. 황금 용병단이 마을에서 5킬로미터쯤 남쪽에 진을 쳤는데 그가 기대했던 위치보다 한참 북쪽이었고, 삼두 말라쿼가 5000명의 보병과 1000명의 기병을 거느리고 북쪽으로 와서 황금 용병단을 삼각주 길로부터 차단한 상태였다. 대너리스 타르가르옌은 까마득히 먼 곳에 남아 있었고, 티리온 라니스터는…… 어디에든 있을 수 있었다. 신들이 자비롭다면 그 라니스터의 잘린 머리가 지금쯤 킹스랜딩까지 반쯤 가 있을 테지만, 그보다는 멀쩡한 몸으로 술 냄새를 풍기면서 어딘가 가까운 곳에서 새로운 악행을 꾸미고 있을 가능성이 더 높았다.

"대체 할돈은 어디 있는 거야?" 그리프는 레모어에게 불평했다. "말 세 마리 사는 데 얼마나 오래 걸리는 거지?"

레모어는 어깨를 으쓱였다. "영주님, 아이를 이 배에 태워두는 게 더 안전하지 않을까요?"

"그래, 더 안전하긴 하지. 더 현명하진 않아. 이젠 그 녀석도 어른이고, 이건 그 녀석이 태어날 때부터 걷기로 되어 있는 길이야." 그리프에겐 이런 입씨름을 할 인내심이 없었다. 숨는 데도, 기다리는 데도, 조심하는 데도 진저리가 났다. '조심할 시간이 없어.'

"우린 아에곤 왕자를 숨기기 위해 그동안 무슨 짓이든 했습니다." 레모어가 상기시켰다. "머리 염색을 씻어내고 정체를 발표할 때가 오리라는 건 알지만, 그게 지금은 아니에요. 용병들의 야영지에서는 아니에요."

"해리 스트릭랜드가 아에곤을 해칠 생각이라면, 수줍은 처녀에 숨겨봐야 지키지 못해. 스트릭랜드에겐 1만 병사가 있고, 우리에겐 오리가 있지. 아에곤은 왕자에게 바랄 수 있는 모든 걸 갖춘 왕자야. 병사들이 그걸 봐야 해. 스트릭랜드와 나머지 모두. 이들은 아에곤의 병사야."

"그야 돈을 주고 샀기 때문이죠. 1만 명의 무장한 낯선 자들에다 따라다니는 종군 민간인들까지 있는데, 딱 한 명만으로도 우리 모두 망할 수 있어요. 휴고르의 머리에 영주의 지위를 걸 정도라면, 세르세이 라니스터가 철왕좌의 정당한 후계자에게는 얼마나 지불하겠어요? 영주님은 이자들을 모르십니다. 영주님이 황금 용병단과 같이 말을 달리신 지 10년도 더 지났고, 영주님의 오랜 친구도 죽었어요."

'블랙하트.' 그리프가 마지막으로 보았을 때 마일스 토인은 정말이지 생명력이 가득했기에, 이제는 죽었다는 사실을 받아들이기가 힘들었다. '황금 해골이 장대에 올라가고, 그의 자리를 '집 없는 해리 스트릭랜드'가 대신했지.' 레모어의 말이 옳다는 건 그리프도 알았다. 쫓겨나기 전에 그들의 아버지나 할아버지가 웨스테로스에서 무엇이었든 간에, 지금 황금 용병단의 단원들은 용병이었고, 믿을 수 있는 용병은 없는 법이다. 그럼에도…….

어젯밤 그는 스토니셉트 꿈을 다시 꿨다. 손에 장검을 들고 홀로 이 집, 저 집을 뛰어다니며 문을 부수고 계단을 달려 올라가 지붕에서 지붕으로 건너뛰는 내내 귀에는 먼 종소리가 울렸다. 장중한 청동종 소리와 높은 은종 소리가 머릿속을 쿵쿵 울리더니, 미쳐버릴 것만 같은 불협화음이 점점 커져 머리가 폭발할 것만 같았다.

종울림 전투 이후 17년이 지났건만, 아직도 종소리를 들으면 속이 뒤틀렸다. 다른 이들은 라에가르가 트라이던트에서 로버트의 전투 망치에 쓰러졌을 때 왕국을 잃었다고 주장할지 모르지만, 그리핀이 스토니셉트에서 수사슴을 죽이기만 했더라면 트라이던트 전투는 벌어지지도 않았을 것이다. '그날이 우리 모두에게 종을 울렸어. 아에리스와 왕비에게, 도르네의 엘리아와 그 어린 딸에게, 칠왕국의 진실한 남자와 정직한 여자 모두에게. 그리고 나의 은빛 왕자에게도.'

"원래는 대너리스 여왕에게 도착한 다음에야 아에곤 왕자를 드러낼 계획이었죠." 레모어가 말하고 있었다.

"그거야 대너리스가 서쪽으로 가고 있다고 믿었을 때 얘기지. 우리의 드래곤 여왕이 그 계획을 잿더미로 만들어버렸고, 펜토스에 있는 뚱뚱한 바보 덕분에 우린 그 드래곤의 꼬리를 잡았다가 손가락을 뼈까지 태워버렸어."

"일리리오도 그 아이가 노예상만에 남기를 선택할 줄은 짐작할 수가 없었어요."

"거지 왕이 젊은 나이에 죽을 줄도 몰랐고, 칼 드로고가 뒤따라 무덤에 들어갈 줄도 몰랐지. 그 뚱보가 예측한 것 중에 이뤄진 게 별로 없어." 그리프는 장갑을 낀 손으로 장검 칼자루를 쳤다. "난 몇 년이나 그 뚱보의 피리 소리에 맞춰 춤을 췄어, 레모어. 그래서 무슨 소용이 있었지? 왕자는 이제 어른이야. 때가―"

"그리프." 얀드리가 극단 종소리에 파묻히지 않게 큰 소리로 외쳤다. "할돈이에요."

과연 할돈이었다. 물가를 따라 잔교 끝으로 다가오는 반쪽 학사는 더워 보이고 후줄근했다. 밝은 리넨 로브 겨드랑이에는 땀자국이 났고, 긴 얼굴은 셀호리스에서 수줍은 처녀호로 돌아와서 난쟁이가 사라졌다고 고백했을 때와 똑같이 뚱한 표정이었다. 그래도 말을 세 마리 끌고 있었고, 중요한 건 그거였다.

"그 녀석 데려와." 그리프는 레모어에게 말했다. "준비됐나 보지."

"명 받들겠습니다." 레모어는 서글프게 대답했다.

'좋을 대로.' 레모어를 좋아하게 되긴 했지만, 그렇다고 그녀의 허락이 필요한 것은 아니었다. 레모어가 맡은 일은 왕자에게 종단의 교리를 가르치는 것이었고, 그녀는 그렇게 했다. 그러나 아무리 빌어봐야 기도가 철왕좌에 앉게 해주지는 않는다. 그건 그리프의 임무였다. 그는 예전에 라에가르 왕자를 실망시켰다. 목숨이 붙어 있는 한 그 아들은 실망시키지 않으리라.

할돈이 구해 온 말들은 만족스럽지 않았다. "찾을 수 있는 게 이게 최선이었나?" 그는 반쪽 학사에게 불평했다.

"그랬습니다." 할돈이 짜증 난 투로 말했다. "그리고 얼마나 들었는지는 안 물어보시는 게 좋을 겁니다. 도트락인들이 강 건너에 있으니, 볼론 테리스의 인구 절반은 다른 곳으로 가는 게 낫겠다고 결심했고, 그래서 갈수록 말이 비싸지고 있어요."

'내가 직접 갔어야 했어.' 셀호리스 이후에는 할돈을 전처럼 신뢰하기가 힘들었다. '그 난쟁이의 혓바닥에 넘어갔어. 그 난쟁이가 어정어정 사창가에 들어가는데 바보처럼 광장에 남아 있었다고.' 매춘굴 주인은 난쟁이가 검을 겨눈 남자에게 끌려갔다고 주장했지만, 그리프는 아직도 그 말을 믿지 못했다. 꼬마 악마는 탈출 모의를 하고도 남을 만큼 영리했다. 창녀들이 말하는 그 술 취한 기사라는 놈은 꼬마 악마가 고용한 심복이었을 수도 있었다. '내 탓이기도 하지. 난쟁이 놈이 아에곤과 돌인간 사이에 끼어들었을 때 나도 모르게 경계를 늦췄어. 그놈을 보자마자 목을 따버렸어야 하는 건데.'

"이만하면 될 거야." 그는 할돈에게 말했다. "숙영지는 5킬로미터만 남쪽으로 가면 있네." 수줍은 처녀를 타고 가면 더 빠르겠지만, 해리 스트릭랜드에게는 자신과 왕자가 어디에 있었는지 모르게 하고 싶었다. 여울물을 첨벙거리며 진흙투성이 강둑으로 올라가는 것도 별로 달갑지 않았다. 그런 등장은 용병과 그 아들에게는 괜찮을지 몰라도, 대영주와 왕자에게는 어울리지 않았다.

왕자가 레모어를 대동하고 선실 밖으로 나오자, 그리프는 청년의 머리 끝부터 발끝까지 주의 깊게 훑어보았다. 왕자는 장검과 단검을 차고, 반짝반짝하게 닦은 검은 장화를 신고, 핏빛 비단을 안감으로 댄 검은색 망토를 걸쳤다. 머리를 감고 자른 후에 새로 짙은 파란색으로 염색했더니 눈동자도 파랗게 보였다. 목에는 거대한 사각 루비 세 개를 단 검은 쇠사슬 목걸이를 했는데, 마지스터 일리리오가 준 선물이었다. '붉은색과 검은색. 드래곤의 색깔이지.' 훌륭했다. "제대로 왕자처럼 보이는구나." 그는 청년에게 말했다. "네 아버지가 이 모습을 볼 수 있었다면 자랑스러워했을 거다."

젊은 그리프가 머리를 쓸었다. "이 파란 염색은 신물이 나요. 씻어버려야 했는데."

"곧 그러게 될 거다." 그리프도 원래 머리색으로 돌아가면 기쁘겠지만, 한때 붉은색이었던 그의 머리는 회색으로 변해버렸다. 그는 청년의 어깨를 두드렸다. "갈까? 네 군대가 네가 오기를 기다린다."

"그 말 마음에 드네요. 내 군대라니." 청년의 얼굴에 미소가 스쳤다가 사라졌다. "그런데 정말 그런가요? 용병이잖아요. 욜로가 아무도 믿지 말라고 경고했어요."

"나름의 지혜가 담긴 말이긴 해." 그리프도 인정했다. 블랙하트가 아직 지휘하고 있었다면 달랐을지 모르지만, 마일스 토인은 4년 전에 죽었고, 집 없는 해리 스트릭랜드는 다른 부류의 인간이었다. 그러나 아에곤에게 그렇게 말할 마음은 없었다. 그 난쟁이가 아에곤의 어린 머릿속에 이미 충분한 의심을 심어놓았다. "모두가 겉보기와 같지는 않고, 왕자는 특히 조심해야 마땅하시······. 하지만 그 길로 너무 가버리면 불신이 너를 중독시키고, 널 심술궂고 겁에 질린 사람으로 만들 수도 있다.' 아에리스 왕이 딱 그랬지. 끝에 가서는 라에가르마저도 분명히 알 정도였어.' "중도를 걷는 게 가장 좋아. 신뢰를 받을 만한 이들만 신뢰하되, 충실하게 일하는 사람들에게는 관대하고 친절해라."

아에곤은 고개를 끄덕였다. "기억할게요."

그들은 왕자를 제일 좋은 말에 태웠다. 흰색에 가까울 정도로 색이 연한 덩치 큰 회색 거세마였다. 그리프와 할돈은 그보다 못한 말을 타고 양옆에 섰다. 길은 1킬로미터 가까이 볼론 테리스의 높다란 하얀 벽 아래 남쪽으로 이어졌다. 그 후에는 마을을 뒤로 하고 구불구불한 로인강을 따라 버드나무 숲과 양귀비밭을 통과하고 늙은 뼈마디처럼 삐걱대며 돌아가는 높은 목재 물레방아 옆을 지났다.

그들이 강가에 진을 친 황금 용병단을 찾아냈을 때는 서쪽으로 해가 저

물고 있었다. 아서 데인이라 해도 만족스러워했을 법한 숙영지였다. 질서 정연하고 탄탄하게 짜여 있었고, 방어하기에도 좋았다. 주위에는 깊은 도랑을 파고, 안에 날카로운 말뚝을 박아놓았다. 천막들은 열 지어 섰고, 사이에 넓은 길을 내놓았다. 임시 변소들은 강물이 오물을 씻어갈 수 있게 강가에 마련했다. 말들은 북쪽에 정렬했고, 그 너머에는 스무 마리가 넘는 코끼리들이 긴 코로 갈대를 당기며 물가에서 풀을 뜯고 있었다. 그리프는 그 거대한 회색 짐승들을 보고 고개를 끄덕였다. '웨스테로스를 다 뒤져도 저놈들에게 맞설 군마는 없지.'

숙영지 주위에 우뚝 세운 장대들에서 금란으로 만든 군기가 높이 펄럭였다. 그 밑에서는 갑옷과 무장을 갖춘 파수병들이 창과 노궁을 들고 돌며 누구든 다가오는 자가 없는지 감시했다. 해리 스트릭랜드는 언제나 규율을 강요하기보다는 친구 사귀기를 더 좋아하는 것 같았기에, 그리프는 해리 밑에서 용병단이 해이해지지 않을까 걱정했었다. 보아하니 괜한 걱정이었던 듯했다.

문 앞에서 할돈이 하사관에게 뭐라고 말을 하자, 심부름꾼 하나가 부대장을 찾으러 갔다. 나타난 부대장은 그리프가 지난번에 봤을 때와 똑같이 추했다. 배가 나와 어기적대는 덩치 큰 용병은 오래된 흉터가 이리저리 얽힌 얼굴이었다. 오른쪽 귀는 개가 물어뜯은 꼴이었고 왼쪽 귀는 아예 없었다. "자네를 부대장으로 삼은 건가, 플라워스?" 그리프가 말했다. "황금 용병단엔 기준이 있는 줄 알았는데."

"그보다 더 나빠." 프랭클린 플라워스가 말했다. "날 기사로 만들기까지 했다고." 그는 그리프의 팔뚝을 잡아당기더니 뼈가 으스러지도록 끌어안았다. "12년간 죽어 있던 작자치고는 형편없는 몰골이구먼. 파란 머리? 해리가 자네가 나타날 거라고 했을 때 바지에 지릴 뻔했지 뭔가. 그리고 힐돈, 이 얼음장 같은 새끼야, 너도 반갑다. 아직도 그렇게 뻣뻣하게 하고 다니냐?" 그는 젊은 그리프를 돌아보았다. "그리고 이쪽은……."

"내 종자라네. 이 사람이 프랭클린 플라워스다."

왕자는 고개를 끄덕여 알은척을 했다. "플라워스는 사생아 이름이죠. 리치 출신이군요."

"그래. 어머니가 사이더홀(Cider Hall)에서 세탁부로 일하다가 주인 나리의 아들에게 강간당했지. 그래서 난 갈색 사과 포소웨이 비슷한 것인 셈이야." 플라워스는 그들을 손짓해 통과시켰다. "같이 가세. 스트릭랜드가 장교 전원을 천막으로 소집했어. 군사 회의라는 거지. 망할 볼란티스 놈들이 창을 덜그럭대면서 우리 의도를 알아야겠다고 요구하고 있거든."

황금 용병단의 용병들은 천막 밖에서 주사위 놀이를 하고, 술을 마시고, 파리를 쫓고 있었다. 그리프는 그중 몇이나 그의 정체를 알까 궁금했다. '몇 없겠지. 12년은 긴 시간이니.' 함께 말을 달렸던 남자들도 깨끗하게 면도한 주름신 얼굴에 머리를 파란색으로 염색한 용병 그리프가 다는 듯 붉은 수염의 망명 영주 존 코닝턴이라고는 알아보지 못할지도 몰랐다. 지금까지 대부분은 코닝턴이 전리품을 훔쳤다는 오명을 쓰고 용병단에서 쫓겨난 후 리스에서 술을 마시다가 죽었다고 알고 있었다. 그 수치스러운 핑계는 아직도 언짢았지만, 바리스가 꼭 필요한 소문이라고 주장했다. "용맹한 망명자에 대한 노래가 불리면 곤란하지요." 내시는 점잔 빼는 목소리로 킥킥대며 말했었다. "영웅답게 죽은 이들은 오래 기억되지만, 도둑과 술주정뱅이와 비겁자는 곧 잊힙니다."

'내시 놈이 남자의 명예에 대해 뭘 안다고?' 그리프는 아에곤을 위해 거미의 계획에 어울려왔지만, 그렇다고 해서 그 계획이 마음에 든 건 아니었다. '아에곤이 철왕좌에 앉는 모습을 볼 때까지만 살면, 바리스는 그 모욕의 대가를 치를 거야. 그러고 나면 누가 곧 잊히는지 알게 되겠지.'

총대장의 천막은 금란으로 만들었고, 주위를 둥글게 감싼 창들 위에 금박 입힌 머리뼈들이 올라가 있었다. 머리뼈 하나는 나머지보다 더 컸고 형태가 기괴했다. 그 아래에는 어린아이 주먹만 한 두 번째 머리뼈가 있었다. '괴물 마엘리스와 이름 없는 그 동생이군.' 다른 머리뼈들은 비슷비슷했지만, 몇 개는 죽을 때의 충격에 금이 가고 깨졌으며 하나는 치아가 뾰족하게 갈려 있었다. "어느 게 마일스야?" 그는 저도 모르게 물었다.

"저기. 저 끝에." 플라워스가 손가락질을 했다. "기다려. 자네가 왔다고 알릴게." 그는 그리프가 오랜 친구의 금박 입힌 머리뼈를 바라보게 놓아두고 천막 안으로 들어갔다. 살아 있을 때 마일스 토인 경은 지독히도 못생겼었다. 그의 유명한 선조로, 가수들이 노래하는 늠름한 검은 머리의 테런스 토인은 어쩌나 얼굴이 아름다운지 왕의 정부도 저항하지 못했다고 했다. 그러나 마일스는 귀가 툭 튀어나오고 턱은 울퉁불퉁했으며, 존 코닝턴이 본 그 누구보다 더 코가 컸다. 그래도 마일스가 웃으면 그런 건 다 상관없어졌다. 부하들은 방패 문장 때문에 마일스를 '블랙하트(Blackheart, 검은 심장)'라 불렀다. 마일스는 그 별명과 그 이름에 담긴 모든 것을 사랑했다. "총대장은 동지에게나 적에게나 두려움을 사야 해." 그는 언젠가 그렇게 고백했었다. "날 잔인하다고 생각한다면 훨씬 좋지." 진실은 그 반대였다. 뼛속까지 군인이었던 토인은 사납지만 언제나 공평했고, 부하들에게는 아버지 같았으며 망명 영주 존 코닝턴에게는 언제나 관대했다.

죽음은 마일스 토인에게서 귀와 코, 그리고 온기를 다 강탈했다. 미소는 남았으나, 번쩍이는 금빛 웃음으로 변했다. 머리뼈들 모두가 웃고 있었다. 심지어 중앙의 큰 창에 꽂힌 비터스틸까지도. '비터스틸이 웃을 일이 뭐가 있어? 패배하고 낯선 땅에서 망가진 사람이 되어 혼자 죽었는데.' 비터스틸 아에고르 리버스 경은 임종 시에 부하들에게 자기 머리뼈를 끓여 살을 발라내고 금물에 담갔다가, 웨스테로스를 재탈환하러 바다를 건널 때 가지고 가라고 명령한 것으로 유명했다. 그의 후임자들도 그 예를 따랐다.

망명 생활이 다른 방향으로 흘러갔다면 존 코닝턴도 그 후임자 중 하나가 되었을지 모른다. 그는 황금 용병단과 5년을 보내며 사병에서 토인의 오른팔까지 승진했었다. 여기 남아 있었다면 마일스가 죽은 후에 단원들이 의지한 사람은 해리 스트릭랜드가 아니라 그였을 것이다. 그러나 그리프는 자신이 선택한 길을 후회하지 않았다. '내가 웨스테로스에 돌아갈 때는, 장대에 올라앉은 머리뼈로 돌아가진 않을 거야.'

플라워스가 천막 밖으로 나왔다. "들어와."

그들이 들어가자 걸상과 접이의자에 앉아 있던 황금 용병단의 고위 장교들이 일어섰다. 옛 친구들은 미소와 포옹으로 그리프를 맞이했고, 새로운 장교들은 좀 더 공적으로 인사했다. '모두가 보기만큼 우릴 반가워하는 건 아니야. 나에게는 그렇게 믿게 하려 해도.' 그는 몇몇 미소 뒤에 숨겨진 칼을 감지했다. 상당히 최근까지만 해도 그들 대부분은 존 코닝턴 공이 안전하게 무덤 속에 누워 있다고 믿었고, 많은 수가 전우들에게서 도둑질을 한 남자라면 무덤이 딱 맞는다고 생각할 게 뻔했다. 그리프도 같은 입장이었다면 그렇게 생각하리라.

프랭클린 경이 소개를 했다. 용병 부대장 몇 명은 리버스, 힐, 스톤 등으로 플라워스처럼 서자의 이름이었다. 칠왕국의 역사에 크게 자리 잡은 이름들을 내세우는 사람도 있었다. 그리프는 스트롱 두 명, 피크 세 명, 머드 한 명, 맨드레이크 하나, 로스스톤 하나, 콜 둘을 헤아렸다. 모두가 진짜는 아니었다. 용병단에서는 자기 이름을 자기가 붙일 수 있었다. 어떤 이름이든 용병들은 낯 뜨겁도록 화려한 모습을 과시했다. 이 일에 몸담은 많은 이들과 마찬가지로 그들은 재산을 직접 걸치고 다녔다. 보석 박은 장검, 상감 세공한 갑옷, 묵직한 목걸이, 질 좋은 비단이 많이 보였고, 그 자리에 있는 모든 남자들이 귀족 몸값 정도 되는 금팔찌를 차고 있었다. 팔찌 하나가 황금 용병단 복무 1년씩을 상징했다. 노예의 표지를 불태워 없앤 한쪽 뺨에 구멍이 하나 생긴 곰보 얼굴의 마크 맨드레이크는 황금 해골 목걸이도 찼다.

부대장 전원이 웨스테로스 혈통은 아니었다. 숯처럼 까만 피부에 머리카락은 하얀 여름 군도인 검은 발라크는 블랙하트 시절과 마찬가지로 용병단 궁수대를 지휘했다. 그는 초록색과 오렌지색의 화려한 깃털 망토를 걸치고 있었다. 죽은 사람 같은 볼란티스인 고리스 에도리엔은 스트릭랜드 대신 경리감을 맡았다. 한쪽 어깨에는 표범 가죽을 걸쳤고, 피처럼 새빨간 머리카락은 기름을 발라 굽슬굽슬하게 어깨까지 늘어뜨렸지만 뾰족한 수염은 검은색이었다. 정보감은 그리프가 처음 보는 인물로 리소노 마르라는 리스인이었는데, 눈동자가 연보라빛에 머리는 백금색이었으며 입술은 창녀가 질투하고도 남게 예뻤다. 처음 봤을 때는 여자로 여길 뻔했을 정도였다. 손톱은 자주색으로 칠했고, 귓불에는 진주와 자수정을 잔뜩 달았다.

'유령들과 거짓말쟁이들이군.' 그리프는 면면을 살피며 생각했다. '잊힌 전쟁들, 잃어버린 명분들, 실패한 반란들의 망령들이고, 실패자와 타락자, 실각자와 박탈자의 조직이야. 이게 나의 군대다. 이게 우리의 가장 큰 희망이야.'

그는 해리 스트릭랜드에게 고개를 돌렸다.

집 없는 해리는 별로 전사처럼 보이지 않았다. 비대한 몸에 크고 둥근 머리통, 온화한 회색 눈동자, 그리고 벗어진 부분을 감추려고 옆으로 빗질해 넘긴 머리카락의 스트릭랜드는 접이의자에 앉아서 소금물 통에 발을 담그고 있었다. "내가 일어서지 않아도 양해해주게." 그는 인사 대신 말했다. "행군이 힘겨웠던 데다 엄지발가락에 물집이 잘 잡혀서 말이야. 저주나 다름없어."

'그건 약하다는 표시야. 꼭 노파처럼 말하는군.' 스트릭랜드는 황금 용병단의 설립부터 함께했다. 해리의 증조부는 첫 번째 블랙파이어 반란 당시 검은 드래곤과 함께 일어섰을 때 영지를 잃었다. "4대째 황금 용병단이야." 해리는 4세대에 걸친 망명과 패배가 자랑스러워할 것이나 되는 것처럼 큰 소리치곤 했다.

"제가 잘 듣는 연고를 만들어드릴 수 있습니다." 할돈이 말했다. "그리고 피부를 질기게 만들어주는 광천 소금이 있지요."

"친절한 얘기로군." 스트릭랜드가 종자에게 손짓했다. "왓킨, 우리 친구들에게 와인을."

"고맙지만 사양하겠네." 그리프가 말했다. "물을 마시지."

"좋을 대로 하게." 총대장이 왕자를 올려다보고 미소 지었다. "그리고 이쪽이 필시 자네 아들이겠군."

'아는 건가?' 그리프는 생각했다. '마일스가 얼마나 말했지?' 바리스는 비밀 유지에 철두철미했다. 바리스와 일리리오가 블랙하트와 함께 짠 계획은 오직 그들만 알았다. 나머지 용병단은 아무것도 몰랐다. 알지 못하면 정보를 흘릴 수도 없었으니까.

그러나 그런 시기는 끝났다. "어떤 남자도 이보다 더 훌륭한 아들을 얻을 순 없었을 거야." 그리프는 말했다. "하지만 이 녀석은 내 핏줄이 아니고, 이름도 그리프가 아니라네. 여러분, 드래곤스톤의 왕자 라에가르와 도르네의 공녀 엘리아 사이에서 태어난 첫째 아들, 아에곤 타르가르옌을 소개하지…… 곧 여러분의 도움을 받아 안달인과 로인인과 최초인의 왕이자 칠왕국의 주인 아에곤 6세가 될 몸이네."

그의 선언에 정적이 깔렸다. 누군가가 헛기침을 했다. 콜 한 명이 술병에 든 와인을 잔에 채웠다. 고리스 에도리엔은 곱슬머리를 만지작거리며 그리프가 모르는 언어로 무슨 말인가를 중얼거렸다. 라스웰 피크는 기침을 했고, 맨드레이크와 로스스톤은 눈빛을 주고받았다. '알고 있었군.' 그리프는 그제야 깨달았다. '내내 알고 있었어.' 그는 해리 스트릭랜드를 돌아보았다.

"언제 말한 건가?"

총대장은 족욕통에 담근 물집투성이 발가락을 꼼지락댔다. "강에 도착했을 때 얘기했지. 다들 들썩이고 있었고, 그럴 만도 했어. 우린 분쟁 지역의 쉬운 원정을 차버리고 떠나 왔는데, 뭘 위해서란 말인가? 내가 비싼 청부를 거절하는 동안 이 신도 끔찍해할 더위 속에서 땀을 흘리며 우리 돈이 녹아서 없어지고 칼이 녹스는 꼴이나 보려고?"

이 소식에 그리프는 피부가 근질거리는 느낌이었다. "누구였나?"

"융카이. 융카이가 볼란티스에 지지를 호소하러 보낸 사절은 이미 용병단 세 곳을 노예상만으로 파견했네. 우리가 네 번째가 되길 바라면서 미르가 지불하는 돈의 두 배를 제시하고, 더해서 단원 모두에게 노예 하나씩, 부대장은 노예 열에다 나에게는 엄선한 처녀 백 명을 주겠다고 하더군."

'빌어먹을.' "그러자면 노예가 수천은 있어야겠군. 융카이인들이 그 많은 노예를 어디서 찾는다던가?"

"미린에서." 스트릭랜드가 종자를 불렀다. "왓킨, 수건을 가져와라. 물이 식고 있는 데다 내 발가락이 건포도처럼 쪼글쪼글해졌구나. 아니, 그 수건 말고, 부드러운 걸로."

"거절했겠지." 그리프가 말했다.

"제안은 생각해보겠다고 했네." 해리는 종자가 수건으로 발을 감싸자 얼굴을 찌푸렸다. "발가락 좀 살살 다뤄라. 껍질이 얇은 포도라고 생각해. 부수지 않으면서 닦아야지. 아니, 문지르지 말고 톡톡 두드리라고. 그래, 그렇게." 그는 그리프를 다시 돌아보았다. "직설적인 거절은 현명하지 않았을 거야. 다들 내가 정신이 나간 거냐고 물어볼 수도 있고."

"곧 자네들의 검을 쓸 일이 있을 거야."

"그런가요?" 리소노 마르가 물었다. "타르가르엔 여자애가 서쪽으로 떠나지 않았다는 건 알고 계시겠지요?"

"셀호리스에서 소문은 들었네."

"소문이 아닙니다. 단순한 사실이죠. 이유는 좀 더 이해하기 힘들어요. 미런을 약탈하는 거야 그래, 안 될 것 있나요? 나라도 같은 입장이었으면 그랬을 거예요. 노예 도시들엔 황금의 악취가 진동하고, 정복을 하자면 돈이 필요하죠. 하지만 왜 꾸물거릴까요? 두려움 때문에? 광기 때문에? 나태해서?"

"이유는 중요하지 않아." 해리 스트릭랜드가 줄무늬 모직 양말을 폈다. "여자애는 미런에 있고 우린 여기에, 볼란티스인들이 갈수록 우리의 존재를 못마땅해하는 위치에 있어. 우린 우리를 이끌고 웨스테로스의 집으로 돌아갈 국왕 부부를 옹립하러 왔는데, 이 타르가르엔 여자애는 아버지의 왕좌를 되찾는 것보다 올리브나무를 심는 데 열중하는 모양이야. 그동안 적들은 모여들고 있지. 융카이에 신기스, 톨로스까지. 핏빛 수염과 누더기 왕자 둘 다 전장에서 반대편에 설 거야……. 그리고 곧 볼란티스의 함대까지 덮칠 거고. 그런데 그 애에겐 뭐가 있지? 막대기를 든 침실 노예들?"

"거세병." 그리프가 말했다. "그리고 드래곤들."

"드래곤들이 있지, 그래." 총대장이 말했다. "하지만 겨우 새끼에서 벗어난 어린 드래곤들이야." 스트릭랜드가 물집 위로 양말을 신어 발목까지 올렸다. "이 군대들이 주먹을 쥐듯이 도시를 감싸면 그 드래곤들이 얼마나 소용이 있을까?"

트리스탄 리버스가 손가락으로 무릎을 두드렸다. "그러니 더더욱 우리가 빨리 도착해야지. 대너리스가 우리에게 오지 않는다면, 우리가 대너리스에게 가야 해."

"우리가 바다를 걸어갈 수 있습니까, 경?" 리소노 마르가 물었다. "다시 말씀드리지만, 우린 바다로 여왕에게 갈 수가 없습니다. 제가 직접 상인으로 위장하고 볼란티스에 들어가서 우리가 쓸 수 있는 배가 얼마나 되나 알아봤습니다. 항만에는 갤리선과 외돛선, 온갖 종류와 크기의 무장 상선이 우글거렸는데, 저는 곧 밀수꾼과 해적과 어울리게 되더군요. 코닝턴 공께서도 함께하실 때를 기억하시겠지만 우리 용병단엔 1만 군사가 있습니다. 기사 500명에 말이 각각 세 마리씩. 종자 500명에 말 한 마리씩. 그리고 코끼리들, 코끼리들을 잊지 말아야지요. 해적선 한 척으로는 어림도 없어요. 해적 함대가 필요합니다……. 그리고 설령 함대를 찾아낸다 해도, 노예상만에서 날아온 소식에 따르면 미린은 봉쇄당한 상태입니다."

"융카이의 제안을 받아들이는 척할 수도 있어요." 고리스 에도리엔이 부추겼다. "융카이가 동쪽까지 우리를 실어 나르게 한 다음, 미린 성벽 아래에서 그놈들 돈을 돌려주는 겁니다."

"계약 파기 한 번으로도 용병단의 명예에는 충분한 오점이야." 집 없는 해리 스트릭랜드가 물집 잡힌 발을 쥔 채 잠시 말을 골랐다. "일깨워주자면, 이 비밀 협정에 인장을 찍은 건 내가 아니라 마일스 토인이었어. 할 수만 있다면 그 협정을 존중할 테지만, 어떻게 하라는 건가? 내가 보기에 타르가르옌 여자애는 서쪽으로 영영 가지 않을 거야. 웨스테로스는 아버지의 왕국이었고, 미린은 자기 왕국이거든. 융카이를 박살 낼 수만 있다면 노예상만의 여왕이 되겠지. 그러지 못한다면 우리가 도착하기 한참 전에 죽을 테고."

그리프는 그의 말에 놀라지 않았다. 해리 스트릭랜드는 언제나 유한 남자였고, 적을 타격하기보다는 계약을 타결하는 데 더 능했다. 황금의 냄새도 잘 맡았지만, 전투를 갈망하느냐는 또 다른 문제였다.

"육로도 있어." 프랭클린 플라워스가 제안했다.

"악마의 길은 죽음의 길이야. 그 행군을 감행했다간 황야에 병사 절반을 잃을 테고, 남은 병사 중 절반은 길옆에 묻을걸. 이렇게 말하자니 슬프지만, 마지스터 일리리오와 그 친구들이 어린 여왕에게 큰 희망을 건 것은 현명하지 못했을지도 몰라."

'아니.' 그리프는 생각했다. '하지만 자네에게 희망을 건 것은 정말 현명하지 못했지.'

그때 아에곤 왕자가 입을 열었다. "그렇다면 나에게 희망을 걸어요. 대너리스는 라에가르 왕자의 동생이지만, 난 라에가르의 아들입니다. 당신들에게 필요한 드래곤은 나 하나예요."

그리프는 검은 장갑을 낀 손을 아에곤 왕자의 어깨에 올렸다. "대담하게 말하되, 무슨 말을 하는지 생각을 해라."

"생각했어요." 청년은 주장을 굽히지 않았다. "내가 왜 구걸하듯 고모에게 달려가야 하죠? 내 왕위 계승권이 더 높아요. 고모가 나한테 오라고 해요…… 웨스테로스로."

프랭클린 플라워스가 웃음을 터뜨렸다. "마음에 드는데. 동쪽이 아니라 서쪽으로 출항한다. 어린 여왕은 올리브와 있게 두고 아에곤 왕자를 철왕좌에 앉힌다. 저 녀석, 배짱은 있네."

총대장은 따귀라도 한 대 맞은 듯한 얼굴이었다. "태양에 뇌가 녹아버렸나, 플라워스? 우리에겐 그 여자애가 필요해. 결혼이 필요하다고. 대너리스가 우리 어린 왕자를 받아들여 배우자로 둔다면, 칠왕국도 똑같이 할 거야. 대너리스가 없다면 영주들은 왕자의 계승권을 비웃고 가짜에 사기꾼으로 낙인 찍을 거야. 게다가 웨스테로스까지는 어떻게 가려고? 리소노 말들었지. 고용할 배가 없어."

'이 작자는 싸우기가 무서운 거야.' 그리프는 깨달았다. '어떻게 블랙하트 후임으로 이런 놈을 선택할 수가 있지?' "노예상만으로 가는 배가 없다고 했지. 웨스테로스는 다른 문제야. 우리에게 막힌 건 동쪽이지, 바다가 아니야. 삼두도 분명 우리를 배웅하게 되면 기뻐할 테고. 칠왕국으로 돌아갈 배편까지 마련해줄지도 몰라. 어떤 도시도 문 앞에 군대가 진 치기를 바라진 않으니까."

"틀리지 않은 말입니다." 리소노 마르가 말했다.

"지금쯤이면 사자가 분명 드래곤의 냄새를 맡았을 겁니다." 콜 하나가 말했다. "하지만 세르세이의 관심은 미린과 미린의 여왕에게 붙박여 있을 거예요. 우리 왕자에 대해서는 전혀 모르죠. 일단 상륙해서 깃발을 올리면, 많은 수가 합세하러 올 겁니다."

"합세할 자들도 있겠지." 집 없는 해리가 수긍했다. "많이는 아니야. 라에가르의 동생에겐 드래곤들이 있어. 라에가르의 아들에겐 없고. 우리에겐 대너리스와 대너리스의 군대 없이 왕국을 빼앗을 힘이 없다. 거세병들 말이야."

"아에곤 1세는 내시들 없이도 웨스테로스를 점령했습니다." 리소노 마르가 말했다. "아에곤 6세는 왜 그렇게 못 할까요?"

"계획은—"

"무슨 계획?" 트리스탄 리버스가 말했다. "뚱보의 계획? 달마다 바뀌는 계획? 처음엔 비세리스 타르가르옌이 도트락 기마전사 오천을 이끌고 합세할 거랬지. 그러다가 거지 왕이 죽자 그 동생이 합류할 거랬어. 고분고분한 어린 여왕이 새로 태어난 드래곤 세 마리와 함께 펜토스로 오고 있다면서 말이야. 그런데 그 여왕은 노예상만에 나타나더니 불타는 도시를 줄줄이 남겼고, 뚱보는 우리가 볼란티스에서 여왕과 합세해야 한다고 결정했지. 이젠 그 계획도 쓰레기가 됐어.

일리리오의 계획은 이제 신물이 나. 로버트 바라테온은 드래곤 없이 철왕좌를 얻었어. 우리도 똑같이 할 수 있어. 그리고 우리 생각이 틀렸고 왕국이 우리 편에서 일어나지 않는다면, 그때는 언제든 협해를 건너 후퇴할 수 있어. 비터스틸이 예전에 그랬고, 그 뒤에 다른 이들이 그랬듯이."

스트릭랜드는 완고하게 고개를 저었다. "위험 부담이—"

"타이윈 라니스터가 죽었으니 예전보다는 적어. 칠왕국을 이보다 더 정복하기 좋은 때는 없을 거야. 어린 소년이 또 철왕좌에 앉았는데, 이 녀석은 전보다 더 어리고, 반란군이 가을 낙엽처럼 땅을 뒤덮고 있다고."

"그렇다 해도." 스트릭랜드가 말했다. "우리만으로는 희망이 —"

그리프는 총대장의 비겁한 소리를 들을 만큼 들었다. "우리만이 아닐 거야. 도르네가 합세할 거다. 합세할 수밖에 없지. 아에곤 왕자는 라에가르의 아들일 뿐 아니라 엘리아의 아들이니까."

"그것도 그렇고, 웨스테로스에 우리에게 대적할 자가 누가 남아 있죠? 여자 하나예요." 아에곤이 말했다.

"라니스터 여자야." 총대장이 끈질기게 말했다. "그년은 킹슬레이어를 옆에 두고 있을 테고, 캐스털리록의 모든 재산을 가졌지. 일리리오에게 들으니 그 어린 왕은 티렐의 딸과 약혼했고, 그렇다는 건 하이가든의 힘과도 맞서야 한나는 뜻이야."

라스웰 피크가 손가락 관절로 탁자를 두드렸다. "1세기가 지났다 해도 우리 중엔 리치에 아직 친구들을 둔 사람이 있어. 하이가든의 힘은 메이스 티렐의 상상만큼 모이지 않을 거야."

"아에곤 왕자." 트리스탄 리버스가 말했다. "우린 왕자의 군대요. 우리가 동쪽이 아니라 서쪽으로 배를 모는 게 왕자의 바람이오?"

"그래요." 아에곤이 열성을 담아 대답했다. "고모가 미린을 원한다면 가지라고 해요. 난 여러분의 검과 여러분의 헌신으로 직접 철왕좌를 차지하겠습니다. 빨리 움직여서 세게 때린다면 라니스터가 우리의 상륙을 알기도 전에 쉬운 승리를 몇 번은 거둘 수 있어요. 그러면 다른 이들도 우리에게 합류하겠죠."

리버스는 흡족한 미소를 짓고 있었다. 다른 이들은 생각에 잠긴 눈빛을 교환했다. 그러다가 피크가 말했다. "악마의 길에서 죽느니 웨스테로스에서 죽겠어." 그리고 마크 맨드레이크가 쿡쿡거리며 대꾸했다. "나로 말하자면, 영지와 큰 성을 얻어서 살고 싶네." 그리고 프랭클린 플라워스가 칼자루를 때리며 말했다. "난 포소웨이를 몇 놈 죽일 수만 있다면 찬성이야."

모두가 일제히 말하기 시작하자, 그리프는 흐름이 바뀐 것을 알았다. '이건 아에곤에게서 내가 본 적이 없는 면이로군.' 신중한 경로는 아니었지만, 그는 신중함에 지쳤고 비밀에 진저리가 났으며 기다리는 데 질렸다. 이기든 지든 그는 죽기 전에 그리핀스루스트를 다시 보고, 아버지 옆에 묻히고 싶었다.

황금 용병단의 부대장들이 하나씩 하나씩 일어나서 무릎을 꿇고 젊은 왕자의 발치에 검을 놓았다. 마지막은 발에 물집이 잡힌 집 없는 해리 스트릭랜드였다.

그들이 총대장의 천막을 나섰을 때는 태양이 서쪽 하늘을 붉게 물들이고 창에 꽂힌 황금색 머리뼈들을 진홍빛으로 칠하고 있었다. 프랭클린 플라워스가 왕자를 데리고 숙영지를 돌아다니며 '녀석들'에게 소개해주겠다고 제안했다. 그리프는 찬성했다. "하지만 명심하게. 용병단에서는 협해를 건널 때까지 젊은 그리프로 남아 있어야 해. 웨스테로스에 가면 머리 염색을 씻어내고 원래 문장을 입게 할 거야."

"그래, 이해했네." 플라워스는 젊은 그리프의 등을 두드렸다. "같이 가지. 요리사들부터 시작하자. 알아두면 좋은 놈들이야."

두 사람이 사라지자 그리프는 반쪽 학사를 돌아보았다. "수줍은 처녀호로 가서 레모어 부인과 롤리 경과 함께 돌아오게. 일리리오의 궤짝들도 필요할 거야. 돈과 갑옷 전부. 얀드리와 이실라에게 고맙다고 인사하게. 두 사람의 역할은 끝났어. 전하께서 왕국을 얻으시면 그 둘도 잊지 않을 걸세."

"분부대로 하겠습니다."

그리프는 할돈을 두고 집 없는 해리가 배정해준 천막 안으로 들어갔다.

앞길에 위험이 가득하다는 것을 알지만, 그게 어쨌단 말인가? 모든 인간은 죽기 마련이었다. 그가 바라는 건 시간뿐이었다. 이토록 오래 기다렸는데, 신들이 분명 몇 년 정도는 더 주시리라. 아들이라고 부르며 키운 소년이 철왕좌에 앉는 모습을 볼 만큼 충분한 시간을. 그의 영지와 이름, 명예를 되찾을 시간을. 눈을 감고 잠들 때마다 꿈속에서 요란하게 울려 퍼지는 종소리를 가라앉힐 시간을.

천막 안에 홀로 남은 존 코닝턴은 저물어가는 태양의 금빛, 진홍빛 햇살이 문틈으로 떨어지는 가운데 늑대 가죽 망토를 떨쳐내고, 사슬 갑옷 셔츠를 벗어버리고, 접이의자에 앉아서 오른손 장갑을 벗었다. 가운데 손톱이 새까매졌고, 첫 번째 마디까지 회색이 번져 있었다. 넷째 손가락 끝도 검어지기 시작했고, 단검 끝으로 건드려봐도 아무 느낌이 없었다.

'죽음. 하지만 느린 죽음이야. 아직 시간이 있어. 1년. 2년. 5년. 어떤 돌인간은 10년도 살아. 바다를 건너서 그리핀스루스트를 다시 볼 시간은 충분해. 찬탈자의 혈통을 영원히 끊어버리고, 라에가르의 아들을 철왕좌에 앉히는 거야.'

그러면 존 코닝턴 공은 만족스럽게 죽을 수 있었다.

부록

─ 웨스테로스 ─

ᘒᕲᔕ 소년 왕 ᘒᕲᔕ

토멘 왕의 깃발은 금색 바탕에 검은색으로 그려진 바라테온의 왕관 쓴 수사슴과 진홍색 바탕에 금색으로 그려진 라니스터의 사자가 서로 싸우는 형상이다.

토멘 바라테온 토멘 1세, 안달인과 로인인과 최초인의 왕, 칠왕국의 주인, 8세 소년

마저리 왕비 토멘의 아내, 티렐 가문 출신, 세 번 혼인, 두 번 남편을 잃고 반역죄로 고발받아 바엘로르 대성소에 구금 중
  › **메가 티렐, 앨라 티렐, 엘리너 티렐** 왕비의 말벗이자 사촌, 간통죄로 고발
    › › **알린 앰브로즈** 엘리너의 약혼자, 종자
세르세이 라니스터 토멘의 어머니이자 왕대비, 캐스털리록의 여주인, 반역죄로 고발받아 바엘로르 대성소에 구금 중

토멘의 형제들
{**조프리 바라테온 1세**} 형, 결혼식 피로연 중 독살당함
미르셀라 바라테온 왕녀 누나, 9세 소녀로 선스피어에 도란 마르텔 대공의 대녀로 가 있으며 트리스탄 마르텔과 약혼
  › **맹공 기사, 수염 아가씨, 장화** 토멘의 새끼 고양이들

토멘의 숙부들
제이미 라니스터 경 일명 킹슬레이어, 대비의 쌍둥이, 킹스가드 단장
티리온 라니스터 일명 꼬마 악마, 난쟁이, 국왕을 시해한 죄로 고발, 유죄 선고를 받음

다른 친척

{타이윈 라니스터} 외조부, 캐스털리록의 주인이자 서부의 관리자, 왕의 수관이었으며 변소에서 아들인 티리온에게 살해당함

케반 라니스터 경 외종조부, 섭정이자 왕국의 수호자, 도르나 스위프트와 결혼

› **란셀 라니스터 경** 두 사람의 아들, 성스러운 '전사의 아들'에 속한 기사

› **{윌렘}** 리버런에서 살해당함

› **마틴** 윌렘의 쌍둥이, 종자

› **제이네** 케반 경의 딸, 3세 소녀

젠나 라니스터 부인 외고모할머니, 에몬 프레이 경과 결혼

› **{클레오스 프레이 경}** 두 사람의 아들, 무법자들에게 사망

›› **타이윈 프레이** 일명 타이, 클레오스의 아들

›› **윌렘 프레이** 클레오스의 아들, 종자

› **라이오넬 프레이 경** 젠나의 둘째 아들

› **{티온 프레이}** 셋째 아들, 종자였다가 리버런에서 살해당함

› **왈더 프레이** 일명 붉은 왈더, 막내아들, 캐스털리록의 시동

{타이겟 라니스터 경} 외종조부, 달레사 마브랜드와 결혼

› **타이렉 라니스터** 그들의 아들, 종자, 킹스랜딩 식량 폭동 중에 실종

›› **에메산드 헤이포드 부인** 타이렉의 어린 아내

{제리온 라니스터} 외종조부, 바다에서 실종

› **조이 힐** 그의 서녀

토멘 왕의 소협의회

케반 라니스터 경 섭정

메이스 티렐 공 왕의 수관

파이셀 대학사 조언자 겸 치료사

제이미 라니스터 경 킹스가드 단장

팍스터 레드와인 공 대제독이자 해군관

콰이번 자격 박탈 학사이며 사령술사라 알려짐, 첩보관

세르세이 왕대비의 이전 소협의회

{자일스 로스비 공} 재정대신이자 재무관, 기침병으로 사망

오턴 메리웨더 공 사법대신이자 법률관, 세르세이 왕대비가 체포되자 롱테이블로 달아남

오레인 워터스 드리프트마크의 서자, 대제독이자 해군관, 세르세이 왕대비가 체포되자 왕실 함대를 이끌고 바다로 달아남

토멘 왕의 킹스가드

제이미 라니스터 경 단장

메린 트랜트 경

보로스 블런트 경 해임 후 복직

발론 스완 경 미르셀라 왕녀와 함께 도르네에 있음

오스먼드 케틀블랙 경

로라스 티렐 경 꽃의 기사

{아리스 오크하트 경} 도르네에서 사망

토멘의 킹스랜딩 조정

문보이 왕실 어릿광대

페이트 8세 소년, 토멘 왕 대신 매 맞는 아이

올드타운의 오몬드 왕실 하프 연주자이자 음유시인

오스프리드 케틀블랙 경 오스먼드 경과 오스니 경의 형제, 도시 경비대장

노호 디미티스 브라보스의 강철은행에서 보낸 사절

{그레고르 클리게인 경} 일명 달리는 산더미, 독이 있는 부상으로 사망

레니퍼 롱워터스 레드킵 지하감옥의 하급간수장

마저리 왕비의 연인 혐의자들

왓 자칭 푸른 음유시인이라는 가수, 고문으로 미쳐버린 죄수

{하프쟁이 해미시} 고령의 가수, 억류 중 사망

마크 멀런도어 경 블랙워터 전투에서 원숭이와 한쪽 팔 절반을 잃음

키 큰 탤러드 경, 램버트 턴베리 경, 바야드 노크로스 경, 휴 클리프턴 경

잘라바르 쇼 붉은 꽃 협곡의 왕자, 여름 군도의 망명자

호라스 레드와인 경 무죄로 밝혀져 풀려남

호버 레드와인 경 무죄로 밝혀져 풀려남

세르세이 왕대비의 주요 고발자

오스니 케틀블랙 경 오스먼드 경과 오스프리드 경과 형제로, 종단에 잡혀 있음

종단 사람들

최고성사 신자들의 아버지, 지상에서 일곱의 대변자, 연약한 노인

우넬라 성사, 모엘 성사, 스콜레라 성사 왕대비의 간수들

토버트 성사, 레이나드 성사, 루시언 성사, 올리도르 성사 최고신관단

아글란틴 성사, 멜리슨트 성사 바엘로르 대성소에서 일곱을 섬김

테오단 웰스 경 일명 진실의 기사 테오단 경, '전사의 아들'의 독실한 지휘관

참새들 가장 초라하면서 맹렬한 신심을 지닌 이들

킹스랜딩 사람들

차타야 값비싼 매춘굴의 소유주

› 알라야야 그녀의 딸

› 댄시, 마레이 차타야 아래에서 일하는 여자들

토보 모트 무기제조 장인

킹스랜딩 주위 지역에서 철왕좌에 충성을 맹세한 영주들

렌프레드 라이커 더스큰데일의 영주

› 루퍼스 리크 경 외다리 기사, 더스큰데일 던포트의 수호성주

{탠다 스토크워스} 스토크워스의 여주인, 엉덩이 골절로 사망

› {팔리스} 그녀의 맏딸, 검은 감옥에서 비명을 지르며 죽음

›› {발만 버치 경} 팔리스 부인의 남편, 마상시합에서 살해당함

› 롤리스 둘째 딸, 머리가 모자람, 스토크워스의 여주인

›› 티리온 태너 그녀의 갓난 아들, 아버지가 백 명

›› 블랙워터의 브론 경 그녀의 남편, 용병이었다가 기사가 된 인물

› 프렌켄 학사 스토크워스에서 봉직

장벽의 왕

스타니스는 빛의 군주를 뜻하는 불타는 심장을 깃발에 담았다. 노란 바탕에 오렌지색 불길에 둘러싸인 붉은 심장이다. 그 심장 안에는 검은색으로 바라테온 가문의 문장인 왕관 쓴 수사슴이 들어 있다.

스타니스 바라테온 스타니스 1세, 스테폰 바라테온 공과 카사나 에스터몬트 부인의 둘째 아들, 드래곤스톤의 영주, 자칭 웨스테로스의 왕

스타니스 왕과 함께 캐슬블랙에 있는 인물들
아샤이의 멜리산드레 일명 붉은 여인, 빛의 군주 룰로르의 여사제
　그의 기사와 맹약 검사
　› **리차드 호프 경** 부사령관
　› **고드리 파링 경** 일명 거인 살해자
　› **저스틴 매시 경**
　› **로빈 피즈버리 공**
　› **하우드 펠 공**
　› **클레이턴 서그스 경, 콜리스 페니 경** 왕비 쪽 사람들로 빛의 군주를 열렬히 따르는 추종자
　› **윌람 폭스글러브 경, 험프리 클리프턴 경, 오르문드 와일드 경, 하리스 코브 경** 기사들
데반 시워스와 브라이엔 파링 그의 종자들
만스 레이더 장벽 너머의 왕, 그의 포로
　› **야인 왕자** 만스 레이더의 어린 아들
　›› **길리** 아이의 유모, 야인 여자
　›››**괴물** 길리의 어린 아들, 길리의 아버지 {크래스터}의 자식

바닷가 이스트워치

셀리스 왕비 플로렌트 가문 출신, 스타니스의 아내

> **시린 왕녀** 그들의 딸, 11세 소녀

>> **패치페이스** 시린의 문신투성이 어릿광대

액셀 플로렌트 경 왕비의 숙부, 왕비 쪽 사람들의 선봉, 자칭 왕비의 수관

> **나버트 그랜디슨 경, 베네톤 스케일스 경, 왕의 산의 파트렉 경, 음침한 도어덴 경, 레드풀의 말 레곤 경, 램버트 화이트워터 경, 퍼킨 폴라드 경, 브루스 버클러 경** 왕비의 기사와 맹약검사

다보스 시워스 경 비 숲의 영주, 협해의 제독, 왕의 수관, 일명 양파 기사

리스의 살라도르 산 해적이자 바다 용병, 발리리안호와 갤리선 함대의 주인

타이코 네스토리스 브라보스 강철은행에서 온 특사

～✼✼～ 군도와 북부의 왕 ～✼✼～

파이크의 그레이조이는 영웅 시대 회색 왕의 후손이라고 주장한다. 전설에 따르면 회색 왕은 바다 자체를 다스리고 인어를 아내로 맞이했다. 드래곤 아에곤은 강철 군도 마지막 왕의 혈통을 끊었으나, 강철인들이 고대 관습을 되살려 자기들 중에서 으뜸을 선택하는 것은 허락했다. 그들은 파이크의 비콘 그레이조이 공을 선택했다. 그레이조이 문장은 검은색 바탕에 금색 크라켄이다. 가언은 '우리는 씨를 뿌리지 않는다'이다.

유론 그레이조이 회색 왕 이후로 헤아려 유론 3세, 강철 군도와 북부의 왕, 소금과 바위의 왕, 바닷바람의 아들, 파이크의 수확 영주, 침묵호의 선장, 일명 까마귀 눈

{발론} 그의 큰형, 강철 군도와 북부의 왕으로, 회색 왕 이후 헤아려 발론 9세, 추락사
› **알라니스 부인** 할로우 가문 출신, 발론의 과부
그들의 자녀
› **{로드릭}** 그레이조이 반란 당시 시가드에서 참살됨
› **{마론}** 그레이조이 반란 당시 파이크 성벽에서 참살됨
› **아샤** 딸, 블랙윈드호의 선장이며 딥우드모트의 정복자, 에릭 아이언메이커와 결혼
› **테온** 북부인들에게는 변절자 테온으로 불림, 드레드포트의 포로
빅타리온 동생, 강철 함대의 함대장, 강철 승리호의 주인
아에론 동생, 일명 젖은 머리, 익사한 신의 사제

그의 선장과 맹약검사
썩은 이 토월드, 눌린 얼굴 존 마이어, 로드릭 프리본, 붉은 노잡이, 왼손잡이 루카스 코드, 퀠론

험블, 하렌 하프호어, 서자 케멧 파이크, 노비 콸, 돌 손, 양치기 랄프, 로드스포트의 랄프

그의 선원들
{크래곤} 지옥 나팔을 불었다가 사망

그의 휘하 영주들
에릭 아이언메이커 일명 모루 파괴자 에릭 또는 정의로운 에릭, 강철 군도의 집사장이자 파이크의 수호성주, 과거 유명했던 노인, 아샤 그레이조이와 결혼

강철 군도의 영주들

파이크
저먼드 보틀리 로드스포트의 영주
월든 윈치 아이언홀트의 영주

올드윅
던스턴 드럼 드럼, 올드윅의 영주
노언 굿브러더 섀터스톤의 영주
스톤하우스

그레이트윅
고롤드 굿브러더 해머혼의 영주
트리스턴 파윈드 실스킨포인트의 영주
스파르
멜드레드 멀린 페블턴의 영주

오크몬트
알린 오크우드 일명 오크몬트의 오크우드
발론 타우니 공

솔트클리프
도너 솔트클리프 공
선덜리 공

― 다른 가문들 ―

ᘓᘏᘎᑘᑉ 아린 가문 ᘏᘒᘎᑘᑐ

아린은 산과 협곡의 왕들로부터 내려오는 가문이다. 문장은 하늘색 바탕에 하얀 달과 매. 아린 가문은 다섯 왕 전쟁에서 어떤 역할도 하지 않았다. 아린의 가언은 '명예만큼 드높게'이다.

로버트 아린 이어리의 영주, 협곡의 방어자, 모친이 칭하기로 진정한 동부의 관리자, 병약한 8세 소년으로 별명은 스위트로빈

{라이사 부인} 로버트의 어머니, 툴리 가문 출신으로 존 아린 공의 과부, 달의 문에서 밀려 떨어져 죽음

피터 베일리시 로버트의 보호자, 일명 리틀핑거, 하렌홀의 영주, 트라이던트의 지배자이자 협곡의 호국공

> › **알레인 스톤** 피터 공의 서녀로 열세 살 처녀, 실제로는 산사 스타크
> › **로소르 브룬 경** 피터 공을 섬기는 용병, 이어리의 위병대장
> › **오스웰** 피터 공을 섬기는 머리 센 중장병, 때로는 케틀블랙이라고도 불림
> › **셰이디글렌의 셰드리치 경** 일명 미친 쥐, 피터 공 밑에 들어온 방랑기사
> › **아름다운 바이런 경, 명랑한 모가스 경** 피터 공 밑에 들어온 방랑기사들

로버트의 가신과 가솔
콜먼 학사 조언자, 치료사 겸 교사
모드 금니가 특징인 잔혹한 간수
그레첼, 매디, 멜라 하녀들

로버트 공 휘하, 산과 협곡의 영주들

욘 로이스 일명 청동 욘, 룬스톤의 영주

› **안다르 경** 그의 아들, 룬스톤의 후계자

네스토 로이스 공 협곡의 고위 집사이자 달의 관문 수호성주

› **알바르 경** 그의 아들이자 후계자

› **미란다** 그의 딸, 일명 란다, 과부지만 거의 처녀

› **미아 스톤** 로버트 왕의 서녀

라이오넬 코브레이 하츠홈의 영주

› **린 코브레이 경** 그의 동생, 유명한 검 '레이디 폴론'을 휘두름

› **루카스 코브레이 경** 그의 동생

트리스톤 선덜랜드 세 자매 군도의 영주

› **고드릭 보렐** 스위트시스터의 영주

› **롤랜드 롱소프** 롱시스터의 영주

› **알레산더 토런트** 리틀시스터의 영주

아냐 웨인우드 아이언오크스의 주인

› **모턴 경** 아냐 부인의 맏아들이자 후계자

› **도넬 경** 피의 관문의 기사

› **월러스** 막내아들

› **해롤드 하딩** 아냐 부인의 대자, 흔히 '후계자 해리'라 불리는 종자

사이먼드 템플턴 경 나인스타스의 기사

존 린덜리 스네이크우드의 영주

에드문드 왁슬리 위켄덴의 기사

제롤드 그래프턴 걸타운의 영주

{이언 헌터} 롱보우홀의 영주, 최근 사망

› **길우드 경** 이언 공의 맏아들이자 후계자, 현재 '젊은 헌터 공'으로 불림

› **유스터스 경** 이언 공의 둘째 아들

› **할란 경** 이언 공의 막내아들

젊은 헌터 공의 가솔

› **윌라멘 학사** 조언자이자 치료사, 교사

호턴 레드포트 레드포트의 영주, 세 차례 결혼

> **재스퍼 경, 크레이턴 경, 존 경** 그 아들들
> **미첼 경** 막내아들로, 막 기사가 됨, 룬스톤의 이실라 로이스와 결혼
베네다르 벨모어 스트롱송의 영주

달의 산맥 산악민 족장들
돌프의 아들 샤가 달까마귀 씨족, 현재 왕의 숲에서 무리를 이끄는 중
티멧의 아들 티멧 불탄 남자 씨족
체웍의 딸 첼라 검은 귀 씨족
칼로의 아들 크론 달형제 씨족

바라테온 가문

바라테온 가문은 대가문 중에서 가장 젊어, 정복 전쟁 중 정복자 아에곤의 서자라는 소문이 있었던 오리스 바라테온이 마지막 폭풍 왕인 오만한 아르길락을 쓰러뜨려 참살하면서 탄생했다. 아에곤은 오리스에게 상으로 아르길락의 성과 영지와 딸을 내렸다. 오리스는 그 딸을 신부로 맞이하고 그 집안의 깃발과 영전, 가언을 자기 것으로 취했다.

아에곤 정복에서 283년 후, 스톰스엔드의 영주인 로버트 바라테온이 미친 왕 아에리스 타르가르옌 2세를 쓰러뜨리고 철왕좌를 차지했다. 그의 왕권 주장은 아에곤 타르가르옌 5세의 딸이었던 조모의 혈통에서 나왔지만, 로버트는 자신의 전투 망치가 곧 왕위의 자격이라 말하기를 더 좋아했다.

바라테온의 문장은 금빛 바탕에 검은색 왕관 쓴 수사슴이다. 가언은 '맹위는 우리의 것이다.'

{로버트 바라테온} 바라테온 1세, 안달인과 로인인과 최초인의 왕, 칠왕국의 주인이자 왕국의 수호자, 멧돼지에게 받혀 사망

세르세이 왕비 그의 아내, 라니스터 가문 출신

  그들의 자녀
- **{조프리 바라테온 왕}** 조프리 1세, 결혼식 피로연에서 살해당함
- **미르셀라 왕녀** 선스피어의 대녀, 트리스탄 마르텔 공자와 약혼
- **토멘 바라테온 왕** 토멘 1세

그의 형제들
스타니스 바라테온 드래곤스톤의 반역 영주이자 철왕좌 참칭자
- **시린** 그의 딸, 11세

{렌리 바라테온} 스톰스엔드의 반역 영주이자 철왕좌 참칭자, 스톰스엔드 앞 숙영지 한가운데에서 살해당함

그의 서출들
미아 스톤 19세 처녀, 달의 관문에서 네스토 로이스 공을 섬김
겐드리 강역의 무법자, 자기 혈통에 대해 모름
에드릭 스톰 플로렌트 가문의 델레나 부인이 낳은 서자로, 인지받은 자식이며 리스에 숨겨짐
 › **앤드류 에스터몬트 경** 에드릭의 보호자
 › **제랄드 가워 경, '생선 장수' 르위스, 탤리힐의 트리스턴 경, 오머 블랙베리** 보호자와 경호원
{배라} 킹스랜딩의 창녀가 낳은 서녀, 세르세이의 명으로 살해당함

다른 친척들
엘던 에스터몬트 경 그린스톤의 영주, 로버트의 외가
 › **아에몬 경** 엘던의 아들
 › › **알린 경** 아에몬의 아들
 › **로마스 경** 엘던의 아들
 › › **앤드류 경** 로마스의 아들

스톰스엔드에 충성을 맹세한 휘하, 폭풍 영주들
다보스 시워스 비 숲의 영주, 협해의 제독, 왕의 수관
 › **마리아** 그의 아내, 목수의 딸
 › › {데일, 알라드, 매토스, 매릭} 첫째부터 넷째 아들까지, 블랙워터 전투에서 사망
 › › **데반** 스타니스 왕의 종자
 › › **스타니스, 스테폰**
길버트 파링 경 스톰스엔드의 수호성주
 › **브라이엔** 길버트의 아들, 스타니스 왕의 종자
 › **고드리 파링 경** 길버트의 사촌, 일명 거인 살해자
엘우드 메도스 그래스필드컵의 주인, 스톰스엔드 집사장
셀윈 타스 일명 저녁 별, 타스의 영주
 › **브리엔느** 그의 딸, 타스의 처녀, 또는 미녀 브리엔느

›› **포드릭 페인** 그녀의 종자, 10세 소년

로넷 코닝턴 경 일명 붉은 로넷, 그리핀스루스트의 기사

› **레이먼드와 알린느** 로넷의 동생들

› **로날드 스톰** 로넷의 서자

› **존 코닝턴** 로넷의 친척, 과거 그리핀스루스트의 영주이자 왕의 수관으로, 아에리스 타르가르옌 2세에게 추방됨, 술을 마시다가 죽었다고 여겨짐

레스터 모리겐 크로스네스트의 영주

› **리차드 모리겐 경** 그의 동생이자 후계자

› {**가이야드 모리겐 경**} 일명 녹색의 가이야드, 그의 동생, 블랙워터 전투에서 참살됨

아르스탄 셀미 하비스트홀의 영주

› **바리스탄 셀미 경** 그의 종조부

캐스퍼 와일드 레인하우스의 영주

› **오르문드 와일드 경** 그의 숙부, 노기사

하우드 펠 펠우드의 영주

휴 그랜디슨 일명 회색 수염, 그랜드뷰의 영주

세바스티온 에롤 헤이스택홀의 영주

클리포드 스완 스톤헬름의 영주

베릭 돈다리온 블랙헤이븐의 영주, 일명 번개 영주, 강역의 무법자로, 여러 번 참살당했으며 지금은 죽은 것으로 여겨짐

{**브라이스 카론**} 나이트송의 영주, 블랙워터에서 필립 푸트 경에게 참살됨

› **필립 푸트 경** 그의 참살자이자 애꾸눈의 기사, 나이트송의 영주

› **롤랜드 스톰 경** 그의 천출 이복동생, 일명 나이트송의 서자, 자칭 나이트송의 영주

로빈 피즈버리 포딩필드의 영주

메리 메르틴스 미스트우드의 여영주

랄프 버클러 브론즈게이트의 영주

› **브루스 버클러 경** 그의 사촌

프레이 가문

프레이 가문은 툴리 가문의 휘하에 있지만, 언제나 의무를 성실히 수행하지는 않았다. 다섯 왕 전쟁 발발 당시 롭 스타크는 그의 딸이나 손녀딸 중 한 명과 결혼하겠다는 맹세로 왈더 공의 충성을 얻어냈다. 그가 맹세를 어기고 제인 웨스털링과 결혼하자, 프레이 가문은 루스 볼턴과 공모하여 젊은 늑대와 그 추종자들을 살해했다. 이 자리는 '피의 결혼식'으로 알려지게 되었다.

왈더 프레이 크로싱의 영주

첫 번째 아내, 로이스 가문의 {페라 부인}
{스테브론 경} 그들의 맏아들, 옥스크로스 전투 이후 사망
에몬 경 둘째 아들, 젠나 라니스터와 결혼
아에니스 경 북부에서 프레이군을 이끌고 있음
　› 아에곤 블러드본 아에니스의 아들, 범법자
　› 라에가르 아에니스의 아들, 화이트하버에 사절로 감
페리안 왈더 공의 맏딸, 레슬린 하이 경과 결혼

두 번째 아내, 스완 가문의 {시레나 부인}
제러드 경 화이트하버에 사절로 감
루시언 성사 다섯째 아들

세 번째 아내, 크레이크홀 가문의 {애머레이 부인}
호스틴 경 명성 드높은 기사
리테네 왈더 공의 둘째 딸, 루시아스 바이프렌 공과 결혼

사이먼드 일곱째 아들, 돈 계산 담당, 화이트하버에 사절로 감

댄웰 경 여덟째 아들

{메렛} 아홉째 아들, 올드스톤스에서 목매달려 죽음

> **왈다** 메렛의 딸, 일명 뚱뚱한 왈다, 드레드포트의 영주 루스 볼턴과 결혼

> **왈더** 메렛의 아들, 일명 작은 왈더, 8세, 램지 볼턴의 종자

{제레미 경} 열 번째 아들, 익사

레이먼드 경 열한 번째 아들

네 번째 아내, 블랙우드 가문의 {알리사 부인}

로타르 열두 번째 아들, 일명 절름발이 로타르

자모스 경 열세 번째 아들

> **왈더** 자모스의 아들로 일명 큰 왈더, 8세, 램지 볼턴의 종자

휠렌 경 열네 번째 아들

모리야 셋째 딸, 플레멘트 브락스 경과 결혼

티타 넷째 딸, 일명 처녀 티타

다섯 번째 아내, 휀트 가문의 {사리아 부인}

> 소생 없음

여섯 번째 아내, 로스비 가문의 {베타니 부인}

퍼윈 경 열다섯 번째 아들

{벤프레이 경} 열여섯 번째 아들, 피의 결혼식에서 입은 부상으로 사망

윌라멘 학사 왈더 공의 열일곱 번째 아들, 롱보우홀에서 봉직

올리바 왈더 공의 열여덟 번째 아들, 과거 롭 스타크의 종자였음

로슬린 다섯째 딸, 피의 결혼식에서 에드무어 툴리 공과 결혼, 그의 아이를 임신

일곱 번째 아내, 파링 가문의 {아나라 부인}

아르윈 여섯째 딸, 14세 처녀

웬델 열아홉 번째 아들, 시가드에 시동으로 가 있음

콜마 스무 번째 아들, 11세로 종단에 들어가기로 되어 있음

왈티르 스물한 번째 아들, 일명 티르, 10세 소년
엘마 스물두 번째이자 막내아들, 아리아 스타크와 잠시 약혼했었음
시레이 일곱째 딸이자 막내딸, 7세 소녀

여덟 번째 아내, 에렌포드 가문의 조유즈 부인
› 현재까지 소생 없음

여러 여자에게서 태어난 왈더 공의 사생아들
왈더 리버스 일명 서자 왈더
멜위스 학사 로스비에서 봉직
제인 리버스, 마틴 리버스, 라이거 리버스, 로넬 리버스, 멜라라 리버스 등

⚜ 라니스터 가문 ⚜

캐스털리록의 라니스터 가문은 철왕좌에 대한 권리를 주장하는 토멘 왕의 중요 지지자로 남아 있다. 그들은 영웅 시대 전설적인 트릭스터 '영리한 란'의 후손이라고 자랑한다. 캐스털리록과 골든투스의 황금 덕분에 대가문 중에서 가장 부유하다. 라니스터의 상징은 진홍색 바탕에 금색 사자이며, 가언은 '내 포효를 들으라!'이다.

{타이윈 라니스터} 캐스털리록의 영주, 라니스포트의 방패, 서부의 관리자, 왕의 수관, 변소에서 난쟁이 아들에게 살해당함

타이윈 공의 자식들
세르세이 제이미와 쌍둥이, 로버트 바라테온 1세의 과부, 현재 바엘로르 대성소의 죄수
제이미 경 세르세이와 쌍둥이, 일명 킹슬레이어, 킹스가드 단장
 › **조스민 페클던, 가렛 페이지, 루 파이퍼** 그의 종자들
 › **일린 페인 경** 혀를 잃은 기사, 최근까지 왕의 집행관 겸 처형인이었음
 › **로넷 코닝턴 경** 일명 붉은 로넷, 그리핀스루스트의 기사, 포로를 데리고 메이든풀로 가게 됨
 › **아담 마브랜드 경, 플레멘트 브락스 경, 알린 스택스피어 경, 스테폰 스위프트 경, 험프리 스위트프 경, '힘센 멧돼지' 라일 크레이크홀 경, '맨틱' 존 베틀리 경** 리버런에 있는 제이미 경의 군에 있는 기사들
티리온 일명 꼬마 악마, 난쟁이이며 친족 살해자, 협해 건너로 망명한 도망자

캐스털리록의 가솔들
크렐린 학사 치료사, 교사 겸 조언자

바일러 위병대장

베네딕트 브룸 경 훈련대장

하얀 미소 왓 가수

타이윈 공의 형제와 그 자손

케반 라니스터 경 스위프트 가문의 도르나와 결혼

젠나 부인 이제는 리버런의 영주가 된 에몬 프레이 경과 결혼

› **{클레오스 프레이 경}** 대리 가문의 제인과 결혼, 무법자들에게 살해당함

›› **타이윈 프레이** 클레오스의 맏아들, 일명 타이, 이제는 리버런의 후계자

›› **윌렘 프레이** 클레오스의 둘째 아들, 종자

› **라이오넬 프레이 경, {티온 프레이}, '붉은 왈더' 왈더 프레이** 젠나의 아들들

{타이겟 라니스터 경} 매독으로 사망

› **타이렉** 타이겟의 아들, 실종되어 죽은 것으로 추정

›› **에메산드 헤이포드 부인** 타이렉의 어린 아내

{제리온 라니스터} 바다에서 실종

› **조이 힐** 제리온의 서녀, 11세 소녀

타이윈 공의 다른 가까운 친척들

{스태퍼드 라니스터 경} 사촌이자 타이윈 공의 부인과 형제, 옥스크로스에서 도끼에 참살됨

› **세레나와 미리엘** 스태퍼드의 딸들

› **대븐 라니스터 경** 스태퍼드의 아들

다미언 라니스터 경 친척, 시에라 크레이크홀과 결혼

› **루시온 라니스터 경** 두 사람의 아들

› **라나** 두 사람의 딸, 안타리오 재스트 공과 결혼

마고트 부인 친척, 티투스 피크 공과 결혼

휘하 봉신과 충성을 맹세한 검사, 서부의 영주

데이먼 마브랜드 애시마크의 영주

롤랜드 크레이크홀 크레이크홀의 영주

세바스톤 파먼 미의 섬 영주

타이토스 브락스 혼베일의 영주

퀜튼 베인포트 베인포트의 영주

하리스 스위프트 경 케반 라니스터 경의 장인

레지나드 에스트렌 윈드홀의 영주

가웬 웨스털링 크래그의 영주

셀몬드 스택스피어 공

테런 케닝 케이스의 영주

안타리오 재스트 공

로빈 모어랜드 공

알리산느 레포드 부인

르위스 리든 딥덴의 영주

필립 플럼 공

개리슨 프레스터 공

로렌트 로치 경 지주기사

가스 그린필드 경 지주기사

라이몬드 비카리 경 지주기사

레이나드 러티거 경 지주기사

맨프리드 유 경 지주기사

티볼트 헤더스푼 경 지주기사

❧ 마르텔 가문 ❧

도르네는 일곱 왕국 중에서 마지막으로 철왕좌에 충성을 맹세한 왕국이었다. 도르네인은 혈통, 관습, 지리, 역사 모든 면에서 다른 왕국들과 다르다. 다섯 왕 전쟁이 터졌을 때, 도르네는 아무 역할도 맡지 않았으나, 미르셀라 바라테온을 트리스탄 공자와 약혼시키면서 선스피어는 조프리 왕을 지지하겠다고 선언했다. 마르텔의 깃발은 금색 창에 꿰뚫린 붉은 태양이며 가언은 '굽히지 않고, 휘지 않고, 꺾이지 않으리'이다.

도란 니메로스 마르텔 선스피어의 영주, 도르네 대공

멜라리오 그의 아내, 자유도시 노보스 출신
두 사람의 자녀
› **아리안느 공녀** 선스피어의 후계자
› **쿠엔틴 공자** 갓 기사로 서임, 이론우드의 대자
› **트리스탄 공자** 미르셀라 바라테온과 약혼
›› **그린블러드의 가스코인 경** 트리스탄의 맹약위사

도란 대공의 형제들
{**엘리아 공녀**} 킹스랜딩 약탈 중에 강간 살해당함
› {**라에니스 타르가르옌**} 엘리아의 어린 딸, 킹스랜딩 약탈 중 살해당함
› {**아에곤 타르가르옌**} 젖먹이 아기로, 킹스랜딩 약탈 중에 살해당함
{**오베린 공자**} 일명 붉은 독사, 결투 재판 중 그레고르 클리게인 경에게 참살됨
› **엘라리아 샌드** 오베린 공자의 애인, 하먼 울러 공의 서녀
모래뱀 오베린 공자의 딸들

> **오바라** 올드타운의 창녀에게서 둔 딸
> **니메리아** 일명 니메리아 아가씨, 볼란티스 귀족 여인에게서 둔 딸
> **티엔** 성사에게 둔 딸
> **사렐라** 무역상에게서 둔 딸로 무역선 선장
> **엘리아** 엘라리아 샌드의 딸
> **오벨라** 엘라리아 샌드의 딸
> **도리아** 엘라리아 샌드의 딸
> **로레자** 엘라리아 샌드의 딸

도란 대공의 조정-물의 정원

아레오 호타 노보스 출신의 용병, 위병대장
칼레오트 학사 조언자, 치료사, 가정교사

도란 대공의 조정-선스피어

마일스 학사 조언자, 치료사 겸 교사
리카소 선스피어의 대집사, 늙고 눈이 멂
만프레이 마르텔 경 선스피어의 수호성주
알리세 레이디브라이트 재정관리
미르셀라 바라테온 왕녀 대공의 대녀, 트리스탄 공자와 약혼
> **{아리스 오크하트 경}** 그녀의 맹약위사, 아레오 호타에게 참살됨
> **로자먼드 라니스터** 그녀의 시녀 겸 말벗, 먼 친척

도란 대공의 휘하 봉신, 도르네의 영주

앤더스 이론우드 이론우드의 영주, 돌의 길 관리자, 일명 왕의 피
> **이니스** 그의 맏딸, 리온 알리리온과 결혼
> **클레투스 경** 앤더스의 아들이자 후계자
> **그위네스** 막내딸, 12세
하먼 울러 헬홀트의 영주
델론 알리리온 갓즈그레이스의 여영주
> **리온 알리리온** 델론의 아들이자 후계자

다고스 맨우디 킹스그레이브의 영주

라라 블랙몬트 블랙몬트의 여영주

니멜라 톨랜드 고스트힐의 영주

쿠엔틴 쿼가일 샌드스톤의 영주

데지엘 달트 경 레몬우드의 기사

프랭클린 파울러 스카이리치의 영주, 일명 늙은 매, 대공의 고갯길의 관리자

사이먼 산타가르 스포츠우드의 기사

에드릭 데인 스타폴의 영주, 종자

트레보 조데인 토르의 영주

트레먼드 가갈렌 솔트쇼어의 영주

다에론 베이스 레드듄스의 영주

스타크 가문

스타크의 혈통은 건설자 브랜던과 겨울의 왕들까지 거슬러 올라간다. 그들은 수천 년간 윈터펠에서 북부의 왕으로 통치했고, '무릎 꿇은 왕' 토르헨 스타크에 이르러 드래곤 아에곤과 전투를 벌이지 않고 충성 맹세를 선택했다. 윈터펠의 에다드 스타크 공이 조프리 왕에게 처형당하자 북부인들은 철왕좌에 대한 충성을 버리고 에다드 공의 아들인 롭을 북부의 왕으로 선포했다. 다섯 왕 전쟁에서 롭 스타크는 모든 전투에 이겼으나, 외숙부의 결혼식에서 프레이와 볼턴에게 배신당해 살해됐다.

북부의 왕이 휘날리는 깃발은 수천 년째 그대로이다. 윈터펠의 스타크를 상징하는 회색 다이어울프들이 새하얀 바탕을 뛰어가는 모습이다.

{**롭 스타크**} 북부의 왕이며 트라이던트의 왕, 윈터펠의 영주, 일명 젊은 늑대, 피의 결혼식에서 살해당함

{**그레이윈드**} 롭의 다이어울프, 피의 결혼식에서 죽음

형제들

산사 롭의 누이, 티리온 라니스터와 결혼

  › {**레이디**} 산사의 다이어울프, 대리성에서 죽음

아리아 11세 소녀, 실종되어 사망 추정

  › **니메리아** 아리아의 다이어울프, 강역을 돌아다니는 중

브랜던 일명 브랜, 9세의 불구 소년, 윈터펠의 후계자, 사망 추정

  › **서머** 브랜의 다이어울프

리콘 4세 소년, 사망 추정

> **샤기독** 리콘의 다이어울프, 검은색으로 사나움
> **오샤** 윈터펠의 포로였던 야인 여자
존 스노우 롭의 이복형제, 밤의 경비대 소속
> **고스트** 존의 다이어울프, 하얀색이고 소리를 내지 않음

다른 친척들
벤젠 스타크 숙부, 밤의 경비대 제1순찰자, 장벽 너머에서 실종, 사망 추정
{라이사 아린} 이모, 이어리의 여주인
> **로버트 아린** 라이사의 아들, 이어리의 영주이자 협곡의 방어자, 병약한 소년
에드무어 툴리 외숙부, 리버런의 영주, 피의 결혼식에서 포로로 잡힘
> **로슬린 부인** 프레이 가문 출신, 에드무어의 신부, 임신 중
브린덴 툴리 경 외종조부, 일명 '검은 물고기', 최근까지 리버런의 수호성주였고 현재는 쫓기는 신세

윈터펠의 휘하 봉신, 북부의 영주들
존 엄버 일명 그레이트존, 라스트허스의 영주, 트윈스의 포로
> **{존}** 일명 스몰존, 그레이트존의 맏아들이자 후계자, 피의 결혼식에서 참살됨
> **모스** 일명 까마귀 밥, 그레이트존의 숙부, 라스트허스의 수호성주
> **호서** 일명 창녀잡이, 그레이트존의 숙부, 라스트허스의 수호성주
{클레이 세르윈} 세르윈의 영주, 윈터펠에서 죽음
> **조넬레 클레이** 의 누이, 32세 처녀
루스 볼턴 드레드포트의 영주
> **{도메릭}** 루스의 적자이자 후계자, 배앓이로 사망
> **월튼** 일명 강철 정강이, 부대장
> **램지 볼턴** 서자, 일명 볼턴의 서자, 혼우드의 영주
>> **왈더 프레이와 왈더 프레이** 일명 큰 왈더와 작은 왈더, 램지의 종자
>> **뼈다귀 벤** 드레드포트의 견사장
>> **{구린내}** 악취로 유명한 중장병, 램지를 가장하고 있다가 참살됨
>> **서자의 자식들, 램지의 중장병들**
>> 노란 딕, 춤춰봐 데이먼, 루톤, 시큼한 알린, 스키너, 툴툴이

{리카드 카스타크} 카홀드의 영주, 죄수들을 살해한 죄로 젊은 늑대에게 참수됨

› {에다드} 아들, 속삭이는 숲에서 참살됨

› {토르헨} 아들, 속삭이는 숲에서 참살됨

› 해리온 아들, 메이든풀의 포로

› 알리스 딸, 15세 처녀

› 아놀프 숙부, 카홀드 수호성주

›› 크레간 아놀프의 맏아들

›› 아토르 아놀프의 작은아들

와이먼 맨덜리 화이트하버의 영주, 엄청나게 뚱뚱함

› 윌리스 맨덜리 와이먼의 맏아들이자 후계자, 많이 뚱뚱함, 하렌홀의 포로

›› 레오나 윌리스의 아내, 울필드 가문 출신

››› 위나프리드 그들의 딸, 19세 처녀

››› 윌라 그들의 딸, 15세 처녀

› {웬델 맨덜리} 와이먼의 둘째 아들, 피의 결혼식에서 참살됨

› 말론 맨덜리 와이먼의 사촌, 화이트하버 수비대장

› 테오모어 학사 조언자이자 교사, 치료사

› 웩스 12세 소년, 과거 테온 그레이조이의 종자, 벙어리

› 바티무스 경 노기사, 외다리에 애꾸눈이며 자주 술에 취해 있는 울프스덴의 수호성주

› 가스 간수이자 처형 집행인

›› 루 부인 그의 도끼

› 테리 젊은 옥사쟁이

매기 모르몬트 곰섬의 여주인, 일명 암곰

› {데이시} 매기의 맏딸이자 후계자, 피의 결혼식에서 참살됨

› 알리산 매기의 딸, 젊은 암곰

› 라이라, 조렐, 리안나 매기의 딸들

› {제오 모르몬트} 매기의 오빠, 밤의 경비대 총사령관으로 부하들에게 참살됨

›› {조라 모르몬트 경} 제오 공의 아들, 망명 중

하울랜드 리드 그레이워터워치의 영주, 호상민

› 지아나 하울랜드의 아내, 호상민

›› 미라 그들의 딸, 젊은 사냥꾼

›› **조전** 녹색 시야를 타고난 소년

갤버트 글로버 딥우드모트의 주인, 미혼

› **로벳 글로버** 갤버트의 동생이자 후계자

›› **시벨** 로벳의 처, 로크 가문 출신

벤지콧 브랜치, 코 없는 네드 우즈 딥우드모트에 충성을 맹세한 늑대 숲 사람들

{헬만 톨하트 경} 토르헨스퀘어의 주인, 더스큰데일에서 참살됨

› **{벤프레드}** 헬만의 아들이자 후계자, 스토니쇼어에서 강철인에게 참살됨

› **에다라** 헬만의 딸, 토르헨스퀘어에 포로로 잡혀 있음

› **{레오발드}** 헬만의 동생, 윈터펠에서 사망

›› **베레나** 레오발드의 아내, 혼우드 가문 출신, 토르헨스퀘어의 포로

››› **브랜던과 베렌** 아들들, 마찬가지로 토르헨스퀘어의 포로

로드릭 리스웰 개울 지대의 영주

› **바브리 더스틴** 로드릭의 딸, 배로턴의 여주인, {윌람 더스틴 공}의 과부

›› **하우드 스타우트** 바브리의 신하, 배로턴의 소영주

››› **{베타니 볼턴}** 하우드의 딸, 루스 볼턴 공의 두 번째 아내, 열병으로 사망

› **로저 리스웰, 리카드 리스웰, 루스 리스웰** 다투기 좋아하는 친척이자 휘하 봉신들

리에사 플린트 위도스워치의 여영주

온드류 로크 올드캐슬의 영주, 노인

고산 부족장들

› **휴고 월** 일명 큰 들통, 또는 월

› **브랜던 노리** 일명 노리

› **토렌 리들** 일명 리들

›› **덩컨** 맏아들, 일명 큰 리들, 밤의 경비대 대원

›› **모건** 둘째 아들, 일명 중간 리들

›› **리카드** 셋째 아들, 일명 작은 리들

› **토르겐 플린트** 최초의 플린트 혈통, 일명 플린트 또는 늙은 플린트

›› **검은 도넬 플린트** 아들이자 후계자

›› **아토스 플린트** 둘째 아들, 검은 도넬의 이복형제

훌리 가문

리버런의 에드민 툴리 공은 정복자 아에곤에게 제일 먼저 충성을 맹세한 강역 영주였다. 승리한 아에곤은 툴리 가문에 트라이던트 전역의 지배권을 줌으로써 이를 보상했다. 툴리의 문장은 푸른색과 붉은색 물결 바탕에 은색으로 뛰어오르는 송어이며 툴리의 가언은 '가족, 의무, 명예'이다.

에드무어 툴리 리버런의 영주, 자기 결혼식에서 사로잡혀 프레이의 포로가 됨

로슬린 부인 신부, 프레이 가문, 현재 임신 중
{캐틀린 스타크 부인} 누이, 윈터펠의 에다드 스타크 공의 과부, 피의 결혼식에서 참살됨
{라이사 아린 부인} 누이, 협곡의 존 아린 공의 과부, 이어리에서 떠밀려 죽음
브린덴 툴리 경 숙부, 일명 검은 물고기, 최근까지 리버런의 수호성주, 현재는 무법자

리버런의 가솔들
바이먼 학사 조언자, 치료사, 교사
데스몬드 그렐 경 훈련대장
로빈 라이거 경 위병대장
　› **꺽다리 루, 엘우드, 델프 등** 위병들
유세리데스 웨인 리버런의 집사

에드무어의 휘하 봉신, 트라이던트 영주들
타이토스 블랙우드 레이븐트리의 영주
　› **브린덴** 그의 맏아들이자 후계자

> , {루카스} 둘째 아들, 피의 결혼식에서 참살됨

> , 호스터 셋째 아들, 책벌레

> , 에드문드, 알린 아래 아들들

> , 베타니 딸, 8세 소녀

> , {로버트} 막내아들, 설사병으로 사망

조노스 브라켄 스톤헤지의 영주

> , 바바라, 제인, 캐틀린, 베스, 알리산느 그의 다섯 딸들

> , 힐디 종군 매춘부

제이슨 말리스터 시가드의 영주, 자기 성에 연금된 포로 상태

> , 파트렉 제이슨의 아들, 아버지와 함께 포로 상태

> , 데니스 말리스터 경 제이슨 공의 숙부, 밤의 경비대원

클레멘트 파이퍼 핑크메이든캐슬의 영주

> , 마크 파이퍼 경 클레멘트의 아들이자 후계자, 피의 결혼식에서 포로로 잡힘

캐릴 밴스 웨이페어러스레스트의 영주

> , 리안 캐릴의 맏딸이자 후계자

> , 리얄나, 엠피리아 캐릴의 딸들

노버트 밴스 아트란타의 눈먼 영주

테오마르 스몰우드 에이콘홀의 영주

윌리엄 무튼 메이든풀의 영주

셸라 휀트 쫓겨난 하렌홀의 여영주

할먼 페이지 경

라이몬드 굿브룩 공

~⚜~ 티렐 가문 ~⚜~

티렐은 '리치 평원의 왕' 집사 가문으로 일하면서 권세를 얻었으나, 정원사인 최초인의 왕 가스 그린핸드의 혈통이라 주장한다. 가드너 가문의 마지막 왕이 '불의 들판'에서 참살되자, 그의 집사였던 할렌 티렐이 정복자 아에곤에게 하이가든을 바쳤다. 아에곤은 그에게 하이가든성과 리치 평원의 지배권을 허락했다. 메이스 티렐은 다섯 왕 전쟁 발발 당시 렌리 바라테온 지지를 선언하고 딸인 마저리와 결혼시켰다. 렌리가 죽자 하이가든은 라니스터 가문과 동맹, 마저리는 조프리 왕과 약혼한다.

티렐의 문장은 풀밭 바탕에 황금색 장미이며 가언은 '강하게 자라리'이다.

메이스 티렐 하이가든의 영주, 남부의 관리자, 변경의 수호자, 리치의 고위 원수

알러리 부인 메이스의 아내, 올드타운의 하이타워 가문 출신

두 사람의 자녀

› **윌라스** 두 사람의 맏아들, 하이가든의 후계자

› **갈란 경** 일명 용사, 둘째 아들, 새로 브라이트워터의 영주로 승격

  ›› **레오넷 부인** 그의 아내, 포소웨이 가문

› **로라스 경** 꽃의 기사, 막내아들, 킹스가드 결의형제, 드래곤스톤에서 부상

› **마저리** 딸, 두 번 결혼하고 두 번 남편을 잃음

  마저리의 말벗과 시녀들

  ›› **메가, 알라, 엘리너** 친척

    ››› **알린 앰브로즈** 엘리너의 약혼자, 종자

  ›› **알리산느 불워 아가씨, 알리스 그레이스포드 부인, 메레디스 크레인(일명 메리), 타에나 메리웨더 부인, 니스테리카 성사** 말벗들

올레나 부인 메이스의 홀어머니, 레드와인 가문 출신, 일명 가시 여왕

메이스의 누이들

미나 부인 아버의 영주 팍스터 레드와인 공과 결혼

> **호라스 레드와인** 아들, 호버와 쌍둥이, 일명 호러

> **호버 레드와인** 아들, 호라스와 쌍둥이, 일명 슬로버

> **데스메라 레드와인** 딸, 16세

잔나 부인 존 포소웨이 경과 결혼

숙부들

가스 티렐 숙부, 일명 방귀쟁이, 하이가든의 대집사

> **가아스와 가렛 플라워스** 가스의 서자

모린 티렐 경 숙부, 올드타운의 도시 경비대 대장

고르몬 학사 숙부, 시타델의 학자

하이가든의 가솔들

로미스 학사 조언자, 치료사, 교사

이곤 바이어웰 위병대장

보티머 크레인 경 훈련대장

버터범프스 어릿광대, 심하게 뚱뚱함

휘하 봉신, 리치의 영주들

랜딜 탈리 혼힐의 영주, 트라이던트에서 토멘 왕의 군대를 지휘

팍스터 레드와인 아버의 영주

> **호라스 경과 호버 경** 팍스터의 쌍둥이 아들

> **발라바르 학사** 팍스터 공의 치료사

아르윈 오크하트 올드오크의 여영주

마티스 로완 골든그로브의 영주

레이톤 하이타워 올드타운의 목소리, 항구의 주인

험프리 휴엣 오큰실드의 영주

> **팔리아 플라워스** 험프리의 서녀

오스버트 세리 사우스실드의 영주

거터 그림 그레이실드의 영주

모리발드 체스터 그린실드의 영주

오턴 메리웨더 롱테이블의 영주

> **타에나 부인** 오턴의 아내, 미르 여인

>> **러셀** 그녀의 아들, 6세 소년

아서 앰브로즈 공 알리산느 하이타워와 결혼

로렌트 캐스월 비터브리지의 영주

기사와 맹약검사

존 포소웨이 경 초록 사과 포소웨이 가문

탠튼 포소웨이 경 붉은 사과 포소웨이 가문

～ॐॐৡ 밤의 경비대 결의형제 ৡॐॐ～

존 스노우 윈터펠의 서자, 998번째 밤의 경비대 총사령관

고스트 그의 하얀 다이어울프
에디슨 톨렛 일명 구슬픈 에드, 사령관의 집사 겸 종자

캐슬블랙
이에몬 (드가드옌) 학사 지료사이사 소언자, 눈이 먼 102세 노인
  › **클라이다스** 아에몬의 개인 집사
  › **샘웰 탈리** 아에몬의 개인 집사, 뚱뚱한 책벌레
보웬 마시 집사장
  › **세 손가락 홉** 집사 겸 요리장
  › **{도날 노이}** 외팔이 무기제조인이자 대장장이, 문에서 강대한 마그에게 참살됨
  › **미련퉁이 오언, 꼬인 혀 팀, 쿠겐, 다정한 도넬 힐, 왼손잡이 루, 제렌, 막댓가지 윌** 집사들
오델 야윅 제1건설자
  › **남는 장화, 할더, 알벳, 맥주 통, 러니머드의 알프** 건설자들
셀라다르 성사 주정뱅이 종교인
블랙잭 불워 제1순찰자
  › **디웬, 흰눈 케지, 거인 베드윅, 매타, 회색 깃털 가스, 왕의 숲의 울머, 엘론, 초록 창 가렛, 벼룩 풀크, 피파(핍), 들소 그렌, 검은 베나르, 팀 스톤, 로리, 수염쟁이 벤, 톰 발리콘, 큰 리들, 고디, 롱 타운의 루크, 털북숭이 할** 순찰자들
레더스 까마귀로 전향한 야인
알리서 쏜 경 과거 훈련대장

자노스 슬린트 공 과거 킹스랜딩 도시 경비대장, 짧게 하렌홀 영주였음

강철 에멧 이스트워치에서 옴, 훈련대장

› **'망아지' 하레스**, 쌍둥이 **아론**과 **엠릭**, **새틴**, **홉로빈** 훈련 중인 신병들

새도타워

데니스 말리스터 경 새도타워 사령관

› **월러스 매시** 데니스 경의 개인 집사 겸 종자

› **멀린 학사** 치료사 겸 조언자

› {**반쪽 손 쿼린**}, {**종자 달브리지**}, {**에벤**} 순찰자들, 귀곡성 고개에서 참살됨

› **바위뱀** 순찰자이자 산악인, 귀곡성 고개에서 도보 중 실종

바닷가 이스트워치

코터 파이크 강철 군도의 사생아 출신, 이스트워치 사령관

› **하문 학사** 치료사 겸 조언자

› **묵은 넝마 소금** 검은 새호의 선장

› **글렌던 휴엣 경** 훈련대장

› **메이너드 홀트 경** 발톱호의 선장

› **러스 발리콘** 폭풍 까마귀호의 선장

ᨶ야인, 또는 자유민들 ᨶ

만스 레이더 장벽 너머의 왕, 캐슬블랙의 포로

{댈라} 그의 아내, 출산 중 사망

› **그들의 갓 태어난 아들** 전투 중 태어남, 아직 이름은 없음

› **발** 댈라의 여동생, '야인 공주'로 불리는 캐슬블랙의 포로

›› **{자알}** 발의 연인, 추락사

부대장, 족장, 약탈자

뼈다귀 영주 조롱으로 래틀셔츠라 불림, 약탈자이며 한 전단의 지도자, 캐슬블랙의 포로

› **{이그리트}** 젊은 창 마누라(여전사), 존 스노우의 연인, 캐슬블랙 공격 중 사망

› **장창 릭** 전단원

› **랙와일, 레닐** 전단원들

토르문드 러디홀의 꿀술 왕, 일명 '거인의 재앙, 허풍쟁이, 나팔수, 얼음을 깨는 사나이, 천둥 주먹, 곰들의 남편, 신들에게 말하는 자, 만군의 아버지'

› **키다리 토레그, 순둥이 토르윈드, 도르문드, 드린** 토르문드의 아들들

› **문다** 토르문드의 딸

울보 또는 우는 남자, 악명 높은 약탈자이며 한 전단의 지도자

{개 머리 하르마} 장벽 아래에서 참살됨

› **할렉** 하르마의 동생

{스티르} 텐족의 마그나, 캐슬블랙 공격 중 참살됨

› **시고른** 스티르의 아들, 텐족의 새로운 마그나

여섯 몸의 바라미르 변신자, 어려서는 '럼프'라고 불림

  › 애꾸, 능글이, 살금이 그의 늑대들

  › {범프} 그의 형제, 개에게 물려 죽음

  › {하곤} 양아버지, 와르그이자 사냥꾼

시슬 창 마누라, 매섭고 못생김

{브라이어, 그리셀라} 변신자들, 오래전에 죽음

보로크 일명 멧돼지, 많은 두려움을 사는 변신자

왕의 피 게릭 붉은 수염 레이먼의 핏줄

  › 그의 세 딸들

방패 분쇄기 소렌 유명한 전사

하얀 가면 모나 전사 마녀, 약탈자

노부 이곤 아내를 열여덟 둔 부족장

큰 바다코끼리 얼어붙은 해안의 지도자

두더지 엄마 숲 마녀, 예언을 곧잘 함

브로그, 장사꾼 개빈, 사냥꾼 하얄, 미남 하얄, 방랑자 하우드, 눈먼 도스, 나무 귀 카일렉, 바다표

범잡이 데빈 자유민 사이의 족장과 지도자

{오렐} 일명 독수리 오렐, 변신자로 귀곡성 고개에서 존 스노우에게 참살됨

{마그 마르 툰 도 웨그} 일명 강대한 마그, 거인, 캐슬블랙 문에서 도날 노이에게 참살됨

운 웨그 운 다르 운 일명 운운, 거인

로완, 홀리, 다람쥐, 마녀 눈 윌로, 프레냐, 머틀 창 마누라들, 장벽의 포로

장벽 너머

귀신 들린 숲

브랜던 스타크 일명 브랜, 윈터펠의 왕자이자 북부의 후계자, 9세의 불구 소년

  브랜의 동반자이자 보호자

› **미라 리드** 16세 처녀, 그레이워터워치의 영주 하울랜드 리드의 딸

› **조젠 리드** 미라의 동생, 13세, 녹색 시야의 저주를 받음

› **호도** 단순한 청년, 키가 2미터가 넘음

› **콜드핸즈** 브랜의 안내인, 검은 옷을 입었으며, 과거에는 아마도 밤의 경비대원이었던 것 같지만, 지금은 수수께끼

크래스터의 요새(한때 밤의 경비대원이었던 배신자들)

비수 크래스터를 살해

잘린 손 올로 늙은 곰 제오 모르몬트를 살해

그린어웨이의 가스, 마우니, 그럽스, 로스비의 앨런 예전에 순찰자였던 이들

굽은 발 카를, 고아 오스, 투덜쟁이 빌 예전에 집사였던 이들

빈 언덕 아래 동굴

세눈박이 까마귀 마지막 그린시어, 마법사이자 꿈 출몰자, 과거에는 브린덴이라는 이름의 밤의 경비대원이었고, 지금은 인간이라기보다는 나무에 가까움

숲의 아이들 땅의 노래를 부르는 이들, 죽어가는 종족의 마지막 몇 명

› **이파리, 물푸레, 비늘, 검은 칼, 눈 타래, 석탄**

— 협해 너머 에소스 —

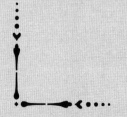

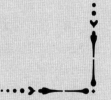

⊰⊱ 브라보스 ⊰⊱

페레고 안타리온 브라보스의 바다군주, 병으로 약해지고 있음

콰로 볼렌틴 브라보스 제일검, 바다군주의 수호자
벨레지어 아더리스 일명 흑진주, 같은 이름의 해적 여왕 혈통을 이은 코르티잔
베일의 숙녀, 인어 여왕, 달그림자, 황혼의 딸, 나이팅게일, 시인 유명한 코르티잔들
친절한 남자와 부랑아 흑백의 집에 거하는 다면신의 종복들
> **웁마** 신전 요리사
> **잘생긴 남자, 뚱뚱한 친구, 귀족, 엄숙한 얼굴, 사팔뜨기, 굶주린 남자** 다면신의 비밀스러운
  종복들
아리아 스타크 흑백의 집에서 일하는 수련생, 아리, 냔, 족제비, 비둘기 고기, 솔티, 수로의 고
양이(캣)로도 불림
브루스코 생선 장수
> **탈리아, 브리아** 그의 딸들
메랄린 일명 메리, 넝마주이 항만 근처의 매춘굴 '행복한 항구' 소유주
> **선원의 아내** 행복한 항구의 창녀
> **라나** 그녀의 딸, 젊은 창녀
붉은 로고, 길로로 도타레, 길레노 도타레, 깃펜이라 불리는 작가, 요술쟁이 코소모 행복한 항구
의 손님들
타가나로 부둣가 소매치기, 도둑
> **카소** 바다표범의 왕, 타가나로가 훈련한 바다표범
시브론 살인 취향이 있는 부둣가 창녀
술고래 딸 종잡을 수 없는 성격의 창녀

❧ 볼란티스 ❧

통치자 삼두

말라쿼 마에기르 볼란티스의 삼두, 호랑이

도니포스 파에니미온 볼란티스의 삼두, 코끼리

니에소스 바사르 볼란티스의 삼두, 코끼리

볼란티스 사람들

베네로 빛의 군주 를로르의 최고사제

› **모쿼로** 베네로의 오른팔, 를로르의 사제

강변의 과부 부유한 해방 노예 여성, 보가로의 창녀로도 알려져 있음

› **과부의 아들들** 그녀의 사나운 경호원들

페니 난쟁이 여성, 배우

› **이쁜 돼지** 그녀의 돼지

› **으득이** 그녀의 개

› **{그로트}** 페니의 오빠, 난쟁이 배우로 살해당해 목이 베임

알리오스 카에다르 삼두 후보

파르켈로 바엘라로스 삼두 후보

벨리초 스타에곤 삼두 후보

그라즈단 모 에라즈 윤카이에서 온 사절

노예상만

노란 도시 융카이

유르카즈 조 윤자크 융카이 군대와 동맹군들의 최고사령관, 노예상이며 흠잡을 데 없는 혈통의 귀족 노인

예잔 조 카가즈 별명은 노란 고래, 무시무시한 비만에, 허약하고, 엄청나게 부유함

› **보모** 그의 노예 감독관

› **스위츠** 자웅동체의 노예, 그의 보물

› **스카** 하사관, 노예 병사

› **모고** 노예 병사

모르가즈 조 제르진 자주 술에 취해 있는 귀족, 별명은 주정뱅이 정복자

고르자크 조 에라즈 귀족이자 노예상, 별명은 푸딩 얼굴

파에자르 조 파에즈 귀족이자 노예상, 별명은 토끼

가즈도르 조 알라크 귀족이자 노예상, 별명은 떨리는 빰 각하

파에자르 조 미라크 귀족이며 키가 작으며, 별명은 꼬마 비둘기

체즈다르 조 라에즌, 마에존 조 라에즌, 그라즈단 조 라에즌 귀족이며 삼형제, 별명은 철컹이 나리들

전차몰이, 야수치기, 향수 영웅 귀족이자 노예상

붉은 도시 아스타포

클레온 대왕 일명 도살자 왕

클레온 2세 클레온의 후임자, 8일간의 왕

목 벤 왕 이발사, 클레온 2세의 목을 긋고 왕관을 훔침

창녀 여왕 클레온 2세의 정부, 그가 살해된 후 왕권을 주장함

바다 건너의 여왕

타르가르옌은 고대 발리리아 프리홀드의 고위 귀족들로부터 내려오는 드래곤 혈통으로, 연보라색이나 남색 혹은 보라색 눈과 은금색 머리카락이 특징이다. 혈통을 순수하게 보존하려던 타르가르옌 가문은 남매나 사촌, 숙부와 조카 사이가 결혼하는 일이 잦았다. 왕조의 설립자인 정복자 아에곤은 두 누이 모두를 아내로 맞아 양쪽에 아들을 두었다. 타르가르옌의 깃발은 검은색 바탕에 붉은색으로 그려진 삼두룡으로, 아에곤과 두 누이를 나타낸다. 타르가르옌의 가언은 '불과 피'이다.

대너리스 타르가르옌 대너리스 1세, 미린의 여왕, 안달인과 로인인과 최초인의 여왕, 칠왕국의 주인, 왕국의 수호자, 거대한 풀 바다의 칼리시, 폭풍의 딸 대너리스, 타지 않는 분, 드래곤의 어머니

드로곤, 비세리온, 라에갈 대너리스의 드래곤들

{**라에가르**} 대너리스의 오빠, 드래곤스톤의 왕자, 트라이던트에서 로버트 바라테온에게 참살됨
> {**라에니스**} 라에가르의 딸, 킹스랜딩 약탈 중 살해당함
> {**아에곤**} 라에가르의 아들, 젖먹이 아기, 킹스랜딩 약탈 중 살해당함
{**비세리스**} 대너리스의 오빠, 비세리스 3세, 일명 거지 왕, 녹인 금 왕관을 쓰게 됨
{**드로고**} 대너리스의 남편, 도트락의 칼, 부상이 악화되어 사망
> {**라에고**} 칼 드로고와의 사이에서 가진 사산아, 미리 마즈 두르에 의해 배 속에서 사망

여왕을 지키는 이들
바리스탄 셀미 경 일명 대담한 바리스탄, 과거 로버트 왕의 킹스가드 단장

바리스탄 경이 기사 훈련을 시키고 있는 종자와 청년

› **툼코 로** 바실리스크 제도 출신

› **라라크** 일명 채찍, 미린 출신

› **붉은 양** 라자르인 해방 노예

› **기스카 삼형제**

힘센 벨와스 내시이자 과거 투기장 노예

대너리스의 도트락 혈맹기수들

› **조고** 채찍, 피 중의 피

› **아고** 활, 피 중의 피

› **라카로** 아라크, 피 중의 피

지휘관과 부대장

다리오 나하리스 화려한 티로시인 용병, 용병단 '폭풍 까마귀' 대장

벤 플럼 일명 갈색 벤, 혼혈 용병, 용병단 '둘째 아들들'의 대장

회색 벌레 내시, 거세병 보병단을 지휘하는 지휘관

› **영웅** 거세병 부지휘관

› **충실한 방패** 거세병 창병

몰로노 요스 돕 해방 노예병단 '충실한 방패'의 대장

줄무늬 등 사이먼 해방 노예병단 '자유 형제들'의 대장

마르셀렌 해방 노예병단 '어머니의 병사들'의 대장, 내시이며 미산데이의 오빠

그롤리오 펜토스 출신, 과거 대상선 새듈레온호의 선장, 지금은 함대 없는 함대 제독

로모 도트락의 자카 란

미린 조정

레즈낙 모 레즈낙 간살스러운 대머리 시종장

스카하즈 모 칸다크 일명 민머리, 도시 경비대 '놋쇠 짐승단'의 머리를 박박 깎은 대장

시녀와 하인

이리, 지키 젊은 도트락 여성

미산데이 나스 출신의 서기이자 통역가

그라자르, 퀘자, 메자라, 케즈미아, 아자크, 바카즈, 미클라즈, 다자르, 드라카즈, 제자네 미린 피
라미드의 아이들, 여왕의 술잔 담당과 시동

미린 사람들, 귀족과 평민
갈라자 갈라레 녹색 은총자, 은총의 신전 최고사제
> **그라즈단 조 갈라레** 사촌, 귀족
히즈다르 조 로라크 부유한 미린 귀족, 전통 있는 혈통
> **마르가즈 조 로라크** 그의 사촌
릴로나 리 해방 노예이자 하프 연주자
{하지아} 농부의 딸, 4세
**거인 고호르, 크라즈, 뼈 부수는 벨라쿼, 카운트의 카마론, 겁 없는 이소크, 얼룩 고양이, 흑발의
바르세나, 강철 피부** 해방 노예이자 투기장 싸움꾼

불확실한 동맹자, 거짓 친구, 알려진 적
조라 모르몬트 과거 곰섬의 영주
{미리 마즈 두르} 신처이자 마기, 라자르의 위대한 양치기를 섬기는 종
자로 쇼안 닥소스 콰스의 상인 왕자
퀘이트 아샤이 출신의 가면 쓴 그림자술사
일리리오 모파티스 자유도시 펜토스의 마지스터, 칼 드로고와의 혼인을 주선함
클레온 대왕 아스타포의 도살자 왕

여왕의 구혼자들

노예상만
다리오 나하리스 티로시인, 용병이자 '폭풍 까마귀' 대장
히즈다르 조 로라크 부유한 미린의 귀족
스카하즈 모 칸다크 일명 민머리, 미린의 약간 격이 떨어지는 귀족
클레온 대왕 아스타포의 도살자 왕
볼란티스
쿠엔틴 마르텔 공자 선스피어의 영주이자 도르네 대공인 도란 마르텔의 큰아들

그의 맹약위사와 벗

› {클레투스 이론우드 경} 이론우드의 후계자, 해적에게 참살됨

› 아치발드 이론우드 경 클레투스의 사촌, 일명 덩치

› 게리스 드링크워터 경

› {윌람 웰스 경} 해적에게 참살됨

› {케드리 학사} 해적에게 참살됨

로인

젊은 그리프 푸른 머리의 18세 청년

› 그리프 그의 양아버지, 황금 용병단에 있었던 용병

그의 동반자, 교사, 경호자

› 롤리 덕필드 경 일명 오리, 기사

› 레모어 성사 종단의 여성

› 할돈 일명 반쪽 학사, 가정교사

› 얀드리 수줍은 처녀호의 주인이자 선장

› 이실라 얀드리의 아내

바다

빅타리온 그레이조이 강철 함대장, 일명 강철 선장

› 어스름 여인 혀가 없음, 빅타리온의 침실 노예, 까마귀 눈 유론의 선물

› 커윈 학사 그린실드섬에서 잡힘, 까마귀 눈 유론의 선물

강철 승리호의 선원들

› 짝귀 울프, 라그노 파이크, 롱워터 파이크, 톰 타이드우드, 버튼 험블, 켈론 험블, 말더듬이 스테파

휘하 선장들

› 로드릭 스파르 일명 들쥐, 비탄호 선장

› 붉은 랄프 스톤하우스 붉은 농담호 선장

› 맨프리드 멀린 솔개호 선장

› 절름발이 랄프 켈론 공호 선장

› 톰 코드 일명 냉혈한 톰, 애통호 선장

› 다에곤 셰퍼드 일명 검은 양치기, 단도호 선장

용병단의 용병들

황금 용병단

1만 강병, 충성심 향방은 불확실

집 없는 해리 스트릭랜드 총대장

› **왓킨** 그의 종자 겸 술잔 담당

› **{마일스 토인 경}** 일명 블랙하트, 4년 전 사망, 총대장

› **검은 발라크** 흰머리의 여름 군도인, 용병단 궁수대 대장

› **리소노 마르** 최근까지 자유도시 리스에 있었던 용병, 용병단 정보감

› **고리스 에도리엔** 최근까지 자유도시 볼란티스에 있었던 용병, 용병단 경리감

› **프랭클린 플라워스 경** 사이더홀의 서자, 리치 출신의 용병

› **마크 맨드레이크 경** 노예 제도에서 탈출한 망명자, 천연두 자국이 있음

› **라스웰 피크 경** 망명 영주

  ›› **토만, 파이크우드** 그의 형제들

› **트리스탄 리버스 경** 사생아, 무법자, 망명자

› **캐스퍼 힐, 험프리 스톤, 말로 제인, 딕 콜, 윌 콜, 로리마스 머드, 존 로스스톤, 라이몬드 피즈, 브렌델 번 경, 덩컨 스트롱, 데니스 스트롱, 쇠사슬, 젊은 존 머드** 용병단 하사관들

› **{아에고르 리버스 경}** 일명 비터스틸, 아에곤 타르가르엔 5세의 서자, 황금 용병단의 설립자

› **{마엘리스 블랙파이어 1세}** 일명 괴물 마엘리스, 용병단의 과거 총대장, 웨스테로스 철왕좌 참칭자, 9인대의 일원, 아홉 닢 왕의 전쟁 중에 참살됨

바람결단

기마병과 보병 합이 이천, 융카이에게 고용됨

누더기 왕자 과거 자유도시 펜토스의 귀족, 용병대 대장이자 설립자

› **카고** 일명 시체 살해자, 누더기 왕자의 오른팔

› **덴조 단** 전사 음유시인, 누더기 왕자의 왼팔

› **휴 헝거포드** 하사관, 과거 용병단 경리감, 횡령의 벌로 세 손가락을 잘림

› **오슨 스톤 경, 루시퍼 롱 경, 숲의 윌, 딕 스트로, 진저 잭** 웨스테로스 출신 용병들

› **이쁜이 메리스** 용병단 심문관

› **책벌레** 볼란티스 용병이며 악명 높은 독서가

› **콩줄기** 노궁수, 최근 미르에 있었음

› **늙은 뼈다귀 빌** 풍상에 닳은 여름 군도인

› **미리오 미라키스** 최근까지 펜토스에 있었던 용병

고양이 용병단
삼천 강병, 융카이에게 고용됨
핏빛 수염 용병대장

긴 기마창단
팔백 기마병, 융카이에게 고용됨
길로 레간 용병대장

둘째 아들들
오백 기마병, 대너리스 여왕에게 충성 서약
갈색 벤 플럼 용병대장

› **카스포리오** 일명 교활한 카스포리오, 자객, 부지휘관

› **티베로 이스타리온** 일명 잉크통, 경리감

› **망치** 주정뱅이 대장장이 겸 무기제조인

›› **쇠못** 그의 견습생

› **날치기** 하사관, 외팔

› **켐** 젊은 용병, 플리바텀 출신

› **보코코** 무시무시한 명성을 떨치는 도끼잡이

› **울란** 하사관

폭풍 까마귀

오백 기마병, 대너리스 여왕에게 충성 서약

다리오 나하리스 대장이자 지휘관

› **홀아비** 부지휘관

› **조킨** 궁수대장

드래곤과의 춤 1

얼음과 불의 노래 제5부

1판 1쇄 발행 2013년 9월 4일
개정판 1쇄 발행 2020년 8월 3일
개정판 3쇄 발행 2023년 3월 3일

지은이 · 조지 R. R. 마틴
옮긴이 · 이수현
펴낸이 · 주연선

(주)은행나무
04035 서울특별시 마포구 양화로11길 54
전화 · 02)3143-0651~3 | 팩스 · 02)3143-0654
신고번호 · 제 1997-000168호(1997. 12. 12)
www.ehbook.co.kr
ehbook@ehbook.co.kr

ISBN 979-11-90492-89-8 04840
ISBN 978-89-5660-898-3 (세트)

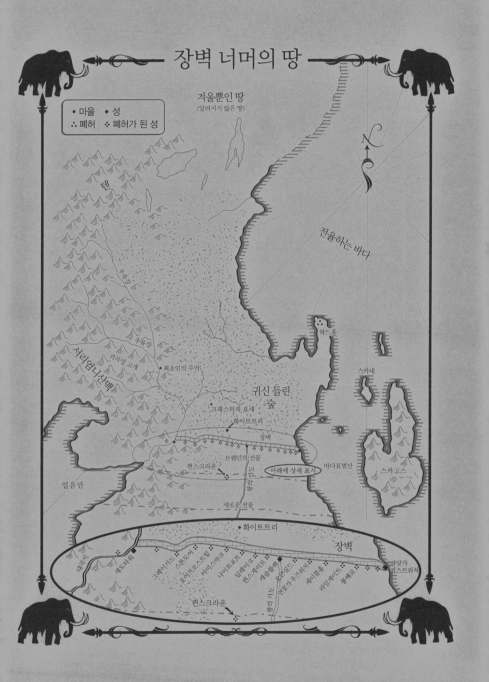

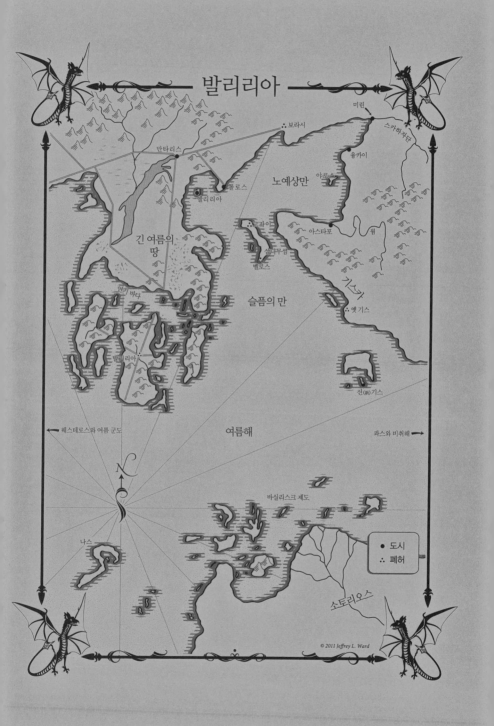